百年广西多民族文学大系

BAINIAN GUANGXI DUOMINZU WENXUE DAXI

（1919—2019）

中篇小说卷

（1949—2019）

（上）

总　主　编 ◎ 黄伟林　刘铁群

本卷主编 ◎ 黄伟林　曾攀

③

GUANGXI NORMAL UNIVERSITY PRESS

广西师范大学出版社

· 桂林 ·

出版统筹：罗财勇
项目总监：余慧敏
责任编辑：唐　娟
助理编辑：唐俊轩
责任技编：李春林
整体设计：智悦文化

图书在版编目（CIP）数据

百年广西多民族文学大系：1919—2019：全 18 册 / 黄伟林，刘铁群总主编 . —桂林：广西师范大学出版社，2019.12
　　ISBN 978-7-5598-2282-6

　　Ⅰ．①百… Ⅱ．①黄…②刘… Ⅲ．①中国文学－当代文学－作品综合集－广西②中国文学－现代文学－作品综合集－广西 Ⅳ．①I218.67

中国版本图书馆 CIP 数据核字（2019）第 217639 号

广西师范大学出版社出版发行

（广西桂林市五里店路 9 号　邮政编码：541004）
　网址：http://www.bbtpress.com
出版人：张艺兵
全国新华书店经销
广西广大印务有限责任公司印刷
（桂林市临桂区秧塘工业园西城大道北侧广西师范大学出版社
集团有限公司创意产业园内　邮政编码：541199）
开本：720 mm×970 mm　1/16
印张：591.5　　字数：9420 千字
2019 年 12 月第 1 版　　2019 年 12 月第 1 次印刷
定价：2800.00 元（全 18 册）

如发现印装质量问题，影响阅读，请与出版社发行部门联系调换。

目录

导　言

导　言

广西中篇小说 70 年述评

　　70 年来的广西当代文学，一如奔流不息的大河，有嘹亮壮阔的奔腾，也有喑哑沉郁的淤积，蕴蓄在不同的时间与区域之中，风景不同，情态各异，蜿蜒曲折之中，只见浩浩荡荡，一直汇入磅礴的历史汪洋，成为中国乃至世界文学的重要支脉。

　　当代广西的中篇小说创作，是最为引人瞩目的文学类型，也代表了广西小说的最高水平。作家队伍上呈现出年龄层次丰富、思想旨向多样的状态，且很多重要作家都有自己极具代表性的中篇作品。不同的精神旨向、叙事态度、语言修辞与意识形态汇聚于斯，呈现出百舸争流、千帆竞发的发展态势。故而，从 20 世纪 80 年代开始，广西的中篇小说创作，便有了长足的发展，也涌现了一大批在国内颇具影响的作品，不仅如此，该时期的广西中篇，积极参与到当时全国性的文学思潮之中，同时结合自身的民族与地方特性，有意识地进行地方文化的认知与建构，铸成形态独异的叙事风格；而到了 90 年代，中篇小说的思想更为成熟，尤其通过女性主义的写作、世俗与世情形态的书写以及对个体生存苦难的关注，将叙事的向度推向更深的层级；21 世纪以来，当代广西的中篇小说创作，明显突破了既往的叙事框架，在小说的历史维度、叙事的世界观念、主体的价值探询与人物的精神纠葛等方面，都有着全新的探索。

一

地域性与民族性始终是广西当代文学挥之不去的文化标识，地处西南地区的广西，本土斑斓多彩的乡土民俗文化，在与当代的政治和商业浪潮的融合中发生效应，进而产生了传统与现代以及地方与全国/全球的接榫交互，在文学中表现为多重的文化价值与审美倾向的碰撞。这个时期的广西文学，雄伟壮阔，苍茫悠远，回到本土历史现场，回到区域文化的腹地，与之对话，与之商榷，有龃龉，有对抗，有争夺，甚至有妥协，共同创造出了历史地理意义上的广西文学。

陈肖人的《黑蕉林皇后》讲的是 30 岁的年轻寡妇程秀瑛的情感曲折，程秀瑛偶然搭救了乡村青年谢茂生，收留了他，安排他在香菇林做活，两人在这个过程渐生情愫，走在了一起。但程秀瑛的一片真心，换来的却是谢茂生的犹豫不决，最终让两人错过了对方。"《黑蕉林皇后》（以下简称《皇后》）写一个农家新寡在山野生活中的追求和选择，诉诸我们的并非厌弃世俗文明，回归大自然的旨意，而是对自奋自强的阳刚之美的呼唤。……《皇后》并不是那种逃避文明、否定人欲的俗气主题，它的主题其实是封闭世界中人的尊严的觉醒。在我国当代南方文学中，如古华的《芙蓉镇》《爬满青藤的木屋》等，同样是贯彻着这一人的自觉的线索。……在《皇后》里，由于灵情既有潜藏又有飞动，更多的是飞动，使得肖人的作品原先的朴素格调因有流动感而呈别一境界。"① 可以说，黑蕉林皇后程秀瑛经营香菇林的勤奋专业，对爱情的执着勇敢，足以见出本民族人民的美德与心智，这也是小说礼赞的中心。然而在小说中，乡村知识青年谢茂生身上，更能投射出历史与人性的信息，谢茂生出身农村，却附有知识分子的影子，但是他眼高手低，自身的性格特质、知识储备和精神力量，均不足以支撑自我的成长和蜕变。他一无所有，却首鼠两端，患得患失，映射出改革开放前后青年人的内心惶

---

① 雷达：《灵性的潜藏与人生的朴素歌吟——读〈黑蕉林皇后〉随想》，《南方文坛》1988 年第 1 期。

惑。谢茂生也在如是之彷徨无依中，失却了传统的坚守，也错失了自我的成长。从而昭示了在革命与后革命时代的转接中，尤其是商品社会的初露雏形之时，传统的感情结构遭受冲击，且面临瓦解。由此凸显的人心不安和理性未就，令社会主义新时期之"新人"的主体性塑造遭受阻滞和变异。

张宗栻在80年代写出了《流金的河》（《广西文学》1985年第5期）、《大鸟》（《当代》1988年第2期）等名篇，对广西少数民族地区的生活历史与革命斗争，进行了深入的探索。其中《大鸟》以莫纳、莫普、莫亚以及芒萨的家族史为叙事的中心，实际上糅合了战争史、民族史与本民族的精神史，但值得注意的是，这些历史在小说中并不占据主要地位，而更多的是以背景的方式呈现。小说聚焦的是莫亚的成长史与芒萨跌宕凶险的生命历程。尤其通过莫亚自始至终对父亲的寻觅，在一往无前的探险之中，他的纯真、勇敢、坚毅，事实上昭示着自我的真正建立。在小说中，鹰是他们的图腾与禁忌，是人们寻常生活的映照，乡民们面对惧爱交加的鹰时，映衬出的是自我的恐惧和祈祷，更为重要的，鹰的敏锐、桀骜，渗透到了他们的血液之中，造就了他们的命运，也铸成了其灵魂。

梅帅元的《红水河》（《人民文学》1988年第7期）写出了传统的精神寄托，民俗意义上对母亲河的崇拜和依赖，与现代化的水电站建设中体现出来的人民福祉，彼此融合无间，两者一同走向开放和未来。在这里，少数民族的"民族"传统与中华民族的"民族"复兴是相辅相成的，局部与整体的联结，代表着民族与国家的融合、传统与现代的整一。红水河龙滩水电站的建设，事实上是传统的神话与现代神话的同构，两者的归属与希冀是相互映衬的，一个是传统的民俗的和宗教的图腾，一个是现代的民生的国家的未来。《红水河》的语言繁复华丽，小说格调铿锵激昂，小说弥漫着战天斗地，与自然共舞的豪情壮志，少数民族人民的生命力量从中显现，也代表中华民族的社会主义建设热潮。其中任劳任怨、披荆斩棘的老工程师，淳朴善良的村民，甚至是一牛一马，都沉浸在社会改造/改革的潮流之中，在历史的虹吸中展现民族生存与发展的伟力。

林白在上世纪八九十年代迅速崛起，以其对女性心理的摹写和对现代情感伦理的探索，奠定了自己在文学史的地位。"80 年代末 90 年代初的《同心爱者不能分手》《子弹穿过苹果》，确立了她此后写作的女性主题，和独特的个人特征（人物身份，故事发生场景，地理气候和心理气氛，讲述方式）。"①小说《同心爱者不能分手》（《上海文学》1989 年第 10 期）重点叙述了穿着月白色绸衣的女人与男教师以及"我"与天秤的情爱，突出了女人与吉（吉是其豢养的宠物狗）之间的情谊，后者比前者似乎显得要更牢靠些。而当写到成功的爱情，如都噜与她的生物系才子时，却是一笔带过的。由此可见，在林白那里，女性的自我建构过程，比如爱情的虚无、生活受挫时的私语与呓语、揽镜自照时的自怜自爱、女性亲密无间甚至是充满同性爱恋意味的惺惺相惜、女性与宠物之间无处不在的沟通等，其与他者/男性之间的勾连是模糊而且暧昧的，后者并不参与到女性主体意识的生成过程之中，甚至与之相龃龉相抵触。在陈晓明看来，"这些故事多少有些离经叛道，其令人惊异之处，可能在于它们隐含着'同性恋'意味。林白着眼的那些微妙的女性关系因为附加这样一个系数而具有惊心动魄的效果，令人望而却步或想入非非。林白的叙述细致而清丽，女性相互吸引、逃离的那些环节委婉有致"②。这里所谓的"微妙"与"委婉"所指示的，是女性主体间的关系，其中究竟意味着什么，同样代表着小说的核心。关于这一点，在小说中，叙事者"我"并不是小说主角，而只是其中的参与者，女性角色没有主次之分，意在彼此之间保持独立与平等，摈弃男权所构造的等级秩序；不仅如此，"我"是其中的见证者，在波澜不惊的讲述背后，实际上内地里澎湃汹涌，女性在控制自己的言行，掌握揣度自己的生死，改造自我的命运，倾听自身的声音。女性所有的语言，都在指向自我，作者试图从言语形态、行为模式以及与同性/异性的交互/对抗中，真正构建起女性意识的话语体系。

---

① 洪子诚：《中国当代文学史》（修订版），北京大学出版社，2007，第 313 页。
② 陈晓明：《不说，写作和飞翔——论林白的写作经验及意味》，《当代作家评论》2005 年第 1 期。

二

20世纪90年代的广西当代文学，最为突出的特征是商品社会与商业逻辑的发展成型、女性意识的进一步觉醒以及文学语言与形式的内在革新。喜宏的《超越档次》（《当代》1993年第1期），率先表现涉外私营企业的内部境况。小说通过公司内部各色人物的聚焦，呈现出雇主与工人、农民与市民的身份区分，琼妹与明泰，嘉媛与本，嘉媛与明泰之间，无不充斥着文化层次、经济地位与阶层意识的考量。并且在权力与情感对峙纠葛中，透露出90年代中国商业文化中的等级观念和人际次序，并对经济逻辑与商业话语中的利害关系和情感投入进行了省思。小说人物不同于以往的身份意识、自我定位、精神准绳等，标志着新的一轮价值认同和精神趋向，尤其代表90年代以来商品经济大潮冲击下形成的价值秩序和观念结构，个体/群体的认知体系和情感习惯也由此而形塑。小说的最后，琼妹以死谢幕，而明泰则渐变冷酷，传统的经验意识与现代的工业社会和商业管理之间的冲突已经凸显，城/乡、国内/国外的二元结构以及由此构成的观念体系，也开始影响着各个阶层的人。

常弼宇的《歌劫》（《当代》1993年第3期），将广西的山歌置于时代的流变中，令其领受历史的残酷与荣光，其中所彰显出来的人心的变迁与民族的现代化相互交织。小说表面上聚焦的是山歌，表达的是山歌所投射出来的巨大的精神力量，其不仅可以调适劳作的疲累，提高劳动热忱，而且能够丰富日常生活，提升精神意志，人内在的能量也常常得以迸发。整个小说都写出了山歌的神秘与动人，而在山歌的背后，实际上摹写的是歌咏的歌者，尤其以五姐妹与独脚篾匠等人的历史沉浮和人世沉降为中心，他们为政治所裹挟，尝尽人间冷暖，却在沉重的苦难中，以山歌渡劫。"山歌真的能挽救失去了生的自信的部落……尽管这位歌圩上潇洒到最后的女性曾有勇气跨过遍地荆棘、历尽苦难。只有到了生与死的选择的时刻，她才看到了山歌最后的光彩……在山歌最后光彩的照耀下，他们终于读解了高高山上的谜碑，沉默多少万年的白骨与他们沟通了信息，化作安息逝去，进入人类不可理喻的自由境界。于是那支山歌雄壮的主体就挽起一对历尽沧桑的男女，如入无人之境地走向理想的归宿，做任何自愿的选择时都不再有人间的羞涩……"①山歌的无力与力量在这个过程中得到辩证，小说中显著的寻根主题，将山歌的失语与重现表达了出来，被政治革命所遮蔽所戕害的山歌及其歌者，由于传统的内蕴与历史的召唤，再一次奔涌出生命的觉知与理想的诉求。

90 年代的书写，林白更为注重对女性身体的透视。"北诺和我，我们体内的液汁使我们闪闪发亮。"② 女性得以实现自我的凝视过程，是建构主体意识的必要途径。不仅如此，林白小说在女性的内在精神层次上，尤其是透过女性主体内在的分化和裂变，进行了更为深入的性别与伦理探索。这在《回廊之椅》（《钟山》1993 年第 5 期）、《致命的飞翔》（《花城》1995 年第 1 期）等小说中，都有着深层次的体现。林白的小说往往将社会的道德规范搁置，生活伦理在文本中是淡化且模糊不清的，作者也意在从中解放女性，更重要的是突破那些条框的钳制，女性对自我的发觉才能在某种过度化的设定中，得以释放出来，在此过程中，女性由反叛回到自我，思忖和审视自身，甚至"我"出现了分裂：

　　我常常想到，登陆家里有一个恩爱（似乎）的老婆，外面又有我这样一个情人，这使他的生活十全十美，我常常觉得，我对于他仅仅是一种点缀，是无足轻重的。"点缀"……这个词被我一次次地强加在我与登陆关系中李萬的头上，像一朵难看的大花（灰色、下垂、萎靡不振、丧气）被我戴在自己的头上，像一只病鸡戴着一顶歪腻腻的鸡冠，这个喜欢自虐的人在尘土弥漫的书库中看到自己心造的形象，实际上，她清秀、娇小、楚楚动人地站在那里。③

---

① 常弼宇：《歌劫》，《当代》1993 年第 3 期。
② 林白：《致命的飞翔》，《花城》1995 年第 1 期。
③ 林白：《致命的飞翔》，《花城》1995 第 1 期。

这种内在的分裂，既是对男性/他者的指控，同时也是自我的省思，一个复杂的主体也于焉形塑，从自恋到自怜，再到自省甚至是自弃，甚至像北诺一样以毁灭的方式走向涅槃，可以想见，女性辨识自身的历程何其曲折艰难。林白的小说也由此在女性主义文学界域中走向深化。

东西小说的先锋色彩极为浓重，他往往回到乡土题材之中，注视人物的生活现场，发掘人物生存的艰难与苦难，《没有语言的生活》（《收获》1996 年第 1 期）、《目光愈拉愈长》（《人民文学》1998 年第 1 期）是他在这一时期的代表作。《没有语言的生活》描写了聋子王家宽的生活与情感，王家宽由于听觉上的缺憾，在生活中充满了误认和误读。"没有语言的生活"中的"语言"来自外部世界，尽管在人的感官中缺了一环，却并非是完全封闭的。但是小说对焦那个残缺的部分，生成诸种理解的偏差，令人物的生存出现了种种谬误和悲苦。需要说明的是，人的苦难并不出于感官的表层原因，而更重要的因由出自外部的缺憾与内心的残缺。如果进一步上升到一个普遍的层面，不仅是王家宽，人们在生命的延续中，又何尝不充满着诸多的遮蔽与偏误，也就是说，每个人事实上都过着如此这般"没有语言的生活"。然而，也许所有的深刻都包含着片面，任何的判断都有所偏倚，所有的言行都不免执于一端，面面俱到往往疏于表面和肤浅，网罗万象究竟意味着不能承受之重。我们于光怪陆离中生存，不得不直面世间之五色神迷，在这种情况下，人们欲装聋作哑而不得，就像小说中的朱灵，被母亲杨凤池质问怀上了谁的孩子时，是多么渴望自己能像哑巴蔡玉珍一般没有说话的负担。《目光愈拉愈长》表达的则是等待与寻找的主题，从开始刘井和马一定等待马男方，到马男方寻觅负气出走的妻子刘井，再到两人一起等待和找寻被拐卖的马一定，在目光愈拉愈长的凝视与守望中，构成了刘井和马男方人生的全部；而马一定的出现，打破了这种循环，他想读书，要穿鞋，意图寻找自我理想的生活。如果说马一定的第一次失踪是被动的，那么最后的杳无踪迹，则是主动的出走，而有意味的在最后，"她的目光愈拉愈长，她看见马一定坐在一张好看的餐桌旁吃午饭，餐桌上摆着鱼虾和白白的米饭。马一定的身上穿着一件白得像纸一样的衣服。刘井用手在额头上搭了一个凉棚，再认真地看了看，说真是一定，他妈的，他比我还吃得好，穿得好"①。刘井在儿子马一定最后一次出走后的"目光愈拉愈长"中，坚硬的思想似乎经历了开裂，甚至推翻了自己之前的寄托，开始反思甚至有所唾弃。作者试图表达的是，刘井们愈拉愈长的目光，已然从外在的他人，回归自我的感知和体验，愈拉愈长的目光也于焉开始转变，并在愈来愈远的他者与渐次拉近的自我之中，实现主体意识的反省、重构与建立。

鬼子的中篇在当时堪称独步，《被雨淋湿的河》（《人民文学》1997 年第 5 期）、《上午打瞌睡的女孩》（人民文学 1999 年第 6 期）等，关注的是瓦城内外的人物命运与生存处境，语言沉稳中见灵性，叙事干脆利落却又饱含深情。洪子诚在《中国当代文学史》中提到："鬼子、东西、李冯被称为'广西三剑客'。鬼子90 年代中期才开始小说写作，他的最主要作品是'瓦城三部曲'——《瓦城上空的麦田》《上午打瞌睡的女孩》《被雨淋湿的河》。他和东西在 90 年代后期的创作，都表现了关注底层民众艰难处境，探索超越个人体验，重新表现历史化现实的道路。"② 其中，《被雨淋湿的河》以"我"为视角，描述了丧妻的陈村及其子女晓雷晓雨的人生境遇，讲述了他们的生死苦难。小说对人物情态的写作丝丝入扣，通过表层的叙述就能直抵内心和人性，这是鬼子小说最为精彩之处。

血案是下午三点左右发生的。傍晚的时候，站在门边的陈村突然发现归来的晓雷两只眼睛竟像不是肉长的，而像一种空无一物的泥丸。陈村的心思因此突然地紧张了起来，他觉得那样的一种眼睛，也是一种随时都会出事的眼睛。这种眼睛看上去虽然空空洞洞的，好像什么都不在乎，可一旦碰着什么异物，就会当即电闪雷鸣，烈火熊熊，最后把生命匆匆地了结成一段悔恨的故事。③

---

① 东西：《目光愈拉愈长》，《人民文学》1998 年第 1 期。

② 洪子诚：《中国当代文学史》（修订版），北京大学出版社，2007 年，第 360 页。

③ 鬼子：《被雨淋湿的河》，《人民文学》1997 年第 5 期。

平稳的叙事语调中已然透露出惊心动魄的故事。对于陈村一家而言，家中原来赖以维生的土地已经失去其价值和意义，走投无路的乡村青年晓雷，以一腔热血走南闯北，始终坚持正义，却处处碰壁，最后为人所害。八九十年代的乡村转型，青年脱离了土地，经济上无所依凭，开始投身城市，拥抱商品经济，然而却为天下攘攘皆为利往的社会所累，世间之恶与人性之恶，让青年吃尽了苦头，但他们又不甘心沦为多余人与受害者，唯有抗争才可不至于沉沦，而毁灭与自我毁灭也成了最终的控诉。如此看来，鬼子的《被雨淋湿的河》事实上存在着两重寓意，一是如陈村、晓雷、"我"等人一般，本来河顾自流，奈何正直善良总被雨打风吹去，终而被浇灭被践踏；另一层则是河被雨淋湿，即水没于水中，悄无声息地消泯逝去，作者假以寄寓甚或反抗人性的沉沦和世界的沉默。

三

进入 2000 年，女作家的崛起在广西当代文学中，形成了一道靓丽的风景线。这个时期的中篇小说所呈现出来的女性书写，主要聚焦的是女性的身份意识和社会处境，对男权主义的审视和批判，甚至回到女性自身的反思和觉醒，从而实现女性主体性的发掘，使其在新的历史境况和时代氛围中，建构女性的生命价值和情感世界。映川的《不能掉头》（《人民文学》2004 年第 10 期）、纪尘的《九月》（《芙蓉》2004 年第 2 期）、凌洁的《水里的月亮在天上》（《上海文学》2008 年第 4 期）、黄咏梅的《档案》（《人民文学》2009 年第 6 期）、映川的《狩猎季》（《花城》2013 年第 5 期）等是这一时期的代表作。其中，凌洁《水里的月亮在天上》主要叙述了苏拉、马格等人的边地生活和情感曲折，无论是马格，还是苏拉、戚秀兰母女，她们的性格无不是隐忍、懦弱的，受男性控制和摆布，在情感的旋涡中不可自拔。小说充满了对女性的同情和对男性的控诉，其中，女性的爱情和渴求，往往坦荡真挚；而李伟、林进等男性则显得极其猥琐罪恶。小说题中"水里的月亮"显然指的是苏拉等人的现实处境，她们无法摆脱生活的厄运和情感的困局，爱情的期待与理想的渴望也始终"在天上"，近在眼前却远在天边，是遥不可及的幻梦。

> 突然想起梦中般西里的声音：哪一条航道能直接回到你身边？
>
> 苏拉低了头，水里映着一弯下弦月，射着玻璃光一般的清辉，凛冽而模糊。仰头看，西天星稀处，见水里那弯月亮正清冷地别在天上，如一弯疏淡的眉。[①]

可以说，在近乎无望的情况下，般西里的出现，在苏拉的生命中形成了一种隐喻，其固然标志着可望而不可即的所在，然而却成为女性内心不变的星辉与月色，尽管沉入水中，坠入困顿，仍然不忘抬头仰望天空的光芒。

映川的《狩猎季》讲述了李绿、周启等人为从处长董固业手中拿到项目，一起到云霄山猎鸟，牵引出董固业、周启等人的官商勾结，也勾勒出了李绿朴质无华的农民舅舅舅妈，以及鸟类保护者表弟许宽道与高校教师苏玉石等形象。在云霄山上，李绿的表弟许宽道耿直正义，以保护环境为己任，最终殒命于捕鸟者的猎枪之下；而内心虚伪的知识分子苏玉石在其中坐收名利。小说除传达出环境破坏、官商勾结的主题外，也演绎出了一个女性觉醒复仇的故事：31 岁的李绿因焦虑自身婚事，着了周启的道，受其诱骗，后得知真相，愤而反击；而另一方面，在一出出螳螂捕蝉黄雀在后的现代"狩猎"场中，无论是李绿的觉悟，还是大学知识分子良知的发现，都指示着一个自我的反思与改造的过程。

同样作为女作家的杨丽达，其创作却展现出了对主体深层次的内心世界及其所投射出来的理想世界的纠葛。《桃花塘记》（《上海文学》2006 年第 12 期）中的妇产科医生解花语兼及主人公与叙事者，她既是内置的情感视角，同时也是旁观者。其本是精神病患者，然而叙说却不徐不缓，有板有眼；与此同时，小说无论是人物刻画还是心理描写，语言都非常饱满，因而无论是人物言说还是小说叙

---

① 凌洁：《水里的月亮在天上》，《上海文学》2008 年第 4 期。

事，都赋予了精神病群体以寻常的人性和欲望，他们的喜怒哀乐爱欲恨，也都异常饱满，呼之欲出。以解花语、青娥等人为代表的精神病者，固然因世俗的创伤，不仅精神出了状况，甚至人的感官都开始紊乱，胡言乱语，呓语梦话，仿佛进入了异于常人的空间。在这里，精神病世界中，仿佛存在着自身的一套生存体系和话语系统，与其他"正常"的话语相平行。而作者也有意让二者产生交集，最突出的表现，是解花语的丈夫卫军智，他来到桃花塘，却背着妻子与情人打电话，"故意把厕所的水冲得哗哗响"以掩人耳目，最后甚至对妻子施以家暴。小说在这里提出了新的命题，也即精神病之名应当成为谁之实，异与常这两套被福柯揭示和批判的话语，有其反转的可能与反思的空间。事实上，在精神病院里，也有着寻常温暖的对话与娱乐，有刘厨子和青娥的真情，有解花语与医生东方红日的感情，更有始终守候、舍身拯救青娥母子的柴狗等等。诸般情感都显得真挚可贵，与她们在现实世界中所遭际的罪恶形成强烈的反差，于是，桃花塘在小说中成为了逃离、审视和批判现实人生的乌托邦。杨丽达并不是高产的作家，但小说质量均属上乘。她在《六根》（《天涯》2017 年第 2 期）塑造了"六根"这一人物。"六根"极易令人想起六根清净，但是面对琐屑寻常的生活和家庭，主人公六根却难以平和清净起来，然而他还是与之抗争，俨然莽莽浊世中的一股清流。作者的人物摹写饱满而有节制，个体的言行抛出去了，能收得回来，人物不做作，叙事也毫无匠气，故而在表现知识分子的进与退、真与伪、善与恶时，显得尤为适切真实。

陈谦的《特蕾莎的流氓犯》（《收获》2008 年第 2 期），主人公从广西南宁的李红梅变"名"为美国硅谷的特蕾莎，"实"也随之转变。其中蕴蓄着寄寓于异国他乡所带来的生活空间、价值观念和情感记忆等因素的更迭。然而小说同样探索变动不居中的不变，也即阿梅的内心创伤与历史创痛相互叠加，即便在特蕾莎那里，依然如黑夜中的野兽侵袭，凌厉而沉重，在生命中始终挥之不去。小说所谓的"流氓"，代表的是特殊年代的人性萌动和欲念奔涌，甚至被荒唐的历史定义为罪与恶的范畴，给人带来难以磨灭的创伤。小说最后以忏悔超越了那段历史，也抹平了糙粝黑暗的记忆，获得了新的宽容和谅解。其中的人物，著名史学青年学者王旭东，最终完成了一本《每一个人的"文革"》，副标题是"特蕾莎的流氓犯"，将自身的忏悔包裹其中。而携带着李红梅记忆的特蕾莎深受触动，内心的野兽也渐渐远去，同样化成了直面、悔改和救赎。

此一时期的男性作家写作，则显出沉稳深邃的特质，既有讲述历史的长时间的维度叙事，同时也有聚焦特定历史时段或某一人物/事件断面的叙事。

凡一平的《理发师》（《青年文学》2001 年第 11 期），将人物命运置于历史的起伏跌宕之中，陆平、宋颖仪、宋丰年等都经历过抗日战争、国共内战，世事沉浮，小说极其注重戏剧性的营造，在流畅的叙事节奏下，揭示人物命运的飘忽动荡。小说文本的叙事结构也非常完整，陆平开篇替红军理发，末尾处重遇红军得以保存性命，并最终得到释放，与宋颖仪过上了新生活。小说以理发师的一门手艺巧妙贯穿始终，个体在历史洪流的裹挟下，依旧保持着平和乐观的心智，在不同时代所投射的阴影中，再无奈，再不得已，也要谋一处生存，争一丝生机。作品所传导出来的，是人性的柔弱与坚忍同在，生命的屈辱与尊严并存。此外，凡一平发表于 2019 年的中篇小说《我们的师傅》，也同样以别出心裁的故事，展现了作者叙事的功力。

鬼子是广西三剑客之一，他在 2002 年完成了三部曲的最后一部《瓦城上空的麦田》（《人民文学》2002 年第 10 期），小说通过老人李四及其子女的一连串荒唐与荒诞的遭际，表面上聚焦的是人伦和亲情。"在每一个当父母的心中，他们的任何一个孩子，其实都是一块麦田，等你大了，等你结了婚，等你有了小孩，你就什么都知道了。从那以后，不管是送来我的李瓦，还是送来我的李城，送到后我都会爬到这里来，我总是像现在这样坐着，然后看一看天空，看一看天边的白云，我会觉得我心中的又一块麦田，在飘呀飘呀，从山里又远远地飘到了瓦城来了。那种感觉你可以想象，那真是太幸福，太幸福了。"① 在老人李四那里，传统的亲

---

① 鬼子：《瓦城上空的麦田》，《人民文学》2002 年第 10 期。

情伦理是不会消散的，就像瓦城上空的白云，只会暂时消隐，不会消逝，而且总会飘着飘着就回到瓦城来。然而小说的叙事重心却并不在此，从李四埋怨子女的不孝顺，到装死教训三个子女，再到子女弄假成真始终不愿承认父亲李四还活着，直至最后李四想做父亲终不得而含恨客死他乡，李四无疑经历的是卡夫卡式的荒诞，积重难返的误解与误认，指示了人与人之间的不可理喻与不可理解，而其中被异化的现代主体对此却全然不自知。

朱山坡作为广西的"后三剑客"，其小说创作善于透过生死苦难显露深层的人性。《跟范宏大告别》（《天涯》2007年第3期）写老人阙天津预知死之将至，欲与己告别，也与人作别，他想起了故人范宏大，后者比他大一岁。范曾经的相亲对象被阙夺走，两人也结下了诸多的恩怨。妻子过世后，阙心怀愧疚，故欲死前与范告别。然而最后当他们相遇时，沦落至乞讨的范宏大却毫不领情，只怪阙搅了他的一场好梦。值得注意的地方在于，范宏大显然早已辞别了曾经的乡土和故人，而阙天津的告别，事实上演化为一种召唤，追溯往事，追怀故人，然而，到底时过境迁，物是人非事事休，宛如范宏大的一梦惊醒。可以说，跟范宏大告别的过程，实际上是与一个传统时代和乡土空间告别的过程，是与"老人"／一代人所执念的故土情谊、亲友情义甚至是礼义廉耻作别。

光盘的《重返梅山》（《民族文学》2017年第8期）是一个现实主义的批判性文本，相比于流行的语言革新与叙事试验，这个中篇显得诚恳而务实。回到传统的批判现实主义，直指当下的弊病，试图治病救人、匡扶正义，更是指摘得失、关怀现实。小说围绕着三个对照展开叙事，其一是爷孙之间的跨时空交流，爷爷的形象及其事迹，始终作为商业成功的"我"心中或隐或现的道德标杆；其二是当下现实状况与革命战争历史的参照，羸弱的个体与强悍的族群彼此形成映射；其三则是梅山发展的前后对比，过往记忆中的山清水秀的自然风情，已经不复存在，甚至为了表面繁荣弄虚作假。事实上，叙事者出走后的"重返"，联接了"五四"以来的批判模式，有所不同的是，"五四"时期往往存在着启蒙/被启蒙、城/乡的二元对立式的叙述，而当代小说在出走—重返中形成的批判观念，逐渐与当下的人文、理性以及科学化的经济态度和管理经验相结合，以新的眼光识见和观念意识，重新审视中国的乡土世界。

田耳的小说，往往传达出生命的严酷以及残酷中的无奈和反抗。《一天》（《长江文艺》2017 年第 24 期）讲述双胞胎姐妹双洁和丹妮先后陨亡，冷冰冰的人生苦痛，折射出现实的尖锐。小说叙事将社会性与人性并重，在事件延展的过程中，与其说是一场虚构，不如将其视为一次纪实性意味浓重的社会实录。作品直面个体的疼痛与死亡，以禹怀山、范培宗为代表的学校方，与丹妮家属之间的较量与磋商、争夺与妥协，如戏剧般将矛盾高度集中起来，从丹妮跳楼自杀到入土为安的一天时间中，集中呈现事件的冲突，也于焉透露出各方人物浮世绘般的出场与收束，映衬人世百态与世间冷暖，生命的冷酷与关切也得以彰显。

四

在当代广西文学发展史中，中篇小说是叙事最为坚实沉稳，结构最为成熟完整，也最能反映广西 70 年文学创作实绩的类型。在如是种种之中篇文本里，小说作为一种叙事，被提至一个稳定的幅度，在构筑出来的思想平面上，再现历史与反思现实；与此同时，中篇小说从篇幅和叙事习惯而言，其作为一种沉稳的写作状态和集中的叙事行为，需要文体意识的自觉，也即在充分的形式考量的基础上，真正浮现出自身的面貌；在叙事时间上，则倾向于一个阶段或时段，人物设置也不仅以一人做主，而是讲求多人互动，线索开始突破单线铺排，既可以展现宏大的时间和人物群像，又能在不同的人物关系中有所取舍和集中，并在进退有据的文本书写中，铺陈出新的叙事版图与文学世界。

如前所述，在 70 年来的广西中篇小说中，极为注重叙事元素内部的多元博弈，在不同的关系中进行争夺与妥协，不仅从中呈现多方的矛盾纠葛，即便是妥协的部分，依然充满力量，其中之退让、隐匿，同样是一种蓄势待发，将积聚于内部的潜藏的能量，与显性的表层的因素相互纠葛。因而在小说叙事的内在局面中，布满了交织与渗透、异见与共谋。这便是广西 70 年来的中篇小说为何取得如此高的成就的重要因素——文学的外在呈现与内在元素之间，达成一种平衡中的复杂与丰富，进而将叙事推向新的高度。

曾　攀

1980 年代

黑蕉林皇后

陈肖人

一

"咕故嘿——嘿!""咕故嘿——嘿!"

鹧鸪鸟在对面河谷的密林里尽情地欢叫着。因为山的回应，仿佛这叫声就在身边，走到哪里，传到哪里，却又看不见这鸟躲在何方。这声音就像夜空的星星，若隐若现，使这河谷愈发显得幽深，神秘和悠远。这是长滩河的一段河谷。

长滩河出自数百里外的瑶山。它像一只银羚，活蹦乱跳在千山万壑之间。来到这里，即使此去平阳大垌还有百十来里，大概一路辛劳困顿，要在此地作一番小憩，于是便形成了半弯静水，一碧深潭。在这碧潭之上，有一小片坪地，从坪地到山顶，长着密密麻麻、高高大大的各种各样的树木，其中有青冈、米椎、樟树、千陂，还有松

作者简介

陈肖人（1940—），原名陈孝仁，广西宾阳县人。毕业于广西艺术学院戏剧系戏剧理论专业，1962年发表小说处女作《我和母亲》（《广西文艺》1962年第7期），1964年到广西人民出版社从事编辑工作，1973年加入中国共产党，1985年加入中国作家协会，历任广西人民出版社文艺编辑室副主任、漓江出版社副总编、广西新闻出版局图书管理处副处长，编审，广西作家协会理事、副主席，广西出版工作者协会副主席，中国出版工作者协会理事。主编"八桂作家丛书"计18种，主编《广西情歌》（1—6集），是长篇历史小说《桂系演义》的责任编辑，著有长篇小说《雨后青山》（与他人合作）、《斜阳脉脉水悠悠》，中篇小说集《黑蕉林皇后》，短篇小说集《仲夏夜之谜》等。

作品信息

原载《三月三》1985年第2期，收入小说集《黑蕉林皇后》（海峡文艺出版社1986年11月出版）、中篇小说集《小镇风流》（广西人民出版社1988年10月出版），1988年获首届广西壮族自治区人民政府文艺创作铜鼓奖。

树和枫树。河湾旁还长着一片黑压压的野蕉林。因此，人们把这块小坪地称作"黑蕉林"。

实在说，这"黑蕉林"至今仍然是个"封闭的世界"。从这里往外走，到最近的一个村寨起码也有八十里地。要走这八十里地，踩的是河滩的卵石，攀的是河旁的峭壁，涉过二十三次长滩河的河道，钻过长着一两丈高芭芒的河谷。可是那些深山里的放排工、樵夫和炭农，硬是从这里，甚至更远更远的瑶山里出来进去，踩出一条依稀可辨的小路来。

如今，岁月就像这古老的河道一样几经劫洗，而长滩河两岸似乎没有什么变化，依然峭石林立，千姿百态。而人间却就不尽相同了。这黑蕉林也因为许多年前，有个受不住"黑五类子女"待遇的青年人，带着妻子躲到这里来开荒种地，又偷偷办起了一个香菇场，而起了变化。那青年名叫宗相，过路的放排工和炭农们便"宗相哥""宗相嫂"地称呼起他们来，还因为路途劳顿，总喜欢在他们这里落落脚，住上一两夜再往前赶路。黑蕉林的那间茅舍，便成了一个热闹的处所。不料，宗相哥命短，早两年因病与世长辞了，留下了孤儿寡妇。

丈夫去世后的时日里，宗相嫂无比哀痛。那些久不久过往的放排工、樵夫、炭农，也甚觉难过。因为宗相夫妇来到这里种植香菇，建起了简陋的茅舍，这些放排工、樵夫、炭农，才能偶然僧投一宿，吃一餐热饭，洗一盆热水澡，不至于栖身荒滩野洞，受那寒风冷雨飘打之苦。如今，这宗相一去，香菇场还能办下去吗？看来，以后他们只能望"寮"兴叹了！

可喜的是，宗相嫂并非那种嫁鸡随鸡，嫁狗随狗，嫁着猴子绕山走的角色。她有女子的温柔，却又不乏男子汉的坚毅。丈夫去世之后，她便把三岁的儿子托给娘家抚养，自己一半时间种责任田，一半时间仍进这深山野林里来种香菇，硬是把丈夫办起的香菇场接办下来了。她舍不得这个地方。这里有她的悲欢，有她的血汗，每年还有一笔可观的经济收入。这几年，她把丈夫的种植技艺学过来了，她完全可以对付过去。开始，她单身独人住在这里，确实怕过一阵子，天未黑就关门早早睡觉，天大亮才开门出来。她还养了一只大黑狗，这大黑狗给她壮了不少胆，连那些专门啃咬糟蹋香菇的小飞鼠也被大黑狗逮了不少。后来，她觉得这样下去也太孤寂，何不像过去那样，招些过往客人进家投宿，晚上热热闹闹，既方便他人，自己也可解解寂闷。于是，她把那间并不宽敞的泥墙茅寮隔成了两间，开两个门。一间她自己住，另一间打起火塘，可做厨房，也可给客人投宿。

这么一来，曾经寂寥一时的黑蕉林，晚上又热闹起来了。那些放排的、烧炭的一落脚，便拎来大挂猪肉，切成厚厚一块，和青菜一起倒进铁锅，边煮边吃边喝，也把宗相嫂拉来入座。宗相嫂在这些伙计们的眼里却不一般，三十岁的寡妇却似一个二十来岁的姑娘那般灵秀娇美，他们暗地里都称她为"黑蕉林皇后"，有了婆娘的恨自己没有福分能跟她亲近，还没有婆娘的自然就会找机会向她献殷勤。这时候邀她入座是"众心所向"。不过，宗相嫂每回虽然应邀入座，却有时吃，有时不吃。一壶壶廉价的米酒直喝得这些人一个个半醉半醒。开始，这些人说话做事还有些戒备，慢慢一混熟，也就随便了，再加上酒酣耳热，说话就更放肆起来。互相间的戏谑取乐自不待说，甚至连床上和女人睡觉的事也脱口而出。这都在宗相嫂的意料之中，逢到这个时候，她就抽身出去，或到隔壁房里干她的活去了。直至这些人发觉宗相嫂不辞而别，这才悟到他们说话的粗野，要是宗相嫂有事再来，他们当中就会有人抱歉两句："宗相嫂，我们说话没有分寸，对不起啰！"宗相嫂听罢，浅浅一笑，落落大方地回答说："出门人嘛，说说两句笑话解解闷，没什么奇怪！"这么一说，大解芥蒂，大伙又热闹如常。

不过，山里人虽说嘴巴粗野，动作未必强蛮。尽管宗相嫂那丰腴的体态，佼佼的脸蛋，令这帮粗犷的过往者精神上得到一种快感，但，这两三年来，还没有发觉谁敢对她做出什么轻妄的举动，因为平素大家都了解，她不是那种可以随意招惹的人。不然，她何由称得起"皇后"？

不过话也不能说死。白米饭养出百样人。她一年之中有一半时间住在这深山幽谷里，又是一个十分吸引男人和正当十分需要男人年纪的女人，很难说往后会不会有一个什么样的角色闯进她生活里来。她才三十岁哩。

二

九月的一天早晨，投宿的放排工和炭农都出山外去了，茅屋里已经冷清了两日。宗相嫂开门出来，只见河滩上雾气腾腾的。这长滩河就是如此，一年之中，一早一晚，没有多少天是晴朗的。像往常一样，她走下河滩打水，顺便把晚上用大卵石压在河滩的衣服洗一洗。在这里，洗衣服从来不用肥皂，也不用山里农家常用的草木灰水浸泡。只要把衣服在河滩上泡一两个小时，用手搓一搓，经河水一冲，再邋遢的衣服也会干干净净。

打水回来后她开了隔壁的房门，把火塘里的火灰拨开，那三根海碗般粗的大木头闪出了火星，再放上几条小柴，火塘里的火很快便哔哔嘰嘰地升起来了。

她吃了饭，带上大黑狗，钻入离这茅屋百十来步的丛林里去了。里面就是她的香菇场。

今年头一道香菇已经收获了。几天前下了一场透雨，由于菇木吸足了水，天气一暖和，香菇就猛爆出来。一眼望去，就像一朵朵黑色的，灰色的小伞，热热闹闹地绽开在一截截菇木之上。山里飞鼠多，经常出来糟蹋香菇，有的才长出就被它啃掉了。那只大黑狗不光给她守夜，还给她猎飞鼠，哪天不逮它三只五只的。只要被大黑狗发现，飞鼠跑得再快，也多半是大黑狗的齿下肉。

她察看了坡地丛林里的香菇场，又沿着一条依稀可辨的小径，往山上走去。山上也长着茂密而高大的林木。沿着山径，有几株被伐下来的粗大的枯树。这些枯树叫干陂树，是种菇的好木料，只是太粗大了，难以拖进菇场。她就在上面种上菇菌。产量也不少，一株一次能采个一斤几两的生菇。

在半山腰，她还有一个小香菇场。那里还有一处不太陡的坡地，宗相在世的时候，曾说过要在那里开辟一个更大的菇场。他不在了，她没有那么大的力气去伐木、锯木，还要一截截扛到河里泡浸，然后再扛回菇场里来，搭成一溜溜的人字架。费的力气和功夫太大了，她没那个本事。

她爬到小香菇场，太阳已经升起老高老高。身上不觉沁出了汗水，她便把毛衣脱了下来。这时候的空气凉爽极了。在山外，太阳仍然是灼热如烤，可在这里，再猛的太阳也失去它的威力。好像倒是希望太阳来得更猛烈些。要不，站不上几分钟，脚底便生起寒气。

当她脱掉毛衣的时候，脖后跟掉进了几滴水珠，沁凉沁凉的直往背脊里钻，她不觉把脖子一缩。那是山上的雾气遇上阳光的照射，在树叶上凝结成水珠往下掉的。她下意识地抬头往树上一望，发现一只寒鸡站在一枝树丫上。灰白间黑的羽毛，长长的尾巴，美极了。心想，要有粉枪，准把它收拾了。她大喊一声："噢！"可这寒鸡只慌张地对她望望，并没有飞掉。

"莫非小看我抓不到你？"她便拣起一小截断木，对准寒鸡扔去。虽然扔不中寒鸡，却把它吓得翅膀一扑棱，飞落到不远处的灌木丛去了。大黑狗一见，便猛扑过去，把那只寒鸡叼了过来。宗相嫂把它抓到手上一看，原来是被人打伤了一只翅膀。

她把寒鸡掂了掂，足足有三四斤重，不由得高兴地想，这下她和大黑狗可以美美地饱吃一顿。可又转念一想，也不一定马上吃，把寒鸡腊起来，出山的时候，带回去给孩子和老母亲吃，这山禽野味，山外也不是轻易吃到的。

她正要下山，远处猛然传来"救命啊！救命啊！"的呼唤声。因大山的回应，这声音显得特别凄厉、惊惧，仿佛树叶都在簌簌地震抖起来。

她心一颤，立即驻足竖耳细听。"救命啊！救命啊！"

呼救声还在不住地从山背后传来。

尽管她心里有点发毛，但僻远山民中那种固有的互相扶济的精神，使她振作起来。她马上对着呼喊的方向大声引颈一呼："呜——"很快周围的山都在回应起来："呜——""呜——"

不由分说，她把寒鸡的头一拧，也不管它死了还是活着，往地上一丢，急急就往山上爬去。大黑狗在她一旁汪汪地叫。

好不容易爬到了山顶，呼救声已经听不到了。她不得不圈起手又引颈长呼：

"呜——"

这时候从背后的山腰上传来了呻吟声和艰难的呼救声。林木茂密，山藤攀缠，只知声音方向，不知人在何方。更不知这人为什么呼救。是被老虎咬么？听说老虎是在茅山的，密林里不会有老虎，也没听谁说过这一带曾经出现老虎。是遇上了黑熊？听说出现过黑熊，可她住在这里那么多年，却没见过。要是被黑熊咬，这人早就出不得声了，现在他还不住地呼喊着哩。那有可能被大蛇缠或是什么毒蜂蛰？这有可能！这当儿，她手无寸铁，也不晓得害怕，一心救人，一股劲往呼救的方向钻。就像看见有人跌下水，不管会不会游泳，猛然就往水里跳一样。

她的衣服被树枝刮破了，头发也被搅得像个鸡窝。好不容易发现那个人倚在一株大树旁，满头汗水，一脸发青。她几步冲过去，走到那人身旁，问道：

"出了什么事？"

那人指指埋到一个土坑里的左腿，艰难地说：

"被大铁锚夹着了！"

原来这人踩到猎人装野兽的陷阱里去了。她马上蹲下来，伸开五指扒土。那人一见，用那只未受伤的右脚把她的双手一拨。

"不行，怕还有什么机关，会夹坏你的手的，还是砍树枝来撬吧！"

还是这人想得周到。她抽开扎在腰背后的柴刀，砍来一截手臂般粗的树枝，吭哧吭哧地刨开土层。费了不少时辰，才挖到装铁锚的地方。她用九牛二虎之力才掰开铁锚，把那人受伤的脚扶了起来，脱开脚上的鞋，解下她身上的汗巾，抹去和着泥块的血迹，只见那伤处像小嘴一样裂开。她轻轻地给他抹伤口，他还哎哟哎哟地咧嘴直叫。

她抹干了伤口之后，那人从裤袋里掏出一条手帕，递给她把伤口包扎。

原来这人是打猎来的，鸟枪摔在一边，有三四只斑鸠、鹧鸪之类挂在枪杆上。

她包扎这人伤口的时候，从他的口中，断断续续地知道，他住在山外的石鼓镇，离她家的鹤泉村有二十多里地。他是昨天就进山里来打猎的，因为打上了瘾，晚上没有回去，在一个山洞里蹲了一宿。今天在不知不觉中窜到这里来了。原想再打得一两只鸟就回去的，没想到踩中了陷阱。看他的模样是个二十多岁的小伙子。

从这里出山，还有百十来里地，涉水又爬山，无论如何他是回不去了的。她说：

"我背你到我那里去吧！"

他感激又为难地望了望她，说道，"不！"他又指指丢在地上刚才她刨土用的那条木棍，"你把那条棍给我，麻烦你把那鸟枪带上，我慢慢跟你走。"

"行吗？"

"可以！"

他就这样一瘸一瘸地跟在她的后面，艰难而行。有时坡度太陡，或有大石相阻，她就回过头来帮扶他一把，搀他几步。费了一个多时辰才回到她的小香菇场。

她还忘不了捡上那只寒鸡。他问她：

"是你猎到的？"

"不，是捡到的！"她把刚才这只寒鸡的来历一一告诉了他。

"咳！"他叹了一声，"早上我打伤了一只也像这么大的寒鸡，它飞也飞不远，我就一路追来，没想到踩中了别人安的铁锚！"

"说不定就是这只寒鸡了。你背时啰！"

"可不！"他苦笑了起来。

好不容易，他们回到了茅屋。

三

"大嫂！"她把他扶进屋里坐下来之后，他亲切地叫唤了一声，说，"麻烦你帮我找几种草药：刀伤叶，黑墨草，大铁打，小铁打……"

"哎哟，你说的这些草药，我认不出来！"

"就在河沟边，肯定有！"

"可我不懂，真的不懂！"

"那你再扶我去采吧！"

"吃了午饭再去不行吗？"

"最好马上去。先给我喝点水就行。"

宗相嫂拿起碗就往桶里舀。他摇摇手：

"这是生水，能喝吗？"

"哎哟，我看你也不是城里的干部、知识分子，喝生水怕什么？再说，这条长滩河比什么水都干净！"

"我晓得。只是我这脚才受伤，又流了不少血，怕喝生水不好！"

"噢，对！"她恍然大悟。

火塘里本来就烧了一锅水，只是锅大水满，不易煮开。她便端起锅，倒去了一大半。回头把火拨燃，不多一会工夫，锅里的水便吱吱地叫起来了。

水开之后，她舀了半碗，又拿来一只空碗，把水对过来，又对过去，这半碗开水便凉下许多，她这才端给他喝。

喝完水之后，她又把他搀了出去，沿着河滩，找了不少时辰，才弄来了那几种草药。回来之后，在他指点下捶烂，敷了他的伤口。

然后，她就弄起午饭。端饭时，他问：

"大嫂，大哥呢？"

她没有顺话回答他，只是说：

"吃吧！"

他以为是他们两口子闹了什么矛盾，吃饭也就赌气不等的，所以，他坚持说：

"还是等大哥回来再吃吧！"

"不用等谁了。就我一个人在这里！"

这么一说，他也不好细问了。吃完午饭，她对他说：

"你就在这里休息吧。看样子，这伤口不愈缝你还出不了山呢！"

"是的啰！这回给你添麻烦了！"

"呃，这也不是你愿意的事！"她拿来一条破毛巾，把火塘边那张垫着厚厚茅草的床铺扑打了几下，告诉他说，"你就躺在这里吧，床上的被窝不大干净，这都是过往放排、烧炭的人睡的，将就一下吧！"

他这才注意到隔壁还有一间房，忙说：

"不要紧，不要紧，这就算万幸了！忙你的去吧！"

敷上草药之后，脚上的伤处不那么痛了。再加上一身劳累，他睡了美美一觉。

"宗相嫂！宗相嫂！"门外几声呼唤把他叫醒。他张开眼睛一看，已将近傍黑。只听得门外卸下竹木和铁器的声响，有人走了进来，他忙半欠起身。进来的是个三十多岁的矮个汉子，见他躺在床上，不觉一惊，问道：

"你是哪里来的？"

"背时！我进来打猎，踩中铁锚。要不是这里的那位嫂子搭救，我不死也要脱一层皮了！"他如实相告。

"哪个村的？"

"石鼓镇的。小姓谢，名茂生。"

大概是听到屋里的说话声，又陆续走进了三四个汉子，大都是三十几、四十年纪的粗壮汉。其中有人问：

"伤得重不重？"

"是五寸口的大铁锚夹的！"

"噫呀！不夹断你的骨头算你的运气啰！"

"骨头大概没伤到，伤口倒是不小！"谢茂生问道，"你们是哪村的？"

"鹤泉，和宗相嫂同一个村，都是放排的！"其中的一个回答。

这时候，宗相嫂进来了，说道：

"都回来啦？！这位兄弟进山打猎受的伤，今晚，你们有口福了——寒鸡宴！"她风风火火地说。

刚才那位最先入屋的矮个子说：

"你也有口福，我们从一位瑶胞那里买到一条娃娃鱼。"

"有多重？"

"八斤半！"

"好，今晚够你们喝的吃的！"

于是，大伙七手八脚，剖鱼的剖鱼，洗菜的洗菜，煮饭的煮饭，不需一个时辰，娃娃鱼煨寒鸡，还配上鲜香菇，一股诱人的香味直撩得人猛咽涎水。于是，七八个人，围在火塘边，美滋滋地吃喝起来。

吃饭的时候，那位受伤者谢茂生，留意观察这些汉子中哪一位是这位大嫂的丈夫。可他留意了半天，也看不出个子丑寅卯来。似乎她对谁也不特别拘谨，对谁也不特别热情，对谁也不特别随便。心想，晚上看吧，晚上谁到那边睡，那准是她的丈夫。

吃饭当中有人问谢茂生：

"现在的青年人种完责任田，有人去跑生意，有人进城当泥水工，你怎么不去？"

他笑了笑，回答说：

"跑生意我没那个本事，去做泥水工受工头剥削，我就干脆在家待着！"

"跟我们放排吧。放一回排，七成给森工站，三成给我们自己。每趟来回半个来月，可捞它百把块！"有人对他说。

"可我也没这个本事呀！站在排上，头发晕，脚打战哩！"他回答得倒是实在。

"呃，人家石鼓镇平阳大垌，每人平均一亩多水田。哪像我们，不到一亩地，有一半还挂在山上。种完田，人家就可以跷起二郎腿吃饭。可我们，累骨头来养肠子！"

"倒也是。现在的年轻人享福啰！种完田，能跑生意的就跑生意，想做什么就做什么。闲着没事，就上街看电影！"有人瓮声瓮气地说。

"有人看电影，也有人上街'洗眼睛'——看妹仔！"

'哈哈！'洗眼睛'？好耍！好耍！'

人们爆发起一阵笑声。

"你不去'洗眼睛'，怎么往山里跑？"有人问谢茂生。

他"嘿嘿"一笑：

"我有啦！"

"家花不比野花香哩！"说这话的就是那矮个子。

"死鬼！"宗相嫂伸出筷子往这矮个子头上一敲，"你要是做出对不起秀珍的事，我就和她剥你的皮！"

"不敢！不敢！我是吃酸萝卜沾辣椒——图得张嘴爽快的！"

"哈哈！"人们又是一阵开怀畅笑。

这顿饭足足吃了两个时辰。然后，洗澡的洗澡，抽烟的抽烟。接着，有人钻到被窝里去了，有人则围在火塘边聊大天。少顷，便有鼾声唱起。因为谢茂生今天足足睡了一个下午，没有多少倦意，他是最后一个睡的。他往这一丈见宽的大床上望了望，不多不少，五条大汉，连他自己六条，没有哪个到隔壁房里去睡。这么说，她的丈夫不在这里。"那，她的丈夫呢？"他带着这个好奇的问题，凑合着躺到那带着一股火烟味、旱烟味还和着汗臭味的被窝里去了……

四

第二天吃过早饭，那五条汉子有四条下河放排出山，还留下一条。这人四十挂零，一脸胡须八叉，长着一对半醉不醒的眼睛。谢茂生想起来了，昨晚上他喝的酒最多，他一个人独灌了半壶。他留下来，说是因为从此地出去，水路已不那么险要。他打转头再进更深的山里去伐木、扎排。其他人出山回来后，马上就可以放另一批排。

谢茂生吃过早饭打算去采药，他才撑开拐棍出门，宗相嫂便拿着一把草药回来了。他感激地说：

"嫂子，我能采的，以后不必麻烦你了！"

"这没什么，你还是少走动一点好。"她把手上那把草药往他面前一伸，"是不是这几种？"

谢茂生接过来一看，连说：

"不错！不错！你真有能耐，才跟我采一次就辨出来！"

"呃，眼见功夫嘛！"她又从他手上把草药拿过去，说是帮他捶烂。谢茂生不依。那位放排工走过来说：

"我来捶吧！"当他接过草药之后，又向宗相嫂道："还是看你的香菇场去吧！"

"那倒是，我要去摘菇了！"宗相嫂问那位放排工："大光哥，那你不去放排？"

"我要打转头去伐木！"接着，这位放排工讨好地问她："你要不要我帮忙？"

"算了吧！我忙得过来。"宗相嫂似乎不那么欢迎。

大光却涎着脸说：

"你别客气嘛！我都说过多少回了，只要你用得着我，再忙我也愿意帮你！"

"好啦！好啦！我不忙！还是做你的活路去吧！"

宗相嫂没带任何表情，一说完，就撩上篮子，往香菇场走去。

他们俩的说话，谢茂生在一旁听得清清楚楚，却又说不清他们其中有些什么奥秘微妙的关系。等宗相嫂远去之后，他便好奇地打听起来：

"你就叫大光哥？"

"嗯。"

"这宗相嫂的丈夫去哪啦？"

"死了两年啦！"

"她还没改嫁？"

"咳，人家眼角高得很哪！不瞒你说，老弟，我很想讨她做老婆。今年我四十二岁，没结过婚，说来还是个红花仔！我不就是比她大十二岁。大十二岁又怎么样？她死了的老公就只比我小两岁。她能嫁得他，也可以嫁得我嘛！"

"你年纪那么大为什么没结婚？"

大光猛把那草药捶了几捶：

"唉！老弟，过去那年头我能结婚吗？年终分配就得那么几块钱！现在我好啰，一餐就算喝一斤米酒，也就是六毛钱。可我一个月能挣二百来块钱哪，再喝也喝不穷我！"

谢茂生刚才看见他那双半醉的眼和那涎脸对宗相嫂讨好的模样，确真有几分生厌。如今听他这么一说，倒觉得他是个可亲近的壮汉了，甚至那双带醉意的眼睛，配那红红黑黑的脸膛，反而显得他有点彪悍淳朴的光彩。所以，他不无同情地说：

"要是你能讨到她，倒是不错，她一定是个很能干的女人！"

"是呀！又能干，又漂亮。不瞒你说，我那些放排的伙计们，都暗暗称她黑蕉林皇后咧。你说这称呼相称不相称？"

谢茂生微笑着向他默默地点头。

说话之间，那草药被这壮汉捶得像泥浆一样溶烂了。谢茂生剥去脚伤上的旧药，把新药敷上。然后，他慢慢瘸着腿，回茅屋里休息了。

他无事可干，便斜躺在被窝上闭目养神。迷迷糊糊了一阵子。忽然，听得外面有人呼喊：

"来人哪！来人哪！"

这是女人的声音，谢茂生断定就是宗相嫂喊的。于是，他扶着拐棍，瘸出门去。

五

刚才，那个叫大光的放排工，看见谢茂生进茅屋休息之后，便随手捡起一个塑料兜，往香菇场去了。尽管宗相嫂对他表示冷淡，有时甚至反感，但是，一旦求偶的欲望在这么一个男人的心田里燃烧，再冷的雨也是不能把它浇灭的。这个壮汉，过去他想爱不敢爱，有爱不能爱，现在他觉得可以有本事大胆去爱一个人了。他不愁喝，不愁穿，还有几千块存款，要去找一个二十岁的红花女，这也可以办得到。可是，他觉得年纪相差太大，怕不可靠，也不会谈得拢。唯有这个守了寡的宗相嫂，最是他的意中人。她年纪相当，又漂亮，又能干，吃过苦，守过寡的人，懂得过日子，更会体贴丈夫。要是他能跟她结合，不但感情上有温暖的寄托，生活上也保证过得富富足足。她种香菇，他去放排，只要餐餐有半斤几两，还可以放十年八年排不成问题。放不了排也不要紧，农忙种田，农闲就和她种香菇。这样过日子，别说起什么三进头、五进头的大房屋，就是起洋楼，买屁股冒烟的摩托车进城要要也不难办。

他是排头工，今天本不该他留下的，可是，他的这几位伙计之中，有人晓得他的心意，就让他留下了。他是想偷个空，单独和宗相嫂接触，谈谈他一点心里话。

十月的长滩河谷，早晚凉飕飕的，可是太阳一出来，就给人一种有如春日融融的感觉。

大光通过一条两旁长着杂树灌木的小径，来到了香菇场。只见宗相嫂头上扎一条白头巾，穿一件粉红的长袖圆领线衫，腰际扎一个小围裙，正侧身弯腰在摘菇，那丰满的奶头快要顶破线衫了。听见有脚步声走来，她猛直腰抬起头一望，原来是他！

她在赧意中更带怒意地问：

"你来干什么？"

他显得有点不好意思地笑笑：

"来帮你摘菇！"

"你不见我穿的是睡衣吗？"尽管她的目光威凛，在他看来却反而显得更加动人。

他一时不知怎么回答，只好讷讷地说：

"看见了……我是来帮你摘菇！"

"你走开，我用不着你来帮忙！"她的语气依旧是那么不留情面。

看见她今天出落得更加姣好，他爱她又是这么笃定，此时此地，他更控制不住内心对她久蓄的爱。可是，山里人却又拙于言辞，不知讨好，无从表达。所以，他便情不自禁地采取了他认为最能表达的方式：猛扑过去，把她紧紧地搂在怀里。心中的千言万语，像一股冲开了堵石的涌泉，喷泻而出：

"秀瑛（他不叫她"宗相嫂"了）！我喜欢你！我想死了你！你就做我的老婆！"

这真令她措手不及。她挣扎起来，推他、拽他，还打他两个耳光。可他那双手，像铁箍似的把她箍得简直透不过气来。她只好大声呼喊：

"来人哪！来人哪！"

这一喊，他赶快把手撒开，并且想不到地跪了下来，嗫嗫嚅嚅地道：

"秀瑛，你别喊！我有罪！……"

顿时，女人的心有点软了，但还是气恨恨地说：

"快滚！"

他便垂头丧气地钻进丛林里去了。

不多时，谢茂生瘸着腿来到香菇场。

不知怎的，见他到来，像见到什么亲人似的，她便满肚委屈地哭开了。

见此情景，谢茂生心中明白了几分，问道：

"谁欺侮你了？是不是那个放排工？"

她没有回答他的问话。不一会，她抹去了眼泪，背对着他把外衣穿上，然后一边捡起装了一篮子的香菇，一边说：

"回去吧！咱们回去做午饭吃！"

他真想安慰她两句，或者上去给她提个篮子。可是，他不知说些什么好，他脚伤不便，不可能给她提篮子。如果说，在他还不知道她是个寡妇之前，对她的能干和赤诚，内心总是怀着敬意的话，那么，现在，特别是看见她那委屈的泪眼花花的样子，内心却充满怜悯。他今年已经二十五岁了，高中毕业后就回家种田，父母还健在，姐姐早已出嫁，就他独子一个。在此地的乡镇，像他这般年纪还没结婚的不是没有，但并不多。他是其中一个。因为他毕竟读过点书，特别爱读小说，古今中外，长篇、中篇、短篇，他都读。有时，他也想学写小说，可是执起笔来，琢磨了半天，也写不下几行字，觉得自己不是料子，便又弃置下来。

他也谈过几个对象，这两年他喜欢上一个了，那是本镇的一个妹仔。是前年高中毕业回乡的，比他小五岁。不过，现在还没谈准。年轻妹仔的心，就像长滩河周围山上的云，变幻不定的哩。她到底是不是真喜欢他？他心中还没有多大把握。

前些天，这个妹仔和同村的一位女伴跑生意去了。从他们这里运茶叶去广东卖。听说一回可赚个七八十块。她曾约他一起去，可他不愿。一来他觉得没有把握，二来听说到了那里的圩场还要吆喝着叫卖，有失面子。为了这几个钱，何必去受此劳累。在家里也不是少吃少穿，顶多不是少点"电器化"？他劝她不要去，可她偏要去。他心里好不窝火。心想：我男子汉都讲个身份和面子，你这妹仔家竟也去那些人生地不熟的地方挤挤拥拥，难道人的脸面就值那么几个钱吗？！因此，他就赌气进山打猎，散散心来了。可就是没想到，头一回进山打猎就惹下了这个麻烦。要不是这位大嫂搭救，还不知是死是活呢！

现在他们俩大概都在各自想着心事，所以一路无言，默默地走进茅屋。

宗相嫂升火煮饭的时候，谢茂生问道：

"那位放排工哪里去了？"

"鬼晓得！不理他！"

"刚才他跟我说，他想和你成家，看样子他倒是个好人！"

"好人？哼！是个酒鬼！讨厌！"

"你不是经常跟他们一起吃饭的吗？"

"那是礼貌。人家在这里借宿，吃饭，大伙一起吃得热闹热闹的，我能一个人躲到一边孤零零地吃吗？这不显得太小气吗？可是，叫我和酒鬼生活一辈子，那酒气整天往你脸上喷，我可受不了！"她说得倒是挺大方坦率。

"人可以改的嘛！"

"改？到这个年纪也难改啰！"过时，饭水泼出来了，她怕火大，就从火塘里抽出两条燃着腾腾大火的柴枝，一边往地上打灭，一边说："不说了！说这个没盐没油的无意思。再说，我老了，也不想嫁人了，我的孩子都五岁了，将来我也不忧无人给我养老。"

"怎么说老呢？我看你还年轻着呢！"

她"扑哧"一笑，闪着那双妩媚的眼睛，无比畅怀地说：

"大兄弟，你莫拿我来开心吧，我都三十啦！"

"我还以为你才二十四五呢！"尽管谢茂生已晓得她的年龄，可是，一方面她样子确比她的实际年龄显得年轻，一方面他想讨好主人两句，就有意把她的年纪降得更低。

"是吗？"她理了理挂到额前的鬓发，青春少女般粉红的脸上洋溢着兴奋的表情，轻快地站了起来，弄菜去了。

六

她发觉这位年轻人倒也纯真可爱，所以午餐的时候，尽她所藏，弄了几个菜，有煎蛋，有腊肉炒笋丝，还有香菇炖大白菜。谢茂生看见她弄，一再劝她不要破费。她说，他不来，她也照样吃，现在不过就是添一双筷子罢了。

吃了午饭，她问他要不要看书解闷？这正合他的心思。原来他就想向她找书看，怕她没有，才不敢问。她从她房间里给他弄来厚厚一沓杂志，都是那些多登时兴的侦破或武林小说的通俗刊物。谢茂生问她是哪来的，她说是让那些出山进城的人买回来解闷的，也不计较多少钱，反正一回给他们三五块钱，让他们尽管买就是了。她还给他提过来一个单喇叭的简便收录机，有十几盒录音带，也都是时兴的港台歌曲之类。

之后，她就又到香菇场去了。不多一会，她又从香菇场回来，见这位年轻人躺在床上看书，她问道：

"喂，大兄弟，你想不想吃汤圆？"

"哪来汤圆？"

"弄呗！糖、芝麻、糯米都有！"

谢茂生这才想起门前那株桂花树下安有一个不大不小的石磨。他很喜欢吃汤圆，在家里，逢年过节母亲才给弄的。现在她要给他弄，他当然高兴，只是觉得过意不去，便说：

"麻烦哩！"

"没什么麻烦！"说完，她就"腾腾腾"走出门去了。她知道他喜欢吃，可又不好意思直说。只要她对谁产生好感，她就高高兴兴不辞辛劳去为谁办事。

谢茂生半躺在床上，对主人无微不至的关照，心里注满了一种感激之情。他一面浏览着杂志，却又一直在注意着她"腾腾腾"的脚步声，一会下河淘米去了，一会又挑水回来，哗哗地冲洗石磨。不多时，吱吱的石磨声便响起来了。

此时恰是偏午，大自然就仿佛还没有从午休的小憩中苏醒过来。河谷里静悄悄的，连整天唠叨不休的鹦哥鸟也不再饶舌，大概还在打盹。太阳默默地寰照这绿色的山野，只有悠悠的石磨声在这茅屋的周围不断地吟唱，谢茂生不由得放下手中的杂志偏过身去，面向门口，把门前的小庭院打量一番：只见她背对着门口在推磨，磨勾的绳子挂在桂树枝上，满地是斑驳的光环。她把发辫盘在头上，衣袖和裤脚都十分平整地卷了起来，露出的脖子、手臂和小腿仍然那样地白嫩，大概她多在深山密林中劳动的缘故。她腰际扎着围裙，把她匀称和丰满的身姿清晰地勾勒出来，更显出一种成熟的魅力和风采。这腰肢随着石磨的转动，婀娜多姿地摇摆着。这使谢茂生感到她不是在推磨，不是在劳动，而是在跳舞，或者用她的手、她的身、她的腿——她的整个形体，写一首有形的诗。要是谢茂生是个画家，他真想把她这推磨的画面速写下来，而且只画她的背面，不要去画她的正面或侧面。噢，他想起来了，他不知在哪里看过一幅画，画面是牧归的堤岸，一个穿红衫儿、扎围裙的姑娘，提着一桶水，拾级而上的背影。这幅画充满了诗情，直把人牵进画面中去，欲想伴着牧笛而归，或者徜徉在堤岸之上，瞅一眼这个俊俏的提水姑娘。如今，在这茅屋的小庭院里，在这浓荫泼地的桂花树下，他就是被这种情思牵动着。他虽然在这茅屋里仅仅待了两天，但他发觉这个女人无论是外在的和内在的都有一股魅力，这股魅力甚至带有一种神秘色彩，难怪那些进山伐木的伙计们给了她那样一个美名——"黑蕉林皇后"！谢茂生想到这里，忘了自己脚伤不便，决意要去分担她的劳动，在一旁给她放放米，也聊聊天。于是，他翻身下床，拐着腿，慢慢移步到她的身边。说道：

"嫂子，我来帮你放米吧——你看，这米放在磨顶上，一点点滑进磨眼里去，这要磨到什么时辰啊?!"

她侧过脸去，面对着他，嫣然一笑：

"你行吗?"

"行！怎么不行?!"

"好吧！"大概她也想和他聊聊天。于是，她轻快地走进屋里，拿来一张高脚凳，提过来一个勺子，递给他：

"你就坐在凳上放米。晓得放吧?"

"哟，嫂子，你莫把我看扁了，我虽然读了几年书，可也是回农村好些年了嘛。"

"我怕你爹妈疼你！"她尚不好直接向他打听，又加上一句，"我怕你'老爱'疼你，把你惯坏了！"

"不，我还没结婚呢！"

"你没结婚？哄鬼！"

"真的，哄你是狗崽！"

"哪，有对象了吧?"

"还说不准。我喜欢人家，可人家不一定喜欢我！"接着，他一边放米，一边把他和同村那个妹仔恋爱的经过，统统如实地跟她说了。

她听罢，叹了一声说：

"大兄弟，看样子，你没有一两千块，人家还不一定肯嫁过来呢！"

"可不，这一两千块，一时也筹不来！"他脸上顿时黯淡下来，显得无可奈何地说，"管它！没钱就不结婚，打一辈子光棍！"

这一说，宗相嫂眉头有点打起结来了，她那颗善良的心，总是希望她有好感的人、有好感的事得到完美的结局。因此，她不无遗憾地规劝说：

"这怎么行，你年纪轻轻怎么说这个话？人有两只手，舍得下力气，怕没弄到钱？"

"我只会种田，没有更多的本事呀！"

"你想不想种菇？"

"可我没技术，谁要？"

"这样吧，你要觉得闲着没事干，又不愿去跑生意，不愿去跟人家做泥水工，你就跟我一起种香菇吧！种得好，一年保证你有千把块收入。"她不但同情他，而且觉得他是个有为的人。他有知识，只要他有决心干，认真干，他一定干出名堂来，她的香菇场还大有发展。

他想不到她会邀他一起种菇。他们镇，早几年也有一家人在另一处地方办了个香菇场，别人想向他讨点种植知识，就是用金也买不开他的口。可是她却慷慨地要招他进来，这真令他感动，甚至有点不相信。他高兴地问：

"你这话当真？"

"哟，我可从来没哄过谁。你以为我说说要你的吗？"接着，她又颇认真地说，"不过，这里是深山野地，没有电视，没有电影，别说进城，回一次村，都得去一天，回一天，生活单调啵！"

他马上回答说：

"我不怕生活单调，我能一天待在家里看书不出门，我讨厌去那些挤挤拥拥的地方。我去跑过一回生意，是贩茶叶到广东去卖的。整整坐了两天汽车才到那个公社。在圩场上，别人吆喊，我不得不跟着吆喊，几两一斤地给人称。后来，有一个人压低价钱，要全部买下来。我觉得虽然便宜点，总比那些吆吆喝喝、讨价还价卖面皮划得来，反正嫌一点盘缠费就算了。我就出手卖给这人，这人叫我给他挑一段路，谁知一挑就是六七里。到了他的村庄，腾袋子的时候，又借故说我这是两种茶叶，还要我压点价。我知道让他吃了空子，上了当。我不肯。他说不降就挑回。气得我说不出话来。这百来斤茶叶，挑来挑去够我受的。又见天快黑下来了，毫无办法，我只好吃哑巴亏卖给他了！回来后，我心想，就是在家洗狗屎米吃也不干这种买卖了。"

她听他诉这般苦，觉得好笑，又觉得可怜，感慨地说：

"是呀，你这是鸡叨骨头替狗累！现在，百路通，只要舍得下力气干，哪愁找不到钱？"接着，她充满感情地说，"初来这里，我也觉得有点单调，不近人烟。可一住久下来，倒不想出去了。这里的山好，水好，你看，对面那山几好看——"

她停下推磨，手往对面那一排千姿百态的山峰一指：

"你看，远远那座像不像宝塔？"

"像呀！像呀！"谢茂生赞口不绝。

"挨着的那座山的峭壁，像不像街上的骑楼？"

"真像！真像！"

"再过来这座，像不像一只啼鸣的金鸡？"

谢茂生琢磨了一下，才说：

"嗯，有点像！"

她丢下磨杆，牵着他的手，站到另一处位置上：

"你要站在这里看，就十足像了！"

"啊！绝妙！它就像拍起翅膀，张开着嘴巴……"谢茂生禁不住充分发挥他的想象力，比拟描绘一番。说得她也咪咪地笑了起来。

"还有，对面这条瀑布，现在没有什么水，看不出它的声势，你要是五六月份来看，就像一团一团银子从天上抛下来。要是雾天呢，又像一股烟喷出。要是走到河滩上，往它的对面一站，那股呼呼的风，吹得你六月天都打喷嚏！"

"哟，真神！"

"神？更神的还有呢！要是春天，沿江两岸，开满了映山红，这条长滩河啊，就像一条哆哆嗦嗦飘动的大红绸带。还有各种各样的鸟，就更多了，在河旁，在山头，到处啼唱，听得你耳朵都要流油！"

"哟，都有些什么鸟？"

"来，我学给你听，"接着她模仿画眉、鹩哥、百劳、山雀、锦鸡各种各样鸟的叫声，学得惟妙惟肖，直把谢茂生听得都发呆起来了。

猛然间，一阵"吱吱呱呱"的叫声从远处传来。宗相嫂马上胸有成竹地告诉他说，对面瀑布山上那群猴子又要下山来了。他抬头望去，果然，一群猴子正飞快地攀着树枝下山来。她说，这是到对面河的野熊林里觅食的。不久，这群猴子就隐没进蕉林里去了。

他被这神奇的世界迷住了，赞口不绝地说：

"这黑蕉林真是仙境！仙境！"

他俩又推起磨来了。这回，谢茂生争着推磨。她说他脚伤推不了。他说不推磨勾，可以坐下来推磨手把磨带转。凭他一身力气，果真把石磨推得呼呼飞转。他推得快，她下米也快。忙中有乱，他的手碰着了她的手。她下意识地手一颤，勺里的米撒到了地上。他们俩都有点不好意思。他只好把推磨的速度放慢下来。

七

十天之后，谢茂生的脚伤完全愈合了。他已决心做她的徒弟，和她一起种香菇。不过，先得回家拣一点简单行李，顺便告知一声他的对象和他的父母。他受伤在这里医治这段日子，已托人带话回去告诉家里人。现在，他已行走自如，多亏这茅屋里主人的热心关照。

他吃过早饭后出山，下午回到他的石鼓镇，晚上他就去找他的对象曹丽。一进门，就见曹丽和她一起跑生意的一位女友高谈阔论。她们俩已经一起跑了半年多生意。每跑一趟回来，她俩总有一些新的打扮，不是添了高跟鞋，就是添了长筒裤，或者时新的夹克衣。这回，她们俩又垂下了耳环，戴上了戒指（大概不全是金的），那头发蓬蓬松松地披到肩上。谢茂生见她们这一身打扮，有点自惭形秽。要不是曹丽的女友热情招呼他进去，他真不敢跨进门槛。

曹丽告诉他，她们现在改贩成衣生意了。每趟从湛江要回百把套衣服，回到县城和乡政府所在地古阳镇成批出手，要是走运，每趟可赚百把元。还说是茂名的一位师傅"教乖"的。她们邀他去走几趟，一来路上可以壮胆，二来生意还可以做得大一点。他说他不想去，已经打定主意进山种香菇，有人肯收他做徒弟。没容他谈这次进山的经过，曹丽那位女友便咮咮地笑开来，并带着讥诮的口吻说道：

"我们早就听说了！茂生，你是不是吃了那位寡妇的口水？"

谢茂生的脸唰地红了起来，并且心里不无愤懑地暗骂："你才是不要脸的东西！只怕你在外面浪荡，吃了不知哪个男人的口水哩！"不过，碍于大家的面子，他没有把心里话骂出口，倒是怕引起曹丽对他此行的误解，反而一本正经地解释说：

"你这人真是，人家是寡妇，这可是不能随便开得玩笑的。再说，人家是有对象了的！"

他说人家有对象，大概就是指那位叫大光的放排工。尽管他清楚地知道这大光尚是一厢情愿，但他说得好像确有其事，目的是好让曹丽对他放心，他是想着她的。可是，曹丽未必领情，或许压根不把他去干些什么放在心上。只见曹丽的那位女友又放肆地说道：

"有对象又怎么样？人都在变的。都说寡妇好心肠，只怕她把你当小鸡孵起来了！"

得了！这哪像一个姑娘家说的话？简直是风情场中过来的女人的口吻！说不定这些话就是她们两人合谋过了的。谢茂生这下子给激得气不打一处出，气咻咻地站了起来，说道：

"哼，你们就这样看人的吗？那好吧！"

说完，他甩手就走出门去。屋里，曹丽叫他：

"茂生，你回来！"

"要是你有心，明天早上到我家里来。要不，我吃过早饭就进山里去了！"

他把话说完，头也不回地走了。

第二天早上，他早早起来，还杀了一只鸡，尽量把饭菜弄好一点，想让曹丽来的时候，一起吃餐饭，好好谈谈。他把饭菜弄好了，没见曹丽来，就摆好盖在桌上，坐在一旁抽烟等候。父亲出牛栏粪去了。母亲见他弄好了菜又没吃，便催促说：

"不要等你爸啦，先吃吧，谁晓得他忙到什么时候！"

他不出声。抽完一支香烟，走出大门，往曹丽家的那头巷口望了一望。村巷寂静，根本不见曹丽的影子，他就回来和母亲吃早饭了。这顿饭吃得毫无味道，匆匆地扒了半碗，也不知吃饱了没有，就丢筷抹嘴，收拾行装起程。

他挑起简单行李，走到村口，以为曹丽会在哪个拐弯屋角处等候，送他一程，谈个半路，甚至接过他肩上的扁挑，陪他进山。所以他来到村口的时候，借故换肩，左右张望。倒是有不少人跟他打招呼，就是不见曹丽出现。他内心不禁有点黯然，心想打转头，改日进山，晚上再找她好好谈谈。可是想起昨晚话已出口，怎好收回？况且，现在已经挑着行装出门，说不定她的那位女友早就躲在哪个角落做探子，自己打转回去，岂不给人笑话？考虑结果，他便大步离村而去。

走着走着，他的心依然在想着曹丽。前面不远，便是甘蔗林了。他家的蔗地就和曹丽家的蔗地紧挨着。他们也曾有过难忘的日子。去年，有一次他们曾躲进这密密的蔗林里做过一次幽会。两人坐在田塍上一边啃甘蔗，一边谈心，直吃得那蔗渣在两人面前像两个小山似的堆叠起来……现在说不定她就在蔗地里守候着他，他一走过去，她就从蔗林里钻出来，漾着笑脸，喜滋滋地接过他的担子。或者叫他走进蔗林里去，像去年那样开怀地谈天说地。尽管现在的蔗还不够甜，也拔下来，啃个不休……再走百十步就是他和她家的蔗地，有一条田塍隔在中间，她要在这里守候，必定是站在那条田塍。他有点后悔，后悔昨晚上不该被她的女友说了两句笑话，便气急匆匆地离开。她不是叫他回来吗？当时他打转头再进她家就好了。说不定昨晚她生气了，或者他这一走，她气得哭了。要是这样，他真对不起她！他要好好向她认错，赔礼！……到了，他踏上了那田塍的路口，心有点怦怦然。可是并没见有人走出蔗林来。他偏头往两旁遮着蔗叶的阴暗的田塍望去，无声无息，比坟地还要显得寂静。大概发觉有人到来，一只鹌鹑从田塍的草丛里"扑棱"飞了出来，他神经质地吓了一跳！他那颗思念曹丽的心才猛然收住。

他又默默地走了一程，已经走了两个钟头，二十来里地，快进山了。从这里望去，那个山口，就是长滩河的出处。沿这山口进去，便是长滩河狭长的七弯八拐的河谷，现在，又一个念头在他的脑际闪现，要是曹丽真爱他，说不定就在那个山口把他拦住，劝他不要进山。她知道他不喜欢她到外面去闯荡，他也不甘心在家里闲玩。就是因为没有一个可以谈心的人，他才进山里去打猎的。为了他们的爱情，她应该不再出去，笃定在家耕这几亩责任田，在种养上下点功夫，不是没有出路的呀！要是他不听她劝，执意要进山里去，说不定她会挂下泪来，拽着他，甚至扑在他的怀里痛哭不止。啊！他将如何取决？……想到此，他眼睛不禁湿了起来。至此，他觉得他还是很爱曹丽的。他毕竟和她青梅竹马，一起成长过来。

快要到山口了。"丽丽，不要像刚才那样让我失望吧！"他在内心深处呼唤起来，"你要是这样守候我，即使我不回去，也是暂时的。那位嫂子人品很好，我从她那里学到了种菇技术之后，农闲我们一起山里种菇，这不是很好吗？"

到了，山口就在眼前了。他惶惶地张望起来：望了远处又望近处，看了前面又看后面。根本没有曹丽的影子。这时候，他完全意识到了，他这一厢情愿多么可笑！一旦发觉对别人的深情，得到的是这样的冷落，感情上受到了嘲弄，反而会激怒起来。他心中自问：这样的一个姑娘值得爱吗……

"咕故喔——喔！""咕故喔——喔！"

斑鸠鸟的啼鸣，在这淙淙作响的长滩河的河滩上空飘荡着，飘荡着。这鸟声把他呼唤到现实来了。他望着两岸翠绿的峰峦，顿时产生一种欲融进它们怀抱中去的激情。于是，他卷起裤脚，走下河滩。当他涉足沁凉清澈的河水的时候，禁不住捧喝了几口，心胸为之开朗了，有一种解脱的感觉。

八

就在谢茂生出山那天，宗相嫂把那间"客房"收拾了一通。把那些泥箕、锄头以及进出这里的山民们置放在屋里的山藤、竹筐、扁挑等，统统搬出门外一处地方，打算腾出一个干净的角落，给谢茂生单独安个铺位。

这些地方多年没有清理，积尘寸厚，屋顶和墙上悬下一串串乌黑乌黑的蛛网。她把这些积尘和蛛网扫除之后，头上那块白毛巾快像从煤灰中捡起似的了。

她又找来一些石灰，把那个角落粉刷一遍。经这么一处理，那个晦暗乌黑的角落，顿时敞亮起来。

就这么一个角落，她收拾了整整一天。第二天，她正想给谢茂生安床铺位，那个放排工大光回到黑蕉林来了。这几天，他进更深的山里去伐木，里面有整山整片的杉木林。他走入茅屋，拘谨了一下，"嘿嘿"一笑，说道：

"好哇！吃过午饭了吗？"

宗相嫂瞟了他一眼，当没那回事似的，回答道：

"没吃呢。你来得正好，"她往火塘上架着的那几块木板一指，"帮我把那木板放下来，给茂生搭个铺位！"

"他哪里去啦？"

"回家拿行李。"

"他也进山里来？"

"对。跟我种香菇！"

他一听，倒没往更多的方面去想，而是高兴地说：

"也好！免得你有时一个人在这里太孤寂。"

她严肃地把脸一板：

"难道我是怕孤寂才让他来种菇的吗？"

他搓着大手板又"嘿嘿"一笑：

"嘿嘿，你不必多心。我可是怕你一个人太孤寂！"

"你放屁！我孤寂不孤寂不用你操心！"她在他面前更成了个威严无比的皇后。男人有求于女人的时候，再温顺的女人也要拿起架子来的。可惜，女人这种"拿架子"的时光并不太多，随着青春年华的消逝，大多数女人就被母性的温良完全取代了。

大光听罢，又是"嘿嘿"一笑。他无从回答，默默地取下板来，扛到屋外去。木板上积满了火灰。宗相嫂拿来扫把，欲把上面的积尘打扫。他说："不用！"几块板叠在一起，大手一夹，"腾腾腾"扛到河里冲洗去了。

宗相嫂下了两个人的米煮午饭，又切了两块腊肉焖在饭面。不知是不便于和大光吃饭还是别的什么原因，饭一熟，她就上菇场去了。大光干完了他的活，走入茅屋，不见宗相嫂，只闻饭里喷出肉香。大概他心里明白主人是不会等他一起吃饭的，自言自语地说一句："我吃饭啦！"便揭开锅盖，盛了满满一大碗，夹了一块腊肉，留下一块给主人。

吃完饭，他砍木大刀往腰上一别，就往菇场那边走去。

来到菇场，见宗相嫂带着警惕的目光望着他，他不好意思地说：

"我吃饱啦，你回去吃吧！"

"你吃饱就干你的活路去，我吃不吃不要你管！"

"你只管放心，我这就干我的活去！"说着，他走过香菇场，不敢多看她一眼，往山上走去。

不多时，山上传来"蠹蠹"的伐木声。宗相嫂支棱着耳朵听，心想，"这里都是杂木，做不得材，起不得屋，他砍木做些什么呢？"

一会，她也回来吃晌午了。才入屋，就听到有腔有调的口哨声从屋外传来。她马上兴奋起来：谢茂生回山来了。她立即就迎出门口，只见谢茂生一头挑着被窝，一头挑着一只藤夹子和锑桶之类。她高兴地嚷道：

"哎哟，你回来得真快呀!"

"快? 没有直升机，要有，我就乘直升机快快来了!"谢茂生放下行李，一边抹汗一边说。

她随手拣过一条毛巾递给他:

"为什么不跟你的对象耍两天再来?"

谢茂生用鼻头"哼"一声，没好气地说:

"人各有志，没什么好耍的!"

"怎么，闹矛盾啦?"她打来了水，端到他的面前让他洗脸，"闹些什么矛盾?"

谢茂生一边洗脸一边说:

"嗨，一两句话说不完。总之，看来，我们合不到一块!"

既然他不便细说，她也不再多问。他洗完脸，她便给他端来饭碗。

"走了大半天，饿坏了吧?! 锅里有饭，你自己舀!"

"你吃过啦?"谢茂生接过碗。

"你先别管我，我还不饿。"说着，她去洗另一个小锅下米，"我就煮!"

谢茂生也不计较，端过碗就舀饭吃。他吃饱了饭，她也把饭煮好了。她就吩咐他说:

"刚才，那个痴鬼给你扛床板到河里洗了，晾在河滩上，你去看干了没有，干了就扛回来。你的床铺就安在这里——"她的手往西面那涮得干干净净的角落一指。

谢茂生晓得，她所说的"痴鬼"，就是指那位一直缠住她不放的放排工大光。便问:

"他什么时候回来的?"

"也是才回来不久。吃过晌午他上山去啦!"

"他还敢缠你吗?"

"鬼才理他!"

说话间，远山又一阵"蠡蠡"的伐木声传来。谢茂生愣怔一听，问道：

"是他给你伐木？"

"鬼才晓得……"

"他吃没吃过晌午？"

"早吃过啦！"

他听罢，就走出茅屋，下河滩去扛木板。待他把木板扛回来，她也吃完午饭了。两人便乒乒乓乓地安起床铺来。

傍晚时分，大光一身大汗淋漓地回来。谢茂生在门前小院劈柴，一见他，热情地打个招呼，并装作不知地问他去哪里回。他走近谢茂生身旁，悄声地往宗相嫂睡的那边房一指："给她砍菇木去的。要不然，她怎弄得了？"

谢茂生一听，冲着他笑笑，并立即放下板斧，走进茅屋，要给大光倒热水洗澡。他见宗相嫂正在小灶上炒菜，也悄声对她说：

"人家大光就是上山给你砍菇木的，晓得吧？"

"晓得！"她说着又回过身来，把正想倒水的谢茂生衣襟一扯，也悄声地说，"我那床底有两瓶酒，你去把一瓶拿来，晚上让他灌个痛快！"

谢茂生做个鬼脸：

"你不嫌他是'痴鬼'，要招待他？！"

她抿嘴一笑：

"去你的！人情归人情，一码事归一码事。"她接着本想讲"有你在我就不怕他痴"的，话到嘴边却改成："有人在我就不怕他痴了！"

九

两个多月过去，已经进入立冬时节，山里变得寒冷起来了。在此地，山外冬天罕见下雪，唯有在这山里，每年都有好几趟雪花纷纷扬扬地飘洒下来。不过，下的时间不长，顶多三两天；积的时间也不久，太阳一出，半天就化掉了。有时甚至是晚上下，白天便无影无踪。

每年立冬前后，为了避寒，宗相嫂总是让经常进出在这里搭伙、投宿的山民帮换盖茅顶。今年，因有谢茂生作帮手，她打算他们两人对付，不必请他人帮忙了。何况，茅草不远，就在庭院面前几步地方就割到。

生活和爱情，有时就像这里山中的树，本来两株并不靠在一起长的，可是时间一长，枝，渐渐地倚着枝，叶，慢慢地盖着叶，日转星移，有一天竟合抱在一起了。这就是自然，这就是社会。

自从谢茂生进黑蕉林来种菇后，宗相嫂的心理和生活有了许多微妙的变化。过去，大黑狗一见飞鼠就猛追过去，抓到之后，任它怎啮怎咬，她毫不在意，也不去管它，倒是巴不得大黑狗一天之内统统把这些飞鼠啃个干净。现在她倒对这些小动物有点怜悯起来了。有一次，大黑狗抓到了一只飞鼠，咬伤了腿。这大黑狗大概已经尝够了这些小动物的滋味，所以就把这只伤了腿的飞鼠戏弄一番：咬了又放，放了又咬，让它爬一阵又咬回来，咬回来又让它爬一阵。直把这只飞鼠吓得吱吱地叫，全身颤抖。宗相嫂一见，大喝一声，赶跑了大黑狗，把哆哆嗦嗦的飞鼠捡了回来，放进一个小铁笼里，日夜给点剩饭喂养。以后，她还从大黑狗的口下救了两只，也放进小铁笼里。谢茂生见着好奇，也跟她一起喂养。不过，谢茂生还有他的一些想法，他想把飞鼠的生活习惯摸个透，以后根据它的生活习惯去捕捉它，消灭它。宗相嫂晓得他有这个想法，心中更高兴，喂养也就更细致了。

还有，这么多年，宗相嫂在这里既不种花，也不养鸟。早些天她竟从一个瑶胞那里买回两只画眉鸟。两只鸟分别装在两个别致的鸟笼里，悬挂在屋檐之下。他们俩每天早上，都沉浸在甜润婉转的歌喉之中。以至于换下的衣服堆叠，泡浸在一起，你有空帮我洗，我有空帮你洗，变成经常的事了。

却说这天，他们俩割茅草换屋顶，半天工夫，就把茅草割好，铺晒在地上。他们正想收工吃晌午，那只大黑狗把一只野狸追了过来，钻到他们面前的茅草地去了。

宗相嫂一见无比高兴，心想，今年还没猎到过这野物，说不定这下子让茂生尝新鲜了。她大喝一声，给大黑狗助威，也钻进茅地里去。眼看大黑狗把野狸逮住了，她高兴地大叫起来："茂生，快来，逮住啦！逮住啦！"

茂生也钻了进去。不一会，他们高高兴兴地把咬得半死的野狸拿了出来。这时候，两人的衣服上、头发上都挂满了长着毛球的草籽。

她往他的头上一指：

"哎哟，看啊，满头是草籽！"

"你的还不是！"

两人不觉开心地笑了笑。大家都低下头来，用手猛把头发扫拍个不休。没想到不拍则已，越拍那毛球越往发里钻，沾得更牢。

"我给你除吧！"她走近他的身边，一颗一颗地把他头上的草籽除下来。他个头比她高，除着除着，她不但感到费力，头顶上的草籽也看不见。她使用手把他的肩膀一按：

"笨瓜，蹲下来嘛！看我给你除的多着力！"

他"哧哧"一笑，蹲了下来。不一会，她给他除完了，轻轻往他的头上一拍：

"好啦，你给我来！"

他便站了起来，从她头上一颗一颗地除下草籽。她那头浓密的在阳光照射下闪闪发亮的黑发，以及她那虽不十分嫩白，却很细滑的脖子，顿使他汪起了一股柔情。不知不觉间，他们两人的身子竟贴到一块来了。她的脚打起飘来，完全倚到他的怀里。他的另一只手就往她的腰揽了过去，揽得好紧好紧……

劳动创造财富，也创造人间最美好的、最有价值的"珍宝"——爱情！

事实上，他们的感情早就在默默地变化着了。那天，他们在烘房里烤香菇，她就冲着他说：

"往后，不许你喊我什么'嫂、嫂、嫂'的了！"

他红起了脸：

"那，喊什么？"

"难道我不有名有姓吗？笨瓜！"

要是当时他伸过手去，她准贴贴服服地躺倒在他怀里。可是，他胆怯！……

今天，他却大胆地在她腮边表白：

"你长得真漂亮，我真爱你！"

"可我比你大好几岁，你想过吗？"

"想过了……正因为想想，我才敢……"

"真的？"

"真的！"

山里的鸟，叫出的声音五花八门，各种各样。有一种鸟总爱栖在河边的绿叶丛中，发出"深、深、深"的叫声。此刻，它又在叫了："深！深！深！"阴柔之声，颤悠悠地飘在河湾上……

十

不久，程秀瑛（宗相嫂）和谢茂生相爱这事，在那些经常打这里进出的山民中成了公开的秘密。自此之后，那位放排工大光再也不来这里落脚。听说，他发誓一辈子就住在深山里，酒也不喝了，一天发狠上山伐木。程秀瑛听到这个情况，心里有说不出的滋味。山里人，干重体力活，不喝一点酒怎么行呢？她托人送一瓶好酒给他。他给她干过那么多活，不成情人，也不至于看着别人死活不管呀！情义重如山，山里人一直恪守这个信条。

她和茂生相好这事还传到家里去了。她母亲托人带了话来，叫她三思而行，说是万一有个三长两短，她这辈子的婚事就完了。其实，她也一直在思考这个事。她并非不谙世事的少女，她已年到三十。即使当年她爱比她年长十岁的宗相，也并不完全是感情所使。那时她各方面有优势，只要看准了人，就死命相爱，再天长日久，也不会有后顾之忧。现在，她和这位年轻人相爱，当初，她仅仅把他当作小弟弟一样关怀和爱护，没想到，感情这个东西，就像这里的干陂木一样，一且得到适合的气候和条件，就密密地长出香菇来。现在，她想把这条爱情的"菇木"晾干，别让它长出那么多身外之物。可就是说来容易做来难呀！

一天，山外有人来传话，说是她的儿子发高烧，已住进了公社卫生所，她母亲叫她回去料理几天，她把香菇场里里外外的事，给谢茂生作了一些吩咐，就急急忙忙动身回去。

几天过去，程秀瑛没有回来。有人传话说，她的儿子病得重，恐怕没有半个月回不来。没见秀瑛的身影，谢茂生顿感寂寞起来。画眉鸟的啼唱，也没什么味道了；那山，那树，天天见，更没有色彩。那十几盒录音带，唱得声音都喑哑了，来来去去不是"澎湖湾"就是"兰花草"，再也没什么新鲜的玩意。他进山时带来几本小说，有的已看了两遍，味同嚼蜡。恰好这几天，晚上没有什么过往的山民投宿，他一个人厮守茅寮，夜里，猫头鹰像鬼一样噪叫，令人毛骨悚然。这时刻，他想听人的嘈杂声，想听鸡鸣狗吠声，想听垫板剁肉的"笃笃"声。他不得不敬佩程秀瑛长年累月待在这深山野谷里耐得清苦寂寞的毅力！

一天早上，有人放排出山，经过黑蕉林，他想叫他们到古阳镇帮买几本书。可是，这些都是整天跟木头、石头和浪头打交道的角色，他们根本不看书，更不晓得给他挑选些什么书。于是，他决定出去三两天，买几本书回来打发这寂寞的日子。

原打算去一天，回来一天，在那里待一天。没想到正遇上镇上他的一位好同学结婚，硬拽他在那里多待了两天。这么一来，前后花了五天时间。那只大黑狗饿得汪汪叫，无精打采地躺在门口。那两只画眉鸟，少一天不得食就要饿死的；他只备了三天饲料，早就僵在笼里了。更糟糕的是，香菇场里，由于大黑狗断了粮饷，身软体乏，眼巴巴地看着飞鼠把主人的香菇糟蹋……

就在这天，程秀瑛回到了黑蕉林。茅屋里静悄悄的。那只大黑狗见主人回来，摇摇晃晃地站起来，摆着尾巴，带着哀伤的目光向她张望……

她打开门进屋里去，火塘里埋在火灰中的大木柴还烧着，但已经烧出火塘外来了。她断定，谢茂生已出去了好几天，就连忙把从山外带回来的粽子，解开一个，丢到地上喂大黑狗。然后，她又急急忙忙向香菇场走去。

来到香菇场，见一个男子正在躬背摘菇，以为是偷菇的，大喝一声：

"谁？"

那人直起腰转脸向她，原来是大光！他面色沉郁，两个多月不见，显得有点消瘦了。他在深深的瑶山里伐木，听说秀瑛回家护理生病的孩子去了，那位年轻人又出去"放风"几天，他就特意到黑蕉林来的。见女主人回来，他便走上前去，把那半篮不齐不整的香菇递给她，说道：

"飞鼠糟蹋得不成样子啦！"

秀瑛呆呆地接过篮子，他就默默地走了。她回过头去问他：

"你走啦？"

"你孩子病还没好？"他站了下来，"要是病没好，你就回去吧，我给你看管几天。"

她回答：

"多谢啦！孩子的病好啦！"

他又不声不响地走了。她正蹲下去摘菇，又直起腰来叫道：

"喂，我带来几条粽子，放在火塘边，你就拿两条去吃吧！"

他站下来，听她把话说完，又不声不响地走了。出了菇场，他并不走向茅屋，而是沿着河滩，往更深的瑶山——他伐木的场地走去。

此刻，秀瑛面对这被飞鼠损害的菇场，再翻弄篮里那有根无菇，或崩缺不全的香菇，心一酸，泪水一漾一漾地渗出眼眶……

这时候，谢茂生也风风火火地回到黑蕉林。一入屋，知道秀瑛已经回来，往对面房叫了两声。不见回应，他立即放下行装，往香菇场奔去。

来到菇场，他见了秀瑛，就连连认错，并埋怨他的老同学不该挽留他待下两天，可又盛情难却，铸成了他的失误。秀瑛听了，也不怨责，两人一起，把菇场稍加收捡，便回到茅屋里来了。

自此之后，尽管她对他相亲如旧，可是，她心底升起了一层雾，这雾，把她的心搅得不清不楚了。这个时候，她倍加怀念曾经相依为命多年的宗相。要是他在，别说她回家十天八天，就是离开三几个月，这香菇场不但不会落成这个样子，反而会料理得更好，更出色。宗相不但吃得清苦，舍得落力，更耐得寂寞！他把全部心血都浇灌在劳动上。如今，谢茂生，他吃得这个咸苦吗？他们的爱情会巩固吗？她今后能平平稳稳地生活、劳动吗？何况，她在他面前，已失去往日和宗相相比的那种优势，甚至，变成了劣势，往后，她再温存，天长日久，有何变卦，也难料定。她可以用温存和信念去巩固爱情，但不能用乞求和懦弱去迁就生活……她想把她和谢茂生之间，从姐弟感情之根上长出的枝蔓剪掉，可一时又下不了这个决心。她已经好几个晚上没睡好觉了。

一天晚上，她做了个噩梦：她正在河滩洗衣，一只大老虎从对河向她猛扑过来，把她揪倒在地，张开血盆大口，她发出歇斯底里的呼救……醒来后，出了一身冷汗！大概她在梦中这一呼救惊醒了睡在隔壁的谢茂生。他开门走出来拍她的门。她欠起身，说是梦中受惊的，不碍事，叫他回去。他倒是很规矩地回去了。噩梦之后，她下半夜一直没合过眼皮。大概谢茂生也没入睡。尽管是在隔壁，仍然可以听到他的床板在嘎嘎作响。

几天之后，有一位进山挑炭的妇女给谢茂生带来一封信，说是过去他的"对象"叫带来的，这位姑娘很想见他。当时谢茂生不在，她就代收起来了。她手上拿着这封沉甸甸的信，说不上是高兴，也说不上是难过。带信的人说，这姑娘很想见他，那说明姑娘家有可能已心回意转。信里面一定说许多情话。要是他看了这封信，心想回去，那说明她和他感情不是十分牢固的，他和那位姑娘还藕断丝连。她就劝说他回去。要是他看了信，并不打算回去，她再给他劝说也不回去，那就说明他爱她是坚定的，是经过深思熟虑的，并非一时冲动，他的偶然闪失，也还可以改过来。这么一来，又叫她如何是好呢？……这真令她作难，她巴望他最好痛痛快快回去，也许，她的心情会得到安定……

不一会，谢茂生从菇场回来了，她把那封信交给他。他问："谁来的？"

"你看就会晓得！"她不直接告诉他是谁来的。

她把信交到他手上后，就干她的事去了。谢茂生打开一看，这信足足写了四页纸。说他那天晚上不该生气走，害得她一宿尽做噩梦，第二天发了烧。以为他说的第二天要进山是气话，还要来看她的，没料到他真的走了！她很难过，盼望他回来一叙……

谢茂生把这信看了两遍，呆坐不动。

一会，程秀瑛进屋里来，他把信递给她。她问：

"什么？"

"给你看！"他说。

"这是人家给你的信！我怎么能随便看？"

他发觉她的神色有点不对，仿佛好些日子来她就有点心神不定。便说：

"都说姑娘的心多变，原来寡妇的心也多变！"

"你说什么？"她把舀在手上准备洗锅做饭的水往地上一泼，气咻咻地往菇场走去。

她可从来没对他这么生气过，他后悔不该这么说话。于是，立即起身往她的身后追去，赶上后，把她的手一拉：

"原谅我，刚才我说话不当……"

她回过头来，显得难过而沉静地说：

"这几天我心很烦……你去做饭吧，不要来打扰我了！"

"前几天我的那个过失，都向你认错了，以后我改就是，难道你不能谅解我吗？"

"不，偶然的过失谁没有？老弟，跟你说说心里话吧，能跟你在一起，我高兴；可是，心里又老觉不安，总没过去我跟宗相那样感到平稳！我怕往后战战兢兢地过日子，那就太没意思了！好在我们还没……唉，算了吧，你还年轻，我不该妨碍你。"

说完，她别过脸，哭起来了。

那只栖在河湾的鸟，又在"深深"地叫唤着。暮色从山上渐渐挂下来。听着这鸟的叫声，这年轻人的心，顿觉一阵苍凉！

这一夜，他唏嘘不止……

十一

几天之后，谢茂生从山里回到石鼓镇。他是下午到家的，晚饭后，曹丽主动到他家里来了。她一入屋，便闻到一股浓郁的"蝶霜"的芳香。

几个月不见，她有点消瘦了，却反而显得更亭亭玉立，神采飞扬。她约他今晚到离石鼓八里多地的古阳镇上看电影，他说，才回来太累，不想走路。她只好就他，随便从几块木板凑合成的书架上抽出一本书，来到灯下，翻几页，看两行，看两行，翻几页。她并不想看书，只是没有找到话头的时候，打发时光罢了。

他问她，这几个月做些什么生意。她说，已经一个多月不出去了。现在做生意的人多了，没有什么好捞，赚的钱不够车船食宿，还不如在家里。

她问他，这几个月种香菇得了多少钱。他说，才跟人家学种不久，不讲钱，只想学一门技术。他并不想跟她多谈，不放心她这几个月在外面干了些什么，还要观察观察再作打算。

这一晚，完全是礼节性的接触，大家就不冷不热地分手了。

不久，他终归了解了，原来一个多月前曹丽还有一段罗曼史。

一次，她和她的女友想从湛江买车票去梧州。来到汽车站的售票处，正欲买票，一位三十出头的男子晓得她们要去梧州，便退了两张去梧州的票给她们。第二天一早，上车的时候，她的旁边坐的就是那位男子。一路上，他俩便攀谈起来，这男子吹他如何走遍了大江南北，吃遍了湖广苏杭；还说他家里什么都有，彩电、冰箱、带电脑的收录机、出口转内销的人造革大沙发……应有尽有，又说他大把钱，人家愁无钱花，他愁不知怎花钱。她问他到底有多少钱。这位男子立即从港式夹克里往外一掏，拿出十元一张的厚厚一叠，叫她："你数！"

她数了数，整整五千元。这位男子还说，家里还有大把，身上不便多带。她问他做些什么生意？他笑了笑，悄悄说："这不便说啦！懂得门路就有办法。"

下车之后，他马上邀她俩上梧州的大东酒家，点了七八个菜，其中就有扬名海外的梧州名肴：纸包鸡！

之后，有好几天她单独和他在一起了，不是上茶楼酒馆，就是逛公园河堤，形影不离。

回来之后，书信不断，暗定婚期。打算桂林、成都、峨眉、庐山、南京、上海、杭州，旅游一周。谁知，好梦难圆。正当她准备行装出发的时候，那个男子被逮捕了，原来是一个倒买黄金、鸦片的罪犯！

打这之后，她再也不敢出门了，考虑结果，便给远在深山里的谢茂生修去一书。

"浅薄！浪荡！"

谢茂生知道她这事后，内心充满了愤懑。想不到她竟是这样一个女子！幸亏他没有听她的摆弄。以后，他拒不跟她见面。他为自己曾经喜欢过这么样的一个女子感到耻辱！

十二

谢茂生铁定了一条心，他要进山里来了。

春天的长滩河可真美！潺潺流淌的河面上，升腾着薄薄的透明的雾气，河滩里那褐色的石头，沉睡了一个冬天，现在也变得生机盎然起来了，润漉漉的，大的像卧在水中的牯牛，小的像一个个混在河滩上牧童的光腚。山上的树，旧装未脱，新装已显露出来；墨绿的树冠上长出鹅绒般淡黄的嫩叶，有如围在姑娘脖子上的纱巾。最令人赞绝的是河两旁开满了团团簇簇的映山红。太阳升起来了，雾气渐渐散去，看这条河吧，那水倒映着花，那花铺染着水，成了花的街，花的河，花的天地。踩进水里，仿佛觉得那脚也被染红了似的，人的脸上也变得熠熠生辉起来。

那鸟的声音就更丰富多彩了。斑鸠、鹧鸪、杜鹃、百灵、画眉、鹩哥……在山上，在岸旁，都一一站到敞亮的地方，尽情地鸣啭。似乎它们不约而同地齐聚到这里来，在大自然这个舞台里，展现各自的嗓音，自信是天下第一流的歌手。

此刻，谢茂生正在步步走进这个鸟的天堂，花的世界里来了。这里的山，这里的水，不但令他依恋眷念，更有山里面那个温顺、能干的女人，萦绕于他的心头，牵动着他的情怀。那次他出山，她把他送到河边，当他过了河，回过头朝她一望的时候，只见她马上转回身，别过脸去，双手捂着，想是哭了！他知道，她爱他，可又担心往后的日子过得"战战兢兢"的，她需要的是平稳的生活，自在的劳动。他后悔那次不该一时耐不得孤寂，给菇场带来损失，更给她带来不好的印象，令她难过和失望。同时他不知道往后能不能给她带来这种平稳生活和自在劳动的条件，所以，他暂时离开了。现在，他决心去给她创造这种环境和条件，为今后他们生活，为这个世界，献出他的全部精力和才智。他现在只有一个念头：不离开她！

几程河水曲，万点碧峰尖。他沿途看不尽如画风光，想不尽缕缕萦怀思念。晌午之后，黑蕉林出现在眼前了，那间掩映在绿荫丛中的茅屋出现在眼前了。他涉过了最后一道水，再拾级走上那条小径，快到了，心里怦怦地跳着。说不定秀瑛正在那门前的小院里洗头，或者在长长的竹竿上晾晒衣服。今天的天气那么好，太阳那么暖融。秀瑛总爱在这个时候洗头的。洗完头，在太阳底下一晒，莲蓬松松地披到肩上。看着这披肩长发，真想变成一只小鸟躲到里面去藏起来。

三步并作两步，拐过屋角，就踏进茅屋的小院，却见静悄悄的，门口虚掩着，而且令他为之瞠目的是，往日秀瑛住的那门已经修葺一新，门框上分明贴着一副鲜红的新婚对联：

同心同德创新业

相亲相爱结良缘

看着这副对联，他真想呐喊一声："秀瑛，你在哪里？你为什么不等我回来呢？你这是怎么搞的呀！"

他毕竟没有喊出来。他想推开门往里瞧一瞧，可是，主人不在，这到底不是正大光明的事情。

河湾里，过去那只"深深"叫唤的鸟，现在又叫起来了。但是，它不像往日的叫声，倒像是"羞！羞！羞！"地叫个不停。

不由得，他别着一眶泪水，走往河滩，坐到一块卧牛石上。

忽然，从香菇场方向的那个山上传来一阵伐木声：

"蠹！蠹！蠹！蠹！……"

多么深沉，多么有力，而又多么富有节奏！不是长年抡斧执锯，且又臂力过人的人是伐不出这样的声音来的。谢茂生猛然一悟，啊，大光！她一定是跟大光结合的！大光对她爱得那么执着，那么深沉。为了爱她，甚至把酒戒了！她需要的是真情，不要赐给，更不去乞求。他们俩就像这山中的青冈树，即使土地贫瘠，也深深地往下扎，去创造，去进取。至此，他更理解她那句需要"平稳生活"的话。而这种生活，没有受得清苦，耐得寂寞的人，是永远得不到的……

可惜，当他真正理解之后，为时已晚。

现在，他已无心待在这里，也无心去见她一面了，以后，他还会不会到这里来种香菇呢？也许会来的，那得等他心情完全归复平静之后。

他就这样走了，无声无息地走了。远远地，还听见"蠹、蠹、蠹"的伐木声传来……

| 文学史评论 |

可以看出，陈肖人对人生痛苦特别敏感，他的多数作品都沉思着人生，包含着深刻的忧患意识。他往往关注的是身居下层的普通人，如善良而不幸的农民、中下层知识分子、个人生活中的坎坷失意者等。他一面描写他们真实的生命跋涉，

一面怀着人道主义的同情和感伤，用人文关怀的眼光来打量他们。正如聂震宁在为《黑蕉林皇后》所作的序言中所说："陈肖人的忧患意识、人生理想，都是通过那心灵的感动传导给读者的。依此，他形成了以抒发人格之情为主要抒情内容的作品风格。"

  ——李建平、王敏之、王绍辉等：《广西文学 50 年》，漓江出版社，2005，第
  196 页

中篇小说集《黑蕉林皇后》的大多数作品体现了作者对历史与现实问题的忧虑与思考，如《命祭》《举步》等。《黑蕉林皇后》是其代表作。黑蕉林皇后是指新寡的山村少妇程秀瑛，因为继承丈夫未竟的事业在山野里经营香菇场而得名。她坚毅、能干、有主见，在男人眼里很有魅力。她的世界很封闭，小说中写道："她一年之中有一半时间住在这深山幽谷里，又是个十分吸引男人和正当十分需要男人年纪的女人。"放排工、樵夫、炭农追求她，骚扰她，她不轻易动心；偶然结识的谢茂生，起先以他身上的世俗文明差点征服她，可当她经过细心观察后，发现谢某是个性格懦弱、用情不专的男人，她就毅然投入始终追随她的放排工大光的怀抱。作品不仅刻画了少妇刚健清新的天然美，而且着力表现她健康的气质人格。寂寞、封闭的她，渴望的爱情是耐得住寂寞、忍得住艰辛的心灵的结合，而不是虚有其表的婚姻，她更不愿把自己的女性魅力当作改变命运的赌注。这种坚韧的人格精神，无论在都市、乡村、山野，都是值得肯定的。因此，程秀瑛这样的精神气质闪烁着人的主体性的光彩。

  ——李建平、王敏之、王绍辉等：《广西文学 50 年》，漓江出版社，2005，第
  195 页

| 创作评论 |

读肖人的作品，每一篇或多或少总有动人之处。那便是他心灵的颤抖。《命祭》的人物故事已成历史，但是，即便不从历史意义和社会意义方面去认识它的

价值，我们仍能为人物命运的遭遇和心灵的痛苦所震撼。《斜阳脉脉水悠悠》的基本点就建立在心灵与人格基础之上。《黑蕉林皇后》简直就是一部心灵化的作品。即便如写得较实的《举步》，李翔夫妇间相濡以沫的感情，同样是动人的，这一描写使得我们对于李翔在改革中的遭遇产生出一种人格的愤怒。肖人的忧患意识、人生理想，都是通过那心灵的感动传导给读者的。依此，他形成了以抒发人格之情为主要抒情内容的作品风格。他实现了我们民族传统的对叙事文学的基本要求，那就是：以人情的感动达到事理的传导，"人情事理"。肖人的作品是具有民族气派的，是能为我们民族的普遍的审美心理所容纳的。他找到了一条可以延伸拓宽的通道。他尚有潜力，潜能就在他那颗多愁善感的心灵里；他还会发展，动力来自他所处的现实生活的激流。

> ——聂震宁：《忧患者的心迹——陈肖人和他的作品》，收入陈肖人著《一支难忘的歌》，漓江出版社，2013，第 306 页

陈肖人是个性格率真的人，质朴而又常常有暴发的势态，他的小说便也形成一个率真的世界，重情感，主情思，一任情感在他的内心也在主人公的内心恣肆回流，而那潜藏在情感回流里的灵性时时却有逸飞，昭示出对自奋自强的阳刚之美的呼唤；肖人步入中年之后的坎坷经历使他体验到了许多人生的况味，他的小说叙述语言便也加进许多冷峻和沉郁，形成一种人生况味小说风格，明显地在他的中篇《命祭》和《黑蕉林皇后》等作品中体现出来，但这些小说仍然率真地写出了人在激烈冲突世界中的暴露状态，而让读者体验到一种民族历史的况味以及对民族历史的忧患。

> ——陈雨帆：《群籁参差，亮光朗照——广西区直作家的创作概览》，《南方文坛》1992 年第 6 期

| 作品点评 |

《黑蕉林皇后》（以下简称《皇后》）写一个农家新寡在山野生活中的追求和

选择，诉诸我们的并非厌弃世俗文明，回归大自然的旨意，而是对自奋自强的阳刚之美的呼唤。

《皇后》并不是那种逃避文明、否定人欲的俗气主题，它的主题其实是封闭世界中人的尊严的觉醒。在我国当代南方文学中，如古华的《芙蓉镇》《爬满青藤的木屋》等，同样是贯彻着这一人的自觉的线索。……在《皇后》里，由于灵情既有潜藏又有飞动，更多的是飞动，使得肖人的作品原先的朴素格调因有流动感而呈别一境界。

  ——雷达：《灵性的潜藏与人生的朴素歌吟——读〈黑蕉林皇后〉随想》，

《南方文坛》1988 年第 1 期

流金的河

张宗栻

一

为了一个目的——金子，他来到荒凉的河岸。

漫长的河滩，宽和窄的河湾，像被无数马队践踏、劫掠过的战场，坑坑凹凹，展示出遍地伤痕。

汹涌的人潮退去了，只剩下孤零零的三个。

他们，那老头和城镇打扮的小子，也来晚了，他幸灾乐祸地想。他不认识这两个人。事实上，他在这世界上认识的人很少很少，会不会超过两个都很难说。

他猜想他俩也互不相识，这他看得出来。

他很快就不去想他们，而想到的只是她在翠绿的柳塘边上等着他，他得带着金子，带着我回去。他要找到她，和她结婚。她的头脑一阵晕眩，这是被长久的渴想激发出来的幻象所造成的晕眩。他这年近三十、壮硕的汉子，无论在精神和肉体上都荒芜得太久，太久了。

人们叫他富旺。不，确切地说只有他父亲叫

作者简介

张宗栻（1946—），生于桂林。曾任《南方文学》副主编、桂林市作家协会副主席。有中短篇小说集《流金的河》，长篇小说《红土》《绿岸》，参与翻译美国作家西德尼·谢尔顿的小说《午夜情》。

作品信息

原载《广西文学》1985年第5期，收入小说集《流金的河》（漓江出版社1987年10月出版），获首届广西文艺创作铜鼓奖。

他富旺。人们叫他"喂"或"富崽子"。但从他记事起，就没有富过、旺过，"富旺"不过是父亲那昏脑壳子里的幻想。为了这，老家伙吃了枪子，在那个恐怖的年月，"贫下中农最高法院"判处他死刑，说他梦想变天：他是富农。

富旺本来也是要死的，斩草除根是个古老的习惯，他没有死，死亡的预感使他在父亲被抓去斗争时就逃走了，他开始作为一个小乞丐四处流浪。那年他十五岁。

当然，这是过去的事。现在，村里分给他责任田，让他劳动。真正的劳动对于他都是一种多么难得的权利。他可以翻修瓦房，耕田种地、收获，把心中的她娶回来。但他发现，长年的流浪，使他一点农活都不会干。为这个他不知道痛苦了多久。最后，他听到个令人振奋的消息，发现了一处能淘洗得出黄金的土地，于是就弄了袋米，来到这里。但这里什么也没有了。只剩下一片乱糟糟的沙石滩……

那老头就蹲在他近旁。他被火镰很响的敲击声惊醒。老头点着烟在抽，轻蔑地瞧着河谷的尽头。那里，溪流从陡直的夹壁间咆哮而出。两边的大山太险峻了——两道危石垒叠而成的巨大长城，嘲笑着人的渺小。

老头还在瞧着，连嘴角的笑也带上了轻蔑。他心里一动，脸部的肌肉抽搐了一下。

"娘的，那边会有，错不了！"那老头咕哝着。接着，"噗"的一声，把唾沫吐得老远，咂巴着烟杆站起来。

他猜度这老头要去翻那令人望而生畏的大山梁，而山梁的后边，准有名堂。他以过去那四处觅食所养成的狡狯猜到这一点。这老头大概是个淘过金的山民，他想。

他都猜对了。

这老头从遥远的另一片山里巴巴地赶到这里，绝不是为了瞧河滩这破衣烂衫的模样的。和富旺一样，他要的也是金子，那光灿灿诱人金粒。他那布满青筋的大手，自信地握着烟杆。

这种人不会让自己空手而归，富旺嫉妒地想。但那城里小子是什么样的呢？大概是做生意的吧，做生意的人总有那么一对滴溜溜转的小眼睛。他对城里人有天生的戒备和怨恨，讨饭时，没少受他们的白眼和斥骂，还挨过好几次揍，有一次他差不多认为自己再也爬不起来了。

那小伙子走了过来，紧身外套露出花衬衫的尖领。

像个女人，城里有一半男人都像女人，富旺想，他厌恶地打量着那小伙子。但小伙子根本没注意他，只是很有兴趣地看着老头身边的一套家什，宽木瓢、砍刀、布袋什么的。还嘻嘻地笑。富旺不知道来这里空跑一场，有什么值得好笑的。

老头不满地瞟瞟小伙子，把烟杆插在腰带上，嗨地一下，家什负上了肩。富旺感到老头的眼光像电一样在自己身上扫了扫。

"去吗？"老头说，"去吗？"

这是对我说的，富旺吃惊地想，没有对那城里人说，是对我说。他有种新奇的感觉，心不由悸动了一下。

"去……"他迟疑地说。

他发现那小伙子在疑惑地听着他们的对话。

老头大步朝山麓走去，他默默跟在后面，步子随着老头行走的节奏，在沙石上嚓嚓地响，老头回过头瞧了他几次。他笑了笑。

山麓近了。他抬头望望。好大的山哪，他想。这山有点压得他喘不过气，使他心里闪过一丝畏惧。畏惧什么？难道怕在这大山里遭到不测？从什么时候起他开始变得热爱自己的生命了呢？……

身后传来急促的脚步声。那小伙子拎着个旅行袋在没命地朝他们奔跑，挥着一只手。

"他妈的，好事见者有份啊，天地良心，莫撇下老子一个——"这是个叫人听着不舒服的尖利声音，还毫无道理地带着怨艾和怒气。

他继续走，权当没听见。

老头停了下来。"等等。"他说。

小伙子跑过来了，脸上却笑嘻嘻的。

"你要过山？"老头说。

"是啦！"小伙子眉飞色舞的，"老爷子你——"

老头转过身朝前走，小伙子眨巴着眼把话卡在半道里。

这老头有点怪里怪气，富旺想，心里开始怀疑自己早先的判断是否正确。他想问，但嘴张不开，他没有主动和人攀谈的习惯。在他固执的感觉里，一开口就像是向人乞讨，而别人是决不会答你话的，最多扔给你半块冷馒头。他默默地跟着……

二

在大山顶上，他们停住了。

富旺大叉着腿站在一块岩石上，傻瓜一样忘了把肩上的布袋放下来。他惊讶地注视着连绵的巨峰。一丝丝凉飕飕的雾气从脚下钻过。山风吹打着他起伏不定的、紫黑色的胸膛。他的村子是在平川上，往后好多年也只是在肮脏的圩镇和乱哄哄的城市间流浪。山对于他，只是遥远的地平线上一抹淡淡的影子。

"你不累吗？傻小子！"老头拍了他一下，坐到一边点烟去了。

他把袋子放下，也找个平坦地方坐着。他瞅了一下，那城里小子靠在一棵短松木上，白净的脸上显出一副怪相，大概累得他妈的要断气了，他高兴地想。

老头悠闲地抽了一会烟，似乎来了兴致，用烟杆指着他俩说："想捞点么？小子们，那家伙早完啦，不见外边的滩地、冲槽，掏得像他娘的狗窝窝一样？！"老头好像将一路上憋着没说的话抖了出来，"后山连屁也没有，统统是死石头，我这是回家哩，傻眼！"说完揶揄地笑着，络腮胡子愉快地抖动。骗人爬了半天山，对他像是件极惬意的事情。

富旺的身子僵硬了，手脚霎时变得千百斤重。他从老头那话语里理解出一种冷酷的嘲笑，这和他生平的不幸是相吻合的。任何新奇陌生的感觉都没有了。他扭过脸，终于没让屈辱的泪水从眼眶里滚下来。他大口吸着山风，在肚里用找得到的所有脏话，把整个世界咒骂了一千遍以上。生活使他对自己的判断从未自信过，绝望的灰色爬上他的脸。他偷看了一眼那城里小子，看那人反应如何。能有人陪着倒霉，总比独个儿倒霉强！

"老爷子，你玩鬼哪！"小伙子责备地摇着头，"我梁静也东西南北闯过，耍花牌呢，先翻小点子，然后嚓地甩出一副天对，通杀！吃独食可不地道，得携带携带小哥哥嘛。啊？"他冲老头做了个鬼脸，一副老江湖的神气。但富旺看得出，这小子心里也紧张。这些人就是会弄假，他在心里恨恨地骂。

老头乐了，学着梁静的腔调说："我黄老贵不是一辈子待在山沟里的，也闯过码头，对你这种装模作样的狗崽见得多了。不过，你还是够机灵的，不像那傻小于，一下黑了脸。"他哈哈大笑，捏了捏梁静的削肩，梁静痛得龇牙咧嘴，而老头却一阵阵快活地大笑着。

富旺迷惑地看着他们，对人们变化无常的语言和神态，觉得不可理解，被戏弄的感觉又一次浮上心头。

梁静悟出了老头那笑声的内容。担心消失了，他从地上弹起来，尖声说：

"黄老爷子，你是好人，我一见到你就知道你是个好人，不管你爱说谎还是爱耍笑，总之你好到家啦！在哪里啊，别像石头一样不说话，这里望得到的都是叫人倒抽凉气的大山哪！"

"你的眼睛叫狗吃了吗？"黄老贵笑骂道。

富旺顺着黄老贵的眼光望去，在迭起的莽山巨峦间，有一条不易察觉的白线在晃。

好远啊，那条消失了的河！

"妈呀，望山跑死马啦。"梁静做了个夸张的手势，"哪年哪月哪！"

黄老贵眯缝着眼，"少不了两天吧。"他说。

富旺明白了。他心中涌上了一阵狂喜，但这狂喜掺和着苦涩。一个笑话，就可以使他走到最绝望的心境中去，他太容易被伤害了。所以，当黄老贵友善地走过来，示意叫他跟着走的时候，他闪开身，甚而本能地想挥拳痛击过去。虽然长年潜藏在心底，那种对一切人都感到的胆怯，最后抑制了这个冲动，他还是狠狠地对黄老贵的背影瞪了一眼。

他又在自己跟别人之间，用沉默竖起了一道坚实的墙壁。他从懂事那天起，就在这堵墙后面胆战心惊地窥视着人间……

三

第三天正午，他们下到了河滩，这是一片完好得叫人心跳的河滩，卵石和沙在日照中亮亮闪闪，急流跳起碧玉般的浪花。他们并没像长年浪迹大洋，最后终于登上陆地的水手那样狂喜地奔向它。他们是太累了，太苦了。经过这两天的攀缘跋涉，除黄老贵周身基本保持完好外，富旺和梁静的衣衫都露出大大小小的洞，身上像挂着两片垂头丧气的破帆。

"狗日的简直不是路哇！"梁静四仰八叉地倒在沙石滩上说。那模样像是愿一辈子躺在那里，哪都不去了。

富旺感到浑身的骨节都在发痛，但他不愿像梁静那样躺着，躺在他身边更不干，两天来，富旺更讨厌这个城里小子了。

在路上，富旺知道了黄老贵和梁静的许多事情，老头子解放前就淘过金，还跑过不少大地方，家住与邻省交界的山区等等。小伙子果然是做小生意的，但不是在大城市里，而是在县城中。摆个小衣摊，个体户。富旺对小生意人特别痛恨，他们总是那么吝啬，在他们那里除了斥骂，什么也讨不着。所以当他听到梁静亏了本，现今一文不名时，心里高兴得不得了。这家伙跟我一样，对淘金一窍不通，只是个想当然就来碰大运的人。这念头也使富旺有种快感。

对黄老贵，富旺心里却有种说不出味的东西。他的敌意，黄老贵浑然不觉。老头总是乐呵呵的。对他的寡言少语，也听之任之。富旺记得自己两天中只说过几句话，说出了名字、村名、年龄。关于身世的问话，只用阴郁的沉默来回答。

老头子还好，问过一次后就永远地闭了嘴。梁静那小子却纠缠不休，并在碰了几次壁后大光其火。在这种情况下，黄老贵总是训斥梁静："谁人都有自己藏肚藏心的事，你他妈发哪门火了。"不知为什么，梁静很听老头的，马上就不作声了。在这点上，富旺对老头子有感激之情。尽管这种感激杂有不信任的成分，尽管他还是随时提防意想不到的伤害，但那敌意渐渐缓解了些。

"嗨，起来，起来！"黄老贵用脚踢了踢梁静，"砍树，割草，搭棚，小崽子，想在晚上晾露水怎么的？"黄老贵歇了几分钟后就精神抖擞了。富旺接过黄老贵扔来的一把砍刀，梁静懒洋洋地跟着他们走向草地。

黄昏，扎好了一个漂亮的草棚。黄老贵的手巧得让梁静直咂嘴，"有你的，黄老爷子，鲁班再世哟！"他奉承地说。

扎棚时，富旺什么都不懂，只帮传递些东西。草棚落成的时候，他并没有什么喜悦，他记起了一场雨和野地里一个废弃的烂草棚，那时他十六岁，从村里逃出来刚好一年。黄水顺着他肮脏的身体流着，他没有上衣。十一月的雨真冷。他打了个寒战，不由得摸了摸身上的衣服。

地上的草铺得很厚，看来梁静并没偷懒。黄茅散发着可人的清香。梁静死缠活赖地挨着黄老贵，"说个话儿，老爷子，你肚里的板板经经得漏个底，穷小子可不能再穷跑一趟，你老是财神爷哪！"他说。

富旺知道梁静想缠着学淘金手艺，他不敢想黄老贵会把这个教他。他过去看过人洗锡沙，估计八九也是那个搞法，就带了个竹箩盖来，当梁静在黄老贵身边弄好"铺"，他就独个缩一边去了。

深山中的夜就要降临，沙石滩的色彩在暗淡，由黄白相间变成铁灰。河湾开始朦胧不清。湍流神秘地喧响。在这些反着微光的流水、河滩和冲槽中，埋藏着多少浑圆的、黄灿灿的颗粒呵！

遐思使他们在入夜前沉默了好久。就是富旺，也丢开了老是缠绕着他，终年不散的灰冷的情绪，来积极地思索明天以后的活动了……

大粒大粒的星星，在草棚人字形敞口边上闪烁。大山的剪影黑黝黝的。黄老贵发出鼾声，他们却醒着。

富旺把手枕到头下，老头子什么都未说清就睡着了，他想，或许是太累，或许是不愿给我听到诀窍……明天他会在淘洗时教那小子，不会让我看见的。他们当然彼此亲近，我是个叫化子。人做过叫化子，身上就永远有了叫化子的气味，那老头当初不知道，这两天肯定嗅出来了。那小子更不必说。瞧他们那眼神……我绝对不去求人，哪怕偷偷地学也不开口，我再也不乞讨什么，我够了……她跟我说过，你不能劳动么？我是劳动了，我回到那发誓永远也不回去的地方。他们分给我田，但谁也不愿和我一道干。我看得出来他们是避着我。因我不懂农活。这难道能怪我么？谁也没教过我。老爹死了，听说他过去很坏。后来呢，他在外面见了谁都像狗一样摇头摆尾，见了我却像凶神。他关起门打我，用粗粗的棍子，不用说那天他在外边准受了气。他打了我，自己又哭得像鬼似的。我讨厌他……他要我做很多事，却没教我正经农活。我也读过书，是坐在最后、最暗的地方，别人都不理我。记不起谁和我一道玩过。后来不让我读了，把我撵出教室，我就去放牛了。我没做错什么事呀，我谁也没害过，干吗别人老骂我、打我、看不起我呢？……只有她对我好过，她是唯一的对我好过的人，其余的人都一样，一个模子倒出来的心肠，包括这黄老头和姓梁的小子……我要对得起她，我一定要弄到金沙，老天爷啊，明天……富旺觉得脸颊上痒痒的，狠狠地擦去不知何时流下的泪水，在心里骂了一通。他听见棚子那头窸窣发响，那小子也没睡着，管他呢，在这个世界上只能靠自己，靠自己逃命，靠自己讨吃的，现在要靠自己去劳动，去挣……是啊，这比过去好多了，也不知是怎么发生的，突然就比过去好了。但人还是人，他们是可怕的，摸不透的，不知什么时候就会给你一下子，天啊，我太知道这个了，世道怎么变化，人还是变不了，任何时候都得多加提防……十年来的乞讨，流浪生涯，在富旺脑海里残酷地翻涌着，现实中曾有过和他想象出来的丑陋、阴冷的脸孔，在黑暗中迭现。他痛苦地闭上了眼。

黄老爷子打起呼噜来像驴叫似的，梁静移了移身子，徒劳地想使自己离开这个噪音源远点。那乡下老表也睡着了。若再多一头叫驴，今晚上我准活不到天亮，他想，哥们是赌上了，他又移移身子，这次没什么好输的，说上天就是劳动筋肉，再花上几天时间。"时间就是金钱"，这当然不错，但对只有两手心沾汗，没有一个子儿的生意人来说，时间也就是时间罢了。他伤心地想起自己"倾家荡产"的经过。那帮杂种，好歹毒啦，那夜的牌局，他们是串好了让我做大头鬼的，我居然像蠢驴一样没看出来，什么朋友，什么义气，见他娘的鬼，一见了钱，爹娘老子都敢卖了，人心险恶……他对着棚外黑蓝的夜空狠狠出了口粗气，得扳回来，对谁也不能手软，弄得他们鬼哭狼嚎的，我才高兴呢。他不是个安分守己的生意人，他太爱冒险，当做成衣买卖赚的那点钱觉得不够瘾时，就把一元几角，费煞心计得来的资本放到了牌桌上，想一夜之间把票子翻个个。他老是输。兄弟伙们讥诮地送他个雅号："只赌不杀"，听上去，活像香港武侠小说里那种一出招就让人点了穴道的蹩脚杀手。娘的，梁静一想到这个可恶的绰号就冒火，他恨恨地咽了一口唾沫，在心中对那些从来也没义气过的江湖哥儿们破口大骂。一定得惩治那帮野种，皇天在上……他暗暗发誓。但能不能做到，就看这次捞的如何了……他瞟了一眼仍在坚持不懈地打鼾的黄老贵。得紧紧巴住这老家伙，没说的，缠住老头，无论如何得弄到金子，让他高高兴兴的，让他把什么都掏出来，实在捞不着……他让自己的想法吓了一跳。这当然不行，得适可而止，这老头可不是傻瓜……他听见富旺打了个翻身，嘟哝着什么，还发出像抽泣般的声音。说梦话了，这乡下佬，他轻蔑地哼了哼……

四

富旺犹豫地装上一箩盖沙，晃动着膀子，在清冽的河水中淘洗着。就是这样子吧，他没多大把握地回忆着人们淘锡沙的姿势。那次他在梅溪边上，痴痴呆呆地瞧了好久，他饿得不行，记得是两天滴米不沾了，还生着病，头烫得晕乎乎的。梅溪绿幽幽的河水在引诱他，叫他投入她虽寒冷，却也不乏温柔的怀抱中去，永远结束饥寒交迫的生活，他差点儿就那么干了。只是一伙淘锡沙的人阻碍了他。

他不愿当着这么多人投水，他等着人们离去。但那伙人劳动的欢快劲，使他渐渐忘记了头脑中的想法。他们吆喝着，大声谈笑，手脚却一刻也没停下。无论是艰苦的劳作或寒冷的河水，都显得与他们毫无关系，他们就是乐呵呵地干着，他叹口气走开了，临走时悄悄抬起了丢在河岸上的一个冷饭团。他们的模样，不知为什么很久还留在他心里，虽然当时他很讨厌这一群人，讨厌他们的快乐。

"不要用蠢劲，"黄老贵蹚着水过来，"这样，看清了吧？小子。"他夺过富旺的笊盖，攥住边缘，小臂顺着水势，一起一伏地旋转，还微微地抖动着，"沙里淘金，得有石头一样的耐心。你淘过锡沙？哦，那就成，牛犁田，马耕地，道理一个样。"

"我知道！"富旺粗鲁地说，夺过了笊盖。

黄老贵既有点惊讶，又有点尴尬地瞧着他。

黄老贵走了。在一处冲水槽处和梁静指手画脚地说着。梁静不住地点头，发出短促的笑声。水很响，听不清他们在说什么。妈的，老子又没求你，也犯不着来戏耍我，富旺摇动着笊盖，心中充满怨气。黄老贵用的是一个大木瓢，让它半沉半浮地在水里悠悠地晃。这会，梁静在他的指点下，用个浅木盘在学着弄。富旺瞧不出个门道。

梁静不时发出大惊小怪的呼喊，他们捞着啦，富旺既羡慕又嫉恨地想。他依着自己的老法子，摇起笊盖来。

他装的沙石太多，就是水有浮力，也还是很重。他忍不住想学黄老贵的样子，但急水把沙一下全冲走了。除了碎石，笊盖中什么也没留下。他低低地骂了一声，又重新去装了一堆。他努力地想着淘锡沙的那些人。手臂酸痛感愈来愈大，他咬紧牙，坚持着。碎石全聚到了上面，他用手轻轻抓出去。粗沙一层层往上浮，水不断把它们冲走。富旺有点担心地看着水流带走的沙粒，他总感到在那里面看到了什么金光闪亮的东西。阳光在水面上跳跃着，弄得他的眼很花。笊盖中的沙在不断减少，融进那反射着金光的众波里去。这里什么都没有，他生气地想，他停下来，歇歇累得不行的手。他不去看黄老贵他们，他连偷学的兴趣都没有了。

他机械地晃动着双臂，记不起白洗了多少沙石。他已完全记不起淘锡沙的是怎么干的了。让它们全溜光去吧，叫化命啊，他悲哀地想。他闭上眼，再不睁大眼去盯洗刷着箩盖的河水，腰像是要断了，眼睛胀痛得厉害，就是闭上也是一跳跳地，使他很难受。不干了，妈的，不受这个活罪了，他不情愿地睁开眼，想连箩盖一齐丢到河中间去。

他没有甩掉箩盖，只怔怔地瞅着，疑心自己是眼花了，箩盖内边上有一圈薄薄的黄色，好似谁不经意地画了一轮金色的太阳！

他的心狂跳着，这不就是么，老天爷！他觉得泪水又快要流出来了。他从没感受过成功、胜利这类情感，就连这些字眼也从没在脑子里出现过，但现在他的确是欢喜得发抖。

他悄悄地走上岸，阳光晒得他被山水浸得发紫的脚杆很舒服。手臂的酸痛神奇地消失了，他觉得自己有了使不完的气力，然而最惬意的是在心上，他体验到一种恶毒的、报复的快意。你们想不给我，但我得到了，全凭自己就得到了，你们咬去吧，他在心里反复说着。

那圈淡金在岸上更像一轮太阳，他的眼又花了。他用竹片把它们慢慢收拢。担心地瞅了瞅那边。黄老贵和梁静背对着他。好啊，他轻轻地说，把一撮黄色的颗粒小心翼翼地放进一个烟荷包大小的布袋里去。然后，她五指痉挛地狠狠攥紧布袋，像攥着后半生的幸福。

他再次下到水里时，一点也不疲乏了。那早上他觉得自己洗完了小山般的沙堆，整条河川都流淌着黄金。他的小布袋中积了指头厚的一层金沙。我得到了，终于得到了，他想……他还明白了，那些淘锡沙的人为什么那样生气勃勃，那样毫无顾忌地欢笑，那样无所谓地把艰辛的人生视同游戏……他就是为这个记住了他们。对别人幸福的嫉恨救了他……

五

三天过去。又是黄昏。

黄老贵吧嗒着永远也抽不完的那锅烟，靠着株小树，很舒服地伸展腰肢。梁静唉声叹气地走过去。

富旺在不远的一块石头上坐下。他有意挨他们近些。他很高兴，这几天梁静心烦意乱，常常无缘无故地骂娘。这小子看来运气不好，他想缠住黄老头，屁用，多半是给老家伙耍了，幸好我没上当，没理睬那假惺惺的指点，老天爷对富旺也睁眼了，真是稀罕事儿，莫非这就叫时来运转？他满意地摸摸腰间，那东西鼓起个鸡蛋大的小包包。他听见黄老贵哈地笑了一下。老头子以为把我们两个都给耍啦，你瞧那得意样儿，为什么这些人总觉得坑了别人才乐意呢？想到这，他的心情突然又变不了。他一点也不同情梁静，他还巴望黄老贵也一齐倒霉才好……

山谷里显得阴暗起来。

"要变天，"黄老贵说，"明天得撵驮马过大梁，赶着点才行，这山上土石多，树木少，有雨就不妙。"

梁静脸色灰灰的，"老爷子，你是捞了，我可是鸟毛没几根呢！"

"瞎说，"黄老贵呸一口，"你小子别不知足，我不是把好塘口让给你了嘛？照我的法子，没错！我得告诉你，就这点地方了，到处再没有，你自己看着点。顶多也是几天的沿路。富旺就不像你，哼！"

富旺的心跳了一下。

"听天由命吧！"梁静故作轻松地说，但音调里却杂着点慌乱，"老爷子，发了财准备干什么，难道真的为摆弄那个香菇园子？"

富旺知道那香菇园，是黄老头这几天常叨念着的。老头说他们一村八户人家联合辟了一个香菇园，可是请技术员要钱，买菌种要钱，就是为了筹资金，他凭着几十年前的手艺跑到这里碰运气来了。在这点上富旺跟梁静倒是一致，根本不相信黄老头是为了山洼里那几户人家而来。多种经营，共同致富，真唱得好听，你去道边哄娃儿去吧，自己独个儿弄到的，倒平白地大家分享，没他娘的这种好事。老头爱要弄人，绝就绝在做得很像。

黄老贵半天没吱声，像是不屑于回答，"你翻山越岭来为什么？"他突然说。

梁静沉默了，为什么？这不是秃头上的虱子，明摆着的吗，这老鬼，亏他问得出。他突然给那黄灿灿的颗粒折磨得非常痛苦，他嫉妒地想起黄老贵将金沙撮进小布袋中的情景、头脑里飞舞着大伍大拾的钞票，只要有钱了，他要在牌桌上狠狠地扳，他要整夜整夜做庄，不让那些兔崽子有丝毫喘气的机会，一切都要连本带利地夺回来。天哪，现在哪怕腰上缠着黄老头一小半的货也好！但他什么也没有……

"我为什么？……"他有点发怒又有点狂热地说，"我为的是那一天，吃香喝辣……不，都不算……妈的，我要干得他们稀里哗啦，你不知道那多带劲，钱成倍地翻，你眼睛都瞧不过来，心头的肉都会发抖，就为这个，懂吗？"

"你在胡说些什么。喝酒了？"黄老贵根本不明白梁静这无头无脑的话，生气地站起来。

梁静愣愣地坐在那里，一会儿用双手紧紧地握住了太阳穴。

富旺也听不懂他话中的意思，这小子大概是疯了，他想。

"你来这里是为什么？"黄老贵猛地转身用烟杆指着富旺，脸上带着一丝嘲弄的笑意。

富旺没想到他会来这一手。黄老贵似乎很能体谅人，见他不爱说话，平日就少跟他搭话，见他喜欢一个人待着，便从不硬坐到他身边去。这下却一反常态，指着鼻子发问。富旺仿佛被他瞧破了什么似的，有点尴尬，本能的卑怯，促使他低下头去，但他感到了腰间那坨东西的沉重，那东西支持着他昂起头来，他也为黄老贵的嘲讽的笑容所激怒。他竟想讲很大一篇话，讲很多事情，讲一个无辜的孩子如何被剥夺了生存的权利，如何像狗一样在肮脏的人世间流浪的故事，讲带着千百人唾液的残食，讲丢弃的死人的衣衫，讲发臭的水，讲田野里的雨、雪和风……他怒视着黄老贵，他痛恨那丝笑容，啊，要讲的太多了。但一开口，他慌乱了，尽管他觉得自己有成千条理由要讲出这些，他没讲出来。他涨红着脸、嗫嚅地说出来的只是，"我得劳动，要生活，我来干这个是为了她——"他把头勾下了，"她住得很远——"

又是半截子话。黄老贵拧起眉又好气又好笑地不住摇头。梁静却听出些味，放开了捂着头的手，"是谁？"

"是个女的。"富旺沮丧极了，老老实实地答道，"她是好人，给我吃的，开导我，三年前……"

"女的？"梁静又说，"是你媳妇？"

富旺犹豫了一下，"不是。三年前——"

"就为了这个？"梁静嘻嘻笑起来，打断他，"呸，娘们……"他刚才的懊恼一扫而光，刻毒地瞄富旺一眼，显得很开心，"想打对金镯送她，错不了，三年前，敢情这三年你就没见过她，别做他娘的清秋大梦了，她怕早做了别人的老婆啦，哈哈，三年前！"

梁静放肆地笑着，他根本不想知道这三年前是怎么回事，他心中的不快需要找到一个发泄口，他抓住这乡下小子，就狠狠地给一家伙，没伤到心里，话就算白说。

"闭上你的狗嘴吧！"黄老贵的烟杆在梁静的背脊上狠敲一记，"没的闲磨牙，别人讨不成老婆你开心什么？滚回去睡觉！"

山影很黑，富旺的心中更黑。

黄老贵蹲在那里抽烟，暗红色的火光，不时照亮他那粗糙的脸。他心中有一丝懊悔，懊悔不该随便带这两个素不相识的小伙子到大山里来。金子不是什么好东西。他不明白自己何以会有这种想法，他不就是为金子来的么。总之他历来快活的心境被扰乱了，他长叹一声，没回头，对呆坐在身后的富旺说："别想那么多，大男子汉的心，天宽地广，梁静那崽子嘴里能吐出好话？"他明知得不到回答还是说了。

黄老贵觉得这谜一样的农村小伙子身上，有种说不出来的味儿，一种倔强与懦弱，傲气与卑下，柔情与狠毒混杂起来的东西，使他显得跟平常的人不一样。他的沉默使你无可奈何，但他的眼睛不沉默，这是怎样的一对眼睛啊，常叫人心中发寒。黄老贵本能地同情这样一对眼睛，尽管他不知道为什么要同情。

黄老贵走进草棚。梁静给他一骂，乖乖睡了。看上去还睡得很沉。黄老贵笑笑，发现梁静把铺盖拉得离他远了一尺多，这小子生气了，他想。

他躺到草上，劳累使他很快困倦，在迷糊中，心头闪过一丝不安，他吃力地欠欠身子，朝外面望，但眼皮太沉重，他终于又躺下去，一会儿就鼾声如雷了。

富旺石雕般默坐着，一块棱角尖硬的石头捏得他手心生痛，或许手已出血了，他没理会。他凝视着黑暗，脸色很阴沉，他心中的血像狂涛一般冲撞，他渴望着报复，由人报复，向所有该死的人报复，天哪，我真蠢哪，干吗要说那个，干吗要对他们说！他忘掉了时间，夜露在脚面上聚起一个个亮点。

六

富旺一醒来就觉得棚子里的气氛不对，他眼睛酸涩发蒙，但还是看见了铁青着脸坐在那里喘粗气的黄老贵。梁静冷笑着，不怀好意地盯着他。

草棚里光线不好，透过人字敞口可看得见压在山腰的厚重的黑云。是什么时候了，他们怎么不去干活。那坏小子干吗那样看我……富旺的心里掠过不祥的预感。是发生事情了，看他们那凶神恶煞的模样，这种模样总引起富旺自卫的本能。富旺警觉起来。

"老爷子，搜吧，我是全部掏给你看了的，梁静是敲得响的汉子，不做那昧心事！"

梁静尖锐的声音，使沉重的空气发出震颤，也使富旺心头发出震颤。血涌上他的脸，随即又唰地退下去，留下一片死白。他明白是怎么回事了。这种事过去他没少遇过，有的的确是他干的，但大多数不是。当然，不管是与不是，别人还是毫不留情地痛打他一顿，用脚踢他，直到他嘴角流血倒在地上为止。但今天不会允许这样的事发生。这不是过去的富旺，他有了安身立命的本钱，他还知道了怎么去得到它，去挣。而且这还是一条被苦难折磨得筋骨强壮了的生命，他会还击，会像野兽一样用爪子和牙齿保护自己，他还会杀人。富旺绷紧了每一条肌肉，狠狠地抓住了垫在草下用来做枕头的石块。无论是梁静还是黄老贵，现在谁敢伤害他，他就会毫不犹豫地碰得他们脑袋开花！

"搜吧，等什么！"梁静又说。

富旺紧张地注视着。

黄老贵轻蔑地哼了一声，霍地站起来，吸了吸烟杆，没火，他气愤愤地把它斜插进腰带，用严厉的眼光将富旺和梁静来回地看。

"听着，小崽子！做了这种没出息的事，心里多为自己想着点吧！我不搜你们，妈的，有什么脸！我黄老贵的心应该挖出来，丢去喂狗，谁叫它可怜你们，巴巴地越岭翻山，把你们带到这儿来！"

他弯腰捃起淘沙的家什，头也不回地走出去了。

梁静待了片刻，一把捞过本盘子，追了出去。

"等等我，老爷子——"远处传来梁静的声音。

这声呼唤，好似把富旺惊醒了，他"嘿"的一声吼，将手中的石块猛掷出去，正撞在用来做支柱的木头上，整个草棚都微微地晃动。

他跑出棚外，黄老贵和梁静已不见了，他对着空旷的山谷，对着云层，对着河滩默默地想了一会，走进草棚，拿起了黄老贵的锯齿镰和砍刀。

他选了一个背风的地方，动手砍树。这里山上的树不多，稀稀拉拉的。草也一样，不成片，左一丛右一丛，寂寥地生长在风化得很厉害的半石半土的山坡上。他费了很大的劲才砍到几根合用的料子，然后就发疯似的割草，他要赶在黄老贵他们回草棚前，把砍刀和锯齿镰送回去。他不愿叫他们看见自己在用别人的东西。当一切准备就绪，在河滩的尽头还未发现人影时，他轻松地吁了口气。

他用最快的速度奔回草棚，厌恶地把工具扔回原处，提起自己简单的行李离开了。

黄老贵和梁静干完了一天回来，发现富旺那角落空荡荡的，而在一百米开外，多了个胡乱搭就的低矮、简陋的小草棚。

"哈，老爷子，"梁静堆着满脸料事如神的样儿，"心虚了，搬走了!"

黄老贵看了梁静一眼，没吱声。只心事重重地躺下来，望着棚顶发愣。他最后咬牙切齿地说了一句："人要学好!"

梁静不知为什么也沉默了，有点茫然地望着不远处的河水。

"明天走他娘吧!"黄老贵说，"没蛇弄了。"

"明天?"梁静慢慢地说。

"是啊，"黄老贵说，"再不走，兴许走不了啦，你不见这天。"

草棚静下来，寂静中，弥漫着令人窒息的雾气……

七

终于又是一个人了，富旺有点心酸地想，我惹不起你们，在你们眼里我永远不值一文……在愤怒和怨恨过去后，他往往会这样自怨自艾一番。这时他很软弱，一切用冷峻和沉默打就的护身盔甲都卸去了，剩下的只是赤裸裸、千疮百孔的肉体和灵魂。他会像小孩一样地痛哭，会从记忆深处，挖出那些揪心的东西，一一摆在眼前，用嘴嘟嘟哝哝地数落。他想他的妈，也想他的老爹，想他家的破房子和房后那株他栽下，却从未得吃过一个果子的柿树。他还想他的小羊，十三岁那年，小羊被队里牵走了，这是他养着的，一头小小的白山羊……今天他没哭，其实他很久以来就不哭了。他只是感到心酸，他刚开始有点习惯和别人一道生活在同一个棚顶下，又要孤单地待在寂静中了，尽管他觉得这样更好，更安全。

下雨了，头上的茅草发出单调的沙沙声。他摸索着拿出小半截蜡烛，点燃，一朵淡黄色的柔光立刻铺满了小草棚。他把衣服摊开，小心地取出腰间的小布袋。他点着蜡烛就是为了这个，为了看看他的宝贝，这是用以抵挡不断向他袭来的忧伤感的唯一的灵丹妙药了。

他刚想打开布袋，又停下，伸头到栅外仔细地瞅了瞅，确实没人，才动手去解扎得紧紧的细麻绳。

他的心跳着，目不转睛地盯着黑色衣服上那些像太阳一样闪亮的小小东西。但他越看越感到不安，这些颗粒，大小色泽都不一样，有的亮些，有的暗些，他用指尖拈起两颗，放在手心里端详着。他探究了半天，还是放心了，重新把它们一粒不剩地放进小布袋。

半夜，他被哗哗的雨声弄醒。一滴又大又冷的水珠，掉到他鼻梁上，接着又是一滴。他在一片漆黑中，挪了挪身子，还好，漏得不厉害，他有点得意归他自己的这个草棚。

四周传来一些奇怪的声响，这声响杂在雨声中，断断续续地，像是许多人错落不齐的脚步声，富旺竖起耳朵听了一会，听不出个名堂，便不去理它了。这荒山野岭的，会有什么人呢，或许是远处的水响。他摸摸腰间，那小口袋紧紧地系着，带着他的体温，他叹了口气又朦胧地睡去了。他睡得很沉，很放心，有大自然在保护他，这样的大雨，这样的荒野，不会有什么人来侵害他和他的宝贝……"

天微亮，富旺迷惑不解地坐起来。他看见黄浊的流水从棚口不断地向上滴。雨还在下，他想不起什么时候见过这么大的暴雨。那奇怪的像许多人走动的声音不但没消失，而且，更大了，几乎盖过了雨声。它不在远处，好像就在头顶似的。

它可怕地响着，听上去已不是人在走动，面是千万个马队在奔驰。

旋风般冲进来一个人，是黄老贵。他被雨浇得透湿，浑身上下沾满了泥浆，大胡子贴在下巴须上，眼睛血红。

富旺惊愕地看着他。

"我就知道你这傻小子没走！"黄老贵蹿上来，铁钳般的大手一把抓住富旺的胳膊，拽住就往外拖。另一只手捞住了富旺当枕头的那袋米。

富旺心中腾上一阵恐惧，他拼命地挣扎。"你要干什么!?"他大声说。

"龙翻身了！"黄老贵吼道，猛地把他拉出棚外，"你还要小命不要！"

雨顷刻把富旺浇得透不过气来。他跌跌撞撞地被黄老贵拖着跑。

他从黄老贵那严重的语调里感到，就在这一夜里，发生了某种可怕的事情。他不断踩在尖利的石块上，脚踝被刮得火辣辣地痛。

"撒开步子，看好脚下！"黄老贵放开手，把米袋塞给他，"往那洞口跑！"

天已大亮，富旺透过雨幕看到的情景，使他目瞪口呆。大山好似活了起来，在暴雨中慢慢翻滚。几条"黄龙"在蠕动着，缓缓地向山下爬来，它不断地增大着身子，发出奇异的咔嗒声。这是条真正的龙，连根而起的树木是它的爪子，大大小小的石块是它的鳞片。它把沿途的东西都掩盖了，吞没了，没有任何东西能阻挡它的前进，都在它翻动着的石流中被磨成齑粉！

它愈来愈近了，死亡的预感，使富旺头皮发麻。他发出惊恐的喊叫，不顾一切地朝斜方向上的石洞冲去。泥浆和石块几次使他摔倒，爬起来时几乎成了泥人，但大雨很快又把他冲洗干净。奔跑中，他听见梁静尖厉绝望的呼喊。他侧过头，看到一块大岩石上，趴着个隐隐约约的人影，那巨龙已离火石不远，黄老贵正穿过雨箭，蹦蹦跳跳地朝那儿飞奔。

富旺惊魂未定地站在石洞前，带着泥沙的浑浊的黄水，在脚下不远处向下奔泻。他担心地看着背负着梁静奋力向上攀爬的黄老贵，当看到那泥石流就从离黄老贵一丈多远的地方轰然而过时，他恐怖得张大了嘴。他是那么害怕，又是那么为自己逃出了险境庆幸，竟忘了跑下去帮黄老贵一把。

当他猛然想到什么，脸孔不由得发红时，黄老贵已气喘吁吁地接近洞口了。

黄老贵咒骂着，裤子被划破了好大个洞，古铜色的肌肉露出来，还有个渗着血的伤口。

富旺连忙过去搀扶，被他粗鲁地推开了。

"没事。"他把面白如纸的梁静放下来，"吓坏了吧，两个不中用的狗崽子！"他咧开嘴嘻嘻地说，"你们看！"

富旺朝他手指的方向望去，不觉抽了口凉气，山脚下，大石和泥沙正把他们的草棚像纸盒一样地推倒了，压扁、压碎了。

"嘿！真正的龙翻身，这遭儿还真碰上了！"黄老贵似乎又兴奋又感慨地说。富旺奇怪地回过头去，见他正漫不经心地用一大撮烟丝在堵那脚上的伤口。

富旺呆呆地望着黄老贵。

一个轻微的声音在石洞上方响。黄老贵停止了摆弄伤口，警觉地抬起头。

"快进洞。"他神色严峻地说。立即搀起脚踝红肿、痛得龇牙咧嘴的梁静。

富旺头一个钻了进去。

黄老贵把梁静扶到一块干燥的石头上，松了口气似的伸伸腰，"嗨，别呆头呆脑地站着，找些干柴烘衣服！"

富旺给吓了一跳。他四处望，洞口边落下的枯枝还不少，刚想过去，又给黄老贵喝住。"要留神外边，别给掉下的石头滚进来碰了。"

富旺记起洞顶那微响。但他飞快地拾了一大抱柴，放好后，又去拾了一大抱。他还想再去，洞外开始落下泥浆和碎石，在地上积成一堆。

"别去了！"黄老贵说着，用火镰点着了枯叶。洞里弥漫着白色的烟。

他们烤着火，丝丝水汽从身上冒出来。

"老爷子……"梁静还为刚才那一幕弄得声音发颤，"你他妈把我放到那里……好险丢了条命……"

"屁话，"黄老贵折断一枝粗枝，"现在不好好的嘛。我一眼扫着那棚子，就估量你睡得跟猪似的。"他把脸转向富旺。

富旺惶惑了，不安地把脱下的衣服在火上来回地翻。

"他的命值钱……"梁静挖苦地说。

"你的小命也值钱呢，差点还搭上条老命！"黄老贵哈哈笑，"这小子瞪着我大叫，好像遇上鬼似的！"他没理会梁静，很有趣似的瞪着富旺。

富旺想起黄老贵冲进草棚时自己感到的惊恐，不觉茫然起来。他知道自己那会是想错了，但为什么会错，他却不知道。

梁静还是气哼哼地盯着他。这使富旺烦躁，他不再去想什么，管他呢，只要没死就好。

雨小了些，但洞口的泥石却越积越多。黄老贵停止了烘衣，担心地瞅着。

"我得出去看看！"他将衣一甩，决然地说，"别给活埋了。"

富旺还没理解这话的意思，梁静却浑身发抖了，"若那样才叫刚出龙潭又入虎穴哪，老爷子！这局牌是输定了！"

"别他娘像丧门星似的！"黄老贵呵斥。他想从侧面冲出去，但已经晚了。轰的一声响，一道厚重曲黄色瀑布狂泻下来，泥浆像子弹一样四处飞射，气浪把火苗激得乱窜。黄老贵待在那里。

他们恐怖地看着洞口的光圈在迅速变窄，从圆成为半圆，半圆又成新月状，最后交做一道白线，接着白线消失了。洞内霎时沉静得能听得见彼此的呼吸声。外边那闹得天翻地覆的世界，一下远离他们而去。

黄老贵一言不发地转过身，朝洞深处走去。富旺和梁静不知所措地望着他。

过了一会，他磕磕撞撞地回到火边。"是死洞。"他坐下来说。

梁静嘴唇歪扭着，咬得牙齿咯咯响。

富旺觉得黄老贵的声音听起来很怪，很陌生。尤其对那个"死"字。他不是刚从死亡里逃出来么，怎么又回到死亡里？他自从离开梅溪就没再想过死，为此他又过了几年忍饥挨冻的日子，现在怎么反倒要死了。他活动活动手臂，又捏捏那小袋子，希望这只是个噩梦。但梁静的嚷嚷告诉他这绝不是梦。

"怎么办，老爷子！"梁静的声音又苦涩又干，充满了怨恨。

"我们出去。"黄老贵平静地说，"总不能在这里等死。"

梁静望望那涌进洞内好大一截的泥石堆，嘎嘎地笑起来，

"老爷子带了台推土机来啊！"

"笑什么！"黄老贵厌恶地说。

富旺憎恨地瞅着那被火光映照着的，一大堆堵住洞口黏黏糊糊的形体。好似又看到他憎恨的那些人和事情。但他奇怪地发现，自己并未恨黄老贵，甚至没恨梁静。梁静绝望的神气中，竟然有种叫人可怜的东西。他好像看见的不是梁静而是另一个人，那就是自己。富旺为这个感觉的烦恼和羞愧不安，居然在一瞬间驱

走了他对命运最现实的考虑。我是怎么啦，他怒气冲冲地想。

"那袋米呢？"黄老贵的声音打断了他的沉思。

富旺慌了，米呢？他记不得什么时候把它弄丢了，也许是摔倒在山坡上那会，他是那么惊慌，他肯定是顾不上拾起它就爬起来没命地跑了。

他失神地望着黄老贵。

"废物！"黄老贵站起来，"那就饿着肚子干吧！"

黄老贵走向那堆庞然大物。他用手扒着半凝结的淤泥，把石块挪到一边去。在那堆东西面前他显得太小，又太缺少力量了。他干了一会，恼怒地回过头来。富旺看见了他那双眼睛里慑人的愤怒。

富旺像梦醒了似的，急忙走过去。是啊，这是唯一的生路。

"慢些，蠢货，匀着用力，这样干不用半天你就趴下啦！"黄老贵说。

"没用，老爷子，"梁静有气无力地说，"我敢打赌一辈子搬不完……"

富旺看见黄老贵扬起了眉毛，"过来！狗崽子，过来！"他厉声说。

梁静吃惊地望着他，没动。

"我叫你过来！听见了吗？"黄老贵吼道。

"我的脚……"梁静被他突发的怒气镇住了，嗫嚅着。

"扶着石壁过来！"黄老贵盯着他，毫不怜惜地冷笑着。

"要不你就死在这里得了！这里不像你那赌场，没运气好碰！"

"我的脚……"梁静又说。

"脚，丢了命，你留条狗脚管屁用！娘的！"黄老贵狠狠地把一块石头摔到石壁上，碰出几颗暗红色的火星。

梁静额上的青筋跳着，脸色苍白，他颤颤巍巍地立起，咬着牙，沿石壁慢慢移动。

富旺边干边看着这一幕，不知为什么，他赞成黄老贵，却又同情梁静。他不知道应该把自己放在什么位置上。梁静分明是个胆小怕死的无赖，他却产生了同情，对黄老贵则是畏惧中夹着尊敬。他发觉经过从死到生，从生又滑到死境这短暂的时间中，心中的感觉和想法全乱套了……啊，老天爷，现在不是想这个的时候，他告诫自己。如果出不去……他接过黄老贵递来的一块石头，恶狠狠地掷了出去。

时光在消逝，他们像机器一样不停地重复着动作。已没有时间的概念，也不知道究竟干了多久。淤泥凝固了，石块抠下来就更费劲些，但又有个好处，他们可以爬到土堆顶去。从那儿能掏出条通道的话，就有办法出去了。

一天过去。饥饿无情地折磨他们，体力迅速地消退。梁静几乎是在黄老贵的威逼的目光下干着。他感到自己快要累死了，但黄老贵只许他比别人多歇一小会，作为对脚伤唯一的照顾。梁静既伤心又后悔，他在心里把所有能记得起的人都骂遍，包括自己的祖上十八辈。那张放着字牌的红木桌，对他再没有吸引力。就是为了这个，他才贸贸然走进死路中来的啊。若要说有什么好怀念的，就是他那间苦心经营的小衣摊子，这小衣摊使他告别了待业的痛苦，并给他可靠的收入。此刻，那种只有簇新的衣裤才会有的纺织物的芳香，比恋人身上的芳香还要使他感到亲切。天哪，我是再看不到它们啦，再看不到熙熙攘攘的集市，听不到此起彼落的吆喝叫卖声了……

富旺处在完全恍惚的状态中。一度陌生了的饥饿感，像火一样灼着他。那时，他可以到垃圾堆去拣，可以去潲水桶里捞，但现在有的只是永远搬不完的泥和石头……当那肚中的饥火消失，浑身使不出一点力的时候，他明白自己是彻底完了。在应该死的时候没有死（他想起那深幽幽的梅溪），在不想死的时候，死亡却无情地来临了。啊，她，那柳塘边的人儿，和腰中要献给日后新生活的黄金……死亡并不可怕，可怕的是有所企望时面对死亡。那摇摇欲灭的火堆，照着黄老贵阴沉却充满刚毅的脸。他没有害怕，他五十岁了，活了那么长，他有的是享受过了的好日子，他不缺什么……真要缺的话，就缺一个死的地方……富旺想着，手下不觉慢了下来，那牵动每一根神经的疲劳感所引起的无可奈何的绝望，完全攫住了他。最后，当他发现身边的梁静早停了手，像个可怜的娘们那样抽抽搭搭地哭时，他也停下来。千种悲苦，万种心酸，永远驱之不尽的对人世的怨怒，被这哭声，一齐引发，他突然用手抓住胸部，困兽一般地干号起来。

黄老贵把手中的一大坨泥抛掉，打量着他们，看完一个，又看另一个。

他捞起袖管，露出筋肉条条的手臂。

一粗一细的两个声音还在此起彼伏，沉闷、燥热，空气浑浊的岩洞显得更令人难于忍受。黄老贵摇着头，苦笑着。猛地，他像发怒的狮子般扑向他们。揪住他们的头发，噼噼啪啪地打耳刮子。他轮着打，打完一个，又打另一个。他急促地喘着气，"你们这些胆小鬼，猪……"他咒骂着，"哭什么，你们的狗命一钱不值。你们看到的就是自己眼里那点东西……想时也尽是自己。总觉得这个世界亏待了你们。娘的……所以你们偷、赌、活得像粪坑里的蛆。遇到一点芝麻大的事就怨天尤人，就鬼哭鬼嚎……哭有屁用，天老爷就来救你们了？……我瞎了眼，我不该把你们这两个没骨气的人带到这里来！"

他打着，骂着，直到累了，觉得毫无意思了才歇手。

梁静被揍得晕头转向，怔怔地望着空洞的黑暗。眼窝里还凝着一滴卑微的、可怜的泪水。

富旺脸上火躁躁的，双颊微微凸起，他没有泪，因为他并没流泪，他只是号叫罢了。他头一次给人狠狠揍了而没有爆发怨恨。黄老贵的话中有种触动他的东西，令他有种异样的感觉。挨打了，反而减少了憎恨，这使他很惊诧。

黄老贵又在吃力地掏泥沙。

"干吧。"他懒散地回过头说，凶狠和怒气都没有了，有的只是疲乏和叹息。

梁静与富旺互相看看，又跟着默默干了起来。小山在减少着，他们生命的气力也在减少着……

不知过了多久，也许是半天，一天，梁静昏过去了。饥饿、疲乏、恐惧和后悔的折磨是那么厉害。他瘦削的身子，在这种合击之下，垮塌了。富旺也处于极虚弱的境况，手和脚都发僵，眼前尽是不可思议的幻象，飘浮着雾一样看得见但摸不着的影子，他之所以在干，只是因为看见黄老贵那倔强的背脊还在不屈不挠地动着罢了。但久而久之，黄老贵的背脊变得模糊，在幽暗中溶解了。当他感到已经看不到这背脊时，眼前立即有一片漆黑的感觉，他想象梁静那样喊一声老爷子，但没有喊出来，就心力交瘁地倒了下去……

八

富旺首先醒过来，一缕清凉的风使他的面颊舒展。我没有死，他惊喜地想。但当这个意识一清醒时，背上和腿上火辣辣的擦痛，使他发出大声的呻吟。他不知道，自己怎么到了这么高的地方。他记得倒下时的情景。他顺着沙石滚到了土堆底部。那会儿世界是一片绝对的黑暗，是啊，太黑了。但现在有一种新的感觉，光亮的感觉。富旺试着扭动头部，立即看见了倒在身边的黄老贵，他显然晕过去了，焦黄的脸孔带着死亡的苍白。一个黑乎乎的形体伏在他的身上，那是梁静。风又吹过来了，带着山野特有的气息。这和原来那窒闷、重浊的空气是多么不同啊。富旺兴奋地爬起来。虽然四肢发软，他还是爬起来了。清新的空气，把活力重新注入他的生命。他朝来风的方向望去，心由于欢乐而阵阵发痛。一团明晃晃的阳光，通过一个扒开的小洞口，照在离他仅一尺的地方！他明白了。他瞧着黄老贵，瞧着这个捉摸不透，时喜时怒，凶起来能将人揍得两颊发肿的老头。这是第二次了，他想，是黄老贵将自己移到土堆顶上，又去背梁静。一种前所未有的情绪，像火一般在胸中腾烧……

梁静在蠕动。他的脸正朝着那团阳光。眼刚一睁开道缝，又无力地闭上。富旺费劲地挪开他。梁静呻吟了一声，"这……是干什么啊，该死的……"他喃喃地说。

富旺觉得自己突然想多说些话。他一边把梁静放好，一边急切地耳语："躺着，好好躺着，不怕了，我们就离开这儿，把老爷子弄出去，我就来扶你。"

梁静疑惑地望着富旺那双颊深陷，那不自然地微笑着的脸孔……

他们都来到了阳光下。

眼前的世界完全陌生了，荒莽的大山，好似给剥去一层皮，露出参差不齐巨牙般的乱石。泥石流虽在河滩上中止了它们暴虐的行进，但一切都在强大的自然力面前变了形，只有那条蕴藏着黄金的急流，仍欢快地唱着，舞弄着它的浪花，奔腾而去。

多么好啊，这条河，富旺想。他一只手拿着弄来的河水，一只手拎着半袋子米。在他艰难地朝河沿走去时，意外地在半道发现，这袋米奇迹般地夹在一个石缝里，没被泥沙吞没。米被泡胀了，还弄上了泥，但能吃。

清冽的水灌进了黄老贵的嘴。他眨巴着眼醒过来。他逐一看着富旺和梁静，费劲地挤出个怪模怪样的笑容："还没死啊，臭小子们？"

他声音低哑，却很快活。

富旺冲着他傻笑。梁静却惶然地别过头，痴痴地瞧着起伏的群山……

九

几天后，他们又来到大山外那片宽广的河滩。

一路上，梁静沉默不语，与当初的他，判若两人。他神情恍惚，好似还未从那场可怕的劫历中恢复过来。富旺则明显地变得爱说话。他甚至把自己的经历也说了。引来黄老贵吃惊的目光和一连串的叹息。就是走在河滩上这会儿，富旺还在向黄老贵叙说与她相遇的情形。

"她喜欢我。"富旺肯定地说，"明天我就带这些金沙找她去！"他从腰上解下那个布袋，有点兴奋地晃了晃。

黄老贵怜惜地看着他。从富旺的叙述里，他隐隐地感到，这不过是一个从未得过温暖的人所产生的毫无希望的幻想。那年轻女人不过是同情，她不会嫁给这个充满渴慕的小伙子的。但他强烈地同情这种幻想。

梁静毫无表情地听着，瞥了一眼富旺的布袋。

黄老贵停下来，他为富旺那鼓囊囊的小袋震惊了。"嗬，好家伙，想不到！"他睁大了眼睛，"打开来，给你大爷看看。"

富旺犹豫了一下，随即坦然地解开了紧紧扎着的细绳。

黄老贵接过来，用手指头慢慢地拨弄。他的脸色渐渐在变，惊讶消退了，浮上怜悯和苦笑。他将上衣扒下，仔细地在地上摊平，然后将袋里的金沙统统倒出来。

富旺不安地瞧着，不知是什么意思。

黄老贵把金沙仔细地分成两下。一边占了绝大多数，另一边，只是很少的一点点。他抬起头，皱着眉，望着富旺，仿佛下了很大的决心才说：“这些才是金沙！”

他的手指，无情地指着少得可怜的那一小撮，然后也拿出一个小袋，递到富旺手里：“你掂掂就知道了。”

这小袋里装的金沙，远没有富旺袋里的多，却比他的沉。

富旺眼前飞舞着金花。但他努力地镇定了自己，一种不知不觉中形成的力量支持了他。他身子晃动着，却没有倒下，只是露出凄惨的笑容，把小袋交回给黄老贵。

黄老贵一言不发地看了富旺许久，沉沉地吐了口气，他打开自己的小袋，倒下一条金色的细流。这细流与富旺那点少得可怜的金沙汇在一起，他大致地分成两份。“拿一半去。”黄老贵说。

大野和荒山、崖岸与树林，一霎间变得很静。水的喧响也变得很遥远、很遥远……

“哇”的一声，号哭碰碎了这沉静。

这是梁静，他一直睁大着眼望着这一幕，他终于哭了出来。“我不是人！”他捶打着自己，“我是贼，是赌鬼，老爷子，你打我吧，你打吧，打呀！”他揪着黄老贵的胳膊，号叫着。

富旺被这一连串的事情惊呆了。

黄老贵却拍着梁静的背，好似要帮他把淤在心中污黑的血块吐掉。

“我等着你呢，我早知道了，娘的！”他说，“拿出来吧，这才是好样的男儿汉哩!"

梁静扯着自己的衣衫，从贴身的衣袋里拿出个小包。"里边有一大半是你的……"他对黄老贵说。

金沙被均匀地分成三份。

"我不能要，"梁静说，"我没脸。"

"我问你，还赌吗?!"黄老贵冷冷地说。

"谁还干那没出息的事，就让沙石给活埋了!"梁静的脸由于自恨自恼而显得歪扭。

"好，那就拿去!"黄老贵不容置辩地说。

三个人分三个不同的方向去了。

富旺走了一会便停下来，遥望着远去的一个黑点，那是黄老贵。

临分手那阵子，黄老贵对他说："好好过生活，找她去吧!"

富旺不会忘记黄老贵的眼睛和闪在眼睛里的笑容。

河岸更宽广了，大水的冲洗，抹平了昔日的坑坑洼洼，重新显现出和谐、美丽的姿容。大自然用她伟大的力量弥补了人类的过失。

黄老贵的背影早已消失，富旺的脚踏上久违的田畴。当斜阳的光辉在天边透出一片金红，富旺再次停了下来。他的目光充满着眷恋。这次他望的是那些大山。在那些大山里有一片他曾掘出过黄金的土地和一条奔涌的流金的河……

| **作品点评** |

桂林的许多小说家是关切着社会和人生的。当然是一种非常文学式的关切。读张宗栻的中短篇小说集《流金的河》以及近期发表的中篇小说《大鸟》《莽山笔录》等作品，我们感触到那么多的时代困惑和思考，人生的焦灼和感喟。即便是那些很文化的小说，也具有明显的时代精神。作家的总体思维取向是社会的和文化的价值选择。他不偏激，然而是率直的。他不是血性冲动的汉子，温柔敦厚

的文风一如他栖息的城市，他从四面八方来写，其心或在高山，或在流水，或在渔村，或在山地，或在一个富农子弟富旺的精神的新生（《流金的河》），或在一个农民对土地的中世纪式的苦恋（《山鬼》），其意旨却仍在社会的和文化的价值选择，至少也可以说同时产生了这样一种意义。而价值观念的变革乃是时代和历史对于我们这个传统悠久的民族的紧迫要求。现代化的实现必须借助于它。这是一次深层次的改革。从这一意义来看，张宗栻的小说（当然不是全部）不能说与当今的改革潮流无关。

　　　　　　　——聂震宁：《我读桂林市小说》，《南方文坛》1989 年第 6 期

暗河

聂震宁

一

地下有河，穿行于地底穿行于黑暗穿行于万千生命之下。地下之河，流向东奔向西横于北溢于南奔流横溢无所不在。因此，称之为暗河。广西西北山区有暗河，而据说地球无处不有暗河，只有深浅显露大小长短之别，尚待人类去发现。

勒达寨有一个暗河口，壮族人称它做莫弋岩。莫弋是桂西北山区传说中的壮族英雄，能大能小能粗能细忽软忽硬忽柔忽刚的半人半神，一箭穿三山，一泡尿射到天庭，早在京城上朝夜回广西同老婆睡觉的大王。到处都有人传说他是自己村寨的人，到处都能指出他出世的地方风流的痕迹神勇的标志。勒达寨的人就把莫弋岩指为莫弋出世的地方。高十数丈岩洞口成椭圆周遭有茸茸绿草中间有涓涓细流长年溢出，而洞深十数丈又有

作者简介

聂震宁（1951—），生于江苏省南京市，自幼在广西生活。1975 年就读于广西宜山师范学校，1988 年毕业于北京大学中文系。曾任漓江出版社总编辑、社长，广西新闻出版局副局长，广西作家协会第四、五、六届副主席，人民文学出版社社长兼总编辑，中国出版集团公司总裁，为享受国务院政府特殊津贴的专家。中国作家协会全国委员会委员，第十届、十一届、十二届全国政协委员。中国传媒大学特聘教授、博士生导师。有小说集《去温泉之路》《暗河》《长乐》等。获中国作家协会首届庄重文文学奖，短篇小说《长乐》获首届广西文艺创作铜鼓奖。

作品信息

原载《清明》1987 年第 3 期，收入小说集《暗河》（广西民族出版社 1990 年 12 月出版）、《长乐——聂震宁小说选》（广西师范大学出版社 1998 年 10 月出版），1988 年获首届广西壮族自治区人民政府文艺创作铜鼓奖。

暗河满满地流过，这便是那位半人半神的英雄的母亲孕子的宫殿分娩的通道。从前的男女面对它不晓得是怎样的表情，而今的人说起它男人就得意地哈哈大笑女人就快活地脸红，娃崽们却借此谩骂自己的敌手。虽然，过去的三十多年里，反封建迷信时不准提它，反资产阶级思想腐蚀时不准提它，五讲四美三热爱时不准提它，可是今年我去勒达寨，那里的众人照旧同我提起它，一面说时脸上一面有赞叹之意炫耀之色淫亵之乐神秘之感。我感到不可思议，一位被本民族引以为骄傲和光荣的神话英雄，这个民族的人们怎么会对他母亲生殖他的器官如此津津乐道，而这津津乐道之中又还蕴含着某些崇敬的意味。虽说是不可思议，可是对于这一民族文化现象我也是津津乐道的，远远超过了对于暗河那神秘的自然地理现象的兴趣。

莫弋岩暗河在勒达寨人的精神和生存中的地位是很神秘的。暗河帮助他们渡过了每一个旱灾，暗河还帮助他们生产了大量的雄性后代。一个女人倘若希望生产一个男娃崽，只要她在太阳出来之前和太阳落山之后，下到莫弋岩的暗河浸泡自己的下身，大量地喝下暗河的水，总有一天会如愿以偿。这对于需要男人来打猎打谷和打架的山里人，对于需要更多的男人来支撑门户和繁衍后代的人们，暗河的功德简直就是恩同再造了。我听勒达乡中学的一位化学老师说，那暗河的水一定呈碱性，碱性对于妇女生育男孩有很神秘的作用，我又听勒达寨一位蓄着花白色的小辫子的阿公说，那是莫弋大王的老娘肚里头的命水，自乎然是要养出男崽来的。

勒达寨和附近几个寨子的男女们自然要对莫弋岩暗河有很深的敬畏之感和亲切之情。每年农历的三月初三，青年男女们要聚在一起唱山歌。别处都兴白天唱，这里却兴夜晚唱，叫作夜歌圩。往昔是依靠火把照明，现今则有手电筒光在夜空在大山上在莫弋岩口挥舞划动。夜歌圩总要在莫弋岩前进行。当那些情火灼人的山歌把后生男女的心灼得热腾腾的时候，闪忽不定的电筒光将那被指为人类创世孔道的椭圆形岩洞的轮廓赫然照出，那热腾腾的心便会飘忽不定起来，姑娘便会浑身舒服而酥软，很想就地倒下去，将自己想象成那位巨人的母亲而雄壮地裸现于天地人世，后生男子则会雄性勃发，只觉得有一股从未有过的活力，直想轰轰烈烈地直冲进那黑黢黢的椭圆形岩洞里去。通常，许多后生男女的头一回野合便是在莫弋岩里虔诚而愉快地进行。这里的人们若是碰上了正在野合的男女，不是愤怒不是反感不是羞怯，而是当即发出高亢热烈的呼叫声，只一声"噢"，空阔幽深的岩洞回音激荡，痛快而神圣。呼叫者痛快而神圣地离去。那一声呼叫简直就是对那一对做爱者的赞叹，有点儿妒忌的赞叹。

二

岩洞里的黑暗特别沉重。岩洞里不动声色流淌的暗河凝固了一样。欧阳雄面对着沉重的黑暗和凝固的暗河，觉得自己也沉重和凝固起来。不过，他觉得这样很好很爽神。沉重并不是坏事，人有时会，愿意沉重。凝固一时也很有必要，尤其是当他厌倦于喧哗和骚动的时候。欧阳雄这时就为自己感觉得到的沉重和凝固隐隐地感动起来。

一星期前，青年作家欧阳雄还在桂林的漓江笔会上，疲惫地笑，疲惫地与同行们惊呼重逢，疲惫地与师范大学学生们谈创作而又疲惫地听取虔敬的颂扬，疲惫于灯红酒绿之间和红地毯人造大理石地板之上。他不能不这样按主人的期望行事，不然人家会说他傲慢然后再判定他没有什么了不起。但他又十分地不愿意这样装出表情，一方面是为了他素有的淡泊心境，更重要的一方面是为了同一个创作室同为三十六岁同写小说又同来参加笔会的乔力老兄的目光。那目光时时在提醒他，你不是正在被纪检会审查桃色事件即将公之于众了吗？你怎么还能碰杯微笑签名题字谈文学听任小年轻尊称你欧阳老师呢，你以为远香近臭到了广西别人就不晓得你入党转正延期的底细？政治上的异端倒可以被人们视为英雄而道德上的叛道则难以有美妙名声。你难道一点也不为自己为文正路为人正派的名声的坍塌痛苦？你应当痛苦！乔力老兄的目光尖锐地要他痛苦起来。欧阳雄觉得很困，没得神气去应付这目光。乔力又不是今天才认得。一张黧黑的面孔不苟言笑的表情曾得到他和许多人尤其是许多女人的赞叹，深沉！他就用这副小号高仓健深沉的面孔与种种女性作深沉的交往，深沉得谁也无法探测的交往。然后，那一天，当欧阳雄正式提出离婚的消息在作家协会大院炸响时，他就深沉地同哥儿们说道，太刺激了！欧阳这个中原老汉，笨瓜！玩玩可以，离婚，没门！老子女朋友有的是，谁提出要我离婚同她过，赶快滚蛋！这便是他的全部深沉。作协主席高远老师竟然引用这番话来说服欧阳雄。欧阳雄当即就为高远老师难过，为乔力难过，为那些或许还真诚地爱恋着乔力老兄这位颇有些知名度的小说家的姑娘难过。没有真诚的镂心刻骨的爱，真是人生的最大的缺陷。有缺陷的人往往会对健全的人生出病态的目光。因此，乔力的目光只是一种病态而已，欧阳雄有时似乎动了点恻隐之心，回报他一回宽慰的目光，表示心领了。

可是毕竟使人讨厌。恰好一个地下暗河调查队也住在湖滨饭店，欧阳知道了，忽生奇想，加入了他们的队伍，提前离开了笔会。他巴望赶快躲开世俗的纷扰，这一躲便躲到广西西北山区里来了。

调查队在勒达山区一连发现了三个暗河口，需要弄清它们之间是否相连，尤其还想弄清它们与山那面的红水河的关系，这样就在三个暗河口投放彩色圆球形的浮木，然后分头在各个河口观察。欧阳雄和一个叫作蓝登的壮族后生被分到莫弋岩来。下午才到，蓝登去寨里联系吃住，欧阳雄就自告奋勇下到岩洞里来观察。

可是他懒得把那只电瓶灯打开。他一动也不想动。暗河里已经拉好了拦河网，彩色圆球漂到这里，自然会被网住。这时候他不需要任何一点光亮，这时候任何一点光亮都会搅得他心烦意乱。

他想摸摸上衣口袋里的两封信，忽然又觉得极其无聊。算了。记不准信塞在哪只口袋，他想摸一摸，可还是觉得无聊。算了算了，他心里嚷道，像在驱赶什么不快的念头。其实什么都算不了的。两封信没去碰，而两个女人的面孔却冒到眼前来。他首先想到的总是他的妻子唐颖。那张白净的脸庞似乎不曾有过红潮（其实当然有过，譬如欧阳头一回拥抱人家的时候），即使很愉快的笑也总是平静的。过去是深蓝色现在是浅蓝色灰蓝色的上衣衬着那份少见的平静。头一回做爱，是新婚前的一个月。她倒在欧阳凌乱的床上。欧阳的脑袋里已经凌乱成一团旋风一团乱草一团火球，而她，竟然还在平静地微笑（对了，脸颊上只一点微红）。也算得上是不动声色了。当时他的心上即刻掠过一丝阴影，对她的贞操起了疑心。好在这疑心当即便让鲜红的事实打消了。半年前，他提出离婚，她也只是平静地惨白了脸，噙着泪花摇头。当时他甚至莫名其妙地巴望她大吵大闹一回，痛痛快快。可是她不会。她没有激情，做爱没有，伤心时也没有。易雨来了一封信，请求她让出妻子的位置。她竟然没有任何愤怒的表示。欧阳在事后半个月才知道。他为这个不会愤怒的女人而愤怒。面子，她说，你不要面子我要面子，欧阳，只要你改，我忍下来，面子，欧阳！她上气不接下气地哀求道。然后是分居。他住到作协的写作室去，唐颖竟然一声不响地带着女儿小柯来给他送衣服。他觉得窝囊透了，有一拳打了个空的窝囊。这封信很简单。她的信永远是那么简明扼要。女儿十岁生日，盼望爸爸回来。她知道欧阳爱女儿，便在信中永远只谈女儿。小柯感冒了。小柯亲你的照片。小柯被同学欺负。小柯考了全班第一名。欧阳惊诧，这是一个妻子面对正在闹婚变刚刚被入党延期转正的丈夫的正常态度么？她怎么能装着什么事也没发生的模样呢？如果换上易雨，将会怎么样呢？

易雨肯定会挺着胸笔直地匆匆走开去，或者黑瞳仁会燃起两点黑火，或者浓黑的眉毛扬起来，或者浓黑的披肩发飘起，潇潇洒洒。易雨不如妻子丰满，但她有生气，活泼泼的生气。她急促地喘气。她激烈地扭动。她颤抖。不是假装出来的，而是情不自禁。这他能感觉得出来。别同我讲你的女儿，她沙哑着声音说，别同我讲将来，我晓得你是不敢要将来的，她闭上眼睛绝望地说道。终于，她来替他也替自己争取将来了。她给唐颖大姐去了一封信，又发了一封电报"雄昨晚在我处，请放心，请三思"。最后，又一封信寄到作协党组：请处分欧阳雄，以便我们结婚。直到这时，欧阳雄才感觉到那穿火红的羽绒服的姑娘是裹着一团火走到他跟前来的。这团火一下就把他背上沉重的包袱和耻辱的假面具烧掉了，使他忽然有了一些悲壮感崇高感，忽然对鲁迅的"直面惨淡的人生"一句有了深切的感受。欧阳雄临离开桂林时接到她这封信，嘱他放心到山里去，免得坏了心境，剩下的事全由她来应付。这样的信，不要说看，就是摸一摸，欧阳这个男子汉也感到惭愧不已。这时想起来不禁浑身燥热。他忽然又想即刻离开这漆黑闷人的岩洞，他想清爽一下发木发昏发热的脑袋。

欧阳雄长长地出了一口气，他觉得应当想些别的事情，然而什么也没想起来。一瞬间这沉重的黑暗扩大了，仿佛无边无际。他赶忙打开了电瓶灯。淡黄色的灯光照在缓缓流淌的暗河上。彩色漂浮物还没有出现，而且也不晓得会不会出现。他关了灯，心情似乎舒坦了些。

他巴望彩色漂浮物能在莫弋岩暗河出现，他莫名其妙地祈愿这些暗河相互连通，甚至莫名其妙祈愿大地之下的所有暗河都相互连通自由流淌。他觉得暗河真是奇妙无比的自然造化。地面上，大山，森林，木楼，芭蕉树，男人女人，总是那么稳稳当当，像是不曾有过别种样子的过去和别种样子的将来。可就在这一切的下面，流淌着一条大河，一条不动声色而又浩浩荡荡的大河。欧阳雄在桂林头一回听说有暗河，立刻就感到隐隐的激动。一般说来，欧阳雄已经很不喜欢为某种自然景物动感情了。什么举首望明月啦，什么感时花溅泪啦，什么露珠小草啦，他总觉得这一类感动是一种中学生式的激情，可爱可笑的幼稚。可是现在面对着暗河他也生出这样的情感来，而且是真诚的。这种真诚的情感竟促使他远天远地跑到陌生的桂西北山区来。

蓝登那个壮族后生就一点也不能理解这位作家的感动。蓝登是山那面红水河边上的人，调查队雇来的临时工。人长得很精干，只是脸上嫌清瘦了点。欧阳雄问他，在寨子里不好吗，出来奔波干什么呢？那清瘦的脸忽然就有了淡淡的红晕。想找个女人，他说，想讨个老婆啵，他有点腼腆地说道。他说他们寨子靠的是穷山恶水，女人家不愿进去，前些时有个后生病得差不多要死了，忽然大哭起来，吵净了一个寨子，后生讲他长恁大了，要死了，没曾见过女人成哪样。蓝登说着，叽叽地笑起来。蓝登平素间很少笑，若是谈到女人却一定会笑，先是腼腆地笑，接着就叽叽地笑，很满足又很不满足的样子。老欧老欧，什么是接咬（吻），哪样才叫作接咬？他把一双细眼睛瞪得贼亮。欧阳雄把接吻的技术要领向他传授了，他就开心地大笑起来。嘴巴不臭吗？他做出一副恶心的样子。嘴巴臭得像茅厕坑，接闻（吻）不臭吗？恶心的神情里包藏着向往。蓝登二十四岁了。二十四岁的山里男人渴望女人，尽管他不会有欧阳雄对于暗河的种种感动，尽管他不懂得接吻，他们之间还是融洽了。欧阳雄觉得同蓝登谈这些比同文学界同行们谈要好得多，同他谈感到真诚，一种生命的真诚。在黛绿色的山林里，在洁净如洗的黑色山石上，在岑寂的岩洞里和涌动着的暗河旁，同一个穿着黑色衣服的还会淡淡地脸红的山里后生谈男人女人的事，谈人的种种本能和愉悦，会有一种自然的感觉，让人感到神清气爽。

一道雪亮的手电筒光洞穿了黑暗。欧阳雄心里一振，蓝登回来了。虽说刚认识三天，并且是今天刚结伴出来，这时候蓝登就是他在勒达山区最亲近的人了。蓝登急切地唤着他的名字，他则亲热地应着。女人，蓝登急切地说，女人同一只熊一起走，在洞外面，你去看，蓝登喘着粗气说道。欧阳雄还没来得及问个明白，便被蓝登拽着，跌跌撞撞地来到岩口。暮色已经很浓，远山近树都蒙上一层灰蒙蒙的雾霭。岩口的一条小路上，果然有一只黑熊尾随着一个女人缓缓地往寨子走去。女人背着背篓，把胸脯挺得很高。蓝登说，刚才我在近前看了，蛮嫩蛮爽看的啵。蓝登又恨恨地说，妈的，不去同男人走，倒去同狗熊做伴，可惜。欧阳雄不禁好笑起来，就拿话撩拨他，你打死那只狗熊，女人不就同你做伴了？蓝登越发发起恨来，只要那个女人肯，我白手打死那只熊！

三

勒达寨的许多人家有驯养小动物的乐趣，养狗饲鸟自不待说，有的养果子狸，有的驯一只毛獐，他们相信人同自然总有灵性相通。欧阳雄和蓝登看见的那个女人，叫作蜜，她家驯养的便是一只黑色的狗熊。

三年前，蜜的男人在新婚后的一个月里打死了一只母熊，同时亲亲热热地抱回了一只熊崽。母熊被全寨人血淋淋地剥了皮分食了，熊崽却让做新娘的蜜喂养起来，新娘巴望做一个好母亲，早早就蓄满了浑身的温存母性，熊崽便如一个婴儿享受起母爱来。她把它叫作侬，侬在壮语里是对孩子的称呼。她把侬养在紧接洞房的堂屋里，让她时时同种种人熟识，巴望它通人性近人情同一个人一样。熊崽大了一些，有时野性发作，趁人不备独自钻到寨边的板栗树林里去玩耍。蜜回来不见了她，立刻就四处唤它，侬，回家啵！如同呼唤一个娃崽，柔柔的喊声在黄昏的雾霭里飘荡。她的侬有时就一蹦一跳地跑回来，茸茸的黑毛轻松地飘抖，让人觉得同那母亲的声音一样柔情。有时，熊留恋山野留恋它原本应当居住的地方，忘了异类母亲的呼唤，那异类母亲便寻到板栗树林里来，拍打它的大脑壳，嗔骂它发癫发瘟，这样它就乖乖地让蜜赶着回去。若是熊钻到莫弋岩那边去，蜜就必定变了脸色，撅一根竹枝抽打这冒险的娃崽，她怕侬跌下暗河死去。

　　熊长大了，虽然照旧尊重母亲一样抚养它的蜜，但是蜜已经有了真正的娃崽，顾不上它了。这样熊就同蜜的男人做伴。蜜的男人去种苞谷，它就在地边追逐花蝴蝶或者蚱蜢，永远没有收获地忙乱半天。蜜的男人去打柴，它的背上就驮上一捆木柴。半路上它发作了野性子，把木柴掀到地上，男人就像骂一个不成器的娃崽一样咒骂它。它当然绝不应嘴答舌。它会像一个知错就改的娃崽乖乖地重新驮上木柴。

　　无论怎么样，寨里人总还是把这只熊的可爱归功于蜜。蜜的名字起得很好，寨里人都这么说。她的全名应当是蒙蜜花。壮族人称呼熟识亲近的人，习惯只叫那人名字的一个字。按说蒙蜜花应当被称作花，可是壮族叫作花的姑娘太多了，为了区别，她便被叫作蜜。被叫作蜜的女人是少见的。壮族人把母亲就称作蜜。一个姑娘很早就被寨里人叫作母亲，她母性的天良早早得到了启蒙，一颗母亲的心早早就成熟起来。蜜的胸脯还不曾有一点动静，她的性格里就有了一个母亲的柔顺和温存，就是走路，也总是十分平和的样子。当姑娘的胴体全部成熟起来之后，她越发拘谨，走路总是尽量含着胸，为的不使那丰富的乳房影响别人的心思；两条修长结实的大腿尽量并拢得紧一些，时时做着维护纯洁抗御外侮的准备。她从老林子里嫁到勒达寨来，嫁到以一座巨大的岩洞口作为对巨人的母亲崇拜的地方来，新婚一个月，她就以蜜的名字和对熊崽的抚养在全寨人面前树立了蜜——母亲的形象，以此证明她将无愧于在那巨大的岩洞口做一个母亲。而尤其奇妙的是，当熊崽长成了比蜜还要粗壮的汉子之后，蜜又有了一个母亲对于成年儿子的顺从体贴和依靠的感觉。

熊似乎也有了一个成年汉子的许多感觉。壮族的汉子们对待家里的女人总不是太温和的，在他们看来温和简直就是一种轻浮。男人对蜜总是冷冷地说话冷冷地板起面孔。熊跟了男人，也对女人冷淡起来，总是一副爱理不理的样子。蜜唤它吃东西，它不肯立刻过去，而是慢吞吞地做出一副吊儿郎当的神气。客人来家，它只是斜了一对细眼睛把来人打量一番，摆一副不屑理睬的傲气。蜜那两岁的娃崽爱同它玩耍，它则完全听之任之，让他骑，任他打，随他揪它的毛，就像一个父亲娇宠爱子。山里的男人并没有太多的心机与黄口小儿追乐，他们习惯于用硬朗朗的石山黑森森的山林和硬邦邦的训斥来驯化后辈。在这一点上，蜜觉得熊比男人要好。有时，她还想到过如果熊是一个男人，必定是一个比她的男人还要好的男人。

蜜有时真正地为熊不是一个人而遗憾。她的生命成熟了，嗓音粗哑，动作沉着，有时脾气变得很坏。有一回，蜜到树林里找它，看见了极为惊心动魄的情景，熊正在舔食自己雄性生殖器官流淌出来的黄绿色的液体。蜜即刻觉得一阵眩晕，那感觉同头一回和男人做爱差不多，有羞涩感和羞耻感。她心里慌跳起来，赶紧不声不响地躲开去。熊后来是自己回来的，一副十分舒贴的样子，深邃的眼睛里流着幽幽的光亮。而蜜竟不敢多看它一眼。晚上给它喂食时，她调了一盒蜂糖水喂它。

就在欧阳雄和蓝登来之前的一个月，蜜的男人跌山死了。他爬到岩壁上挖野蜜蜂的糖，跌下来，跌成了一个血肉模糊的死人。那天熊也跟着去。天蒙蒙亮时他们一前一后出寨子，天煞黑时熊把一具血尸驮了回来。蜜在木楼前只看了一眼，尖叫了一声，就昏死过去。熊就用毛茸茸的身子搓她搡她，低沉的呜咽十分悲哀十分绝望而又无可奈何。它的呜咽是为了悲恸的女主人。直到蜜苏醒过来，熊才安分下来，轻轻地呜咽，像在安慰她。蜜却不理睬它，一头扑在死去的男人身上号啕大哭。熊立刻又惊慌地围在她的身旁打转，转过来转过去，似乎想与女主人分担些什么然而又束手无策。众人闻声围拢来，看到血尸十分恐惧，看到恸哭的女人十分同情，看到熊的种种表现十分惊奇。

尤其使人惊奇的是，男人们去搬那具血尸，熊不曾去理睬，女人们去搀扶蜜，熊也不曾着急，可是当村长伸手去拍蜜的背后，劝她莫哭的时候，熊却呼的一声蹿到村长跟前，呜呜地哼起来，吓了村长一跳。后来，再有男人靠近蜜的身子，熊就呜呜地哼。它跟在蜜的身旁不肯离去，恶狠狠地盯着一切男人。使得男人们又羞怯又气愤，使得女人们又惊讶又开心。

那以后，熊便时时尾随着蜜，警惕一切男人。蜜也就把它看成了依靠，默默地同它做伴，只可惜它不会说话，可惜它不是一个真正的汉子。

四

欧阳雄和蓝登就住在村长家。村长家的吊脚木楼同蜜家的吊脚木楼并排在寨口，两家之间只隔了几棵芭蕉树。蓝登的话题却连几棵芭蕉树的间隔也不要了，紧着同村长问那女人的长长短短。村长却又好像恨不得在蓝登和那女人之间隔上一堵无法逾越的高墙，总不肯明白地告诉蓝登什么。欧阳雄在一旁只觉得好笑。后来，远处传来尖利的呼哨声，虽然三月三歌圩早已过去一个多月了，后生男女唱山歌的兴趣却一点也没过去。村长赶紧告诉蓝登，别处来了几个姑娘，今夜在木棉树脚唱山歌，都是蛮爽神的姑娘。村长显然巴望蓝登不要再想着隔壁那个寡妇，巴望蓝登赶快去找与他不相干的任何一个姑娘，就是那姑娘是天仙，是刘三姐。蓝登如了村长的心愿，出去了。可是他就在楼前一声接一声地打呼哨，尖利而悠长。村长在屋里听得眼睛都发直了。

蓝登到底还是往木棉树那边去了。村长闷头坐了蛮久，然后劝同样闷头坐着的欧阳雄早点去睡，他就披上一件外衣出门去。外衣是一件褪了色的蓝色中山装。

欧阳雄不明白他为什么不把衣服穿好。也许这样威风一些，他想。

木楼里没有点灯。火塘的火光摇荡着昏黑的木楼。村长的几个娃崽不晓得缩到哪里去了。村长的老婆，一个烂红眼睛边上巴满了眼屎的老女人，蜷缩在墙角摇着纺车，那根纱总也不断那嗡嗡声总也不停。她在考验我的忍耐力，欧阳雄觉得又好气又好笑。十多年前，当语文教师欧阳雄住到数学教师唐颖的宿舍隔壁之后，他也曾经这样想过。他们客气地点头，他们礼貌地微笑，后来又客气礼貌地说些无关紧要的话。在那个全中国比赛大嗓门高调门的年代，欧阳雄为唐颖的这一份沉静感动了。他想同她多谈些什么，想同她在一起感叹些什么，于是在冬天的火炉边，他谈了，感叹了，而她依然客气而礼貌。后来，欧阳雄有一段时间心绪很恶劣，有近半个月不再理会她，她也不着急，照旧客气而礼貌。第二年的寒假，寂静的校园和温煦的炉火刺激了他的激情，他抱了她，要亲她。她客气地轻轻推开他的脸，礼貌地说，等一等，我去洗一把脸，脸脏。然后才把洗干净了的冰凉的脸献到欧阳的唇边。她在考验我的忍耐力，欧阳雄觉得又好气又好笑。她显然希望做他的妻子，但她绝不肯有任何主动的表示。她显然喜欢听他说说话，但她从没有提起或者引起过任何话题。她显然渴望他多做几回爱，但她总是摆平了四肢任他去行事，似乎事不关己，撒手不管。以至于欧阳雄在后来的几年里，同她做爱的次数越来越少，即使做了，感情也蓬勃不起来。连生物水平也没达到！有时候欧阳雄气愤地说出这样的话来。老妻子照旧十年一贯制地客气而礼貌，沉静地微笑。

同行们聚在一起说老婆，老婆不愿让作家丈夫外出太久是一个经常的话题，这种时候欧阳雄只有冷坐在一旁。他的老婆显然是无所谓的。被老婆看得无所谓的男人多么悲哀！以至于三年前他进入文坛最高学府，跟同学们喝酒谈老婆时，他竟然哭了起来。很多同学听了他的哭声都说很可笑。

三十六年的生涯，最孤寂的时光恐怕就数文坛最高学府两年了。六年的插队知青生活不能不算孤寂，可是那时候对于文学抱有多么神圣美妙的希望。这希望足以激励他吃苦耐劳忍辱负重并自认为大作家就应当如此。现在呢，在省里已经颇有名气了；在全国也小有影响，可就是没有获过全国奖，不是获奖作家，在获过奖的同学跟前似乎就是另一回事，在约稿的编辑的眼中就可以读出疑问，在编辑部组稿宴会上就有乞食之感。文学界真正是一个名利场，搞文学的又有几个不是名利之徒。同名利之徒谈名利之外的超越、永恒或者实际价值，未免太迂腐。他沉默地在这名利场里挣扎，小提琴一直在那只香烟纸箱里沉默了两年。他需要温暖，需要激情，甚至需要生离死别以及求不得的痛苦。可是妻子既不希望他离开也不盼望回来，至少欧阳雄没有感觉出来。两颗心的交合生了锈。她总是在远处客气而礼貌地向他微笑。

这样，才造成了易雨的出现。

外语学院德赛文学社邀请青年作家们座谈。教务处点了十个人去，欧阳雄也在十人之列。他在心里咒骂倒霉，明白这一回自尊心又要承受一次考验。同去的有八位同学获过全国中短篇小说奖，官方奖励的文学地位总是很有说服力的，文学青年们会以一声"哦"来表达他们久已敬仰之情的。而还有一位便是文尧东，他和欧阳雄都没获过全国奖，但是他写文章骂过全国获奖作品，骂过王蒙和刘再复，骂过钱钟书和李泽厚，许多大学教授对他的文章都只敢说可以研究可以讨论，而他自己却一边扭着迪斯科一边说老子震得他们一愣一愣的，然后像一只怪鸟一样大笑。敢骂名人的人便也可以成为名人，这是成名的一条捷径。文尧东能说会道。他可以骂雷锋是浑蛋，可以宣布有稳定风格的作家是悲哀的，大气磅礴地表示他要打一枪换一个地方，一个稍微有些反响的作品出来了，别人夸奖他，他就说我这是玩玩。而重要的是他还特别爱说话。宿舍走廊里，时常震响着他那怪鸟一样的声音：怎么脸灰灰的啦？怎么不理人啦？小便回来啦？甚至在厕所里他也要说话，没有男人对话便同隔墙的女同学粉墙会，你那首"白生生的脸蛋黑棱棱的眼儿"不错，说话声由小便的哗哗声伴奏。文尧东的巴掌大的小白脸当然不会在任何社交场合无人青睐的。同他们在一起，欧阳雄这个中原老汉没有不受冷遇的。他说他头疼，不想去，可是九位同学忽然又都有了平时所没有的热情，硬把他推拥着上了面包车。不明底细的人会以为他很受同学爱戴，而他明白，居高临下的人往往会在同情与帮助弱小的同时使自己的优越感更上一层楼台。

很自然，在座谈会上，欧阳雄又一次陷入了尴尬。他们十人坐成一排，面对百多名大学生和一些青年教师，接受他们递上来的字条，回答种种聪明而时髦的文学问题。这一次实行的是指名提问。欧阳雄这个名字对于他们也许是陌生的，尽管他的短篇《夏阳》得到过叶圣陶老的称赞，但没有获奖，因此响亮不起来。会议进行了一个小时，依然没有人向他提问。而同学们一个个妙语连珠，自信与居高临下造成了他们的幽默。文尧东成了会场的明星，因为他念了一位女同学给他的字条，字条的内容是崇拜他，希望以任何方式与他交往，时间地点由他定，全场轰动。还算文尧东良知未泯，没把人家的班级姓名披露。欧阳雄在心里狠狠地咒骂文尧东，认定他又玩弄了一个女孩子。

可是毕竟文尧东很快活，而欧阳雄毕竟非常孤独。他孤零零地坐在最末一个位子上。他挺着胸，胸中充满了悲壮感。

终于，主持会议的同志递了一张字条给他。是很娟秀的女性笔迹，请他谈他的作品《夏阳》。他严肃认真地谈了。紧接着，又有字条给他，请他谈寻根文学。再接着，字条提问：孤独感的层次。不一下，他成了全场发言的中心。文尧东在一旁，一下靠椅背，一下东张西望，焦躁不安。欧阳雄的眼睛余光看到了，心里很有些报复的快感。可是，他忽然发觉，手上的五张字条都是出于一人之手。有一位好心人同情他，或者说在怜悯他，想帮助他从孤独而尴尬的境地里挣脱出来。而且这人还一定是一位女性。欧阳雄顿时浑身发热，既感动又屈辱。他冲动地站了起来，举起五张字条，感谢这位不知名的同志，但我不需要同情，我把这看成是鼓励，凭着这五张字条，我就要坚实而真诚地走下去。会场上的年轻人为这位孤独者的坚实而真诚的话语感动了，立刻报以热烈的掌声。欧阳雄几乎落下泪来，这是多少年来不曾有过的。

散会后，外语学院的助教易雨便逆着纷纷向门口涌去的人群，笔直地走到欧阳雄的跟前。她穿着火红色的羽绒服。五张字条是她火红的杰作。她向欧阳雄，向这个有中原老汉黑红的脸膛和络腮胡，穿着中原老汉的大裤裆的欧阳雄，伸出了她白皙柔软的手。

文尧东立刻凑到易雨跟前来，参加了握手的仪式，并热烈邀请易雨参加周末舞会。易雨矜持地微笑。欧阳雄面对着文尧东，忽然就有了很强烈的崇高的欲望。他的眼睛平视着易雨的头顶，不打算多看这个姑娘一眼。他想绝对不同易雨深化男女之情。倘若她果真去参加舞会，他绝对不去邀请她跳舞。他把这些古怪的念头看得很崇高。尽管后来易雨一再笑话他这是一种病态心理，可他还是觉得这种病态比文尧东的常态要好。

欧阳雄不愿多想易雨，但他常常想起易雨。他隐隐觉得她能使他从孤寂中壮大起来。他对开往外语学院去的 348 路公共汽车有了一种莫名其妙的感觉。他对走廊尽头的电话铃声有了一种无法言传的期待。

后来，还是易雨在元旦的前两天来了一封信，约欧阳雄同志元旦上午九点钟北海公园门口见面。

欧阳雄到北京一年多，只去过一次北海公园，那还是刊物编辑部组织的游园。公共汽车线路很不熟悉，元旦上午，他在美术馆门口倒 111 路电车，到北海公园站下。他不晓得这里是北海后门，傻愣愣地在这里等到九点半钟，不见易雨来。他猛然醒悟，可能这里并不是北海公园大门，赶紧请问守门人，果然。他立刻急出一身热汗，慌慌张张地买了一张门票，连走带跑地穿过公园，赶到公园大门口。这时已经近十点钟，还是没见着易雨。他抱着微弱的希望等了二十分钟，想易雨一定生气走了，这是自己的失误，只好懊恼地离开北海回校。在电车上，一方面怅然若失，一方面他又有点庆幸，心想或许未能见面反而是好事，倘若感情发展起来，怎么结局？可是，欧阳雄刚一进学校大门，就有同学喊起来，说是外语学院的女老师来找他，刚离开不到半小时。欧阳雄一身的热汗顿时变成了冷汗，闲话也不说，转身就走。欧阳雄跳上 348 路公共汽车，在外语学院站一下车，他脑壳里热烘烘的，就直冲进学院大门，东问西问，像只红了眼的牯牛横冲直撞了好一阵，才找到易雨的宿舍。同易雨共房的那位胖乎乎的女老师告诉欧阳雄，易雨回来坐了不到十分钟，又往他的学校去了。欧阳雄脑壳发麻了，道了谢，急忙又折身出学院上车，再次回到学校。还是先前那位同学告诉他，易雨才来又走了，说是去北海，而且易雨也急白了脸。欧阳雄恨不得仰天长啸一声，但他还是忍住了。咬咬牙，飞跑到112路电车站。电车左等右等不来，好不容易来了一辆，又是快车直开过去。这时来了一辆出租汽车，他连忙摇手停车，催司机快开北海大门。他狠狠地强调大门两个字，心想这一辈子不会忘记北海公园有大门和后门之异，到死也不会弄混了。路上遇红灯，他在心里就咒骂交通管理落后，路上遇堵车，他就越发憎恨闹市，恨它不如外省清爽。车到北海大门，付了款，钻出汽车，一眼便看见穿着火红色羽绒服的易雨。易雨正站在103电车站牌下发呆。欧阳雄脱口大喊一声。易雨猛地转过头来，白净的面孔霎时全挣红了，连眼圈都红了。她停在原地不动，一动也不动，那情景，如果有一个人过去推她一下，她也许就会直直倒下去。欧阳雄冲过去，心里一阵冲动，真想把她紧紧地搂进怀里。可是他在易雨的跟前停住了。两人几乎同时长吁了一声，既如释重负又无限感慨，什么话也说不出来。易雨在前，欧阳雄随后，他们沉默着进了公园。过了横桥，往左走几步，在一株瘦骨棱棱的桃树下，易雨猛一下扑进了欧阳雄的怀里，而欧阳雄同时张开手臂抱住她，易雨大声而急促地喘起气来。欧阳雄却恨不能立刻冲到荒漠上，噢噢地大喊几十下几百下。他咬着牙，把易雨抱得紧紧，紧紧。

村长的老婆纺的纱线终于断掉。欧阳雄一下竟轻松下来，寂寞起来。已经是晚上十点多钟，村长和蓝登都不曾回来，他便先去睡了。一觉醒来，才看见蓝登刚刚走到床前来。蓝登兴致勃勃地同他说，今晚唱山歌的几个姑娘都不够爽神，寨里的后生同他说，最爽神的是他们隔壁的那个女人，就是养熊的蜜。他们赌他能捞到手，赌一头山羊。欧阳雄懒懒地笑笑，说，那就看你的本事了。说完便催他赶快睡下。蓝登没有立刻睡下，坐在床前抽了好一阵子烟。

欧阳雄重新睡去的时候，好像听见几声熊的吼声。村长还不曾回来。

五

蜜和熊和两岁的娃崽相依为命。

她并不巴望熊能帮做点什么。熊也不会做。她只是觉得木楼里已经失去了一个人，倘若再失去这只大庞庞的熊，她的心就要空得什么也没有了。只要熊伴着她安安稳稳地过下去，她的心里也就能安稳。熊很像一个男人，很像她早先的男人。它不会说话，蜜的男人也不爱说话。它走路漫不经心，蜜的男人做事也是慢吞吞的。可惜，熊到底不是人，不能在深夜里温暖她的身子，不能滋润她的心。她只能在睡觉前，抱着娃崽，同熊一起在火塘边依靠在一起。她坐在草墩上，熊就伏在她的身边。有时她就把细嫩的脸庞和丰满的身子，去搓搓熊的暖烘烘毛茸茸的身子。熊温驯地由她去搓搓，深凹的眼窝里汪着一片潮湿的温情。蜜时常就不愿上床去睡觉。她情愿同熊坐到天明。

蜜总要去做点活路。这样熊就呆呆地伏在山地边，坐在木楼前，呆呆地望着远处的黑森森的大山，久久地深思又像久久地等待。这种时候，蜜喊它，娃崽叫它，它也不肯动一动。有时候，它像往昔一样，悄悄钻进板栗树林里，半天不出来。蜜有时就心慌起来，恐怕它忽然走失了，再也不回来。她隐隐觉得时刻有这种可能。

在欧阳雄他们到来前的一个星期。一天黄昏，很黑的云团在勒达寨上空涌动，穿山风一阵一阵猛起来，云团如一只只黑熊奔跑。熊坐在木楼前，一动不动，风掀它的黑毛，它像一尊黑色的岩石抖动。突然，它走动起来，闷着头踱过来踱过去。然后又停住，昂起大脑壳倾听着什么。风声里夹杂着野兽的吼声，粗哑而绵长。是熊吼。是母熊吼。它的身子就抖动起来，喉咙里滚动着沉闷的呻吟声。回来！蜜在木楼上喊它，回家来！蜜着急地喊它。风声紧了，母熊的吼声弱了；风声弱了，母熊的吼声清晰了。它猛然长吼一声，惊醒一般狂喜一般奋不顾身一般，立刻冲出寨子，疯狂地向对面大山冲去。

蜜吓蒙了。她弄不明白熊要干什么，但这是它不曾有过的行为，这就很怕人。她赶紧把抱在手上的娃崽放下来，撵着熊喊，尖声喊叫。熊还是照直往前窜。她急起来，喊声里带着哭声。她立刻想到这野东西要窜回山野去了。她后悔没有听从旁人的劝告用铁链锁住熊。她悲哀没有男人因而驯服不了这野东西。她拼了死力去追。暮春的山野拥挤的草木在狂风中轰轰烈烈地摇晃挣扎。巨大的暗河口在漠漠昏黑里阴森而威严。熊和女人在这一团昏沉而混乱的野地里疯狂地跑。熊的额上的长毛被狂风掀向后脑勺。女人的长发被狂风掀得向后飘散。熊从暗河口前跑过去了。女人在暗河口摔倒了。狂风扑打她的身子，黑暗压迫她的身子，她的头脑空洞成一只巨大的暗河口。

蜜绝望了。风势渐渐弱下来，女人的绝望成了更严实的黑暗。熊是永远不会再回头的了，它到底改不了野性子。它是熊，山野才是它的归宿，它离不了母熊的诱惑。母熊的诱惑是一只巨大的暗河口，一口便把它吞噬得不见了。蜜晓得自己无能为力。她昏沉沉地转回家来。娃崽趴在木楼的吊脚梯口哭哑了嗓子。于是她也伤心地哭出声来。

蜜一夜不曾睡着。半夜里风声越发猛烈，木楼同她的身子一起颤抖。她总觉得听见熊的吼声。用心去听，好像又没有。忽而又觉得风声就像熊的吼声，她的眼前奔涌过一只只黑熊。她下了几十遍决心不再想那个野东西。

天亮的时候，熊却回来了。

蜜一开门，就看见熊站在吊脚梯下，微微仰起大脑壳，沉静地望着女主人。后来它又把脑壳侧往一边去，深感抱歉的样子。黑茸毛上沾着许多树叶和草针，一副狼狈落魄的情景。蜜没有吆喝它，更没有骂它，就那么怔怔地盯着。它低下头，犹豫了一下，就一步一步走上楼梯，以一个浪子归来的神气，悄悄走过蜜的身旁，钻进熟识的家门。

寨里的男人肯定对面山上来了一只母熊。有人提醒蜜，熊要发春情，要用铁链锁上一些时候。男人们更动了心思，要蜜无论如何把熊稳住，作为诱饵，他们要把那只色胆包天的母熊干掉。蜜总觉得过意不去。她晓得熊的思春是如何可怜，也觉得若是这样断了它的思恋它的新爱，是如何的对不起它对主人的忠诚。可是万一它从此被母熊勾引到远方去，她又不晓得该如何痛心。这天直到黄昏，善良的女人才把熊的一只脚套上铁链，拴到木楼中央的大立柱上。

果然，这晚上对面山上又传来母熊的吼声。没有风，吼声显得空廓而悽怆。木楼里的熊焦躁起来。它哀哀地哼，死死地挣扎。它啃铁链，嘴巴啃出血来。它猛一挣扎，木楼都颤动起来。蜜坐在火塘边，就大声地骂它。短命鬼，鬼打的！她骂，山妖勾你的魂了吧，山鬼勾你的命了吧，养你喂你你要跑，你个没得良心的！她伤心地骂道，仿佛要把它骂成一个讲良心的人。熊听了骂声，安分一下，接着就吼起来，大张着淌血的大嘴。蜜看得都痛了心，几乎不忍再把它锁下去。可是她需要它，她不能白白失去它，为了往后的日子，让它的这点野性的春情和那只该杀的母熊见山鬼去！

第三夜，母熊孤独地苦叫了半夜，木楼里的熊也苦哼了半夜，女人也苦苦抑制住了恻隐之心，半夜里男人们终于让那只母熊为了性欲付出了生命。

全寨分食了熊肉，熊胆成了全寨治病的常备良药。蜜没有去领取分给她的那一份熊肉。她内疚地守着熊，请熊吃了一大盆蜂蜜拌玉米籽。熊很忧郁，必定是为了再也听不见母熊的吼声的缘故，闷闷地吃了几口，就闷头睡去，一夜不曾打呼噜。

熊不再躁动，因为没有了山野的最强烈的诱惑。铁链当然打开了。蜜觉得日子又安稳下来。她庆幸杀了那只母熊。只要她的公熊不离开，就是杀掉一百只一千只母熊也不要紧。她想。

六

彩色漂浮物还没有在莫弋岩暗河口出现。蓝登却在暗河口把蜜和熊的故事告诉了欧阳雄。欧阳雄听了直感叹。公熊对母熊的恋爱令他感动，女人对公熊的情感令他惊讶。都是自自然然的真诚的需求，却要演成一场悲剧。他每每看到女人

引着熊走在寨边的小路走在阴沉的暮霭里，就隐隐有一种神秘之感，就预感到这
女人某一天为了新的也是自自然然的真诚的需求，会把这只公熊杀掉。他把这预
感说给蓝登听了，蓝登硬是不肯相信。

欧阳雄明白这是无法避免的事情。不要说女人面对的只是一只熊，就是一个
人，那又能怎么样？欧阳雄不就面对着易雨和唐颖这样两个人么，当处于二者必
居其一的选择关头时，不让唐颖让开那又能怎么样呢？尽管唐颖是那样善良，善
良得欧阳雄的心都碎都软了。他骂自己是混蛋，骂自己太残忍，骂自己当初为什
么爱上易雨。可他又只能当一个残忍的混蛋去爱易雨。爱上了就没有办法了，就
完了，一点办法也没有，或者讲他不想采取乔力介绍的办法。你就当易雨是情人，
乔力说。不行，他坚决地否定。本来是幸福的事情，为什么要造成偷偷摸摸的行
为，让心里时时笼罩着犯罪？不行，中原老汉慷慨悲歌一般地否定。

欧阳，我求你，回去不要向唐颖闹，好好同她说。易雨在火车站候车的皮椅
上同他说。欧阳，我求你，回去不要同她……我会难受的，易雨轻声说。不要同
她……睡觉。易雨颤声说道。她穿了件黑呢短大衣，脸庞显得很白。是苍白。欧
阳雄总低着头抽烟，没吱声。他原本是不抽烟的，近来才染上。他觉得手里夹上
一支烟，似乎有了一个依藉，心思定了一点。他料到易雨早晚会有这一番话的。
若是北海公园约会之后不久她就说出来，欧阳雄很可能会反感，可是一年时间过
去了，该发生的事情都发生过了，就是易雨不说，欧阳雄也自然要想到的。他不
吱声，他要等把这支烟烧成灰烬，在丢掉烟蒂的同时说一声好吧。他觉得似乎应
当这样。后来，在丢掉烟蒂的时候，他还是没有吱声。直到上了火车，开车铃响
了两遍，他才对着双手抓着车窗边沿的易雨，对着黑呢短大衣衬着的苍白的脸庞，
对着苍白的脸庞上一双黑亮的大眼，沉沉地说道：我会对你对她对我自己负责的。

欧阳，我求你，看在小柯的分上，不要离，好吗？唐颖站在欧阳雄的床前说。
欧阳，我求你，我早就晓得你同那个人好了，但是，不要离，唐颖轻声说。你同
她，我管不了你，只求你不要离，唐颖颤声说。她穿了件浅灰色的睡衣，脸色灰
暗。欧阳雄实践着他同易雨的许诺，同唐颖分开睡了。他睡在四壁是书的书房里，

床是长沙发铺成的，望着昏暗的四壁，他觉得有一种莫名其妙的殉道的感觉。遗憾的是，这张床竟然是唐颖细心铺好给他的。唐颖一看他要铺床，就抢过来干，把大床上的鸭绒垫毯扯过来铺到这床上，使得他心里很不好受。他巴望唐颖同他大闹一场，恶狠狠地骂他，把他的决心激发得更强硬一些。唐颖却不是这样的人。这就使得他感情格外复杂起来。他当然也不能训斥唐颖。应当说唐颖是无辜的，他只是不爱她，不被他所爱不能说就是她的过错。在这种事情上，爱与不爱谁也没有过错。欧阳雄只希望唐颖能明白这个道理。唐颖却不愿意相信这个道理。她更相信的是另外一些道理。面子！她恐惧地说。你这个作家不要面子？小柯的面子，我的面子，怎么办？你为什么非要抓破面子，我们不要闹出去，我不闹！她恐惧而又急切地说道。欧阳雄懂得她的暗示，就是说，只要不离婚，她可以容忍他和易雨的事情。欧阳雄不禁狞笑了几声。他知道完了，他是再也不会对唐颖有半点情趣了。他为唐颖的窝囊悲哀，也为这窝囊将要耽误他人生的许多时日而悲哀。

他索性搬到作协的写作室去住。

事情终于公之于众。如同我们这个社会的许多离婚事件一样，妇联最先兴奋起来。女人们首先是为又找到一个"当代的陈世美"而兴奋，其次就是为将要与一个全省知名的作家对垒而兴奋。她们同唐颖一起流泪，然后帮助唐颖愤怒。唐颖说不要，不要她们的种种愤怒，只要不离婚就行。她当然晓得欧阳雄的性格，压力只会使他爆发得更猛更烈。可是主持正义的妇联当然不依，她们要活干，要向自己向社会求证自己的存在价值。后来，省直机关纪检会也觉得应当对这件事有所表示，经济案不容易了结，常常半途而废，而桃色事件倒很好处理，只要当事人没有太大的家庭背景，给个党内处分还是很方便的。欧阳雄正好处于党员预备期满转正，那么延期转正罢，于是延期转正。再接下来，便是有身份不同的种种人来谈心，替孩子着想是一致的，注意社会影响大体上也是一致的，疏远一点的人就劝他以事业前途为重，亲近一点的人就教他玩朋友可以，不要当真，玩得隐蔽些就行了，公开离婚没好处。乔力以他的沉默和雄辩最先表示了这种态度，而高远老师则以从善如流的长辈的宽厚认同了它，此外自然还有许多人心领神会而愉快地赞同。农民作家王大泉的说法最有意思，他在作协大院的槐树下同围着的人们叹息，欧阳这样不合算，离了婚又要再结婚，不就成了才离虎口又入狼窝了吗？娘们哪个不想管男人，倒不如稳倒老婆再偷空子打野，欧阳这样不上算呀。他悲天悯人地叹息道。

作协的资料员魏丽，一个胖女人，不晓得为什么对欧阳的事格外关心。欧阳对她素来腻味，因为她对他太亲热，似乎凭着年长五六岁就可以挨着年轻男人坐，胖手就可以扶着人家的膝盖，就可以把嘴里的蒜味韭味羊肉膻气喷给人家。她老要同欧阳谈谈，谈什么呢？她谈了很多，可欧阳什么也没弄明白，只记得她总是问：你们当初是自由恋爱吧？你当初爱过她吧？然后她又无比诧异地反问道，既然你爱过她，那现在怎么能不爱呢？欧阳又好气又好笑，同她讲爱情心理学讲感觉讲情绪是对牛弹琴，他只好拿最俗的话来制止她的啰唆。你吃多了猪肉不是也很想换几顿鲜鱼么？他话一出口就有亵渎感，有点后悔，但也不想多管它。魏丽很浓很长的眉毛一挑。怎么能这样说话呢，她嚷道，怎么能这样对待高尚的爱情呢？她心疼一样地嚷道。

自然，当易雨给作协党组请求处分欧阳以便他们结婚的信在作协大院爆炸之后，几乎所有的人都痛苦不堪，为风化人伦丧失到如此田地而痛苦不堪。也不晓得这些人为什么痛苦，欧阳想。他觉得也蛮有趣。

七

蓝登根本就没心思去暗河口守什么彩色漂浮物，一连三天他都上山，有时去找草药，有时砍几根青竹回来编织篮子。欧阳雄总是一个人去暗河口，在那里沉思默想些事情，也想构思些东西，当然什么也没想透想清楚。他总要等到黄昏时候才回寨子。他喜欢黄昏，喜欢这时候寨子上空袅袅升起的炊烟，黑色的水牛沉重地归来，灰色的山雀仓皇地扑向大山，而女人呼唤娃崽的声音凄厉而温馨。这种时候，隔壁木楼的女人也常常唤熊回家。别人家呼唤娃崽，得到娃崽的尖声回答和急切的飞跑，而女人唤熊，熊则闷头闷脑踽踽独行。欧阳看了心里很不好受。他总觉得熊是想答应的，但它不通人语，这就显得很可怜。有时欧阳甚至想替熊应答那女人。

这天黄昏。欧阳雄刚进寨子，就看到一帮娃崽围在蜜家的木楼前，吵吵嚷嚷地朝熊扔石头。熊的脑袋上已经淌血，被驯化了的熊还真有忍受力，只嗷嗷地叫，茫然而不解地望着这些往昔时常同它耍戏的朋友。欧阳雄想上前制止，可又觉得人生地不熟不可造次。他看见村长正站在自家的吊脚梯口，虚浮的黄胖脸上露出幸灾乐祸的狞笑。欧阳雄叫了他一声，他看出了欧阳的意思，连忙朝他摇摇手，示意他莫管。欧阳心里纳闷。这时蜜回来了，尖声大骂那些娃崽。娃崽们这才有些慌张，有的跑了，剩下来几个大娃崽照旧恶作剧，石头也落在了去赶熊回家的女人的肩膀上。女人就又哭又骂起来。欧阳发现村长的狞笑越发开心。只是他颈脖上的伤口可能又疼了，他脸上的肌肉抽搐了一下，连忙收敛了笑容。前晚上村长天快亮才回家，欧阳雄一起床就看到他的颈脖上缠上了白布，白布上还浸着血迹。他说是晚上去别村商量事情，天黑跌下山沟，挨竹茆割了颈脖。

还是蓝登解放了女人和熊。他正好扛了一大筒毛竹回来，一见这情景，大吼一声。娃崽们愣住了，紧接着便一哄而散。蓝登把肩上的毛竹甩到地上，对着女人像要说点什么。那女人只是抽泣着，只顾着赶熊上木楼，不肯理睬蓝登。蓝登凑上去几步，熊却呜呜地朝他低吼起来。先前娃崽欺负它，它倒不曾发怒，眼下却对蓝登气愤起来。蓝登无可奈何只好站住。欧阳雄在一旁觉得很有意思，也很奇怪。

欧阳雄不晓得，勒达寨的许多男人，那些平素间总是一副岩石一样沉默呆板的面孔的汉子，已经同这女人和熊结下了仇恨。熊把蓝登也看成了那些人。

蜜有壮族女人中少见的娇美。她有壮族女人的健壮，更有壮族女人难得有的灵秀。她不曾读过书，可是勒脚歌却唱得很能勾人心思。她的男人原先也是勒达寨最出色的后生。读过县上的初中，人平素间不爱作声，山歌却唱得能飞过三架大山。三年前的三月三歌节，在乡政府设的歌场上，同这女人唱了大半夜，然后把女人带回到莫戈岩野合了一回。这就使得勒达寨的男人们十分地猴急，女人们很难忍受地妒忌。两个成了婚的歌手虽然相约着把春天的心思收敛起来，过正经的日月，可是蜜总是那样撩人魂魄，不能叫其他男人不为她做几回梦，而在她的男人撒开她死去后，男人们就自然要为她动起脑筋来。

可是，蜜不曾给男人们笑脸。她自然是想男人的。她自然巴望有一个男人来搂她二十四岁的身子，更巴望有一个男人来支撑这间空荡荡的在风里颤抖的木楼。然而，来对她挤眉弄眼的男人都是有家有小的。他们只想同她玩耍。他们只想尝个新鲜。他们只想在她这里开辟一个过盛的精力发泄的孔道，然后像一只狗，尿泡胀了，在路边翘开一条后腿撒下一泡尿，轻轻爽爽颠着屁股回家去。这样既有征服者的骄傲，又有独占花魁的满足，却把苦涩的守盼、凄惨的屈辱和更深的孤独留给这个女人。蜜的心里灵醒得很。她不想图得一时的快乐，造成往后长久的苦恼。她装作一个光眼瞎，总也看不见那些眼勾勾的男人。她成了一个憨子，总也弄不懂那些暗藏讥讽的调笑。她的耳朵变聋了，总也听不见木楼外的呼哨声和轻轻的敲门声。只是在深夜，她搂着娃崽嘤嘤地哭一场，有时就望定了熊，巴望它就是一个男人。

熊也有了古怪的变化。它不再像以前那样逗一切人喜欢。它对一切走近女主人身边的男人敏感起来，凶狠起来。平素间它总埋着脑袋迂迂地走动，而一旦发现男人靠近蜜，它就停下来，呜呜地发出警告。起初男人们觉得很可笑，说这个野东西同我们有仇，我们杀了它的野老婆，它记恨我们。后来他们就不再觉得可笑。有的男人借口找蜜借东西问事情，要上她的木楼，熊就堵在门口，无论那男人怎样恫吓它女人怎样叫唤，它横竖不肯让开，有贼心没有贼胆的男人就只好涨红了脸，怯怯地吞着口水避开去。于是寨里就有了传闻，说是蜜的男人的魂魄附在这熊的身上。

最先吃大亏的是寨西头的打炮鬼。打炮鬼搞女人最有本事。还在十六岁时，同一帮后生在暗河口洗澡，就爱当着众人手淫，众人就把他叫作打炮鬼。如今打炮鬼已经四十出头，几十年如一日地爱在人堆里说女人。一天半夜，他就很利索地爬上蜜家的木楼。他原以为蜜也同许多女人一样，男人只要压上身子就酥软。不想蜜不曾酥软。她在睡梦中被打炮鬼搂住，一醒过来就挣扎就骂。已经呼呼大睡的熊也给吵醒了。它摇摇晃晃地走进蜜的房间，两只前爪攀住正在欺负女主人的打炮鬼，接着就是一巴掌。全靠打炮鬼机灵，四十岁的风流鬼比二十岁的憨后生要机灵十倍，左边脸颊只挨熊抓破了皮。他惨叫一声，从窗户口窜了出去，直直跌下木楼，把腿也扭歪了。

打炮鬼偷鸡不得蚀了一大把米，男人们觉得好笑更觉得紧张。有的人暗暗动脑筋，总结打炮鬼失败的经验，再去一试身手，这样寨子里又增添了两个脸上破皮淌血的男人。而最后吃亏的是村长，他以为他是全寨子至高无上的人物，披上一件中山装又是那样威风，他可以威风地骑马一样地骑到女人身上去，结果却是差点没被熊扇断了他的喉咙。

这样就有了一帮娃崽大打出手的恶作剧。奇怪的是，不仅男人们要除掉这只熊，就是这些男人的老婆，也大惊小怪地呼吁要杀了这只影响男人风流的熊。全寨人几乎一致认为蜜的男人的魂魄附在这熊的身上。

蓝登把女人和熊从乱石下解救出来，这晚上却总也闷闷不乐。晚饭时村长请他们喝熊胆酒，蓝登只是闷着头喝。村长喝酒到半进灶间拿东西，蓝登忽然就低声告诉欧阳雄，村长的颈脖是挨熊抓伤的。他不禁吃了一惊。原先村长同他说是上山挖蜂蜜跌了一跤，挨山石刮伤的，他还深信不疑，不曾想村长同那打炮鬼共了一个背时的命运。

这晚上，村长喝了很多酒，喝了熊胆酒又喝三蛇酒，后来又喝蜂蜜酒，一张肥脸涨成酱紫色如同包着一汪黑血，随时就要皮破血溅似的。他大骂烂红眼睛的老婆，骂她只晓得开腿像一堆死肉。然后他就骂熊。为民除害！他吼道。他气愤地宣布，明天就召集几个男人杀了那只熊。他说的不是酒话。欧阳雄不禁替那女人和熊担心起来。

蓝登忽然就笑了。他说，你们杀熊，那女人必定要同你们闹死闹活，我想把这只熊买下来，带回红水河边的寨子去杀了卖钱。他眨着细眼睛说道。他说他还要同那女人商量一个价钱。

村长猛拍了一下蓝登的背，大包大揽地说卖给你，好像熊属于他的一样。接着他就同蓝登拼起酒量来，干渴得不得了的样子，猛喝狂饮起来。后来就连声喊：我要讨她做老婆，我要拿她来垫床板！蓝登却呜呜地哭起来，哭声很古怪很可笑。欧阳雄忽然觉得蓝登和村长好像都很可怜，还有那个女人。那只熊。

八

在男女私情上，女人要比男人来得灵醒，死了男人的蜜就尤其灵醒。男人心中的鬼怪，蜜不用抬头就能感觉出来。这种时候，她就亲热地呼唤熊，把手伸进那茸茸的黑毛里，像是抱定了一块大礁石，不让自己被急流冲走。可是，蓝登帮她和熊解了围，蓝登定定地望着她，她却不再呼唤熊，不再去抚摸熊。她觉得心里空空的，身子禁不住就要战栗了，就径自跑上吊脚梯，躲进家去。

她没有勇气去看那个来察暗河的后生。因为那个后生时常定了眼神，把目光直直伸进她心里去。她去刨玉米地，后生扛一根青竹从地边过。不哼风流歌，不搭腔，好像连看都没看她一眼，她却觉得他在盯着她。重重的脚步每一步都踏在她的心上，脚步声远了听不见了，她又觉得自己的心也没得了。她去板栗树林里拣树枝，后生提着几个装野猫的铁夹走过树林边。铁夹碰得叮当响，她以为后生撩拨她，响声刺得她的脑壳都要发昏。响声远去了，她巴望那些铁夹不要再响，好证明刚才的响声是后生故意弄给她听的，是属于她的。后生在路边屙尿，蜜正好从后面走来。他不穿壮家男人的宽裆裤，因此屙尿不用把一只大裤管捞起来，而是叉开双腿，解开裤扣，这同蜜那死去的男人一样，她在后面看，觉得威武觉得高大，觉得比一切男人都强。前两天，蜜同几个女人在莫戈岩口洗衣服，女人们就议论来莫戈岩察暗河的后生。蜜不敢插嘴搭话，只觉得一张嘴必定会脸红。她尖起耳朵来听有关那后生的一切话语。女人们说那后生来察暗河也来察女人，想上门入赘。勒达寨尽管蛮荒偏远，却又看不起更蛮荒更偏远地方的人，更看不起从那些地方来这里入赘上门的男人。可是蜜听说那后生要来入赘，不由觉得暗河流出来的水一片发亮，刺得眼睛都花了。她急急地洗起衣服来。

自从听了蓝登要找女人家入赘的传闻，蜜就忽然很想唱山歌，想亮着嗓子甜甜地柔柔地唱，唱得一寨子人四乡八野的人都来看她。她想唱：

勾魂鬼，
昨夜等你你不来，
前门留有一盒水，
床前留有一双鞋。

她更想唱：

不得风流心不开，
莫弋岩口起青苔，
哥想插柳尽管插，
莫要拔树别处栽。

这些都是她做姑娘时不齿于唱的妖歌，现在她却恨不得满天满地去唱，唱得个头昏脑热才好。然而她又压迫自己不要唱出声来。她有一个引人注目的寡妇的种种难处。她只能苦苦地默默地等待。她时时担心这个察暗河的后生会在某一天早上像暗河一样忽然消失。

蓝登来护她了，她却没说出话来。她一晚上都在懊悔没有说话。回到屋里就大哭了一场。起初是哭所受的欺负和屈辱。这几天寨里人都在咒骂她和熊，甚至打炮鬼到处说她同熊睡觉，日后必定要生出一只人熊来。他们要除掉这只熊，她已经感觉出来。现在连娃崽们都来欺负她了，她就觉得孤独得寒心。在寒心的时候又想起自己总不能同蓝登搭上话，眼看有了机会又没搭上，她就哭得更伤心了。

这夜晚，蜜是睡不着的了。她侧耳听着四处的动静，巴望有呼哨声，更巴望有轻轻的敲门声。村长领受了熊的厉害，寨里的男人是不敢再来的了，这时候要再有人来，必定是蓝登。蜜感觉他会来。她巴望蓝登即刻就来。恍惚间，她听着好像有敲门声，心就猛地一跳，再侧耳细听，却又听不到。她怕蓝登胆小不敢多敲一回，赶紧光身跳下床来去开门，屋外一团漆黑。她转回到床上，再侧耳去搜寻响动，熬得都困了；总是那只熊在呼呼地打鼾。她头一回讨厌起这蠢笨的鼾声来，吵得她心太烦了。一时间，她觉得黑洞洞的屋里很空很空，自己变得很小很小。

九

第二天晚上，蓝登终于踏着沉重的雷声走进了蜜的房间。远天响着闷雷，而且越响越近。蜜没有闩门。她晓得蓝登要来。他们还没有说过一句话，但她晓得他必定要来。这晚上她反而没有脱衣。她等他来脱，用一双又粗又硬的大手来脱，粗粗鲁鲁地脱，这样她会感到舒服死了。可是蓝登不敢。他只敢抱住她，只敢亲她……当两人抱成一团的时候，大雨就哗哗地刷下来了。蜜顿时感觉到浑身一下就清爽下来。雨声增添了她的温暖，风声带来了她的安逸。蓝登在颤抖，木楼也在颤抖。风声雨声雷声闪电里天翻地覆。压抑了两天的雷雨如压抑了几百几千天的情欲一齐发泄。蜜只觉得是在雨中奔跑，在泥泞中挣扎，又觉得是在迎风而立，用了全身的力量稳定自己。她头脑里忽然就冒出一句壮族古歌："莫弋岩是造人的地方，水总也流淌不停。"往昔听来丢丑，往昔听来脸红，往昔不愿多去想它，这时候竟想起来了。"莫弋岩是造人的地方，水总也流淌不停。"她想放声喊出来唱出来。她什么也喊不出唱不出。雷声雨声风声很响。

竹床嘎嘎作响。熊醒过来了。它对女主人房间里的一切激烈的响动有了高度的敏感。有过很多回，只要它立刻进去，总是有事，总有它威风一回的机会，然后女人总会靠紧它抚摸它，温存一回。这晚上它自然又威风凛凛地走到女人的床前。女人在挣扎。女人在喘息。熊逼近床边，用一股腥臭的气味冲散了人的一场狂欢。蜜吓得喊了一声。熊的一只前爪已经挥动。蓝登昏头昏脑，躲闪慢了，肩膀挨了一下，火辣辣的。他顿时清醒过来，一个翻身从床上跳下来。熊呜呜地哼着，转身又要去抓他。蜜要蓝登快跑。蓝登不能跑也不愿跑。光着身子怎么跑？就是穿上衣服他也不愿跑。他不甘心在蜜的跟前有一点软弱，他要证明他不同于打炮鬼不同于村长他们。他要硬朗朗的。他只恨不得一拳擂翻这只笨熊。他有的是力气，莫说是一只熊，就是一座木楼一架大石山，这时候他都想把它掀翻。熊又一次扑上来，蓝登用一只胳膊拉住它，一拳擂过去。熊的脑袋挨了沉重的一击。蓝登的胳膊被抓烂了。熊吼了一声，蓝登骂了一声。野性的熊已经被人驯化得不太善斗，而原本是人的蓝登却浑身冲突着野性。他要同熊拼个你死我活。杀死你！他喊，不杀死你我不做人！他咬着牙鸷毒地喊。

蜜光着身子抱住了熊，又恨又痛心地骂着熊。熊一点也不明白，这一回女人为什么不要它的保护。它顺从主人的意思，不再去争斗。但它还是对着蓝登呜呜地哼，威胁着这个男人，它要他立刻滚开。它是无论如何不能容忍任何一个男人靠近它的女主人的，尤其是在黑夜。

蓝登当然不能善罢甘休。可是蜜求他快点离开。他急得想大骂起来。如果身边带了牛角尖刀，他要当场杀死这只熊。被一个野东西欺侮，他感到屈辱。而在做爱时被一个野东西欺侮，他更是感到不能容忍的耻辱。可是蜜又不准他伤害熊，他又感到委屈，甚至是嫉妒。他抓起衣服，光着身子走出门去。他甚至不愿在这里穿上衣服，那样他将感到自己一点硬气都没有了。临出门，他发誓，不杀了它我不是人！他压着声音粗着嗓子发誓。

蜜的心都要碎了。她撇下熊，反锁了门，跑下楼梯。风雨已经停了，四处都很安静，一只夜鸟号叫着，孤零零地飞过寨子上空。蓝登还没曾走开。蜜抱住他，生怕他打脱一样，拼命抱紧他，嘤嘤地哭起来。她用温热的舌头舔他的伤口。她说以后惯熟了熊就会同他好的。可是蓝登还是咬着牙，把要杀熊的誓言咬得紧紧的。你要熊还是要我？我要你要你。你可怜熊还是可怜我？可怜你可怜你。女人哭着跪下来，抱紧了他的脚。

十

一场大雨，暗河涨水，欧阳雄他们的拦河网被水冲走了。彩色漂浮物还是没有出现，或者已经被洪水冲走了，或者两条暗河并不相通。欧阳雄和蓝登一大早就去了暗河口。雨还在断断续续地下，看来洪水还在长。蓝登不着急，他说索性再等下去，水消了再控网。欧阳雄自然明白蓝登的心思，女人已经拴住了他的心。可也替他担心，只昨天一夜晚，就伤得那么重，再往下怎么得了。

暗河调查队给人送了信来，要他们继续拉网，继续守候彩色漂浮物，他们在那边每隔一天投放一个，现在已经有一个暗河口收到了，他们将同时从两个暗河口投放，因为根据原先测量，莫弋岩的海拔点比那两个暗河口低得多，倘若相通，这里肯定是下游。

送信的人还给欧阳雄捎来两封信，一封是省作协的干事董仁信来的。小董同欧阳雄的关系不错。他在信里对欧阳雄的前途表示了很沉重的担忧。他告诉欧阳雄，省作协第三次代表大会即将召开，原先欧阳雄被内定为作协副主席候选人，现在已经取消，这两天筹备组对他的理事候选资格还在讨论，有人已经提出他连代表也不能当。乔力倒也还能替他说话，他私下里说了，整了欧阳开了先例，以后没准我们也会倒霉。前些时作协党组派了调查组到北京去，大约去了他们学校和外语学院，希望他妥善对付。欧阳对取消他什么资格倒无所谓，取消了也就轻松了。反正总还没到取消我做人的资格罢，他想，至于到北京调查，他更无所谓，既然闹到这种地步，还有什么需要证实的呢？通通来问当事人好了。此外，小董还告诉他，唐颖向作协党组书记表了决心：永不离婚，欧阳雄就是患了癌症她也要守下去。党组书记非常高兴。欧阳雄想，为了他这些人也真操碎了心。

另一封信当然是易雨来的。信很简单，她告诉欧阳雄，系里安排她三个月备课，她决定下个月一日到柳州（还有十天，欧阳雄迅速计算着时日），请他去柳州接她。"我太想去看看暗河了。"她写道，"暗河太有力量了。暗河也太不幸了，倘若它总也不能光明磊落地流淌在蓝天丽日之下的话。我很为暗河感动，但是我又不愿意把全部的感动交给它。我不能忍受将激情永远埋藏在地底的命运。我要把压抑住暗河的那些层层叠叠的地壳通通轰毁。如果我不能做到这一点，那么，欧阳，咱们就在暗河口住下去，老死于暗河之滨。"

看了易雨的信，欧阳雄直觉得眼皮很重很涩，直想一劳永逸地闭上眼睛。其实老死于暗河之滨的念头曾若干次在他头脑里出现过，而这时由易雨说出来，他感到格外地悲壮。

这天欧阳雄开始留心观察体会勒达寨周围的一切。寨前寨后的大山有黑森森的山林包裹，浑厚而温存，易雨一定会喜欢；寨左寨右的石山峭壁如刀削斧砍过，正直而充满力度，易雨一定会赞叹。寨前山上挂着一条弯弯曲曲的小路，易雨一定要去攀登的；通向莫弋岩的泥路还算平坦宽阔，易雨一定会奔跑着扑向暗河。从莫弋岩里流淌出来的细流易雨当然会叫绝，而他就把莫弋岩的传说告诉她使她脸红一回；然后两人进岩洞去看暗河，因为黑暗森严两人一定会依偎得很紧并且相互温存几回。还有，那清晨的鸟鸣，迟暮的山雀，黄昏的炊烟和水牛，还有一年几次的歌坛，男女青年漫山遍野公开的有声有色的恋爱，易雨都会感到亲切的。他们还可以去看红水河，红水河就在寨前大山的那面。欧阳还没去过，听说要走大半天，这样很好，不要人带路，只朝着方向走，逢山爬山，逢水过水，总会到的。

他同易雨曾经一起嘲笑过对花落泪的大学生式的感动。他自认为自己已经深沉，已经不会"爱上层楼，更上层楼，为赋新辞强说愁"，不曾想现在竟对自然风物充满了那么细致亲切的感受。或许这正是一种懦弱，一种害怕尘世纷争的懦弱？或许这正是人需要在自己的故乡——自然里寻找生命的和谐？我怎么能懦弱呢？欧阳雄抗争似的想。我这不是懦弱，我在寻找，寻找生命的和谐生命的方式生命的哲学，那就是自然法则是生命的最高哲学，人类的全部努力都应当以此为最合理的结局，其余都是过程。欧阳雄激烈地想到。

<h1 style="text-align:center">十一</h1>

蓝登已经把往昔塞在提包里的牛角尖刀挂上腰间。他那一举一动都聚着一股硬气一股蛮力。欧阳雄暗暗喝彩。有这么一派无所畏惧的英雄气概，愿意爱什么就爱什么，爽神。他没有那么多的瞻前顾后，那么多的畏首畏尾，那么多的虚伪客套和冠冕堂皇的理论。他蹭蹭蹭直出直入，以生死作爱，以性命作证。这样的爱穿得透岩石，穿得透大山，一世人回想起来也不会感到窝囊。爱情根本就不存在什么掠夺的问题。要就是真心相爱，那么就当然要排开他人，要就是肉体占有，那就根本不是爱情。欧阳雄还真想从这后生身上学取几分英雄气概。他晓得自己到底还没有这一股大气。想想自己竟然叫作欧阳雄，竟没有一点雄性之气，真是一种嘲弄。

蓝登自然要遭到勒达寨的男人们的笑话。那些同类，几经努力没有得手，甚至有的还为此受了伤害，自然要为蓝登的受伤大大的欢喜起来。昨天村长还同众人说这个后生不同意他们杀熊，要买熊，原来是想连熊带女人一起买。这一回莫弋大王开眼，也让他尝了一回火色。欧阳雄同蓝登从暗河口回到寨子，路上就有几个男人眨着一律的细眼睛向蓝登笑，不说话。村长在木楼里的火塘边闷头抽烟。他晓得他们进家，却不肯回头来打照面。过了蛮久，他收起烟袋要出门前，才看了蓝登一眼，闷着声说，那是惹不得的麻风，你莫想了，想同她做一条暗河，不成的，要命就莫再去惹麻风了。蓝登铁青了脸说，哪样暗河？我要大明摆白仰卵朝天同她来。村长阴险而又不屑地咧出黄牙齿笑了笑，说，你敢大明摆白去？仰卵朝天恐怕熊先抓溶抓烂你的卵！说完村长便出了门。蓝登即刻就起身。我去！他吼道，我大明摆白给你们看！他暴躁地吼道，立刻就要夺门出去。欧阳雄急忙喊他回来。他不听，咚咚咚直冲下楼梯。欧阳雄冲到楼梯口，蓝登却已经冲上蜜家的楼上。

蜜不在家。木楼门锁上了。

蓝登骂咧咧地打转回来。腰间的牛角刀摇摇晃晃。他自然有，一拳打了个空的遗憾。回到屋，他仰面倒到床上，蛮久才长长地出了一口粗气。

欧阳雄看见村长同几个男人聚在寨口的榕树下，远远地朝这边看。看样子，他们并不想阻拦蓝登向那女人的进攻，只要他敢杀了熊，这女人就理所当然属于他蓝登的了。也许他们会嫉妒，但他们会认为蓝登的获取又是理所当然的。有本事就去抢过来，这是山里人的天经地义。

蓝登在床上一躺就是半天。直到黄昏，欧阳雄看见蜜回来了，没有熊跟着。他就赶紧告诉蓝登，他莫名其妙地巴望蓝登能从床上挺起来。果然，蓝登就急急地跑往蜜家去。

蜜已经把熊带回大山林里去了。她一早就牵着熊出了寨子。她不愿蓝登杀了它，更不愿它伤了蓝登。她带了好多红薯玉米在身上，一路上尽喂熊。最后她把熊哄进了一个小岩洞，把剩下的食物全放在那里，然后转身躲开去。

在回寨子的路上，她抹过好几回眼泪。她想起熊的种种好处，想到它从此将孤零零地在山野里过日子，早晓得这样，还不如当初放它同那只母熊过日子去。她还想到蓝登也许就为了这只熊而恨她，再要是蓝登气短就此离她而去，自己就只有死路可走了。她想起蓝登就心紧，几乎是小跑着回来。她巴望蓝登能看见她哭，她想让蓝登看得见她着急的样子，她要让蓝登晓得，为了他，蜜什么都舍得丢掉。

蜜见了蓝登，这才放声大哭起来，为了可怜的熊，也为了蓝登终于没有走掉。

十二

天亮蓝登从蜜家出来，昂首阔步，满脸喜气。他打定主意入赘到蜜家来。他觉得太爽神了。蜜是那样地合他的心意，她有了一个崽，证明她是一只会下蛋的鸡，这样一切都合适了。他到村长家拉上欧阳雄，立刻就去暗河口重新拉拦河网，神气好得很。他吹嘘自己一晚上不曾歇过。欧阳雄听了直咂舌头。

中午他们回到寨子。村长拦住他们，他告诉蓝登，那只熊又跟路回来了。他好心地劝蓝登不要去惹它，它回来后又撞木柱又滚地，发了很大的脾气。

欧阳雄以为蓝登又要生出怒气来，不想他竟愕然了好一阵子，喃喃地念叨着怪了怪了。然后就拉上欧阳雄去看。

果然，蜜家的木楼前围了不少人，看来熊是闹腾了一场。这时候蜜已经把熊安抚住了，它紧挨着蜜的脚步站，一副寸步不离的神气。而大凡围观的男人一说话，它就盯着那人，凹下去的细眼睛显得很深沉，看来它与这些男人们的仇恨也够深的了。

蜜见了蓝登就青了脸喊，你莫过来！蓝登竟然也不曾着急过去，他同蜜已经肯定要在一起了的，熊只不过是一个碍手碍脚的小东西而已。他犯不着同这小东西计较。反正得把它弄掉就是了。杀了它自然也没得必要，蜜是舍不得的，它到底同蜜相依为命了那么长的日子，杀了它会伤蜜的心，怕是以后对他还要啰唆起来。蓝登安稳地得了女人，性子竟然也安稳下来了。

蜜把熊带上了木楼，众人一面看着蓝登的表情，一面很不过瘾地散去。他们满以为蓝登会同熊来一场恶斗，不曾想蓝登如此没得神气，失望极了。

晚上，蓝登只好同蜜到莫弋岩去说话。他们说来说去总离不了那只熊。蜜说了它的好处，蓝登说了它的坏处，像在议论一个人。最后，当蜜被蓝登抱紧了抱得舒服了，她这才同意了蓝登的主意，把熊带到红水河那边去，让它永远不回来。当这些主意定下来之后，蜜不禁连连打起寒战来。

这晚上，寨子里不时传出熊的吼叫声。它吼得非常凄厉非常不平非常绝望。到了下半夜，它还在吼，那吼声同黑夜一样迷茫一样沉重。后来，牛栏里的牛牯们也长一声短一声地哞哞喊叫起来，狗们也叫，高一声低一声地吠，还有鸡，还有山羊，还有打炮鬼家养的果子狸，把一个寨子闹得沸沸扬扬。男人们都站到寨口的大榕树下来，神秘而沉重地揣测其中的原因和将来的祸福，烟头的火星不安地明灭。后来女人家就在家里祈求莫弋大王保佑。当寨里的这些禽兽终于平静下来之后，四面大山上接着也响起了各种兽类的叫声，有的像笑，有的像哭，有的明显是在发怒，有的则像在骂人。

蓝登一夜不肯睡去。欧阳雄只好陪他坐在火塘边。蓝登整夜里都攒着那把牛角尖刀，随时打算拼命的样子。他一夜都不曾说什么话。只是同欧阳雄说，就是有山神山鬼我也不怕。欧阳雄感觉他的口气很神圣很庄严，本来想笑，但终于没敢笑。

十三

蜜终于把熊送到了红水河对岸。对岸是连绵百把里的荒山森林，应当是它最好的归宿。

蓝登和欧阳雄远远地伴随着蜜。蜜趁着同熊温存的时机，把它推下了一个两三丈深的土坑，这才甩脱了它。按照蓝登的办法，那就是用铁链把熊拴在一棵大树下，这样要甩脱更容易。蜜却不肯。她说这样一来熊会被铁链困死饿死。这样就只好采取推它下坑的办法，等到这个笨家伙爬得上来，人也就走脱了。

红水河这一段没有渡口，船家也极少，他们从下游请了一只小船来摆渡。船家汉子对送熊过河的蜜十分惊奇。他问蜜为何把这乖乖的一只熊丢了。蜜却哑了一样，任哪样问也不搭理。直到重新回到这边岸，回到蓝登和欧阳雄的跟前，她才疲惫不堪地软软地坐到石头上，很响地唉了一声。蓝登很小心地陪她坐，不敢吱声。

他们三人正要起身回去，蜜忽然恐怖地尖叫了一声：撞鬼了！它来了它来了，她说道，它又跟过来了，撞鬼了！她颤着声音说道。她的脸上白得一点血色也没有。蓝登和欧阳雄赶紧顺着她手指的方向看去，对岸的悬崖上只有几丛灌木在风中摇动，哪里有她的熊呢？可是她还是喊，还是指着对岸。蓝登只好再仔细望去，这才失声喊道：当真！接着欧阳雄也从那些黑色的灌木丛中认出了那只黑熊的脑袋。

红水河永远地把他们和那只熊分开了。人和熊彼此沉默地对望着。蓝登显得特别紧张。欧阳雄感到十分新奇。女人已经抽泣起来。而熊，它只能远远地沉默。

忽然，熊的身子站立起来，像是要向这边岸向它的女主人扑过来。它站立了又倒下，倒下了又站立，越来越急促。它跃跃欲试。它要跨越眼前它怎么也弄不明白的鸿沟和河水。但是它无论如何也要扑过来。

熊终于从悬崖上扑了下来，跌进红水河不见了。

欧阳雄和蓝登从红水河回到勒达寨的当天下午，彩色漂浮物就在莫弋岩暗河口出现了。蓝登同欧阳雄说，他要回家去开结婚证明来。欧阳雄则同蓝登说，他要去柳州接爱人，爱人从北京来，要来勒达寨看暗河，还要看红水河。他又问蜜，到时候能不能住她家。蜜连连答应，欢喜得直抿嘴笑直将头发直扯衣襟。但得她来，蜜说，我们这里苦，没得高楼大院，没得汽车火轮，没得东没得西的，但得她来玩啰，蜜惭愧地说道。欧阳雄就同她说，这里好，这里爽神，这里喝生水都干净些，若不是还有工作，他同爱人都愿意在这里住一辈子。

| 创作评论 |

在当代作家中，聂震宁的个性是十分鲜明的，他的小说里，有他独自歌唱的世界，有他独自弹拨的曲调。正如鲁迅执着地写江南水乡，沈从文执着地写湘西，贾平凹执着地写商州，赵本夫执着地写黄河故道，聂震宁潜心地捅开一扇南方之南的天窗，引诱读者走进他的桂西北，走进蓝靛山、黑森林、红水河、岩画、长乐城。概而言之，聂震宁在他的小说里构筑了两个世界：一个是"蓝靛山"世界，一个是"长乐城"世界。换一种说法也可以，聂震宁的小说大致有两种笔法："蓝靛山"笔法和"长乐"笔法。

诚然，聂震宁到目前为止，除了两部小说集《去温泉之路》《暗河》之外，并没有什么专门的文艺理论或美学专著，但我们可以从他的小说氛围、倾向性，以及塑造的众多人物形象身上和他谈小说创作的论文中，看出他的小说美学思想。

我认为，聂震宁小说美学系统的最高范畴是"真诚""孤独""自然"。其本体论最终的落脚点在于求真、善、美的高度统一。

——叶斌：《聂震宁小说美学思想初探》，《南方文坛》1992 年第 2 期

| **作品点评** |

《暗河》写的是一位青年作家的山区生活体验，在类似野外作业的生活中，小说以很大篇幅叙述了青年作家在京城感到的事业型失意和在家庭感到的情感型失意，并着重描写了一场婚外恋对他内心世界的种种激发。这种心理最后在宁静、质朴、原始的自然面前得到适度的调整，并从地下水的沟通以及山人之间大胆率真的爱情追求中得到启悟，最后青年作家明确了自我选择因此获得解脱。

——黄伟林：《在乎山水之间也——聂震宁"长乐"与"暗河"世界两面观》，《小说评论》1990 年第 1 期

《暗河》的结构是三线并行：一条是以暗河为线，是潜伏的，具有象征意味；一条是欧阳雄、唐颖、易雨之间的冲突；第三条线是蜜、熊、蓝登的矛盾冲突。欧阳雄他们的矛盾冲突似乎难以调合；而蜜、熊、蓝登之间的冲突却容易解决，因为熊是动物而不是人，最后蜜把熊引到红水河的对岸去，熊从悬崖上扑入红水河，这种结局是悲剧性的，因为熊毕竟是善的东西，与蜜又是那么有感情。

——叶斌：《聂震宁小说美学思想初探》，《南方文坛》1992 年第 2 期

大鸟

张宗栻

一 莫亚的故事

知晓人事前，他的梦是关于一只大鸟的，知晓人事后，他的梦还是关于一只大鸟。

莫亚后来明白，故事在很早以前就开始了，而且大鸟已不是原来的大鸟。尽管过去的是一头巨鹰，而现在的仍是一头巨鹰。在那个无人敢去，整个寨子都讳莫如深的峡谷，那个人们谈起都压低嗓音并带着敬畏神情的崖洞，有一块赤红的石壁，巨鹰就巢居在崖洞的石壁上。在那里俯瞰南方浓如墨汁，密如桅樯，未经斧钺的大森林，俯瞰着深山中起起落落的蓝色云雾。越城岭在它身旁蜿蜒迂回又匆匆奔向远处，背脊上负着蓝汪汪的积雪和冰凌。尽管那雪线很高，而且只在冬季才有，但在酷热的南方，竟有这样的情景，却使人难以忘怀。

被春季第一缕阳光抚摸过后，越城岭的冰雪，便将那蓝而透明的身子咯吱吱地转动，顺着山与山之间的 V 形豁口，轻轻快快地溜下去，形成生命短促的冰川。但还未到达谷底，冰川便化为无数欢唱的溪流，从一个石坎跃向另一个石坎，绕

作品信息

原载《当代》1988 年第 2 期，收入《广西当代作家丛书·张宗栻卷》（漓江出版社 2004 年 5 月出版）。

过巨树的根须，带着高山的寒气和未受人世玷污的洁净与冷冽，向山外疾奔。每个第一次将身子接触这些碧玉般流水的人，都对那浸彻心骨的清凉惊喜无比。这些不染纤尘的流水汇集起来，流向那条世界著名的河，那条以水秀山清吸引了各国游客的漓江。漓江的碧水之所以清洌，是因为它们来自那些在地平线上时隐时现、淡若雾带的群山之巅，这大概是许多人不知道的了。

但雄踞在危崖上的巨鹰什么都知道。它闪烁金红色亮光的锐眼，看着雾气如何在高空形成雨水，雨水如何在云层中变化为雪花，它对水的秘密了若指掌。巨鹰是神灵的鸟，它除此之外还知道许多人世的秘密。这一切都是一头大鸟在梦中告诉莫亚的。他相信那大鸟就是巨鹰。但巨鹰没有说，知道的是何种秘密，这常使他在梦中苦恼得醒过来，当他叹着气，再次入睡的时候，便什么也梦不到了。

峡谷和鹰巢距寨子很远，但每天清晨和黄昏，都能听到巨鹰嘹亮的鸣啼。这鸣啼由远而近，带着撩拨人心的颤音，它穿过谷地淡紫色的空气，缠绕在林梢，渗进寨子乳白的炊烟，撞击着每幢木楼的窗棂，使它们发出霍霍地震颤。

莫亚后来知道，每当这种时候，奶奶芒萨的心就会抖个不住，他还知道，这心头的颤抖过后，她偷偷流过泪。这是桩很奇怪的事情。奶奶芒萨是个坚强如铁的女人，莫亚从未见她流过泪，尽管她对莫亚慈爱异常，但绝不是那种婆婆妈妈的老太婆。作为孙儿，莫亚对她既尊敬又害怕。还在小的时候，莫亚就听说过奶奶芒萨很多事迹。年轻时的芒萨，是个如花似玉的美人儿，但这并不妨碍她在二十岁那年就杀人。芒萨是唯一得到全寨人尊敬的女性。因为她的赫赫业绩，也因祖父年纪轻轻就为革命捐躯。寨子因此而荣耀，还得过许多荣耀无法替代的东西。自治县领导，从来对他们另眼相看。更不用说芒萨退休前还在县领导岗位上的那些日子了。全寨子为她夫妇俩骄傲，而这种骄傲是真诚而持久的。莫亚对芒萨奶奶退休后坚持要回寨子居住大感不解又不满意。直到和大狗松嘎真正好上了以后，这种心情才有所改变。松嘎据说是阿爸莫普留下来的，阿爸对于莫亚既亲切又陌生。芒萨奶奶不允许任何人提到莫普，她对这个唯一的儿子似乎充满轻蔑和厌恶。有人说，莫普是被芒萨撵出门的。但莫亚从不相信这个。莫亚一点也不记得阿爸的模样了，但他是那么想念阿爸，以致他相信梦中大鸟所说那未知的秘密里，一定有一桩是属于阿爸的。

他曾为这个去问过寨子里的老支书达共老爹。达共老爹是个正直的人，将解放那阵，他是奶奶芒萨的部下，进城时，他没跟着去，他对城市有种本能的厌恶，他说过去在那里吃汉人的亏太多了。

达共老爹对莫亚提的问题直摆头，他对这码事摸头不知脑，"你干吗不去问芒萨呢？"达共说，"我见过你阿爸，那是个棒得了不得的后生子。"

莫亚当然想去问奶奶，但每每在那严肃的而孔前退缩。后来，他实在忍不住问了，先是招来惊讶的目光，然后是几句申斥。

"你别问，"她的嘴唇微微有些抖，这是她生气的表现，"他会有他去的地方，或许他已经死了，谁知道到底是怎么回事！"

莫亚心里很不高兴，但奶奶的不快也是实实在在的。"他不会死，"莫亚反驳，"他怎么会死呢！"说到这里莫亚的眼里闪出狼崽一样的光来。

芒萨奶奶不高兴了，连那被岁月漂白的银发也透出冷气，她的怒气没全发泄出来，因为当时莫亚的眼里含着泪，饱饱满满的，像山葡萄又鲜又亮又透明。"好，以后不许啰啰唆唆！"芒萨拉过他，慰抚着，莫亚想挣脱，但发现老太婆的手硬而有力，像铁钳一样。

"别提他了，孩子……"芒萨抚摸他的头和肩，手掌渐渐变得柔软，温暖，"听奶奶的话……"

"但他是我阿爸。"莫亚说。

莫亚很委屈地走开了，此后他一直没提过阿爸，不论是在达共老爹、芒萨奶奶还别的什么人前。他仿佛就此永远闭上了嘴，但他的心常在受着熬煎。如果我们知道，他仅是个十四岁的孩子，就该明白这是多么了不起了。

但这次不同，莫亚从一打定主意起，莫名的激动就使他抖得跟风中的树叶一样，他决定让一切烦恼统统见鬼去，他要把藏在黑暗中的秘密搞个水落石出，他要直接去询问那只大鸟。天哪，人可不能老受戏弄，他有权利知道自己的父亲，完全有权利！等着瞧吧！那天，他就是这么对着蜿蜒磅礴的越城岭发誓的。这样说时，他清楚地看见了岭脊上蓝光闪闪的雪线，虽然是夏天，他还是觉得自己看见了，就像他那天在漓江的深水中游泳所看到的一样。

一切都是从那一刻开始的。

桂林是漓江边一座美丽的城市，一座有两千年历史的文化古城，当然，这是莫亚成年后在书上了解到的。八十年代的桂林城，现代化宾馆林立，形状奇特美丽，到处游荡着高鼻深眼的外国人。莫亚对这些不感兴趣，他是来念书的。他成绩不怎么样，老实说，他可不是凭本领考上这里的学校的，芒萨奶奶自有她的办法，眼下虽然差不多到了金钱万能的时代，但一个老革命，一个红军烈士家属这样双重身份，还不是所有的人都能漠视的。何况，芒萨奶奶还有些并未离休的战友，站立在尚有实权的职位上。于是莫亚来到江边上的一所中学。莫亚知道芒萨奶奶的用意。他怎么能不知道呢，他是个机灵又聪明的孩子，身上流着当年山林中第一美人儿传下的血液。芒萨奶奶要莫亚永远留在自己身边，而留在身边，就得忘了那个不安分的父亲，那个谜一样的常在孩子的梦中出出进进的莫普。芒萨相信，广西只有一个地方能使孩子感到新鲜和兴奋，那就是第二天能变化得使第一天惊讶不已的桂林，她知道桂林，她没少到那里开会，一个每天都有新奇玩意的地方，那儿会使他把原来头脑中的一切丢得干干净净。孩子就是孩子。

但芒萨不知道在冥冥的幽暗中，有一头大鸟，一头声音嘹亮的巨鹰正在出发，它穿越山河与云层，在星空灿烂万籁俱寂的时刻，飞入孩子的梦境。这曾使孩提时代的莫亚得意非凡。后来，在遥远的边塞，住一个真正有终年不化的冰川的地方，他对着黄头发，栗色眼睛的美丽妻子叙述这段往事的时候，还显得兴高采烈。能骗住聪明绝顶的芒萨奶奶，绝不是一件轻而易举的事，许多人都说，芒萨奶奶能看清人的灵魂。你别想玩鬼，如果真要试试，那就只好等着倒霉吧。

清澈见底，游鱼可数的漓江是非常吸引人的。尤其是炎夏，太阳把大地加温得如同撒哈拉沙漠一般的时候，漓江可以使人丢掉任何一位美丽的情人而投入她的怀抱。

　　莫亚的课桌在窗户边上，而窗口则对着碧绿如玉的漓江。江风把凉气从这个窗口带进来，又从那个窗口带出去。莫亚当然熟悉这凉气，在寨子浓绿的骨木树林边，那些彩色的卵石上，就奔驰着一条凉飕飕的小河。这小河是大岭顶上那些雪水融化成的。它先经过那条峡谷，然后流到寨子边，再然后流出山外，把清冷注入漓江。况且，大鸟早在梦中把这一切告诉过他，而这里的孩子们却对此一无所知，这便使莫亚无形中高了他们一筹。尽管莫亚的成绩没他们好，尽管这些孩子由于受到这座日益国际化的城市的熏陶，已在初步建立他们的世界意识，已在盘算着某一天如何在巴黎和纽约的学术讲坛上宣读他们激动人心的论文，但他们不认识身边的这条河。所以，当他们责备莫亚不好好用功的时候，便拿这个来嘲笑他们，所以，当课余到江上游泳的时候，莫亚就一个人潜到又深又远的地方去，而让同学们像初下水的小狗那样挤在一堆又嚷又叫。

　　那是夏季一个最炎热的正午，南部的太阳把几亿万度高温从它那核子炉中向外毫无顾忌地抛散。这时除了泡在漓江中的人和在有冷气设备的地方工作的人，其余的都昏沉沉头重脚轻。莫亚在江中鱼一样钻来钻去。天空现出一阵阵轻烟，不消说那是给太阳烤的。云彩都化成汽，哧溜溜沉到水里去了。这时，突然飘过一大团阴影，从岸上晒得发晕的人们那儿传来可怜的欢呼声。但接着他们又垂头丧气了。这团阴影移动到江面上，并且老在那里盘旋。莫亚抬头望去，在接近太阳的地方，有一个小黑点。许多人都不明白，飞得这样高的鸟，怎么能投下这么大的影子，但莫亚却清楚，这是它来了。是它在那儿盘旋。莫亚一眼就认出来了。它把巨翅张开，投下许多神秘的想象和暗示。莫亚已好久没见到它了。盘旋了一会，它便朝西南方向飞去。鸟儿消失了，但它的影子仍留在江上，莫亚游到哪，影子便跟随到哪。莫亚并没惊讶。他这时只注意到水底透上来的凉气，这凉气是随同巨鹰的出现而出现的。这冰雪般的浸凉使他舒服极了。

　　太阳在水底的世界成了个七彩的光环，这光环从水面向下一圈圈地扩展，一个个亮晶晶的圆圈，发出叮叮咚咚悦耳的声响。光圈里出现了一条纯蓝、明亮的冰雪之河。莫亚知道，这就是那些从越城岭奔泻而下的许多溪流中的一条，而它和大鹰的出现，一定是有着某种深意的。在那一刻，他突然很想家。很想。暑期已到，他一定要回去，哪怕芒萨奶奶反对，他也要回去。他相信，这就是鸟和河流给他的暗示，而当他上岸换好衣，走进校门，一封有决定意义的信，早就摆在他宿舍的桌面上了。

现在，莫亚站在寨子外一片隐蔽的竹林里，向外边窥望着，他的怀里就揣着那封信。早晨的空气新鲜又清凉，竹茎和竹叶上露珠闪着绿色的光芒，大狗松嘎的脚爪都给露水打湿了，它不安地躁动着，主人小心翼翼地行动，给它带来一种多年未有的兴奋。狗的好奇心不亚于人，倘若你是狗的话，就会了解得很清楚。

莫亚那天看了信后就立即收拾东西回寨子了，他没按芒萨奶奶的要求先写信征求同意。他认为自己既然可以独自在外生活，也就能够独自决定自己该做的事情。

竹林外静寂无声，做工、做田的人渐渐走远。莫亚探出身子，认定绝没人能看见他才匆匆朝前走。他倒背着一支枪，一支看上去像真家伙的高压汽枪。这种枪在桂林的体育商店里像挂气球一样排满整个橱窗，叫人乍看上去像来到一家兵器商店。

莫亚买这支枪花了六十多元，差不多把芒萨给他的生活费全花光了。他一点不懊悔，这样一支枪花六十多元值得，在二十米内，它可以毫不费劲地打穿人的肚皮。莫亚现在要去的地方，是得带上这种呱呱叫的枪的。那地方很少有人去，谁也说不准会碰上什么鬼东西。

晨雾蓝中带绿，把阔叶的龙藤树、紫木林遮得影影绰绰，它们褐色粗大的树干，流着昨晚分泌的浆汁，像眼泪一样使人胆战心惊。莫亚知道这是走入那条峡谷了。他从小就听大人们说过这条峡谷，但是从未踏进过一步。一条白色的小径曲曲弯弯地伸展到雾的深处，半人高的闹鸡草、藓毛鞭，在小径两旁怒生，尽量伸展它们带刺的身子。

走了一段，他听到叮咚叮咚的流水声。先前走着的小径，无缘无故地消失不见了，或许是常年无人行走，野生植物把它吞噬了，要不那路压根儿就是错觉，是早上厚而结实的带状雾给人的错觉。大狗松嘎也茫然无措，它哼哼唔唔地绕着莫亚的裤腿转圈。莫亚并没对松嘎发火，因为你不能苛求狗，对于从未到过的地方，任何狗都无能为力。但流水声给了他启示，这条溪流是从那悬崖边流过的，它就像一条路，而且不需要路标，沿着它，你准能走到那儿。莫亚花了很大气力，他得越过浓密的藤萝和荆丛，藤萝像扭动着的灰色的蛇，而荆棘的利齿无论对什么都毫不留情地咬上一口。松嘎的热心丝毫也帮不上忙。莫亚把枪取下来，拨拉着，艰难地向前移，还未走到一半，脸上、身上和手上都在发痛，划开的口子已开始渗出血珠。莫亚抽着凉气，他相信自己这会一定像个阴间逃出来的小鬼，难看得要命。这自然没什么了不起，莫亚决不会退缩，一旦决定了的事，大牯牛也拉不转。莫亚这种秉性是天生的，是他的先人从血液里带给他的。那天，芒萨奶奶对他私自跑回寨子大为生气，他在最初的慌乱过后，便使自己镇定了下来。

"你怎么能这样，莫亚，"芒萨对他说，"你应该留在那里复习功课。大概总有两门功课不及格吧？"

"但是别人都回家了。"莫亚说，"放暑假，没有谁会像傻瓜一样待在学校里。那种鬼地方，热得像一盆炭火……"

"我让你独自留在学校吗？"芒萨声色俱厉，"我这样说了吗？"

"但我也不喜欢葛伯伯家！"莫亚气愤愤地嚷起来，"这老爹挺好的，他女儿，那个小妖精，她骂我，骂我是山里来的乡巴佬，我讨厌那个擦口红的妖精！"

芒萨奶奶意外地顿了顿，说："不许说这样的话，不许骂人。"但她的严厉缓解了些。"当然，那个女娃……我原以为你们会合得来的……"

"谁跟她合得来，呸，若要我以后娶她做媳妇，我宁愿跟松嘎过一辈子！"莫亚这话说得认认真真，弄得芒萨微微笑起来。但当她一眼瞥到靠在木柱边上的枪，脸色又立即阴沉了。

"打老鼠玩的……"莫亚为自己撒谎有点不自在。

芒萨怀疑地瞅着他。

"宿舍是老鼠太多，城里不让打鸟，都是用来射老鼠，"莫亚脸红了，"这枪准头好，我带回来玩玩……"

"你不玩火铳？那才是真能杀人的家伙，"芒萨似笑非笑，她仇恨地看着那支枪，"当然，你根本没弄过火铳。"

莫亚当时的感觉就是芒萨奶奶对这支枪很仇视，但他一点不明白奶奶为何要这样，她对枪比对自己的亲儿还熟悉，她能在两百步外，轻轻松松地打中一片树叶、一只鸟或是一根葛藤。有人说解放初剿匪时，奶奶曾一口气打中二十只眼睛，把青凌溪，杀成一条血河。莫亚还记得，他小时候就玩过奶奶的手枪，当时，在县领导里只有她这个女人能佩带枪，男人反而没有。这样的人不应对一支只能射绿豆大小的铅弹的枪大惊小怪。

"好吧，回来就回来，"芒萨最后说，那声音像从牙缝里挤出来似的，"温习功课，不许到处乱跑！"

莫亚答应着出去了。他心里难过，因为他回来正是要到处乱钻一气的，他还要到那个神鹰统治着的山谷去。他对奶奶撒谎是迫不得已，那封信上警告他，去山谷一定不能告诉任何人，尤其是芒萨奶奶。他对那字迹有莫名其妙的亲近感，觉得应该信任它。莫亚为自己对一个陌生人的信任超过了亲奶奶而惭愧和不安，但他没有别的办法。他从小还知道，鹰是本民族崇拜的神鸟，而他们则是羽族的后裔。巨鹰那儿不能随意乱去，否则会给全族人惹来祸灾。但他又必须得去，因为陌生人的信里告诉他，只有去了那里，才能寻得着父亲莫普的踪迹。

一条花斑蛇吐着红蕊向溪水对岸游去。它手臂粗细的身子艳丽非常，鳞片闪着亮光。谷地里的蛇多极了，有一种粉红色，头上长着肉瘤的鸡冠蛇，剧毒无比，据说它的毒液，一滴能杀死两百条牦牛。莫亚就是在梦中也没见过这么丑陋的家伙。他溯流而上的时候，不断射杀着这种可怕的爬虫，除此而外还射杀蜈蚣和毒蜥。信中提醒他带一条枪这是对极了，没有大狗松嘎跟这百发百中的高压枪，他在山谷的腹地大概寸步难移。

巨鹰的鸣啼，始终给他鼓着勇气。莫亚发现，峡谷里还生存着许多体形一般的鹰，它们时常箭一样俯冲，然后抓着一条蛇腾空而起，在蓝色和紫色的谷雾中像皮影戏里凌空翱翔的飞鸟。

　　望得见那赤红的悬崖了。南方的大山是青的，是绿的，是蓝的和褐色的……一年里，它们随四季调换自己的服装，一天里，因太阳而改变自己的颜色。只有那方石崖，赤红透明，色泽永不变。那个黑色的大鹰巢，像架在烈焰上的一口锅。

　　在莫亚眼里，石壁像大山身上的一块亮斑映照着夕阳或朝晖。还远哪，他对松嘎说，松嘎摇摇尾巴表示赞同。松嘎也想说些什么，但忍住了。大狗松嘎记起了多年前的一桩事，（它嗅出了这儿的气味）没错，它是来过这峡谷的。它再望望那石壁，是啊，孩子，松嘎想，还远着呢，比你想象的还要远。但去那儿没什么好事，那岩洞又湿又黑，阴沉沉的，我去过那里，不是什么好地方，松嘎这辈子什么都忘了，但永远不会忘记那里的气味。别去吧，孩子，那里什么都没有，只有一丝年代久远的尸体味儿。

　　莫亚正在揉搓他走得酸痛的小腿，发现松嘎绕着他又呜咽又嗥叫，他立即操枪跳起，紧张地环视周围，他的心突突地撞得胸膛生痛，声音大得像敲鼓。他举枪做射击状。这时他想起芒萨奶奶那句话，那句声调奇怪然而确是实情的话，是得带支火铳来，只有火铳才能杀死熊罴那类大家伙。松嘎讥诮地望着惊慌失措的莫亚，发出轻声吠叫——一种类似嘲笑的声音。莫亚抹掉额上的细汗珠，拍着松嘎毛皮厚实的宽背脊，"得啦，没什么，少大惊小怪！"

　　松嘎很失望，嘟哝了一句便没精打采地坐下了，它忘了莫亚听不懂狗的话。人是很怪的，松嘎想，有些事情你永远也别想和他们讲得清楚。他们会拿着枪，父亲射击儿子，妻子打死丈夫，或是一伙人朝另一伙人胡乱开火，他们并不想吃肉，他们把肉埋掉，他们就是杀来杀去，好像很好玩似的。我们狗则不这样，除非饿到了极点，决不袭击同类，就是同类的尸体我们也很少吃。或许也发生过一回两回狗吃狗的事，但那在漫长的历史上也只属于偶然事件，不值一提。

　　大狗松嘎完全没有蔑视莫亚的意思，恰恰相反，它很喜欢莫亚，甘愿受他差遣，甘愿帮助他。在它眼里，莫亚永远是孩子，而它则和他父亲莫普同辈。所以当莫亚起身要走的时候，它又兴冲冲地在前边开路了。

峡谷上空那线蓝如水洗的晴空，又传来巨鹰雄壮的啼叫，一片巨大的影子掠过去，整个山头都遮暗了，峡谷里充满了它的振翅声和带有腥味的旋风。松嘎恼怒地吠叫起来，威胁地龇着牙，它可不怕什么神鹰，而且它也不是羽族的后裔，狗有自己的图腾，它的图腾属于狼。影子在山那边落下去了，接着传来清脆的树木折断的声音。好大的一头鹰！

莫亚心中充满敬畏。他很小的时候就听过本民族的故事，他在这些故事中浸泡长大。他知道，当他们的先祖在南部这片富庶的土地上开始生存时，就对鹰顶礼膜拜了。

莫亚来到那座山脚下。大狗松嘎虽然还用警告的神情看着他，但对阻止人类的愚蠢行为已不抱幻想。他的衣服有好几处被划破了，手背上满是血口子，只有手中的枪仍然完好，枪托的油漆和枪管的烤蓝烁烁闪光。他记不清这一路上射杀了多少蛇蝎、毒虫，现在就是想一想都让他恶心。他把枪柱着疲乏不堪的身子翘首而望。

淡青色的云层下，赤红的石壁光滑如镜，阳光亮晃晃地铺在上面，它便反射出一圈圈血红的光来，这光把四周的空气染红。巨鹰归巢了，它从天而降，站立大巢的厚边上，傲慢地仰望蓝天，俯视大地，然后，那铁一般的大啄张开，引颈抓翅，发出一声震动山谷的呼哨。群山响应，树林的叶片雨点一样纷纷飘落。聚在谷地中未散的雾，被压迫着退到森林的深处。

它看到我了吗？莫亚激动无比，它知道我千难万险地来到这块谁也怕踏入的禁地了吗？我是为了阿爸莫普来的。一个没有阿爸的孩子永远不会幸福。我来了，我什么都不怕。他心中陡然升起骄傲与自豪，眼睛里充满了泪水。他记起学校那些神气活现的同学，那个除了打扮什么都不懂，却敢藐视他的小妖精。你们能行吗？你们屁也不值，只要进到这里一小会，你们准会不停地哭鼻子和热乎乎地尿裤裆。你们不会为了寻找父亲而冒这样的险，胆小鬼，你们一辈子都是些娇娇嫩嫩的家伙。

莫亚的眼睛四处搜索，终于看到了半山那个隐蔽的洞口，洞的位置信上讲得很详细。我来了，阿爸，他熟练地拉开枪栓，上好铅弹。大狗松嘎跳跃着，发出吠叫。莫亚平端着枪，很沉着地跟在后边，在这一刻他心中充满庄严和肃穆感，他突然觉得自己是个大人了。

二　鹰的故事

那时候，混沌初开。事实上，在遥远的地平线那儿，天和地仍然粘在一块。那时南部的太阳比现在灼热一倍。阳光吸起大海的水汽，水汽化成滚滚浓云，浓云泼下暴雨狂风，雨水润湿了空气和土地，大森林便在山脉、土岭，在平川和丘陵上，拥拥挤挤地生长。大森林是飞禽走兽的天堂，是藤萝、腐叶、巨树、雾和蛇的世界。那时的南方从未做过那种被叫作"文明"的噩梦，也从未品尝过污染的滋味。鹰是南部天空的统治者。它们把嘹亮的呼哨骄傲地撒向山川和林莽。它们威严地，心满意足地在高空巡视着这片隶属自己的广袤疆土。

但有一头大鹰，远远地飞走了，它想看看，北边还有什么东西。往南，那些大山、巨岭的尽头，是一望无际蓝闪闪的海洋。除了水还是水。

它飞了好几天，遮天蔽日的翅膀，柔软地扇动。它看到了另一块土地，一块黄褐色的、干旱和苦寒的土地。这块巨大的黄土上只长着衰草和稀拉拉的灌木，没有一丝水气，干燥的风，嘶叫着，用带刺的舌尖，舐着它光裸的胸腹，发出刺刺啦啦的撕裂声。

鹰在一棵枯树顶上站立了一小会，看着龟裂的大地，苍凉鸣啼。风把它的羽毛吹乱。这不是南方的鹰喜爱的地方。它掉头飞走了，软软地飞向南部的故居。

它飞得很慢，那片荒凉的土地，使它深感悲哀。

鹰缓缓地飞着，思念着温暖富庶的南方。

"跟住它！"部落首领往前一指，"紧紧跟住它！"劳累、饥渴和风，把他男人的脸刻得狰狞可怖。那嘶哑的声音里带着强烈的求生欲望。

几乎是赤身裸体的一群，精疲力遏地跟在后边。老人和孩子在路上死掉了，健壮的男子，只剩下一副大骨架，女人水汪汪的圆奶子干瘪了，薄薄地贴在凹进去的胸脯上。

这群人莫名其妙地被自然出卖。环境的变异使他们惊慌失措，很久以来就开始稀少的动物已迁徙得不知去向。大地在几阵火灼的热风过后变得完全枯萎了。而号叫不休的寒冷又接踵而来。假若再找不到新的食物和水，他们就要完蛋。部族的末日已在孤寂的荒原上狞笑。

他们已漫无目的地走了好多天。除了枯草，荆棘和有毒的小虫子，没发现一个活着的动物和一株能吃的植物。好像整个生命的世界已抛弃了人类。

最后他们占了一卜，卜上那神秘的启示告诉他们，从此时起，跟随着所看到的第一个生灵，那就是活路。他们惊恐万状，认为是神的惩罚。该不会跟着虫子钻到地下去吧。因为他们第一个碰上的很可能是那些毒虫子。男人黯然失色，女人们哭起来。正这时，在荒原一株枯树顶上，出现了那头巨大的鹰。

他们终于在南方安营扎寨了。他们发现，这里是天赐宅地，山林里有猎之不尽的野兽，土地上能长出任何一种植物，河里的鱼儿多得数也数不清……

大大小小的鹰们在高山和谷地盘旋，捕食着为害人类的毒蛇。

"记住它们，孩子，"老人对儿孙说，"鹰是部族的救命恩人，是神赐予我们的吉祥物！"

香火在木刻的鸟形人象前袅袅升起，祭祀的物品是丰富的，人们祈祷着，他们的心是虔诚的。而故事和传说，则在南部肥沃的土地上萌发、生长，人们任意驰骋自己的想象，不同的年代，不同的人，各自给它们添加绚烂的颜色。鸟幻化成人，而翅膀留在背上。他们骄傲地告诉下一代，瞧，这就是我们的祖先！他们成了羽族的后裔。

此后，岁月在风霜雨雪的跋涉过程中，变得白发斑斑，当初随鹰迁徙到南边的人以及他们的许多辈，许多辈后人，都已将自己从自然摄取来的全部归还给自然。山崖上，河谷边或是林坡的向阳顶，留下一块块供后辈悼念的雕花墓碑。而最早的墓葬，已作为文物成为学者们研究的对象。

故事和传说也在变化着，很多已给时光涂改得面目全非，只有对于鹰的崇拜，在这些南部的子孙的血液中遗留下来，代代相传……

所以，当一个男人，一个孔武有力的猎手，听到他年轻的妻子提出那个要求的时候，是惊愕的。

他迅速推开妻子丰满柔软的身子，像抛掉一条蛇。继而，他的惊愕变成愤怒。他向妻子恶狠狠地龇牙，像只预备厮杀的狗。

"你疯啦，婆娘！"他咆哮。

妻是那么美丽，美丽得他不愿让别人多看一眼。他对妻一往情深，但提到这种事，便毫不犹豫地大发雷霆。

"去把那头鹰逮下来，"妻子坚定地说，"就是巢中的小鹰也成。"

"我把你搂成肉浆！"他实实在在地威胁，铁青着脸，挥舞拳头。

"你不会搂的。"妻子说。

"你一定要那鹰，老天爷？"

"一定。"

丈夫瞧着她，现出一股莫名的疑惧，"你大概是蛇的后代，我真这么想，你如果不是又疯又傻，那一定是蛇把仇恨传给了你！"

"你知道我不是。"女人脱下自己的衣衫，"你瞧，我洁白如玉，并没花纹或鳞，我根本不怕你说。"

"难道我想这样说你吗？！"丈夫气哼哼地，"不要逼我，求求你。"

丈夫重新抱她，抚摸着她赤裸的身子，从头发到脚趾头。他发现妻子的身子僵硬而且发冷："你他妈到底转的什么鬼念头。"他又烦躁起来。他知道妻子既机智又执拗，无论是打或温言软语都不会有任何结果。

女人把脸转向丈夫，看着他的眼睛："不逮鹰也行，你别离开我。"在那铁一般的坚定中透出脉脉温情。

丈夫冷笑，重又把她推开。

女人面色惨白如纸。她听见丈夫从牙缝里挤出两个字："不行！"

"男人有男人的事，你懂吗？"丈夫虎地脱下破衣，创痕一个接一个，像一叠摞着的补丁，"我轻饶不了那班狗种，饶不了！你看清了？"他肩和手一耸，衣又重新套上，"他们抢我猎的熊皮、熊掌，娘的披黄皮的狗！我哪里忍得住，于是被他们打了个臭死，这种杂种打起人来不要命，用皮鞭和枪托揍得我晕过去。关在牢里还打……我饶不了他们，饶不了……"丈夫露出白森森的牙齿，反复地说。

"我们避开他们……走得远远的……"女人刚说完，脸就红了。

"你爱去哪就去哪，"丈夫冷冷地说，"我不会像蛇一样找个洞穴藏起来！"

泪水从苍白的脸上，一滴滴往下掉，她无声地哭了，尽管她刚强、固执，但女人终究是女人。她气恼自己没能力留住丈夫，她恨这个世界专跟她作对。她知道丈夫有道理，但是她要他，她不能没有他，她忍受不了分离，她比他所能想象的更爱他。女人的情爱是没有理性的。

"你走定了？"妻子绝望地说。

"我要去参加那支搭救我的队伍，"丈夫说，"没他们，我也没命了，你知道，凭我一个人，怎么也报不了仇，而且，寨子里谁都知道我的事了，男人说过的话，绝不能收回。"

妻子不哭了，她目光里不止是爱和忧愁，还有怨恨和怒气，"到山谷去把鹰巢取下来吧，"她不容分辩地说，"要不，你迈出门一步，我立即用猎刀杀了自己！"

丈夫清楚这不仅仅是威胁，他了解妻子，为了跟他这个穷汉，她把阻止她婚事的兄弟轰了一火铳。他可不愿看着妻子这美玉一般洁白可爱的身子给猎刀割得鲜血淋淋。

他叹着气："我得走。但我为什么去逮大鹰，我为什么？！"

"为了我。"妻子冷酷地说，"倘若敢为我去逮它，这才能证明你无论到哪里都不会忘了我。不是所有的人都能为妻子冒犯神鸟的。谁知道今后你会到什么地方去？谁能担保你见了别的女人不会动心呢？男人们欢喜流血而不欢喜自己的家，就让他走得远远的吧，但我要得到担保。"

丈夫斜着眼瞄她，嘲讽地说："你在给我出难题，婆娘，你不过要我在那石壁前害怕，你聪明着呢，但我不怕，我会给你证明，证明一个丈夫能为自己的女人做到何种程度。你等着吧，我现在就去。"

"现在是晚上……"女人说。

"我得天亮前将鹰带回来给你看，"丈夫有些厌烦地解释，"过后马上放了，你该不会留着它，让全寨子的人与我们为敌吧？"

女人打了个寒战。她知道做错事儿了，她应该了解部落的男人，尤其是自己的丈夫，如果他们在与猛兽千百次的浴血争斗中得以生还，凭的就是这种天不怕地不怕的胆气和说一不二的精神。女人打着寒战，她知道自己错了，知道凭这个难不倒丈夫也留不住他，但她什么也没有说。错了就让它错。这倘若不是所有女人的性恪，也至少是她的性格。她打开门，看着他猫一样钻进墨汁一般的黑暗里。

丈夫走后女人真正地哭了，她开始为丈夫收拾要带走的东西，她年轻的身子为即将到来的别离痛苦得疼挛。她胡乱忙了一阵，到头来发现，没什么好带走的。他们太穷了。于是她就吹了灯呆呆地站着。东方破晓，她感到凉飕飕的，这时，她才看到自己什么也没穿光着身子站了一夜。

她如梦初醒，猛然发觉不对头，亮光已无情地透进木楼——丈夫直到现在还未归来！她慌了，立即穿好衣，摸上一支火铳就奔出门去。

峡谷阴森森，石青和花斑蛇在浓雾遮着的深草里蜕皮，发出沙沙声。鸡冠蛇从石缝中探出头，咯咯地唱歌。潮气很重的石罅里大头细身的黑蜻蜓在成群结队地飞翔。林子深处传来虎乌鸟带哭音的叹息……这是个几乎无人踏入的峡谷，尽管她的胆量与男人相比毫不逊色，但如果不是因记挂丈夫而忧心如焚，她会马上退出这个可怕的地方。

丈夫的踪迹不难找到，他走过的地方荆丛和蒿草都向两边倒伏，就像不久前刚游过一条大蟒似的。她用一根竹枝狠狠地抽打前边，让蛇起早离开，对林子中猛兽低沉的咆哮，则用铳声轰然作答。

来到那座有大鹰巢的石壁前她气喘吁吁。但山脚下没有了丈夫的踪迹。

她呼唤丈夫的名字，应答的只是自己的回声。荒凉的山谷用各种神秘的音响来折磨她的神经。后来，她母狼一般嗥叫起来。

她胡乱跑了一阵，又失神地回到原处，她用铳声震得山谷"嗡嗡"发响。她好一会才强逼自己镇定下来，她环顾四周，努力搜寻，这时，才发现一道浅浅的痕迹，通向山腰。

她没命地朝山上攀，终于站在一个隐蔽的石洞前。洞口有丈夫失落的一片火镰。

曲折的山洞通向石壁，几乎在看见鹰巢的同时，她看见了丈夫。幽幽的亮光从一孔小洞浸进来，鹰巢就筑在洞外的绝壁上。距小洞十来米的地方，丈夫躺卧不动，像睡熟了。

不祥的预感使她的心一阵狂跳。这种预感当第一线天光照到她身子上时就有了。她慢慢移动过去，用火铳支撑着，努力不使自己倒下。当看到丈夫毫无生气的脸时，她大叫一声，扑了过去。

丈夫死了，或是说差不多要死了。

"我等你来……"他无神的眼睛费力地转动，爱怜地瞅着妻子惨白又美丽的面庞。

"怎么会……这样……"女人的声音像耳语，包含着无边的愧悔和悲哀。

"神惩罚……我们了……为了你的任性胡来……唉，女人……吃着苦果了吧……"

"这怎么会？……"她全然不解。

"给蛇咬了……鸡冠蛇……就这样……"丈夫挤出丝苦笑，"我参加不了队伍啦，娘的……倒霉的事儿谁也说不准……别动，没用的，我知道……就要到先祖面前领罪了，但……我没有为女人……而毁掉誓言……可我是参加不了队伍啦……"

她不能理解丈夫语调中的遗憾。而且过了好久她还不相信丈夫已经死去，还在等待着他开口说话。

洞内光线亮了暗，暗了又亮，事后她回忆，她准在洞里待了两天。她让丈夫仰天躺着，双手平静地放在身侧。她从丈夫的破衣袋里摸出个脏乎乎的帽子，上边缀了一颗红五星。那红五星色泽很旧，还缺了一个角，她先是厌恶得想立即丢掉，但想了想又把它端端正正地戴到丈夫僵硬的头上。

她就让丈夫留在那儿，让整个山岩做他的墓穴。她认为对这样一个勇武的男人，这么大的墓穴是合适的。她不知道丈夫何以知道有这么个隐秘的通向绝壁的山洞，她揣摩八成他是经常来这儿的。至于来干什么，已永远成为秘密，这秘密已和丈夫一道死去了。

她离开的时候脑子昏昏沉沉。在山脚她仰望石壁，简直不相信自己刚才是从那么高的地方走下来的。人们常为了爱情而最后毁掉爱情，这就是鹰巢给她的启示。她决定不去死，不去殉情而死，错就错了，她一夜之间把情爱看作死灰。她肚子里还有一个生命，她后悔在丈夫临死前忘了把这秘密告诉他。那时，她焦急又害怕，把什么都忘光了。

她走出好远才听到石壁上响亮的鹰啼，这啼声她听来苍凉又悲哀。她不知道，其实那是一头鹰在告诉另一头鹰，说一个旧故事已经结束，一个新故事又开始了。

三　芒萨的故事

芒萨在她垂暮之年，经常回忆起年轻时的事情。这是大多数老人的习惯。与别人不同的是，芒萨只要独自待着，只要凝视一小会，就会看见一个浑身是血的年轻女人，跌跌撞撞地在山路上奔跑。披散的长发给血粘在脸上，求生的欲望和对死的恐惧，几乎使她疯狂。她躲到最可怕最荒凉的地方，让那些兵找她不着。芒萨想不通，那时这个年轻女人为什么如此怕死，而正是她不久前才用一件荒唐透顶的事，将夫婿轻而易举地送到了阴曹地府。在芒萨临死时，她相信那是命运。命中注定那女人必须这样走完一条艰难曲折的悲惨之路。弥留中，一顶闪着紫光缀一颗暗色红星的军帽曾经在彩色的祥云中出现，一生中，她三次见到这顶帽子。而这次，它是戴在一只巨鹰头上，年轻时她得罪了这头鹰以后，就一直怀着惶恐之心，到老了，仍未稍减。而此际，鹰竟向她展示了一种阔大的心胸，这不能不使她感动得热泪盈眶。但行将就木的人泪水不会多，以至没人知道她这最后的心境，她和巨鹰讲了许多话，如果记下来定能写成一部了不起的书。可惜当时在场的人——几乎全寨的人都在关心她的病情，没准能听清和听懂她到底说的是什么，于是随着她撒手西归，一切的一切都由死神悄悄带走了。

当然上边说的是很多年后在一个周末发生的事情。而现在，她健壮地活着，刚从县领导岗位上离休不久。

孙儿莫亚从桂林回家了。这件事正在使她烦恼。很久以来，一个噩梦就使她担心。其实她心里清楚，那并不是梦，而是生活中石头一样清楚明白的事实。当她一看到那支枪，就感到有什么不幸的事情要发生。这只是支小孩的玩意儿，但并不妨碍产生令人不快的联想。那个晚上，她老人的心是不安和痛苦的。一闭上眼，一个黑洞洞的枪口就指向她。这枪口虽没在身上留下弹洞，却把心灵打了一个血糊糊的大窟窿。

隔着一层杉木板，传来莫亚轻轻的鼾声。鼾声总是男儿走向成熟的标记。芒萨开始明白，十四岁的莫亚已不能完全把他看作孩子了。

她睡不着。窗棂外一角黑玉般的夜空，星光像眼睛一样闪烁。虎乌鸟的哭声在深涧中低回。这种时候，活人的梦境和死人的魂开始在山风中游来荡去。芒萨并不害怕，无论是活人和死人她都不怕。她只是有些气闷和烦躁，因为在黑暗中，那浑身是血的女人又在山路上飞也似的奔跑。她常常带着轻蔑看这女人，因而她常常忘记这个女人就是她自己。当然，事实本身总是顽强和坚实的。于是，只一会芒萨就明白过来，而且清清楚楚地记起了当时点点滴滴的情景。

在那个悲惨的早晨，她离开谷地回到寨子里已差不多傻了。她头发散乱，目光失神，因为在暗洞中待了两天，身上沾满了幽冥中泥土的气息。她逢人就说丈夫莫纳已跟着一支奇怪的队伍走了。她说她偷偷去送他，所以现在才回来。寨子里的人警告她别到处乱说，那支队伍刚打了一仗，死了好多人，有的人又给打散了，跑到山林里东躲西藏。芒萨嗤之以鼻，说寨里的人全是妖魔鬼怪，是不吉利的虎乌鸟。寨子里的人还说，队伍的好多人昨晚刚打寨外经过，翻上大岭的雪峰向北去了。听说那些国民党四下搜捕伤员和打散的红军哩，捉住的都"咔嚓"杀了头！芒萨说，我谁都不怕，谁敢惹我，就用火铳上起铁沙子轰他。芒萨仍到处说她送丈夫参加队伍的事。寨子里的人这才想到，芒萨一定是出了什么毛病，继而明白，莫纳一参加队伍就遇上打仗，并在这一仗中死掉了，怎么不会呢，听说有的地方流水都被尸体堵了。

芒萨果然遭了祸灾，她在寨子外遇上几个背枪的兵，她刚把莫纳的事说出来，就给绑上拖走了。寨子里的人发现芒萨失踪，但谁也没办法，猎刀和土铳不是钢枪的对手，而且这样会招来对全寨的血洗，这样的事过去不是没发生过。他们哀痛，很久很久沉默无语，莫纳死了，方圆百里内最勇敢的猎手消失了，芒萨不见了，寨子里最美的女人没有。芒萨只要到山下的县城，也一定会给砍掉头，挂在那黑森森的土城围上。他们准备去收她的尸。

后来他们才知道，芒萨没被拉到县城里，芒萨那美丽的头也没被挂在城楼上，芒萨在半道上逃跑了。

黑夜在大山中水一样流过，山莹虫和星星一般亮又大。莫亚含糊的呓语，老芒萨已听不见，她的血在急速地流，并使她衰老的心脏发痛。如果不是黑夜，你可以看见她双眼火一样红。她为自己当初竟然差不多发疯感到羞耻，一个坚强的女人是不会给悲痛弄得痴痴傻傻的，哪怕造成这悲痛的是自己也罢。以后很多年，芒萨的神经就像岩石一样坚强，面对血和火，生与死，眼都不眨。她曾把一队熟睡中的士兵锁在屋子里，然后放火烧他们，她在后山的岗子上用手枪一个个射杀那些侥幸从火的毁灭中逃生的人。她静静地听着那些人的号叫，直到最后的呻吟消失……

那天，芒萨给横拖竖拉了好几里地还糊糊涂涂，她又叫又厮打又咬，但兵们把她捆得结结实实，搂她的屁股和胸脯，他们搂得很下流，还贼一样嘻嘻地笑。后来他们捉住一个外乡口音的男人，没走几步就开枪打死了，然后叫芒萨看那血肉模糊的尸身。

那男人的身上有七八个大窟窿，全都咕嘟、咕嘟往外冒血浆，好像七八个红色的泉涌同时在喷发。他惨白的脸带着横死者令人恐怖的神情。芒萨在那瞬间突然清醒了，这男人使她想起山洞中可怕的经历，记起了丈夫的死亡，虽然丈夫是被蛇咬死的，但毕竟是死了。她还记起寨子里的人劝她的那些话。理智的恢复立即使她意识到处境的极端可怕。

一个士兵向她露出又长又黄的牙齿嗤嗤地笑，并在搡她时用力拧她的奶子。她仇恨地瞪视着那个兵，并用土语诅咒他。夕阳把山峦烧得血红血红，暮色昏昏惨惨地合围过来。出山的路又远又险。在残月还未升起的时候，兵们停宿在路旁一座废弃的破木楼里。他们解开芒萨身上的绳索，让一支枪守着她。当火塘的木柴噼啪燃烧，亮光开始在木屋弥漫时，他们卑贱地笑着，带着喘息向她逼过来。

芒萨不知道自己是如何挨过那个痛苦的时刻的。那种地狱中的感觉好多年后还无情地伴着她。几双疯狂和流着口涎的眼睛，在她洁白柔嫩的身体上咬开了好些口子，这些伤口后来证明几乎难以愈合。很多人对她喜欢射击人眼睛的癖好和常常是一枪中的困惑不解，当然，如果他们是女人，如果他们曾被几个肮脏的大兵扒得精光不停地折磨，如果他们也曾见过那浮荡的淌着馋液的眼睛，对此便绝不会有什么奇怪了。

芒萨是缩坐在屋角，手捂着脸苦苦思索脱身之计时，被他们围住的。在路上，她就决定哪怕是死也要逃，尽管她对成功不抱任何希望。

芒萨在挣扎得筋疲力尽后停止了反抗，那些兵用兽爪一般的硬手指剥她的衣裳。芒萨感到恐惧像一股寒流在浸泡着全身。她蓦地想到自己腹中的孩子，勇气和机智迅速地回复，她缓缓把弯曲着的身子挺直，用官话清清楚楚地对那群兵说："来吧，你们不怕死就来吧！"她尖锐地笑着，侧过身子，露出腰腹上一些小红斑。这样做的时候她很难过，这腰腹上的小红斑是她从母亲胎里带到人间来的，丈夫莫纳喜爱得不得了，他不止一次地亲吻过它们。"来吧！"她咯咯地笑着。

她那笑声和语调的冰冷，怪异以及嘴角上的讥诮使这群兵惊疑不定。他们狗一样绕着她又嗅又看。一个老兵迟迟疑疑地说："这别是他妈的番鬼红！"

"番鬼红"是老林深山中流传的一种神秘的热病，谁要是和有这种病的女人睡觉，那就是在阳世活到头了。

芒萨发出更为诡秘的冷笑。

兵们跳起来，嘴里哇啦哇啦地咒骂。他们恐惧地看着那洁白得几乎透明的美丽躯体而痛苦不已。血红的眼睛流出恶毒和淫欲被压抑的怒气。

他们把芒萨逼到屋角，用最污秽的语言骂她。张开臭烘烘的大嘴，把一口又一口带腥臭的浓痰、唾液，蛇一样喷得她满身都是。一个癞疤头小个兵，无耻地用小便淋她。芒萨感到自己快要被这些秽物熏得窒息了。她使劲咬着牙，咬得牙根都流出血来，她在心中对着所有的神灵发誓，只要不死，就要讨还这笔债！那一瞬间她还猛地理解了丈夫莫纳一定要去参加队伍的心情。最后，兵们解下皮带抽打她，芒萨本能地护住小腹，转过背脊承受抽打。只一会，芒萨就明白，这样下去，非给打坏不可，她凄厉地尖叫一声，软软地瘫倒在屋角，装作昏死过去。

她的尝试是成功的，士兵们果然对一个没有知觉的人失掉了折磨的兴趣，他们任凭死人般一动不动的芒萨躺在那里，围着火塘喝他们抢来的玉米酒去了。吃饱喝足，便七歪八倒地呼呼入睡了。对一个奄奄一息的女人，没有什么好不放心的。芒萨听到他们商量说，天一亮就放火把她烧死。他们说这事的时候，那口气就好像是在决定烧一支烤木薯。是啊，对这种该死的蛮婆，他们可以随心所欲地处置。

事实证明，他们错误地估计了一个忍辱负重的女人，还低估了一位瓦刹山寨猎手的妻子。四周一片静寂，只有粗野的鼾声在得意扬扬地横冲直撞。芒萨轻轻动了动。她早在心中盘算了好几遍，这时已觉得成功在即。借着火塘的余烬发出的些许红光，她身子不动，手缓缓伸出去。她在心中向丈夫莫纳忏悔，也祈求他那在天之灵的护佑。她的手指触及一个冰冷的金属柄，这是一支手枪的铁柄。在遭受了这样的凌辱后，芒萨绝不会只偷偷离开了事。她把枪一分一分轻轻挪动，直到完全握住它。猎手的妻子天生地会摆弄火器，况且莫纳还曾经教过她。莫纳曾用烟土换过一柄手枪，但为与芒萨成亲又卖掉了。他们在月下幽会时，射击也曾跟情话一样使人着迷。

当她自知完全掌握了一件杀人利器时，默默地流下了泪，泪水浸到口中血一样咸，她为上苍的成全和救助而感动不已。后来，她经历过许多次战斗，也缴获过许多武器，但这支枪她始终带着，这是她的第一件战利品。她屏住呼吸慢慢打开保险，这时她忍不住瞄了一眼距她最近的男人，那张睡相难看的脸上流露出愚蠢、残忍的神情。她认出就是这家伙像一头疯狗接二连三地侮辱她。她的心怦怦跳，身子被仇恨和报复的快意激动得不住地哆嗦。猛地，她像一头雌虎敏捷地纵起，虽然身上的疼痛几乎使她摔倒，但她还是站住了。她分开腿，使自己在地板上钉牢，微红的炭火照着她白皙结实的裸体，像一尊庄严的复仇女神。

一开始射击她就纵声大笑。她把子弹几乎顶着兵们的脑门和胸膛速射。枪骨像发疟疾一样震颤。那创口上突奔的血，热烘烘地喷溅了她一身一脸。只有最后死的那个家伙能醒着跳起来，其余的尚在梦中就一命呜呼了。但那个惊跳起来的比同伴更惨。他被芒萨用枪抵在屋角。立好了！芒萨命令。那兵就直直地立好。贴着墙！那兵就紧紧地贴着墙。我要开枪了！那兵没说话只是咽唾沫，咽得很响，眼睛一边还不由自主地瞄那微光中玉白的身体。芒萨沉着地一枪枪射，直到他胸腹开了花。她射击时有种狩猎的快感，当把每一个兵都收拾后，却又疲乏不堪起来。她周身火辣辣、臭烘烘的，十分难受。

她摸索着，用布片擦掉身上黏糊糊的脏液，再把衣裙穿上。最后，她投几块木柴把塘火弄亮，并把大兵身上所有的子弹搜个精光。做完这一切，她带上枪和弹药蹒跚着离开了。

她走出不远，一缕火光冲天而起，是那幢木楼着火了，因为她离开时顺手扔了几块燃烧的劈柴在地板上。

她不敢回寨子，怕给乡亲们惹祸殃。后来证明这是对的，那些兵到处搜捕她，把她和莫纳的木楼烧了，声称若是谁杀掉或是活捉她都有赏钱。有几次她险些给追上，是凭她对山林的熟悉和精确的枪法才逃了一条性命，结果，她只得含泪告别寨子周围的山和森林，向越城岭腹地进发。她不知道，在方圆百里内，在山下的县城，她已成了鼎鼎大名的人物。四处哄传着一个红女匪神出鬼没的故事，索取她头颅的价格，会令她自己看了也心动。

想到这里，老芒萨笑了笑，发出干枯沙哑的声音。她不在乎是黑夜，也不在乎是独自一人，总之芒萨这辈子刀山火海都闯过来了，活到这个岁数，什么都不在乎了。其实这想法，不是今天才有的，但这次是她觉察到莫亚跟她撒谎后产生的。她又一次伤了心。谁也别想在芒萨面前弄那些藏头露尾的事，何况孩子的谎言常是一拘遮掩不住的滑稽戏。芒萨一伤了心就故意地把事情看得不在乎，要不，儿子莫普在那年就会把她给毁了。她对莫普的爱和恨几乎同样强烈，后来她把爱给了孙儿莫亚，对莫普只剩下恨了。这个忘恩负义的狗崽，如果是从前，她会眉头不皱地把他枪毙了。

每每遇到这种情况，她就会想起悬崖上那大鹰，赤红的石壁透明得像被火灼红的铁块，那鹰傲然地立在那儿，嘲笑人类的愚蠢和渺小。过去她常相信自己的厄运是鹰对她的惩治——因为她年轻时的猛浪和不敬。后来她不太相信了。有段时间几乎完全不信，但结果，这个想法仍悄悄地回来缠住她，使她时不时陷入烦恼。

她叹气，知道只要想到鹰以及和鹰有关的事，这个夜晚便被毁了。老人业已不多的睡意早消失得无影无踪。三星西斜，从她住的这间房的后窗望去，有一片开阔的天空，她常能从那看到高远的蓝天和云，而晚上就能看到月和星。鹰的鸣啼就是从山谷那儿射向蓝天，又从蓝天上返回地面，清晰地传到她耳鼓里的。是啊，就跟每次遭到不幸，她都会想起大鹰一样，每次听到鹰啼，她都会想起不幸。

老实说，她那次听到悬赏捉拿她，并没想到什么不幸，恰好相反，她觉得极好玩。那时候，她已一点不怕冒险，而且也记不清丧在她子弹下的精确人数，她开始还很有耐心地记，后来就忘掉这码事了。她亲眼看过贴在圩寨上的告示，上边用大黑字写着自己的特征、姓名和悬赏数目，但她认不得那些字，内容是手下人告诉她的。手下人还说，这个告示是一年半前贴的了，而现在新的告示，悬赏数目还远不止这个数。让它更升高一些吧！她笑着说，年轻美丽的面庞流光溢彩。

为了这个告示，几天后，她创下了一次歼敌四十多人的最高纪录。

芒萨对自己参加游击队的经过记得很真切，就像一切人对自己的荣耀都难忘怀一样。她以成名英雄和有功之臣的身份加入队伍，并由于她的机敏和美丽得到了所有人的垂青。芒萨历来对此深感得意。

她在越城岭山腹中的日子枯寂无聊，丈夫之死的悔痛又无日无夜地折磨着她。所以她常潜到山外，偷袭单个的兵和乡丁。她用冒险来刺激自己生存下去的欲望。那天，在背负一袋红薯返回的途中，她在叫扎岗的岭坡上睡着了。

她醒来的时候发现日上三竿。她是被一些不寻常的响动惊醒的。

阳光从草的缝隙钻进她睡的地方，形成一个个圆圆的光斑。对面岭坡浓密的灌木和草在晃动，好似有一群迁徙的动物，在悄没声地行进。芒萨轻轻抽出她的枪。就在这时，她看见了自己的仇敌，那些穿黄衣的兵。

她心里恨得痒痒，攥着枪把的手紧了松，松了紧。她知道最好的保命办法是藏着不动，然后溜掉。但那些时隐时现的脊背在引诱和刺激着她，她就像一个猎人突然发现大群猛兽，而在狩猎的职业本能和涉险的恶果之间犹豫不决。她很有把握地在头几分钟里击倒十来个人，但这样做最好的结果几乎只是留下最后一粒子弹给自己，而免再次活着受辱。

她的犹豫是在那一刻消失的，她发现对面山腰土洞前躺着一溜子人，他们衣衫褴褛，蓬头垢面，带着长短不齐的枪，当中还有女人。芒萨早听说过他们，只是从未碰到过，他们是由本地人和几个侥幸逃生的红军伤兵凑合成的，专跟国民党、团丁打散仗，常被人撵得在深山老林里窜。他们的人一给捉住就被分尸八块，芒萨看过那种尸首，黑乎乎地挂在木桩上，掉着蛆，发出恶臭。女人则更惨，分尸前还被无数次糟蹋至死。她想起自己受过的那些侮辱，脸色立即变得惨白。于是那些时隐时现的黄背脊就显得分外地大，分外刺目。那伙人懒懒地躺着，一点也没发觉死亡正在呲着獠牙，朝他们逼近。

芒萨在搂响第一枪以后就打疯了。她把子弹不分点地射出去。黄背脊接二连三地开花，尸体滚下山坡就像滚土袋子，弄得碎石子哗啦啦响。后来土袋子越滚越多，卡住了就堆积起来。手和脚像抽风般舞蹈。兵们给打傻了。这时迎面的子弹也像泼水一样往下灌，嘴一张就能咬住三五粒。芒萨射第一枪时就瞄见对面的男女兔子一样蹦起来。他们惊慌地叫喊，于是从洞子里又冲出好些人。这些人迅速闪开，抢占位置，眼下已干得热火朝天，在石块、树干和草丛后乒乒乓乓向下放枪，还扔了几颗炸弹。他们一边打一边吼叫，一边吼叫一边打。树叶树枝纷纷断落。兵的回击软弱无力，周围突然形成的尸阵和滑腻腻的血浆，使他们胆战心惊。一旦从猎人变为遭屠杀的野兽，他们就一心一意地想着逃跑了。

兵往下退的时候又遭到致命打击，枪子和轰隆朝下滚的大石头，不断追上他们。这时，芒萨能看见兵的脸了，她就照着眼睛打，尽管这些眼睛里闪出的已不是淫邪而是对生的渴求，她还是把枪子一粒接一粒地填进他们的眼窝里去。她像那个晚上一样大笑着，看着子弹嗤嗤地钻进眼窝又在后脑爆出个大窟窿。她这样做的时候，觉得是为丈夫要投奔的那支队伍报了仇，这些兵不久前把几万衣衫破旧的外乡人杀得血流成河。

那次逃掉性命的兵的确不多，芒萨的枪管都射红了，灼乎乎热气逼人，带在身上的子弹几乎打光。她估计自己少说击中了二三十人，她那百发百中的枪法就是这样练出来的。

这一仗使越城支队打出了威风，连四周那些敌视他们的山民都刮目相看。打扫战场的时候，他们发现一个漂亮的女人拎着枪威风凛凛地从对过山坡上走下来。他们怀着疑惧注视她。他们并不是怕她手中的枪，而是有些怕她的美丽。

这个女人当然就是芒萨。

芒萨微笑着站在这群汉子而前。把打空的弹夹哗地抽出来。

"你是谁？……"汉子们问。

"我的子弹光啦。"她说的时候很自信，显得从容不迫。

他们仿佛现在才注意到她斜背着和手提着枪。那是些好枪，他们眼里露出贪婪的光。

"把子弹给我。"芒萨又说，"我可没时间了，还得赶路。"

"你？……"汉子们疑惑不解。

"我是芒萨。"她说。

"芒萨！"他们叫起来。他们显然听过这名字，而且立即想起了那预警的枪声。

那几个女人也围过来，她们既感激她的帮助，又嫉妒她的美貌。

"那枪是我放的，"芒萨说，"他们是我的仇人，我丈夫是红军。"她想起无人知晓的幽洞中那个死去的魁梧男人，那男人的头上就戴着一顶缀有红星的破军帽。

"你看，我的子弹打得精光。"芒萨接着说，"别谢我，他们是我的仇人。"

两个说外乡话的人上来紧紧握住她的手，残破的脸上闪着泪花。

芒萨把手抽回来，过去她是那么喜欢男人，现在见着男人就恶心，尽管她知道这是些好人，但她仍然恶心。

汉子们把收集的子弹堆在她面前，油闪闪、黄晶晶。她呲着雪白的牙齿，笑靥如花，她的脸盘在阳光下流光溢彩。汉子们被这种撩拨人心的美貌弄得直抽冷气。芒萨在一心一意地把合用的子弹填满身上每一个能盛装的地方，对男人的注视毫不理会。

她拍拍身子准备离开的时候，一个相貌凶恶的疤脸人对她说："留下来吧，芒萨，留下来跟我们一道跟狗日的干吧！"

芒萨看着疤脸男人，眼里流露出不信任。所有的人都看着她，尤其是那些汉子。芒萨的不信任加重了，她笑笑，意思说，我可不是傻瓜。她缓缓地摇头，走开了，引来人们一片失望的叹息。

不久芒萨还是参加了支队，那是她即将临盆，阵痛使她在地洞里像母兽一样又滚又嚎的时候。

两个女人在她最需要同情和帮助的时刻走了进来。芒萨嘴唇发白，已痛得说不出话。天很黑，她们点上带来的灯。原来，支队的人一直在暗中注意她，为了这，她后来嘲笑过疤脸不怀好意。弄得他瞠目结舌不知所对。疤脸没在圩镇中央那块浸血的场子上被砍死之前处支队长，他对女人可说是心如明镜，日月可鉴，直到死都是个童男。

那次他带两个队员去摘吃的，半道给黄狗子围上了。三个人当然知道这回是大限已到，但他们也没怎么慌张，只是提醒自己瞄准着点打。他们背靠背朝三个方向放枪。商量着至少三粒子弹要打中两个人，他们的枪法也不坏，就这样和黄狗子泡了一个多钟头。但对方的火力太猛啦，人多得像蚂蚁，不是那股决死劲头，他们怕早就扛不住啦。他们每人前边都躺倒了十多个人，而自己连彩都没挂，于是高兴得哈哈笑。哪知道乐极生悲，一排枪过来，一个队员不笑了，疤脸回头一看，他趴在泥土坝上，半个脑袋给子弹削去了。少了一面防护，情况就糟了，不久，另一名队员胸前也给子弹开了几个大洞，一声没吭就奔了阴曹地府。疤脸给抓住时，已受了好几处伤，加上那死去的队员喷溅的血，他已成了个血糊糊的泥人。他本想好了把最后一粒子弹留给自己，但最后舍不得，他用这子弹又干掉了一个，心满意足地嘎嘎笑了几声，才被拥上来的人按住。第二天他就被弄到圩场上，一刀刀砍死了。被施这种分尸酷刑的时候，疤脸一直在笑，这使刽子手很烦恼很慌乱，于是身子只给分了三下，而不是以往的八下。他的头挂在土围子上时，还是笑微微的，风一吹就发出哈哈的声音来。他的确觉得自己是赚了。他的头是芒萨派人去取下来埋掉的，那时，芒萨已是副支队长，在给队长的头垒土之前，她咬着牙发誓说，一定要让队长在地下也笑个够，谁也说不上那会芒萨是不是爱上了队长，连她自己也说不清楚。

两个女人扒下芒萨的裤子才发现她已经破水了。她们中有一个生过孩子，立即把自己的经验传授给她，而对着血，两个女人像对水一样满不在乎。芒萨就这么生下了她和莫纳唯一的儿子莫普。也就是从那刻起芒萨成了支队的人。芒萨被感动了，她被人们的诚心感动，她不好意思承认这点，所以就什么也没说。

生莫普那刻，气候突变，乌云滚滚，浓雾弥漫，金刀一样的闪电劈砍着天地间黑蒙蒙的混沌，雷鸣在云中在山巅在深谷里嘶吼。莫普的孕育和降生都遭遇太多的血腥，那时数万名死难者的血水，还未在无数的溪流里消失它们的颜色。于是天宇用这种激烈的方式来迎接这个新的生命。用泪和呐喊来伴随他的第一声啼哭。芒萨当然不知道老天的意思，她给惊雷和暴雨弄得惶恐不安。她非常清楚地记得，那会她老觉得要出什么事，在婴儿愤怒地挣扎着要从母亲那道最后的栅门挤出来时，她觉得自己快要给痛死了。尤其是在划开黑暗那雪白的闪电里，她瞥见洞外无边的天幕上，飞掠过一头巨大的鹰，尽管那只是一个影子，芒萨在那瞬间还是明白鹰的惩罚无论如何也不会离开她了。

在芒萨认为自己马上要死去的那一刻，莫普从她双腿间冲出而且哇哇大哭。在那两个女人惊喜的叫嚷声中，杂着巨鸟振翅的呼呼声。芒萨似乎并不为做了母亲快活，她时常瞅着莫普的眼睛发愣，总有种不祥的暗影罩着她，使她相信，这孩子并不是她的幸福。但她还是发疯地爱他，无论哪个母亲，都不会不爱自己的孩子，哪怕他注定要成为一条毒蛇也罢。而且，莫普是那么像他的父亲，宽宽的前额，浓黑的眉眼，刚毅的下颌和嘴唇，无论如何，他长大也会是个真正的汉子。

窗外的天空愈发黑重，星星也显得又大又沉，一群群挨挤在勉强能看见的山尖尖上闪个不休，好像都能听见它们身子磕磕碰碰的声音和喘息声，又好像一伸手就能够着它们。老芒萨不再倾听孙儿莫亚的鼻息，就像她那次不再倾听莫普的鼻息一样。

她还知道，她大概不得不第三次到那个神圣的洞穴中去。不得不踏着晨露和滑溜溜的苔藓，并在还未散尽的夜气中与许许多多当年的鬼魂擦肩而过，虽然她不一定看得见他们，而她却能感觉到他们的存在。他们飘飞起来的时候，带着浓烈的泥土气息，这是她能准确无误地嗅到的。她也知道这些鬼魂不会伤害她，而有些则不敢伤害她。她虽是老太婆了，但她那刚硬的杀气和一往无前的勇武精神任何时候都是坚实的护身盔甲。而且丈夫莫纳也会在冥冥中护佑她……她为这感到安慰。与此同时，她又为人鬼殊途感到悲伤。是啊，幽冥中的一切她不惧怕，但丈夫不能叫她少受人间的苦楚，尤其这种苦楚是亲人给带来的。

她翻了个身，把眼微微闭上。莫普强健的身影在黑暗中晃来晃去。她看着这生命从一团哇哇叫的嫩肉，长成一个英俊少年，又长成一个能去疯狂爱恋女人的骄傲的男子。但她觉得自己始终存在的忧虑是对的，那个雷鸣闪电之夜升腾起来的不祥之感后来终于应验了，尽管这种应验当时是多么出于她的意料之外。

莫普发现山洞的秘密是在芒萨受着噩梦煎熬的时候。她哭泣，忏悔着对丈夫的罪孽。人在梦中灵魂总是最软弱的。于是莫普发现了一切。当然这些是莫普在岩洞中告诉芒萨的。那时莫亚刚出世不久，而儿媳却莫名其妙地病死了。芒萨先是认定莫普受不了丧妻之痛，才故意眼她找碴的，但后来不这样看了，正因为如此，她才对莫普越来越生气。其实，她当时就应看出莫普不是故意找碴，而的的确确带有轻蔑和敌意。莫普说他从小就受着母亲噩梦的折磨。那里边全是血和罪恶。他当时似懂非懂，但他不止一次地随着母亲断断续续的叙述走进过一个山洞。一头巨鹰在洞口用翅膀扇动着太阳上的烈焰，一个勇敢的男人在那里被一个女人愚蠢地杀死了……然后是来自阴间的哭泣和忏悔……现在他终于明白过来，那男人就是他亲爱的阿爸，而那女人则应该明白无误地道清这件事的实质和始末……

芒萨看到莫普用火铳黑洞洞的口子向着她时愤怒如狂，恨不得冲上去扭断这狗崽的脖子，而且她的心也碎了，一个母亲看见儿子威胁地用枪指着自己时，那心是非碎不可的。

"放下铳，狗东西！"她说，"给我放下！"

那铳可怜地颤抖了一下又一下，一再地犹豫，但最后还是坚定地指向她。

"你要干什么？"芒萨轻蔑地说，"轮不到你来责问我，告诉你，轮不着。"

"把阿爸的事全告诉我。"莫普坚持着，"我知道那不是梦，那是真的，全是真的！"

芒萨看见儿子眼里流出的仇恨和痛楚。那双眼睛太像他父亲，那也是个认理不让人的家伙，她的心震颤了，这难道也是那个遥远的惩罚的延伸。

"告诉我。"儿子说。

她狠狠地吁着粗气，岩洞里发出咝咝嘘嘘的喘息声，她眼前幻化出许多脸相，每一个脸相都是丈夫莫纳，这众多的脸被一只鹰的巨翅扇动着飞舞，交叉叠印，表情各异，然后突然归结于一处，归结到莫普的脸上……看来你也在逼我，好，你们都不是东西，她在心中对死去多年的丈夫说，委屈的泪水刚要从眼眶里涌出，又给她强忍下去，她对哭已经太陌生了，一想起就觉得万分羞耻。

"告诉我！"儿子又说。

"好吧。"她说，"你听好了，狗崽，当着你父亲的面，你仔仔细细地听好了，我绝不说第二遍。"

芒萨忍着悲哀和愤怒，简单地叙述了当时的一切。

"就这样，他死了。"她抑制了好久才没把她受人侮辱情况说出，而她一怒之下差点就要说了。

"你杀了我阿爸……"莫普颤声说，"你杀了他……"

"是的。"芒萨冷笑地望着这个一下变得可恶的儿子，"我还杀过许多人，怎么，你要向母亲算这笔账，嗯？"

儿子沉默着。

"那搂火吧，狗东西，"芒萨说，"用铁沙把你老娘射成个马蜂窝吧，她没在那么多仇敌面前死去，倒死在自己的狗崽手下。这可有趣得要命呀！"说完这话，她一下累得不得了。

这时，儿子眼里的仇恨渐渐减弱，透出一片迷惘，"这么说，阿爸不是红军，我们家——"

芒萨突然被火烫一般跳起来，"胡说，他是，他是红军！"

"他没有——"儿子一下找不出合适的话，结结巴巴起来。

"不许你乱说他，"芒萨逼上去，"绝不许！"她猛地一伸手。用个熟练的动作，把儿子手中的火铳拧了下来。然后退一步枪口指向他。

儿子的脸霎时变得惨白如纸，那重新腾起的仇恨，从眼睛里灼人地喷射出来。

芒萨真想扣扳机，真想，哪怕朝头顶放，教训教训这个小子，就像当年她对俘虏那样。但她怕惊动了安息在这洞中的灵魂，随着洞外一阵羽翅呼呼的振动声，送进来一股逼人呼吸的大风，丈夫模模糊糊的尸身，好像坐起来，又缓缓躺下去了。她叹着气，把火铳使劲地砸断在岩石上，一跺脚，向外走去。她只一下就砸断了那支厚实的火铳，她为自己还有这么强的气力感到骄傲。

芒萨走的时候，没回头，她伤透了心，给儿子伤透了心。从那以后她再也没见过儿子。莫普走掉了，开初谁也不知道他到了哪里，几年后，他曾叫人捎过信回来。但芒萨看也不看就投到火里去了……

风儿带着清晨的凄凉，早起的百竹鸡在不知哪片林子里嘀嘀咕咕。星光淡了，山尖的影子渐渐清晰。老芒萨爬起床，她明白自己该起来了。尽管一夜无眠，她仍然精神抖擞。她站在窗前，把衣穿好，这时她明显地嗅到了山谷飘来的气息。她笑了笑，多少有点无可奈何。夜雾在散开，石鼠在吱吱地叫唤，朦胧中大黑蝙蝠正收拢那展飞了一夜的肉翅。芒萨轻轻打开门，顺着木梯缓缓下去，门前便是一片竹林，她穿过竹林走向寨外。

四　莫亚和芒萨的故事

莫亚在山洞里每挪动一步就增加一点兴奋。松嘎轻轻地哼哼着，为这不情愿的旧地重游，嘟囔不休。莫亚认出了这山洞，恍惚觉得他什么时候到过这里。这里石头的形状和洞中幽幽的潮气，是他看到过和感受过的。而且他听到在远远的洞的尽头，正有一对大翅膀，呼呼地搅动那滞重的空气。莫亚小心翼翼地走，注意不把枪撞到石头上去。他知道大鹰在等他，等着把一切人世的秘密告诉他。洞里的光线由亮转暗又由暗渐渐转亮时，他完全记起了一桩事，那还是在他很小很小的时候，一个头戴红星帽的老头，曾抱他来过这山洞。那时他还在母亲的襁褓里，而这穿着破烂不堪的怪老头，把他放在悬崖上，交给了一只巢中的大鹰。他从巢中能看见雄伟的雪峰和万顷森林，看见明净如洗的碧空和海一样的低云，他高兴得手舞足蹈，高兴得哈哈大笑，但他那时刚降生人世，还不懂得笑，于是发出的便是哇哇哇的哭声。他又被抱起，一声温柔的呼唤过后，一切都消失了，看见的只是妈妈白如雪堆的胸脯和巨大的粉红色乳头。

大狗松嘎欢呼着往前蹿，莫亚的吆喝全不管用，手电光一下就照不到它了，莫亚只好独自慢慢走。走了一小段，又听到松嘎轻微的嗯嗯声，一抬头，看见一孔白色的天光。他灭了手电，站立着，眼睛立即适应了黑暗，四周的景物影影绰绰，莫亚确定，那亮光一定是洞口了。他呼唤着松嘎，松嘎用轻吠回答他，但并不跑过来。

他疑惑地朝前走。对松嘎的行为迷惑不解。这时，他突然分辨出前边一个黝黑的影子，一个沉默而高大的影子，洞口的亮光把这影子衬得奇形怪状，大狗松嘎就挨在那影子旁。莫亚从那条不断甩动的尾巴上认出了松嘎。

莫亚下意识地掏出怀里的信，心儿狂跳不止，他想张嘴喊，但怎么也喊不出来，而洞外那火红的岩壁上，出现了那个熟悉的、黑色的鹰巢。

影子越来越清晰。是个人，虽然模模糊糊，但毫无疑义是个人。

大鹰从巢中振翅而起，凌空传来嘹亮无比的鸣啼，震得洞里嗡嗡地响。当这响声平息时，莫亚终于张口叫了出来：

"阿爸，莫普阿爸！"

影子山岳般一动不动。松嘎继续殷勤地甩着尾巴。

莫亚害怕了，战战兢兢再朝前移了几步。这时，他看见地上横着一支折断的大火铳，铁铸的枪管已几乎变成粉末了。

莫亚不知是怎么回事，他克制着要把气枪对着那影子射击的欲望，又试探地轻叫了一声："莫普阿爸！"

影子终于冷笑起来，"哼，把你老子的信拿来，小鬼头，给我拿过来！"

芒萨奶奶！莫亚沮丧极了，并为自己的擅自行动极为不安。

"你说信……"莫亚惊魂不定，啜嚅着，"谁的信？……"

芒萨奶奶仍是一动不动，"你阿爸的！"她说。

"阿爸在哪儿？"莫亚惊喜地说，"我就是来找阿爸的。"

"别和我玩鬼，小崽子。"芒萨奶奶因睡眠不足而声音暗哑。"把手伸过来吧！"

莫亚犹犹豫豫地伸出他的手。芒萨厌恶地把气枪推开，劈手夺过了莫亚手中的信，她凑着亮光，仔细辨认着，"好，就是这里，就是他，"芒萨得胜地说，

"是这狗崽，没落名，但仍然是他，烧成灰我都认识。"

"谁是狗崽。"莫亚说。

"你阿爸！"芒萨说。

莫亚这一刻似乎才明白过来，"你说信是我阿爸写的，他就在信上那个地址？"他高兴地抱起大狗松嘎，弄得它大为不满。松嘎对这种不顾辈分和礼貌的行为的确不满，于是狠狠吠了一声。

芒萨奶奶瞪着他。

"你还要我说什么？"她说，"像你那该死的爹那样，对我呲出狼牙？"

"我什么都想知道，奶奶，"莫亚热切地说，"我不是孩子了，我本来准备问大鹰来着，但我相信你能告诉我一切！"

石壁上那鹰又返回了，站在巢边上，斜斜地抖动它的巨翅，洞中就掠起一个又一个的大黑影子。

"你什么都要知道？"芒萨奶奶讥讽地说，"你有权知道，你们啊，当然，说到底这又有什么了不得呢！"

莫亚不解地望着奶奶。

"好，你过来。"芒萨说，"看吧，这是你爷爷。"

莫亚这才注意到芒萨奶奶身后的石台上，还躺着一个人，这时候，他立即嗅着了一缕年代久远的气息，这气息里充满了惊诧和哀愁，悲壮与凄凉，血腥与豪迈，它最初从鹰的翅影中演化而来，尔后延伸到躺着的那人。芒萨奶奶和自己身上。莫亚涌上一股不可言状的难受和激动，他不知道这是为什么。

"在你阿爸那崽子还未出世的时候，他就已经死了。"芒萨说。

莫亚走上前。眼前是一具枯萎的尸身——他没被岁月化成灰烬真是个奇迹。苍老的脸布满皱纹。

"我认识他，"莫亚仰起脸说，"他比那时老多了。"

芒萨奶奶没注意孙儿的话，"他为参加红军，后来死在这儿……"她平静地叙述着，把跟儿子说过的话又向孙子说了一遍，"谁也不能寒碜他，他的确是个红军，他的头上至今还戴着红军的帽子……"

莫亚更为不解地看着她。照奶奶的说法，爷爷并没有真正参加红军。他心里想，但嘴里没说出来。他是来找阿爸的，而且得到了他的消息，这就够高兴的了，听芒萨提到帽子，便仔细地琢磨那顶帽子。一颗晦暗的红星，凸起在一个宽大的脑门上。

"没错，"莫亚说，"那时候他就戴这么个帽子，抱着我……哎呀，我早认识他了——"

"你胡说些什么？"芒萨奶奶惊异地瞅着他，"你刚才胡说什么来着？"

莫亚努努嘴："我说我认识他，这个爷爷。那是很早的事，我也认识这个洞和那鹰巢，我还……"

芒萨奶奶背脊掠过一阵寒栗。她张了张嘴，但什么也没说出来，过了好一会，她才轻轻地说："别胡说，孩子。"她的眼光既惊惧又迷惑不解，"那时连你阿爸都还没出世！"

"不，"莫亚坚定地说，"我见过他，只是有些事记不太清了，那时我很小，他看上去也没这么老，……他抱着我……"说完，莫亚仰头思索，极力回忆那时间久远的一幕。

芒萨奶奶的脸苍白了，她嘴唇翕动了一会才说出话来，她低声说道："走吧，孩子，我们走吧……"

"我们走？"莫亚说，"我们让他，让爷爷一个人待在这里？"

"走吧，别打扰他了，"芒萨急匆匆地说，"他早惯了，他独个儿在这待了好几十年啦……"

莫亚疑惑地看着躺在石台上的老人（他不知道，爷爷死的时候只是个二十出头的小伙子），看着石壁上的黑鹰巢。那头大鹰，不知什么时候又飞走了。

大狗松嘎在前边带路，芒萨和莫亚跟在它后边。它时不时回过头对莫亚说："看到了吧，就是这么回事，一个人躺在那儿一动不动，好多年了还一动不动，这有什么趣味呢？莫普抛下我去了，就因为来这一趟，真见鬼！"它说的话有时被奋

143

飞的蝙蝠打断，于是便气恼地咆哮了几声，接着说："这里除了阴阳怪气就是那头神气活现的大鹰，我瞧你们怕它似的，但它在狗面前一文不值，实在一文不值，我只要露出虎牙，它就要没命地钻进云里去，哼，这些扁毛畜生！……"松嘎一路还唠唠叨叨了好些话，但看莫亚始终无动于衷，便为这种失礼而大不高兴，无聊地摇了摇尾巴一言不发了。

莫亚离开后还忍不住回了好几次头，他觉得有一缕坚韧的亲情将他和那枯老头紧紧联系着。但洞是拐弯的，亮光一下就看不见了，手电不够亮，还得照管着脚下。他突然难受得不得了。他不知道，这种感觉，当年他父亲莫普也曾有过。他看着前边芒萨奶奶那沉默而僵直的背脊，心中隐隐升起一股说不清道不明的感觉，说不出是怜悯同情还是厌烦，或是三者都有。

一直走出山洞，走出峡谷，芒萨奶奶都令人不安地一言不发，最后，在寨子边上，她才猛地回过头，逼视着莫亚，一字一板地说："今天的事对谁也不能说，而且以后再也不许到峡谷里去了！"

莫亚茫然地望着她。还在自己的思绪里没走出来，这时他认为自己在思考着一个挺严肃挺要命的事情，他点了点头，其实，他对奶奶说的是什么并没在意，只是记住了她严厉的声调和目光。后来，这声调和目光就永远地留在莫亚的记忆里了，成了他对奶奶永恒记忆的一部分。

芒萨奶奶走进木楼，在那里怔怔地坐了很久，又悄悄地痛哭。这是莫亚不知道的，他站在木楼下一直为一件事烦扰，莫亚还不知道，他父亲当年也是为同一件事烦扰过。他站在那儿出神，不是大狗松嘎提醒他该吃饭了，他会有滋有味地老站下去。

莫亚变得沉默了，芒萨奶奶也不愿多说话，屋子里老闷得像阴天似的。莫亚受不得，终于忍不住去找达共老爹。达共老爹是他除了奶奶以外最敬畏的人。

达共老爹正在抽着一杆永远也抽不完的烟锅。他如今既是文书又是村长。他决定寨子里什么事情，都要向芒萨奶奶请示或商量，就像他当年干游击队员时那样。芒萨奶奶告诉他这完全用不着，他总是嘿嘿笑着说习惯了，于是芒萨奶奶也就不再说什么。芒萨奶奶是个需要别人尊敬她的人。

当莫亚吞吞吐吐把看到的和心里想的告诉达共老爹时，达共老爹眼里的恐慌是千真万确的。他咬着烟锅半天不吸，他把眉头皱成个大"川"字。后来，他镇定了，神色变得严厉，而且有点讨厌莫亚似的。凶狠的目光瞅得莫亚心里发毛。

"小娃儿不要管这样的事，"达共老爹警告，"你爷爷我们知道，那是条没得说的好汉，……他是红军。他怎么能不是呢！"

"但我奶奶——"莫亚说。

"更不能乱说你奶奶，这绝对不行！"达共老爹瞪着眼说。

"但总不能……"莫亚不知自己说的已使达共老爹不快之极。

"你懂什么，小崽子，"达共老爹发怒了，"难道就你聪明，就你知道，我们都白活了几十岁是怎么的?！莫纳和芒萨是寨子的骄傲，解放以来全靠——哼，和你讲这些有什么用？你倒好，来胡搅蛮缠，要使我们灰溜溜没脸见人……你这小崽子，和你阿爸一样怪，哼！"

"你过去还说我阿爸是个好后生！"莫亚委屈地嚷起来，被莫名其妙地训斥气得泪花直转。

"是的，我说过，说过又怎么的，现在不了！"达共老爹说，"他不该走了还挑这事儿来胡搅，他不该，这逆种，他应当感到羞愧！"

莫亚不知达共老爹为什么突然发这么大的火，他觉得这毫无道理，他历来尊敬达共老爹，但现在这尊敬正在消失。他一下变成个不近情理的臭老头。而且莫亚决不能原谅他漫骂莫普阿爸。

莫亚返身走了，不再理睬达共老爹。他不敢多问芒萨奶奶才来找达共老爹的，但他失望了。

打那以后，莫亚只和大狗松嘎待在一起。松嘎见他闷闷不乐的样儿就常常开导他，讲出许多狗的真理，并企图使他恢复婴儿时的感觉。松嘎非常清楚地知道，人在未会说话的时候，能听得懂动物们说的话，可惜他们一长大就蠢了，就丧失了丰富的语言感觉，变得麻木不仁。莫亚注意到大狗松嘎唔唔地低鸣时带有人的表情，还注意到，自从知道山洞中的那桩秘密后，他任何时候都不再做关于大鹰的梦，他梦中出现的老是一条蛇。这两桩事，一直使他惊讶不已。

没多久，莫亚在寨子里消失了，跟他一道消失的还有大狗松嘎。寨子里的人都认为他又去桂林念书了，包括达共老爹在内。只有芒萨奶奶清楚，压根儿不是这么回事，莫亚是到新疆找他的阿爸莫普去了。那天她起床后觉得莫亚房中静悄悄的，进去看到桌上留了个条，说他要按那封信上的地址去找阿爸，大狗松嘎也跟他一道去。"找到阿爸莫普后我就回来。"末了，他这么写。

芒萨从此以后再也不提莫亚，但她心中一直在盼他回来。她等了好几年。她很快地衰老了。乌黑的油发白得像雪。每当别人问起，她就说莫亚在念大学，还准备考出国留学生等等。久之，寨子里的人便不再问，也渐渐地把这事淡忘了。

芒萨一直到临终前才相信莫亚永远不会回来了。她守口如瓶，把莫亚出走的秘密带往那缥缈的永恒。弥留之际，她倾听着响彻天宇的嘹亮高昂的鹰啼，想起了那些血和火染红的悲壮的日子。她最终蔑视了很多人，包括莫亚和莫普，她知道在通往谷地和阳光灿烂的雪峰那撒满野花的路上，丈夫莫纳和支队长疤脸人，还有那些阵亡的战友在等她，他们会向她欢呼……芒萨临终前还看到了许许多多五彩缤纷的奇观，以及那头神圣的大鹰。这完全驱散了她与人世别离的悲哀。她是微笑着闭上眼的，寨子里守护她的人异口同声地说，并为她高兴和虔诚地祈祷冥福。他们是些简单而善良的人。

南方的太阳依然灼热，漓江的流水依然清冽，大林莽噼啪爆响着在水雾中生长，扩展着那片绿色的疆土。芒萨像风一样消失了，任何东西在南方都会像风一样消失。南方是神秘的。谁也不会知道芒萨这一生的全部秘密，谁也不会知道莫纳、莫普、莫亚及大狗松嘎一生的全部秘密，更不消说许许多多发生在南方别的大山和森林里的故事了。"我能够知道这些不过事出偶然，"一个写小说的家伙这么说，"我碰巧到了那里，并为那里所有的事情着迷，上边讲述的，都是悬崖上的鹰，在一方黑色巨石顶上告诉我的……"

张宗栻是"漓江叙事"最为自觉的书写者，他创作了相当优秀的"漓江叙事"文本，长期以来我们或者忽略了他，或者低估了他的作品。上述三篇小说无一例外都是挽歌——为漓江渔民船夫唱的挽歌，为漓江传统生活形态唱的挽歌，反映了不同民族文化的碰撞和交流，山歌在渔民生活中的作用，传说对船夫心灵世界的影响。张宗栻写出了漓江文学的深度、厚度和丰富度，他不仅写出了文人文化浸透的漓江，也写出了民间文化浸透的漓江，还写出了少数民族文化点染的漓江。因为有张宗栻的小说作品，漓江曾经有过的生活形态获得了审美的保存。许多年后，那些对漓江传统生活有文化情怀的人们，或许只能在张宗栻的作品中发思古之幽情。

——黄伟林：《以漓江为中心的文学叙事——"广西当代多民族文学研究"系列论文之二》，《广西师范大学学报（哲学社会科学版）》2016年第2期

《大鸟》是强有力的，它震撼我们的显然不是作者对于民族文化心理的神秘主义的描写，而是那使得小说里全部场景都为之震颤的女主人公萨芒的灵魂的震颤。这才是最可贵的，犹如生命对于人一样可贵。正由于这样，才使得我们不曾疑心《大鸟》从马尔克斯的马孔多镇飞来。

——聂震宁：《我读桂林市小说》，《南方文坛》1989年第6期

红水河

梅帅元

红水河为珠江干流，发源于云南省沾益县境内，上游称南盘江，流经滇、黔、桂三省区汇入西江而后归入南海。流域内多高山深峡，居住着壮、汉、苗、瑶、布依、仫佬、毛南等民族，古时为百濮、骆越地。红水河源远流长，几千年漫长历史孕育了灿烂的古代文化。五十年代起，考古界先后在这里发现新旧石器时代文化遗址及铜鼓、崖洞葬、岩壁画等等，构成中国南方少数民族文化史上一条黄金链条。红水河滩多流急，雨量充沛，水能资源丰富，是我国三大水电富矿之一。七十年代起，国家在这条河上进行大规模电力开发，包括天生桥、龙滩、岩滩、大化、百龙滩、恶滩、桥巩、大藤峡等十个梯级电站，预计总装机容量 1264 万千瓦，年发电 625 亿度，移民 22 万。

红水河是南中国少数民族文化的摇篮，也将成为大工业腾飞的翅膀。

——摘自《红水河笔记》

作者简介

梅帅元（1957—），广东台山人，毕业于武汉大学。曾任广西壮剧团团长、广西杂技团团长、广西戏剧家协会副主席、中国旅游演艺联盟主席，广西政协常委，为享受国务院政府特殊津贴的广西优秀专家。著有小说《红水河》、戏剧《羽人梦》等。出版作品有中短篇小说集《流浪的情感》、剧作集《广西戏剧家丛书·羽人集》及《广西当代作家丛书·梅帅元卷》。曾获得全国少数民族戏剧创作金奖、广西文艺创作铜鼓奖、文华剧作奖、中国曹禺戏剧文学奖、中宣部精神文明建设"五个一工程"奖等。

作品信息

原载《人民文学》1988 年第 7 期，收入小说集《流浪的情感》（漓江出版社 1992 年 11 月出版）。

第一章
截流·红水河葬礼

一

两只独木舟悄然滑入河中，紧张地晃动一阵，便泊在向阳的河湾里了。系在舟尾的绳索绷直起来，返照着水面光亮，仿佛镀过铜汁一般。

冬季的大风掠过河面，沿岸灌木一阵萧瑟的颤动。两只水鸭子从下游飞来，停在舟沿上，诧异地向岸上张望，透过迷蒙的暮霭，它们看到一队士兵的剪影。士兵身后是一处马鞍形峡谷，在暖紫色的落照里燃烧。峡的阴影向河湾伸延过来，水面反差强烈，明暗交接线仿佛阴阳两极世界的交界，升腾着烟雾。远远地，大坝方向传来截流的喧响和开山采石的炮声，如沉雷滚动。大块大块的浆状水流拥挤着向峡口奔去，又被堵截折转，翻起浑浊的浪沫。士兵们仰头望天，目光苍凉，仿佛在等待什么。水鸭子被那种庄严气氛压迫，惆怅地叫了两声。一个士兵走下来，系紧舟尾绳结，又望望天，有些抑郁地点上支烟。

过去，在红河上，你常能看到这类用整木凿成的木舟。它的制作颇为独特，先到临河的山上放倒一棵大树，铁木、杉树、乌桕都可以，将整木从山槽上滑下来，置于河岸，那时节白天晚上总听到斧头和凿子敲击的声响，叮叮当当，间或夹杂一两声制船人暗哑的似歌非歌的喊声，仿佛山林疲倦的叹息。制成的小舟漆上桐油或生漆，系上桨子，渔人便用它放网捕鱼，穿行在险滩恶流上。娶亲时在船头系一块红布，摇过对岸山寨，唢呐声响起的时候，船上便多了个女人。到一辈子过去，打鱼人死了，就把两只木舟合扣在一起，当做木棺，岩葬在高耸的崖壁上。

飞机掠过云贵高原红壤山原，沿山脉走向南行。这是一辆小型直升客机，乘坐着十几名专家、记者及工程技术人员。飞机平稳地飞行了上千公里，进入黄昏暮景。天空没有云层，单纯得像一块酱色古帛。总工程师紧裹大衣，靠在临窗的位置上，一动不动地望着窗外暮景，他是个老头儿，很瘦，由于久病折磨，脸上只剩下一副骨架了。但目光还有神，迷蒙地燃烧着一股病态的狂热，被亚热带高原猛烈的阳光烧成褐色的头发乱蓬蓬地堆着，仿佛一团火云。他用五指支撑前额，托住沉重的头颅。两天前，他还躺在城中一家医院里，挣扎在死亡的边沿上。有几个同事来看望他，带来红水河电站截流的消息。仿佛有一股新的血液注入病体，老人突然支撑起来，走下病床。他说要回工地去，看看那河，看看自己设计的大坝变成现实的关键一幕。他说这是他一生中最辉煌的时刻，他给千里外的工地指挥部挂了电话，请求为他准备两只木舟，他打算水葬在河里。这个愿望支持着他飞行上千公里，并且一直精神饱满。

中国南部这片红壤山原系着老人六十年生涯。他熟悉这些山脉、河流，就像熟悉自己的躯体，那是他肌肤血脉的一部分。当高原的阳光烤裂体肤，河便从体肤的裂纹上流过……这是条凶猛的大河，浑浊如浆的河水哺育着两岸古老的民族。老人在年轻时曾听过一部骆越人的史诗。是讲述创世神用牛开犁红水河的事迹的。神被描绘成一位力士，断发文身，腰间挂着酒葫芦——老人在久病的床上曾努力回忆史诗的内容，一种雄劲而苍凉的歌韵回肠荡气。老人感受着某种召唤，记起一段被岁月掩埋的往事。往事与史诗交融，被生命归宿的畅想诗化了。老人常想：也许正是这些东西决定了你一辈子的生活，使你一直离不开那河，以至死后都要葬身在河的怀抱。

飞机颤了一下，转了航向。老头贴近窗口，他看到山脉向东南部倾斜下去，压向迷蒙的天际。峰顶起伏连绵，返照着夕阳，举起一排排燃烧的火炬。田野被山脉切成网络状，向后推移。山径纵横交织，血脉一般密布山原。向阳的坡谷里生长着密匝的植物群落，仿佛一条墨绿色的河流，接入东南面的深谷，谷底躺着一条铁锈色的小河。这是水淹区边沿上一条小河，属于红河上游一条支流，老头儿判断着：该到淹没区了。他把头靠在椅背上，看到山背后闪出一处业已迁徙的村庄。房子歪歪斜斜地排列，像一堆推倒的积木。收割过的田野一片枯黄，零星地冒着几缕青烟。一队马帮出现在被荒火烧过的裸地里，马背上驮着行李家伙，赶马人像一个黑点夹杂在马队里，正走向夕阳返照的深谷。他似乎听到赶马人粗犷的吆喝声，心抽动一下，脸上掠过一丝波纹。几年以后，这一带将奇迹般地出现一个高原湖泊，它蓄积七十亿立方米的水能将不停歇地冲击发电机涡轮，使它运转，从而迸发出生命的光，色，力。可你看不到这一切了。他叹息一声，紧了紧大衣。这时，东南面的天际泛起一片神秘的红晕，他知道那是河水反射的缘故，就是说，那河要出现了。

一个身材修长的女服务员托着茶盘走到老人面前，盘中放着药片和水杯。她低声说：

"首长，该吃药了。"

老头儿动了一下，回过头来。他的脸部被天际的光芒照得发红，两只眼球像炭粒一样燃烧。他伸出一只手，把药片拿起，费劲地吞咽着。姑娘赶紧递过水杯。

"快到了，是吗？"老人问。

姑娘点点头。老人喝过水，重重地喘口气，重新靠在椅背上。这么说还来得及啊，老人自语着，又把脸转向窗外。姑娘仿佛受到感染，也转过头。机舱里的乘客如梦初醒，都随着把脸折转过去。天边，那轮绛红色的光环正在放大，缓缓沉降下去，在将被群山吞食的瞬间，光圈裂开一道口子，一条漂亮的火蛇打着闪电，从天际扭动而来。

"红水河。"老头说。

马帮向西行走，进入峡谷地带。正是南方炎热季节，山野爆烤在烈日下，显得毫无生气。铃声单调地响着，摇动沉寂的正午。盖在马头上的野檬叶垂落下来。行客疲倦不堪，在马背上打盹，太阳寂寞地悬着……

那少年骑一匹矮脚马走在马队后头，他穿着蓝色学生装，头上戴着用檬叶编成的帽子，腰间挂着一把防身刀子。和所有人不同，他左顾右盼，精神饱满。亚热带原始丛林奇伟的风光使他惊叹不已。他是读书人，一个水电工程师的儿子，怀着工业救国的梦想来考察红水河。他认定这河能救半个贫困的中国。他在途中遇到了商队——那时红水河上游常有鸦片商队来往，商人在山里收购烟土，制成烟膏，雇请马帮运至广西天河县境，乘船南下广州。这是条凶险的道路，穿行在深山峡谷里，沿途匪盗猖獗，因此商队都有保镖。领头的往往是一巫师，手执鸡骨，沿途占卜凶吉。据说强盗身影会在鸡骨上出现，那时鸡骨变黑，发出很臭的气味。为保险起见，烟膏多是藏在整竹扁担里，由可靠脚夫担着，马背上只驮些平常山货。因怕保镖与盗匪勾结，故烟土藏处一律不让他们知道，甚至老板本人也不露面。谁知道呢，或许正是那担行李的脚夫本人，衣衫破烂又沉默寡言。只是到了目的地才显出真相，让所有的人一惊。

马帮在龙滩峡谷里失踪了。那是六月的事情。数日后人们在下游某处发现了十几具尸体，狼藉于河滩。人们猜测是在上游遭了伏击。在谈论过一阵后，便把尸体沉入河中，由洪水埋葬。

在那次劫难中，只有一人幸免逃脱，便是那骑矮脚马的少年。马驮着他钻入棘丛，进入一条荒谷。土匪没来追赶。少年受了箭伤，昏死在马背上。

马驮着他走了三天三夜，少年醒来时已是第四天的早晨。他听到铃声在荒谷里空洞地响着，滩流声仿佛很远很远。他昏昏沉沉，心绪苍凉，不知马要把他带到哪里。眼底仍是无穷无尽的红壤山原，像凝固的浪涛，袒露着死寂。太阳又升起来，孤独得像荒谷里一声狼嗥。血虻嗅到血腥气味，成群结队地飞来，争喋少年伤口上的血污，挥之不去。死神就伏在血虻身上，一点点蚕食他残存的生命。想到自己将死在这条无人知晓的荒谷里，少年厌恶透了，不愿再醒来。下午，马又来到河边，驮着主人过河。少年听到河水的嬉笑声，睁开眼，只见河水闪闪烁烁，旋涡像一双双美眸流盼。"巧笑倩兮，美目盼兮。"少年疲倦地笑了。整条河好像也睁开了眼睛，笑着，跑着，等待他的拥抱。少年幸福地闭上眼，松开了缰绳……

在沉入急流的瞬间，他听到一声马嘶，天际仿佛崛起一座山寨、一棵巨大的乌桕树婆娑着飘移过来……

鼓声单调地响着，抛撒在掠过山谷的河风里，渐渐增大增密。少年的躯体被摆在河滩上，火光照亮他苍白的面部，湿漉漉地淌着水痕。一座刻着三头怪鸟的寨门前，拥挤着一群山民，表情木然地望着河滩。小河女举着火把挤在人群里，眼睛像小兽一样闪动。鼓声又响过一阵，一头牛的剪影出现在天空一角。弯弯的角尖挑着月亮。月亮又红又大，像一面铜锣，浮动在飘忽的流火里。歌祖蒙伦①坐在牛背上，抱着蜂鼓，须髯飘然。八个戴兽形面具的师公跟在后边，拖一张渔网。歌祖走到少年身边，众师公把一个水碗，递上，照出游魂去向。歌祖一指河面，山民忧郁的目光随着飘去。

歌祖大声喝道：呔！呔！一条奸鱼吞了魂，下到水底啦！

公师众抱着网，跳着师公舞步向河边走去。鼓声咚咚，如同雨点般密集起来。渔网撒入河中，溅起一阵水花，迅速沉降下去。

众师公抖动渔网，拉起，放下，又拉起，又放下。鼓声突然变慢变轻，仿佛呻吟，仿佛诱惑，仿佛群鱼唼喋的声响，歌祖把一碗五色糯饭送过头顶，让火把照出油亮光泽，糯饭撒落在少年身边，歌祖的吟唱变成呼喊：

魂！上来！魂！上来！这里有葱伴糯饭，这里有酒蒸糖糕。上来你得吃，上来你得醉！嗨！魂上来！魂上来！

众师公齐声高喊："嗨！"渔网突然升起，湿漉漉地扔到岸上。众人举火上前查看：一条白色小奸鱼在网上蹦跳。

山民发出鸟一样的叫声。小河女哧溜溜地跑到网前，抓住小鱼，在火把上烧烤片刻，迅速放入少年嘴里。她跪在泥地上，取下胸前兽头银饰，反复刮去少年伤口上的毒汁。银饰变黑的时候，少年动了一下，口中吐出一股泥水。歌祖令众师公抬起少年，拥着火把向山寨走去。河女喊起野亮的歌。

---

① 蒙伦：民间传说中的歌手。

二

红水河机场坐落在山中人造平原上，飞机绕着群山飞行，缓缓下降，刮起一阵旋风。总工程师见到窗外停着一辆标有部队番号的小车，知道是来接他的。他拄着手杖走出机舱。一个穿白大褂的军医迎上来，向他行了个军礼。

"首长，我是军部的医生。军长派我来接您。"

老头点点头，费劲地走下梯子。一阵大风刮来，老头晃了一下。军医赶紧扶住他。

"首长，上医院吧？"

"上工地。"老头说。

机场到大坝工地有三十公里路程。公路沿河延伸，这是条直接从峭壁上劈出来的路，两面都是悬崖，临河的一面打着水泥桩子，桩子与桩子之间拉着铁链。小车飞快地行驶，两道白光穿透暮色，扫过黑魆魆的岩石，左右飘忽，群山如同沉默的大海，淹没在苍茫夜色里，河水流动着微光。远远的，在群山夹缝里，有一片灿烂的灯火像鳞甲似的游动，把天空映得黄蒙蒙的。老头儿觉得那地方非常美丽又非常遥远，像一个幻境。从前那里只有星星点点的村灯寨火，像醉酒人的眼睛，到夜里便昏昏睡去。他亲眼看着它们醒来，变成不夜的灯海，变成现在这个样子。那个寨子迁移了，他想。一个古老的神话被粉碎融进灯海，变成了电能。这好像是件不可思议的事情。难怪那位搞考古的余老头总骂你淹得太狠，他说你淹掉了一个民族几千年的历史。他心疼那些埋藏在地底的文物。他不知道田纳西河，不知道在地球的另一端，有一条与红水河的流量、长短几乎相同的河流，那里从三十年代起开始梯级开发，穷困边地的经济突然起飞，电力就是这条飞龙的翅膀。那时你告诉他，我也会让红水河飞起来，十年以后，我将送给历史一个富饶的南方。事实上，当你在电站可行性报告上签字时，你已经把那个神话打成粉末，连同记忆里珍藏的故事。这也是一部史诗。那时你不会想到会有这样一个晚上，会在临死之前又把那粉碎的故事连缀起来。这究竟是什么原因在作怪呢？他迷惑地皱皱眉，感到燥热不安。军医把车窗打开，一阵带泥腥味的河风吹进来。军医问这样是否好些？他说很好。车颠了一下，转个弯，追着远方幻象似的灯海浮动过去。老头感到身体飘忽，猛然间听到滩流撞击岩石的轰鸣，在耳边增大起来。

少年在蒙伦的史诗里复活。他的身躯被山脊托起，红土堆成了肤肌。当他躺在烈日下曝晒时，身上便烙上了火的印记。

歌祖蒙伦日夜在牛脊山下唱诗。诗韵如同米粒，喂饱他的饥腹。咚咚的鼓声敲击心脏，血液似的河水便在他身体里奔流了。歌祖的长胡如云丝飘动，传说他原是棵会唱歌的乌桕树，树上每一片叶子就是一个古歌。他唱了九千九百年。叶子飘落了，落到河里，河就会唱歌，叶子飘到风里，风也会唱歌，吃着河水沐着山风长大的山民都会唱歌。歌声把一个远古巨神的事迹一代代传袭下来。牛魂节到来的时候，族人要举行大典，砍牛谢神。牛被牵到河边沐浴，喂过糯米和酒，拴在一根刻有十二道刀印的木桩上。穿着古代猎服的男人和插着羽毛头饰的女人蜂拥而至。主刀的歌祖站立中央。十二面铜鼓同时敲响的时候，砍刀劈向牛头，溅起一片血光。神牛的幻影便在血光里沿刀痕走向天堂。人们齐声向天呼唤，把手举过头顶，创世神出现了，巨大的幻影填满天空。大神驾着牛，吆喝一声，向前迈动，巨大的裸足踏过山原，滚起沉闷的雷声。铜犁撕开地面，掀起红色泥浪，向两侧的深谷飞落，一条血脉般的河流出现在南方的天际。

创世神站在天穹下朗声大笑。淹没世界的洪水已从脚下消失，顺着开犁出的河道向东流去。他把酒葫芦挂在云端，当作日月。葫芦变成银色的时候，他在崖洞里睡觉，等葫芦成了金色，神便醒来干活。他拔起大树当作鞭子，赶来鸟兽。把云彩剪下织成布锦。他叫乌鸦飞过东海偷回谷种，种植在牛脊山下。踏着歌的，打着鼓的，赶着猪和羊的人民沿着河岸走回来了，荒凉的地界从此有了笑声和炊烟。人们在牛脊山下栖息下来，开始了安稳的生活。

冬天到来的时候，群山冻得变了颜色。那时世上还没有火，所以冬天里就没有歌声。人们来到牛脊山下，对神说："赐给我们火种吧，我们的女人冻得缺奶了，我们的娃仔饿得哭闹了，我们要火。"大神把手一指东边——一个火蜘蛛似的太阳正从山脊背后爬起来。神说："太阳是火的祖先，到那去取吧，从我手臂上走过去！"人们举着火炬，沿着神臂搭成的桥向太阳走去。火炬点燃了，噼噼啪啪地爆开火花。取得火种的人欢跳着跑回山洞，唱呀，跳呀；火种落到地上，地烧着了；火种飞到树上，树烧着了；火种落到河里，河也烧着了。河烧起来了——

河水滚动着火球，一团团，一块块，夹带着热风向急滩口涌去，沿岸石壁被映得通红。太阳呼啸着坠落山谷。祭神山民的歌声已经嘶哑，喝过生牛血的脸红得透紫。少年浸泡在史诗的河里，口中咿咿喔喔地喊叫，像条快乐的鱼。"快乐的鱼儿"忘记了"马背上的少年"，"鱼儿"忘乎所以地游动的时候，那个粉脸黑齿的小河女正在用情丝编网。

小河女坐在河岸岩石上，口中嚼着槟榔。黑牙在夕阳下一闪一闪，仿佛两串黑玛瑙——这是山寨最美的牙齿。她是族长的女儿。族长有九十九头牛，求婚的后生便有九十九个。小河女爱上了白齿少年。她说在见到少年的晚上红棉树花开了，像火云一样美丽。她看着白牙少年，眼睛又深又黑，挂在胸脯上的银饰打着闪电。少年听到她用山林的语言说话，心飘飘地悬浮起来。

山顶上古树飘下一叶……

月亮照着河面。河水亮得打闪。

少年跟着河女向河边走出。石阶清亮如水，响起噼噼啪啪的赤足声。木楼的小窗吱呀推开，伸出些头颅，目光追随河女飘移。古树上又飘下一叶，孤独地打着旋转，落入河中。小河女追着叶片一溜小跑，腿肚上的肌肉一鼓一伏。牛脊山洞有大神的足印，像一张大床，河女说，回头望着少年。少年不说话，快活地跑着，脚底细沙轻轻扬起。少年看到一座天然石桥出现在眼前，像一道虹，中间断裂了，挂一弯银钩似的月亮。河女跑上石桥，身影投进月影，小鹿一样跳过裂口，站在对岸岩洞前，诱惑地击着巴掌：勇敢的阿哥跳过来，大神的足印在等你咧。少年走上去，迟疑地站着，眼底急湍飞溅，流动着千千万万个月亮。河女的歌在浪声里响起来，唱的是猎人追逐小鹿的故事。少年如醉如痴，被那歌声托举起来，飘飘地飞过对岸。

他随着河女进入岩洞。

他突然惊讶地站住了。

两排闪着红光的巨大足印展现在少年跟前。

小河女把长裙挂在洞口月牙上，挑起一面爱情旗帜。月光像银汁一般倾泻下来。山寨里的歌声似有似无。河女躺在足印里，被欲望烧着的躯体赤红赤红，两团火球在胸脯上滚翻跳荡：后生，你是男人就丢个娃仔进来，寨里人看不见像葫芦一样凸起的肚子，会笑你是个阉鸡。河女说着把手臂伸展过来，少年心鼓急跳，喉咙里发出一声燥热的叫喊，跌在足印里。河女喊起了原始的牧歌。足印像火炉熊熊焚烧，岩壁被照得雪亮……

山顶上古树又飘下一叶。

三

罗宾斯巨型掘岩机在牛脊洞中疯狂地吼叫。10.8米直径的球状钻头咬着岩石掘进，洞中水雾弥漫。光着膀子的士兵和只穿裤衩的外国工人影子似的浮动在灯光里。当年十几辆大型载重车把这台三十多米长的怪物运到工地时，一群好奇的山民围过来观看。怪物接上电源，突然发出一声吼叫，吓得山民飞逃，以为天崩地陷了。山里从此多了个新的神话。当年的神洞成了引水隧洞，光亮洁净的隧洞如同地下宫殿，正安静地等待水流的到来。

大坝正在截流。总动员令是在昨天下达的。指挥部已迁到截流现场。北京的电话直接接到工地，每小时一次询问截流进展。中央领导将亲临现场。环山公路上烟尘滚滚，上千辆汽车载着巨石源源不断开过来，尘土把公路旁的杂草灌丛覆盖，仿佛降了一场黄霜。东边高山采石场上空腾起烟尘，排炮雷霆般爆炸既而铺天盖地地压迫过来。惊飞的宿鸟纸片一样飞散。从直升机上向下俯视，整个工地就像炮火纷飞的战场，人与大自然在峡谷里野蛮地厮杀，群山被炸得血肉模糊皮开肉绽，河水淌着血浆。车流像一排排冲锋的士兵压向土坝，随着小旗子的挥动迅速起动翻斗将巨石投入水中。河水仿佛滚沸啦炸锅啦。被挤压的河床一点点变小变窄，掀起数米高的大浪。河在咆哮，河在反扑，水流滔滔沽沽从天角向下倾泻咬住土坝卷进巨石吞食沙土，在两种对抗的力量中河似乎要立起来啦。河立起来啦！这条沉睡在远古神话中的红色巨龙突然探起身躯，面对一片陌生的世界发出吼叫。

　　小车在途中遇到截流车队，被阻塞在山腰上。刺耳的喇叭声响成一片。司机无可奈何按喇叭，左右打转，想从车流的缝隙里钻过去。无奈对面开回的车把路占了，只得停下来。老头儿显得急躁，脑门上青筋一跳一跳，充血的眼睛被飞舞的车灯照得打闪。军医跳下来，打听到前边一辆车冲到河里去了，正在紧急处理。他回来告诉老人。老人抓起手杖，推开车门：我们走过去。军人迟疑地望着老人：您行吗？

　　那时我们常走这段路。夏天的时候这里多雨，一下雨就滑坡。公路堵塞了，因此必须走这段山路。那时我还行，爬起山来就像山羊似的。从山顶豁口上看河是很美的，可以看到龙滩的急流怎么冲击岩石，打着呼哨滚翻下去。那座天生石桥被炸掉了。从前是能够跳过对岸的。那个少年就是从这儿跳过去会见他的情人。本地姑娘也都从这儿跳过去接受神的孕育。不过那是传说故事。这条河就是由传说构成的。你来到了河上就像走进了传说。事实上那时生活可真艰苦，路被塌方阻塞的时候，给养运不进来，掘洞的士兵们半个月只用盐水拌饭；还有那些来支援我们建设的美国人。后来军部号召打猎解决肉食问题。那次我打到一头野猪，足有三百斤重。背回营房的时候，整个军营都欢呼起来。军长老头用脚踢着死兽，操着川音说道：狗日的要得，够部队油半个月嘴，你老兄简直像个土著。他不知道那少年的故事。我从来没有对他说过。我为什么没说呢？也许那真是个传说。

其实我们是老搭档了，我们一起在川西岷江上干过一座电站。那时我就对他说过南方这条神话般的河。我说那才是条真正值得干的河。军长老头听了直磨牙：好啊！他说，到那时千万喊起我，一起干。这事后来干成了，我们真的又碰到一起。那是在广州一家高级宾馆里，我代表设计院把图纸移交给施工单位。老头接过图纸时，严肃地行个军礼，看去是准备打场大战役的意思。事后我请他吃饭，老头提一瓶"剑南春"来，说来庆祝地球变样。我说我们是在干让地球变样的活。我们把一瓶酒喝完，有点忘乎所以了。

后来，发生了一件不愉快的事，停电了。我们顿觉扫兴。饭店经理赶来道歉，叫服务员点上蜡烛。经理说：很对不起两位首长啦，这是没办法的事，这座城市到了枯水季节总是这样。他指指窗外，城市黑了一角；黑的一角仿佛陷进地里。工厂要用电，只好轮流压缩民用照明照顾生产啰，其实用蜡烛照亮厅堂餐桌是很古雅的。经理这么解释。可我们古雅不起来。你干了一辈子水电了，却在一家高级饭店里点蜡烛吃饭，这真是件有讽刺意义的事。那么该谁向谁道歉呢？从那以后我们就发狠在这条河上干上了，把后半生的余力统统投进河里，是为了电费不再是两毛二一度而只是三分一度，当然也可以说是为了整个华南电网的需求和1997年香港恢复主权后的用电以及贫困山区的经济起飞；总之是为了这些，有四十多个士兵牺牲了。那次大滑坡来得太突然，没有人反应过来喊叫一声就那样完了。你是亲眼看到那三个女兵洗过澡后坐在岩石上乘凉，湿漉漉的长发散在河风里很美很动人。她们大概在谈论爱情之类的事情，所以笑声也像头发一样诱人。笑声还未停下她们就被埋到了河里，你清晰地听到那半截被埋掉的笑声还在河里笑了一阵。因此你把它永远记住了。这是条肉食的河。知道坝身为什么会有400米高吗？那是人的汗水血肉堆积成的。

总工程师颤巍巍地走在那条充满记忆的山道上，思路异常清晰，清晰到让军医产生幻觉，以为身边是个健康人。从公路上扑来的风尘被隔阻在山背。军医挽扶着老头走着。老头拄着手杖，脚不停地迈动，身体虚虚的仿佛走在雾里。军医听到老头呼哧呼哧的喘气，他觉得这种异常的清醒是个危险的信号。首长，您是否需要歇一下？军医问。老头想说不用，但两脚软下来不太听使唤了。那就坐一下，老头喘着说。我们只剩下最后一段路了，我觉得很累。

他们坐在背风的山坳里。四周突然显得很静。山顶上那棵老树雾一样浮现出来。老头儿出神地望着，问军医知道那是什么树吗。军医还未回答老头就告诉他那是乌桕。老头的面部这会儿变得像传说一样缥缈。军医沉默着点支烟。老头把手伸过来：也给我一支。军医吃惊地把烟递过去。老头的脸在火光中一闪。几点火星飘飘飞逝。

山顶上古树又飘下一叶。

山里的日子是记在那棵乌桕树上的，树叶飘落一叶，日子便逝去一天。绵绵落叶堆积河谷，化成红泥，散发着腐殖质的气味。少年独自坐在山坡上，望着河谷里远远走着的马帮出神。他记不清在山里度过了多少日子。铃声似有似无，似乎要唤起些什么，却又消失在辽远的天边。山腰上有人在烧坡肥地，然后用砍刀挖坑，种植山谷。火烟弥漫上来，充满呛人的草灰气味。寨子静悄悄地躺在山沟里，远远的山里传来野兽寻偶的叫声。少年望着心底突然涌起难言的寂寞，强烈得让人恐慌起来。如果没有歌谣、神话点缀日子，生活会是怎样的死寂荒凉啊！那么当你从梦里醒来，你怎么去熬过那些沉重的白天和孤寂的夜晚呢？小河女每天坐在木楼上织锦。河女像只大蜘蛛，用歌织成一张网子，网住少年。白天里他和山民一样上山围猎，追逐野猪黄猄，把猎回的兽皮当作装饰围在腰上；或是下河捕鱼，裸露着被阳光晒黑的背脊，摇桨放网。到了夜里便围着火堆烧烤兽肉边嚼食边听歌祖蒙伦唱诗。那时节男人们手中传递着酒葫芦轮着喝酒。女人便守着男人织着头帕奶着孩子口中不停地嚼食槟榔。葫芦传到少年手中，男人们都把目光转移过来，充满敌意地盯着；女人口中的嚼食声也停顿下来，少年举起葫芦一仰脖子像狼一样狂饮，嘴里呷呷呷呷发出响声。少年把喝空的葫芦举起往下一倾，敌意的目光立刻变得友善起来。小河女笑着接过葫芦，骄傲地挺着微微凸起的肚子走过人群，绣裙的下摆左右晃动，手镯叮叮当当乱响。酒葫芦重新开始传递的时候，少年打着酒嗝站起身，摇摇晃晃向河边走去。他感到厌恶又痛苦，却搞不清为什么会这样。一群水蚊子追着他飞，嗡嗡地叫着，他抬手打死几只，接着便蹲在地上呕吐起来。就在这时，他似乎听到一种熟悉的声音在山谷底响着，像是呼唤又像在诉说什么不幸。他站稳脚跟费劲地捕捉，他听清了这是马的叫声。

少年吃了一惊。

马在山谷里嘶叫。马的声音开始时有些含糊，渐渐变得清晰，后来便一声盖过一声久久不停了。空荡荡的峡谷响起回音，转眼变成了千千万万声呼喊牵动少年的心魄。少年浑身发抖，心醉神痴，那个被遗忘的红河梦想就这样一点点被唤醒重新回到他的心中。他如梦初醒，寻着呼唤声奔去。他看到那匹矮脚白马像影子一样在河谷里徘徊。

少年响亮地打声口哨。白马听到熟悉的声音，惊诧地倾听片刻，突然像闪电一样飞奔过来。蹄子踏碎月光溅起水雾惊飞一群宿鸟。鸟群向山外飞去成了一排黑点。马来到主人面前，头颈亲热地在主人身上擦摩，仿佛久别重逢的朋友一样淌着泪水。少年又激动又悲伤，轻轻抚摸马的头颈。他知道马是来把他带出山去的。他知道自己该走了，他脱下腰上的兽皮，有些眷恋地回头望望：山寨里火光已经熄灭，醉倒的山民像收割时的谷物一样横七竖八地倒下一片。顷刻，马驮着少年向山口奔去……

一道红色闪电从寨门里射出。小河女骑着一匹火驹沿山道追赶过来。河女左手抖动缰绳右手举着火把，火把被风拉成一道直线呼啦啦地爆响。少年听到喊声，拼命打马。一白一红两道闪电在山上山下飞驰，八只马蹄踏响雷霆滚过山谷。火驹越跑越急越逼近似乎就在少年头顶。一声马嘶撕裂夜空。少年感到红色闪电从岩石上飞落下来重重跌在面前。白马惊叫一声。河女从地上爬起，淌着汗水的脸在火光中打闪，黑亮的牙齿里挤出一串愤怒的骂声。

山道上火把簇拥而来，烧红了夜空。少年悲哀地垂下头。

军医背着老人爬着最后一道山口。风涛强劲地从山顶压来，山脊后的河滩声已清晰可闻。灯光越来越灿烂仿佛初日涌起，一群宿鸟产生了错觉高叫着向山顶飞去。军医顶着风吃力地走着，脚踩着露水不时打滑。老头儿把头部枕在军医肩上无力地垂下又吃力地抬起。他觉得那片灯光非常近又非常遥远。他觉得灯光已经伸手可触却又总够不到。他觉得很累并且越来越累肺部像铅块一样沉重几乎窒息了。有一股寒气从骨髓里升起很冷很冷冷得身体快僵住了。他已经不能说话。他已经睁不开眼。他坚持着坚持着要走进那片灯光，他相信一定能走到。还有很多事情想要回忆但思维已经混乱，常常出现幻觉。那少年被押回山寨老族长手中举着绳子族长说该杀死忘恩少年山民发出一阵吼叫烛火飘飘忽忽那城市陷了一角笑声埋到地里还笑还笑了一阵然后沉寂蒙伦唱着歌数落少年罪过每数一条便在绳上打个结打了九十九个族长说少年你可以反驳反驳掉一条就解开一个绳结如果都解开你就无罪少年不反驳不说话他听到地底的笑声又笑起来河女手举钢刀刀尖闪亮闪亮少年闭上眼等死死去的野猪睁着眼血像滑坡一样流下它们没来得及喊叫一声可是钢刀迟迟不肯落下牛的幻影飘起接着是神的足印接着是河女裙子接着又是足印很久他听到一声羊叫很惨原来刀落在一头替罪羊身上羊死去前望着少年忧伤地一笑他觉得身体在下沉下沉沉到渊底去了军医说您坚持一下再坚持一下我们就要到了您听见河的声音了吗河呼哧呼哧地喘定像羊死前的喘息河女把死羊血淋淋地扔上马背接着在马背上抽了一鞭阿爸他无罪了羊替他死了阿哥你走吧走得远远的再也不要回来马驮着少年飞跑起来河水打着旋涡梦中的堤坝在哪儿我们快到了就要看到了我听到河的声音了它在呼唤我那是一首忧伤的歌一直在唱着唱着你听到了吗听到了吗？

少年听到山寨里飘来一首忧伤的歌谣。歌声铺成一条道路，弯弯曲曲地伸向山外。网不住的心这时却也踟蹰徘徊。马踏着歌声悠然地走着，告别贫穷而伟大的神话，日子便在蹄声里成了梦境。少年感到伤口仍在淌血，血滴湿了少女的歌声，渗入河水。满峡谷飘落纷飞的叶片。太阳再次升起的时候，少年看到了下游广阔的河面。猎猎山风吹断了歌声，带来河水的腥味。少年怅然地回头，寻找那片山寨，茫茫云海阻隔了视线，从云层里透出的霞光把河面照亮，河仿佛像一条闪光的银链缠绕在大山裸露的胸脯上。少年感到眼睛发涩，喉头滚烫，胸口堵满难言的眷恋——那河原是你热恋过的情人！他滚下马背，站立山口，对着上游大声呼喊，他听到整个红壤山原回荡起宏伟的声涛——

红——水——河——！

喊声重重跌落河谷，水面涌起大浪。两只小舟在浪中晃动。水鸭子惊飞起来，追逐着回流往上游飞去。在群山的皱褶里，它们看到两个重叠着的人影正爬上山脊的顶端。太阳从人影背后升起，烧起天际的云彩，金箭似的光芒穿透天空。群山层层叠叠地向太阳涌来，朝拜太阳和太阳里的人影。军医把老人放在太阳里，向着谷底大声呼喊。士兵们发现了他们，迅速向山顶奔来。老人的瞳孔开始放大。两手胡乱摸索，仿佛要找到什么。士兵把老人扶正过来，面朝坝址方向。老人的手在空中画出一道弧线，突然中止了动作。在他临终的眼底，一座像山峦一样耸立的大坝缓缓崛起，白马少年的幻影正从天际奔驰过来……

河谷响起葬礼的炮声。

总工程师被安放在合扣着的木舟里，遗体用河水洗净，缠上白布，撒上山原红土。按古骆越葬俗，木棺被悬挂在岩壁上。四条抹有牛油的棺绳开始焚烧时，炮声庄严地轰响起来。河水开始回流，水潮汹涌澎湃，一层盖着一层向五百里大山漫延，群山以悲壮的姿态迎接沉没。（几年以后，当库区蓄满水时，木棺将沉下水底，化在红色湖泊里。）木棺正对高坝，仿佛也是一座凌空大坝。数月后，有一位艺术家到电站采访，工地总指挥陪她来到这里。总指挥指指大坝，又指指悬棺，问：哪座坝高？艺术家回答：悬棺。

第二章
牛市·蒙伦古歌

布告：由于红水河龙滩水库已经库水，将淹没牛脊山以南五百平方公里的地带。凡在国家业已征用的土地上居住的百姓，限在年底内全部迁出。

特此公告

红河县人民政府

一九八六年×月×日

红河圩场在牛脊山脚，地处黔桂两省交界线上。著名的龙滩电站便在上游十公里处。由于占了地理上的优势，近年里成了两省边陲集市贸易之中心。从前这里是一片荒滩，每逢节日便有男女青年云集于此，谈情说爱。自从下游建起了电站，河滩上换上了另一番景象。圩天里，傍山临河搭成了大大小小的生意棚子，形成一条色彩缤纷的走廊。你看好了，那些穿着花哨，骑摩托而来，车后不带姑娘只装鸡笼麻袋，并且径直地把车开进寨里强盗似的抢购山货转眼又回到市场加价卖出的，正是这批生意贩子。电站的民工们大都衣着寒酸，一到圩场便大叫开荤，似乎要吃尽所有馆子，等真正坐下时，又迟迟不见点菜，到最后只喝碗面汤便走掉了——挣来的钱是要寄回乡里养老婆孩子的。电站的军人很规矩，衣着朴素整洁，圩天里喜欢上照相馆照相，或是买些牙膏肥皂便匆匆赶回工地。至于那些麻衣粗布，骑马坐牛而来，腰上总挂着酒葫芦的，便是本地土著民族了。他们的女人总喜欢成群结队地游逛，而且不分老少一律缠着老布头帕；头帕织有复杂的几何图案，图案又连缀着耳边的纹银装饰，远远看去就像一群漂亮的热带鱼游动在喧嚣的湖泊里。时值大迁移前夕，圩场显得芜杂纷乱。人流涌动在尘土里，熙熙攘攘，那景象就像是万花筒里变幻出的世界。

上午九点钟光景，一个骑牛的怪老头出现在圩场里。

他倒坐在牛背上，手捧一面蜂形木鼓，一路敲敲打打，口中吟唱着一首牛歌。一缕长须飘然拂动，他看去很老了，牛也很老了，牛驮着他慢慢走着。那是一头九齿牛——牛经说：七齿败江山，八齿平平过，九齿为牛王——牛王虽老，威风仍在，四蹄如铜钟倒悬，遍体铜光照人，一对巨大的犄角呈弓状张开，上边挑一个酒葫芦。它沉着地迈动，神态高贵威严，有帝王气度。老人和牛的出现，使乱哄哄的市场抹上了一道神话色彩，仿佛有人翻开一部史书，露出了古远褪色的一页。

他们穿过人群，朝牛市走去，一路上尽是些卖成衣的，卖杂货的，卖米粉的，卖生肉熟食干菜鲜果山珍河味猪肉牛肉烧鸡烤鸭直至跌打草药速孕丸子阳痿秘方……这期间几个农民抬着母猪高喊让路撞将过来，却是去给猪配种的。做配种生意的老头赶出两头训练有素的俄国种猪，打声口哨，猪们便在青天白日之下干起了下作勾当；配一窝五块钱外加三斤米。对面却是阉猪铺子，阉猪老板因生意冷淡心生妒忌，手提阉刀站立门前，看着是想把干活的种猪阉掉的样子。卖棺材的老板把木棺全摆到路边上来了，上百副船形棺材由大到小排列下去，场面十分悲壮。老板便坐在棺盖上，很有兴致地打量过往活人，不时点头微笑——笑得十分深刻。骑牛的老头走过来时，老板便盯住他看，问他是否要买副棺材。牛背上的老人扭转身躯打量木棺，又看看老板，突然一仰脖子，古怪地大笑起来……

近日来牛市热闹非凡，也因为土地要淹没的缘故，山民都赶着卖牛。早上的时候，它们成群结队地被赶出山寨，从上游淹没区的山山弄弄里汇集到公路上，形成一条绵绵不断的河流，流向市场，又从市场流向下游各地。牛们不愿离开故土，步履迟缓，不时回首眷望，大有去国怀乡之悲凉。壮别的长啸满山满野，却又被冷酷的牛鞭抽得无可奈何。牛价很贱，三百两百就能牵走一头。牛肉六毛五分一斤。这是牛族史上空前的悲剧。

那老头要卖掉牛王了。他是不忍心在迁移前把它砍来祭神，才决定这么做的。牛王被牵进市场时，似乎领悟了主人的意图，悲哀地叫喊起来。那叫声过于威严，仿佛战败的国王自刎前的绝唱，整个牛市为之震撼。牛群愕然抬首，举起一片黑亮的犄角，恐惧地望过来。牛王大声叫着，摇摇摆摆地走向牛群，蹄声刮起一阵风暴。牛群纷纷后退，踢腿摆尾，像一群朝臣匍匐下来，迎接它们的帝王。牛王引颈高叫。群臣山呼万岁。高亢的叫声此起彼应，一声盖过一声继而响彻山谷，牛市顿时大乱。牛主们感到牛群有暴动的危险，都觉紧张，急忙拴牢木桩上的牛绳。

那老头从牛背上滚下来，稳稳站定，扫一眼牛市，取下葫芦喝酒，全然不理会周围的事态。牛贩们纷纷围拢过来，打量牛王，指手画脚地议论着。其中有几位专以相牛为职业的牛师，仔细审视牛王，把牛角牛脊牛毛牛齿以至牛尾巴全看到了，不禁点头赞叹。都说是头好牛，只可惜老了点，不晓得拿来配种还得不得？一位相牛师蹲下来，伸手去摸牛腹下那团肉东西，好像要摸出个结果来。喝酒的老头笑起来，嘲弄地说：朋友，你算是会看牛了，看到牛卵上去了，小心它踢你一蹄子哟。老牛阴沉地吼一声，扬了扬蹄子，相牛师赶紧爬起来，嗅嗅一手的臊气，直摇头。众人都笑。

老头说：牛师，你们讲它老啰，它是活过一千岁。千岁牛王比后生强啊。不信，去牵条牛妹仔给它试试嘛。牛贩们"嘘"一声，以为老头讲酒话。不过那牛的气派确实让人动心。它站立在群牛之中，高出一头，就像一轮被云海拥簇的太阳，灿烂有光。有个白脸黑牙、瘦瘦的青年人走过来，手中翻弄着一沓钱票子。青年人说：老头，给你二百，我牵走它，算你捡个便宜吧。他把钱慷慨地拍到老头手里，让他数。老头只用白眼看他。

老头：二百块？你想买根牛毛吧？

青年：二百块，买头老牛，人家都讲我吃亏了。

老头：你是吃亏啰，二百块买根牛毛。

青年：你看老公公胡须长到地蛮可怜，吃亏就吃亏点吧。我牵牛走了啵。

老头冷笑起来：后生哥，你讲话不怕烂舌头。二百块想牵走它，亏你敢讲出口，我给你讲这条牛的来历，听过怕要惊你魂落。

他说这牛是九齿神牛，当年创世祖先亲手把它造成。他说祖先用它开山犁河，造福后世。他说这牛是万牛之王，是牛的祖宗。

青年听了哈哈大笑，双肩像麻雀鼓翅一样抖动：老头儿，你好会吹牛，我看你就是牛的祖宗。你的牛又老又朽，莫讲耕田配种，杀来吃还嫌咬不动。给你两百你不卖，你想要几多嘛？

老头并不恼怒，慢悠悠地把白脸青年从头到脚看过一遍，然后说道：后生家，我看你又嫩又滑，杀来吃倒好下酒。我的牛比不得你。你要问价没价，我是来给它找新主人的。牵得走它白送你，牵不走嘛，你跪在地上叩三个头，喊它一声牛公公。

青年突然不笑，把手一拍：老头，你说话算数？嘿，老子当真牵走它，你莫哭爹喊娘！

老头儿把钱扔给他，似笑非笑，举起葫芦喝酒。众牛贩哗然起哄，等看一场好戏。白脸青年吹着口哨走上前，卷袖擦掌，准备动手。突然蜂鼓"咚"的一声震响，像一声惊雷，打得青年一个趔趄。众人吃惊地展眼望去，只见面前人影闪动，长须飘冉，喝酒的老头击鼓踏歌，疯疯癫癫地唱起来：

嗜！牛公，牛公，牛祖宗！嗜！祖先造牛——炼红铜，造条神牛——得奇功。嗜！嗜！嗜！……

白脸青年在歌声里朝牛王走来。他看到牛背隆起一道弧线，接向远处的山脉，歌声在牛背上跳荡，亮得打闪。他眯缝双眼，牵起牛绳，像个洒脱的牧童开步前进——豪迈的步伐才跨出一步，却被绷紧的牛绳拉扯回去，身子风车似的旋转一圈。白脸青年吃了一惊，转脸看牛。牛在冷笑；众人哄笑起来，吹着口哨，以为人被牛戏弄是件有趣的事情。白脸青年勃然大怒，狠狠骂声牛的母亲。他吐口唾沫，再次上来拉扯牛绳。他把吃母乳时存下的力量都使出来运到掌上，手臂裹住绳索，他感到自己正在拔山摇海，他的白脸变成红脸又变成紫脸变成青脸，五官以鼻子为中心拼命收缩像是要团结到一块拧成一股绳，但鼻子已经承受不住五官的挤压痛苦地颤动都快要弹出去了。牛王还是不动，偏着头颅怜悯地望着青年，叹息一声。精疲力竭的青年扔下牛绳，招呼同伴们上来帮忙。十几只型号不同的手同时握住牛绳，在白脸青年的指挥下开始拔河。拔河的喊，"嗨——"牛说："哼!"拔河的队伍向后倾斜越来越斜几乎贴到地面。牛王岿然不动。看拔河的长呼短叫笑声四起。咚咚的鼓声里老头狂歌醉舞，歌声像乌桕红叶漫天飘落。白脸青年汗流浃背。他扔掉牛绳操起牛鞭怒气冲冲地扑上来，对准牛王打了一鞭。牛王一怔。霎时间人们看到受辱的牛王拔腿而起裹着红土冲刺过来——牛的动作十分优雅，像放慢的镜头，角尖贴地擦过，缓缓扬起；拔河的好汉们便像一朵朵浪花从角尖上涌起，飞向天空，画着美丽的弧线飘然而去。牛市里传来的尖叫声，被惊吓的人群慌忙逃命。这时的牛王像是疯了，它用牛角扫荡圩场，用蹄子踏碎木桩，接着便站立在圩场中央悲天怨地地嘶喊。老头儿赶上来，拉住狂暴的牛王，轻轻抚摸着。老人似喜似悲，长叹一声。老人说：朋友呀，你不愿跟牛贩子去，是想挨刀做祭祖红牛么？……牛王的叫声变得低沉了，充满感情，它用舌子舔着老人的衣角，用头颈擦摩老人的身躯，滴下一串泪水。老人听懂了牛话。他把葫芦举起来，向下倾倒，让浓烈的酒浆沐浴牛体。那时节山峦沉寂，苍凉的谷风吹过河湾，圩场沉入静穆之中。老头把牛王牵到乌桕树下，洒酒祭刀，唱起了祭牛的歌：

从土里来的，回到土里

从水上来的，回到水中

从天上来的，还给大神

牛王，还你给大神！

……

祭牛的老头在歌声里跳起引魂舞：上三步，退三步，左三步，右三步，过了金桥银桥奈河桥。仰目观天，颤三次膝，翻三次掌，叩三次头，招呼天神来收魂。牛王在祭歌声里渐渐醉去，安静地等待最后的时刻。

一束神光透出云层，照亮峡谷。

乌桕树在神光中焚烧……

祭神的舞蹈突然变得狰狞狂野。老头操起砍刀朝牛王走来。歌声中止，化成一声吼叫。砍刀举到半空，杂着闪电带着风涛哗然而下！牛王浑身一颤，头颈断裂，一道美丽的血柱冲天而去。霎时间牛市猛然惊醒，牛臣们向着归天的牛王奔涌过来。牛角像浪峰追逐涌动，映着灿烂霞光，化作汪洋血海。血海中的牛王挣扎残喘，奋着半边断裂的头颅狂歌醉舞。牛绳绷断，牛血喷洒，木桩带着红土从地里弹出抛向天空。垂死的牛王在呼号声中踏着血路歌着舞着，朝峡口的大河俯冲下去。轰然一声巨响，石裂山崩，河水滚沸起来，烟雾升腾。牛王的幻影随着烟雾升起，追赶天际的神光飘然远逝……

火蝴蝶似的乌桕叶片漫天飘舞，老人消失在乌桕的阴影里。

第三章
大迁移·图腾之舞

八十年代中叶，受电力部委托，一支考古队深入红水河上游，对五百里淹没区进行文物普查。考古队在牛脊山峡谷发现几处重要遗址，出土一批珍贵文物。其中有一面珍贵的羽人纹铜鼓。铜鼓高0.9米，直径1.2米，呈酱红色。鼓面饰太阳纹十二芝。鼓腹饰羽人翔鹭纹十二组。羽人双双对对，似腾似飞，展现出一派恢宏博大的文化精神。考古队长在写给上级的报告中指出：在考虑淹没区经济损失的同时，还应该把文化损失计算进去。数月后，国家拨出专款对牛脊山文物进行大规模把握整理。史学界、民俗界、民间文学工作者以及艺术界都相继前来。根据羽人纹饰编排的舞剧《红河图腾》由自治区歌舞团演出，一举获得成功。

一

她沿着河谷向牛脊山方向走去。她在这条路上走了大半天。早上她乘一辆电站工地的便车进山，车在山口抛锚后，她就决定走进来。这是初秋的一个下午，天仍然炎热，雨季里残留在坡谷里的滑坡痕迹到处可见。河深了，河流变得平缓，山湾里出现了一些小湖泊。淹没区在回流声中沉默着；阳光把厚重的云影投下来。她走得有些吃力。远处山岭上，山民正在抢收早谷，脖子上挂着土布袋子，远远看去就像一群袋鼠。山风把稀疏的谷物吹得东摇西晃，一排排裸露的背脊便在谷浪间闪动，一忽儿消失在山阴皱褶里，转眼却又在岭脊上出现，像强风下弹起的劲草，把身影投向沉郁的天空。职业的感觉使她看出那是一组有象征意味的舞蹈。离开山寨十多年了，日子在嘈嘈杂杂的都市里穿过，很像做梦一样含糊。在都市，你穿着入时的服装，出入剧院、舞厅、音乐茶座；你演唱，伴舞，在春节联欢会上唱一段民歌点缀气氛，或是坐在电视机前看新闻看广告接下来看连续剧。你穿行在乱哄哄的人群里为着一些自己也说不清的目的奔波，比如某厂家出钱，你可以在电视上做广告，把一筒牙膏全挤到牙上连说三个好。你也可以在旋转的彩灯下做时装模特儿，到头来得一套高档时装作为报酬。你出发到另一些城市演出一般演轻音乐因为它们投合青年胃口所以很叫座。另一些城市与你居住的城市没什么不同只是更繁华更热闹因此也更让人麻木。当然遇到出国演出之类的事会让人精神亢奋一阵，那时节人人都像打了吗啡，因为名额太少必须去争去抢，或是变成阴谋家暗地活动，每分钟起码能怀孕一千个鬼胎如果全生下来地球会超重有可能滑出轨道。在这类事情上你一般不动声色，其实你也用不着动声色因为你能歌能舞能编导，你是少数民族自然优先考虑往往还名列前茅。你胸有成竹地看他们斗直到焦头烂额两败俱伤你却优雅地登上飞机，回来时载回荣誉载回彩电收录机以及法国香水等等等等。但这又能怎么样呢？你苦恼地感到：你始终不懂得城市。是的，你不懂城市。你不清楚那些网在城市这张巨网中的人每天在想什么要干什么，你觉得那是些谜你不感兴趣也不想知道。你在拥挤着前去的人潮里常常回头寻找，仿佛丢失了什么。一个赤足小姑娘唱着歌在遥远的红河岸上奔跑，手中举着一张乌桕叶片；歌韵随着叶片上的经脉婉转回旋，唱出祖先开河的故事。那是你吗？小姑娘。有个诗人告诉你，美是距离，你却在想美也许是失落，你就这么来了，你来看这河啦。你来寻找将要消失在红色湖泊里的文化精神，你要把蒙伦的史诗编成舞剧用这条野性的大河淹没城市的轻浮。当然你也要去看望你的母亲，在记忆里她像河一样古老因此成了河的象征。你很久没有回来啦。你终于回来了并且是走着进山的。她看到河湾里出现一座寨门。牛脊山雄伟的峰脊像座金字塔，耸立在山寨褐色背景上。

二

五十五岁的母亲立在石门下看河。河在上涨，水光斑驳，回流声如挽歌呜咽，飘浮在五百里群山之中。母亲一动不动，身躯支撑着将倾的石门，像一根石柱。她身后站着一群祭河老人。一缕火光在夕阳里静静焚烧。山风把纸钱的灰迹吹下峡谷。远远地，一支唢呐吹着葬礼曲牌，有人单调地吟唱着什么。

女艺术家沿着石阶一步步走上山寨。看到石门下祭河母亲的时候，她忆起了那部美丽而浪漫的故事。当年族长的女儿曾爱上一个外族少年，要为他生养孩子。牛脊山洞里的神圣的情爱产生了一个混血生命，族谱因此留下了惊人一笔。这便是你的来由。二十年前，这个谜也似的故事曾诱惑你走向山外，去寻找白马少年的踪迹。后来你看到一幕河的葬礼，你相信那故事已结束在高耸的悬棺里。母亲早已不是你幻想中的山野少女，但仍然高贵漂亮，身体结实得像口铁锅，这是河的赐予。

母亲怀着身孕，肚子膨胀得像个皮球，祭河时便优雅地波动。并不奇怪这样的事情。有个叫岜的男人赢得了她，母亲又要为他生孩子。五十五岁的生命仍旺盛如火，这是你望尘莫及的。

她来到母亲身边。她喊："阿母！"

母亲从仪式的静穆中醒来，看清了远到的女儿。她知道这个河的孩子会赶回来，和族人一起唱河的挽歌。母亲把一捧纸钱交给她，指指河，她便把纸钱投入火中。这时，她觉得自己成了族人一员。

山寨骚动在大迁移前的氛围里。

八天来总是刮风，从云贵高原南下的寒潮把红土吹得纷纷扬扬，满天飘洒，山顶上的乌桕古树发出沉痛的哀鸣。从省城里来的艺术家躺在那间熟悉的麻栏①里，横竖睡不着。几天里，她和母亲一块奔走在族人之间，筹办迁移前的诸项事宜，与族人一同体会着丧失故土的痛苦。虽然政府重视移民问题，各项损失均已得到补偿。国家还施行开发性移民计划，将引导水库区人民从事湖泊养殖、高山种植、水上航运等多种经营活动，一切都细致周到，却还是抹不去一股浓重的乡愁。毕竟是生息过几千年的土地；毕竟是葬埋过先民遗骨的家园啊；毕竟在这里播种过辛苦收获过欢乐。贫瘠的日子孕育了伟大的梦境，于是有嘹歌勒脚歌哭嫁歌卜牙歌，有铜鼓崖棺羽人纹饰崖画图腾。然而转眼间这一切都要葬入河底了。你千里迢迢来寻找它，却看到它的消亡。你几乎不能接受。她时常来到乌桕树下徘徊思索，拾起飘落的叶片。她要把这块土地即将消失的历史保留在艺术里。

山寨里传来铜鼓的打击声，那是师公班的老人们在演习鼓谱，为牛魂节的到来做准备。因为是在故土上的最后一个节日，届时上游五岭十八寨的族人都要赶来参加，势必要过得隆重些。一面珍藏在山洞里的羽人纹铜鼓已经取出来，供在神台上。母亲让人用酒洗去锈斑，露出被岁月腐蚀的图腾纹饰。师公们在鼓点的打击声中且歌且舞，歌颂祖先开河的业绩。这时候，山寨里有人开始拆房子了。有人开始整理行装了。有人正在宰杀公鸡，要饱餐一顿。用山谷酿成的好酒从坛里倾倒出来，分在许多碗里，连初生的婴儿也有一份。年轻的姑娘在收拾东西的时候，考虑着迁居的地方临近县城，那么花帕头巾也许没有用了吧？该像城里人

---

① 麻栏：广西山区的一种住房。分两层，上层住人，下层圈养牲畜。

那样把头发烫卷，或者扎个辫子什么的。但头帕还是舍不得扔了，又悄悄塞到包裹的底层。老人是要把一切破旧的都带上，什么碗呀，筷呀，壶呀，缺了一角的铁锅呀，用过几代人的水烟筒呀，以至神台铜斧牛刀等，这会引起儿辈们的反对，于是便有一番争吵。争吵的声音渐渐被焦灼的鼓点敲打得狂暴起来。等到黄昏降临，山寨突然变得安静了。人人纷纷走出麻栏，汇集到寨门下等待着。几个背牛角的后生爬上牛脊山顶，背朝落日，举起号角。一阵沉郁的号音响过后，红日西下，那个最后的节日便踏着角音披着暮色从五百里山原里缓缓走来。

牛魂节的号角吹响的时候，五十五岁的母亲临产了。

她永远不会忘记那个晚上的事情。那是她所经历过的最辉煌的一夜。她是在那个晚上真正认识母亲的。她通过母亲重新认识了那条河。后来她把全部感受都注入舞剧《红河图腾》的编排中。她找到了一条贯串蒙伦史诗的精神链条，完成了一条河的塑造。

那个晚上是酱红色的

记忆深处有一堆闪烁的火光

还有一只正在绞杀蝙蝠的红蜘蛛

三

她蹲在麻栏中央的火塘边，把一口铜锅架到火上为阿妈煮粥。她猫着腰用一节竹筒呼哧呼哧地吹火，脸上浮动着暗红的光影。透过柴烟，她看到一小块浓缩的红得滴血的天空。蝙蝠的影子在暮色里翻飞，牛脊山浓重的阴影覆盖过来。河滩那边，从上游各寨赶来过节的山民正在会集，火把烧红了大半个天空。鼓声穿透暮色时断时续地传来，牛角的余韵被风吹得悠悠长长。她嗅到苦涩的艾草气味，呛得直咳嗽。有股不安的情绪在心底游动。

从黄昏开始，母亲已进入产程。与母亲这个家族有关的亲属全赶来了。在族人的观念里，重要人物的生产是一种征兆，正赶上大迁移前夜，孩子便意味着迁移后的前途。因此产前的仪式十分隆重。先是一只公鸡被宰杀，提进产房，滴血淋个红圈，驱赶邪气。四个高大的女人把铜鼓抬进来，放置在红圈里，又用艾草熏跑屋内的蚊虫。这时有人通报："产婆婆来了。"话音才落，婆婆已经进到里边。她是个极强壮的老人，一辈子接生过无数婴儿。婆婆走到产妇面前，听听胎音，说了几句安慰的话，便开始用铜盆净手，把产具一件件过火消毒。女人们这时全围上来，坐在产房门口唱怀胎歌，从一月唱到十月。歌毕，产妇被拥簇着进入产房，开始了她的受难时辰。

男人们这时候全候在楼下，焦急地往山里眺望。那个叫岜的男人没有赶到（在山里，有一片果园，岜日夜守护在那里。岜等过阿妈四十年，阿妈用孩子来回报他）。

……她听到阿妈的呻吟声从产房里传来，开始时很弱，很远，像干燥的沙漠风吹过荒原。火苗噼啪爆花，眼前一片惊颤的光亮。她坐在火塘边，用木臼搅动锅里的米粥，游丝似的思绪在呻吟声里漂泊，不安的预兆像是遥远的夜色弥漫过来一点点浸入肤肌。好冷。她打着寒噤。她身边围着一群沉默的老人，如同风化的岩石伫立不动，微弱的喘息若有若无……呻吟声渐渐增大起来，尾音颤动，拖得很长，似乎卡在喉里，欲吐不出；突又冲起一声野唱，仿佛撕裂了什么。她感到腹部一阵紧缩，手臂上涌起密密麻麻的鸡皮疙瘩。她觉得那叫声尖利刺激咬得人难受。你想逃避扔掉它却做不到。叫声像一只鹰爪抓住你刺穿你直抓到心尖上来。恍惚间她感到自己也生产，与母亲同步体验着孕育生命的快感，但她承受不住那痛楚的呼号脸色变得如纸苍白。一个妇人把槟榔递过来，说："咬！"她咬住，尽量不使自己叫出声来。那只火蜘蛛突然出现在视觉里，它倒挂在屋顶中央伸展八脚躯体呈琥珀色，须爪映着火光毛茸茸地蠕动。一只蝙蝠从窗外飞入，撞到网上，发出尖利的叫声，蜘蛛迅速爬过来，咬住猎物扭转身躯吐出一串晶亮的水丝。蜘蛛和蝙蝠在产妇急促的叫喊声里展开搏杀；水丝层层覆盖，像一片白雾越裹越浓，被白雾缠绕的蝙蝠费劲地挣扎黏糊糊地弹动。她觉得有一股难以忍受的力量在白雾里滚翻膨胀，就像地底的岩浆冲击地壳快要喷射出来了！她终于受不住了，扔掉木臼喊叫一声冲向门外。这时，她听到阿妈的叫声突然中断，接生婆婆像风一样从产房刮出来。

婆婆伏在火塘边大口吐唾沫，吐得很响，像是要把整个心肺都喷射出来。火苗被吹吐得倾斜动荡，忽暗忽明。女人们猜想情况不好，围拢过来。婆婆"嘻"一声，连连摇头，大喊要酒。有人递上葫芦，婆婆仰起脖子喝出一串浑浊的喉音。喝过酒的婆婆镇定下来，喘口气，把脚一跺，说：

"举火！"

女人们应声站起，抽出火塘里燃烧的木柴向产房走去。在一阵慌乱的足音里，她觉得被人撞了一下，跌跌撞撞地扑向产房，就在门帘掀开的瞬间，她看到眼前血光四射，血腥气味朝她扑涌而来……

暗哑潮湿的鼓声从那河的底部如歌升起，绛色帷幕缓缓绽裂，一片混沌未开的史前景象直逼过来。亚热带丛林潮湿的气味鼓胀了剧场的整个空间——一个象征河流的人体匍匐在绵绵起伏的红土之上。

图腾之舞缓缓展开，鼓声敲开尘封锈锁的岁月，讲述着土地的古老，讲述着绵绵不断的河流走向。史前岁月裹着兽血踏着荆棘朝你走来。朝着你——那个拉玛古猿①坐在四百万年前的山脊上，古猿用颀长的前肢支撑地面，匍匐跳跃，朝谷底的大河跌撞奔跑，摇晃的身躯在行走中渐渐舒展，终于直立起来，迈出了走向人类文明卓越的一步！……鼓声如歌行进。元谋人钻石的火光照亮荒原，石器的打击声荒凉遥远。稚拙的动律把你带回洞穴深处，熟肉裹着焦糊气味亲切诱人……近了……更近了……转眼间青铜时代又踏着鼓声降临：杀戮的吼叫，血腥的征战，部落的并吞；人类在野蛮中进步，文化在残杀中汇流，人种在杂交中强壮。青铜之舞亢奋激昂如河涌动，推着日月星辰向前奔腾，似要冲开一切阻碍，却又被重重大山堵塞迂回。渴望和迟疑的双重主题交替出现，把舞剧推到了高潮。

---

① 拉玛猿化石出土在云南省禄丰县境内，据考证为四百万年左右的古生物，被认为是人类的直系祖先。

突然出现的童声合唱仿佛从天而降，像一朵金色的云彩覆盖下来——童年的人类散落在大山里了。一个个部落错杂相间，撒布在山坳水弄。他们刀耕火种，渔猎为生，却不屈不挠，生息繁衍。象征河流的女人扩展双膀，曲肢站立，仿佛一个图腾形象升起在那颗红色球体之上。动律的支点移到腹部和胸部，扭曲拧动，左右旋转。大幅度的旋转裹着跨世纪旋风把一个个巨大的问号抛撒下来——呀！——呀！——呀！——童声凄厉，如诉如泣，是土地阵疼的呻吟吗？是人类生存的喘息吗？是母亲临产的呼号吗？剧场被震动了，摇撼了……

　　如烛光摇曳初日升腾兽血扬洒，那辉煌的火把照亮了潮湿黑暗的产房四壁。她迎着火光一步步靠近难产的母亲，她觉得眼底是一尊受难的神像：母亲站立在产房中央，双手攀住两道麻绳，大叉双腿做蛇状扭动——这是立产。她看到母亲面孔痉挛，五官错位，眼眸冶炼痛苦，通身暴涨的血脉如河汉水网。接生婆婆跪在地上，把一辈子吃山谷喝米酒聚集的力量推到掌心，压住母亲的腹部反复推揉。婆婆喊：“嗨！”婆婆又喊：“嗨！嗨！”母亲随声伏仰，激情喊叫，乱发如火苗飞舞，下垂的双乳醉意地荡漾。喊声烧红屋顶的白雾，蜘蛛蝙蝠便在红雾里拼杀。生的渴望挣破雾障，浓雾深处闪出一只潮湿的翅膀。蝙蝠开始反扑；它用翅膀拍打蜘蛛驱赶死亡的阴影；蜘蛛打着斛斗跌落下去，接着又爬回网上重新开始绞杀……女人们这时全涌上来，把住产妇下肢用劲撕开，露出壮丽的宫壁。宫壁如火如荼，喷射血流；婆婆的双眸被血光照亮流光溢彩。血腥气味弥漫升腾越来越浓直进入人的肺腑……她不敢正视这幕沐血图景，像只吓瘫的兔子躲在母亲的身影里栗栗发抖。

　　那孩子正经历着苦难历程，他挤压在岩石的裂缝里拳打脚踢。眼前是一条黑暗漫长的迷宫，没有开始也没有终结。母亲的心脏沉沉搏动，像围猎的鼓声忽弱忽强。迷宫四壁响起奔兽的蹄音。孩子幻想自己是个猎手，他射出一只金箭追逐光明。很远的地方有河的声响有人语喧哗，孩子知道那是要去的地方他渴望着；孩子的勇气正在升起升起他要做个勇敢的猎人不负妈妈的希望。“我来啦！”孩子哑声大喊，一脚踢开岩石；光亮从脚下涌起，第一阵人间的吵闹在趾尖上掠过——接生婆婆愕然抬头，她看到那只猎人的小脚在产妇的腹下得意地弹动。

"倒胎！"婆婆惊叫一声。

喊声冲出产房，惊吓了外边的人群。刹那间麻栏里外伏倒一片背脊，像狂风里倾倒的茅草。女人们屁股朝天，伏仰头颅面对神台叩头不迭。那时节她手足无措，早已惊骇得麻木了。恐惧的念头在脑中飞快闪过。她想阿妈要死了！她看到蝙蝠已经不动，蜘蛛的阴影覆盖下来……她突然扑向母亲，放声大哭。

接生婆婆勃然大怒，上前踢她一脚，招呼女人们过来把她架到一旁。婆婆跪在火边，取出产剪在火上烧烤，喷一口烧酒，剪口立即蹿起淡蓝的火苗。婆婆喊："抬鼓！"女人们迅速把鼓抬来，推到产妇腿下。婆婆在倒置的鼓腹内撒下白米，转身摇动铜鼓。婆婆唱道："生在米堆里的娃仔有得吃呀，益！落进神鼓的娃仔得神保佑，益！"女人们齐唱："益！益！"婆婆边唱边摇举起剪刀逼近产妇。剪子伸向宫口咬住肉壁轰然炸响，母亲喊出一声悠长的牧歌：

噢……
红水河在母亲腹下流淌
母亲在红水河里流淌
像出浴的女神沐浴血浪华美芬芳！

母亲沿着绳索向上攀缘，昏厥的灵魂在牧歌声里飞升，她听剑神圣的音韵在天际回绕；她看到羽人的翅膀连成白云——一个老妇人推开木窗，指点窗外的河滩，牛魂节狂欢涌动的人潮突然出现在视野里，跳神的师公踩着花灯舞步打着铜鼓正朝母亲走来，一排排铳枪朝天勃起喷射火花。峡谷里火把重重叠叠，铺开一幅浩荡火景。山川立时绯红，峰顶像火炬举向火空。创世神的幻象出现在天际，金葫芦的神光照彻渊谷——在这个辉煌的时刻，母亲突然记起她的小猎人还在黑暗的洞穴里奋斗不止，她听到孩子快要窒息的残喘。她要帮助她的小猎人走出迷宫看到这幕辉煌图景——孩子你沉住气沉住气抱住那只射向光明的金箭不要松手，你飞过大河飞过天空飞向鼓声，孩子你听到了吗看到了吗过来了吗？——妈妈我看到羽人的凤冠飘飘洒洒还有精灵般响亮的歌唱。那地方真美真美我好想去可我快没力气啦。我的手在打抖险些松开好险好险。可我想着妈妈的嘱托我不松手不松手我要做妈妈的骄傲。妈妈你帮帮我帮帮我呀我快不行啦。你看那只黑色的老鹰正向我追来要把我抓回黑暗的洞穴。妈妈你看老鹰用爪子抓我用铁嘴啄我我受伤啦身上淌血皮肉开裂血迹斑斑好疼好疼。妈妈救我！——孩子你别怕千万别怕，我在孕育你的时候已把勇气给你把智慧给你。你快把箭头对准妖鹰把它杀死。你看天界的金葫芦已经放光你的祖先在看着你呢看着我们勇敢的猎手。你要生存就该搏杀就该勇猛该像你的父亲。你的父亲曾用双手拤死豹子曾用牛刀开垦荒坡他是一个真正的男人。孩子你父亲可走在回家的路上举着火把背着猎枪等待拥抱他的太阳。你看那妖鹰已经发抖快杀死它别让它逃走。你把箭头对准鹰喉刺杀进去。你闻到血腥气味不要呕吐那是怯弱。你把腥味吸进肺腑吸进血液吸进灵魂。孩子加把劲再加把劲你快要赢啦。你看妖鹰已经摇晃已经跌落像一片乌云——呀！它死啦妈妈它死啦我活着过来啦。我脚下是人间吗是土地吗妈妈你的土地好柔软我快活得发抖。可我想哭真想哭我能哭吗妈妈？现在你哭吧孩子你是勇敢的猎手无愧于祖先你的哭声是妈妈的骄傲。妈妈你等着吧等着听你的骄傲——

"哇！……"

麻栏里外顿时响起欢腾的叫喊。匍匐的背脊纷纷弹起，难以形容的喜悦膨胀了产房。接生婆婆捧着哭喊的太阳举过头顶，指尖滴淌太阳的溶液。哇！——哇！——哇！——孩子勇敢地哭喊，射出一道道金箭。婆婆感到眼睛灼痛不禁老泪纵横。女人们冲出产房，奔走相告，互相祝福，感谢祖先赐给我族光明又赐给希望。这时楼下响起男人的叫喊，那个叫岜的父亲已从遥远的山里赶回，他听到了太阳的歌唱。他一头扎进产房捧起他的太阳快活地大笑。他说孩子你真行你来了比你阿爸走得还快。你是风你是云你是小太阳腹下还挂有金葫芦嘿！他扔掉猎枪亲吻孩子身上的血污使劲亲吻，雄性的泪水滴入母亲的红河发出滋滋的声响。

阳光推开麻栏的木窗流泻进来，抚摸我们的母亲绯红的身体。母亲骄傲地仰起头颅承受阳光，化成一尊不朽的雕像。

四

女艺术家徘徊在红河边，脚下是铺天盖地的浪涛。她带着无限怅惘的心情巡视正在沉沦的土地，她听到大迁移的号角声已经吹响，火把在角声里从千峰万崾的皱褶里流淌出来，汇成一条火河，沿山脉走向行进。中国南方的天空被火光照亮。她看到那个叫邑的父亲走在火河前列，挥动牛刀砍杀荆棘，腰上挂着大神的葫芦。怀抱婴儿的母亲紧跟在后边。火光迷离，人影绰绰，迁移的队伍仓促而杂乱，猪的叫声，羊的蹄声，鸡、鸭、鹅的吵闹混杂在铃声里行成交响。她追赶队伍爬上牛脊山顶，她看到火河化成一丝血脉迂回于山原之间——血脉弯弯曲曲，不时眷恋回首，既而继续前行。大地向东南方倾斜下去，大地尽头泛起幽蓝的光，那是海。火河正朝海的方向流去……她被这史诗般宏伟的变迁激动了，泪水纷纷滚落下来。

山顶上那棵乌桕古树开始焚烧——

火从古树的根部展开，沿树干向上蔓延，秋季的大风推助火势，刮起呼啦啦的吼声。错杂的根须在火舌的舔食中痛苦扭曲，树干一节节断裂，枝丫纷纷爆花。火的膀臂呼啸雀跃拥抱树冠，血红的叶片在火光里爆开笑声；每一片叶子便是一个古歌，古歌的灰迹漫天飘舞。崖壁烧着啦，石块亮得打闪，岩浆滴淌红色泪滴。那棵传说的大树终于在大火中崩溃，倾倒下去，发出轰然巨响。大风把灰迹吹卷起来，向河中倾撒，河水把灰迹带到下游又带到南海，洋面覆盖了一层黑色潮流。这些灰迹证实了上游一个神话时代的结束。

红水河成了红水湖。

│ **文学史评论** │

最早获得文化自觉的梅帅元，也写出了颇具分量的中篇小说《红水河》。

小说分三章。第一章《截流·红水河葬礼》以红水河龙滩电站总工程师为主人公。总工程师数十年前曾经怀着工业救国的梦想考察红水河，被土匪劫持后幸免于难，与牛脊山土族族长的女儿小河女有了情爱关系，并在牛脊山洞里让小河女有了身孕，之后总工程师离开了小河女。数十年后，总工程师设计的红水河电站开始截流蓄水，五百里的牛脊山区域将被淹没。总工程师已经到了弥留之际，他来到红水河电站，看看自己设计的大坝变成现实的关键一幕，在激动人心的时刻，总工程师离开人世，他被安放在合扣着的独木舟里，按古骆越葬俗，木棺被悬挂在岩壁上。第二章《牛市·蒙伦古歌》写牛脊山地区即将淹没，传统的农业生产方式面临结束，一位怪老头出现在圩场上，打算卖掉一头九齿牛。牛经说九齿牛为牛王。结果是十多个年轻小伙子合力也无法征服牛王，怪老头终于理解了牛王的意思，改变了卖牛的想法，杀了牛王，让牛王做了祭祖的献礼。第三章《大迁移·图腾之舞》以族长女儿小河女以及她与总工程师生下的女儿——女艺术家为主人公。当年的小河女、如今的母亲已经五十五岁，又有了身孕，即将生产。女艺术家回红水河看望母亲并打算创作一部红水河题材的舞剧。在牛魂节的号角吹响的时刻，五十五岁的母亲临产了，女艺术家也找到了一条贯串蒙伦史诗的精神链条，获得了舞剧《红河图腾》的创意构想。

这个小说将壮族的神话传说与壮族的现实生活做了有机的联系。红水河创世神话与红水河电站的修建、红水河壮族生命的诞生与现代艺术作品的创作有了对应的关系。这种自然、历史、现实、艺术的多重融合，使小说获得了复合的情感内涵。

梅帅元的小说兼得广西两条重要河流红水河和漓江的滋养。红水河给予梅帅元小说强烈的时代感。这种时代感表现为现代化对古老深厚的传统生活深刻的影响。梅帅元的红水河小说具有雄浑的史诗风格，浓墨重彩，立意宏深，境界壮阔。

漓江给予梅帅元的小说深刻的人生感悟。如果说梅帅元的红水河小说主要是表现社会动荡的一面，那么，他的漓江小说则倾向于表现人生恒常的一面，在风格上接近抒情诗，色彩淡雅，韵味绵远，意境隽永。

　　——黄伟林：《百越境界》，收入刘硕良主编《广西现代文化史》第三卷，广西师范大学出版社，2016，第46—47页

| 创作评论 |

　　就梅帅元来说，如果安于现状，恪守本分，也就不会去舞文弄墨，不会去自找许多困难和苦恼；那么，也就不会如今天这样取得文学创作的成果。同样的道理，以这样的个性进行文学创作，迫切需要的自然不会是如何把客观对象忠实地再现，而是如何把主体的情感、愿望、见解、想象等生动地展示。在写作过程中，自然也不会谨慎地踏着前人脚印走，不会拘泥于某些经验的指导或理论的规范，不会给自己背上不必要背、实际上也背不动的包袱——如以生活的指导者自居，把写出的每一篇文学作品都当作是给生活中的困惑开出的一帖药方，或指引的一段坦途之类。他让自己那作为审美主体的艺术情感在生活莽原中"流浪"，在民风民俗中浸润，在想象和联想中升华；然后，把这一切记录下来，成了如今这些具有较高审美品位、闪烁着艺术独创性光彩的小说、剧本。这种创作方式和这些成果，岂不是"潇洒"的生动注脚？

　　——江建文：《追求文学中的浪漫主义——评梅帅元的小说创作》，《南方文坛》1993年第6期

| 作品点评 |

　　总之，在《红水河》中作者运用的是另外一种写法，一种更直接地抒写情感，更有力地强化内心矛盾，更接近与更好地再现古代民俗与风情的写法。如为了强化某些紧张的情绪或某些戏剧性场面，为了渲染某种既古朴又热烈的气氛，作者在语句结构、标点运用等方面下功夫，以造成不同的缓急效果，形成不同的

节奏。有的段落全段未加一个标点，读来虽有些吃力，但确有一种紧张、热烈的韵味和情绪。

这种写法同样能创作出一些动人的情节和场面。如总工程师不平常的经历，与红水河，与河畔的古老民族以及他们古老文化结下的不解之缘，都写得相当动人。尽管有象征意义，仍不失为一个有血有肉的形象而不仅仅是一个艺术符号或文化符号。又如对母亲生育过程的描写，把生育过程中种种带上落后时代烙印和民俗特色的具体操作做详细描绘，痛苦、惊恐、悲壮、坚强，相当动人。难得的是既生动、具体又不失美丽、高雅，达到较高的艺术美的水准。

——江建文：《追求文学中的浪漫主义——评梅帅元的小说创作》，《南方文坛》1993 年第 6 期

同心爱者不能分手

林白

同心爱者不能分手

这是一部苏联电影的片名，一个名叫阿尔费罗娃的女演员主演，我在报上看到了她的照片，这使我马上想到了另一个女人，我不知道为什么一下想到了她，其实她跟阿尔费罗娃毫无共同之处，多年来我已经有点把她忘记了，但我还是一下就想起了她。

那时候在沙街暗黄色的木楼和土灰色的砖房前，像开花似的出现的这个女人，她的脸像她身上穿的月白色绸衣一样白，闪亮的黑绸阳伞在她的头顶反射出幽蓝刺眼的斜光，随着她的腰身一扭一扭，黑绸阳伞左一闪右一闪，妖冶而动人，那个月白色绸衣的女人在阳伞下只露出小半的脸，下巴像一瓣丰满的玉兰花。二十年来我极力回避这个形象，就像我每次路过太平间都极力不扭头

作者简介

林白（1958—），原名林白薇，广西北流人，现居北京，被誉为中国"女性主义文学"重要作家之一。毕业于武汉大学。1970年代开始写作，先诗歌，后小说，主要作品有长篇小说《一个人的战争》《万物花开》《妇女闲聊录》《北去来辞》等，中短篇小说集《玫瑰过道》《子弹穿过苹果》《同心爱者不能分手》《致命的飞翔》等，散文集《丝绸与岁月》，诗集《过程》等。有《林白文集》四卷。《妇女闲聊录》获华语文学传媒大奖年度小说家奖。《北去来辞》获十月文学奖，《当代》年度长篇小说五佳，新浪中国好书榜年度十大好书、第三届人民文学长篇小说双年奖、第五届老舍文学奖。曾获首届及第三届中国女性文学奖和第九届茅盾文学奖提名奖。曾进驻香港浸会大学国际作家工作坊短期工作。有日、韩、意、法、英文等文字的长篇和中篇单行本出版。

作品信息

原载《上海文学》1989年第10期，江苏文艺出版社1997年出版。

看那扇门一样，

这个女人后来突然消失了，没有人知道她去了哪里，是否还活着。她在沙街上住过的那幢奇怪的楼也已经荡然无存，似乎是毁于一次大火。那地方后来成了防疫站，常年飘荡着预防流感药水的气味，在有太阳的晴朗日子里，沙街各家的门口晾满了床单，一片淡红粉绿，但是没有了那个穿月白色绸衣的女人在她的黑色阳伞下伸出洁白姣好的下巴，于是满街的淡红粉绿终于寂寂寞寞，无以衬托了。

当时我十三岁。我十九岁以前一直住在沙街，我家跟那个神秘女人的房子隔大半条街，因此我看到她的机会并不多。事实上在她消失之前的两三年她就已经闭门不出，成天龟缩在她那幢半砖半木的小楼里，很少有人看见她。她在阳光下打着阳伞的形象就像一部早已放过的电影，在人们的记忆中变得日益模糊虚幻。

我更多看到的是那条狗。狗是一种无法回避的动物，所以我总要一再地提到它们。这条狗在我的记忆中是如此清晰，简直伸手可及，以至于那个女人在我的臆想中因为有了这条真实的狗，她的一切举动也都变得清晰可辨了。

这狗是条非常干净的狗，干净得就像有洁癖的老处女，它在夏天的时候有时一天洗三次澡，并撒上爽身粉，这条干净无比的狗名叫吉。穿月白色绸衣的女人在常年垂着窗帘的幽暗房间里突然喊道：吉。吉就像猫一样前蹄一跃扑到女人的怀里。吉的喘息声一开一合放射出半透明的雾气，在它身后的一面年深月久的落地镜中，女人看到自己抚摸着吉的毛发。吉的每一根毛部经得起严格的挑剔，像经过处理的皮子，甚至闻不到肉体的气味。那时候吉还非常小，还没长出像样的牙，女人常常把它的嘴掰开，仔细看它的口腔，她小心地用手指轻轻掠吉的牙床，它确实没长出牙齿，它的口腔像婴儿一样。女人从落地镜的深处再一次凝望，她说：吉。

吉后来长了牙，女人很平静地观察这颗白玉般的牙蕾，它一天天地长出来，在粉红色的牙床上可爱地探头探脑。但是总会有一天，那女人觉得这狗牙够长了，她就让哑巴姑娘上街买来几根冰棍，然后把门关上，她说：吉，你来。她把吉的嘴掰开，冷不防地把冰棍塞进吉的嘴里，她抚摸吉的毛安慰它，但这并不妨碍她用一些锋利的工具将吉的新牙连根拔出来。吉一直吃的是米糊，它没有发现失去了牙齿有什么不便。白绸衣女人连续几年不懈地给吉拔牙，这使吉在很长的一段时间里没有牙齿，它的口腔光滑、柔软、洁净，粉红色的舌头湿漉漉地颤动着，在幽暗的房间里静静地发出微弱的光亮。女人渐渐感觉不到街上走过的板车辘辘的声音，她在镜子里看到自己玉白的脸闪着同样的亮光，她的眼睛柔情四溢。天很快就黑了。

年轻的男教师在星期四的下午家访时间第一次来到沙街，他在街口碰到那个哑巴姑娘，当时她正由女主人派遣准备到沙街与火烧街的连接处买几根冰棍。

他问：沙街是往这走吗？哑女受惊地一抖身子，已经很久没人跟她讲过话了，她抬起眼睛看这个能发出好听声音的年轻男人，觉得他干净得就像吉。男教师看到哑女发愣，就又重复了一遍。哑女像她往常所做的一样，爆发性地发出几声惊天动地的呀咿声，同时把眼白翻了出来，像是要拼命把话讲下去，却因为来不及换气而中断了，她气喘吁吁印堂发亮，男教师吓了一跳。他定了一下神，说：你是一个奇怪的女孩。

那天男教师没有看见那个穿月白绸衣的女人。当时他走进沙街尽头一家船民搭的棚屋里，访问了全班最差生的母亲，这是他早年充满朝气的蓬勃生命中极为平常的一天。而那个女人，正穿着她无数件月白色绸衣中的一件，把刚刚洗过澡的吉裹在干爽的大毛巾里，等着哑姑娘买回冰棍，然后给吉拔去新长出来的一颗牙齿。她抚摸着吉粉红色的牙床，手指在那颗硬邦邦的新牙上来回挫动，她不知道窗外有谁在走过。

也就是说，人已到齐，但故事尚未开始。那个当年十三岁的少女，此刻正坐在一个远方城市的窗前，点燃两根蜡烛，现在已经到了经常停电的年头。

厕所与女孩

后来我认识了一个奇怪的女孩，她只有十九岁，我比她大整整一轮，也就是说，我跟她都属狗而且都属摩羯星座。她发现这一点的时候就决定把她刚用了两次的法国口红送给我，她认为我用这种口红会富于异国情调，像个马来西亚女子。

这女孩有个可爱得让人不敢相信的名字，叫都噜，她说她姓的正是那个首都的都，因为老家是山东，所以叫鲁，又因为是女孩，得可爱一点，于是就都噜了，就像葡萄长在架上一嘟噜一嘟噜的。她爷爷说，这个姓的祖先是春秋时的美男子，很得宠，后来因为妒火中烧，放暗箭射死了他的对手，后来自己死于精神错乱。

我跟都噜相识在一个公共厕所里，因此注定了认识的只能是不同凡响的女孩，但这并不是说不同凡响的女孩都爱在公共厕所里认识人，也不是说我这人爱在厕所尤其是公共厕所里东张西望，这不可能是我的作风。

总之那天我有点衣衫褴褛，我穿着洗得很白因而显得破旧的背带牛仔裙，里面是一件洗得发疲的洗水布衬衣，应该说这身打扮还可以，我自己就认为时髦得可以去见男朋友。衣衫褴褛是都噜的说法，她对人的相貌衣着历来只有两种评价，就是"富"或者"穷"。穷就意味着不好看，廉价，是地摊上的货色，而一个有魅力的女人应该使自己显得高贵。都噜直到现在还不能欣赏那种飘零的美，她缺乏这种视角，每当我刻意把自己打扮成那样的时候，都噜就说：你破破烂烂的真把自己糟蹋了。

我想我不能把"飘零之美"这个词告诉她，就让她永远停留在贫与富这两个狭窄的概念上，这一来我马上获得了多年前将某道几何题的解法藏在心里的那种快感。

还是回到厕所里。厕所在电影院旁边，因为正在上映《摇滚青年》，所以红男绿女来了不少。厕所也就有点拥挤，每个坑都满了，我进去看了一眼就逃到了门口外面。这时我发现门口边上站了一个女孩，她正对着厕所门口，她看见我出来就赶紧跑进去，结果发现厕所里还是满的，她皱着鼻子重新站在了厕所门口。这个女孩就是都噜。

其实那天我就是去会男朋友的，我想跟他一块去看电影。我不止一次地说过，我生平最大的愿望就是跟一个自己喜欢的男人一块去看电影，我对幸福的理解也仅限于此。我对独自一个人去看电影已经厌倦透了，所以很容易就产生了这一平庸理想，这不怪我，换了别的女人也会如此。还有一个办法，就像治感冒有多种办法一样，这世界总会把另一种办法制造出来，这就是，没有男朋友干脆不去看电影。

不去看电影独自在幽暗的室内穿衣镜反射出唯一的亮光夜色四合那只名叫吉的狗正张开光滑的嘴露出粉红湿润的舌头这样很快就会变成那个穿月白色绸衣的女人。

下午：屋子里面和外面

吉是一条母狗，除了在发情的时候因骚动不安被女主人关在一间空着的小黑屋的日子以外，其余的时间安静文雅，温柔可爱，一尘不染。

从进入这所寂静幽黑的房子里的第一天起，吉就意识到它的使命绝不是看守门户，因此即使是女主人也从未听过它的吠叫声，她无数遍听过吉的呜咽声和呻吟声，能根据其中长短轻重的不同从而准确无误地分辨出这些声音的不同含义。总之吉是一条非常聪明的狗，现在这么聪明的狗已经见不着了。

没有人会想到吉有一天会发疯，后来我想吉发疯的根源在于它太聪明，正如人类中的天才常常容易发疯或被当成发疯一样，吉是狗类中的天才，而天才是可贵的。

穿月白色绸衣的女主人后来常常做同一个可怕的梦，梦见吉柔软粉红的牙床上长出两根鲜红似血的牙齿，牙齿迅速长长像树一样，而嫩滑的牙床爬满了老筋。她在半夜醒来，恐怖地看见床对面的大穿衣镜发出淡蓝色的光，整幢楼因为没有了吉而充满了令人不安的陌生感。这些都是后话。

年轻的男教师再一次去沙街家访的时候在那幢常年关着门的房子前看到了哑姑娘，她正抱着一匹雪白得像天使的狗。男教师呆立在街心，觉得自己看到了一幅外国的风景画，充满了暗黄和土灰的沙街能出现一匹如此干净的狗，这不能说不是一个奇迹，男教师暂时忘了那个伤脑筋的捣蛋学生，他朝这条狗走去。

当然不可能有人告诉他日后这条像天使似的狗将咬断他左手的食指，它为此长出牙来，到死也想着把他的脖子咬断，这是一种缘分，仇恨也是一种缘分。充满了不可理喻的玄机。

吉有点无精打采，它对这个陌生人丝毫不感兴趣，每次女主人让它出来晒太阳它都打不起精神，因此男教师朝它蹲下来的时候它有点心烦，禁不住打了一个大哈欠。男教师很奇怪地发现这只狗没有长牙，一个粉红色的洞正对着他，空荡荡的，颗粒细腻的舌头像女人一样。

吉的牙齿是后来才长出来的，女主人病了两个月没去管它，她在出事以后才发现这一点。吉到底因为疯狂而长牙，还是因为长牙才疯狂，没有谁能说得清楚。

哑姑娘抱着狗，目不转睛地看着男教师的脸，她希望他看她，跟她讲话。但他摸着狗的毛，只是稍稍把脸偏过来问：它有多大了？哑姑娘声音喑哑地在喉咙里咕噜了几声。男教师不在意，又问：这狗是在哪里买的？哑姑娘不作声，仍然看着男教师的脸，男教师终于拿眼睛看着她了，他问：这狗是你的吗？

哑姑娘不知为什么突然激动起来，她拼命翻着眼皮，大声啊啊地叫喊着。男教师同时看到这条美丽的狗开始兴奋起来，它像是闻到了一种它最喜欢的气味，它挣脱哑姑娘，跳到地上走来走去，面朝着那扇暗色的门。

男教师听见门背后有个女人唤道：吉，进来。

门开了，在半明半暗的室内光线下，男教师第一次看见了这位常年穿着月白色绸衣的女人。他吃惊地看着她。

都　噜

都噜一有空就问我：你看咱们中国的女演员谁长得最高贵？我说：谁也不高贵。

都噜一听很高兴，说：就是，刘晓庆长得最穷，穷兮兮的。说完她嘴里又嘟嚷着张瑜陈冲龚雪岳红巩俐,把能想起来的都认真想了一遍,最后她说:你觉得潘虹怎么样?她像家里很有钱吗?富不富?

我说:一般吧。

都噜高声喊道:没错!所以中国女演员都不怎么样。

对这样的女孩我能说什么呢?何况她比我小一轮。这并不是说我到了一个非要跟什么人讲讲心里话的阶段,我向来认为与人倾诉是件愚蠢的事情,不管跟谁。但是都噜有一个时期染上了一个毛病,没完没了地跟我讲她的男朋友。都噜一共有三个男朋友,她对这三个人的取舍弄得她心烦意乱,从早到晚犹豫不决,为了不失去他们之中的任何一个,都噜费尽心机玩着高难度的平衡技巧,调虎离山欲擒故纵声东击西瞒天过海,三十六计用了不下十八计。当她确信我对她的三个男朋友从幼儿园起到大学的全部履历以及他们脸上的疙瘩和眉毛的浓淡都清楚以后,就常常满怀希望地望着我,充满了探询和好奇,活像一个求知欲旺盛的中学女生。

当然我不能回应她的提示,我很无辜地望着她,表示我其实并不非要知道她的男朋友什么的。都噜立刻就有点失望,眼看着不想说话了,这毕竟是件让人不痛快的事情,但只不过是不痛快而已。我想再过十二年,都噜到了我这样的年龄她一定会明白,不痛快是件多么微不足道的事情,不痛快只是一粒沙子,生活就是由许多沙子组成的,生活是一盘散沙。我不跟都噜讲这些,时间会把一切都告诉她,就像一阵风,会把地上的沙子扬到天上,然后降落到每个人身上,就是这样。

都噜说我表情如此沉重一看就是一副失恋的样子,所有的男人都不会喜欢一天到晚挂着副失恋面孔的女人,男人希望在女人脸上寻找笑容,女人应该美丽而快乐,要不然要女人干什么呢?这是十九岁的女孩都噜在某日下午吃着冰棍对我说的。

这使我想到了我的男朋友。

现在必须给他取一个代号,这很有必要,因为我既然不愿意告诉都噜他的名字,我就决心坚持到底了。要找到一个独特的符号是件很伤脑筋的事情,ABCD

甲乙丙丁一二三四都太平凡而且很多人用过了，我左思右想终于找到了一个用星座的名称做代号的办法。我男朋友所属的星座是天秤座，因此我决定叫他天秤。

这其实不合适。一个不合适的名字使人感觉虚假，但是不说出名字也同样让人感到虚假，某个人存在而某个人不存在，这常常使人难以判断，你认识他他就是真实的，你不认识他他就是没有的，所以每个人都想出名。这跟爱情不一样，爱情是一件相反的事情，说出来的都像是假的可笑的，不说出来才像真的。

天秤尤其如此。

我想象不出天秤沉浸在爱情中会怎么样，这个时代已经没有人能沉浸在爱情中了，天秤当然也不会。更重要的是天秤是个像样的男人，这一切的结果是我无所适从，有一种强烈的挫败感。

吉与女人的神话

沙街上每一颗石子都冒着热气，像正在炒着的黄豆，发着光，饱含石英的沙质，在阳光下睁着锐利的眼。沙街没有声音，最热的时候总是没有声音。没有声音的沙街令人怀疑。

各家的后门都开着，背带河的风弯弯曲曲吹进房间和天井，湿润而凉爽。女人光着脚，坐在一张竹躺椅上，落地穿衣镜擦得很清晰，镜面溅上了几点水的纹点，像暗花一样装饰着镜子的斜角。女人刚刚化了妆，描了眉毛，鲜红的唇膏艳丽的嘴在镜子里很夺目，女人抱着吉。

香皂的气味从吉微湿的毛丛中散发出来。她一只手搂着它，另一只手在吉身上来回抚弄搓揉。这只手像一条深海动物熟练地游动在海草之间，轻重缓急舒张收缩，充满了韵律的美感。

吉偎贴在女主人的胸前，舒服地缩着身子，它不时地在女主人软软的突起的半圆上蹭几下。它听见她说：吉，你看看我。

吉抬起它淡黄色的美丽眼睛看着女主人，它的眼睛水汪汪的像头小鹿。女人看了看镜子，然后用手指轻轻地拨吉的嘴，吉把嘴张开，口腔干净光滑，没有长出新的牙齿。女人说：乖。

她把脸靠到吉的鼻子上，吉不声不响地舔着女主人。它用舌尖一点点碰着，脂粉在吉粉红的舌头上铺成薄薄的一层，像发白的舌苔，吉努力把它们咽下去。女人闭着眼睛，任吉在她的眼皮上耳垂上和紧闭着的嘴唇上一下一下地舔着，她沉浸在一股异香之中。她的手停在吉的身上。

吉觉得女主人冷落了它，它开始呜咽起来，像小孩撒娇。它朝女人的怀里缩了缩，又冲那软软的半圆蹭了蹭，女人把吉的头按在自己的胸前，柔声地说：吉，吉，你怎么啦？

女人和吉隔着薄薄的一层月白色绸衣紧紧贴在一起，她们一同喘气，她的气息从胸腔里出来拂动了吉颈上的毛。女人感到她的手心开始发热，湿润，湿漉漉。

窗帘低垂。女人解开衣服，她在镜子中看到自己的乳房匀称柔软，小巧可爱。它们像一对受了委屈的苹果，没人理会，孤零零的。女人爱怜地捧着它们，它们没有被吸吮过，没有喂过奶。吉小心地嗅嗅最顶上的那颗微红的头，它受了刺激，激动起来，变得鲜艳、潮湿、发亮，表面的颗粒坚挺鲜明，充满生机。吉感到它一下一下地动荡起来，吉觉得女主人的手正压着它的头，它一下整个地将这柔软的东西含在嘴里了。吉听见女主人无力地呻吟了一声。

自己的羽毛

我爱上天秤将近两个月以后才开始到床上去，这使都噜惊讶无比。都噜说：你太压抑自己了。我觉得问题不在这，关键是即便做爱也无法表明爱情。我知道在一个性泛滥的时代里谈爱情是很虚妄的，但我觉得自己爱天秤爱得要命，我迫不及待地想表明这一点，但又不能跑去跟他说我爱你，这同样是可笑的。

现在已经晚了。

我经常考虑爱情的表达形式这样的问题。做爱本来是爱的最高形式，现在几乎成了最低形式，以此为起点，我跟天秤重新开始互相试探，遮遮掩掩，就像一对心里有意思但尚未挑明的男女。如果我想跟天秤并肩骑一段路的自行车，就得找出合适的理由，比如他要去图书馆借书，我就说我得到社科院去一趟，社科院正好在图书馆的对门。他若来看我，不是说借书就是打听一件不相关的事情，反正总有借口。有一次我去看他，一进门他就问：你干吗来了？我说：没事，来看看你。他脸上马上就有了得意之色，于是我想：我输了一盘。

然后就故意一个星期不去看他，到了第六天下午，天秤头发湿漉漉地跑来了，他往藤椅上一坐，我微笑着注视他的头发，问：你怎么了？他说：做爱了。我说：你自己跟自己做爱吗？他站起来径自往我床上一躺说：我要做爱。那样子就像是说：我要吃饭。这是唯一真实的一次。

我不知道该怎样评价我自己，我有时候认为自己是最后的浪漫主义者，爱一个人爱得稀奇古怪。我热切地盼望天秤尽快流落街头身无分文或者银铛入狱一落千丈，以便让我的爱情显示出真正的价值。但是事实上天秤平步青云事业上一发而不可收，我断定他总有一天会获得巨大成功，正因为这样，我不能在这里写出他是干什么的，这很容易被人猜中他是谁。

这道理很明白，普天下都是一样，如果男人太出色，受罪的必定是女人。事实上出色的男人非常少，尤其在中国，而年轻漂亮的姑娘满街都是，所以吃尽苦头的男孩就比比皆是。

后来都噜有机会详细地看到了天秤的正面和背影，她很迟疑地问我：你说的就是他吗？我说：是他。

关于眼泪

Do you really want to hurt me?

Do you really want to make me cry?

（你真的想伤害我吗？

你真的想让我哭吗?)

一个女人（不是少女），疯狂地爱上了一个男人，结果她发现自己怀孕了，她希望跟这男人结婚，然后把孩子生下来，她对那男人说，她将承担一切责任，她将独自抚养这孩子，一切都不用他管。男人说，他这辈子不打算结婚，更不准备要孩子，他这是真话，一个出色的男人到了三十四岁还不结婚确实是因为他自己不愿意结婚。女人就说，即使不结婚她也要把孩子生下来，她准备承受一切压力，生一个私生子，她说在怀孕的最后几个月她将请一次长假，孩子生下来就交给她母亲，她母亲长期从事妇幼保健工作，一切都没问题，经济上也不用他负担。女人又说，这是她最后一次机会了，她已经三十岁，而且以前她曾经做过两次人流，以后再也不可能有孩子了。

女人以为男人会感激她，会被她的爱情所感动，她希望他抱抱她，摸摸她的头发，然后一切艰难困苦她都可以承受了。她想象着她肚里的孩子一天天长大，长得像她眼前所爱的男人一样。她心里于是充满了一种宁静的柔情。

但是那男人说，如果她一定要把那孩子生下来，那明天就去打结婚报告，然后他将辞职，离开此地，永不回来。女人一听绝望极了，在极度混乱中她唯一关心的就是她还能不能再见到他。她沙哑着喉咙问：你去哪里你告诉我吗？男人说：不告诉。她又问：以后你让孩子看你吗？他说：不让。最后她说：那你留两张照片给我吧。他说：一堆烂肉有什么好看的，你看那个孽种就够了，看我干什么。

女人感到万箭钻心，全身都在疼痛。男人走了以后，她独自一人整整哭了一夜。到天亮的时候她想她宁可失去一切也不能见不到她所爱的人，于是她对前来听她决定的男人说，她这就到医院去，下午就做流产手术，她将不要求结婚，而且在做完手术的十五天她自己照顾自己。

男人如释重负，他问：你需要我做些什么？又说：你现在身体这么差。

这是一个让人难过的故事。这故事发生在 1988 年 12 月。女人去做了人工流产之后常常想念那个在她体内活了四十九天的孩子，她知道，她这辈子再也不会有孩子了，她后悔她没有做出相反的决定，爱情是靠不住的，而孩子才永远是自己的。她神情恍惚地对人说：就跟用刀剜她的心一样。

这个做出了重大牺牲的爱情故事还在继续，我不知道以后会怎么样。

但愿会好。

还有，那个女人不是我。

爱比死残酷

忽然想起一部西德电影，片名就叫《爱比死残酷》，导演是法斯宾德。

电影我没看过，只是看到法斯宾德的有关材料，但片名给我留下了极其深刻的印象。天秤说：爱就是死，就是自虐。这是他的深刻之处。他认为爱情的最完美结局就是婚礼和葬礼同时举行。这使我觉得这辈子都没希望了。

天秤没有跟我讲过他的爱情故事，有一次他跟我讲了个开头，我却像血晕症患者看见血一样一下不舒服起来，连脸色都变了。天秤赶紧打住，后来就再也没有讲起过他跟别的女人的事情，因此天秤在力所能及的范围内还是很体贴的。

天秤穿着短袖衫的时候裸露的手臂上有一串很醒目的圆形疤痕，这些疤痕很像预防天花种的牛痘，五十年代出生的人每人身上都有若干颗，至少一颗。我的牛痘被我妈很别致地种在腿上，因此我的双臂光滑平整。天秤手臂上的圆形疤痕在前臂上，就是在手掌与肘关节之间，而且一共有四颗之多，这些牛痘的位置和数目都让人觉得奇怪。

我抚摸着这些古怪的疤痕，心里有一种隐隐的妒忌，胡乱猜想着许多跟他有关的女人。我说：这像是烟头烫的。他说：是。我说：为了什么？为了爱情吗？他又说：是。我说我明白了，一颗疤意味着一个被打掉的孩子。他说这不对。我说难道还有别的解释吗？我说你把烟头烧红一点，准备烫上第五个伤口吧。他说：确实不是为了这个。

一个女孩一定要跟他好，他不打算跟她好，她说他不跟她好她就要去死，他说你说我怎么办？又不能打她，他对她说：我不能为了你放弃我的自由，为了我去死不值得，世上好男人多得很，你一转身就会碰到。女孩说她只爱他一个人，如果他不爱她，她一定要去死。天秤吸着烟，他把烟头按在自己的手臂上，烫得他的皮肤嗞嗞冒着白烟，他说我没有别的办法，你看着，我受这点皮肉之苦算不了什么，但这会肿起来，会烂，然后留下一个疤，一辈子都去不掉，我今生今世记住你的情分，这总可以了吧。

女孩大哭一场，绝望而走。

好女孩今又在何方？

我有时会想象天秤死于一场交通事故，这是一个恐怖的带自虐性质的想象，我不知道我为什么要想到他的死，事实上想到他死使我摧肝裂胆悲痛欲绝，我到底是更爱他还是更恨他，我自己也弄不明白，抑或是：爱就是恨。不管是哪一种情况都使我想到他的死。

那次我从医院出来，天秤来看我，他说：我会暴死的，我将不得好死。他大概已经明白他自己是个怎样的人了。

因此那女孩及时离开天秤是对的，而且还明智地没有为他去死，尽管那女孩现在可能因为没有爱情而变老发胖、变邋遢。

这样的好女孩非常多，就像坏男人一样多，有多少好女孩就有多少坏男人。坏男人是好女孩纵容出来的。

雨丝般纤细的手

一到下雨我就想起童年。童年像一场透明洁净的雨，落在沙街凹凸不平的地上，形成许多大大小小的窝。站在屋檐下，用手接住瓦漏水，雨水顺着手臂流到胳肢窝，凉凉的湿湿的，禁不住想笑出声来。

下雨除了使我想起沙街的瓦漏水以外，还提醒我关于那个穿月白色绸衣女人的故事。

她在下雨的时候喜欢把窗打开，看雨，那时候她已经认识那位年轻的男教师了。下雨的时候沙街显得平静温柔，轻盈的湿气像指甲花一样徐徐开放，男教师打着一把油纸伞走进沙街，雨点在纸伞上发出"笃笃"的声音，饱满而结实。

男教师把湿淋淋的纸伞放在门口，女人说：吉，你去玩吧。吉狐疑地望望女主人，它走到门口，又溜回来绕着主人的脚边转了一小圈，嘴里哼哼着，平时这个时候，该是女主人跟它一块睡午觉了。

女人说：吉，听话。

男教师走进房间里，在雨天室内的昏暗中他头一眼就看到摆在案桌上的两只鲜红如血的高脚玻璃杯，它们闪着隐隐的光。男教师除了在地区师范念过书还从未去过有高脚酒杯出售的地方，因此他觉得自己有点怯怯的。

女人说：你喝点酒吧，度数很低的。

男教师说：不，我还是先喝点茶。有茶吗？

女人仍然站在窗前，她脸朝着雨，说，你今天要教阿兰（哑姑娘）认字吗？她在楼下，楼下也有茶。

男教师说：我过一会再来。

女人忽然亮着嗓子喊道：吉——，上来！她的声音清亮圆润，有一种华丽之感，男教师不由得想起一张旧唱片。

吉敏捷地跑上楼飞快地进到房间里，它望着女主人，气喘吁吁。女人坐到躺椅上，吉熟练地跳到她怀里，并且用两只前爪攀着女人的肩，它白色的绒毛一抖一抖的。女人柔柔地抚着吉，一边说：吉，咱们喝酒。她端起酒杯啜了一口，把酒含在嘴里唔唔了一阵，吉听懂了是在说：吉，把嘴张开，它就把嘴张开，女人嘴里的酒细细地流到吉的口中。

男教师站起来，说：那我走了。

女人说：你顺便把门带上。她听见他的脚步声湿滞滞地消失在楼下，门响了一下。

她双手拿起两只杯子，嘣地对碰了一下，一仰脖子将其中的一杯一饮而尽，另一杯慢慢地倒进了吉的嘴里。她走近镜子，很近地对着镜子看，镜面即刻就蒙上了一层水汽，她用手绢飞快地擦了擦，镜子里女人毫无表情地望着自己，她脸颊上一道细小的刀痕在脂粉下隐隐约约。她拿手使劲搓这疤痕，搓得皮肤发红，就像是刚被抽了狠狠的一鞭子，红得发肿。

女人慢慢回到躺椅上：吉正缩在椅子中间睡得迷迷糊糊，女人把它抱起来，闻到吉身上散发出浓郁的酒香。

男教师后来还是常常在下雨的时候打着纸伞到沙街的这幢砖木小楼来，多年以后，当他在乡村小学的泥砖房里回想起年轻时候在镇上的日子时，已经说不清当时吸引他的到底是女人还是狗，抑或是哑姑娘还是那幢小巧的楼房。总之男教师为这段经历付出了代价，六十年代末下放到本县最边远的山区公社，在那里的小学任教至今，而他当年的师范同窗，纷纷当上了县教育局局长和人大代表，或者调到文化馆，男教师对此艳羡不已，他常在夜深人静老婆孩子睡熟之后，独自一人望着窗外黑乎乎的山，在远远近近的狗吠声中想起吉。他左手的食指残断半截，吉的一身惨白的毛发历历在目。男教师最后得出结论：他从来没有爱过那女人。

女人那时候已死去多年，当年她在门窗紧闭的房间里窒息而死，失火的时间是在半夜，人们起床去救火的时候一切都已太晚，女人被发现时早成了一截黑乎乎的东西，冒着黄白色的烟。男教师没有看到这一幕，这使他在回想女人的容貌时保持了最初的美好印象。到后来，沙街的女人在他的记忆中已经不是当时的容貌，而是更早以前，那女人年轻的时候带有舞台风姿的那些照片。当时女人不在沙街，男教师只有十二岁，在家乡山区的半日制小学读完了四年级，那是女人在省城剧团里红得发紫的年代。农村的小男孩并不认识她。

起先女人在沙街上隐名埋姓，对她的过去绝口不谈，后来她发现，人们真的把她忘得一干二净了，没有人来找过她，所有的故旧相知结拜姐妹全都不知去向，就像一阵大风，把所有的东西都刮得干干净净，无影无踪，沙街上的人除了把她当成一个有钱的、孤僻的、美丽的女人以外，并没有更多的好奇。

终于有一天，女人把压在皮箱底下的一个紫缎包裹拿了出来，紫色的高贵光泽在洁白的床单上显得突兀悲哀，女人感到一种难以言说的东西渗透了自己，一直渗到心的尽头。她慢慢打开包裹，里面是早年的报纸剪贴和几本旧相册，那时候她的脸平滑光洁，没有这一道刀疤。这道刀疤是个转折点，就像一条大河，把她的一生隔成了互不相干的两大块。女人在昏暗的房间里独坐良久，台下空无一人，观众已经散尽，午夜的暴雨像掌声一样从天而降，闪电将夜幕奋力一掀，炸雷在屋顶惊天动地。

没有男主角。

红颜色的狗

吉闻到天井里指甲花开放的气味，腥甜腥甜的，在整所房子的每个角落隐隐浮动。吉不安地跑来跑去，屋子里闷闷的，哑姑娘在厨房里边烧水边打瞌睡，她把松枝塞进火里，它们发出嗞嗞的声音，冒着油，混合着松香的气味，黑烟从烟囱缝里挤出来，飘荡在哑姑娘头上，然后消失不见了。

女主人在楼上唱歌。她的声音从紧闭的门窗钻出来，吉闻到女主人的气味就像指甲花开放的气味，吉于是跑到天井，它看到两丛指甲花全都开了，红红的花瓣在吉的头顶晃着，吉同时闻到了雨的气味，它们在空气中像鸟一样飞来飞去，纷乱沉重。女人的歌声有气无力，吉在天井里听见她坐到了躺椅上。

女人喊：吉——

女人把吉抱到膝上，说：吉，你冷不冷，冷不冷。你冷吗？吉在女人的怀里闻到指甲花浓郁的气味，它听见天井里盛开的指甲花发出呜咽的声音，女人把它紧搂在胸前。吉，你怕冷吗？

吉舔舔女人的手背手心和手指，女人慢慢安静下来。她说：吉，我们到厨房去，看水烧好了没有。

然后她们下楼，走过天井。天井里两丛指甲花一丛嫣红一丛粉白异常茂盛。女人惊叫了一声扑过去，她闻到自己身上发出浓郁的指甲花的气味。她看看红的，又看看粉的，并且神经质地用手指拨着花瓣，花瓣上的雨水被弹出来，女人的手全是水，指尖上湿漉漉的凉凉的。她甩甩手腕，使劲打了几下那丛红色的指甲花，花瓣纷纷坠落，暗绿色的青苔上红色的花瓣像血一样触目。女人愣了一下，索性摘起花来，她对吉说：吉，我在给你摘花呢，摘花。

腥甜的指甲花的气味越来越浓郁，弥漫到房子的每个角落，久久不散，吉被笼罩在这种奇异的气味中，一直到它死。

女人把青苔地上的花瓣捡起来，放到脸盆里。她像洗手绢一样搓着那些花瓣，殷红的液汁从她的指缝间滴下来。

吉听见厨房里的锅盖卜卜地响，暖暖的蒸汽扑到吉的毛梢上。哑姑娘把木盆放平在地上，将锅里的水哗地一下倒在盆里，吉看见浓白的蒸汽像一朵大花腾地一下升了起来，慢慢散开，哑姑娘又从水缸里舀来几勺水冲进去，大白花顷刻淡了，变成一片乱糟糟的雾。

女人说：吉，洗澡。女人把吉扳进木盆里，有点手忙脚乱，她急急地洗过吉，把吉往一个空盆里一放，说：乖。然后端起那盆红殷殷的指甲花汁，哗地倒在吉的身上头上，吉感到身上黏糊糊凉冰冰的就像被一块厚厚的湿布连头带脑紧紧裹住，指甲花的气味尖锐地刺进心里刺进脑子里，吉闭着眼睛脑子里一片猩红。女人双手在吉的毛丛里拨揉着，突然发出吃吃的笑声，她说：吉，你冷吗？你冷吗？她的声音很奇怪，吉觉得就像从天井的指甲花丛里传来的。

吉被女人用浴巾裹着上了楼，它在那扇落地的大长镜子跟前看到自己全身红得像雨后的指甲花，身上一片狼藉，湿毛一绺一绺地粘在一起，它望着这个陌生的自己，冲镜子叫了一声。女人说：吉，你不高兴了？染红了不漂亮吗？多像一朵指甲花。说完又哧哧地笑，吉闻到女人的笑声中有一股指甲花的气味。

雨在屋顶上嗒嗒地响着就下来了。女人又开始唱歌，她的声音混在雨的声音中含糊不清。吉独自下楼，路过天井的时候它看到那丛红色的指甲花光秃秃的像个秃头的年轻女人。雨水把地上剩下的花瓣打烂了，淡红的水渗进青苔里。那丛粉白的指甲花还在开放。

未来的日子

我常常在雨夜里想起这个女人和她的狗是在认识天秤之后，我不知道这两件事之间有什么内在联系。也许我担心很快就会失去天秤从而最终变成那个女人。

天秤将在一次吵架之后一去不复返，然后我拼命找他，但找不到，无论信件还是电话都无法到达他，你搞不清楚他是从什么地方消失的，一下子就没有了他，好像很久就没有了，他从来就没有过他，他只是你幻想中的人物。然后你独自一人躺在冰冷的被子里回想起两个人共有的夜晚，觉得就像是一个虚构的故事，就连人工流产也没留下什么后遗症。一件事情经历过和没经历过到底有什么区别呢，天秤既然没有给我留下他的照片，他的形象自然就越来越模糊，以至于有一天都噜问我：你找到天秤了吗？

我反而问：天秤？天秤是谁？

这就是一切。

然后我很快就老了，老得前胸的皮跟后背的皮贴在一起，头发稀疏，我把镜子打碎，洗面奶按摩霜什么的早就不用了。我每天喝完绿豆稀饭就爬到饭桌上，把窗帘拉上，只留一条缝。我从缝里向外窥视，马路上人来人往男女老少，尘埃浮在空气中看得清清楚楚，到夜晚，电线杆下总会有一个年轻人在等他的女友。

有一天来了一个瘦高的陌生人，他敲开我的门，我不认识他，我问你找谁，他说你难道不认得我了吗？你说过你很爱我，没有我你就活不了。我说我爱的不是你。他说是他，他是天秤，这时他专注地望着我，以为我快要反应过来了。但我说：天秤？天秤是谁呢？这名字倒是有点耳熟。陌生人说：你真的不认识我了吗？我是天秤啊。

我说我在等一个人，我不会错过他，因为我每天都从窗口往外看，他一出现我就会认得，他的身上发出一种很香的气味，比爵士香皂还要香，我每天夜里都在梦中闻到这种香味，它们有一种淡蓝的颜色，在黑暗中也能看清楚。他到来的时候树上的雨滴会叮当叮当地敲响，房屋和街道都会发出那种淡蓝的色彩，我将回到我三十岁的时候，我是在那年认识他的。

陌生人说，我认识你的时候你正好是三十岁，我三十四岁，你除了我没有别的男人，我任何时候去你都是独自在家。你要等的就是我，我是天秤。

我对那陌生人说：你走吧，我还要看着窗外，我不能错过他。

陌生人说：你不要着急，除了我，不会再有人来了。你让我进去坐一会好吗？如果你真的认不出我，我一定走开，以后再也不会来了。他走进我的房间，坐在一张破烂不堪的藤椅上，上面有一个蓝色的靠垫，也已经因为年深日久而磨损了。他说：就是这张藤椅，我每次来都坐这上面，那时候这椅子的背后是书架，对面是一张椭圆形的茶几，我经常在中午一点多去找你，那时候人们都在午睡，没有人看见我。你也在午睡，你披头散发衣衫不整去开门，开了门又躺到床上去。说你刚睡着我就把你敲醒了，我进门就把藤椅移到床边，正对着你，你躺着，我坐着，然后我掏出烟，我那时抽的全是好烟，或者万宝路或者健牌，最差也是希尔顿，你说烟灰缸在椅子脚下，你的烟灰缸是黑底白花，有两道金边，瓷制的，非常别致，现在还在吗？

陌生人一下从我的桌子底下看到了那只烟灰缸，他把它拿在手上，显得有些激动，他说金边已经掉得看不出了，白花还在。他温和地看着我，再一次说：你想起来了吗？我是天秤。

我说：我不知道天秤是谁，我要问都噜，但都噜已经去了美国了，第一年还有联系，后来就没音讯了。你怎么认识我的烟灰缸呢？

他说看来你还是什么也没想起来，你当时经常抽一种叫摩尔的香烟，深咖啡色的，细长薄荷型的，你想起来了吗？他急急忙忙说着，一边用目光在我的书架上寻找，接着他径自将一本绿色封面的书抽了出来，他说：你还记得这本书吗？萨特的《理智之年》，这是我给你买的书，你自己在最后一页上写了字，你当时还在书页里夹了一枝黄菊花，他迅速翻着书，果然在里面发现了一枝干枯的花，这是你当时的女友方耘拿来，慰问你的，他说，你告诉过我是她路过花圃时偷的，偷了两枝，你跟我讲话生气撕烂了一枝，剩下这枝就夹在书里了。

我说：方耘我当然不会忘，但她后来去了法国，这跟你有什么关系呢？

他不回答我，他把书翻到最后一页，说：你还记得你写在最后一页的字吗？你自己看，你当时写的：为了纪念一个相同的事件。如果你连那件事都记不起来，我相信你任何事情都不会想起来了。

什么事情？我问。

跟《理智之年》里的事情一模一样的那件事，那里面的男人也是三十四岁，也是没有钱，他后来去偷了钱，我没偷，我借了钱，借了两百块，你真的不记得了吗？

什么我不记得了？

孩子。

什么孩子？

我们两个人的孩子，那是 1988 年的事情你忘记了？你当时说去打掉他还不如让你去死，你说就像拿刀割你的心一样痛，你说你不管死活一定要把他生下来，说他是天才，你哭了一天一夜，天亮的时候头发都白了一遍。我还以为这事真的要了你的命。

我没有过孩子。我说。

陌生人走了，把那本绿封面的书也带走了。他走了很久以后我还在想：天秤到底是谁呢？

以上是将来要发生的事情，在未来的一天一定会发生，我担心它们会发生所以写在这里，这样反而心定了下来，我想最糟的结局无过于此了，一个人只要能把最坏的结局想明白，也就不会老是患得患失了。

何况天秤现在还好端端的。一切都是命运。

都　噜

都噜说：既然天秤这么让你痛苦，你干吗不早日一了百了呢？

我说：什么叫一了百了？结婚？

都噜笑笑说：结婚干什么用，你们这一代人脑子真不好使。换了我，要么把他杀了，要么把自己杀了，不然先干掉他再干掉自己，反正人固有一死，最后总得来点壮怀激烈，这辈子就算能够交代啦。我说都噜你们这一代根本就没爱情，只有性，都快变成动物了。

都噜不计较我对她的评价，她热心地帮我筹划，说若是谋杀天秤，最好是制造车祸，不过在闹市不好办，众目睽睽，还有交通警察，难道天秤从来不去郊游吗？我说他从来不去，没办法。都噜说要不就制造溺水事件，哪天三个人一块去水库游泳，要不再加上我的男朋友，一共四个，让我的男朋友动手，他愿意为我干一切事，连杀人在内的事，他前天说的，我正要趁机考验考验。放心吧，都噜说，要是真的查出来，咱俩没事。

我说我头晕。

都噜说：看来你不会有什么出息了，连杀人都不敢。

我说：你除了在信封里夹寄避孕套之外也玩不出更大的花样了。我是指一个星期前都噜干的一件坏事，那天都噜在楼道里跟男朋友搂着接吻，结果被买菜回来的一个老处女撞见，那老处女三十九岁，住在都噜楼上，她从二十岁起看着都噜一天天长大，觉得都噜十九岁就谈恋爱而且在楼道里当众接吻太不像话，于是老处女很长辈地对都噜说：都噜，你以后一定要注意点，这会影响你的前途，你放心，我不会告诉你爸。

都噜平日就看这老处女不顺眼，这回连理都不理，到了晚上觉得心情烦躁，又想起月经过期几天还没来，心里一时恨恨的，也不知恨谁，想起来要化妆，结果画得两根眉毛一边高一边低，而且眉笔芯也断了。都噜一口气没处出，东翻西翻，决定给那一本正经的老处女来点实质性的报复。她拿过笔用左手在信封上歪歪扭扭地写上了老女人的地址，接着往里面塞进一只避孕套，这其实是她家大人用的放在卧室的床头柜里，都噜封好信封，往嘴上抹了口红，她心情舒畅地下了楼，把信扔在门口的邮筒里，然后轻轻松松地上舞厅去了。

都噜说，其实她知道这是件坏事，至少是不够善良，老处女确实是出自好心，而且全社会都应该关心她们，她们比所有的人都可怜。但我觉得干好事总是没趣，有趣的事多半是坏事，人不能老干没趣的事，人要干有趣的事活着才有点意思，不然人活着为什么呢？

我说都噜你是个坏女孩。

她说是啊我是坏女孩没错，但是坏女孩没什么不好，坏女孩比好女孩有吸引力，好女孩善良天真纯情，寡寡的，没多大意思，吸引不了男人。

我说你生下来就是为了吸引男人吗？

为什么不是呢？都噜说，能吸引最棒的男人的女孩就是最出色的女孩。

谁最棒？

在沙街

男教师一进房间就闻到了一股旧报纸旧书的气味，因为是雨天，这气味浓得有点闷人。女人说给他看点东西，她探身到床上，在枕头边扑腾了几下，拿出一包东西，教师看出那是一些旧杂志旧报纸，还有一个类似相簿的厚本子。

她把相本递给教师，一股潮湿毯子的气味从他的脖子下巴嘴唇鼻子眼睛一直漫上来，一直漫到他的额头头发根，他一时觉得他和女人同时被这张气味浓重的湿毯子盖住了。他们听见自己的呼吸声忽然变得很轻，像风吹羽毛一样，他想把头伸到这毯子外面，他挺直了身子，女人说：你打开吧。

教师看见一个泛黄斑驳的女人穿着古怪的衣服从相簿的黑色衬底上冲他妩媚地微笑，那女人化了妆，漂亮得很不真实，他不知道这是谁，他不太喜欢她。

她漂亮吗？女人问道，你看得出来那是我吗？那当然不像我，你知道我脸上的刀疤是怎么来的吗？我不会告诉你的，我不能把什么都告诉你。

女人的声音慢慢低了下去，使男教师觉得她越来越远，就像退到一个很黑很远的地方。女人有一阵没有讲话，她的眼睛好像什么也没看见。忽然好像才发现男教师，她厉声问道：你是谁？你干吗来这里？这是我的化妆间，闲人不许进来。不过你来了也好，你手上拿的是什么？你把它放到一边去，看着我，我喜欢有人看我，我需要很多很多双眼睛。女人走到镜子跟前，对着镜子用几乎是耳语的声音说：你爱我吗？

男教师有些不知所措，他说：你问……女人仍然对着镜子轻声说：你爱不爱我？她的声音软得就像花瓣掉落在青苔地上，他看见她甚至微笑了一下。男教师说：可我是观众。他不知道自己为什么会这样说，他有点陷进刚才女人说的化妆间的感觉里了。女人对着镜子不作声，但是她不笑了。男教师忽然觉得不安起来，他喃喃说：我是……女人一转身瞪着他，说：你是，你不是镇上学校的老师吗？你当你是谁，别跟我装糊涂，我心里可是明白，你以为你真是为了扫盲才来教阿兰的，我就没有吸引你的地方吗？男教师低下头说：你很美。女人从镜子跟前回到躺椅上，她说：真的吗？

她安静下来，说：你喝茶吧，不要介意。然后她喊道：吉——

吉满身红扑扑地跑进来，一跳跳到女人的怀里。它闻到女主人身上熟悉的气味，混合着指甲花和雨的特有气味，它有些激动，气喘吁吁地舔着女人的脸，一边等着女主人抚摸它。女人说：吉，你还没洗澡呢。女人把它放到地上，她对男教师说你跟我讲讲话吧，没人跟我讲话，我再不讲话就不记得我自己的声音了。我妈怀我的时候每天听画眉唱歌。我家那个城市比省城还好，有直通新加坡的飞机，国际航班，坐船一夜就到广州，我家后面的江，一半水是清的，一半水是浊的，叫鸳鸯江，你听说过吗？女人的声音慢慢低下去，最后她不说话了，远处的一只火鸡嘎嘎地叫着，像瓦片互相摩擦的声音一样难听。女人又说：我很可笑对吗，你说是吗？你为什么不说话，你来我这里就是打算干坐着吗？你走开，我再也不要看见你。

男教师不安地站起身来，女人却又说：你坐下。

她说：你坐到我的旁边来，坐过来，陪陪我。她把她的手放在男教师的膝盖上，对他说：来。教师顺从地把她的手贴在自己的两掌之间，女人像孩子一样咯咯地笑了起来。教师感到自己的两个掌心间夹着一个非常柔软的肉嘟嘟的小东西，像小鸟似的在他的掌心里一蹦一蹦。他抬起眼睛看着眼前的女人，她正微闭着眼睛，脸部线条在淡薄的室内光线中显得非常柔和温静。他觉得喉咙里热热的。

屋里一片昏暗。穿衣镜在墙角的深处发出淡蓝的微光。

他听见女人哆嗦了一下，她说：我冷。她说要下雨了，你闻到雨的气味了吗？她把他的手按在自己胸前，她说：我冷。女人的声音从昏暗中浮出来，就像不是从她的嗓子里发出来，而是从房间的某个角落里钻出来的。男教师一动不动，凝神分辨这声音。女人说：我冷。

男教师看见女人的头顶上有几根细细的短发从她浓黑的头发中挣脱出来，孤零零地飘动着。

一个人的战争

一个人的战争意味着一个巴掌自己拍自己，一面墙自己挡住自己，一朵花自己毁灭自己。一个人的战争意味着一个女人自己嫁给自己。

这个女人经常把门窗关上，然后站在镜子前，把衣服一件件脱去。她的身体一起一伏，柔软的内衣在椅子上充满动感，就像有看不见的生命藏在其中。她在镜子里看自己，既充满自恋的爱意，又怀有隐隐的自虐之心。任何一个自己嫁给自己的女人都十足地拥有不可调和的两面性，就像一匹双头的怪兽。

她的床单被子像一朵被摘下来随便放置的大百合花，她全身赤裸在被子上随意翻滚，冰凉的绸缎触摸着灼热的皮肤，敏感而深刻，就像一个不可名状的硕大器官在她的全身往返。她觉得自己在水里游动，她的手在波浪形的胴体上起伏，她觉得自己湿漉漉的，体内深处的泉水源源不断地溅流，乳白色的液汁渗透了她自己，她拼命挣扎，嘴唇半开着，发出致命的呻吟声，她的手寻找着，犹豫而固执地推进，终于到达那湿漉漉蓬乱的地方，她的中指触着了这杂乱中心的潮湿柔软的进口，她触电般地惊叫了一声，她自己把自己吞没了。她觉得自己变成了水，她的手变成了鱼。

黑　钟

我跟天秤认识没多久他就送给我一只黑色的石英钟，比巴掌略小，正四方形，除了数字和指针是白色，全身皆黑。

现在这只钟就在我的面前，伸手可及。

有一个晚上我忽然发现这钟面放射出彩虹的光芒，彩色的光线照在发亮的桌面上，成为一小片淡淡的彩虹光，这让我吃惊不已。钟面和桌面的彩虹两相映照，构成一个极为奇特的图案。我想起这是我小时候经常梦见的一个情景。小时候做过的所有的梦我都忘记了，唯有这个梦还异常清晰，这是我扁桃体发炎的时候做的梦，梦见七色的彩虹像花瓣一样开放在全黑的背景前，这个梦一次次地出现，我不知道意味着什么。我十岁那年县里来了一支北京医疗队，其中的一个姓黄的大夫以割扁桃体闻名，我妈就让黄大夫替我把扁桃体割掉了，从此以后就再也没做过那个熟悉的梦。

现在事情已经过去多年，却出现一个叫作天秤的男人，送给我一个黑色的钟，这钟在夜晚重现我幼年时的梦境，这其中肯定有某种神秘的东西。

都　噜

关于都噜我知道再也没有什么好说的了，因为我认识她的时间并不长，前后加起来还不到一年，而现在她已经办好签证飞到美国去了，世界变得越来越不可思议，事情变化的速度使人连眨眼的时间都没有。想当初都噜出国无门，曾经跟我策划过各种恬不知耻的方案，说要打老头老太太的主意，选一个节假日到游览区守株待兔等老外。最好是出现一个走路摇摇晃晃的白发老太太，先由我上去使绊子把老太太绊倒在地，这一绊必须非常讲究，要绊得不早不晚不轻不重恰到好处，而且不能让尤其是让那老太太看出来。都噜认为这一重任只有我才能承担，因为我比她稳重。这一稳重的绊子使出之后，就该都噜上场了，都噜天生就是一副善良可爱的小女孩样子，这种外貌上的欺骗性将使她终身受益。她伶俐地奔上去把老太太扶起来，并且用英语问长问短，事实上都噜的英语还到不了问长问短的程度，都噜是个喜欢夸大事实的女孩，这样一个小节问题我们可以原谅。接着那位美国老太太大为感动并且恰好想起自己无儿无女需要人间温暖，于是决定将都噜收为干女儿，这样就一切都解决啦，都噜兴奋得两眼发光两颊潮红，最后还很讲义气地想起来说：我到了美国一定把你办过去。

都噜后来还想过一个先到索马里再去美国的曲线计划，因为本省农学院有一批来学水稻的索马里黑人留学生，都噜曾经跟其中的三位跳过舞，据都噜说，他们对都噜小姐都很感兴趣，如果都噜跟其中任何一位相好，另外两个一定会把这个得意的幸运儿揍扁。我不能一开始就制造涉外流血事件，这样就哪都去不成了，都噜决定收回这一方案。

事情在一天早晨忽然变得非常简单，当时我正在熟睡之中梦见一群黑色的鱼正在红得像铁锈一样的水里笨拙地游泳，疲惫不堪，我觉得我很不耐烦地等待着它们，等它们死去或者跳出这洼乱糟糟的水，这时我听到一阵猛烈的敲门声像无数个开水瓶同时爆炸，都噜在一堆噪音中像朵心花怒放的蘑菇云出现在我的眼前，她大声喊道：我要去美国了！

应该承认，都噜的确是连上帝都喜欢的女孩，就是有一小部分这样的人，你毫无办法。她那天得到消息，她的三个男朋友中的一个奇迹般地考上了在洛杉矶的加利福尼亚大学和在堪萨斯州的匹兹堡大学，这位个子矮小举止笨拙的生物系才子以两所大学击败了他的对手赢得了都噜的爱情。

吉和女人

吉躺在天井暗绿色的青苔上，绿色滞重的湿气从地上墙上四面的青苔里喷涌而出，指甲花的叶子黑得发亮，像许多女人的眼睛。吉摊在青苔上，它的脸上是一副吃惊的表情，嘴巴张开着，僵硬不动，眼睛古怪地正对着指甲花，但它什么也看不见了，仅剩的几朵粉白色指甲花已经下垂，没有液汁。吉的毛发上被染过的淡红色已经褪尽。

女人最后站在天井里。黑夜浓重地降落在青苔上，吉雪白的绒毛在暗夜中鲜明地突现出来，闪动着异常的微光，闷热的风无声潜入，白色的毛发隐隐飘动起来。女人突然轻轻叫了起来：吉，吉，你冷吗？她迟疑地走近这堆白色的东西，好像不明白它怎么会在这里，她蹲下来，小心地用手指拨弄吉的绒毛，吉僵硬不动，女人说：吉，吉，你怎么了？你死了吗？你真的死了吗？她像烫手似的把吉翻了个，吉的身躯冷漠地躺在青苔上，它的眼睛若有所思地开着。

女人觉得空气中有许多鬼鬼祟祟的暗笑声，它们像多节的手指从四面的青苔缝里缓缓伸出，绿色修长。她口里喃喃地说着一些自己也听不懂的话。突然她在指甲花丛底下看到一条柔软黑色像蛇一样的东西，在目光下泛出一些丝质的光泽，女人一把把它抓起来，一种熟悉的手感像闪电一样瞬间传遍了她的全身，这是她的缀有金线的黑色真丝围巾，上面沾着一些白色的绒毛，它们零散不堪，像枯萎凋零的白色指甲花瓣。女人一下记起了自己干的事，她猛地抖开这黑丝围巾，围巾中段布满了密密麻麻杂乱无章的皱褶，在月光下隐隐可见，活像一张狰狞的鬼脸。女人隐约听见吉最后的呜咽声，既像撒娇又像哀怨，令人心碎。她把长蛇般的黑丝巾围在吉的脖子上，吉像个安静听话的孩子，它甚至还冲女人晃了晃尾巴，女人对它说：吉，你没有疯，是吗？你没疯，他们说你疯了，但你没疯，我知道你没疯，你是好孩子。她抚摸它的头和背，吉再一次伸出舌头舔女人的手背。

女人说：他们会把你打死，打成一团烂泥，你躲在我床上他们也会把你找出来，他们会打你，他们很脏，他们的刀也很脏，棍子也很脏，我不会让他们碰你，他们会用棍子戳你的嘴巴，戳你的耳朵。女人说完就在吉的脖子上打了一个结，她两手揪着黑丝围巾的两头，拼尽全力狠劲一勒，吉发出一阵窒息的闷响，女人又鼓起劲，把吉倒提着挂在天井墙壁上伸出的木钉上。

女人蹲在天井的青苔上，她捧着黑丝围巾拼命闻它的气息，早年那个美丽清纯的年轻女子的气息混合着吉的雪白的绒毛从黑色的深处缓缓升起。指甲花腥甜的气味像四散飘飞的纸线纷纷落到女人的头上，女人困惑不解，她不明白为什么还会有指甲花的气味，她茫然地看看四周，月光照在天井上，一层明澈的清光。女人迟疑地站起来，她一眼看到青苔地上她自己瘦长清晰的影子，这影子随着女人神经质的晃动而动作，变形怪诞像一个鬼影。女人惊叫起来：吉，阿兰——

哑姑娘阿兰后来披着一张被单光着脚从燃烧的房子里冲出来，她对问她的人打着手势表示，她什么也没听见，她看见火光像烟花一样冲上来，浓烟灌到楼上从门缝和打开的窗户逸入。哑姑娘跑到大门外还在大声咳嗽。

火焰像洪水的波浪从斜构的屋顶滚下来，顷刻连成一片灭顶的光亮。火焰扭动着身躯疯狂地舞蹈着，在黑夜的背景中像一张狂笑着的人脸，浓黑的烟忽前忽后，如同披头散发的女人，火光中发出沉闷的嘶哑的清脆的爆裂声，听起来就像奇怪的鼓掌声。

多年以后有人说，那天晚上当火光冲出屋顶的时候伴随了一阵异常的女人的歌声，那歌声声嘶力竭，充满激情和生命，就像多年以后在中国大地上广为流传的某些歌曲。但说这话的人当时并不在场，她只不过是得了臆想症，或者像她自己所说的是本世纪最后一位浪漫主义者。

| **文学史评论** |

80 年代末 90 年代初的《同心爱者不能分手》《子弹穿过苹果》，确立了她此后写作的女性主题和独特的个人特征（人物身份，故事发生场景，地理气候和心

理气氛，讲述方式）。

——洪子诚：《中国当代文学史》（修订版），北京大学出版社，2007，第
313 页

……一是以陈染、林白为代表的具有典型性女性主义特征的私语化倾向。这也是 90 年代中国女性文学最引人注目、遭非议最多的一脉。在这些作家的作品中，女性意识不仅得到了明确的体认，而且开始从性别的自觉过渡到了话语的自觉，这也使中国文学中反传统叙事、反男权经验写作的真正的"女性叙事"初见端倪。

——朱栋霖、丁帆、朱晓进主编《中国现代文学史》（第二版）下册，高等
教育出版社，1999，第 168 页

林白着意构筑女性与外部世界的紧张对峙，这一点在她的《回廊之椅》《致命的飞翔》《说吧，房间》《子弹穿过苹果》《同心爱者不能分手》等小说中得到充分体现。与陈染笔下哲理化的生存之思不同，林白的女性世界散发出诗性的流丽美感。

——任一鸣：《中国当代女性文学简史》，广西师范大学出版社，2009，第
84 页

| 创作评论 |

这位自然的精灵，天赋的作家，她的才华和淳朴已让她摆脱了弥漫于当代作家的市侩主义，但是她仍未达到她的生命与创造的最高可能。诚然，这一精神的攀升之旅是充满困苦的，但必得如此。因为，"牺牲自己就是对自己的忠实"（别尔嘉耶夫语）。

——李静：《论林白》，《南方文坛》2009 年第 3 期

在《一个人的战争》等早期作品中，林白通过幽暗而又迷狂的身体叙事，完成了对自己的存在和对自我把握的确认。一直以来，林白就以深刻表现女性的内心生活而著称。其大胆、私人的创作，使她成为女性主义代表作家之一，被公认为个人化写作的代表性作家，无论是《一个人的战争》，还是《说吧，房间》《瓶中之水》，对女人的心灵、身体、感觉、欲望、渴求和自恋，都写得准确、到位。她从女性自己的角度回眸自身，欣赏、赞叹女性的婀娜、隐秘、丰饶、觉悟，将自我的情感世界和敏感的女性躯体等经验表述推到了近于极致的地步。

——李伟长：《时流之外的自觉》，《南方文坛》2018 年第 3 期

林白选择身处"时流"之外，从身体叙事中找寻自我，也从妇女闲聊中寻找，继而从历史生活的回忆中寻找，再到被规训的日常中寻找完整又独立的自我安顿。发现自己，也忠于自己身体内在的幽暗；发现广阔的大地，也忠于大地上的非常心灵；发现日常的坚硬和坠落，也忠于坠落中渴求升腾的魂灵。在作品中确认自己的存在，继而筑出清晰的自我，这就是林白写作的终极意义。寻找的过程，即是反复辨认、反思和发现的过程，也是个人经验社会化的过程。林白用个人化的写作，完成了对精神进阶和生活变化的扫描和记录，因为她自己就置身其中。

——李伟长：《时流之外的自觉》，《南方文坛》2018 年第 3 期

| 作品点评 |

《同心爱者不能分手》《回廊之椅》和《瓶中之水》是林白近年来的颇受好评的作品。这些故事多少有些离经叛道，其令人惊异之处，可能在于它们隐含着"同性恋"意味。林白着眼的那些微妙的女性关系因为附加这样一个系数而具有惊心动魄的效果，令人望而却步或想入非非。林白的叙述细致而流丽，女性相互吸引、逃离的那些环节委婉有致。女性的世界如此暧昧，而欲望不可抗拒，这使得她们之间的关系美妙却危机四伏。林白的女性以从未有过的绝对姿态呈现于我

们文化的祭坛之上，她们具有蛊惑人心的力量和引人入胜的效果。

——陈晓明：《不说，写作和飞翔——论林白的写作经验及意味》，《当代作家评论》2005 年第 1 期

从《同心爱者不能分手》《玫瑰过道》《一个人的战争》看似平静客观的叙述中，我们可以听到她自我撕裂和层层剥离时的凄绝音响，那是一种不能哭泣的痛苦，因为理性和尊严。伴随这种自觉再生之努力的是她的自虐，她以执拗的重复的自虐来以毒攻毒地缓解和消蚀她难言的女性痛楚与愤恨。可以说，这几部小说就是其个人伤痛记忆片断的组接剪辑，是其内心隐痛的外射。尽管写得隐忍平抑，力求克制到不动声色，我们还是能读出其中自虐和自怜的苦涩来——这已经接近于自恋的本质。而如此执着于个人感情的诉说，本身就是一种自恋。

——李美皆：《林白早期创作中的自恋现象》，《小说评论》2006 年第 4 期

1990 年代

超越档次

喜宏

一

当琼妹惶惶地在山路上疾走的时候，明泰正领着几个男工循着嘉媛的指点吊装广告牌。广告牌是在省城定做的，比起县城电影院那些人面画得赛鬼脸的新片广告来，不仅尺寸大得霸气，味道也洋多了。画面上是一群踏雪的美国人，一色的墨镜，一色的羽绒衣。雪白，衣红，猎枪铮亮。几只大洋狗窜在人前，神气活现。广告词是用血红颜色涂的，很张狂的一句：

美国总统也穿着我们的企鹅牌羽绒衣

几个钟头以后，当琼妹在厂门口被这幅大广告镇住并生出许多美丽悬想时，嘉媛告诉明泰，凡是 PG 公司的分厂，不管是在台湾是在香港是在大陆特区还是在这个内地小县城，都要挂这幅大广告，以激励员工劳作。明泰就觉得嘉媛的秀气很有分量。

作者简介

喜宏（1956—），生于湖北武汉，在江苏长大，在湖北插队，进武钢当过工人，大学毕业后到广西工作，这些人生变迁让喜宏有着宽广的生活阅历。著有短篇小说《所向披靡》《棋城》《人质》《勒石》以及他和李希合著的小说集《远荧》；中篇小说《超越档次》《逃进拘束衣》。

作品信息

原载《当代》1993 年第 1 期。

琼妹夹着一卷薄被在山路上惶惶地走。听说县城里办了一家羽绒加工厂，还是香港老板主事。打工妹的工钱，可开到二百块。这就差不多抵了家里去年收成的一半。这个机会不好错过的。错过了是要后悔死的。

在进城之前，琼妹先找了条小溪洗脚穿鞋。山里妹的习惯，十几里的山路是光脚量过来的。要不就太磨鞋。一双再生胶的凉鞋也要十多个鸡蛋鸭蛋地换哩。她在溪边蹲下来，瞅瞅四下没人，不由得先绞了毛巾，塞到衣服底下掏了几把。当凉丝丝的酥痒在乳间扩散的时候，她忽然想起了明泰。

几年前的一个夏日，雷雨过后，十八步桥附近的山民都聚来桥上桥下。手里都操着耙子。山洪下来时，常夹着些断枝碎叶。大树是少见的。一是砍得太毒，二是根基不牢的树早几年已被冲走不少。但是，枯枝败叶捞上来，晒干了便是上好的柴禾。要是有苞谷杆子之类的绿庄稼漂下来，那就是天大的运气了。于是每逢大雨过后，十八步桥附近的人就像开会似的聚到桥边。

那时阴阳脸还不曾养鹅，但左边耳朵已经没有了。他是琼妹村里有名的穷汉。既穷，又喜欢折腾。庄稼是不肯好好种的。养过鳖，喂过鹧鸪。借了钱去广东贩藤编，末了赔个精光扒火车要饭回家。借的钱，按琼妹她爸的话说，是十八步桥上打水漂，水花花都不见一个。后来就炸鱼。自然是在县里的水库。自然是晚上偷炸。头几次得了手，还当着村里人的面数票子，赌酒。不料有一回，水岸喂的大狗不再理会他扔的骨头，极英勇地扑将过来，他手忙脚乱之中，竟把自己的耳朵炸不见了。左边半张脸，辉煌地亮过之后，便成了煨灶膛的陶水罐，又黑又麻。一时村里人都唤他阴阳脸。娃仔闹瞌睡，大人叫声"阴阳脸来了"便不敢再哭。

那日琼妹和她的三个弟自然也在桥边。阴阳脸便凑过去帮她。琼妹的水色是村里一流，阴阳脸有事无事都喜欢踏她家的门槛。以前炸了鱼总不忘送两条大的给她爸。但那时她爸嫌他又穷又赖皮，便是他提了鱼来，也是自顾自吸着水烟，并不拿正眼瞧他。琼妹更是朝天翻个白眼躲到厨房里。阴阳脸手里握一根特长的竹竿，稍头上用偷剪的电话线绑一只竹耙，捞着扒着便蹭到琼妹身边，又捞着扒着便蹭到琼妹身上。琼妹低声吼一句："死远点！"阴阳脸便如得了嘉奖似的嘻笑道："我的妹！大哥帮你还嫌弃呀！累断了妹的腰，大哥我心疼哩！"琼妹便不再骂他，提了腿"噼里啪啦"地踩水逃远。

这一幕琼妹的爸并不放在心上。他蹲在岸边一块麻石上，手里托着竹制的水烟筒，似吸不吸地含着黄铜烟嘴，如一段树桩。他的眼皮永远是无精打采地耷拉着，一副似醒非醒的样子。但他的隐蔽在眼皮下的目光，却警惕地射在河道的上游。若是有什么值钱的东西漂了来，他便可捷足先登。

活该那天有事。就在琼妹领着三个弟第三次避开阴阳脸的时候，琼妹她爸一眼捉到远处的一团浓绿。他陡然来了精神，把木烟筒往地上一磕，提起身后一盘绳，拔脚就往上游赶去。凭着老经验他知道那团漂得很慢、不时还碰碰磕磕牵牵挂挂的绿色是棵大树。要是得了手，起码换得两担苞谷或是一坛子薯干酒。因此，这样的天物是不好让给别人的。

十八步桥的地势，是两山夹一谷。上游的去处，多是悬石，并不能行得太远。所以山民大都聚在桥前那片平滩地上"守株待兔"。只有几个半造子娃仔光着屁股在上游的岩滩边耍水。琼妹她爸因此并不慌张，他用一种稳操胜券的步子慢慢走，心里在盘算是把树换酒喝还是换苞谷填那几个小东西的无底洞似的肚皮。忽然间耳边刮来一阵喊声，偏头望去，就见河对岸有一个赤膊后生仔飞也似的往上游跑。他的手里也提着一盘绳！

琼妹她爸立时明白了形势的严峻。十八步桥的规矩，天物漂来，谁先捞到便归谁。后下手的若是硬抢，面子上是说不过去的。琼妹她爸念叨着两坛酒的沉重，快快地提了腿赶上前。但是，老天爷似乎存心和他老人家作对，就在他斜眼一乜，看到对岸的后生被一块大石头挡住去路。心里很愉悦的时候，他自己却遭了石嘴的一绊，摔倒在地。他摸摸膝盖上狗日的疼处，竟摸出一手红颜色来。这当儿，对岸那后生把裤子一扒，扑通跳下水去。看到他的晒褪了色的游泳裤和他的噼里啪啦一往无前的泳姿，琼妹她爸知道今日碰上了对手。但是两坛老酒不好随便送人的，尤其是不好便宜了这个不尊敬长辈不五讲四美的小杂种。琼妹她爸立时忘了腿痛，英勇地扑上前。

但是对岸那个小卵泡居然游得很快，而且居然对漂过身边的几颗苞谷杆子不屑一顾。他的用心十分险恶，他要夺走那两坛渗了很多水但毕竟溢着些香味的薯干酒。要是这两坛酒没有了，那就只有等秋天苞谷上了场才有东西换酒。要是收成不好，就还要等，等到来年扶贫工作队下来时才能将他们发的苞谷种子去换酒，而且还只能一斤两斤地换。这就意味着来年的年节恐怕又要到供销社费唾沫看脸子去赊酒喝了。不错，人是穷了点，但也不能全怪人，实在是这里山头狗日的石头太多长不出好庄稼。石头缝里点几棵苞谷，能指望什么？人穷不能穷口，再不闹上几口酒喝喝能把这穷日子打发过去么？不成，这两坛快到手的水酒不能叫那个不要脸穿游泳裤的小卵泡夺了去。

　　琼妹她爸便发声喊，也扑下水去。但他明白自己那几下狗刨敌不过对岸小泥鳅的蛙式，便松了绳，做个活套往那棵大树上甩——现在那东西漂近了，果然是株毛栲。这是上好的木头，硬，又韧，破开是做床架、桌腿的好料。就连树枝锯了，也是极好的锹把。这就不只是两坛水酒。平滩上的人现时也看到了，就七嘴八舌地起哄。更有两三个好事的如阴阳脸之辈，也扬起竹把往上游跑。跑得琼妹她爸很是心慌，心一慌，手里就哆嗦，甩过去的绳套如受惊的鸡公，只乱腾腾地飞起却歇不到树杈上。这当儿，对岸的后生离树只两步之遥。他改作自由式，满头雾水，勇往直前。琼妹她爸躁起来，骂声"不中用的卵绳"，奋力一甩，那绳圈恰在对岸后生扒住树干的当儿，套住树枝。

　　琼妹他爸就手一拉，绳套紧处，树已移来。对岸后生一愣，抹了把眼窝里的水便要去解琼妹她爸的绳。琼妹她爸急骂道："好你个小卵泡，住手！你爷爷先套得了，你怎敢虎口夺食！"

　　但那小卵泡并不理睬他，翻身骑到树上，拨开树枝去撕扯那绳。琼妹她爸急火攻心，操起一块石蛋以冬日砸野兔的功夫朝他砸去——正中那小卵泡的颈脖，他"哎哟"一声便掉下水去。琼妹她爸乘势一拉，把那树渐渐拉过来。

　　这当儿，阴阳脸等人已经跑拢来，做出要帮忙的样子纷纷伸出竹把等待大树靠岸。但琼妹她爸不领这份情，裂眦吼道：

"滚！滚！都给我滚了！这是我先搭上的，谁也莫指望揩油。"又一直紫红脖子，朝远处喊道："琼妹！龙根！你们还不死过来！都给我死过来，快来帮我拉！"

琼妹一听，知道她爸又上火了，急拉着她的三个弟赶过来。但是琼妹她爸没有料到，落水的后生这时已经悄悄把他自己的绳系到树干上，又用力一甩，甩到对岸——那边早有两三个同他一般年纪也穿游泳裤的后生等着，接了绳便拉。那棵毛梾蓦地转了向，横身移向对岸。琼妹她爸一惊，赶紧扯住绳，又喝道："琼妹你个死×还不拉住！"琼妹不敢回嘴，急忙捡起绳头往后拉。三个弟也赶过来，大弟扯绳，二弟和毛头够不着便厮靠着一个抱一个的腰，宛如做老鹰抓小鸡的游戏。对岸几个，一见他们摆开这个阵势，越发来劲，都铆着劲头儿拔，口里还嘻嘻哈哈地闹着。那落水的后生又骑到树上像玩游戏似的向他的同伴挥手喊"一二、一二"。一时十八步桥前的人都住了手，看这难得的竞赛。

琼妹她爸恼羞成怒，一面老虾一样弓着腰做劲，一面唾沫横飞地大骂对岸的不义。但他一家五口虽使出吃奶的劲也不敌对岸几个棒后生。渐渐地琼妹她爸腰已入水，渐渐地琼妹她自己的腰也浸到水里。琼妹忽顾忌起她身后两个小弟的性命来，尽管她爸还在命令他们不许松劲，她喊道："三牛、四么，还不撒手，小心淹死去！"三牛、四么一愣，不由得丢了绳。琼妹一家这边少了两个秤砣，竟被绳牵着，往水里赶去。水一过腰间，人便吃不住劲，对岸后生仔发声喊，琼妹她爸便率先拥抱了浑汤。但他并不肯就此认输，一只手胡乱刨水，另一只手却死攥住绳头不放。琼妹和她大弟随后也栽进水中。她弟上了初中，原会些水，情急中未敢忘记父训，便也一手捏绳，一手乱划。琼妹却糟了。一口水呛来，早忘了小时候的狗刨是如何动作的，两只手四处乱抓就像变出八只手来。岸上的人看得明白，急喊她爸去救，她爸却舍不得松了绳头，只瞪眼叫着："死笨×，过来！划过来！往我这边划过来！"但琼妹哪里听得进去，只觉得天昏地暗满世界都是一片湿漉漉的混沌。阴阳脸机灵，急忙把手上的竹耙伸过去。他并非不会水，只是十八桥下旋涡颇多，要是叫落水的人缠住不放一道滚到旋涡里不是好玩的。琼妹一伸手，居然抓住了竹耙。众人都松了一口气。不料那竹耙原是用电话线绑在竹梢上的，两下一上劲，竟打了滑，阴阳脸往岸上抽时，琼妹却连人带耙留在水中。琼妹刚张口喊了半声"啊"，后面的话儿都叫红泥汤淹没了。

恰在这时，原来骑在树干上的后生已然游到。他伸手一捉，便捉住了琼妹的头发。琼妹刚觉得头皮一乍疼得钻心的时候，眼前却豁然一亮——原来头已提出水面。她一面大口喘气一面去抓那人的胳膊。但那人用力一推，把她成背向，这才伸手从背后挽住她的身子。琼妹便觉得两乳间扩散出许多异样的感觉来，但身子已不再像挂住秤砣一般直往下坠了。

后来，她才知道救她的后生叫明泰，是对岸黄家塘人，还知道明泰在师范念书，是大学生。至于那段毛栲，因了明泰的大度，到底给她爸换了二坛半水酒。她爸在捏起酒碗喝得咂咂响的时候，反而还把明泰大骂一通，说要不是他来抢夺，就不会生出后面的事来，他也不会全身泡到水里把荷包里的烟丝泡得稀烂。

但琼妹毕竟过意不去，有心提一些鸡蛋过去酬谢人家又怕遭来爸的恶骂。只得偷偷跑到对岸，帮明泰家干些杂活。头次见到明泰穿起白衬衣来，觉得他还真有点大学生的模样。明泰见到她，只淡淡笑着，说你谢什么，一道下河是八百年修来的缘分。明泰妈也捏起琼妹的手说好靓的妹仔是哪个村的。琼妹只红了脸低了头死盯着明泰穿破凉鞋的大脚，心里怎么也拂不开明泰抱住自己胸前的那一幕，脸颊更是血红一片，便抢过明泰手里的锄头冲到玉米地里。

明泰过完暑假回校上课的时候，衬衫上已多了几块琼妹补的布疤。琼妹不知道明泰的破衬衫只是下工厂实习的时候才穿穿，但她知道明泰并不曾把她的一片心放在书包里带走。他一如既往地淡淡地笑。后来他毕了业分回到县农机厂，去见他时，他的笑容似乎是更寡淡了。寡淡地笑了之后，居然还问她有了婆家没有。

琼妹就暗暗地生气。

现在，明泰做事的厂里招工，这机会怎好错过。打了工，挣了钱，就可替爸还阴阳脸的账。阴阳脸那东西时来运转。县扶贫工作队弄了些美国草籽来宣传种草的时候竟没人相信种草可以胜过种庄稼。阴阳脸自告奋勇包了片荒坡，成了县里的试验点。那种叫美国西岸八号，但其实是从澳大利亚进口的洋草，端的够威够力，石头缝里也能扎根，还绿油油地肥嫩。据说这东西营养高，最是肥鹅。于是就养鹅，于是鹅就肥，于是阴阳脸就昂首挺胸豪迈地在村里走。有了钱也不再赌酒，却放债。村里人虽然都厮跟着种起美国草喂起鹅来但已落下几步。琼妹她爸鹅没有养几只，倒急惶惶先盖了房，把家里榨个干净不说，还欠了阴阳脸的债。阴阳脸则并不催得很急。债拖得越久利滚得越大，琼妹她爸就越还不起，琼妹就越有希望填进他的空荡荡的小楼房里。

所以，阴阳脸不急，琼妹她爸有了酒也不急。急的是琼妹。活鲜鲜的十八九岁，难道就像那些肥鹅，被没了耳朵一口烟牙赖手赖脚的阴阳脸一把捏住。

琼妹坐在小河边想，自己的命不至于这么轻。

二

当嘉媛优雅地抱臂旁观报名处前蜂群般的人头并打定主意今晚一定要和本·伯兰特摊牌的时候，明泰决定要采取什么行动让嘉媛刹车了。

他是在刘县长找他谈话之前见到嘉媛的。那时他正趴在一台拖拉机底下拧螺丝，忽见一辆小轿车驶进院子停住。车门开处，伸出一段白藕也似的小腿。小腿下边是做工精细印着波斯条纹的高跟鞋。农机厂的泥巴地上尽是油污，那段美丽的小腿犹豫了片刻终究还是勇敢地踏到地上。明泰由此断定这段气质不凡的小腿一定不属于县城里的姑娘。相形之下，广播站那个目不斜视自命不凡也爱穿高跟鞋但走起路来像脚痛似的广播员果然就差了几个档次。这当儿，又有几只高雅的和不高雅的皮鞋晃动。刘县长的公鸭嗓子便朗朗地响起来。明泰猜到来的客人一定是香港客商伍先生和他的外甥女陈嘉媛小姐。关于伍先生要和县里合办一家羽绒加工厂的事已有一些传说。但当时明泰并不曾想到刘县长会看中他派他去当合资厂的中方代表。

当着两个机修工凑过来邪水歪冒地议论起香港小姐的皮裙的时候，另一个机修工慌慌张张赶过来说刘县长也让他到厂部陪客。他当时已是农机厂的副厂长。

他对当官并无多大的兴趣，只希望多掌握几手实在的手艺，好等到亏损多年的农机厂寿终正寝的时候出去办执照开个个体修车铺。

但伍先生的投资改变了他的前程。伍先生看中了农机厂的厂房——那里正好装得下碎绒机。于是农机厂正式关门。除了明泰和一个电工之外，其余的人都被合并到利用农行贷款建造的罐头厂里。他们将在那里宰杀因推广美国草而骤然增多的法国大种鹅。

明泰庆幸自己没有沦为屠夫。虽然罐头厂杀鹅用的是机器。但同时他又生出些隐隐的担心。当刘县长亲切而又有分量地拍着他的肩膀的时候，他悟到他已在事实上绑到刘县长那条线上去了。刘县长是从外县调来充实领导班子的。他的确有些手段，引进洋草，饲养禽畜，兴办工厂，使他们县里的那副穷酸相变了许多。但刘县长也有个毛病，便是喜好拉帮结伙以人划线。县机关流传一种说法，道是："上线的，坐特快；靠线的，进站台；外线的，关门外。"明泰一向以技术为重，官场上的事，既懒得打听更懒得钻营。但是诚如老城墙根下算命的王瞎子所预言的，"运致如山倒"，挡也挡不住的。明泰因了前后校友的缘故，被刘县长套上了近乎。在被提了做农机厂的副厂长之后，明泰觉着靠手艺吃饭做人的初衷恐怕只是梦想，但还顽固着不肯立马三刻地去钻营刘氏"特快"。然而，官身不由己，这话是不错的。面对香港来的企业主，他不能不答应做一个"自己人"——既是县机关的代表，又是刘县长本人的走卒。

明泰私下向刘县长承认，港方的确是讲究效率也有办法讲究效率的。要是把他们那一套摸透了拿来使使，一定不会再出现农机厂亏了十几年还当先进奖励的笑话。刘县长便叹口气，公鸭嗓子呼噜呼噜地说：是啊，庄户人学办工厂，是长虫蜕皮，又难又苦，所以为什么逼你担重担子呢。一番话，说得明泰只得绷紧面皮做出严肃的样子来。

但是港方代表陈嘉媛小姐却不是一个善角。老板伍先生只在定点、剪彩的时候来过，实际事务都由当地人称为香港小姐的陈嘉媛包揽。陈小姐并不仅仅只有美丽的小腿，颜面也颇具秀气。虽是身材不高，却有一番娇小玲珑的可爱。若是她心情很好真正开心的时候，她的笑容也是很可爱的。然而大部分时候，她的永不消退的微笑只是一种友好，或者，按明泰的说法，是一种玫瑰色伪装。很多场合下，明泰从她的微笑中读到大地方人对乡下人的特别优惠的宽容。这种宽容比傲慢更猛烈地噬咬着明泰的自尊心。而且这位香港小姐虽然彬彬有礼但在实质问题上是一英寸也不退后的。伍先生的 PG 公司原在广东的特区就建了一座分厂，这回在他们县城办厂，设备是从台湾拉来的，而筹备和管理的骨干却是从广东调来的。嘉媛小姐说，这部分人的工资按广东的标准开。明泰不同意，认为他们的厂并非是广东的分厂所以工资标准也应参考当地水平，至少不应高得离谱。既然在县里招的工人不按广东标准开为什么干部要按广东标准开，而且我们也不一定非请广东佬来不可。嘉媛微笑着以女教师般的耐心说：是的是的，工资开高了我们也不愿意，只是贵县一时哪里找得着熟悉羽绒加工业务的骨干呢。要是有，我巴不得把阿建那帮家伙打发回广东去呢。另外，刘县长提倡开放，广招人才是不是。我们请广东方面熟悉业务的人来帮忙也是符合贵县政策的呀。再说你要求把管理人员的工资降下来，那你自己岂不是也跟着吃亏了？明泰心里动了一下，却嘴巴硬硬地说，我不是冲着钱来的。嘉媛却大笑道，很精彩很精彩，我好久没有遇到你这样的模范员工了。干活踏实工作负责又不计较报酬，真是理想的好干部。等到正式开工，广东佬把劳工带出来以后就打发他们回去。以后，凡在当地招收的员工一律按当地标准开工资稍给些优惠也就可以了。

明泰糊里糊涂败下阵，事后细细一想，似乎是县里吃了大亏。心里颠三倒四不踏实，只好硬着头皮去向刘县长请教。刘县长拿大巴掌朝他肩上一拍，把他拍到椅子上，哈哈大笑道：堂堂五尺男儿之躯，竟斗不过一个娇女子。你这头笨骡子叫人卖去也还帮他拉脚哩。不过，这样也好。我把你放进合资厂，很多人眼红得不得了。要是你一去就拿高工资，反而在政治上不利。贪了这个小便宜，往后更要吃大亏哩。明泰急分辩道：我不是光考虑我自己，我是想这样我县的打工妹岂不是也要吃亏吗！刘县长就不笑了，闷闷地说：谁叫我们穷呢！人家为什么不在广东扩建，而是看中了我们这个穷山沟，还不是我们的劳力贱、地贱，又就近占住羽绒资源。谈判的时候，都匡算过了的，即使他们从湛江港进面料来，加工了再出去，铁路轮船地转运，也还比在广东扩建有利可图。现在广东那里发达了，地贵了人工也贵了，这才轮到我们起步。我们图什么？不光是闹一些就业机会、扩大县财政，也要就此机会树几个样板，把农业文明朝工业文明道上领。所以现在不能计较人家赚几个钱。再者，工资低成本也低，作为合资的一方，县里也不是没有好处。至于打工妹，总比她们在家朝土里刨食要出息一些嘛。

明泰只能点头。

明泰的身份是副厂长，但是对厂里的事务他并没有多少发言权。按投入的股份嘉媛是正厂长，大小事情实际上由她一个人说了算。在安装机器的阶段，厂里请了机器生产厂家的技师本·伯兰特来调试。嘉媛问也不问明泰，便雇下了一个会做菜手脚也勤快的老妈子为他服务。明泰长了心眼，先借故到嘉媛从广东带来的会计那里翻工资报表，发现没有老妈子的名字，心里还颇有些放心。但不久就发现售堂的采购单里，竟然列出鱼皮海参来，一问才知是给老妈子拿去做给本·伯兰特吃了。这一回不等明泰去兴师问罪，嘉媛却打上门来脸上竟没有笑容。

"明泰——"她大部分时候喊他明泰也要他喊她嘉媛，以表示一种和谐和团结，"我们一向很友好是不是，我们一向有什么意见都可以开诚布公地交流是不是。关于接待本·伯兰特先生的事务，我以为是非常重要的。因为如果他不卖力我们的开工时间就要往后推是不是？正常开工一天成衣二百八十件毛利五千八百二十美元，如果拖延十天我们就有五万多美元的损失是不是？五万多美元买鱼皮海参该买多少你算得明白是不是？所以像这种情况就不能完全按内陆伙食标准去死搬硬套——实际上贵县领导请我们吃饭时也是大大突破所谓"四菜一汤'的是不是？而且按我们PG公司所有工厂的规矩，中午一餐是免费供应的，但在伙食标准上劳工、白领和经理人员可以是不同的。所以我以为好好招待本·伯兰特先生并不过分。明泰，你说是不是？"

明泰张口结舌地望着自己还没有成型的战壕被咄咄逼人的泥石流冲垮。

嘉媛便微笑起来——并没有胜利的傲慢，而是一种温柔的怜悯。明泰，你人很好，你和那边狡猾的广东佬不同，我很喜欢你的。所以，如果有些事情来不及打招呼我就决定了，的确是因为忙，顾不过来，并没有欺负你的意思。这也是为了提高效率。像分给你管理的保卫和环境工作我也没有干涉过是不是？我在广东那边干过两年，对扯皮拉筋耽误生产有刻骨铭心的体会。相信你能体谅我，也许过不了多久，你会适应，也会喜欢上我的节奏的。

嘉嫒的眼睛是热烈而亲切的，但也是咄咄逼人的。明泰恨恨地想，他妈的她居然对我说"没有欺负你的意思"，她居然真敢对一个男人说我不欺负你！

明泰气得张口结舌，说不出一句话。嘉嫒却笑道："明泰明泰你要相信我，该和你商量的事我一定会和你商量的。"明泰立刻读懂了嘉嫒的表情。不该你管的事你别管。明泰愤怒的同时又体味到悲哀。

但是关于报名，明泰决计是要管一管了。厂里招工只有四十五个名额，而早晨一开大门，外面已有二三百妹仔候在外面。登记不到两个多钟头，名册上已有了五百多个名字，而且还不断有远乡的山妹兴冲冲地赶来。十里挑一，乃至百里挑一，从厂方来讲，自是幸事。但是报名要交报名费体检费和培训费。三项合计要四十五元。这对于穷家妹仔来讲，并不是一个小数目。如果没有被选上，这笔钱自然是十八步桥上打水漂了。这件事不是关乎自己的钱袋或洋技师的胃，而是关乎几百户乡民的菜碗，马虎不得。当又一拨山里妹叽叽喳喳围过来的时候，明泰硬着头皮走向嘉嫒。

"嘉嫒！我看是不是可以打住了。现在已有五百多人，足够我们十里挑一的了。"

嘉嫒从对本·伯兰特的悬想中跌回现实，习惯地微笑着。"为什么打住？韩信点兵，多多益善。大陆的部队招兵，不也是挑挑拣拣尽量选拔好苗子嘛。"

"我们县的实际情况你可能还不太了解，我们这地方历来很穷，政府年年要拨款扶贫的。近几年虽然好过一些，但比起广东那边，还是很穷。你看来报名的妹仔，有几个是穿好衣服的。她们卖了鸡蛋鸭蛋来报名，可实际上大部分都要被淘汰回家，你要她们怎么想？"

嘉媛对穷字并不动容。"工厂不是慈善机构。我们只能尽管挑选素质好的劳工。否则产品竞争不过别人，工厂倒闭，一个就业机会也不能提供，是不是?"

　　明泰在心里感叹着钱的冷酷，却做出妥协的样子说:"你说的也有道理，选人当然要选素质好的，买萝卜也挑瓷实的嘛。不过，她们的确是穷。我看是不是可以把手续费减免一些。"

　　"明泰明泰呀，你真是菩萨心肠，我真高兴你是管理阶层人员而不是工公分子。可是你想过没有，医院体检能免费吗? 培训教员和器材能免费吗? 还有她们在培训期的住房、伙食能免费吗? 说实在的，我已经考虑到你们这里穷把手续费减了许多，在广东还要高出三十多元呢!"

　　嘉媛微笑着注视着明泰。明泰沮丧地想到她这是一种以逸待劳随时准备反击的姿态。明泰想要是自己没话找话地岔开话题或是干脆借故走开就会栽得更惨。欺负。不错，我一个大男人的确在受这小女子的欺负。但是他一时也找不出新的理由来驳斥她。他只有眼睁睁看着他的乡亲像愚蠢的山雀一样自投罗网。他妈的一张亲切友好美丽而冷酷的网。

　　就在这时，明泰听见有人怯生生地喊他。他回头一望就看见琼妹夹着一个小包袱立在厂门口。他走过去的时候，恼怒地想到又飞来一只笨雀儿。

　　"你怎么来了? 这么远的路!""明泰，我，我想向你借些钱。""借钱报名招工是不是?"琼妹点点头。"你真笨! 你这是把钱往水里丢。现在已经有几百人报名了，你能中吗?"

　　琼妹低头不语。鼻子尖上沁出细细的汗。忽然她低声下气地说:"要是做了工，我拿工资还你。要是没有招上，我，我帮你妈做工还账。"

　　明泰焦躁地搓搓脚。"我不是舍不得那几个钱——我现在不是和你爸抢木头挣学费那阵了，钱我现在就可以给你。你不知道内幕，招工的名额只有四十五个。再说，县里还打了招呼，要求厂里优先解决县机关干部子女。你想想看你能上吗?"

　　琼妹还是低着头，细声道:"那，那一个乡下妹也不招?"

明泰语塞："那恐怕也不会，不过再加上托门子说情的，你想还有多少剩下来。"

琼妹的眼泪就下来了。"你，你总是嫌弃我……"

明泰找不出也不想找什么话来劝她，便用鞋尖去寻觅蚁迹。

这当儿，站在一边的嘉媛姗姗而来，笑道："真俊俏的姑娘，是你的乡亲吗？"

明泰不置可否地"嗯"了一下，并不打算多拉扯。嘉媛却道："有什么难处吗，姑娘？我是工厂的负责人，可以跟我说说。"

琼妹如见到救星似的仰起脸，扑闪着泪花说："我想报名，可我没、没钱。"

嘉媛上前拉住她的手，叹道："你们山里女孩子真苦，看看一双手磨成什么样子。好，没有钱我借给你，你先去报名吧。"

明泰本能地知道嘉媛的慷慨另有企图，急拦住嘉媛道："你不要白操心了，她们山里妹手脚很笨的，学不来的。"对琼妹说，"你还不快回去！种地种好了也有出息嘛！"

琼妹快快转了身，泪珠不住地往下落。看得出她真是向往着来做工，可又怕忤逆了明泰。嘉媛便笑道："明泰！你是她什么人，怎么可以这样欺负人！吆三喝四的！姑娘！你不要走，我定了，一定考虑你！"

明泰急道："嘉媛，我和她并没有什么关系。就算有关系，你也不该公私混淆。"

嘉媛微笑："我并没有打包票要录取她，还要体检、还要考核，这要看她自己的命。但是总不能不给人一个机会嘛！"

说着便拔出钱包来。明泰无奈，只得抢先掏了钱塞到琼妹手里，说："快去报名吧！"

琼妹忍住酸酸的泪意，来不及说什么，快快去排队。

嘉媛抱起臂膀望着衣色陈旧的人群，笑着对明泰说："我们要好好珍爱她们，她们是世界上最好的劳务资源。"

三

嘉嫒把身子沉浸到浴缸里，温暖的浴液渐渐爬满全身，乱哄哄的脑袋便迷迷糊糊地空虚起来。本·伯兰特坐在房里对着电视打瞌睡。按惯例他手上还捧着一本永远看不完的惊险小说。

在选点的时候，刘县长主动提出让出一栋小楼给嘉嫒居住。后来知道，那原是刘县长调来时县里为他修的。一栋别墅式小楼，坐落在城郊桃花山的脚下，空气透明得好似水洗过一般。左邻右舍都是地方上有面子的人物。刘县长便缩在招待所里不肯搬去。他不搬去，便无人敢去。因之那房子很空了些时候。嘉嫒他们住了，便也无人敢说。

把本·伯兰特请来是嘉嫒预先谋划好的。一方面厂里需要他，另一方面自己也需要他。本·伯兰特是个沉默而粗糙的家伙，一张毛脸像刚从沙箱里倒出来的铸件。后来嘉嫒才知道他的胸膛更为粗糙——因为他的高大或曰伟岸，做爱时她便只及他的健壮的胸膛。那里不仅有猪鬃似的硬毛，且也随着风箱般的喘息，蒸发出一种猪也许是野猪的骚腥气味。每到这时，嘉嫒便不免生出些异样的念头，想起过去身边那些虽然很精明但毕竟斯文秀气的上海男友来。

还在 PC 香港分公司见到本·伯兰特的时候，嘉嫒就以一种上海人从小训练出的眼光断定本·伯兰特身上尚有可以提取的价值。后来她巧妙地向娘舅打听他的情况，而更精明的娘舅很快就捉住了她的思路。娘舅原是上海滩上众多无名小开中的一员。四九年被撤退的乱潮裹去了台湾。他正是凭着上海人的品性以一颗祖传的宝石戒指起家，渐渐发达起来，在港台办出了个专门向北美做生意的 PG 公司。娘舅以过来人的口吻告诫她：本·伯兰特在美国只不过是个三等货。他的确是一个优秀的技师，但他绝对不是一个好丈夫更不是一个好父亲。他之所以远离美国跑到香港来，正是因为他酗酒打伤孩子和妻子离了婚来寻找某种解脱的。

但嘉嫒听了更觉得本·伯兰特颇为可取。其一他现在独身，其二他不远万里来到香港，说明他对东方颇有好感，说不定他在内心对美国女子已然失望。其三，酗酒固然不好，但男人不喝两口酒的也实在少见，且他来到香港以后滴酒不沾，说明他已有悔改之意。人非到贤，孰能无过，改了就是好同志——嘉媛在从小听熟的"同志"里体会出别样的意思，不禁惨淡地笑了。

然而她并没有多少机会和本·伯兰特套近乎。几年前，姆妈和老娘舅联系上的时候，嘉媛充满了电影般的幻想。到后来见到从台湾回来的娘舅，她就晓得娘舅不会白白资助她出境。娘舅说他让他的香港分公司在广东办了个分厂，如果嘉媛有意的话请她代表娘舅管理管理广东分厂。工资可以按香港标准开。嘉媛对此深表理解。娘舅有上海人的底子加之台湾商界的熏陶，这样的打算也不为过。而且娘舅这样一开口，外甥女出国念书的想法就被堵住了。后来姆妈从中斡旋了一番，娘舅答应把她先办到香港，由 PG 香港分公司聘她为驻广东分厂的副经理。虽然她的工资由香港分公司开，但她的大部分时间都耗在广东方面的经营管理上。这样在认识了本·伯兰特之后，她的行色匆匆的香港之行只够安排一些试探式的项目，很难体面、自然、不失身份地进入实质性阶段。

在娘舅决定往内地发展的时候，嘉媛自告奋勇地去做开路先锋。当然她有自己的打算。在广东泡了不久她便以商校中专生的眼力看出了许多门道。到内地办新厂自然是件苦事，但活动余地大，赚头也大——这个赚头不是指为娘舅的 PG 公司，面是指为她自己。到外面闯世界，没有几个私房钱压箱底是玩不转的。另外到内地也可借机把本·伯兰特请去，就近观察一番。有钱靠钱，无钱靠人，这是姆妈念叨了几十年的真理。的确是颠扑不破。

本·伯兰特比想象的要容易接近。他在沉默寡言的外表里包藏着一颗随和的心。在工作条件、饮食起居方面，他远没有嘉媛挑剔。鸡杂吃得，猪肚吃得，连街上大碗卖的牛下水也呼噜呼噜吃得有滋有味。吃饱喝足之后，便四仰八叉地靠在沙发上，对着他一句也听不懂而且雪花点点乱纷纷的电视似有似无地看。有时也趴在桌上像小孩似的来回地扭收音机出气。小镇上没有别的娱乐，偶尔出去散步，小镇上的人也会像看稀有动物似的驻足围观。带来的小说看了几页就腻味了。

这样就只有一门心思做爱。

按设计，嘉嫒和他分住楼上楼下。但本到的头一天，借了刘县长的接风酒的酒劲，他们便在一部无聊的电视剧中自然地做成了一堆。

本在床上端的是一条好汉。强盗似的蛮勇，美国式的直截了当以及孤独的长跑者所具备的坚韧不拔，使嘉嫒觉得以前和斯文的男友做下的自以为了不得的事情不过是一场文明的儿戏。嘉嫒大叫——在这里，因了她披的香港外衣，她可以尽情地放声大叫而不必像在上海鸽子笼里眼观六路耳听八方地担惊受怕。她觉得本把他和她的人皮都扒光了扔在床下，使他们回到了史前时代。这的确很纯粹。然而良宵夜短，太阳一出来，她还得穿上人皮，做种种史前时代所没有的纷繁复杂的文明事，而且必须全力以赴地去面对熙熙攘攘皆为利往的现实。这样，就觉得本很够味，又觉得本光那样够味又很不够味。

嘉嫒用大浴巾裹住身子，款款地走出浴室。当她擎起吹风的时候，本像训练有素的战士默不作声地直奔目标。他在嘉嫒身边坐下，毛楂楂的手精确无误地冲进浴巾，而他的毛脸也一点不浪费时间地开始在她的脖子上蹭起来。

嘉嫒脸上做出娇嗔讨厌的表情——她知道本喜欢这种情调，而在心里却真的有些不舒服。在上海时，不等洗完头，眼色活络的男友早备好吹风候在一边，尽管洗头用的是脸盆，尽管洗头水是用水壶烧的还要用水瓢加凉水，但有了真心的殷勤或曰讨好，心中总还可以升出些甜蜜。

"本，刚才电视上讲什么故事？"

本的毛嘴在她脖子上唃着，口齿不清地说："唔，没，没什么，什么动作也没有。"

"没有功夫片吗？"嘉嫒知道本是个功夫片迷。他说他在香港时几乎每天租新带来放。

"没，没有。老是说话，说话，真没劲。"

"这个鬼地方，我也待腻了。以后到了美国，我天天陪你去看施瓦辛格和史泰龙，好不好？"

本没有搭腔，却坐直了。手和嘴不再忙碌。

这家伙，看上去大大咧咧，谈到实质问题，倒不肯糊涂。

"本，你还没有说过要把我带到美国去呢。难道你要在香港待几年吗？"

本答非所问地说了句"香港的海鲜真好吃"，然后亲切地拍拍她的脸。然后就站起来。

嘉媛品到一些冷意，但还没有完全失望。姆妈早就告诫过，处男朋友就像凑清一色，性急不得的。急猴猴地吃碰，只会捞到鱼虾番，成不了大气候。只有像坐牢似的耐得住寂寞，才能苦尽甜来做大赢家。因此上，在牌未打尽的辰光，不可以像阿乡似的惊慌失措。嘉媛便面不改色地等待着。夜长，话多，不怕没有机会再把本牵回那个主题。

本眼睛盯着电视，似看不看地站了一会，便从容地走进盥洗室。在马桶的轰鸣打破了桃花山庄的静谧之后，本整理着毛巾浴衣的下摆又从容地踱了出来。他的眼睛自然而然地盯了一会电视，然后自然而然地捉起茶几上的鱼干片，有滋有味地嚼起来。嘉媛一只眼睛在电视上，一只眼睛在本身上。看到本撒了泡大骚尿之后居然不洗手（他连想也没有想到）就抓东西吃，心里很有些鄙薄。在上海，住的条件虽然差，但清洁卫生是上海人引以为自豪的优良品质之一。到了香港，虽然住的是小饭店，但每天换洗床单的服务倒很合嘉媛的心意。这个本，正如他自己偶尔提到过的，是芝加哥钢铁工人家庭的出身，从小缺少良好的教养。可见美国佬也有文明层次很低的。

本当然对她的计算机似的思路缺少了解，在大嚼了一块鱼干觉得鲜美异常之余，他自然而然地想到了要和别人分享这份快乐。他大熊也似的往嘉媛身边一靠，举起手中的鱼干片便往嘉媛口里送。

"嗯，好吃，很好吃，我们一起吃。"

嘉媛面对那几个褐毛森然的手指头，怎么也排除不了那几个指头刚才在马桶间运作的情形。她觉到了胃液的涌动。她想以已经漱过口来做盾牌。但是她又的确没有漱口。如果这样声明过了，她将不得不用整夜的口臭来证明谎言，而在她的记忆里似乎还没有过不漱口就上床的经历。即使是在火车和轮船上她也是要郑重其事地漱洗一番才能安然入寝的。而且，漱不漱口，等下本一上床就会知道的。酸酸的口臭可能在她的心理上投下一片阴影，而因了这片阴影，上了床也可能发挥不好，发挥不好就会败了本的兴致，最终还是自己失分。

因此她在那一瞬间通过急速的推理便排除了漱口的借口。但是本这家伙有时也很敏感的。尤其是关于他的自尊的时候。这就是所谓嘴拙心里净吧。就在几天前本上床时顺手扒了几块脚皮，然后就骑到她身上。她心里总惦记着那几块又大又硬的脚皮，不由得说了句"快去用肥皂搓搓手，免得让我生病"。本愣了一下，什么也没说就去洗了手。回来的时候，他没有流露出再做骑士的意思。嘉媛想这不是我的错便没有装出撒娇的样子去道歉。但为了再造气氛她又主动扯了些别的轻松的话题。可是这已经没有用了。那一晚嘉媛睁大眼望着天花板，心里七上八下直到听见了本的鼾声才沉沉睡去。而那份苦苦的担心在两天之后本再做骑士的时候才悄悄地吁出胸间。

今天不能重蹈覆辙。尤其是相隔的时间还不太远。如果弄毛了本，就会勾起他的记忆，而几天之内美国之行的话题就不可能再提起了。

看来，除了闭眼吞下，别无他法。拖延时间只会引起本的怀疑。而怀疑则是不安的酵母。

一旦决定了，嘉媛倒是很爽快的。一刹那的犹豫被关上了龙头。她给本送过一个愉悦的甚至带点感激色彩的秋波，然后启开朱唇两片。当那团夹着些骚味的腥物——她强烈地感受到这一点——爬进柔嫩的口腔并气焰嚣张地挤进喉咙的时候，嘉媛对自己——一个娇生惯养的上海女孩子的忍耐力感到惊奇。她脸上保持着平静的笑容，这会使本觉得她是在努力品评他给她的爱意。但她心里已体会到一种母狼的残忍。当母狼被猎人的铁夹夹住腿脚的时候，她也许会平心静气地咬断自己的腿，然后在伤好之后寻找一个适当的机会扑向猎人。这就像姆妈一样。当初为了资产阶级小姐的出身，姆妈不得不下嫁她父亲商店里的伙计，然后利用烟、酒、饭菜、早点甚至火柴仔细而坚定地噬咬那个镇江佬，并从小向嘉媛灌输对阿爸的仇恨。以至于嘉媛长大后虽然可怜父亲，但再也找不到对父亲的敬爱。

很好，我把耻辱凉拌痛苦吞进肚里。这没什么。只不过是因为我穷。我要是个真正的香港小姐就会把那包臭鱼干摔到你的毛脸上。不错，我穷，但这并不是我的过错。我有能力，人也聪明，只要抓住机缘，我不会总是穷下去。到时候，咱们再较量。

嘉媛面不改色地又吃了两片本递过来的鱼干。

上床之后，提那话儿的机会不期而至。本听着低吟浅唱的林涛，忽然提到了大海，说很想去游泳。嘉媛说镇外的那条河虽然宽却是沙河，很浅的游不得。等到山洪下来水深了却又浑了而且还有许多旋涡。听说美国人家里都有游泳池是吗？本说他原住就是在所谓公寓大楼里。在他们那个街区只有一个公共泳场。这回在香港挣了些钱之后，可以回去买一套公寓。这样就可以在属于自己的院子里挖他一个长长的游泳池。嘉媛听了心旷神怡，顺竿爬猴地说上海游泳池少人又多像下饺子一样挤，所以我还不怎么会，到时候你可要教我哦。

本就又刹住了车。默默地挨了一会，他勾手揽住嘉媛的脖子，抚摸起她的秀发来。黑暗中看不清他的眼神。但他的声音听起来很沉重。

"媛，我想跟你说，我很爱你。"

嘉媛原以为是拒绝的意思，不意一个爱字像利箭一样穿透了她的心房。心房一颤，竟涌出热泪。她突然觉得爱神丘比特那胖小子用弓箭作武器是多么的有道理。

嘉媛情不自禁地趴在本的宽厚而多毛的胸膛上送去一串真诚的吻。

然而本却没有像往常那样热烈地响应。他继续有条不紊地梳捋她的头发，一面用一种低沉而伤感的调子说：

"媛，我已经想过把你带回美国的事，我的确是爱你的。你聪明能干，人也漂亮，到了美国自然是里里外外一把手。"

"本，谢谢你！谢谢你！"

"别着急，媛。我还没有说完。你人很好但是我和你结婚的话，我是得不到幸福的。"

嘉媛紧张地抬起头："为什么？"

本不慌不忙地坚定地——后来嘉媛认为这种不慌不忙和坚定是最大的残忍——说："道理很简单，因为你不爱我。"

"不不，不不不，"嘉媛慌得语无伦次，"我是爱你的本，我的的确确是爱你的，不信我可以发誓……"

"媛，请尊重我的判断力。我也是快四十岁的人了，和你相处也不算太短，我现在已经明白你心里在想些什么。你真的不爱我。也许我对你来讲已经老了，不太适合你了，也许是我这个人比较粗犷直率……"

"不不，本，你很好，你不老，你也不粗犷直率……"

"媛，请冷静一些，我们必须面对事实。我认为你到了美国之后是会和我离婚的，你一定会去寻找更适合你的人……"

"本——"嘉媛绝望地叫了一声。她已经明白犯了一个不可挽回的错误：她低估了本。毕竟，别人生活的文明层次不同。

"媛，我看得出来，你是要我和你讲明白。这也符合我的性格。所以我讲了。也许时机不当，但我找不到更合适的时候，也不想再忍受下去。"

忍受！他居然还说忍受！嘉媛觉得心房被利箭射中的破处，漏出来的是点点滴滴的鲜血。她热泪涟涟语不成声："既然你，你这样想，为什么，为什么还要和我……"

本拍着她的背，像在哄一个受委屈的小孩。"媛，我说过，我爱你。我真的喜欢和你做爱。我起先以为你也喜欢，而且也仅仅是喜欢，并没有包藏其他的想法。我来中国前，不止一个人跟我说过要注意爱情的陷阱。我原先想，像你这样美好的女孩子是不会的。可是我不得不承认我错了。我是结过婚的人，我对第二次婚姻不能不慎重。"

嘉媛忽然恨起她的女同胞来。她在上海时亲眼见过她们班的女生像婊子一样地去贴老外，唯恐人家不赏脸。贱货！都是这些贱货把大陆女孩子的招牌做倒了！

以至本早就打了预防针。天哪，为什么我这么命苦。

本又不停不忙地说起来，冷静得像谈劳务契约。"现在，我们已经讲明白了。当然，要是你现在不愿意，我是不勉强的。不过，因为你前些时对我很好，我得到很多满足。所以我还是决定把你带到美国。至于具体的程序，也可以采取先结婚后离婚的办法。但是办结婚手续之前，恐怕需要签一个合约，表明离婚时不得分割财产。要是你同意的话，我可以让我的律师把我的单身证明和其他文件寄来，我们可以在这里也可以在香港结婚，这由你来定。我想这事已经说得很清楚了，是吗？"

嘉媛哑然失笑。她没有想到在本那张粗糙的毛脸后面还有这么精细的算盘。她有一种大起大落的感觉，就像筋疲力尽的溺水者被偶然的海龟托起来一样。看上去她的目的已经达到，但这种达到终点的方式与其说是自己争取来的还不如说是终点为了怜悯这个绝望的长跑者提前送到她的面前。不错，她现在已经证实了本是爱她的，但他的爱通过这样交割清楚的方式表达出来，使她想起了购买宠物。是的，人们对买来的宠物也是很喜欢或者是很爱的，有时甚至爱得发狂，见上帝还把遗产留给它。不过，这有个前提，那就是宠物不能背叛主人，要不然，它就可能被抛到街头。看起来本的确还不坏，因为他在已经知道她会背叛他之后还不打算一脚踢开了事。但他还不够太好，他大概不知道好事做到底的说法，他不该直通通赤裸裸地说出来。她觉得陷入了两难的境地：媛是接受了本的好意，已经破碎的自尊心就会受到更大的伤害，而且将更加被本瞧不起，或者说更加印证了本原先对她的看法。虽然她早已明白在现代文明社会里，所谓自尊，正如斯金纳教授所说的，不过是个幻觉，是个心理障碍，只有超越自尊才能升腾，就像风筝一样，只有超越了绳索的羁绊才能升得更高。但没有自尊的维系，她又觉得很可能一发而不可收地堕落下去，就像断了线的风筝坠向地面。另一方面，要是不接受迎胸挂上的终点线，则意味着重新开始一场目的地不明的马拉松。

她一时觉得脑子很乱而本的那条压在腰上的毛腿也很重。不过有一点是很明确的，那就是那种每晚例行的好事本是不会再有心思干了。

果然，她轻轻搬开毛腿翻身之后，本什么也没有说。

四

当琼妹在发了第一个月的工资之后诚心诚意地买了点心盒去向嘉媛称谢的时候，明泰决定摸摸嘉媛的套路，好拿出些颜色叫她瞧瞧。招工那天，登记册上的实际人数超过了五百八十人。明泰正在发愁这么一大群叽叽喳喳的乡下妹仔如何吃住如何集训甚至如何上厕所，工头阿建却神秘兮兮地笑道：如果老板真舍得把这些小母鸡都留下来，我们哥们就快活啦。阿建是嘉媛从广东带来的。他有一张精瘦的脸，说这番话的时候，活像一只闻到肉香的狐狸。明泰敷衍地笑笑，没有接他的话。

但是下午体检的结果证实了阿建的预言。县医院似乎变成了肉联厂的检测机器。大门是进口，报名的妹仔们鱼贯而入。侧门是出口，不合格的妹仔被成群成堆地吐了出来。她们神情沮丧，这不仅意味着她们上午交到报名处的钱成了打狗的肉包子，而且意味着以后若有合资工厂她们也可能不合条件。有人低声地骂着，有人感叹着洋招工赛过验兵，更多的人则悄悄地抹着眼泪。明泰知道，虽然她们大部分还不肯散去，想看看那些留到最后过透视关的幸运儿究竟生的是不是三头六臂，但在医院下班的时候，她们将不得不踩着被夕阳越拉越长的影子走回家里。她们不会知道谁是真正的幸运儿，甚至永远不会知道，因为嘉媛并不打算张榜公布。凡录取的只通知她本人。这意味在嘉媛最终圈定人选之前，连明泰也不清楚。

明泰看到医院里设置了七八道关口，每一关坐着一位医生，他们一式地白衣白帽白口罩，有的还支撑着一副冷冷的眼镜，这样就看不清他们的嘴脸。看手、看脚、看眼、看牙，光在脚气那一关就剔了两百多人下去。他们很有效率，和平时在门诊部的老爷架势决然不同。明泰知道这是前两天嘉媛领着阿建在医院活动的结果。

体检之后嘉媛宣布留下七十多人参加集训。这意味着在五天之内，又有三十来人将被剔除在外。明泰留了个心眼。他翻了翻招工表，发现里面有二十多个县城户口的姑娘。这意味着还有三十多个乡下妹仔到头来也是竹篮打水一场空。在看到琼妹满脸意外欢喜地走向透视室的时候，他想起了走向祭坛的牺牲和押向刑场的陪绑。明泰很气闷。她嘉媛一个人怎么可以这么欺负几百号人。但是他想不出办法来打败她，于是就只有默默地气闷。那个色眯眯的阿建代表老板把住最后一关。他以异常关切的神色告诉每一个姑娘应当如何把胸脯对准机器，并手忙脚乱地扭动她们的腰肢纠正姿势。明泰差一点想冲过去把琼妹从队伍里拉出来。他知道对有几分姿色的姑娘阿建的双手必会像公鸡的翅膀一样扑闪个不停。毕竟琼妹是他的乡亲而且那次在河里他自己的手也体验到求欲的美妙。在琼妹的眼神的鼓励下，他也时不时会生出"她属于我"的感觉。但他转念一想，琼妹毕竟不属于他而且也应该不属于任何哪一个男人，如果他现在拉她一把，那么她对他的归属感就更稠更浓了。

他想起了农村户口以及农转非的麻烦。仅仅是这个无解之题也足以叫人却步。

他便却了步。

他自慰道：既然她有心出去闯荡世界就不怕过沟沟坎坎。

出乎明泰和琼妹意料的是，在集训了两天之后，被淘汰的三十多名多余的人大部分是城镇姑娘。

琼妹像枪声响后发觉自己还活着的陪绑者那样充满了惊吓后的狂喜。她来不及多思索就全心全意地投入到训练之中。这种训练既单调又乏味还很累人。广东来的师傅拿港台的操作时间标准来套她们：手指动一动不得多于几个标准"模德"，胳膊的动作不得多于几个标准"模德"，最后缝一条边不得多于多少标准"模德"。这么折腾一天下来，手、脚、眼有说不出的酸痛而脑袋里面也像抽了脑汁似的空洞了。但琼妹很喜欢这个狗日的"模德"，要不是洋人发明了这个鬼东西——它规定一个手指一弯是0.012个"模德"——她们这些乡下妹仔的勤快必是斗不过娇气的城镇姑娘。

明泰在惊愕之后很快想通了为什么嘉媛要花功夫去打点医院。剩下的女工都穿得很寒酸，一望便知是县里最贫困的山区出产的。这倒好，算是雪里送炭了。但是县里劳动局打的招呼还算不算，如果得罪了土地爷卡起水电来又怎么办？

嘉媛知道明泰会来质问的。但是她有把握拿住他。她看得出来明泰身上还有许多农家子弟的善良。他虽是县方的代表但他的屁股还没有完全坐到官场上。

"明泰这回你该满意了吧。你看我留下来的都是最最山区的穷妹仔，是不是。"

"你是因为她们能干。"明泰生硬地顶回去。他不想让嘉媛觉得他欠她的情。"还有。你把很多城镇待业青年都辞退了，这个后果你可清楚？"

嘉媛笑道："谢谢你为我们厂想得这么周到。不瞒你说，我这样做是有预谋的。这是广东方面给我的教训。按我的本意，招劳工不应有什么户口限制。合则来干，不情愿则走，我们也可以精选优秀分子。这是引进外资的政策许诺好的。但实际上他们地方上自己又弄了很多土政策，搞保护主义，先是规定外地劳工要在当地领取劳工证，同时不准我们私招外地劳工。继而又规定招工的比例一定要保证当地人占 70%，再加上关系、人情，你想想看我们还有什么选择余地。结果弄了一些不能干活的人进来，调皮捣蛋。特别是城镇子女，钱是要拿的，活是要偷懒的。我舅舅不懂大陆情况，还说既然要户口我到内地招来劳工给她们在当地上户口还不行吗？你说这是不是笑话？所以这次扩大加工项目，本来还是应该放在广东的，但没有了廉价劳工的优势，筹划来筹划去，还不如放在内地好，哪怕是多出一点运费也划的来——你想想看，有了这样的教训我还能不挑一些勤快老实能干活的劳工吗？"

明泰想起她所感叹的"最好的劳工资源"的话，心里别有一番滋味。"所以你就让所谓的体检和所谓的集训名正言顺地淘汰你不想要的人。"

"明泰明泰，你真聪明，你快要入道了，我看你将来可以成为一个企业家。不过我还可以告诉你一个秘密让你放心。你注意到没有我还是留了几个城镇姑娘，这不完全是为了做幌子，因为她们几个都有家世背景，水、电方面的关系我是不会得罪的，大陆这一套我怎能不懂。"

嘉媛差一点就说漏了我其实就是大陆人，但她还是忍住了。面前站着的这个乡巴佬虽然人不坏虽然长得还俊气但他是个有头脑的乡巴佬。不可造次。而明泰心里嘀咕道，虽然主要关系没有弄僵，但其他那些人也都或多或少有关系。巴掌大的县城，张三不是李四的朋友便是王五的亲戚。所以刘县长一来才把和县城没有关系的年轻人提携上他的特快列车。

嘉媛又一次看穿了明泰的心思，微笑着对明泰说："好了明泰，你不用发愁，我不会要你去和县里解释的。我滚蛋了你还要在这里混饭吃，是不是。我自己去说，另外还要把你站在县方的坚定立场大大地表扬一通。我看刘县长是个通情达理的人，他想搞一番事业，不会拆自己的台。过几天正式开工，我是要办几桌酒席的，一来是给伯兰特技师送行，二来也为厂里打个基础，到时酒杯一端纪念品一发，头头脑脑不能不接受我的解释，而头头脑脑打通了也就把其他关节打通了是不是。最后我还要让省报记者写一篇稿，表扬县机关办事廉正，不往合资企业塞亲友。造成这样的既成事实，棺材盖就钉死了，是不是，明泰？"

在说到本·伯兰特的时候，嘉媛心里闪过一丝遗憾。机器调试好了，本没有理由再留在这里。当然她也可以找到借口，但娘舅把工厂交给她也是订合约的。请本的费用完全由她的分厂承担，日子拖久了她也受不了。要是本婉转地艺术地答应和她结婚就好了，那样的话多些花费也值得。可惜他没有。而且他也没有表示要找借口留下来陪她的意思。自从那天讲明白之后，两个人都尽量回避做爱。这实际上是在回避尴尬。两人在心理上做了分手的准备。虽然本并没有拒绝她，但与其说给了她一个希望还不如说给了她一个教训，那就是假模假式在高人那里玩不转。这样，她在遗憾的同时又得了两个小小的安慰，一是她发现自己还残存些宝贵的东西，二是早就向本按香港标准收了房租和佣人的工资，然后她把外钞切换成人民币并按大陆标准向县机关行政科付账。在想到自己还不是太亏的时候她感到自己的确是个上海人而且是个上海女人。

明泰面对嘉媛的包围，很懊恼自己的无用。他妈妈的有了身份有了钱便可以傲起来。但嘉媛的这个人情他是不能不接受的，尽管他知道这是一笔高利贷，以后某个适当的时候她必是要来索债的。装傻没有用。既然如此，倒不如要她明白他并不想从此以后跟在她的美丽的屁股后面做一个乖顺的小厮。

"嘉媛，你能不能借几本企业管理的书，我也好好学一学。"

"好的好的，我的确有不少书，不过大部分是英文的，你怎么样，啃得下来吗？"

明泰觉得吃了一闷棍，脸上羞燥难耐，便道："有港台的也可以。实际上我想请教你，招工的报名费该入哪本账？"

嘉媛在赞赏地微笑着的时候，暗暗骂他这家伙有狼的毒眼。报名费是她的小账，除了支付报名、体检的开支，剩下的完全落入她自己的腰包。

明泰望着嘉媛僵直的笑容，却想到了琼妹的贫苦。一种愤怒堵在他的胸口。他决定乘胜追击。"每人四十五元，五百八十人就是二万六千多元。嘉媛小姐！我很佩服你的手段！"

嘉媛有无数条理由认为这钱自己该得。但在自己找这些理由的同时她发现了自己的心虚。

"明泰，你知道，请医生加班、去劳动局办手续还有集训都要花不少钱。比如说请集训教师吧，请你讲课我是要按香港标准付酬的，你可以得到两千元。"

明泰就是从这里摸到了嘉媛的套路的。当时他就决定要向这个贪婪的口袋里扔一块石头。但是他明白关于招工费，即使全被她吞了也不能把她怎么样。于是他直捅捅地说：

"你把我的教学水平低估了。我要四千五百元。"

这很出乎嘉媛的意料，同时又令她高兴。她觉得摸清了敌人的弱点。这就很好办。

"明泰明泰我真佩服你的勇气。很好的很好的，有做大事的气魄。你明天就去会计那里领。"

说这番话时她已经想到一定要会计另造一张表，让明泰签字。这样她就预支了胜利的微笑。

琼妹没有想到，当她挟着两盒广东饼干肚子里咕噜着怎么向嘉媛小姐开口的时候，她会从嘉媛的窗子里看到明泰的身影。月亮平心静气地悬在桃花山上。公路上偶尔驶过一辆货车。琼妹看到了明泰的单车孤零零地倚在花坛前。她很熟悉这辆单车。曾经有一个幸福的时刻，她坐在车后尽情地吸着他背上的汗腥气。可惜这样的幸福像县城的小街，实在太短了。

他决计先不去叫门。她隐到一棵老楝树后面。她要看看明泰和那女人究竟怎样。明泰穿一件素色衬衣——这是很普通的衣服，关键是他把衬衣刹在裤子里，还不怕骚脚地套了双皮鞋——这在县城就算很潇洒。一般只有机关学校的青年才这么穿。明泰平常都是把衬衣如意一套。今天上嘉媛这里来他忽然觉得应当像个样子。嘉媛见到他用心地梳过头，便会心地微笑了。但是她越来越感到这个乡下青年并不简单。起先她以为会计要他签字时他会像见到陷阱的狼一样恨恨地逃开。然而后来会计报告说他居然意味深长地笑着点数那沓现钞。她又以为他是愚蠢。没想到他租车载了四十五只提桶四十五副蚊帐四十五份姑娘用的小玩意回到厂里。当她听到阿建的报告的时候，她立刻悟到她做了一桩呆子出钱乖子放炮的傻事。这些穷得连洗澡的提桶都没有的乡下妹仔一定会被他的小恩小惠征服。她当机立断买了四十五张草席四十五双拖鞋亲自送到女工们的大房间。出乎意料，女工们的感激和恭维差一点把她淹没：原来明泰是以工厂的名义而不是以他个人的名义送东西去的。嘉媛在受用恭维的同时又有点后悔，早知如此，就不该多余花钱买多余的感激。但是满目的旧衣和补丁又让她觉得人穷到这个地步再不帮一把也太没人味了。于是她就决定请明泰好好吃一顿来表示感谢。

明泰觉得灯影下的嘉媛的确是个耐看的美人。嘉媛为他斟了酒又讲起在广东抓企业的要诀。她本能地感到可以把明泰培养成为很好的合作者。琼妹则在树影里恨自己不是什么香港小姐美国小姐。要是自己投胎在美国佩珠戴玉地吃大菜，明泰这穷小子想来巴结还不定瞧不瞧得上呢。明泰品味着嘉媛亲自下厨弄的几盘细菜，一面胡思乱想地生出一种欲望：要是以后成家天天有这么浓浓的温馨该多好。看来嘉媛的能干不限于事业。嘉媛在讲话的时候暗暗惊异明泰的悟性，颇可惜他生在乡下。嘉媛把一直要问的那句话在温和友好的氤氲中端出来。"你真的不动心么，那么名钱？"明泰咧嘴傻笑了一下，显出乡下人的质朴和可爱："说不动心也是假的。要是她们每月也能千儿八百地挣，我也就脸不红心不跳地拿了。可她们现在，你是看见的，连件体面衣裳都没有，我能忍心宰她们吗。"明泰没有说他的目的不在这两个小钱。他知道现在不能暴露战略意图。嘉媛为他夹了筷甲鱼，笑道："你这是在骂我咧。"明泰说："你不是这地方的人，不了解情况当然不能怪你。"嘉媛说："那你怎么不把好事的名声放到你自己的头上？是学雷锋不留名是不是？"明泰笑笑说："还是打厂里的旗号顺溜。"如果别人知道他一下拔出四千多元来行善，不但不会夸奖他反而会认为他一定有几万元压底。嘉媛一下悟到他的言外之意，颇为同情地笑了，就又斟酒，说："明泰明泰，你好可爱哟。可惜你不会打扮自己，你看看你的衬衫领子皱得像破鞋垫。等什么时候有空我给你置办置办，再教你怎样结领带。不是我吹牛，经我的手一盘，保证你像个上海来的年轻经理。你在厂里这么一走，那些姑娘的目光会像蜜蜂一样围着你转。到时候你可要守得住哟。喏，广东来的阿建比你差几个档子，像个黑猴，可他的艳福不找咧，每个月都有新姑娘挽住他的手。不过，他是人也掏空了钱也掏空了，要不他怎么愿意到这里来。"嘉媛呵呵笑起来。说到上海的时候她心里闪过以前那个干干净净斯斯文文的上海男友。她品到笑声的空洞和苦涩。明泰没有料到嘉媛能单刀直入地说起男女关系，他一面告诫自己不可贪杯一面无端地恨起城市女人的开放来。这个骚货，一定是和洋人睡过觉的。说不定还不止一个。这样看来琼妹倒像只深山里的野樱桃，自有可贵之处。他忽然想起琼妹在水里的柔软滑嫩，不禁怦然心动。琼妹的恨意已经把谢意斩尽杀绝。她认定那条美丽的毒蛇把明泰的魂儿勾去了。窗口飘出来的音乐，使她想起好闻的城里人用的香皂。她曾经对城里妹仔身上的香味羡慕得要死。现在她身上也自豪地散发着浓烈的香味了——为了不把香味洗淡，她都没敢用很多的水去冲掉皂沫，结果腰背间总有些不明不白的刺痒。想到香皂，她要感谢明泰。虽说厂里出钱，但要不是有细心的明泰去办采买，谁也不会想到她们从小到大还不曾经过香皂的洗礼，明泰，你这头骚驴为什么还死在那个母驴屋里不出来！

但是明泰并没醉到躺在嘉嫒房里的地步。当他发现自己的视线老被嘉嫒美丽的小腿粘住时，就提醒自己是该抽身离去的时候了。他想如果这个只向洋人开放的特区忽然勾我进去，我就可以声色俱厉地把她的美人计臭骂一通。然后再根据情况处理，要是她服了软，我也放她一马，好为以后的工作打个埋伏；要是她心回意转，惨兮兮哭她一通，我也可以可怜可怜她，给她擦眼泪，说不定还抱上床。但是那个事是不做的，君子不乘人之危，要做也要等以后时机成熟，水到渠成。想来她自然有些地方比小腿更美丽。

这样胡思乱想着，不觉脑袋越来越重。而嘉嫒也没有进一步开放的意思，他的怒斥美女蛇的英雄壮举竟胎死腹中。这样就隐隐地有些失望。终于他一顿足，据摇晃晃站起来向嘉嫒告辞。嘉嫒很好笑。他两眼放着醉光面皮抹着赤红。很好。他尽兴而去。我们的关系又靠拢一步。日后工作上有什么扯皮拉筋的事想来他也撕不破这层面子了。

"要我送一送吗？"

"不用。不用"

琼妹看见明泰一个人推着单车出院门的时候，差一点喊出声来。她想还是离远点再打招呼好。免得叫他疑心跟他到这里来。琼妹顺着树丛赶紧往回起。

明泰在和嘉嫒握别之后，沉浸在一种甜蜜的略带遗憾的自我欣慰之中。香港小姐的手真是柔嫩，软软的像没长骨头。还有一种香味。可是只握了两下我就英勇地把手抽走了和她说拜拜。虽然我不得不握住他妈的粗糙油腻的单车把，现在我胜利了，我没有上她的当。

他踩了一下单车发现今天的单车特别灵活，左拐右扭像蛇游。不行不行。恐怕是喝多了。他跟跟跄跄跪下了车，便推车走。忽然就看见月色里站着一位城里小姐。她梳着和嘉嫒一样的披肩发。她有着和嘉嫒一样的美丽的小腿。而且她更丰满，看上去她的胸脯更壮实也更松软。更重要的是她笑着迎过来——她的笑比嘉嫒的客套的笑更有情意。

"明泰!"

哦,她还认得我。对了,她看上去确是眼熟。莫不是是时装挂历上的城里小姐走下来了。他便学着嘉媛的方式说:

"您好!"

那小姐咧嘴嗤笑了,过来挽住他的手臂。明泰闻到她身上的香皂味。不错,确是城里小姐身上常有的香味。在念师范的时候,他的同学、地委书记的小女儿——一个胸脯平平成绩也平平的丑丫头身上就散发着城里小姐的幽香。有一次为了新年联欢会的事。他去她家给她送一个通知。而她却摆出一服看穿了他想要借机高攀的面孔。把他堵在门外的寒雨中。当时,望着她的拒人于千里之外的目光,他就想到我们乡下长的好的女孩收拾干净了身上也用香皂洗了一定比城里小姐不差。这样他就又凑到身边小姐的脖子上嗅了嗅。不错确是城里香味。确是城里小姐。

那小姐却羞羞地笑了,说:"明泰,公路上当心别人瞧见……我们到树林里坐坐吧。"

明泰想:很好。树林。月色。很有城里情调。便调头往树林走。那小姐竟不娇气,扛着他的单车就跟上来。

地上的树叶干干的。踩上去嚓嚓地乱响。琼妹体验到一种做坏事的紧张。心跳得更急。夜虫鸣叫着又停了,停了一会又鸣叫了。明泰还是头一次这么听话呢。要是他忽然要和我做那事怎么办?琼妹羞红了脸不敢自答。

明泰先坐下来,然后一拉,那城里小姐也顺从地坐下来,一点架子也没有。他揽过她的肩膀,实实在在地感觉到她的温与柔。他很想探一探她的胸口。但是他迷迷糊糊地记得和城里小姐不可造次。什么小说上写过这种事儿得有一个程序。明泰便道:"您好。最近,他们都在说莎士比亚,您觉得怎么样?"

那小姐亲切地笑着,但眼神儿有点傻。

"明泰,你说什么?"

"莎士比亚。"

"没有，我没见过有这个东西卖。"

明泰想：看看人家的幽默多深沉。便会心地笑了。又说："那么，雪莱呢？"

"哦，雪梨有卖的，很新鲜，河北来的。一块四斤，好贵哟。"

明泰自卑地想，人家的幽默档次太高了，自己竟一时会不过意来，真糟。但仍不肯露馅，便装作会心地大笑起来。

"哈哈哈，真有趣。实在有趣。"

那小姐也乐呵呵地笑起来，倒显出一种朴实来。

明泰再搜不出什么高雅之词来，便故作高深地望着月亮。他等小姐发话。那小姐却也是三拳打不出个响屁来，死也不开口。他便有些躁。也有些莫名的失望。

终于小姐扭过他，勾住他的颈，说："明泰，你真好。"

明泰却觉得这话儿有些平淡，少了些浪漫情调。但抱着小姐的丰乳，这话儿倒也显得实在。月色溶溶的，照见城里小姐的眼角噙一颗泪花。是幸福的泪花么？她干吗要这么激动呢？我又不是省城来的白马王子。记得那年大跳交谊舞，学生会把来走穴演出的省歌舞团演员请来扫舞盲。全校的师生都很激动。大家可以搂着货真价实的而且是非常漂亮的城里小姐跳一曲了。系主任是个秃了顶的家伙，经常对学生们做政治报告的，也两眼放光地挤进饭堂，并以头人的身份一个又一个地拥着女演员连续作成。他们班那个一向面皮寡淡的丑公主也扔了架子，把脸上涂得药物过敏似的现出一块块红斑，专往英俊潇洒的王子型演员面前凑。省城人物究竟见过世面，一点也不摆架子，谁逮住了他们，他们就和谁跳。他们的演出队原是走穴性质，却打着扶贫的旗号。他们乐呵呵的笑脸，百问不烦的耐心使明泰体会到自己的确是个扶贫对象。他也扯住一个笑眯眯很可爱的小个子女演员，请她传授要诀。女演员大大方方地要他把手伸出来把住她的腰，然后转动着娇小的身体，认真地做示范。等明泰基本踩到点子上之后，她又告诉他一些进舞场的礼貌知识，诸如口袋里要带钱拉，不要穿短裤拖鞋啦，等等。后不知她是有意还是无意，笑道，跳舞之前，一定要在家里漱口，要不就不要跟舞伴讲话。明泰当时一震，猛然意识到自己的口臭已然熏了城里小姐太久了。他立刻自惭形秽，不敢再望对面小姐的漂亮面孔。那小姐微笑如故，但明泰拿不准她是善意的笑还是嘲笑还是善意的嘲笑。学舞的兴奋如同过分膨胀的气球，一句平平常常关于漱口的话就把它戳破了。明泰顿时觉得胸前那条廉价领带皱巴巴像条鱼干，觉得头上的油发不时地掉下头屑，觉得牙缝里的菜时正在发酵。小姐啊小姐，你一句笑话就叫我感到自己是个乡下仔，是个想冒充城里人的乡下仔。明泰低下头，脚下那双用墨汁染了破处的旧皮鞋更使他觉得自己是在扮演一个骗子，而且是一个不成功的让人一眼看穿的骗子。明泰渐渐恼羞成怒既恨世道的不公、自己的无能，也恨城里小姐提醒了他的身份之后又故作宽容。终于不等一曲终了，他找了个茬逃出舞场。

月色溶溶的，眼前的一切都沉浸在幽银般的月色中，有一种纯净的美妙。依在身边的城里小姐低着头一言不发，像是在期待着什么。人沉默的时候虫便响亮。是到了打 Kiss 的时候吗？她怎么没个表示？是我太木呆了吗？太木呆了恐要被她笑话是乡下人了。可要是我粗鲁莽撞，岂不更像是乡下人了？明泰没了把握，既不敢沿着软玉温香进发，又不擅自撤退，环抱卷小姐的双手只有僵住了。

虫声响亮的的候更显得人的沉默。琼妹半偎半靠地倦着身，渐渐觉得腰间有些累。明泰的战术，她实在是弄不懂。按山里的风俗，好上了，熬不住，也可得野合的。早年有个夏夜，她去十八步桥下漂洗给爸吐脏了的床单，还没到桥下就听到水边有很大的响动，起先她怕是野猪，想回去喊人，又一想野猪早打光，怕是牛犊子挣开绳，跑来嬉水。她便轻手轻脚拨开玉米往前钻，不料月光下却见是两个人在浅滩上滚。琼妹的心蹦蹦乱跳，一动也不敢动。那两个人只顾把身下的流水闹腾出热烈的响动，却不曾注意旁边有人。渐渐地，琼妹看清了男的少个耳朵，是阴阳脸。女的却不知道是谁。后来女的隐隐地欢叫起来，才听出是当家的在县城做事的三婶。三婶是她本家三婶，她家因着当家的有活钱捎回来，算是村里的好户。怎么她好好地会跟穷汉阴阳脸裹到一起呢？琼妹想不通。到后来也想不通。不过，那一声声惊心动魄的水响却印在记忆里。因此上，她对身边的明泰一个劲地静坐死坐也通不想了。莫不是人家有文化的人讲究斯文，连亲个嘴都是丑事。莫不是刚才他问什么雪梨自己答的不对，叫他心中生闷气。不过，看他捧年礼似的小心捧着自己，想来也不是厌弃的意思。可他怎的没点动静呢？

虫声一个劲地叫一个劲地叫，都把人叫烦了。渐渐地，琼妹觉着屁股坐得疼起来。她想许是这家伙后悔了，要打退堂鼓。不成，事情挨到这份上了，怎能叫他滑脱了。好不容易的机会呢。便又羞又恼地躺下去，又用手去牵明泰。明泰这才松了口气，原来城里小姐要静坐一番以作考验的。便也小心地捧住小姐的腮，准备去亲吻。小姐先是慌乱了一下，便也热了腮，凑上前来。明泰就嗅到一股萝卜臭。他很熟悉这种口臭。这几天来，食堂里一直是吃萝卜沤蒜叶。"萝卜进嗓，粪船进港"。厂里的女工一张口，差不多人人都有这么一股味道。这样想着，不觉一惊，莫不是身下的妹仔不是什么城里小姐而是厂里的打工妹？这岂不是在犯错误？要是别人看见了，我这个副厂长还怎么当……当下酒劲就吓退了一半。翻身坐起来揉眼仔细看去，地上的果然是琼妹。

"琼妹，原来是你……"

见是琼妹，明泰又暗暗松了口气。要是别人，岂不酿成大错。就是琼妹，也不可造次，以后怎么办？农转非怎么办？……心里嘀咕着，便站起来整理衣裳。

月色溶溶的，又照见琼妹的眼角噙满了泪花。明泰脑袋痛痛的，心里烦烦的。哭！哭！就会哭！人家不想和你好，干吗老是贴饼子似的贴上来呢！连点志气也没有。幸亏只是糊里糊涂亲了嘴，要是滚做一堆做了那事，岂不叫她讹上了。

"行了行了，别哭了。我也不是有意的，不是喝多了看花了眼么？以后我喝了酒你不要再往我身边凑行不行？"

琼妹却哭得更凶了。明泰也更烦了。"行了，别哭了！叫别人撞见，还以为什么事呢！再哭，我就走了！"

明泰真想拔脚就走，又怕琼妹一个人留在林子里不好，便扶起单车，道："别哭了，我驮你回去！"琼妹便不敢再哭，抹了泪，顺从地坐到车后。

月色冷冷的。归去的路上，两人都默默听着幽幽的虫鸣。

五

琼妹决定不理睬明泰。

琼妹果然就不理睬明泰。但是她没法不理睬嘉媛。嘉媛早就看出她对明泰的那点意思，叹惜着她的文化太低，要不然倒是蛮般配的。这样就在一些小事上关照琼妹。按她的想法，琼妹做事有一股痴劲，将来提她当工头是可以很尽职的。明泰先是怕琼妹想不开，后来见她采取冷冻疗法，倒也乐得听其自然。

但明泰没有想到嘉媛会"借刀杀人"，拿琼妹开刀。

嘉媛凭着经验知道开工一两个月之后劳工们都会有些懈怠。刚开始喂的"胡萝卜"渐渐缺乏刺激力，此时须得要亮一亮大棒才好。有了一松一紧一热一冷的锻造，习惯了农业文明的散漫的乡下妹仔方能适应现代工业的节奏。琼妹在感谢紧张的"模德"替她赶走了城里妹妹后，渐渐地也有些厌烦起来。日复一日时复一时的单调的劳作叫她想起小时候骑在牛背上的悠然的日子——尽管小放牛也得要割草但终有捉田鸡抓蜢蚱的喜悦。而这里是永远缝不到头的布匹和永远不歇气的机器鸣叫。同房的阿珍在捶背甩手之际气得把花钱买的明屋日历撕个粉碎。她说昨天和今天一样，今天和明天，和明天的明天也一样，挂个日历有什么鸟用。

琼妹想，要是明泰那天心里想的是我，那么下了班还兴许找得些好事做做。可惜不是，这日子就像穿了几年的旧鞋，又紧又腻味。

嘉媛知道她们总得要出点事。她很怕她们出工伤，一出工伤，劳资两不利，又影响士气；但她又希望她们出点什么小事，好抓住把柄狠狠敲她们一下，把她们的神经拧紧。但是她也没有料到竟是琼妹撞在枪口上。

那是一个阴沉沉的下午。一连阴了几天却不下雨。北边涌过来的厚云像块硕大的棉絮把世界捂住。然而为了产品的质量，车间的窗户都是关着的。抽湿机呼噜噜地响，空调机呼噜噜地响，但还是闷，还是叫人透不过气来。按操作规程，手上还要戴着橡胶手套。产品是转口美国的儿童睡袋。针脚的要求不算太高但卫生标准相当苛刻。不仅手上要戴手套，嘴上还要套一只猪拱嘴似的过滤口罩。一天下来手丫丫被汗渍渍得通红而口鼻间则捂出一块红疤。妹仔们都说难看。明泰曾问过嘉媛。嘉媛在全厂大会讲清了这个道理：羽绒制品一拆封就用，不保证卫生哪个家长也不会买给自己的宝贝用。琼妹和阿珍嘀咕，就是美国仔子金贵，我们小时候和猪狗一起玩还不是长大了。但是厂规是板起面孔不认人的，谁也不敢马虎。而且从嘉媛开始，在做儿童睡袋的期间，厂里大小干部只要进车间摸产品都要全副武装。

那天的闷热，增加了窗外几株夹竹桃的诱惑。琼妹见阿珍溜出去上了四五回厕所便觉得手丫丫上的汗痒到心里。上厕所偷懒的方法在开工十天以后就被发现了。但厂里及时以制度堵住这个漏洞：每半天两次，每次五分钟，超过便要罚款。工人的工资是计件的，玩得多干得少到头来也亏了自己，所以厕所并不曾酿成重大问题。嘉媛还讲在广东分厂上厕所不仅记时而且要交两毛钱。这意思连不识字的打工妹也悟得出来。

但是具体管事的是领班阿建。这人长得黑丑，又喜欢借口检查夹带在她们身上摸索。不过，朝他端个笑脸，他也有网开一面的时候。琼妹就看见旁边的阿珍不仅出去四五回而且还去了很长时间。阿建也跟去侦察但回来后笑嘻嘻地不拿阿珍是问。至于阿珍耽误的活计，阿建自有办法解决：他来到琼妹的机位上拿起一件车好的成品，然后就装模作样地检查，然后就好像记错了似的顺手丢进阿珍的成品筐里。

琼妹看见阿珍先装作没看见，然后却忍不住向阿建抛个媚眼。

琼妹端的恼火。但阿建的厉害是打工妹做噩梦的源流。有一次有个打工妹掖了点碎布头想拿回去补裤子，被阿建的金睛火眼看破，一把揪起她的辫子，劈手便是两个巴掌，后来又用机针戳她的拿布的手，直把她的手戳得鲜红一片。那打工妹号哭着还要谢他：因为阿建问她是认打还是认罚，她害怕嘉媛小姐知道了罚她的工资只有认打私了。因此琼妹不敢夺回自己的劳动成果。

心气不平，便觉得凳子上有刺。琼妹朝阿珍横过一眼，也气昂昂地去上厕所。

阿建坐在门口的高台上修一只开关——他不仅负责监工还承包维修。见她出去只在工牌上做了个记号。外面的世界很精彩。外面的世界很无奈。琼妹刚刚觉得胸口舒展许多又怕超了时赶紧折回去。当猪拱嘴重新套上口鼻的时候，她怀念起十八步桥边玉米地里的清香。她又去了一次厕所。阿建一边打记号一边不怀好意地笑了一下。这样她第三次出去的时候，阿建什么也没有说却拔脚跟在后面。

琼妹当然没有尿意，但见阿建窜出来探看，便赶紧缩进厕所。她没有想到阿建居然一头跟了进来。阿建脸上浮着奇怪的笑容，说：

"倒会偷懒!"

琼妹脸一红，说："没有没有，我是尿尿。"

阿建把手一叉："啊哈，那你尿啊，尿啊! 我倒要看看你到底有没有尿!"

琼妹又羞又恼："那你出去，我才能尿。"

"你怕什么，老子见得多了。你要不是偷懒，就当面尿给老子看!"阿建摆出一副战斗到底的样子。

琼妹说："那，那刚才阿珍不是也——"

阿建喝断她的话："阿珍出来就是尿尿! 她当面尿给老子看的，怎么样?! 不服气你也尿给老子看，老子就放你一马。要不你就认罚!"

说着他便靠过来揪她。琼妹一闪身，赶紧跑回车间。她心里慌慌的，竟忘了戴上手套。当她发现睡套上粘上几块汗渍的时候她吓得脸都白了。好在旁边的人都埋头撅腚地融在机器声中。琼妹到水池边打湿了手帕，返回来擦洗。不料越擦水印反而越大。她只得怀着听天由命的无奈悄悄把那件产品埋到成品筐底下。

下班之前，事情败露了。担任检验员的是县城姑娘。她们的眼睛很毒。尤其是对乡下妹仔。那件睡袋没有逃过她们的眼睛，琼妹的工号被一个尖利的嗓门喊着。嘉媛和明泰很快得到报告。

嘉媛抱着臂，面无表情地望着粉红睡袋上那块水印，说："明泰你看怎么办才好?"

明泰算着睡衣的成本与琼妹的工资，说："洗洗还能用吗?"

"你想叫一颗老鼠屎坏了一锅汤是不是。"嘉媛意味深长地笑起来。"这种东西并不难做，但 PG 公司的产品能打入美国市场全靠质量。这一件肯定是拿不出去的。要赔。要让事故责任者赔。要让全厂工人汲取教训，是不是明泰。"

明泰只有点头。但心里却颇恨嘉媛毫不手软地把 PG 公司的那套搬到山沟里来。嘉媛看出了他的心思。但实际上嘉媛是搬来了她在上海工厂的教训。在考取商校前她曾待业一年。为了不看姆妈脸色她不得不去一个街道服装厂打工。有一次她熨糊了一件男装，厂长便把那件后来她逼着男友穿上身的糊巴西服抵了她一个月的工资。

"不管在大陆在海外，产品质量就是企业的生命。明泰你一定要学会残酷地把关。"嘉媛以沉着的微笑画了句号。

又是月色明亮的夜晚，琼妹来到桃花山上的树林子里等明泰。

本来，琼妹已跌入沮丧的深坑。发工资的那天证明了嘉媛的幽默：琼妹领到了那只次品睡袋和十五元八角。广东来的寡脸女会计一本正经地告诉她，这还是只折合成本赔款，要不她还要搭进下月工资。琼妹在打工妹们的同情、恐惧、愤怒或幸灾乐祸的眼光中品到可怜的酸楚。她的眼泪在老城墙脚下王瞎子的算命摊前才喷薄而出。王瞎子拿走了她剩下的十五元八角，并斩钉截铁地告诉她她命中注定要到来世才能进入天国。此生坎坷不尽已全在八字之中。但若有贵人相助，或可以绝处逢生苦尽甜来。

当天下午一直避着她的明泰就突然找她来约会。琼妹想这剩下的饭钱给了王瞎子真值。琼妹又用浓浓的香皂洗了身子，还仔仔细细地刷了两遍牙，这才急惶惶地奔向桃花山。

明泰还是骑了车来。当琼妹准备把他的车往树林深处扛的时候，明泰止住了，说："琼妹，我来不为别的，就是想劝你想开点。老板确是狠了些，但也是为了厂里的招牌。招牌倒了老板挣不到钱我们也挣不到钱是不是？再说这回确是你自己弄脏了产品，我也不好说什么。刘县长说得对，咱们都有好多东西要学要掌握。

咱们落后咱们要认这个账，完了再好好工作，赶上人家。"

明泰见琼妹低着头不吱声，心想自己的口才太差。好好的道理从自己的嘴里冒出来就枯燥无味。换了嘉媛就能说出花来。便取出一个信袋，递给琼妹。

"你这个月工资没了，拿什么捎给你爸？快把我这份拿了吧。"

琼妹想起贵人相助的话，不禁潸然泪下。明泰拍拍她的手，说："我先走了。本来可以驮你回去，叫县机关的人看见了嚼舌根不好。"

琼妹不由把住他的车，越发哭得厉害。

明泰瞧瞧四周，急道："你有什么事快说行不行？"

琼妹却只是哭。明泰低声喝道："又来了！又来了！有什么委屈快说嘛！别人瞧见算怎回事嘛！"

琼妹的心里话儿早就盛满了，可面对他这副躲瘟神的样子还能说什么呢？只支支吾吾地，把阿建如何欺负她的事诉说了一通。

明泰听了点点头，说："我会收拾他的。"但也没有留下来陪她的意思。琼妹终于明白他约她来只是为了送钱，只是为了送钱！

目送着明泰急急离去的背影，琼妹酸软地蹲在地上哭了。

明泰心里却压着火。那个小人得志便猖狂的阿建，平常就狗仗人势不把他放在眼里。他有什么了不起，他一不是外国佬，二不是大股东，不过是个老板的狗腿子，不过来自比这里稍稍富裕一点的广东，就狗肉上席地膨胀起来。乡下姑娘是穷一点，是笨一点，但也不是一堆烂肉想啃就啃想扔就扔。欺人太甚。欺人太甚。更何况琼妹好歹和自己是乡亲，怎能叫她白白吃亏。

不过那天琼妹自己也有不是，说开来反而于她不利。看来须得另找个机会。狠狠敲阿建一顿，也可叫嘉媛晓得乡下人也有乡下人的脾气。阿建是狗改不了吃屎，不怕找不到茬子。

四天以后，明泰在女厕所前面逮住了机会。他看见阿建跟着阿珍钻了进去。明泰一声厉喝，阿建脸色发青地窜了出来。见是明泰，却又强作镇静地站住了。

脸上挤出些微笑还掏出烟来递给明泰。眼睛里却是一片哄乡下人的自信和傲慢。

明泰怒火中烧，恨不得一巴掌扇过去。他一掌拂掉烟，喝问道："你干的好事！几次了?!"

阿建怔了一下，却毫不在乎地应道："有这么几次了。怎么样?"

"怎么样？你说——你该受什么处分?"

"处分？哈哈，笑话!"阿建在这当儿完全转过弯来，笑道："阿珍上厕所忘了带纸，让我递几张手纸过去。我他妈的学雷锋做好事还要受罚?"

明泰被他的无赖嘴脸激怒了，一指他的鼻尖骂道："无赖！你胡说!"

"胡说?"阿建依然恬皮赖脸地笑着，提高声音道："喂！里面的阿珍！你刚才是不是忘了带纸让我递几张进去?"

里面半天不吭气。阿建躁起来，骂道："喂，阿珍你个贱婊子，老子说的是不是对的？啊?!"

里面终于传来颤抖抖的声音："是……是这么回事……"

明泰气得发抖。贱货！真是不争气的贱货！他气得竟一时讲不出话来。

阿建得意而潇洒地弹了下烟灰。"怎么样。狗仔捉老鼠，多管闲事。"

明泰终于发作了，他直伸手指差点戳到阿建的鼻尖："你他妈说谁是狗仔?"

阿建把烟一扔："喂，想打架？老子说你又怎么样，你他妈妈是不是吃饱了撑的狗仔捉——"

后面的话还没说完，明泰的拳头已经砸到阿建脸上。阿建怪叫一声，抽拳就打。一时两人都红头涨脸气喘如牛地搏起来。明泰生得粗壮些，但傻力气竟敌不过阿建的港式截拳道。也不知怎么打的，明泰自己反而很吃了不少拳头。脸上肿起来，口角也淌着血。明泰又气又急又躁又恼，拳脚间早失了方寸，他勇猛地朝前一扑，但阿建并没有后退——他乘机捏起拳头迎着明泰的面门一擂，明泰便觉得灵魂进出身躯。

明泰醒来的时候，却先看到嘉媛的微笑。嘉媛坐在他的床边，舒了一口气：

"好了，他醒了。"明泰这才看到琼妹慌慌张张地扑过来："明泰——"她刚喊了一声便呜呜地哭起来。一个护士走过来，轻轻地扒开琼妹——明泰注意到她没有扒开嘉媛——她把一支冰凉的东西塞到明泰口里。面对两个女人，明泰感谢体温表带来的沉默。

嘉媛默默看着那张肿胀的脸，心想要是哪个男人愿为我和人打架我真的会献出我的爱的。忽然就感到了琼妹的多余。她不假思索地吩咐道："琼妹，你先出去一下，我和明泰谈谈厂里的工作。"

琼妹很不情愿地松开揪着明泰胳膊的手，悻悻地退出病房。她想明泰明泰你是为我受的伤，可这个女人却可以优先在我的前面和你说话。我的命为什么这样苦。

明泰目睹嘉媛的霸道，很是恼火。虽然自己并不偏爱琼妹，但嘉媛这种藏在骨子里的傲慢真让人胸口发堵。这和阿建那一套如出一辙，而且比他更甚。因为她身份又高出一档，口袋也鼓出几分。他都不知道嘉媛笑嘻嘻朝他讲了些什么，半天才回过神，明白了她在说阿建已经处理：扣发他一个月的工资。这就是说她并不想把他打发回广东，她还要留着他使唤。这也意味着她并没有看重这个事件——看重本县委派的副厂长被她的助手打昏。明泰就更加恼火，脑子也有什么地方乱疼起来。

"你不要太冲动。"嘉媛笑笑地把手放在他的手上。"我知道怎么治得住这种人。经济手段比动拳脚更够威够力。等他没钱买烟的时候，他就完全投降了。你放心，我保证他以后会听你的话的。"

明泰气得更厉害但同时不能不承认她是对的。等我什么时候找到你的茬子，也用经济手段治住你，叫你乖乖投降，说不定你那时还迫不及待地露出贱相求饶呢！

明泰这样恶狠狠地想着，脸上却做出疲倦的笑容。

嘉媛刚走，阿建却溜进来道歉。他提了一大兜食品卑躬屈膝地连声骂自己不是东西。明泰见他理所当然地插在琼妹前面就愤愤不平。但想起以后还要和他共

255

事只得做出大人不见小人怪的样子把他打发走。

琼妹终于等到轮到自己进去的时刻。她往明泰床前一坐，就又止不住哭起来。明泰烦烦地说："老是哭老是哭，你就不会讲点别的。"琼妹就不敢再哭，但搜肠刮肚也寻不出别的来讲，便道："我不多喝水，就不尿尿了。我不再给你捅娄子。"明泰恨恨地想，我为她们打一架却打出这么个结果，真是帮没出息的东西。县工会还来问怎么组织工会，这样的软豆腐，组织个屌毛工会。看来她们还是得有个清官，恩威并施地治着她们，她们就彻底舒服了。明泰眼望着天花板，心绪又溜到如何治住嘉媛的念头上。

嘉媛诚心诚意地送了些企业管理的书来。多是台港版的汉语本。明泰见她没有用什么英语书来讥笑他，就觉得自尊的膏药贴回到上次留下的疮疤上。他以上战场前的心态极用心地研读这些发财秘诀，弄得同房病友几回向护士抗议晚熄的电灯。那些写给小企业主看的书不像大陆教科书那般有着皇皇的体系，但实用而风趣。其中还不乏歪门邪道。他回忆起平时默默记下的几笔大账，又打了几个长途电话，终于觉得可以像嘉媛那样微笑着对付嘉媛了。

他给嘉媛打了个电话说要去她那里请教，然后仔细剃了腮，衣冠楚楚地打上门去。

嘉媛穿一件家常套裙笑嘻嘻地迎他。桌上又摆满了精巧的菜肴。酒香沁入肺腑。这是一种挡不住的诱惑。明泰见到她的美丽的小腿在裙裾下晃动，很奇怪自己居然能够无动于衷。

"嘉媛，谢谢你给我看了这么多的书。真长了不少见识。"

对饮对斟的时候，两人应当近乎起来。嘉媛心里盘算着该不该给明泰发一笔养伤费却笑道："这么讲客气呀。我们不是一家人么，是不是？"

明泰脸红红地点点头。"那，那我就请教几个问题，请你不要见笑。台港企业向外扩展生产，尤其是向发展中地区投资，常见 BOT 方式，就像你舅舅来我们县办厂那样，是不是？可我不太懂的是，按 BOT 方式，契约期满，不管投资方是否收回利润，设备都将留给当地。那么他们就不怕市场波动，或是那里的劳工素质差、效率低，白玩几年连老本都贴进去么？"

嘉媛暗道，这小子出息了，倒要提防一点，不可在实质性问题上放松，因笑道："很不错，你的思路很有意思。将来有机会我保举你去 PG 香港分公司做事。"

但明泰并不理睬这枚鱼饵。"我想我要是资本家，也可以把这种明亏化为暗盈。第一招，我可以把台港总部的二手设备卖给你，一方面为更新换代的旧设备找个销路，一方面利用内地资讯情报系统落后，狠狠地敲一笔。这样不管以后投资项目是否赚钱，我已经稳赚一道，嘉媛是不是？"

嘉媛觉得气氛有点不对劲，但眼前的阵势挡是挡不住的，倒不如让他暴露火力点再作理会，便说："是有这个可能。"

明泰只管自说自话："设备运到，开工上马，我还有办法稳捞。譬如说，设备的零配件，在大陆买不到，或是借口型号不对质量不高，非得要通过海外总部购买，每购一次就可以赚一次。每个月都有这样的函购，几年下来也集腋成裘。但这里的关键是维修部门必须有心腹掌握。所以你是宁可得罪我也不会把阿建打发走的，是不是？"

嘉媛有些后悔借什么鸟书给他看。她知道自己又犯了个低估别人的错误：只把他看成是一个乡下佬，忘了他在大学里已然受过现代文明的熏陶。

"请不要怪我说话太直，嘉媛，我是想和你谈一谈。我现在知道了在成品售出和原材料进货上也可以宰他几刀。成品出售当然必须纳入总部的销售渠道，但从大陆卖出只按大陆的出口价格是低价，到总部销售部转手到国际市场，又可以赚到几十个百分点，而且为了省事，货柜还不必运到台湾或香港，在外轮上定了货位从大陆口岸就可以直接发往美国或别的交货码头。这还省了一笔转运费是不是？这就是说，我根本不指望子公司有赢利，管他儿子亏也好盈也好，反正老子这边早已稳赚无疑。而且按大陆的政策有外资合营的企业亏损还可免交几种税。所以怪不得广东福建那边出这样的怪事：有不少合资企业是一亏再亏，但一亏再亏之后老板还居然要扩大生产再增办工厂。"

望着嘉媛努力克制着怒气的脸色，明泰很感开心，便继续以破竹之势向她砍去："至于原材料，名堂更大，按照出口要求，面料要用质量好的，这是不错的。但这就又可以通过在海外购买面料捞他一票。原材料进出大，这里的赚头也不小啊，是不是？"

嘉媛知道反击的时机来到了，使举杯道："来，明泰，真诚地为你干一杯！以你的无师自通的悟性，不仅可以在香港商界一展身手，还可以去编很畅销的商业小说的。"

明泰没有举杯："难道我说的没有根据？"

"你讲的事都是有可能的。但是任何商业活动都是法律行为，谈到法律，我想你当然知道，可能性是不当数的，只有证据才有发言权。"

明泰知道会遇上这面盾牌的，便胸有成竹地笑了："不错，我不能跑到香港台湾去查账，再说查出来也是合法的。进货卖货是地地道道的商业行为，倒手赚钱天经地义。不过，恐怕你也太图便当了些。我已经了解到我们这批美国儿童睡袋的面料根本不是进口的，而是江苏石化纺织品公司提供的国产货。你从江苏调运到湛江，再从湛江运到这里，不知情的人当然以为是从海外进货的。但我已经在布头上找到了证据。"

"那也没什么不可以的。江苏的产品本来就是出口的，质量超过高雄产品，为什么不可以用。至少还可以省下海运嘛。"

"但是别忘了我们的合同。合同规定，是由你们提供海外的面料。你现在，是要我们工厂出进口货的价钱，却买到便宜的国产货。其中的差价落入了你的腰包。"

嘉媛哈哈大笑起来："哈哈，很精彩很精彩，明泰我真的喜欢上你了，你真是块好料。前途不可限量不可限量。那咱们打开窗户说亮话吧，你是想公了还是私了？"

明泰很生气。"嘉媛，你应该知道我的为人。"

"很好很好，我很佩服。大陆干部要是都像你这样就有希望了。你说说看怎么了才好?"

"很简单，如果继续从江苏进货，应当对我们降低进货价格，另外也可以通过铁路直接发到我们这里，以减少运费开支。我算过，这笔费用降下来，厂里的盈利就有希望。这对于你们不也有好处吗？是不是?"

嘉媛真正大笑起来："明泰明泰你还要好好学习天天向上。中国的国情人情你从书里是掌握不了的。你知道我为什么能从江苏弄到很抢手的面料吗？因为我是用外汇支付的。他们公司需要外汇。要是你用人民币向他们买，哪怕出高价他也不会卖给你，更不说按你的如意算盘低价买进了。他们卖给我既有了外汇又完成了出口指标，至于我运到哪里他们才懒得管呢。我用外汇买了这种面料，再转手进到厂里，切换成人民币结算当然价格就高出国内市场价。"

"反正你违反了合同!"

"哪里，我提供的是出口货，再倒进来，岂不是进口货了。你总不至于坚持非要雇条船在海上转一圈，再到湛江卸货才算进口货吧!"

"这么说你是非得要在我们这个穷地方刮一票了!"

"别这样说，这样说不友好是不是?"嘉媛内心其实颇感动。这个明泰是有些阿乡气，但到底是条硬汉子。将来要找这样的男人才靠得住。便不由得把手按到明泰手上，安慰道："明泰，你要知道，我们来办厂是为了有利可图。弄到我们没钱赚我们可以一走了事，但你们那些穷巴巴的乡下妹也就失去了一次很好的就业机会。这也给县政府增加了负担。所以，办工厂心胸要广阔，手派要大，不能有农民的小家子气。当然，凭良心说，你这回是抓对了地方。我真心佩服你。只是我和你站的立场不同，我不能同意你。我们各为其主，不要伤了感情。你要知道，我和我舅舅也是定了合约的，请你无论如何理解我。不过，你提的建议也很有价值，我想就按你说的，直接从江苏进货，不绕湛江，省下的运费不就可以降低成本了吗？但是得有个条件，那就是你得承认，这也是进口货，不违反合同。行不行?"

明泰想，事已至此，斗出这份结果来也算是小胜。便举起酒杯道："嘉媛，你要是和我换个位置就好了。"

嘉媛大笑道："你换了我，我舅舅不会要的；我换了你，县衙门也不会要的。"

六

年终一结算，厂子居然小有赢利。明泰悬着的心稍稍松下来。嘉媛做出乐善好施的样子，宣布分红之外还给每人做一件羽绒衣过年。琼妹和她的工友把自己的欢乐细细密密地缝进新衣。省报上不久登出了"新衣映欢颜，扶贫开新花"的照片。又不久传来刘县长上调地区的消息。

刘县长临走之前约了明泰去谈话。明泰本想订做一床羽绒被送给他，也算是对他一贯支持厂里工作的报答，但又怕弄成了县机关干部的下饭闲话，对刘县长对自己都不好。及至进了刘县长的办公室，看到还有纪委的老胡和县办的小陈坐在那里，便为空手上门的明智而窃喜。然而刘县长在表扬之后提起的话题却叫他心惊肉跳。刘县长说有人看见你晚上还进出香港小姐的住处，是去干什么呀？明泰见刘县长用"进出"这个词，心里明白了这不是三堂会审，便就坡卸驴地说：我一般很少去，去也是为了研究第二天的工作。刘县长就说，那就行。不过以后要注意时间，不要搞得太晚，休息不好明天怎么工作。明泰连忙点头称是。

到了晚上，明泰把发给自己的那件羽绒衣裹了，又来到刘县长家。刘县长把他拉进卧室坐下，公鸭嗓子乐呵呵地笑着，指着明泰的鼻子说："你小子艳福不浅，就是要烦人家给你擦屁股。"明泰忙说："没有没有真的没有。"刘县长笑道："看你做贼心虚的样子。机关里有人嚼舌根哩！"明泰问："有人报告了纪委？"刘县长："人正不怕影子歪嘛，你慌什么。今天老胡和小陈是我特意喊来的。我走之前总要把你们安排好哪。"明泰忙连连称谢。刘县长挥挥手："这不是谢不谢的问题。这份家业创得不易，现在牌子也红了，我怕你忘乎所以，把家业败了。你和她究竟怎样，我不想深究。不过有三条你要记住：一是不要为了想搞香港妹，就把厂里的利益卖了。我们这里穷，不要缺你祖宗的德。二是实在要搞的话也不要叫她留下把柄。三是就算她想和你搞，搞成了，也不要把心交给她。我是过来人，说穿了，你和她不在一个档次。她现在孤身一人在外，寂寞难耐也是有的。但人是环境的动物，一换环境像你这样的大路货外面有的是。还有更硬挺的货色呢！你小子仔细掂量据量自己的分量，小心闹个竹篮打水一场空。你小子的根还是在这里，不要把战略方针搞偏啰！"

从刘县长那里出来，寒夜的清风扑在额头上，脑子特别清醒。嘉媛身上自然是有不少在县城妹仔身上寻不着的妙处。处久了，也有想念。因此，不免在孤灯夜读之际，坠入美丽的悬想。刘县长一番话，却如醍醐灌顶，叫人冷丁一醒。不错，嘉媛再有好处，也不和自己一个档次。在她的社交网中，像自己这般的普通棋子不知有多少。幸亏刘县长一语道破，自己的根还是在本地呀。

有了这番心思，明泰又渐渐和嘉媛拉开距离。周末借口学英语，再不去嘉媛那里陪她跳舞了。嘉媛明白了明泰的心机，也不勉强。现在两人的合作关系已奠定基础，逢场作戏的公关活动也正好告一段落。只琼妹半喜半嗔。喜的是明泰终于认情形势，自动退场；嗔的是他退了场也并没有拉她一把的意思。周末去帮他洗衣服，他反而还做眼做色地嫌她闹得水响。本来有心同他一起回家过年，可他竟借口守厂，连家也不回。

年关一过，挠头的事情接踵而至。先是车站要提卸车费，还说要收外汇。明泰想起来，年前请客时只请了站长忘了请货运股长，只得提了年礼陪上笑脸登门谢罪。经过一番宴席上的切磋，这档子事被化解了。接着是县劳动局下文，规定凡占用县城地皮的企业须优先录用城镇户口待业青年。这意味着琼妹她们将失去饭碗，而厂里则失去操作熟练的劳工。上次遇到这种危机的时候，有刘县长撑腰，有嘉媛压阵，除了打点还写了消息表扬县机关如何廉政不往合资企业塞熟人云云。现在刘县长走了，嘉媛去香港向公司总部汇报工作。明泰就感到了肩膀的稚嫩。他以扩大生产规模为借口暂时保住现有劳工不被清退，一面打长话告诉嘉媛，希望她回来路过省城时找有关部门告状讨回自主权。

但真正叫明泰头痛的是劳工们自己。除了阿建等广东雇员按时报到之外，其余当地妹仔像羊拉屎一样，今天一两个，明天三四个地回厂。她们脑子里那点儿工厂纪律的概念被过年的鞭炮和米酒崩碎了、泡化了。而且返厂以后，还三个一群五个一伙喋喋不休地议论你家的年菜我身上的花衣，瓜子壳和花生壳嗑了一地。明泰恼火之极，却学着嘉媛的手段摆出笑脸，干脆买来瓜子糖果，宣布开一天会专门议论各村各乡的"大好形势"。到了开会真正要发言的时候，妹仔们又都低了头红了脸嗤嗤傻笑，满场只听见一片老鼠磨牙似的瓜子壳响动。

最令明泰生气的却是琼妹。在别人都来齐了机器响了五天之后，她连个影子还没见到。

琼妹被她爸关在家里。

她爸盖房借了阴阳脸的钱，拖到现在，已有五千多块。她爸掐指算过，发现把猪鹅都卖了加上琼妹挣的工钱还不到罗锅债的一半。她爸就急了。终于在一次酒后应了阴阳脸的提亲。这样一拍板，房子白得，嫁妆不用置办，还能倒赚一笔彩礼。但是琼妹在县城里打工，不好硬把她绑回来。于是过年就是最好的时机。那坚固的新屋正好做了琼妹的囚室。

按此地的风俗，正月里是迎娶圆房的好日子。阴阳脸便按流行的程序布置新房。为了安抚琼妹，他特地看她一回，送了金戒指银项圈和几套毛呢时装。他的半爿黑脸已在省城做过美容，颜色淡了许多，只像是不小心把酱油泼到脸上。为了遮掩酱油色，又精心抹了许多雪花膏，看上去像遭了霜的茄瓜。琼妹在他的赖笑面前以坚定的沉默表示决心。

但是她心里明白这一关是躲不过去的。多少姐妹也像这样先和家里顶牛然后就在吹吹打打的哄闹中被架上自行车或拖拉机送到男家。以后肯不肯都由不得你了。再过一年便是娃崽叼着奶头手脚不停地在灶前忙碌。要是在城里当工人，那就是两种命了。收了工冲了凉消消停停去看电影，还有跳舞。还有属于自己的工资。怪不得阿珍闹着家里退了婚，她一定是要嫁城里人的。

不成，得想法跑回厂里去。她让送饭的大弟把她的提包找出来——那只湖蓝色的提包也是厂里送的，上面印着奶白色的厂名和商标，很洋气很漂亮，但她爸一听说是工厂的东西就恼了，把她关起来的时候，把包也藏了起来。

琼妹没有想到她从小带大的弟弟会背叛她。就为了阴阳脸答应开学的时候送一只表给他。他告诉了爸，而爸又赶快通知了阴阳脸。当天夜里，琼妹的梦就被阴阳脸压碎了。

"烤熟的肥鹅还会飞不成？老子投了血本哩！"阴阳脸在惨惨的月光下更不像人样。"谁不知我是本县最大的鹅司令。小乖乖，不要动，鹅司令最会伺候你这只小肥鹅啰！"

阴阳脸脸上赖笑着，手上的劲道却大，琼妹一动也不能动。当阴阳脸张开毛嘴来啃她的时候，她被他的强大的口臭刺激得想吐。自从她学会刷牙之后，她一直是要挤出钱来买牙膏的。每早每晚的刷牙已是不可缺少的功课。她弄不懂阴阳脸发了大财了为什么却不舍得买牙膏牙刷。

但是，比口臭更叫人恶心、更叫人绝望的事情终于发生了。阴阳脸的喘息叫她想起了半夜桥下的水响和滚得一身稀泥的三婶。这以后，怎么去见本家族亲呢！还有，再有什么脸面去见明泰呢！明泰明泰，你为什么只顾在香港小姐屁股后面嗅来嗅去，却不拿正眼瞧我一下呢！我苦苦为你守的身子竟叫赖皮阴阳脸得了便宜，明泰，你这个挨刀的，你为什么就不肯要我哩！

绝望到了极点，也就没有再挣扎。阴阳脸以为她肯了，就不怎么再防她。到了夜里阴阳脸自然还是摸进房来，手忙脚乱地"宰肥鹅"，但房门已不再上锁。这样有一天半夜，琼妹推开睡得像死猪的阴阳脸，起身开了房门。当含着露水味的夜色扑到她额头上的时候，她看清了自己的想法：逃！逃回厂里去！逃回城里去！就是明泰看不上，也要做个城里工人，自己挣钱，自己做人。做个城里工人，不愁嫁不到城里人。不管怎样，生做城里人，死做城里鬼，再不能回来受苦命了！

琼妹扑进了夜色。当她经过十八步桥的时候，她望都没望一眼他爹新盖的大瓦房。

天亮之前，琼妹一身泥水赶到县城。过街拐角，一眼望到画了洋人洋狗的大广告牌，琼妹一下涌出许多泪意。

进了厂门，她还是先去了明泰的宿舍。明泰正在刷牙，白沫横飞地朝她低喝："有事到我办公室去说。一大早在这里人家撞见还以为怎么样呢！"

琼妹忍住泪意，二话不说返身就走。明泰也很生气，既是乡亲总该为乡亲争气才是。弄到现在，旷工八天，叫他怎么说？他匆匆洗了脸，先打了两份早点才领琼妹进了办公室。"你怎么才来？你不知道旷工一周就被除名么？"

琼妹口里的馒头便噎住了，她低头悄声道："我爸逼我结婚……"

"结婚也可以请婚假嘛，婚假过了也该正常上班。你是工人不是农民是不是。你不是新工人这点道理也该懂是不是……"

后面的话琼妹没有听进去。一个念头像不祥的乌鸦在心里久久盘旋：他心里根本没有我。说到结婚他也只当耳边风。他心里根本没有我。

琼妹没有想到更叫她心凉的还在后面："……你说，你这样不争气，叫我怎么办？我要是徇私情，怎么向嘉媛交代，怎么领导全厂职工？这个厂不是我家里开的是不是？实话告诉你，开除的报告我昨天已经写了，过两天等嘉媛回来签个字就生效。我看，你还是先回去吧，免得看到布告贴在厂门口不好受。"明泰从抽屉拿出一个信封。"按规定开除是没有退职金的。这是我自己的心意，回家买台衣车开个车衣铺吧！成功失败，都是自己闯出来的。你不来我也准备托人带给你。唉，琼妹，你忘了在机器面前是不讲人情的。请你不要怪我。"

琼妹只觉遭了雷击。怎么晚了几天的工夫就被开除了？就是插秧赶季节天不好拖八天十天也赶趟哩。明泰明泰你好狠的心！你分明是为了和香港小姐相好，嫌我碍手碍脚竟把我一脚踢开。明泰明泰，你一开除不打紧，我的工资没有了，城里梦做不成了。明泰！你是要我一辈子左眼看白脸右眼看黑脸。明泰明泰，你忘了你和我在树林里亲过嘴了。天哪，这辈子我要怎么过呀！

琼妹脸白白地冷笑着，看也不看那个厚厚的信封就起身走了。

琼妹像皮筋似的浑身无力。在宿舍收拾零碎东西的时候，她忽然想起了阿建。

不错，阿建是很叫人讨厌，但他是有身份的，他一直在打自己的主意。再不济，也比阴阳脸强。以后随他回广东也是个好去处。

琼妹积极行动。下一刻借机找到了阿建，她要阿建请她吃午饭。阿建的笑眼成了一条缝，很豪爽地约她在县城最高档次的饭馆里会面。

琼妹是平生第一次面对豪华大菜。她不禁胆怯地问了句要花多少钱。阿建伸出一个指头，把她吓了一跳。阿建酒气喷脸地在她腿上摸了一把，说："钱这东西生不带来死不带去，不为你这样的靓妹花还留着长霉呀！"琼妹明知这话和那啤酒泡沫一样是虚的，但听来很舒心。就像第一次尝到那花花罐头里的美国可口可乐一样，她也是第一次听到这样动心的恭维话。

谈到建立关系的时候，一点都不费事。本来难以启齿的话题有爽口的菜肴相拌，滑溜溜地就出了口。两人敲定，她和他相好，而他在"条件成熟"的时候一定和她结婚。

琼妹已学会留些心眼。跟他回到他的房间之后，她要阿建写字据。阿建倒很潇洒，当场就涂了张契约，还盖了红印。借着酒力，他迫不急待地把她扔到床上。她则横下一条心，任他摆布。她发现他果然是老手，准备工作周到细致，还拿了条纸巾垫在她的身下。她明白了他的期待，不禁有些紧张。但事已至此，也不能抽身退步了。她紧闭眼睛等待命运的判决。

琼妹迷迷糊糊醒来时，发觉天已擦黑。伸手一摸，床上早已空了半边。梦中那个清秀斯文英俊有点像明泰的城里先生哪里还寻得着。枕边只一股阿建的头油臭味。她呆呆地躺了一会，忽然想起契约，赶紧往裤袋上一摸，果然摸到纸的方型。她放了心，伸展了腰身，懒懒地起床，想起王瞎子说有贵人相助的话，不由无奈地笑了。贵人，没想到助她的贵人原来是这等货色。

穿衣裤的时候，她忽然觉得裤袋里的纸感不对，赶紧抽出来一看，竟是阿建垫在她身下的纸巾！而那张契约已不见踪迹。她如坠入深渊，一时难以理解发生的一切。她呆呆望着那张没有印出乡下人所说的红宝的纸巾，渐渐读懂了阿建的残酷的幽默。很久很久，她才木木地念出声来：贵人走了。贵人走了。

渐渐就觉得身上肮脏起来。就提了桶，拖着木木的步子去大澡房洗澡。

大澡房里昏灯一盏。在角落里已有两三个女工在洗澡，缕缕热气飘散开来，使眼前的一切都不实在了。琼妹木木地脱了衣服。当热水淋过背脊的时候。她感到了由衷的温暖。泪水这才涌了出来。她蹲下身，把脸埋到热毛巾里尽情地哭起来。

忽然，有人朝她的光屁股踢了一脚。

"喂，你还有脸哭呀！不是你把个骚×送到阿建那里去的吗！"

琼妹一回头，看见了一个人光溜溜湿淋淋地立在她的面前：正是阿珍。

"看什么看，老娘人丑×不丑，不比你差。起来！把手伸出来！"

琼妹木木地伸出手。阿珍一把捏紧按到自己的肚皮上。"摸摸！摸到没有？两个月了！是阿建的种！懂了吗？你还骚奶挺挺去勾引他！老娘叫你还勾引我男人！"

白弧一闪，她手中的毛巾便抽到琼妹背上。琼妹疼得一激灵，忿然一挥手，反过来扇了阿珍一巴掌。

"好啊！你个婊子还打我！"阿珍变腔变调地号叫着扑过去。琼妹立刻觉得头发要被拔掉似的一片辣痛。她恨恨地朝她脸上抓去，但阿珍眼疾手快一把接住。两人脚下一滑，都摔倒了，又都不肯放手。膝盖顶着冷冰冰的水泥地，一手爬着，一手努手朝对方乱抓。有某个瞬间，琼妹觉得自己已经成了打架的母狗。要不是后来有几个来洗澡的女工把她们拉开，她们自己也不知道要打到什么时候才松手。

半夜时分，琼妹坦然地走进车间。没有眼泪。没有表情。只有一个念头像滑了丝纹的唱片，在心里反复轰鸣：我到来世去。来世有好命。来世投生到美国。做美国小孩。睡高级睡袋。来世投生到美国。做美国小姐。找高级男人。什么臭香港小姐。什么臭明泰。什么臭阿建臭阿珍臭阴阳脸。我来世投生到美国去，叫你们眼红死嫉妒死，你们来和我搭话我理也不理你们！王瞎子说的对，我到来世去，来世有好命，来世投生到美国去……

她平静地来到电闸前。

电火花神蓝鬼绿地一闪，她来不及感到疼痛就扔掉了梦想。

明泰怎么也弄不懂琼妹为什么就寻了短见。不错，厂里的工是没有做了，但你进工厂之前，不也是在玉来地里刨食么！况且还有那么多的乡下妹仔不也还在乡下刨食？怎的不做工了就不想活呢！这份工竟是把她做娇气了！

明泰的第一个反应不是同情而是埋怨。埋怨过后，他还是让几个女工给琼妹洗脸洗身，还掏了钱让人买来一套西式裙装给她换上。最后又着会打扮的阿珍给琼妹搽粉画眉涂口红。阿珍有些怕也有些悔还担心明泰揪住打架的事不放，便尽心尽力地给琼妹浓妆艳抹。

明泰望着脸色鲜艳、衣着洋气的琼妹，一阵阵揪心袭来。别看是乡下妹仔，洗洗干净，脸搽白一点，真敢和城里小姐比哩。琼妹，你怎么就这么傻呢？难道你一点也不爱惜你的青春年华么！乡下日子是苦一些，但以后也有机会重新上城做工呀。就算嫁了个乡下农民，心眼灵活点，手脚勤快点，也有发家的时候呀。你们村不是出了个远近闻名的鹅司令吗？那家伙听说是个阴阳脸还没了耳朵，可他一心养鹅不也起了楼房了！你本来心灵手巧，在厂里又学了缝纫，回家开个车衣铺不也是一条路子吗！搞好了，还可以开个小厂自己做老板哩！琼妹，你一个吃过这么多苦的乡下妹，怎的比城里小姐还脆弱！在工厂里混那么久怎的还这么糊涂哇！

琼妹闭着眼，不再吱声。她的脸上很平净，就像正在熟睡。嘴角边还挂着一丝满足的微笑，就好像做了一个好梦。

明泰不禁摸摸她的头发，心中怆然，刚才的埋怨不知被可怜与痛心挤到哪里去了。琼妹的头发散蓬蓬的，还有些乱。明泰忽然想起好多女工有钱之后都烫了发做了头，而琼妹为了省钱，总是在脑后扎一个简单的小雀儿尾巴。不行。要给她梳梳头，做个时髦的发式，也好配她这身衣裳。

明泰便回头吩咐道："阿珍，把你做头发的家伙拿来，给她做个好看的样式。"

阿珍听了，骇得脸皮全白了，倒退几步，冲到门外大吐起来。

明泰恼了，冲着别的女工吼："你们给我把工具拿来！你们不做我自己做！我不能让她头发乱蓬蓬地上路！'

工具拿来了。明泰小心翼翼地捧起琼妹的头，先替她把头发梳顺，再一缕一缕地缠到塑料圆筒上。他要仿造嘉媛的样式，为琼妹烫一个最后的也是她一生中最时髦的发型。当电吹风拂过的时候，琼妹的眉毛和头发都动起来，就像人活了一样。明泰的眼泪便再也止不住了。多好的一个妹仔，没有尝到生活的欢乐便去了！她是那么痴心地爱着自己，要是自己不那么在什么农转非什么狗屁文化差异上前思后想，应了她，或是哪怕对她温存些，她都怕是不至于想的那么绝啊！

当那种额前飞起一片黑云的港式发型终于做出来之后，明泰为琼妹献上了一个真诚的吻。

但是工厂的空气是现实的。急促的机器声，仓库门上挂着的羽绒，墙角下的旧零件，以及车间里成捆成捆的扎扎实实的布料，都在提醒明泰工厂不能也不会为着一个女工的消失而停止运转。他让人把琼妹的遗物送到办公室，心中已开始考虑如何办丧事。打开琼妹可怜巴巴的小包袱，他的思路一下滑落到她有没有什么信件日记之类提到自己，如果被别人发现又怎么办这一类问题上来。他立刻发现这种想法太卑鄙。人都死了，我怎么还这么算计？这是从哪里学的！但又转念想，真要是有什么把柄给别人抓住，必会被动。要是给嘉媛抓住，以后更要受制于她；要是给县机关的人抓住，也没有什么好日子过。刘县长走了，想拆台的人正愁没有把柄呢！我要是倒台了，这帮乡下妹仔可就没人管了。人死了活不转来，而活人还要继续活下去。还是彻底查一查好。便不再犹豫，把琼妹的东西翻了个底朝天。

琼妹识不了几个字，根本没有只言片语留在纸上。明泰便放下心来，又转念道，琼妹临死前和阿珍打了一场架，听说是为了阿建。琼妹怎的和阿建缠到一起的呢？又想了一会，心中蓦地一亮，拔腿就往宿舍跑。

还没到宿舍，他就知道自己的猜测是找不到答案的。以阿建这么一个人精，他怎么会留下什么把柄呢！况且现在死无对证，他来个一赖二推三不知，又奈他所何？

明泰恨恨地停住了脚，同时恨恨地想起那句"君子报仇十年不晚"的老话。

嘉媛回得正是时候。嘉媛到底也没弄清琼妹好好地为什么选择了死。明泰和阿建各有一套说法，但嘉媛总觉得男人的话不甚可靠。这次在香港和本见了面，但弄到无话可说的地步。而且她还发现本和一个泰国女职员同进同出。她便从琼妹身上体会到做女人的可怜。

嘉媛对明泰说："我看把琼妹当做工伤事故处理为好，以这样的名义就可以给她家发些抚恤金。她家穷，这总是不无小补的，是不是？另外，阿建说得不错，厂里可以出面将她厚葬，甚至可以开个声势浩大的追悼会，也好安定人心。"

明泰低头抽烟，久久地不作声。忽然说："不，嘉媛，自杀就是自杀。不能报工伤。开了这样的先例，以后也有人来讹厂里怎么办？另外，我还有个想法，报给县里时，就说她是因为害怕劳动局要清退农村民工，感到回乡没前途才死的。这样可以要挟县政府，顶住劳动局那个清退民工的文件。她一个人死了，换来她的姐妹们有饭碗，就是没有抚恤金，也值，是不是？"

嘉媛心里一震，觉得对面坐着的这个领带扎得很地道的乡下青年真的成熟了。沉吟一会，道："也好。就按你说的办。至于抚恤金嘛，可以发动全厂职工捐款解决。我带头，捐一千。"

明泰脸上很深沉的样子，像是在想几步妙棋。"也好！这样就把坏事变成好事，借机增加了凝聚力。人情味是很好的投资，今年我们的利润指标就有基础了。"

在明泰冷静地想到在生产率提高之后必会找到机会除掉阿建的时候，嘉媛感到了明泰身上还有一种可怕的东西。她第一次对能否拿住明泰失去了信心。

| **作品点评** |

　　故事很能表现桂西人民走出历史的沉重，走入更深沉重的现实和未来的历程。在文化上，作者能够驾驭和把握这片土地和土地的精神，理性准备是充分的。喜宏可以涉猎的题材和领域也广泛，在机动应变上，是广西很少有的。也正因为此，他显得浮躁，不能深入沉浸下去。理性思考足了，超越太多，情感就显得冷漠。

　　　　　　——周昌义：《新桂军的新表现》，《南方文坛》1993年第6期

　　小说里面的那位副县长明泰，一位山乡农民的儿子，他要超越他的那个思想档次、情感档次，就也是一个历史性的课题。这篇小说写的是与外商合资办羽绒衣厂的事，这使我联想到我们在右江河谷推广优质芒果大面积种植的艰难过程……这明明是一件很有开发价值的、效益很好的事情，但是由于我们基层干部里的一些同志，处在好像明泰这个人物所处的人际关系之中，乡里关系和爱情关系、传统观念和开放意识、公益和私利、欲望和道德，等等，千丝万缕地纠葛在他们身上，这就使得这件很有开发意义的事情不能一经号召就顺顺当当地办成。但是我们终于还是办成，优质芒果的推广种植成功了。我们怎么说也还是超越了某个档次了。现实生活是这样，喜宏的小说包含的主题，也有这一层意思，这是种时代感，也是一种超越感、历史感。

　　　　　　——杜晶一：《〈当代〉'93广西作品随谈》，《南方文坛》1993年第6期

　　作品还通过打工妹琼妹因受工头凌辱而自杀的悲剧，揭示了社会变革的艰难、阵痛和沉重的代价。在这部小说中，作者对所写的题材十分熟悉，显然经过了一番精心的素材搜集和研究准备。作者还注意避免了人物刻画的单一化，三位主人公明泰、陈嘉媛和琼妹都显现着复杂的思想性格。明泰和琼妹都心地善良而又有着各自的弱点和局限，但他们仍不失为可爱的人；陈嘉媛虽奸狡却又不是十恶不赦的坏人。作者把人物还原为现实生活中的人，立体地表现了时代生活，作品也

因此获得了多层次的认识和审美意义。

——石一宁：《知识型作家的智慧——论喜宏小说的创作特点》，《南方文坛》

1994 年第 5 期

歌劫

常弼宇

这个世界上有这样一群人，他们的劳动是歌，收获是歌；痛苦是歌，欢欣是歌；血肉是歌，灵魂是歌。

他们为歌而生。

他们为歌而死。

他们是我的先人，我的父兄，我的同胞。

他们注定了要经历劫难。

当昨天这场劫难发生的时候，那些无处不见的高高的山上，那些寂静的岩洞里，数以万计的白骨静静地躺在它的结实的船形的悬棺里，默默地注视着山下，莫名其妙。在他们拥有血肉的时候他们不曾拥有山歌，所以他们不懂得什么是歌，歌有何用。这些曾经是这里的主人的幽灵，最后终于要明白，山下的这些人为什么这样恋歌。

那时候歌圩上最潇洒的人正青春年少，他还不会唱那支山歌，他也还不能悟出高高山上摆布规则的白骨竟是布洛陀创造的第一批人类，与他

作者简介

常弼宇（1953—），汉族，生于广西，祖籍北京房山。1972 年初中毕业下乡插队，两年后到糖厂当工人，1978 年考入广西大学中文系，1982 年毕业分配到广西德保县文化馆。曾在自治区文化厅《影剧艺术》杂志任职，后在广西壮族自治区纪律检查委员会工作。曾当选广西作家协会副主席、广西文艺理论家协会理事。1984 年开始发表小说，2003 年加入中国作家协会，出版有小说集《误入野史》《籍贯》。

作品信息

原载《当代》1993 年第 3 期，获 1993 年《当代》杂志"大科技杯"征文小说奖，收入《广西当代作家丛书·常弼宇卷》（漓江出版社 2004 年 5 月出版）。

有亲缘。第一批人类因为没有山歌，他们最后失去了乐园，与后人断了信息。正是有了他们的牺牲，布洛陀才想起了在重建人类的时候，同时教会他们唱山歌，赋予他们一种永不消失的山歌调子。

歌圩上最潇洒的人终于悟出了这真谛的时候，他就越过了劫难，他就超越了歌圩。

有一首山歌后来终于跨越了那支绝唱，使山歌不再彷徨。唱这支山歌的人，重新成为歌王。这首山歌的开篇从远远奔来——

布洛陀造出了第二届人类，可是他们面对一片无垠的蛮荒缺少信心，他们竦竦发抖。

布洛陀站在他们的背后搓着沾满黄泥的巨手，他对他们说：怕个卵，唱山歌！
……

一

朗应该算个男人，尽管如此，在那年的歌圩上他依然风光。朗风光的时间虽然很短。但他毕生无悔。如果不是歌圩的劫数已经开始，朗会像他的许多前辈那样做一阵子歌王的。

朗是从高高的坡顶上往下走的，在此之前他已经在高处站了很久，朗朝坡下的五姐妹走去的时候心里坚定无比，去年败在她们手下的事他已经全把它抛在脑后。他脚上崭新的草鞋用雪白的玉米苞皮编织，踏在青草坡上白晃晃的。朗相信他马上就能雪耻。他望着坡下围着五姐妹已唱得如醉如痴的人群充满感情地说："这风俗真好。"

这是一条流淌情爱的峡谷，每年的秋天，稻谷黄熟的季节，歌圩也成熟了。人们收获稻谷，也收获情与爱。从那个季节的开始，从峡谷两边大山的背后，从很远的地方涌来很多的姑娘，她们一脸的企盼和兴奋，以毫无拘束的大方走进村寨向她们敞开的大门，快乐地住下来。在以后每一天的早晨，她们穿得上下一新，却把裤腿卷得高高，赤足走在田埂上，去帮东家收割成熟了的稻谷。风一样追着姑娘们来到的，是比姑娘还多的男人。男人的衣着和身份各不相同只见目的相同。穷人就实实在在，肩上挑一担好米来，给东家，作口粮。富人当然潇洒些，一只手在衣袋里捏得叮当作响。一心二用的是小贩，挑着货郎担子来。他们都来赶歌圩。

在田间割稻的姑娘做不了多久，男人们就懒洋洋地从村巷中游出来。站满田埂，或是在田头的树荫下靠着树干，用狼一样的眼睛往田里看。男人们看中了姑娘，便扯开嗓子唱起山歌。姑娘们耐不住一套接一套的挑逗，便与男人们斗起来。斗智慧斗胆量斗歌才，你唱过来我唱过去。夜色浓重的村夜，更是男人女人都不愿放过的时候，他们村里村外随心所欲摆开歌场。接着白天的歌声，接着白天的激情，山间林中，村前村后，一夜山歌，一夜风流。这是歌圩，这是风俗。

去年峡谷里稻谷黄熟的时候，男人和女人们都在传递着一个动人的消息：五姐妹不再背鱼笼了。朗听了风一样传开的话，心里装满了欲望和期待。

谁也说不清这发明权属于哪一代祖先，把蓓蕾般的少女到歌圩见习叫作背鱼笼。真正吃鱼的，是她们的姐姐辈，而不是她们。歌圩上的男人，不去纠缠背鱼笼的少女。

五姐妹从山后面遥远的一个村子来，她们之间的漂亮没有同样的重复，这就让男人们一个一个轮着看。虽然几十年流水般地过去了，但只要有人到了那条著名的峡谷，就一定能听人说起五姐妹当年的风采。去年她们来到村里，五姐妹住进了一户人家割那家的稻谷，不再有年长于她们的姐辈庇护，就便是在宣告，五姐妹成熟了，男人们可以和她们用真情对山歌了。

五姐妹东家的田每一块都很大，站在田埂上的男人都觉得离她们很远，这就是五姐妹的聪明之处。朗有好几天挤不上田埂，只好在人家后背听。他听到男人们争着唱，五姐妹有礼节地答，朗听得出来，五姐妹对谁的山歌都不动心。

那天朗本来不想唱的，歌圩才开了个头，精彩的日子在后头。朗觉得那些费力地挤上了田埂的男人们，没有一个是他的对手。可是突然下雨了，下了一阵这季节很少有的急雨，田埂上的一些男人跑了，田埂显得宽松开阔。朗看见五姐妹那楚楚动人的身姿与情态，他就来了情绪，他就跨上田埂，伴着雨打禾叶的唰唰声，对着稻田中被雨点打得犹豫的五姐妹放声唱起来。

朗的嗓子真是好极了，好得长在他这副身板上十分委屈。朗的歌声从田埂上一飘出来，五姐妹就顾不上雨了，她们像女兵听到口令，齐刷刷地转过身子追着歌声的出处找那唱歌的人，这是歌圩上第一声令她们动心的山歌。朗的山歌在雨中依然传得很远，那些为了雨往村子里跑的男人有大半被这歌声震住了。转回身子又往田埂上跑。田埂上的宽松消失了，又是密密麻麻的一圈人。

朗从来讨厌那些不够味、不够胆的山歌，所以朗一开口就唱要领一人回家去，要唱得红水河冬天发洪水夏天数得鱼。让高高山上的那些白骨站起来……这才是开头，这是刚探路。朗的歌才也是无比地好，这一点后来铁证如山，这一点该是歌圩的劫数。几十年过去之后，你看那山歌忽功忽罪。黄了又红大起大落，人们为山歌争斗了一番，后来竟出现了电子音响为山歌添色的壮举，然而朗当年的绝唱，却任凭风浪起，稳坐钓鱼船，一直到今天无敌手。

五姐妹顺着歌声飞快地瞄到了朗，这个发现令她们绝对地失望。关于这一点，几十年来人们坚信不疑。几十年后，在洞房花烛夜，五妹深情地望着朗说："既有今日，何必当初？"说得感慨万千的。当初他们正年轻，当年他们都身不由己。

朗当然看出了五姐妹不加掩饰的失望也明白她们为什么失望，朗一时失去了自信和镇定，在慌乱中他唱了那首此时此刻绝不该唱的山歌。

彻底地圆满地说清楚朗的山歌词是令人困惑的事。山歌是有神韵的，而这神韵活在布洛陀创造的语言之中。现在常有的事是把山歌的整体结构和全部神韵宰割得七零八落，硬译成面目已非神韵无存的五言、七言汉语民谣隆重推出，让享用布洛陀语言的人们感到惨不忍睹。山歌有宽广的意蕴，它有形象朦胧含义具体的形象群体，它有自己的逻辑和思维，它幽默自娱，让人品味无穷，或醉或痴。对聪明人它是开锁的钥匙引路的光，对弱智者它是梳不清理还乱的谜。好山歌只用几句就能描绘出一幅形象饱满蕴意深远意味无穷的风俗画，而且还是丹青高手笔下的中国画。对于无法享用布洛陀语言的人们，不去管山歌的句式和韵脚，只品味山歌勾勒出的那风俗画里的意境已经足够。朗唱的那首不该唱的山歌就是这样的，他像漫不经心地述说——

……有一天蹲在田埂上捉虱子，来了一只不懂事的小狗。怎么也赶不走它，只得用弟弟抽它，小狗才叫着跑了……

朗这样表白自己是个不一般的男人，显得很浅薄。田埂上的男人发出散乱却响亮的笑声，这样在五姐妹面前唱歌的男人没有希望。

五姐妹听了朗的山歌都报以很甜美的笑，她们耳语几句之后小妹轻摇玉体潇潇洒洒地答歌。山歌声清丽婉转，一句连着一句，气不喘，歌不顿——

……黄昏的时分寨子里来了挑盐的汉子，他们从远方来。热情的主人接待了他们，睡觉的时候偏偏少了一套被子，主人就对挑盐的汉子群中很小的一个说：你还小呢，你去和姐姐挤着睡吧。第二天早晨挑盐的汉子上路了，主人看见昨夜睡入闺房的小个子挑着沉重的盐巴担子，飞快地爬上山冈……

这个故事已经流传很久，五妹把它编成了山歌回唱给朗，很刻薄。布洛陀语言的山歌行云流水一样从五妹漂亮的嘴间飞出，韵律是那样地整齐，节奏欢快幽默顽皮，挤满田埂的男人无声无息像一群雕像，一条峡谷中的一切声响，都只是五妹山歌的和声了。朗也听呆了，当雷鸣般的唏嘘声响起来的时候他才猛然惊醒，默默地离去。他没走田埂，他踩过稻田，一直走上山岗。五妹这初出茅庐的刻薄让朗无地自容，因为朗生得十分矮小，尽管他的心不小。

歌圩有千古规矩，山歌随你刻薄，有本事你还我刻薄。流淌智慧的刻薄与幽默，能使歌圩沸腾赢得喝彩赢得尊敬战胜贫穷，能使人千古流芳。五姐妹因还了朗的这支山歌名声大振，她们一点儿也不怜悯这个为她们铺垫的小个子朗。

峡谷中的稻谷，从东熟起，一路向西。赶歌圩的人们缠缠绵绵追着金黄色西移。歌圩的结束从来不变，割完这条峡谷尾巴的稻谷人也散尽。割稻的姑娘虽说搞不到多少钱，可不少的人选中了情郎。男人们或花光了洋钱，或吃完了好米，更多的人是人财两空。这样的结局男人们从不计较，他们依旧神采奕奕，相约明年再来。这也是风俗。朗没有跟着歌圩西去，他坐在高高的坡顶上看着歌圩西去便回了家。歌圩虽没结束，朗已经在思考明年的歌圩了。有这样的心思，有这样的情绪，又这样执着，一直到了这样的歌圩不再有，两种山歌斗起来的时候，朗历尽磨难也不曾后悔过。如果朗没做这样的选择，便没有后来的绝唱。朗是不知不觉当中开始承受歌圩的劫难的，那些无歌的寂寞的高山上的白骨的千年遗憾，还有祖宗先人对山歌的依赖和酷爱，他都要承受。从这年的歌圩开始，朗要用他的心去体会那支沉重的山歌。

朗回家后很快修正了自己的失误，他遥望那西去的群峰昼思夜想构思一支长长的歌。他败阵的消息家喻户晓，但人们看到朗比以前更开朗更洒脱，没人知道他心中的奥秘。朗在自己的心中已经完完全全地主宰了美丽尖刻的五姐妹，萌发了一种胜者的旋律。这旋律时而深沉时而甜蜜，伴随着一个山歌高手深思熟虑的成熟。当这种旋律高昂的时候，朗无论正在高山砍柴还是在田中扶犁，他都会热血沸腾。山歌的智慧引他前行，他感到了从未有过的自慰和自信。他驾驶着山歌的韵律，在他的那支歌的构思里神游，穿过了深夜和黎明，飘过了河流与田野，自由地进出闺房和山洞，滑过那些美丽动人的胴体……一年当中，朗的心里几度像暴雨洗涮的青山，孕育着喷薄而出的山泉。布洛陀创造的那支沉重的山歌调子，朗唱起来倍感甘醇、厚重……

现在，朗勇敢地迎接那陌生又熟悉的目光，他一步步接近了人群。朗不再像去年那样去挤，也不企盼再次下雨。在这一年当中，朗从容地认识了自己矮小的身躯。朗轻巧地爬上了离围着五姐妹的人群不远的一块独立的青石，他在青石上平躺下来，望着蓝天白云他深深地吸了几口气，开始雪耻，这个歌圩的绝唱就这样诞生了。

朗唱了几句就令嗡嗡作响的男人缄默无语了，五姐妹听到了朗的歌声，也听出是他的歌声，但她们相视一笑仅仅侧过点身来。她们不想给朗太多的面子。一段山歌听下来以后，五姐妹呆了，她们的眼睛不得不定在青石顶上如入无人之境的朗身上。

朗听到喝彩声不断地传入耳中，这些冲他来的声音跟去年大不一样，朗知道自己成功了。朗开始充满温情，歌圩上相争相斗之后情深意长的事很多。朗没想到的是这支山歌制作得太久太绝，用他的嗓子唱出来的意境已远远地走过了温情。在男人们如醉如痴推波助澜的声势中，朗身不由己走上极端。这支很长很长的山歌唱的是朗与五姐妹情浓于血的做爱经历，朗要用一段虚构的回忆来主宰和支配五姐妹，要在歌圩上把去年她们对他的蔑视化为乌有，恢复并炫耀他作为男人的尊严。山歌里还饱含着一种期待，朗希望歌圩之后这首山歌能部分地化为真实。但无论是歌圩上的男人们还是五姐妹，全都让朗的期待从耳边流过去了。朗歌声嘹亮，一泻千里，充满了宣泄和热烈，没人能听出他的期待。

朗的山歌徐徐唱来，先唱大姐。朗形容大姐的田地很滋润——

……他和她浓浓烈烈地做爱之后睡着了，是太阳和蚂蚁把他惊醒。树边的小草尖上的露水，已经变得又白又硬……为洗去露水他在河里泡到满天的星星……

如醉如痴的男人们没听完朗唱出最后一个音节就心领神会地感叹起来，他们叫喊得热烈又满足，但绝不猥琐，一个个都堂堂正正在光天化日之下，他们都知道朗的山歌里的每一处象征。

朗的山歌不需要回答，他唱完大姐就唱二姐。朗把二姐形容得贪婪无度，最后回头是岸。朗最钟情的是二姐——

……他那能打狗的弟弟仍不能使二姐感到满足，他只好拿出了三枚古钱。他告诉她：把每一枚古钱抛向天空，在它落地之前许一个愿，你就会得到满足。她很贪婪地说道：我什么卵都要！她的话一落音，漫天飞来了卵的家族：蛇、蟒、猴、马、虎、豹、熊……她害怕抛出了第二枚古钱：我什么卵都不要！话一落音，飞来的一切都消失了，世界仿佛回复原样。可是，他说看看你自己的吧。她吓坏了，自己的也没有了。她喘了喘气之后庄严地祈祷：我要恢复原来的样子，原来的一切本来很好。他们终于获得了人间的美满……

朗的山歌结尾是一段甜歌，他许了一个很大的愿抚摸着二姐，朗说只要这一世二姐与他缠绵不舍，他们就能唱尽人间甘苦，就能唱出高山上那些白骨从哪里来到哪里去，就能博古通今……

朗说他与三姐的约会在山洞。他夸奖三姐是个挺温柔的好姑娘，像是一只不长角的羊——

……她说那些日子天天拔秧，他就说我也学着拔，她就一言不发随他去……黎明前他把她送到家，她从床后摸出一只小葫芦，倒出草药正要吃，她的妈妈听见声音就问她：女儿正在做什么？她一晃手中的小葫芦：歌圩要穿新鞋子，女儿忙着纳鞋底……

朗越唱越无情，把五姐妹放在歌圩上长时间地煎熬。火是人们口中不断的喝彩，还有那数不清的流情流欲的眼睛。

朗也没有忘记去年歌圩上奚落他的五妹，这小妹乐呵呵的一首山歌就让他落荒而逃，朗在唱到五妹的时候歌声变得调侃幽默。朗说别看五妹年龄最小，体态最玲珑，就数五妹最强健——

……她和他做爱的时候，她在身下放只鸭蛋。她说：鸭蛋被压碎了你就算男人。整整一个晚上鸭蛋没压碎，她说再给你一次机会。那天上山砍柴他的鞋底被扎破了，望着那一片尖尖的树桩，他想到了办法。在那个最后的晚上，她叫了一声软下来，压碎了鸭蛋……

　　朗终于唱完了，这样唱做爱，在这歌圩上从没有过。朗从青石上坐了起来，他居高临下地看到了歌圩的高潮。歌王的感觉生成了，在无数钦佩的眼光笼罩下他的脚心开始发痒，潮湿温暖的痒劲儿渐渐上升遍布全身，他再一次很响地倒在青石上，一点也不觉得疼。他听到他的歌由别人重唱，这是学歌，只有歌王才有这样的荣耀，只有很少的人能创造这样的境界。当朗再一次坐起来的时候，他看见五姐妹满面羞色，一次一次地用肩膀甚至不惜用胸脯去撞那些围堵的男人，冲开一条路落魄而去了。朗用戏谑的眼光看着她们的背影，尽管那眼光久久地停留在二姐的身上。朗当时没有丝毫的怜悯，他有理由这样，产生了大胜大败的歌圩将流传千古，众口皆碑，赶歌圩的人怎能忽视这样的境界！

　　心气太高的五姐妹确实看错了朗，虽说去年她们那样处理朗无可指责，歌圩只有一条智者胜的法则。在去年的歌圩上，她们刚刚放下了鱼笼，进入女儿金子银子太阳月亮一样的好年华。她们商量好了，要尽情地玩上几年，她们知道等这年华一过，她们的肩膀要挑沉重的日子。五姐妹曾经面对面地站着尽力去挑对方的毛病，结果是对自己的相貌深信不疑。背了两年的鱼笼听了无数的山歌，她们对自己的歌才也有信心。有这样的信心和情绪，所以，遇上矮小的朗她们不加考虑地把他撕扯一番。可她们毕竟单纯，过后便忘了朗，对他一年中的精心制作一无所知毫无准备，对一个男人的恶毒也没有防范，在今年歌圩刚开始的日子里，她们就栽了。

　　五姐妹商量的结果是先离开歌圩。当她们离开那火热的歌圩时，她们体验到一种凄凉。稻谷没割完，东家惋惜地说："朗是歌才，你们才貌双全。你们都该留在歌圩，星星月亮应该在一起……可她们不走就总浸泡在朗的山歌里，她们不愿意。她们上路的时候，还有人对她们唱朗的山歌。尽管那时候她们恨透了朗，但她们还是挺佩服朗的，歌圩上吃了女人山歌亏的男人，还没有谁想出这样的山歌套路来报复女人。她们的眼睛扫过田野上一堆一群的男人，不见朗。

朗已经离开了热闹的人群，他躺在一片寂寞的草地上，心中编织着另外一首山歌。他想就在今年的歌圩上，在那支山歌被淡忘一些的时候，再会一次五姐妹。朗要再唱一首很长的山歌，说出人们对五姐妹的期待，从她们出现在歌圩背鱼笼的时候开始。如果朗有机会唱出这支山歌，五姐妹听到的将是男人们的渴望与喜爱，歌圩上同样会诞生一支不朽的赞美山歌。朗有很多的情节，每个情节都承载着男人们对五姐妹的情意。

五姐妹在秋季的太阳照耀下回家。她们路过黑水潭的时候，突然就产生了下水洗一洗的欲望。一条小泥路通向黑水潭，小路要穿过厚厚的屏障，那就是水边的古树和潭水滋润着长得高高的草。五姐妹在厚厚实实的遮拦下，把身上的衣物一件一件脱去，水面上立刻就有了五个洁白的裸女的倒影。她们又一次面对面地站着，在无遮无掩的全暴露下互相挑毛病，细细地看着，她们禁不住互相赞叹起来。她们用柔软的手指抚摸着对方，轻轻地、慢慢地……

然后，她们抬起美丽的头，向着高高的山上仰望。盈盈泪光在她们幽深的眸子里闪烁。三姐说："朗的祖宗在山上！"高高的山上岩洞里有白骨，人们都知道，人们都认为那些白骨很孤苦，它们没有后人。每年的三月三，浓浓的云雾就把山顶都封住，满山响着树叶上滴落水珠的响声。

后来，五姐妹就下水洗她们的身子。她们手拉手，喊着"呜——哇"一齐入水，黑蓝色的潭水被激起了大片白色的水花，静静的深潭发出轰响。在黑蓝色的水面上，游戏着洁白洁白的裸女，她们把长发一甩，散开的湿发就向四面射出一串串的水珠，发丝嘘嘘作响……这样，大姐不见了，跟着三姐、四妹也不见了。黑蓝色的水面上只剩下两个裸女。任凭她们怎样叫喊，任凭她们一次次潜入水中寻找，大姐、三姐和四妹无踪无影，仿佛她们就不曾来过。黑水潭边的岸上，二姐和五妹水淋淋地站着发呆……

关于她们的死，有很多传说。有人说黑水潭里有一种怪鱼，很大很大，有人在洪水发生之前的日子里见过，他们说这种怪鱼吃掉了大姐、三姐和四妹，死不是她们的本意。这样的说法也传了几十年，也有人信。更多的人说她们是质本洁来还洁去，是去寻死的，因为朗的山歌使她们在歌圩上名声受损，使她们失去了再在歌圩上与人斗歌的信心，不为歌，毋宁死……大姐她们的死又一次震动了歌圩，赶歌圩的人们来到潭边唱了一天一夜算作祭奠。然后，人们又追逐着大峡谷的金黄色西去了，没跟着歌圩离去的，又是朗。

朗听到这个消息后如雷轰顶，当时他编好了崭新的山歌，正兴致极高地下山。朗遵循着以歌还歌的歌圩古理，所以，朗还坦然，没人说大姐、三姐和四妹就是朗杀的。朗发现无论他走到哪里，都有人用深幽幽的眼光看他。朗在那年的歌圩上表现太杰出，他先是翻了去年山歌的败案，接着又有三个漂亮得让人垂涎的姑娘为了他长眠在黑蓝色的水底。歌圩上再也听不到一声朗的山歌，朗的歌王桂冠失落得意想不到的快。

下一年大峡谷的歌圩依时又起，但歌圩上仍然不见朗的踪迹。经历过上一年歌圩的人们深深地体会到失去朗的歌圩平平淡淡多没味道，于是就怀念朗。人们传说着朗的消息，说朗已经游过红水河，到人们都不愿去的远方流浪……

就是那一年的冬天，从北方过来了一支强大而自豪的队伍。这支队伍上的男男女女，都爱跟人讲"我爹""我奶奶""我爷爷"的故事。有些故事挺让人感动的，有人跟着流了不少的泪。听他的讲爹、奶奶和爷爷的故事，人们就感觉到人家的祖宗源远流长可是清清楚楚，排排坐，分果果。大峡谷方圆的人们便感到自己不如人家，觉得自己唯一比那些男男女女强的就是会唱山歌而北方来的男男女女并非个个敢在人前唱歌。可是，人们又觉得山歌唱得洒脱又痛快，唱得贫富不分了贵贱忘记了，也就忘记了许多"我爷爷""我奶奶""我爹我娘"的故事。比如说那重重叠叠的高山上的累累白骨，摆得有阵势有谜语，可就是不懂它们的来历，讲起"我爷爷""我奶奶"的故事来，就没有人家那么久远，就没那么动人。一比较，就佩服人家，就想跟那些男男女女们学，一批杰出的人就产生了。他们不再去唱山歌，不再去敲铜鼓，而是去打腰鼓，去扭秧歌。可是北方来的队伍里就有人想听听山歌，怀着很好奇的心情要人们给他们喝山歌。杰出的人群里有人忸怩一番之后恢复了风度，就高声唱起了山歌。歌圩的歌是不再唱了，他们在山歌的调子里填进了流行的新词，也能接着山歌的调子流畅地唱了下来，大峡谷从此有了布洛陀听不懂的新山歌，唱新山歌的人们不再有以前唱山歌的那种心情。

大峡谷的歌圩还是平平淡淡一年又一年，朗的山歌成了绝唱，朗和歌圩五姐妹之间的歌圩恩怨，自然就是一种长久的话题和记忆了。

二

这首终于跨越了歌圩绝唱的山歌说，第二届人类在黄昏的夕阳下听着布洛陀的教诲，脸上竟是一片迷茫——

刚被创造出来的新人类很倔强，他们竟对布洛陀的指点表示怀疑：唱山歌？有卵用！

布洛陀用沾满缔造他们的黄泥的巨手在新人类的屁股上拍出一片青紫，他把硕大的头颅高高扬起，眯起眼睛望着远方，吼出一串无字的歌。无字的山歌隆隆滚过山坡，寂寞的荒原有了生气，黄昏变得暖洋洋的。

新人类的眼睛亮了，他们学着缔造者之神的山歌调子，张大嘴巴唱起来。新人类的山歌声婉转甜脆，像画眉一样地悦耳，可是没传出多远就消失在荒野上。

布洛陀看着他缔造的新人类，流露出高瞻远瞩的忧虑。他残酷地说：你们就留在山顶吧，风雨不许躲，雷电不许躲，虎豹也不许躲，就唱山歌吧。等你们的山歌成熟了，我就来告诉你们该去何方。

首批第二届人类只好按照缔造者之神的意志，以幼嫩的身躯承受着降临世界之后的第一次磨难……

独脚篾匠这年来到这里的时候，正是新山歌成大气候的前夕。

男人们看见独脚篾匠的时候，他们的眼睛里流动着邪恶的光。这么多年以来，男人们总说独脚篾匠那片从脸上一直延伸到脖子的正方形大麻子是被人用火药枪射成的。他们说，在火药枪长长的枪筒里灌上晒得干干硬硬的用猎刀切成绿豆大小的四方颗粒的生牛皮，"轰"地射在脸上，就可以制造出独脚篾匠那张狰狞的凸凹不平的脸来。一粒粒干燥的生牛皮射入皮肤后被人的热血浸泡着，就会像发芽的种子一样膨胀，还会有一种"嗞嗞"的响声。男人们洒脱地说被射中的人活着比死难受，每一颗生牛皮粒被挑出来的时候，就留下一个无法愈合的血洞，这是极刑。从来没有人纠正这种传说，尽管谁也没问过独脚篾匠，可见男人们对他的戒备。男人们还说，独脚篾匠的右腿是被榨甘蔗的楠木滚子榨碎的。他们形容说，两只水牛被鞭子抽打着，红着眼睛躬身向前走，它们的脖子上驾着的辕就带着古老的木榨。两只缓缓滚动的楠木榨棍一寸一寸地吞进了他的一条腿。仇人们待楠木榨棍就要夹进他的弟弟的时候，喝住了水牛，扔下一把断刀，扬长而去。临走前他们对他说："你的死活全靠命运……"两只大水牛踏动四蹄犹疑着不知进退，他也难说是死是活。他终于捞起一把血水较少的甘蔗渣，伸向水牛。水牛终于把头向后扭着，一步半步地退着走向甘蔗渣……木榨棍慢慢地吐出那条扁腿，他拾起断刀一挥，脱离了木榨……他醒过来以后爬上了牛背，后来又把牛卖了，当了篾匠，只有当篾匠可以只有一条腿。可是，没有人证实这种场面曾经真实地存在于哪里，也没人否定。人们传说他很有钱，让人想到牛价。独脚篾匠确实使用一把断刀，这把断刀钢火很好，无尖。独脚篾匠一直用这把半截无尖的断刀破篾编席，而且从不许人摸这刀。

　　独脚篾匠残疾有理，所以人们常常需要进行"斗私批修"的反省而他不。独脚篾匠在那年头依然去赚取女人甜甜浪浪的笑，在严肃的日子里女人们见了他就可以无忌讳地大笑。在黄昏的时候独脚篾匠刚刚跨越村头拦牛的栅栏，小河边上忙碌的女人们就冲着他的身影发出了牛滚山一样的欢笑，使通俗的河岸显得热闹非凡。牛滚山是那时候的节日，虽然在很多布告上都用黑体字印着：牛，那是农民的宝贝。牛滚山的特征鲜明，先是村子背后的山上有石块滚落的响声，接着，再传来一声闷响，那就是了。在田里出工的人们寻声望去，肯定会看见生产队的牛群印有一头牛滚山了。男人们在这时节脸上会浮现出一种获得安慰的笑容，女人们却经常由于抑制不住主妇的兴奋而浅薄地欢叫起来。

独脚篾匠平稳地跨越栅栏之后立刻把眼光投向河边的女人，他那坎坷不平的脸上散射出不容置疑的笑意，和夕阳一起铺在狰狞的脸上充满善意。这样的光景很难让人相信那些广为流传的篾匠的故事。

对独脚篾匠的轻薄首先感到愤怒的男人是一个不久前被削职为民的人，他曾是这个区的原区长。原区长见不得本村女人对独脚篾匠长久地亲热，于是他挺身而出，板起面孔从男人群中走向河边走向篾匠。

有了这样的情景更使河边的女人感到兴奋，她们干脆都直起身子看着两个男人面对面地站定，她们知道这两人之间的歌仇。

原区长官倒了，架子却不倒。他先上下审视了篾匠一番，然后淡漠地说："来啦？先去我家。你给我编一套席子，一张大大的头道篾的席子，抓起四只角中间要盛得两桶水。听好了？你千万不要忘记。"

独脚篾匠宽容地笑笑，他眨着眼睛说："先去你家就你家吧，家家户户用我编的席，海枯石烂抓起四只角中间永远不漏水。中山装有四只口袋，你千万不要忘记。"一直静静地听着他们对话的女人听到独脚篾匠的话立刻就哄笑起来，在这次不期而遇的较量中独脚篾匠又胜一着。

原区长面色微微一红转身就走，他穿的中山装原是灰色现在已经破烂并且不灰不黄。中山装的右下袋已拆下来补在右肩上，那里剩下方方的一片新灰。

独脚篾匠迈动左腿，右手里握一支紫红色的短节竹杖，灵活敏捷地配合左腿，身子不摇不摆，跟在原区长的身后进村。

女人们其实很刻薄，原区长和独脚篾匠走后她们该走却不走，叽叽喳喳又说起这两个男人的歌仇，久久不散，让蹲在另一处的男人们也想起了他们的歌仇。

在那支北方的队伍初到的那几年，山歌和歌圩还都有的。区长是个歌迷，他骑着马到县城开会，人家走两天，他提前三天走还经常迟到。区长在马背上嘴巴不停，东唱西唱，嘴贱得很。那些在田里地里山上干活的姑娘媳妇被他的山歌挑逗起性子，就拉开架势与他斗歌，斗来斗去天黑了还脱不了身只好跟进村寨去，住下来继续斗歌。第二天早晨上路的时候，他总会大师般地说上一句："你们不行，等你们学成点样子，我再来。"事实上，区长不会再来了。在老歌圩人的心目中，区长的歌德并不好，歌风也很赖。尤其是他唱到将输的时候，他就会唱出一些如"嘴边胡须多少根，几条头发够一里"的山歌，然后便扬扬得意。老歌圩人认为这样的山歌无解答，是青皮后生要赖的小伎俩，壮夫不为。

独脚篾匠从谁也不知道的地方来到这里的第一个晚上，就冒犯了区长，让他当众出丑。那天晚上圩镇上斗歌很热闹，区长的压寨夫人的娘家来了一群女人，小圩镇上也有一群好斗歌的女人。在她们之间斗开了山歌，男人们都成了看客。这样的斗歌是小圩镇难见的盛会。独脚篾匠走近歌场听了一会儿，他的脸上依然是疲劳和淡漠。就在他转身要离开歌场去寻一个睡觉的地方之前的瞬间，独脚篾匠看见从外来的女人群中大大方方走出了一个年轻的女人，当他看清了这个风韵动人的年轻女人之后，独脚篾匠就不再有离开歌场的念头，他决心要在那里等到歌场散尽了，他的脸上浮出一层油光。

区长的夫人风风火火地从独脚篾匠的身边走过，留下了一股成熟女人的自然香气让独脚篾匠做深呼吸。区长夫人没有理会身边擦过的奇怪的男人，她从斗歌的山歌里，听出了娘家队的败势，她急着回家求救。

独脚篾匠那双四面埋伏的双眼贪婪地追逐着风韵不凡的少妇的背影，眼光像一条深幽幽的软链。他认出来了：她就是当年歌圩上令无数男人垂涎欲滴的歌圩二姐，她从黑蓝色的黑水潭出来以后在歌圩的淡季中被另一种荣耀捕获，如今倒也活得自在。独脚篾匠索性用背对着灯火通明的歌场，面对着歌场的灯火映照朦胧的小巷，殷切地期待歌圩二姐再次出现。独脚篾匠热切的目光一次一次几乎是一寸一寸地搜索着朦胧的小巷，小巷依然空空。但独脚篾匠纹丝不动，从歌圩过来的人对歌场的规律自信不疑。小巷里果然晃动起身影，但走出来的是一个臃肿而硬气的女人，她的头帕遮住了前额，高高的绣花衣领全竖起来，嘴也藏在里头。这奇怪的女人悄悄地走着，从独脚篾匠的身边走过，留下的是一股浊气。独脚篾匠看着这女人在离歌场不远的地方推开一家人栏下的门，进去后又急忙将柴门掩上。在朦胧中这举动给人一种犯罪感。独脚篾匠下意识地向那扇柴门走去。但只迈出三步他就定在那里了，因为就在这瞬间，小巷深处闪出了歌圩二姐轻盈诱人的身姿。

歌圩二姐这回脸上充满了自信和诡秘，她从独脚篾匠身边洒脱地走过，依旧给他留下一股香风。在她走近歌场的时候，她回过头对那扇令独脚篾匠生疑的柴门投去深情的一瞥。

独脚篾匠看清了歌圩二姐这回眸一眼，顿时他的心里一片明亮。独脚篾匠不禁顺着方才歌圩二姐的那一眼，看了一遍朦胧中的小红房。小红房，一方水土一方人的小红房，红土夯的墙，茅草与瓦混盖的顶，一层楼板分成上下两层：上层住人，下层猪、牛、马。在每一家的楼板上，都有一只三尺见方的洞，洞口架一木梯，天黑后闭门，喂牛取柴等事，都从方洞上下。由于部落的和睦和防匪盗的需要，一长串的小红房的栏下，都有一处通着的豁口。街上无行人，栏下可串门。歌场如战场，什么样的伎俩都有人使用。一种不恭的笑意在独脚篾匠的脸上越过坎坷荡漾开来，他开始认真听歌，不久他就听到了佳句。

歌圩二姐的娘家远远不如这小圩镇富庶，所以，斗歌的时候她们先输了一截。听着小圩镇的女人们夸耀自己拥有的峡谷、良田，歌唱富足的油水。外来的女人们长时间地走不出穷与富斗的困境。听歌的人们在听到外来的女人唱起了小圩镇女人的颂歌时，都以为外来的女人彻底败了，斗歌也将要收场了。只有人群后面默默站着的独脚篾匠心里明白，外来的女人明白了，应该抛弃她们固守的劣势。

……做这个圩上的女人胜过状元郎，她们吃尽了白米，还会有大个的茶油果子……

当最后一句唱出之后，人们才恍然大悟，都中了圈套。甜蜜的颂歌在最后一句蕴藏着女人对女人倾泻的恶毒，小圩镇的女人一直无法还清这笔歌债。这句山歌后来当然流传四乡，朝野窃笑，启示着富足的女人永远不要忘了谦虚。对这句山歌不感兴趣的是采风的学者，他们在听完歌词的直译之后，眼睛里总是一片茫然。后来在新山歌成了大气候之后，唱新山歌的歌手们曾经业余地要重填一些老歌的歌词，试图解放一些老山歌，其中就选了这一句，想为它披上丰收歌的外衣，但最终还是放弃了。使用布洛陀的语言唱布洛陀传下的山歌，就必须凭借歌圩的智慧和思维，而新山歌则是另外一回事。布洛陀说大米和说插进去发的是相同的音，外来的女人说小圩镇的女人吃尽了好米还有茶油果并不是描绘小圩镇物产的富饶，而是暗喻出小圩镇女人的性贪婪。这种恶毒外柔内刚，女人唱了也无妨。外来的女人笑骂小圩镇的女人是色狼，但把一切形象都建筑在小圩镇女人浅薄的骄傲上，用歌圩的智慧稍稍一点就云开雾散，生活中的常规常理做了山歌的一流包装制作出不可战胜的一绝。

小圩镇的女人们像傻了一样只有沉默，因为这一手的确要高出她们的功夫和智商。听歌的男人们又笑又骂，喝彩声四起好像过年。

如果不是歌圩二姐扬扬得意地从门中走出来女皇般地瞧了一下沸腾的人们，然后又满足地回头一望，流露出无比的幸福，这个定局就将连同它的秘密一起被听歌的人们好好保存了。独脚篾匠绝不是为救小圩镇女人于水火才从远方赶来。然而歌圩二姐的心满意足，引发了一个普通男人内心深藏的恶毒。于是，独脚篾匠拍了一个孩子的肩头，那是个正彷徨着要背鱼笼的男孩。独脚篾匠对他耳语一番，在他的背上推他一把助他一臂之力，让他一生中第一次成熟般地走向歌场的女人。

男孩子的出现让小圩镇的女人堆里喊出一句惊叫，然后她们集体长吁，心中的劣势与沮丧全部走空。很快地她们让所有的人听到了一支山歌，歌风里重振她们的傲慢。这是一支点拨迷津的山歌，歌场上混乱的人们一听点拨立刻大彻大悟——

……这群女状元里有位美丽的歌师，从天下找来任何一个和她相像的女人，她都会比别的女人重一点……

布洛陀的语言把这幅漫画变成了铿锵的旋律，听歌的人们没有片刻的迟疑就读破了山歌里的密码。外来的女人里隐藏着一个男人，他在给她们当歌师！这个男人是谁人们已经无须猜测，人们起劲地喊着：出来，出来……已经有人推开了外来的女人盘踞唱歌的栏下那扇小门，把头探进去怪叫，有这样的机会人们不会放过。

独脚篾匠把装有断刀的牛皮口袋往背上一抢，走向暗巷。在浓重的朦胧之中，他与匆匆赶往歌场的歌圩二姐再次相遇。看着歌圩二姐怀抱中山装的风采，独脚篾匠心中充满了快意。他以这样的幽默与调侃作为见面礼，这是天意。他用山歌的智慧赢得了人们心中的绿卡，仅仅利用了一个迷人的夜晚。

当区长穿上歌圩二姐送来的中山装在嘈杂声中正步出门，他就用一派耍赖的笑脸扫光了所有的难堪。他仍是大师般地说道："你们不行，不过有进步……"

在好长的日子里区长在这个夜晚的表现是美谈，两个男人也没结仇，歌圩使人有气度。一直到了一九六六年以后的一天，已调到县政府工作的原区长，在贴给他的大字报中发现了一张精品，重述了那个迷人的夜晚，大字报的标题很有歌圩风趣：《坚决揪出重一点》。在那个终生难忘的夜晚随遇而安、化险为夷的原区长，却被这张叙旧的大字报搞得无颜见人。原区长没想到成了时代需要的一种典型，和原歌圩二姐一起卷起铺盖回老家当农民去了。用山歌的说法，是鱼游回泉。独脚篾匠按多年的规则跨过村口的栅栏进村编席的时候，原区长已度过最沮丧的日子，寻找回了一些感觉，并且依照无数前辈的思路，正在寻求解放。在这样的心态下见到始作俑者，就与当年大不相同。原区长失却歌圩人的宽容，自然让人想起歌仇。那时候，人们已经从"我爷爷""我奶奶""我爹我妈"的仇讲到当代人与人之间的仇恨了。

独脚篾匠在原区长的家门口做起了他的工，原歌圩二姐把自家的翠竹丛中青中透黄的竹子砍来，扛到家门口。独脚篾匠与她之间无话，按照编席子的规矩，用那把断刀截取竹子，然后破成竹篾。打那一年起，他用自己的手艺和游说，让峡谷方圆的每一个村庄都有了新的风俗：编席。人们每隔三年就要编一批竹席。独脚篾匠总会时机适宜地到来。他独来独往，人们不请不送不知道他从哪里来到哪里去，反正独脚篾匠来了，就该编席，以新换旧。独脚篾匠一家一家地做工，做哪家工吃哪家饭睡哪家床。他编的第一道篾皮的竹席是给人们垫着睡的，清凉可人，一世不生疮。村中忙碌着的那些面容苍老的女人，身下垫的，仍是她们做新妇时婆家请独脚篾匠给编的席呢。第二道第三道第四道第五道篾皮编的竹席用来晒谷晒豆晒所有物产，最后一道是软篾，编不成席了，善解人意的篾匠，就把它们编成一道长长的软栅栏。到了春天，家家户户的门口都有用这软栅栏围起来的圈子，里面有毛茸茸的小鸭子在嘎嘎地叫。独脚篾匠把竹子从外到里都用尽了。

原区长指示独脚篾匠编的那张特大的头道篾皮的竹席编成的时候，正是黄昏人们从田里回来村巷中人多的时候。独脚篾匠一声吆喝，马上就有四个年轻人各自抓住了席子的四角。年轻人随着篾匠的吆喝双手一掀，青中泛黄的大竹席便忽地从地上升了起来，独脚篾匠极骄傲地对原区长和原歌圩二姐说："倒水！"

水是两桶清澈的泉水，原歌圩二姐挑来的。原歌圩二姐丰满的身子来了一串美丽诱人的连贯动作，两桶泉水也就哗哗地倒入了竹席的中心，那里立刻变得沉重起来。

独脚篾匠说："晃！"

四个年轻人就像拉锅一样地拉起席角，泉水就在席心激荡。

独脚篾匠没去看席子，他对着夕阳眯起双眼看那地断刀的刃口。他那坎坷的脸上一片宁静，就像夕阳下人去后十分安静的荒野。

原区长风度犹存，斜视着竹席双手背后踱着方步绕席一圈，作检阅状。他对原歌圩二姐做了个手势："下面，下面，嗯？"许多人陪着原歌圩二姐蹲下，席底是一片青白弥漫着竹香，绝无一滴水。人们又帮着原歌圩二姐把泉水倒回桶里，不浊，无竹屑。

原区长说："好啊，不错，还可以。"他叫看热闹的人们把大竹席弄成拱形，他钻进去，用手托着席下的两沿，头顶着竹席向家里走去。夕阳落在光滑的湿漉漉的席子上到处流动，在场的人羡慕地注视着这席中精品，联想无穷。

原歌圩二姐没有目送精品回屋，她对着独脚篾匠作了灿烂的一笑。

对着原歌圩二姐的灿烂一笑，独脚篾匠一惊，平静的荒野起了皱纹。他对着原区长叫了一声，"慢点!"疾步走过去探手向拱中的席心摸了一把，然后吁了口气拍着精品，示意原区长继续前行。没有人注意独脚篾匠的动作，更没人会想到此刻在独脚篾匠右手的食指和中指指间的缝隙里，夹着一枚撤出埋伏的青灰色竹刺。一个灿烂的笑挫败了一个积蓄已久的男人的阴谋。

原歌圩二姐难得对这位丑陋的篾匠发出这灿烂的一笑，在这种心情产生之前她与篾匠歌仇似海。原区长以山歌罪被削职为民，使她在峡谷方圆百里失去了辉煌。这样的变迁不能不使遥远了的歌圩旧事涌上心头，那年的歌圩和那个朗，曾让她经历一番折磨。所以，她对恶作剧的篾匠有了歌仇，失落了歌圩人的宽容。

按习俗篾匠完工的晚上应由主人款待一番，次日清晨下一家做工的主人就会上门把独脚篾匠请去。但独脚篾匠眼神深深地看着原歌圩二姐随夫进了家门，就把那把著名的断刀轻轻插入牛皮口袋，操起紫竹杖平稳地走向下一家。

多少年来，只要独脚篾匠在村里编席，他坐的那一片，就是村中最温暖的土地。在他的身边，总会团聚着村庄不枯竭的来源：老人和小孩。之所以能够有这种人文风景，那是因为独脚篾匠做工时的洒脱和韵味。独脚篾匠做工时始终能够保持与人轻松地交谈，令大家都喜欢他。他抡起断刀一劈，在刀将落在竹上的刹那，扶着竹节的手正好撤离，一声脆响，一条食指宽的竹条已离开竹体轻盈落地，一弹一颤的。独脚篾匠破篾，是六层篾皮一次完成。他在斩齐的竹条头上，按所需的厚度一刀一刀都吃进二寸来深，然后他那粗糙结实的手心握住这二寸个头，另一手抓起竹条，把竹条弄成弓形，一揉一撅，再往地上一抽，啪的一声响过，原来的一根竹条顷刻间已是六片篾皮了。在这个过程中，他总保持着不间断的山歌或故事。那一天是原区长和原歌圩二姐穷极潦倒的一天，又是红山歌诞生的一天。对这样的日子，独脚篾匠和他身边的人们没有感觉。有人问独脚篾匠为什么提前离开二姐的家，独脚篾匠诡秘地一笑，唱了一首山歌——

……有一家人来了亲戚，女主人很为难，因为家里没有油水了。为了掩饰这样的困境，聪明的女主人在炒菜时，先把锅烧得红红的，然后一下把青菜倒入铁锅，爆出大油爆炒一样的响声。客人正在外边和男主人叙旧，响亮的声音使他不能不回首，当客人再次转过脸来的时候，已经布满了笑容……

独脚篾匠的歌声是沙哑的，但他的歌声悠长深厚，就像敲响的高边铜锣，有一种笼罩人的长者风度和饱经沧桑的见识，透露出长久的修炼。这天他把这个流传广泛的聪明主妇的故事编成朗朗上口的山歌，引得听歌的村民们发出酸楚自嘲的笑。人们都明白这支山歌的暗示，原歌圩二姐和原区长的日子，已和村人一样地清贫。

三

就在独脚篾匠用几句山歌宣布曾是最杰出的人的日子已经落到最低点的时候，就在距离村庄并不遥远的田埂上，原歌圩二姐凭借多年积累下的才华，出色地进行了一支山歌的创作。由于这次创作，她为自己和丈夫争到了一个历史性的转变。

那天下乡来的县委书记心境无比地好，干爽无尘的小路诱惑着这位原军人越走越远，终于来到了田埂上。就在他的心境变得更好的时候，他看见田里站着一位美丽的妇人，他还发现那风韵无穷的漂亮少妇也在看着他。

在田里很多的人当中，县委书记选择了她。县委书记故意问："你是这村的?"

原歌圩二姐落落大方地回答："是这村人才种这村田，现在又不学雷锋。"

这富有歌圩斗智遗风的回答令县委书记兴趣盎然，他说道："我看不像。"

一个公社干部意味深长地对县委书记说："她就是原来的歌圩二姐呀……"

"欧……"书记深深地点了一下头，对这个峡谷的歌圩旧事，他很久以前就听得滚瓜烂熟。

原歌圩二姐后来一直没有明白的是县委书记听了公社那个不怀善意的干部的这种介绍以后，他那重铸过的庄严的脸上竟然也会是灿烂的一笑。县委书记盯着原歌圩二姐说："那么山歌你一定唱得好啰，你唱两句，我不反对。"

原歌圩二姐听了县委书记的话像是艳阳天听见雷声，她望着站在田埂上等待山歌声的县委书记以及有了县委书记的这句话表情都变为期待的一行人，不知所云愣在那里。原歌圩二姐虽有过歌圩的经历和跟随区长的辉煌，但也没出落到在那样的年代面对县委书记唱山歌的成熟。

站在末位的大队党支书感到是他挺身而出的时候了，他下了田哗哗蹦着水来到原歌圩二姐的身旁，用极低的声调说："书记叫你唱，你就唱。唱得他高兴，给我们更多的日本尿素。你看我们这些田！"

原歌圩二姐顿时感受到了一种苍凉。身边连片的稻田泛着缺肥的枯黄。可是原歌圩二姐唱歌的心神依然不知往哪条道上走，歌圩的歌不能唱，那些被当作"封、资、修"批了又批已经好久。唱新山歌她对新名词一时又感到模糊。唱些触景生情的调侃歌，此情此景一时难有词开口……歌圩二姐一副技艺荒老的表情。

站在原歌圩二姐身后的大队党支书，为她送上了一句仅仅能够到达她的耳边的豪言壮语："唱就唱，怕个卵！"

当原歌圩二姐再一次看到两个男人灼灼目光中闪现的两种期待的时候，第三种期待已经产生，那是她自己心底里的期待。山歌里有她长久要圆的梦，梦的一头是妈妈用山歌唱的催眠曲。那时的她不是躺在摇篮里而是趴在汗淋淋的母亲的背上，妈妈手里拿着锄头，天上不是星星在闪烁而是一轮炎热，是她后来才放声歌唱的红日。很小她就知道山歌是布洛陀教的，是为了让人们潇洒地度过辛苦的日子。她的父亲总说自己是个真正的男人，他能够上山砍很多的柴，挑去卖给那时圩镇上唯一的一家米粉店，却拿回了很少的钱。每一次那担散发着紫红色硬光的柴挑进圩去，都带去了三个人的期待。米粉店老板总是笑盈盈地说你有好柴我有好酒，你来碗酒小姑娘来碗米粉吧。四只眼睛经不起诱惑两张嘴便吃掉了妈妈的期待。回家的路上她父亲会很沉闷，但山路上田野里有女人他就会唱起山歌，变得无比地快活。日子就这样重复着，一直到她去歌圩背鱼笼长成独立的大姑娘。

现在，原歌圩二姐突然明白了，尽管她和丈夫为了山歌为了歌圩而经历坎坷，她依然想唱山歌，她一直怀着这样的期待。在很短的时间里，原歌圩二姐从第一种期待穿越到第三种期待，穿越了身世和感情的积累，从这样的空灵当中勃发了灵感，她的表情由木讷变得潇洒，脚下的感觉也变了，好像不再是烂乎乎的水田而是歌圩上的青草地，从她的嘴里就这么调侃地流出两句很现实的山歌来——

书记到田头，禾苗绿油油

原歌圩二姐极清丽极富少妇韵味的歌声悠悠，环绕着满怀期待的人们，落在身边大片的枯黄上，连她自己也叠印在上面，美丽可人。

县委书记连声说好，大队支书击掌叫好，田埂上的一行人也都动了容说好、好、好……书记和支书的期待得到了出乎意料的满足，这山歌唱得这般动人亲切，十分适宜。原歌圩二姐用久违了的山歌声够滋够味地滋润了布洛陀子孙长久的渴望，笑容像阳光普照，均匀地布在每一个人的脸上。

县委书记摩擦着双掌，挑战似的问原歌圩二姐："这样的好歌不是偶然唱出的呢？能再来两句给我听听么？"既然已上路，歌圩人还怕这种考试！原歌圩二姐又轻柔万般地唱出下两句山歌——

毛主席教导记心怀

挑对粪桶上任来

原歌圩二姐能唱这两句山歌，得益于她过去那段辉煌和丈夫原区长。

这回轮到县委书记下水了，他鞋没脱就哗哗蹚水走到原歌圩二姐面前，伸出双手紧紧地握住了原歌圩二姐的手，动了真情。

县革委通讯报道组的副组长心疼脚下崭新的一双假解放鞋，没有跟着下水。他跺着脚在田埂上叫起来："书记，这是运用革命的现实主义和革命的浪漫主义两结合的创作啊，这是红山歌！"县委书记借着报道组副组长的提示肯定地说："对，红山歌诞生了，同志们……"继续握着原歌圩二姐的手在摇。县委书记不能不激动，一个农村少妇都知道他是怎么来上任的，这说明当初他的设计是对的。通过山歌来传播，还怕不家喻户晓么！

一九四九年以来，县委书记这位置上走马灯一样地换了多少任，但让很多的人记起来的，也不过这么三位：第一位是小城和平解放以后骑在马上让人牵着马进城的。因为是开国元勋，说起当年自然会说到他。第二位让人们忘不掉是因为他作了笑料。那年上头来了个特大的人物，地委事先跟他打了招呼让他做好准备。谁知北方来的队伍中的这位农业文明的汉子不领会地委电话的精神，穿了件老婆缝的对襟小褂子，还有条大裤衩来到县委大门口等候。秘书给他写好的材料他用手搓成个纸卷，像当年别盒子炮一样插在大裤衩的松紧带上。他的脚上穿的竟是一双白木无漆的木板鞋，这全怪盛夏。当一串嘎斯69开到县委大门口的时候，书记弓着腰迎上去。大人物瞧了他一眼就问县委书记怎么没来，他回答说俺就是请跟我来。大人物一言不发返身上车开往下一个县，没多久他就调到地委去当了个总务科长。第三位是因为人们对他和他老婆始终有疑，剪不断，理还乱。这书记原是一地主家的长工，老婆却是那东家的小姐。他与东家小姐私通被痛打一顿逃出家乡投了八路，进城后第一件事是衣锦还乡，实际上是去找那位地主小姐。他赶到故乡时，那东家小姐已是水深火热，眼睁睁地看着大婆小婆被分光马上就要分她了。原长工及时赶到，他撩起衣裳让当年的穷哥儿们看光荣的伤疤，拍胸口摆起令穷哥儿们肃然起敬的官阶。在众目睽睽之下他牵走了一份美丽的土改成果从此一去不复返。他们在小城过起了两个人的日子。县委书记人才极其一般，原东家小姐却爱他胜似自己的生命。她对原长工的忠贞步入绝境，从不与男人同行，哪怕是在从市场买菜回家的那短短的一段路上。她坚守圣人授受不亲的古训，从不和来访的男人握手。

轮到现任县委书记赴任的时候，时代已经大不相同。这位原农家的儿子当了二十年的和平时期的军人，培养出另外一种成熟。他没有像别的战友那样急忙上任，离队之前他先便衣回乡，与一切熟识的人们打听官场轶事，从中捕捉今天叫作信息的东西。在他决定启程赴任去当县委书记的时候，这样的东西他已拥有很多，为他的每一个决定做参照。

这位原农家的儿子、新任县委书记在县城映入眼帘的时候从司机右侧的零号位上威严地欠起身子，叫司机停车。他下了车，从车顶的行李架上取下一条竹扁担和一对油得黄澄澄的木桶。他挥手要班车开走，他挑起这担木桶去走上任之路的最后一程。他这短短的半小时行程，让许多有机会目睹了他的人终生不忘。他裤腿高卷，那对黄澄澄的木桶上漆着他的姓氏。他脚上玉米皮编的白晃晃的草鞋踩在县城新铺的水泥大街上，引得人们给他以足够的注视和百分之八十以上的回头率。面对小城人对他不客气的眼光，他坦然前行。他的行为和结果证明，只要心理不猥琐，存在方式是次要的。他走进县委大院的时候木桶里一共捡了七泡牛屎，在他的威严的身分被证实以后，他对属下发出了第一道指示：把这些最宝贵的肥料送到学大寨最好的生产队去。人们看见通讯员挑着大木桶端庄地出了大门，那七泡牛屎后来传说下落不明，但这完全不重要。重要的是如此上任，不听不知道听了忘不掉，从下车伊始就深入人心。

经过了很多的年头更多的变迁之后，人们终于承认了县委书记并非一种通俗的职业。这种晚来的感觉其实一无所有，它不能让识时务的俊杰和明白人、倔种都重来一次，这就是史实。

县委书记重新回到圩埂上正式表态："红山歌是新生事物，我们要坚决支持。这个问题回去以后要马上研究，对于山歌阵地，红山歌不去占领，其他山歌就会去占领……"县委书记走的时候情绪极高，圩野上充满他爽朗的笑声。

在独脚篾匠编席的地方，人们都听到了穿透树木竹林传来的山歌声。那时候原区长百无聊赖也混迹村民之中观艺，他当然听出了那是谁的山歌，他那又突又高的左额上一条蚯蚓一样的青筋开始跳动。人们都望向村口，在可以达到的视界里，一个半大的孩子在向村中飞跑。

"红山歌……"孩子说。

原区长的额头上青筋舒缓，额头开始射出粉红色的光泽。

独脚篾匠看了原区长一会儿，突然对他说："铁锅要凭票买，不要餐餐都把锅烧红……"说完是一阵意味深长的笑。

原区长对独脚篾匠破天荒地报之一笑，他也高深莫测地说了一句："县委书记是哪边人。"原区长用手指着越过树尖遥遥可见的天边的一线浪一样的山峦，说完起身，腰杆直直地走了。

独脚篾匠很深沉地送了他一句："好走。"

一直在询问那孩子圩间趣味的村人突然感到今天这两个有歌仇的人表现奇怪，他们的对话让人摸不着头绪，于是又把兴趣转到盘问他们那番对话上来。独脚篾匠只回答一句话："很快你们就会知道，谁借了他们的东西要还就快还啊。"说得村人们似懂非懂的。独脚篾匠说完，就朝原区长和原歌圩二姐住的那幢村舍望，眼睛里是一派依恋，幽幽的。

其实，无论是原区长还是独脚篾匠，他们都只猜对了县委书记一半的心思。那身发白的但绝无破处的四只口袋的军装，包裹着他一个歌圩人的过去。那故乡也曾有过歌圩，歌圩上也曾有过他自己。久违了，歌圩。久违了，山歌。他离去的时节风流山歌如海，归来时众口寂寞如寒蝉。他难忘，就在他当兵前的那个季节的歌圩上，他用山歌把一个少女拥进了灌木丛中，他在她那温馨的身上开始了一个男人的初航……那时他也才放下鱼笼不久，这番滋味后来滋润着他很长的一段旱季。书记今天触景生情，却想起了他的初恋，山歌在他的心中如铜鼓雷鸣，像是布洛陀在召唤他那背对着他走得很远的子孙。从他的记忆里升上来一股勇气：多少事别人干不得，首长就干得。现在，我就是一号……这么一想。再重新品味一下原歌圩二姐唱的山歌，一号就很潇洒地用手指打出一声脆响："红山歌……"

首先见效的是白花花的日本尿素被挑来了，尼龙布的尿素口袋白晃晃地叠成很高的一摞。队长宣布，这些尿素袋打入秋收分配，以每家每户的工分数来分配，超支户都可以得一条。

女人们在施肥的时候终于潇洒了一回，她们把到河边水沟捞虾用的竹篓子系在腰间，装满白花花的尿素颗粒。沉甸甸的竹篓子为女人们都勒出极难见到的曲线。女人们用喂鸡时的手势从竹篓中抓起一把尿素，轻松地一扬，边干边说笑。很快，就像原歌圩二姐后来很著名的那支山歌唱的那样，禾苗就绿油油的了，一点不假。

后来，就来了一纸文件，决定恢复他们的公职，要把他们从村庄召回县城去了。连原区长和原歌圩二姐都没有想到，他们苦苦寻找，最终竟是这样一条解放之路。文件到达的那天晚上，在夜很深的时候，原区长披上了一件四只口袋完好的中山装，向村外走去。

独脚篾匠每天这个时刻，都在村口外的石桥上拉尿，这已是多年的规律。他的独腿不好蹲，就坐在桥的边上那道高出桥面一尺的石条上，清凉又方便。当原区长拐出村巷走向栅栏的时候，独脚篾匠那四面埋伏的眼睛穿透无月的夜色，看清了他那件装备齐全的中山装。独脚篾匠幽幽地笑了。

原区长也站到桥边的石条上解裤子，然后挨着独脚篾匠蹲下，这就是两个有歌仇的男人在这个夜晚的一种默契。原区长干用力，久久不见水响。

独脚篾匠嘲笑原区长："还是抓好衣服要紧，这件是真有四只口袋呢……"

原区长说："屌，那些不知道是真四只袋的还是假四只袋的才吃香呢！"

独脚篾匠笑得很开心，他说："现在的口袋盖就等于从前的钢笔帽啦……"两个男人都发出低沉的笑，嘲笑一种流行的时尚，要是在歌圩时代，能出好多的歌。五十年代的时候，歌圩上男人的时髦打扮是在上衣袋插钢笔，没钱买笔的就买笔帽，下半截配节小棍子。眼下人们能弄到手的军装士兵服多，干部服少，就时兴改装，在下面加两只口袋。有走捷径的，连口袋都不必认真地安，只在对应部位钉上两只口袋盖便是，但效果也挺逼真。

原区长夜半到石桥上找独脚篾匠并非为了一起嘲笑时尚，还是为了山歌。一阵沉默表示出双方的等待，原区长决定说了，说完他好回去在精品上睡最后一个村夜，明天一群马将驮着更高的期待走向县城。"我研究过很多的人，只有你是山歌的真正的师傅……"原区长郑重地说了。

独脚篾匠打断他的话："我不想当这种师傅……"

原区长似乎没听见独脚篾匠的话，他已经沉浸在他的兴奋之中："我们唱了这么多年的山歌，山歌对我们来说像什么？像蜜糖！你别以为蜜糖就是好的，有时候就吃不得。断肠草的花开得漂亮得很，蜜蜂它懂么？不懂的，它照样飞去采蜜，你吃中这季节的蜜糖看看，不死也让你肚子痛得打滚……山歌也讲究季节，山歌的季节不是布洛陀传下的调子，而是歌词！选好了山歌的歌词，就像选对了吃蜜糖的季节，哈……"原区长还说，在那个已经遥远了的夜晚，他那种做法，就像吃了断肠草花酿的蜜糖，原歌圩二姐不久前唱的山歌，就等于吃荔枝蜜、龙眼蜜……历史的经验值得注意，要注意季节而不要否定蜜……区长静静地看着独脚篾匠，他期待着这个他凭多年歌圩的感觉认定的高手，对他的深思熟虑的见解有共识。他期待出山之后在红山歌的路上，能创造一番辉煌。在他的心中，已经跳跃着这种预感，他自信有这样的机会在前途上等待着他。

独脚篾匠却慢条斯理地做起结束日程的事来，等他很直地坐在桥边的石条上手扶紫竹杖有了一番师傅模样时，他才对原区长说："要按我说呢，山歌像酒。酒这东西好不好呢？有人说好，有人说不好。有人一喝就醉，不成人样。更多的人说，酒少不得，酒养骨，米养肉。喝得喝不得，酒好还是酒坏，你说是怪人呢，还是怪酒呢？"独脚篾匠说完了他的山歌论，站起身就朝村中去了。

原区长一无所得，带着蜜说酒说回村在那床竹席精品上睡他最后一个村夜的觉。

第二天原区长、原歌圩二姐和独脚篾匠几乎是同时跨过村口的栅栏的。村里人都出来送他们，一副依依不舍的表情。没有了歌圩，村庄就显得寂寞。一位历尽变迁的女人说："今年真热闹，以后不会有这样的热闹……"

原区长和原歌圩二姐往西走，大峡谷的西面尽头是那座曾经作为那个金黄色的歌圩终点的小城。

独脚篾匠往东走去，那一长串村庄每一个村庄都是他人生的一个驿站，他要去为那里的人们编席。

四

那支跨越了歌圩绝唱的山歌依赖着这段日子，而这支歌的部分段落曾经滋润了一群布洛陀后裔的一段难以忍受的旱季。这一群布洛陀后人的苦难和情爱，催生了这支歌。走出复活的歌圩，青纱帐四周枪刺如林，这里一出接一出地上演着歌圩的悲喜剧……最潇洒的人唱出了最动听的歌，最杰出的人做出了最机智的策划，布洛陀后人的一切，都经受着歌圩智慧的考验。在这样的日子里，这支山歌的主旋律就要喷薄而出……

布洛陀创造出来的第二批人类，在高高的山顶上日复一日地高声唱着布洛陀留下的山歌调子……

在布洛陀离去的日子里，人类再一次面临洪水。洪水的咆哮声。盖过了天地间所有动物发出的声音。

为了能让山歌声穿越洪水，为了能让远方的布洛陀听到他们的歌声，人类用歌喉与洪水展开了搏斗。嗓子都唱哑了，鲜血从嘴角淌出，但人类只有一种选择，就是在绝境中不气馁地唱山歌，这就是为什么山歌的歌声能传出那样远，能遇水搭桥、撞山转弯的原因。流血的嗓子慢慢地好了，再唱出的山歌声不再有人类幼稚的声音了，它浑厚、具有韧性，像能承重万斤的古藤……

布洛陀跨过红水河来到了山顶。布洛陀看到一种奇景，这些人类一旦唱起山歌，就变得刚毅、自信，进入一种充满创造欲望和战胜一切、蔑视一切的精神境界。只有从山歌的境界中解脱出来，人类才恢复纯朴憨厚的常态……

布洛陀说：我听到了你们的歌声。他给他们赐了姓氏，指点了他们各自要去的疆域，就满意地要走了。

人类扯住布洛陀：我们的山歌还没有歌词！

布洛陀哈哈大笑，巨大的嘴巴像山洞：歌词是你们自己创造的，走吧，在今后的日子里，你们想唱什么就唱什么吧……

……

她来到水库工地附近的小村旁时，正是黄昏。太阳拖着一条温暖的尾巴要回家了，劳作了一天的人也要归家。经过一个白天的蒸晒，山地之间的地气升腾起来，形成淡紫色的薄雾。这层氤氲的地气低处浓，高处稀，染得山间的一切都是半截浓淡的。村口那些照例被涂白了的土墙上的大字标语，也成了淡淡的阴阳字。从村子爬向四面山岗的崎岖小路，条条都行走着人与牛。望着山村这时的风景，她的心中就生满了柔情。日子再是蹉跎，这时候也是一天当中最让男人和女人感到慰藉的时刻。诱惑着人们心灵的，有那深沉的夜晚，人们总会在这样的抚慰中传宗接代，把日子充满希望地过下去。

小路上不断地走过挑着铺盖的陌路人，这些人和她一样，是被从全县各公社抽来修这座水库的。陌生的环境和这样的风景不能不使远道来的男人们动情，所以在小路的拐弯处就有人放声唱几句没头没尾的山歌，一走出拐角就把山歌咽回去，一本正经久经训练的样子。她见了心中不禁酸痛，山歌今天真够落魄的了。

她本来没想唱山歌的，尽管这样的风景让她心生柔情，毕竟不是歌圩的时代了。可小路上的男人们竟是这样不争气，在山的遮掩处里唱"幸福生活万年长"。她想起她的二姐，比这些通俗的男人们无论唱什么歌，总能高出一筹，她唱的"书记到田头，禾苗绿油油"还是有韵味的。男人们见到她站在路旁时，表情就更丰富，既要装出没有唱过山歌的正经样子，但又故意流露出我唱过山歌的得意相。这时候，她就决定唱它一嗓子了。她望着夕阳下紫雾弥漫的山地和村舍，背对着小路上不停地走过的一群群的男女，唱一支完全不合时宜的山歌。她的山歌往回奔跑到很久很久以前，那是一个古老的美丽而又庄严的传说——

一个人对布洛陀说：我在这里活不下去了，这样的活法不如死去。

布洛陀说：你愿到东方去么？

那人说：那边是海呀！

布洛陀再问：那你愿到北方去么？

那人回答：那里的冬天有雪呀！

布洛陀再问：西方呢？

那人还是摇头：我听不懂他们的话，和谁交朋友？谁来和我一起喝酒！

布洛陀不再说话，那绝望的人真的上山去找来一条古藤，把它拧得柔软绕指，他把藤条结实地扭在树丫上，把脖子套进藤条。就在这时候，那本能承载万斤的古藤一寸一寸地断了，那绝望的人看着满地的藤条，终于悟出布洛陀的启示……

她唱的几乎已经绝迹了的山歌让路过的人们像久旱之后淋了一场大雨一样感到浑身说不尽地痛快，以至于许多年后有更多的人记得她在这里曾经唱过山歌。当她唱山歌时，她身后一支长长的民工队伍缓缓而行，像在进行一种庄严的仪式。远处，那些通往村庄的小路上朦胧的人们粗犷地向她发出载满一个民族潜意识密码的叫喊声。连成片的叫喊声隔着山沟隔着田垌传递过来令这个黄昏充满生机。在那个年代山歌可以禁唱这种叫喊却无人能禁因为它是无词的，没有一支强大的队伍能把一个固定的意象强加在它上面。在远远近近的呼应当中，在小路的遮掩处唱山歌的男人失去了自信，他们在一个女人面前深怀愧意之后，终于面无惭色地欢叫起来，因为他们认出了那唱歌的女人是名声久扬的原歌圩五妹！

原歌圩五妹这一唱就把二姐的期望与重托化为乌有，断了她自己本来会在红山歌之路上辉煌的前程。二姐语重心长的叮咛和嘱咐，比不上五妹对山歌深深的刻骨铭心的爱和对山歌境界里那种自由与宽容精神的追求。

原歌圩二姐自打把红山歌唱起来，她便拥有了另一种风光。甚至在很隆重的大会开始之前，县一号都会亲自走到主席台上坐下，敲敲麦克风，宣布第一项议程就是请原歌圩二姐唱红山歌，把他的讲话稿的主要几点，编成山歌先唱一遍，让他的讲话精神先深入人心。就像人们能将《地道战》看上百遍一样，在山歌寂寞的年代，原歌圩二姐那清丽的歌声载着人们肃然起敬的主题精神，用布洛陀赋予的山歌调子唤起了人们的亲切感，提起了开会的精神，效益好极了。县一号后来养成了这样的习惯，在会上讲话结束以后，便请原歌圩二姐把需要特别强调的话编成几句山歌，先用白话把歌词宣布一遍，然后起调，全场合唱。这样的大会主题山歌，有一首流传到今天。那次县一号在五千人的全县四级干部大会上狠狠地批判了一种颠覆社会主义集体经济的危险倾向，他把它上纲为阶级斗争的新动向的高度，那指的是很多的社员出集体工没积极性，总想方设法上山砍柴割草去卖，每逢圩日必有一挑柴草上圩。这样的日子如今无须多说了，但当时原歌圩二姐款款走向主席台，面对黑压压的五千双眼睛的时候，她的心思飞越了五千人的广场，激荡在森林覆盖率很低的荒山秃岭上。二姐超越县一号和县、公社、大队、小队四级干部们的地方在于她想到了他们的子孙后代守着秃山将如何生存，于是，她的歌词便在一种幽默中闪烁着与当地实际情况相结合的真理了——

上山一把斧
酒壶跟屁股
现在嘴巴甜
子孙要受苦

原歌圩二姐这样宣布了歌词，下面一片笑声。

县一号没有远虑却有近忧，能制止不出集体工上山去砍柴的现象就行，而且他非常喜欢前两句的形象，把上山砍柴草的人比喻成馋鬼，这好得很。于是，县一号亲自起调，五千人放开喉咙。山歌声滚滚而来，隆隆远去，气势磅礴，震撼小城。山歌被唱了三遍，唱完之后，耳朵里一片空白，仿佛什么声音都不存在了，这是与最强音比较参照的效果。参加这次四级干部五千人大合唱的人，在过了很多年之后谈到植树造林，仍要从这次合唱讲起。

原歌圩二姐最敏感的感受是那些曾经冷眼斜视她的人们，瞳孔的颜色由冷变暖了。原歌圩二姐从这人情冷暖世态炎凉的变化中关切地联想到她唯一仍然活着的歌圩小妹，她也因山歌处在逆境中。原歌圩二姐在这样的日子里已经接受了丈夫关于山歌是蜜的观点，并且在实践这种山歌论的过程中她深深体会到个人身份价值的变化。那天夫妻二人躺在席中精品上一阵热乎过后，原歌圩二姐就向原区长讲起了五妹的事，她说凭五妹那模样那身段那嗓子那歌才，由黄变红还不容易么？

原区长比原歌圩二姐深谋远虑，他挂个闲散的副职无事可做，正构思着红山歌如何更壮大怎样起高潮的大事。听了妻子的话，他一拍席中精品说："政治路线确定之后，干部就是决定的因素。说到唱山歌，那群红卫兵出身的干部懂我条卵嘛！五妹是好人才，让她也获得解放，将来必有大作为大贡献。"原区长说完了仰身躺在席中精品上啧啧有声，还狠狠地骂了一声原歌圩二姐的妈。

后来很多的人都说了公道话，其实是那些很有体面的人坑害了原歌圩五妹。在那些与体面人相比较自愧弗如的人们心目中，却始终保留着五妹最美丽动人的形象并且经常想起当年的岁月当年的风光。

原歌圩二姐又乘车又走路来找她那一道从黑水潭出来的小妹。时隔多年，当她第一眼望见屋门口正午的阳光下的五妹，作为一个年轻的女人，原歌圩二姐立刻感到了自己的苍老，尽管在县委大院人们仍暗里称她一枝花。在五妹的身上，有一股她早已失落了的风姿，那种无邪坦荡、清清亮亮无遮掩无虚假的风姿。

见了二姐，五妹尖叫着迎上前来。她还像一个当年的歌圩岁月中歌场得意的少女，看人和说笑时自然地流露出那种甜丝丝的笑意。折磨人的事曾一次次地袭击过她，不同常人的是每一次过后她都能让那些痕迹同过去了的日子一起过去。生活的坎坷没有改变她的性格，她依然洒脱。

原歌圩二姐却没有这样的洒脱，她依然记着那些很体面的人与事。当年那个到不远的镇上做生意的广东佬，他爱上了五妹。他不可能不爱上，五妹对他也真是够情够义不掺一丝假，她从来都不会做假。但到了真正要结为夫妻的时候，广东小老板又犹豫了，到了这样的时刻他才感到自己爱五妹但不爱山歌不爱歌圩。这件曾让五妹的同胞们羡慕的事情结果是小老板一个人悄悄地走了，五妹依然留在她的村庄上。后来又先后来过两个体面的人，他们从那支强大的北方的队伍中下来，一个来当区委书记，一个来当粮所的所长。当然，他们不是同时来的。他们在这区上的时候，都迷上了五妹，都对五妹说过我这辈子只爱你一个。五妹每次都真诚地去爱他们，他们索取什么她从不吝啬，她以为这样才是真心。她曾对他们说她爱歌圩山歌，他们都说山歌歌圩好呀！可是当他们排排坐，分果果，很快分到了更大的果子要到县城去的时候，一种痛苦又折磨了他们。他们都没有勇气把歌圩上著名的五妹堂堂正正地带到县城去，因为那里有很多的北方的眼睛北方的大嘴。他们都自己走了，走得提心吊胆的，都在五妹面前流下了北方的泪。他们是真的舍不得她。他们的大脚板曾经穿坏过多少双五妹含笑在灯下赶做的布鞋，他们那些不常洗的脚只有穿这样的布鞋才能既舒服又无臭味。在那些很体面的人占着五妹的时候，她的同龄的同胞们悄悄地退让了，那年代人们对体面的人很谦让无论是做什么事情都这样。大家都以为这回五妹交了好运气了，这样的日子不算短。

原歌圩二姐和小妹的的确确亲热了一番，但她没有料到的，是小妹拒绝了她专程带来的好意，她不愿和二姐一起去唱那能使二姐走出困境也会使她大红大紫的山歌。

原歌圩二姐很知心地告诉她的小妹："山歌不就是祖宗传下来的调子和父母生养的身子加嗓子么？不让唱这种歌词就唱那种歌词好啦，那流行的顺口溜比真正的山歌还来得容易呢。你不用学就会……"

原歌圩五妹听了直笑，一直在摇头说不行，她唱不了这样的山歌，真要她去唱。到了关键的时候，肯定会塌台的。

原歌圩二姐对固执的小妹无比地耐心，她跟她讲了那个决定了她和丈夫命运转变的耘田的白天的心境，讲了她如何穿越了三种期待唱出那支已经家喻户晓的山歌。她说在此之前，她其实也不喜欢什么红山歌的。原歌圩二姐说："你唱两句试试，说不定会比我那天镇定多了……"

原歌圩五妹走到门口，东张西望一番，见没有人了，就走出门来站在一株槟榔树下。在五妹的面前，是空无一人的田野，一层一层地矮下去，直到沟底。夕阳很亮很温暖，是唱山歌的最好的时光。五妹在二姐灼热如火的眼睛的鼓励下，羞赧地一笑，把脸转向无人的田野，她鼓起勇气，唱了二姐那首后来被山歌界作为笑料的山歌——

毛主席教导记心怀

挑对粪桶上任来……

原歌圩五妹没能把山歌唱出亮色，歌声流露出陌生和胆怯。她捂着脸跑回屋内，一个劲地说不行就是不行嘛。原歌圩五妹再不听二姐的任何劝告，也再不试唱红山歌，二姐对她无法。

在那个姐妹俩相偎而眠的夜晚，原歌圩二姐把来意的另一半告诉了小妹。很快就要修建一个很大的水库了，那里会汇聚上千年轻的民工，是个唱山歌的好地方。那里有白花花的米饭，菜上会有几片肉，有的工种会很轻松。原歌圩二姐叫小妹到时一定要到水库工地去，就是不愿唱红山歌，也别再唱歌圩的歌了，就像断肠草开花季节的野蜜，吃了不得了的……她一直劝到这位固执的小妹默认为止，才叹口气进入梦乡。

原歌圩五妹如约来了水库工地，可是她还在路上就忍不住唱了歌圩的山歌。她的山歌传遍了水库工地，这令她在见到二姐时很不好意思。

原歌圩二姐深深地、满怀忧虑地对原区长、现在的水库工地总指挥说了小妹的事。原区长却宽容地寄希望于将来，他说："你别担心，我们先把红山歌唱起来，有她嗓子发痒的那一天。"原区长在外面没跟任何人说过，他估计水库的工期比预算的要长得多。

一九五八年的时候，这里也曾经有过一个水库，碧波荡漾了两个月。在那以后库底出现了溶洞。水库里的水打着巨大的旋涡，发出婴儿吮奶一样的响声，一个星期内库区的存水就走个精光，山地又恢复了原貌：一条小河和多了几处大坑的红土地……县一号用胸有成竹的口吻说："有溶洞我们就战溶洞嘛，与天奋斗与地奋斗其乐无穷嘛！"于是千军万马卷土重来，还要在这里修水库。县一号选用了原区长担任水库工地的总指挥，他了解了不少原区长的逸闻趣事，他库存的"信息"告诉他，一个能制造和控制热闹场面的人，就能在这种规模的工地上使民工万众一心。

原区长使用的绝招自然是山歌。他把除了上工以外的时间，全用山歌来填满。原区长充分考虑到山歌久旱的饥渴，一上就势头汹涌，山歌对抗赛、山歌擂台、山歌表演轮番进行。他把歌圩的斗歌移植到大队、公社之间进行，在当时，足够让精力过剩的民工们兴奋和满足了。

县一号适时地乘坐了县里唯一的一台北京吉普车到水库工地视察，他对工程的进程和工地的气氛感到十分满意。原区长领着他观看了山歌台，那是在每一排工棚前像大字报栏一样的建筑，上面贴满了各种规格和颜色的纸片，全是贡献出来的红山歌歌词。在冬季的北风中这些小纸片随风翻飞，原农家儿子现县一号兴趣极浓地看着，不时发出满意的微笑。原区长挽留县一号看看晚上的山歌擂台，他说在球场拉起代灯搭起架，热闹得很，连几里外的村庄里的人们都来听歌的，天天像过节。县一号非常在行地说可以想象我能理解实在太忙下次一定来。

原歌圩二姐在县一号临上车的时候见到了他，县一号问她："你现在都唱些什么歌？"

原区长神秘地说："她现在在广播室念表扬稿和通知，她唱山歌的时候未到。"

县一号哈哈笑着说："你留着这么强大的预备队。看来有打大仗打硬仗的准备，让你当总指挥，不会有错。"说望完钻进吉普车走了，车子开动后他伸出半截身子向原区长招手说："希望不断地得到你的胜利消息！"

现在，那些当年目睹和投入红山歌对抗赛的人们已是中年，具有他们的前辈的那种苍老风度。库区重新干涸后依然是一条小河大片红土地。在那些溶洞口形成的大坑里。当年灌注的上千吨的混凝土，留下大片寸草不生的水泥残骸。人们放牧着各家的牛马，顺便把衣服在河里洗后晒在吸热聚热的大块水泥上。人们晒完衣物就会折几张野芭蕉的叶子垫在屁股底下，一群赤身裸体的人也会悠闲地话说当年。原来跑汽车后来无车可跑就走人走牛马，渐渐被蒿草抢回了部分地盘的路上，不时有女人经过，晒太阳的人们就会扯起嗓子唱布洛陀传下的歌圩的歌。一切都回了头，当年的花费，仅仅换来今天的风景。水泥残骸上人很多的时候，就会有人从记忆里搜索出几句当年的红山歌来。频率最高的就是：

一人一门高射炮

万炮齐轰×××

这是县一号在山歌擂台上唱的山歌。那时已经蓄了些水的库区出现了小旋涡，这是溶洞即将出现的预兆。为了"战溶洞"，汽车运来了大批堵溶洞的材料。县一号到工地"战溶洞"的动员时，他一下吉普车就看见了那些材料。在大坝的四周，水泥一袋一袋高高垒起，都是城堡一样的高大。碎石新开的白色入目皆是。黄沙由自卸车运来，倾泻满地几乎覆盖了一切空余的地方。这些材料耸立在工地的立体空间，产生了雄伟，产生了博大。一个农民的参照系里没有和它们可比的形象和概率，化成数字就更为模糊。这种眼中可见的博大，在县一号的心中，已经远远压倒了红土地表之下潜藏着的广博。他和他的祖辈们从未想象过支配这样巨大的和坚实的财富，他坚信这些材料集合起来力量无比，灌入溶洞之后，这库地的渗漏就永远不会再存在了。在夜晚开的誓师大会上，县一号站在雪白的汽灯下，豪迈地一指夜里更显雄伟的材料堆，大声宣布："这些东西我们还有，我们有的是！"在誓师大会结束后就地举行的山歌擂台上，县一号第一个上台，开口就唱了这两句山歌。

民工们当时听了县一号的山歌后发出响亮的笑声，大笑过后，民工们对他报以雷鸣般的掌声，这让县一号得意了许久。县一号的山歌使每一个拥有山歌智慧和歌圩遗传密码的人都能很自然地联想起某种形态下的男性生殖器，女民工们发出低声的笑骂之后面如桃花。县一号的这两句山歌在水库工地上被故意使用了很久，×××三个字很方便地从当日报纸的头版上选，从中央到地方，很多个人都入选过。

在县一号离开水库工地的当晚，原区长就对原歌圩二姐诽谤他："这家伙要是在当年的歌圩上，就是把嘴巴咧到耳朵根，也是白唱！"说得原歌圩二姐笑了很久。他们都不否定歌圩，但按原区长"山歌是蜜"的观点，歌圩和它的山歌在当时应算是断肠草花开的季节。

有不算短的日子，热闹而平安。后来，在原区长和原歌圩二姐合著的《红山歌》一书中，这段日子被大量引用，作为"红山歌的起源与发展"一章的原始材料生动而真实。在水库工程初期这段日子里，原区长"山歌是蜜"的观点得到了很多人的拥护，他们按照这样的山歌论修正自己的山歌观，让唱什么歌词就编什么歌唱的人很多，红山歌真的很热闹。作为指挥长，原区长贯彻他的山歌论，给一些民工安排了宣传组长、山歌宣传员、统计员、安全员等职务，把他们从繁重的挖土方、填土方的劳动中解脱出来，水库工地有了一些身穿"上的下的"的民工活跃在各处。这些上身下身的确凉料子的人很令人羡慕，是表现好的标志，传说水库工程结束后另有前程。

原歌圩二姐有意要照顾一下自己的小妹。但原区长拦下了。他说："五妹到现在一句没唱过，不能不劳而获。她现在愿意挑黄土，就先让她挑吧。你放心有她的位置，给她留着呢。"那时期有很多热情的真诚的年轻人投入了红山歌的创作，有的累瘦了熬病了，他们让原区长和原歌圩二姐深受感动，终生难忘……

五

秋天以后水库里蓄了更多的水，夏天淡黄色的水变得清澈见底。有了这样一大片水面，再加上隔三岔五地开山歌会，水库工地的日子挺让人羡慕，名声传得更远。

再次出现溶洞是在冬天。

那个雾气很重的早晨，最早经过水面的那队女民工敏感地听到了那种传说中的声音。那种恐怖的响声很温柔，像有一批婴儿在那里一齐吮奶，断断续续的响声从白雾中传来，雾的下面是水。这队女民工停住脚听了一下子之后撒腿就跑，向指挥部跑去。一阵急促的脚步声和女人的尖叫声，把雾中的指挥部搅得大乱。

外面的声音传进原区长的办公室时，他就立刻向门外走去。报信的人撞开大门带进了一团雾气。原区长知道是溶洞的响声之后反而面色平静下来。他伸出头瞧瞧那一片雾茫茫的工地，又回到炭盆前安详地烤火。对这种婴儿吮奶声的出现，他早有预见，堵溶洞的材料如今依然大堆地放在水边，这证明他并不傻。

那队被惊吓回去的女民工早已带领无数民工重新回到水边。雾正在散去，人们一个劲儿地眨眼睛，想早一点看清再次出现的溶洞会不会再次制造一个一九五八年。

雾终于散去，人们透过清澈的水面看到了传说得令人毛骨悚然的溶洞。在水库的底部，出现了几个凹下去的不太深的坑，在每一个坑的上面，都轻轻地旋转着一个旋涡，一串气泡组成的细线从水面一直连着坑底的中心，响声顺着气线升出水……有人说，一九五八年最初的情景也是这样，后来旋涡就越来越大，大得吓人，坑会越来越深，声音越来越响，水就会从这里漏干……

在指挥部原区长的办公室里，原区长等雾一散尽就把披在肩上的假军大衣抖落在椅子上，派人把炊事员狗叔叫了过来。

狗叔因善做狗肉而得名，他的衣领、帽子也用狗皮武装着。他一进门原区长就把他按在炭盆边的椅子上，对他说："脱下你的棉衣，披上我的大衣，别出去！"说完急不可待地动手剥狗叔的棉衣。狗叔莫名其妙地看着原区长穿上了他的黑棉衣，把狗皮领子竖起来，把狗皮帽子放下来，裹得头上外露的部位没有原区长的明显特征。

原区长稍稍佝了腰，向水边走去。

狗叔端详着原区长的背影说："还真有点像我呢……"

原区长悄悄地登上了大坝，溶洞离大坝不算很远。原区长蹲在大坝上，能看清水边挤在最前面的人的面孔，也能看见水面上缓缓转动的那些不算大的旋涡。原区长略一沉思，就从裤袋里掏出一本卷成筒的牛皮纸面笔记本，望一眼水边的人群，在本子上写几行。

一个民工溜过来撒野尿，被原区长抓住了他的肩头。当他透过狗毛认出了指挥长的时候，他张大了嘴巴半天没发出一点声音，他全傻了。

原区长把撕下来的几页纸塞进他的手心，悄悄地交待了他现在应该做的事。虽然在大坝上就是他们两个人，但原区长的声音始终极低。

半傻的小伙子一溜烟地跑了，因为这次奇遇，他当上了统计员，穿起了"上的下的"。

溶洞看上去不过是水底的坑，坑对农民来说没有一点新鲜。水边的人们开始安静下来，情绪转为等待。有不少的人回头去望那只架在三根高高的杉木杆上的高音喇叭，这时候应该传出指挥长焦急地叫喊声，可是那只银灰色的喇叭静悄悄的。有人开始喊冷，他们没穿够衣服，一听说水里传来了那恐怖的声音，就赶着到水边来了。喊冷的人开始往工棚走了，看够了的人也开始离开水边。

突然，一种压倒了婴儿吮奶怪声的美妙的声音，从人们期待的喇叭里传过来了。没有谁想得到，竟是原歌圩二姐的山歌声！人们盼望已久的原歌圩二姐的山歌声，在这样的时刻突如其来，让所有的人不敢相信。原歌圩二姐清丽的山歌声变成了对心灵的突然袭击，让人们不得不一时沉默肃穆。谁都来不及做出反应，更没有人惊叫。无论在怎样的险境当中，只要能唱出这支布洛陀传下的古老山歌调子，整个部落就还有生路，就不会面临绝境。身后是溶洞的民工都在听原歌圩二姐的山歌，连走在回工棚的路上的人，都不禁站住了——

> 一从大地起风雷，
>
> 便有精生溶洞坑。
>
> 为有牺牲多壮志，
>
> 敢教日月换新天。
>
> 兴修水库批洋奴，
>
> 好马敢吃回头草。
>
> 喜看碧海千层浪，
>
> 潜伏溶洞心不甘。
>
> 今朝奋起千钧棒，
>
> 只缘大坑又重来。

有歌圩感觉的人们自然知道跟着山歌进行思维，对山歌的认同飞快地跨越了此境听歌的诧异。人们都望着那只银灰色的高音喇叭，仿佛它就是原歌圩二姐动人的脸。红山歌的日子已经培养出人们有别于歌圩的思维模式和逻辑，凭着一种预测，人们甚至有了低声的说笑，大家平静地等待由原歌圩二姐用动人的山歌所做的动员过去，等着高音喇叭里传出原区长焦躁的叫喊，抢险再如何开始……

原歌圩二姐越过了人们的思维和心理准备，她已经不动声色依然悠扬地唱起了抢险的壮丽——

> 英雄营长黄卫东，
>
> 两袋水泥不弯腰。
>
> 寒冬腊月北风起，

心中有颗红太阳！
大队支书农文革，
碎石在房走泥丸。
青年民兵紧跟上，
迈步入水填大坑。

被原歌圩二姐歌唱到的大队支书和民兵营长木然地望着喇叭，两个人又互相对视，不知道原歌圩二姐怎么会唱错了，指挥长并没有叫他们大队下水。

冷水抽身心更暖，
无难怎能显忠心？
……

终于有人似醒非醒地叫起来了："你们怎么还不快下水？你们应该在水里了……"

黄卫东和农文革望了一眼清澈的水面，又望了望那只仍在歌唱他们的高音喇叭，对着他们那个大队的民工说："快去，照山歌唱的样子做！"他们带头朝材料堆跑去了，他们大队的民工，也陆续跟上去了，别的民工们为他们闪开了一条很宽的通道。

黄卫东和农文革扛着水泥和成筐的碎石雄赳赳地下水了，后来的民工也都咬着牙跟着下水，向水底的大坑逼近。他们的任务就是把水泥和碎石倒入那些大坑，把它们填满。他们那个大队的最后一名民工在水浸到他的大腿根的时候停了下来，吃力地转过身子，对着高音喇叭恶狠狠地骂了一句："我屌你二姐！"

岸上那些没有被原歌圩二姐唱到的民工们突然从这声叫骂声中感觉到了这庄严之中的滑稽，一些人看着那个不情愿但又不得不继续往水里走的民工发出了笑……也就是在这极为关键的时候，原区长率指挥部的全体人马赶到了，笑声和混乱被指挥长那焦躁威严的声音镇住，民工们急匆匆地按着指挥长的调动跑，很快就排成了连接抢险材料堆和水面之间的长蛇阵，一袋袋水泥和一筐筐碎石被传递过来了。令人生畏的水里已经有了足够的人，岸上的人们自然就卖力气。抢险有条不紊地展开了，整个过程非常迅速，原来清澈的水面泛着令人安心的水泥色……

原歌圩二姐优美的山歌声在抢险最困难的时刻始终陪伴着岸上和水里的人们——

　　水下岸上团结紧，

　　试看天下谁能敌？

　　待到水库建成日，

　　遍地英雄下夕烟。

不过原歌圩二姐的山歌已经不重要了。那位大队党支书和民兵营长率领他们那个大队来的民工一直坚持在水中，他们凭感觉把岸上传递下来的材料倒入坑中，尽他们最大的努力，用他们那麻木的双脚去搅拌着……一次次有人倒在水里，他们冒出水面甩一甩湿发，又接过上一个人传递过来的水泥或碎石。他们最终把那几个溶洞的口子填平了，还在坑的四周不均匀地铺了一次水泥和碎石。毕竟是刚开始，那几个坑不算深也不算大。

原区长在那个大队党支书和民兵营长率他们大队的民工跌跌撞撞地从水里爬上岸的时候，对在岸上的民工发出了吼声。岸上的民工们自觉地做出了对牺牲者表示关照的举动，每一个水淋淋的人从水里向上伸出手的时候，岸上的人就伸出数倍的手握住冰冷的手用力把他拉上来，不等他站稳，人们就四个人抬一个，往那已经升起熊熊炭火的工棚飞跑。

那一天，原歌圩二姐完成了她的任务以后，就播放《长征组歌》，一直播了大半天。

在那一天过去以后好久，人们都谈论着那位大队支书和那个民兵营长。人们回顾下水时的情景说，如果那天是由原区长站在水边指挥任何一个大队的民工下水，都不会如此自愿和迅速，因为那是一年当中最冷的和节。没有人谈到那一天溶洞被填平以后原区长挂在嘴边的那一丝高深自得的微笑，一是他笑得太模糊，二是大场面吸引了人们的注意力。原区长有充分的理由为自己的成功感到满意，对这样的抢险行动，他早有准备。在他的心中已经预演了多次，想象过四季的背景，无论险情出现在春、夏、秋、冬，他都能照此办理，遇乱不慌。他才不相信一九五八年出现的溶洞现在就消逝了，可他嘴上不说。他和原歌圩二姐早就编好了诱人下水的歌，编好了四季的风景，随时派用场。人名他们留空，等在现场选定后当场填入就唱。过了好多好多年，原区长自愿将这个策划曝了光，他马上就赢得了另外的赞扬，有人说他领导艺术高，有人说这表现了求实的精神，还有人很时髦地肯定他的智商不低……

原区长把县一号请到水库工地，亲切接见了那个早上下水的民工，在县一号的身后，紧跟着县二号、县三号等一大批领导，阵容强大。他们亲自给民工们戴上大红花，然后一个民工一个领导地插花坐，坐在由一袋袋水泥生出的阶梯上合影留念。县广播站一连半个月，天天广播这件事和那一串名单。那大队党支书和民兵营长也被讲到县里，对干部职工学生做报告去了，乘坐的是县一号的座车，一辆崭新的北京吉普车。总之，为了补偿那个冬天的诱惑，原区长的确做了他所能做的一切，显示出他的爱心和厚道。如果不出那件事，这样令人情绪高涨的日子，会延续得很久。

六

在那个年代，凡有民工云集的地方，在各路人马出征和到位的时候，都要宣布一种理想。"在光荣地完成上级交给我们的艰巨任务的时候，我们的队伍既不能少一个人，也不能多一个人。"原区长在水库开工的誓师大会上，也这样宣布过。

可现在他终于被告知，水库工地的民工当中，已经准备多一个人了，男女不详。

在红山歌活动挤满了民工们的工余时间的时候，仍然有一对男女偷着约会，并且成功地播下了种子，事情发展到了无法隐瞒的地步了。

原区长选择了一个出工前的时刻处理这对男女，把他们驱逐回家。那是一个朝霞满天的早晨，数千名民工静静地坐在大坝上，听原区长讲话。原区长很惋惜地公布了这件事，指出了他们自己犯下的错误，将断送他们的前途。原区长刻薄之处不在于他的讲话，他的讲话其实很温和。他精心地布置了大坝上一条长长的人群间的夹道，他要让那一男一女从大坝上走过，让两边的民工黑洞一样干旱的眼睛在他们身上任意浏览。

这对男女被唤出来了，他们挑着行李，就像来的时候那样。当他们从那高高垒起的水泥袋后面绕出来的时候，黑洞一样的眼睛扑向他们。他们寡不敌众，自觉地低下头来，默默地走上大坝。

独脚篾匠令人意外地出现了，他一身新装，依然是那条短节紫竹杖。在他的肩上，扛着一张卷得紧紧的头道篾皮的竹席。独脚篾匠以比平日要快的步子追赶着那一男一女，跟着上了大坝。

在那对男女正好经过原区长等工地官员站立的那个也是由水泥包叠起来的高台之前，独脚篾匠追上了他们，并用那多年练就的很厚重的声音高声说道："喂，怎么连这样好的席子都不敢要了？还让我一条腿的人给你们送来！"

独脚篾匠大大方方地宣布了这对男女并非逢场作戏偷欢，预订的席子表明，他们精心地设计过未来。在他们的家乡，独脚篾匠是不去的，所以，如果不是在工地附近的村庄找到独脚篾匠，他们以后就睡不上这样清沁宜人的竹席。

那对男女停了下来，对着在这样的场合给他们送来竹席的独脚篾匠艰难地一笑。男青年伸手从篾匠肩上接过竹席简子，把它绑在行李的一头之上。青黄色的竹席简就高高地竖起来，那么引人注目。朝晖落在新竹上，那样清新悦目。让人们由此产生的联想也都色彩斑斓。

他们重新挑起行李挑子走的时候，姑娘对独脚篾匠说："我们定会给你送喜酒来。"

独脚篾匠崎岖坎坷的脸光彩照人，他说："好的，我等着喝你们的酒。走，今天我和你们走过这条大坝，我要到对面的村庄编席。"

由于有了高高竖起的竹席筒和独脚篾匠，他们行色大壮。这一切都是在原区长等一批水库工地官员的面前进行的，原区长心里从一开始就明白，这是独脚篾匠歌圩式的设计，他就是要在他和其他工地官员的眼皮底下做出蔑视他们的处理决定的举动，对工地的红山歌，独脚篾匠早有嘲笑，原区长也早有情报。然而，歌圩的智慧告诉他，他现在不宜发作，原区长冷眼看那三人走过大坝。在大坝的那头，那对男女就要分手，各回各的家去，以后他们的事已与水库工地无关。

当那个男的沿着坝首的引水渠走去，女的沿着一条光滑的红泥道上山后，原区长觉得该截断目送他们远行的民工们的目光。他发现由于独脚篾匠的出现和与他作对的行动，已经使那些黑洞里射出的光色有变。原区长做了一个手势，宣布上工。他跨下了高台，向指挥部走去，心里滋长着对独脚篾匠这个对头的恨。

这时候从坝的那头却传来了山歌，幼稚的却坚定无比的山歌，是那个刚从坝上走过的女的唱的山歌。那天早上风很大，山歌声被刮得断断续续的，那姑娘的歌喉缺少磨炼，不能把山歌声送得长远，但大坝上黑压压已经开始蠕动的人们还是听清楚了几句。这山歌和这故事一起流传下来了。

……如果有一天你做了乞丐，你走在前面讨米，我会无怨无悔地跟着你，为你提那只讨米的布袋，只要我的心里有爱……

这山歌彻底瓦解了原区长羞辱他们的所有设计和安排。一位刚刚被强迫在众人面前按规定的路线走过去的姑娘，竟这样洒脱乐观地用她的山歌向她心爱的男人做出重如泰山的承诺。有这样的坚强一定能视死如归。这样的许诺哪能不令人想起歌圩？这样的姑娘只能歌圩上有啊！歌圩，歌圩，歌圩的形象和意识慢慢地在人们的心中抬起困倦的头……

人们重新安静下来，倾听这久违的山歌，激情在心中荡漾，这样的好姑娘，男人的心中都渴望。这时，又一阵沙哑的雄浑有力的山歌声传来，人们知道，那是独脚篾匠唱的。

独脚篾匠唱的是无词的山歌，他隔着那条长长的大坝，但山歌声却扑面而来。那支布洛陀传下的古老的山歌调子，经独脚篾匠一唱，就被洗刷成干净、圣洁、空白，过去所唱的歌，似乎应该过去，该唱一种受布洛陀召唤的山歌了……

原区长镇定从容，头也不回，也不管那些滞留的民工。他走下大坝，走向指挥部。但他心里明白，尽管他的策划是杰出的，但在一股潜在的强大意识面前，他失败了。

在大坝上，人们向三个人消失的地方翘望良久，然后慢慢地离开大坝。这一天工地的统计表明，进度变慢，人们总像怀有心事。以后的事件表明，无法说清楚有多少人正是在这一瞬间感受到了心灵的震撼，从这里开始走向青纱帐。

这个朝霞满天的早晨发生的事，其实是一种很明显的预兆，水库工地的一个时期即将过去，另一种日子已经临近。

青纱帐歌圩发生在一夜之间，它成为那一年当地最严重的事件。那个黄昏很平常，很安宁。红山歌时期已经过去了，是由原歌圩二姐在抢险的那个上午唱的那支山歌结的尾。从那以后，人们就不再热心于那种热闹了，相反，开玩笑时还互相告诫"别让二姐再唱起你"，暗示要小心一种威胁。民工们吃过晚饭便三三两两地散落在库区的条条小道上和与小道相连的草坡上。季节也换了，是初夏了，田垌里的玉米长成了海一样的青纱帐，绿浪滚滚的。小边上有很多的人洗衣或游泳，从打那次冬季的抢险以后，没出现新的溶洞，水位慢慢地上涨，就等待夏季洪水到来，偌大空荡荡的峡谷会被洪水填满，成为一片汪洋，水库就建成了。原区长指挥民工在向前伸延挖引水渠道，也挖排洪道。这一段施工的安排，比以前轻松了。每一个黄昏民工们都离开工棚寻找乐趣，一直到天黑之后好久，他们才回到自己的工棚去。

那一天晚上，人们已经陆陆续续地走回工棚，黄昏后时间的高潮已经过去，没有人指望再出现什么。就在这样的灰色的时刻，人们却听到了勾魂摄魄的山歌声。所有正在往回走的人，全被这支山歌镇住了，人们齐刷刷地转回身子面向来路。黑夜中小路都很短，崎岖的小路消失在夜色里都通向青纱帐。很清楚，唱歌的人在青纱帐。

山歌穿越黑暗掠过青纱帐的嫩嫩的尖来到每一个人的身边。歌声是这样的甜美圆润，也是那样地悠闲，唱歌的人让人们想象，想象出她的优雅，她的洒脱，甚至能令人想象着她独自走在田埂上，手在扯着玉米宽长的绿叶边走边唱。在她的心中，这远地跨越过时空，浮动着经过千百万年的精选的那种圣洁的情欲。这样的山歌，只能为自己唱为神唱，在歌声中充满了热情和自豪却没有一丝的自私与功利——

……老虎、豹子、狗熊和野猪从远方来，找到了布洛陀。它们问：我们什么时候可以做爱？

水牛、黄牛、马、狗也远远地来找布洛陀，它们也问，我们什么时候可以做爱？

猴子、穿山甲、黄猄、麝也到布洛陀面前问道：我们呢？什么时候应该做爱？

它们都问做爱的季节。

布洛陀很认真地告诉它们：春天，春天好；夏天，夏天好……

它们记住了布洛陀的话，它们按季节发情。为了珍惜这美好短暂的季节的每一刻，它们泣血啼叫，满山遍野地追逐……为了传宗接代，也为了不辜负这热烈的季节。

人也去找了布洛陀，人也问布洛陀：你第二次创造了我们，让我们自己传宗接代。那么，人什么时候应该做爱？什么时候做爱最有体面、最有尊严？人什么时候做爱最最甜蜜？请你告诉我们……

布洛陀望着他亲手创造的人，脸上充满了惊诧：这些涉世未深的人，怎么把简单的事弄得这样地复杂？于是，布洛陀便满面怒气地说：随你们卵便吧！

人也记住了，所以人没有发情的季节，人拥有随时做爱的权利……

所有的人都被这支山歌召唤着，情不自禁地走向青纱帐。

所有的人都记住了这个夜晚，记住了这个夜晚从青纱帐传出的山歌的美好，领略了属于这个民族的情爱的自然风韵，歌圩之歌在青纱帐喷薄而出，长期的禁锢变成了长期的积累，歌如海，歌如潮……

这个歌圩震撼了那个独腿的人，他目睹了歌圩的爆发。那支山歌初起的时候，他正好到工地来寻她，给她送一捆破好了的头道篾皮，还想帮她做一些高尖技术的活。她在水库工地经常修补一些竹编的工具，还有那食堂竹编的炊具，所以她常托人传话给他，要一些竹篾。当他刚刚翻上水库工地边上那个不高的山坳的时候，他就听到了那一支山歌，他就停在那里了。这个时刻他单腿肃立，让夜晚的山风把他的裤裆吹得发响，他全然不顾。他为歌圩这偶然的复活感到激动，他对沉默已久的她产生了深深的敬佩，她一开口，就呼唤出复归的情怀，她不愧是布洛陀精神的真传弟子，也是一个极勇敢极圣洁的女人……他还想出好远好远，想到了布洛陀这位神的自由和潇洒、他的朴实和真诚。凭着他游历的丰富，凭着他在编织一支史诗般的山歌所积累的情感，他热泪横流：一个民族从他那里获得了如此巨大的赐予，而他却不曾劳动他的部落为自己建立过神殿。独腿人知道，有许许多多的圣人亚圣人准圣人伪圣人和帝王们一起在他们各自的等级森严的庙堂中高高在上地俯视着苍生，而我们的神他仍在游牧。独腿人心中那支仍在不断编织的山歌，在这个本来很普通的夜晚，增加了长长的一节。

青纱帐里，一支好歌唱出来，便会被陶醉的人们拿来合唱。人们重复着那个圣洁的主题，在青纱帐里放肆。在青纱帐的歌海中，始终有那个令人欲醉的声音温柔自信地抚慰着人们复杂的心，把人们的思念引向很久很久以前那歌圩的情境之中去。有人想寻找这位唱山歌的女人，但她似乎猜透了人们的心思，那歌声飘在青纱帐之中，一会儿东，一会儿西，青纱帐很大，有沟又有坎，寻找她的人始终没能如愿。许多年以后，青纱帐里的人当中有一些老了，但他们始终怀念着这个夜晚和在这个夜晚复苏的圣洁的主题。

一个不眠之夜之后，白天的工地上人们神采奕奕，该干什么的依旧干什么，都在装傻，一个精彩的夜院居然很少提起，仿佛那青纱帐的歌圩根本不存在。

统计员的报表上反映出这一个白天的施工进度比往日快，原区长看着报表看着面有春色却在装傻的民工心中已经有数。原区长决定在这天装得比民工更傻，他说昨天晚上吃了安眠药，睡得像死猪一样。听他这样讲的人笑他也笑，比傻。

第二个傍晚人们大大方方地在黄昏走出工棚活动，人们的表情都很沉着，心中充满了等待。水边、小路、草坡上散散落落的人全在理由充分的地域，这些地方全连着小路，而小路都通向青纱帐。

在天快黑的时候，原歌圩二姐突然在广播室里唱了一支红山歌，散落在外的人们感到莫名其妙，自打冬天的那个上午以后，原歌圩二姐很久都没再唱山歌，何况在往日的这时候，原歌圩二姐都是播放《长征组歌》的。原歌圩二姐唱道——

戴花要戴光荣花
穿衣要穿绿军衣
唱歌要唱红山歌
做人要做革命人

原歌圩二姐在唱完这支红山歌之后，又出人意料地播送了一条天气预报：今夜有暴风雨。在这以后，原歌圩二姐就结束了当天的广播。

等待天黑的人们嘲笑了原歌圩二姐的播音，天边那没有褪去金黄色的晚霞告诉人们，明天是个晴朗朗的天。待事件过去以后人们进入反省期，才有人恍然大悟，不得不在心中哀叹：即使是极富于山歌的灵感与幽默的人们，有时候也会表现出极大的麻木与迟钝。

天黑以后人们都走向青纱帐，把头一夜的歌圩重演。这一夜，还加入了一些闻风而至的附近村庄的人们，青纱帐本来就属于他们所有。

一颗贼亮贼亮的红星升上黑沉的天空，把青纱帐照成了淡蓝色，淡蓝色的青纱帐中一张张充满激情的脸仰望这颗红星全傻了，动地的山歌声戛然而止。尽管当时在青纱帐里的人们大多数还不知道什么叫作信号弹，但第二颗白色的信号弹又冉冉升起。随着那一声沉闷的枪声，人们以防卫的本能向外偷看，首先看到的是在大坝上出现了一排人的影子。在这一排粗黑的人影的上方，闪着一排金属的冷光。那些影子和冷光一起，向青纱帐移动。在第三颗黄色的信号弹的照耀之下，青纱帐里的人们不再怀疑那人影是不知从哪里突然冒出来的武装民兵，那些寒光发自步枪又细又长又尖的刺刀上。偷赴歌圩的人们从甜蜜蜜的梦中惊醒，发现他们已经大祸临头。

在青纱帐另外三面的山坡的顶上，也同时出现了密密的人影和伴随人影的那种金属的冷光。不同颜色的信号弹一颗接一颗升上天空为前来弹压歌圩的民兵照明，众多的人枪将青纱帐包围，他们为壮声势，发出"冲啊——"的呐喊，压向青纱帐。

青纱帐里大乱。对歌圩首次的武装弹压使有过歌圩经历与遗传的人们在对策的记忆区里一片空白，只能凭着求生的下意识盲目逃窜。在青纱帐的大逃亡中，有机会检阅了人们的生存意识、生存智慧和行为选择的丰富多彩。最慌乱最盲目的人在逃窜时将成年的玉米一垄垄地踩倒，青纱帐里发出成串的脆响。最有农民风度的逃亡者，他们舍不得踩踏那成年的玉米，再过一个月这些玉米就能收获。他们逃跑的时候，先用双臂拨开挡路的玉米秆子，再侧身通过，在这样的险境当中他们依然追求与玉米共存的两全境界……有人很机智地离开群体潜伏下来，充分利用地形和黑暗，躲过那很稀拉的搜索队伍，溜之大吉。有更多的人逃跑也要吃大锅饭，结果由这样一批人在青纱帐里形成了一个很大的群体，无论逃到哪里，都带着很大的响声。从大坝上和山坡上下来的武装民兵很快放弃了单个的目标，盯上了这团硕大的群体。最后，在青纱帐的尽头，这群人无处藏身，挤作一团，在搜捕者的胜利的笑声中束手就擒。

　　一个公社的武装部长大声呵斥着当了俘虏的民工，让他们在田埂上排成单行，前面和后面有民兵押解，向大坝上点亮当白汽灯的地点出发、当这支俘虏队伍出发的时候，最后一颗信号弹的绿光暗淡下去，青纱帐重现诱人的黑暗。

　　在这样充满了恐怖的时刻再传来山歌声简直是不敢相信，但山歌声真切地传过来了。

　　山歌唱的是一个传说——

　　……在男人留辫子的时候，一个贼师傅带着贼徒弟去偷东西。

　　年轻的徒弟撬开了窗子潜入了屋里，年老的师傅在外面望风。

　　年轻的徒弟惊醒了房内的主人，他转身就跑可是被房主人紧紧抓住了那根长长的辫子。贼徒弟吓得尖叫：师傅，我被抓住了辫子！

　　贼师傅在外面慢悠悠地回答：抓住了辫子怕什么，被抓住了胡子才可怕呢！

　　房主人得到了外面的启发，松开辫子去抓贼的胡子，他抓下了一把假胡子……

　　贼徒弟趁机逃脱了。两个贼一起遁入夜色之中。

　　房主人追出大门，只听见远远地传来两个贼的山歌：

　　被抓辫子不用怕，

　　被抓胡子才着慌。

　　欧——

　　在这支山歌的教唆下本来垂头丧气的伴房们恢复了山歌的智慧。那内容极为丰富的嚷声还没消失，被俘虏的民工中就有人在黑暗中发出蛊惑的高叫："冲啊，冲啊——"在这突然爆发的喊声中，民工们一齐呐喊，勇敢地冲入青纱帐，逃个精光。

在民工们重新逃入青纱帐的时候，那些执枪的民兵只有少数追入背纱帐，大部分民兵原地跺脚，有的在拍着大腿或者屁股，嘴里发出很大的喊声……当他们空手回到大坝上，白惨惨的汽灯下已经摆好了十几张桌子，满是热气腾腾的鸡粥。

原区长率颂指挥部的干部及狗叔，热情地请好汉们尽情喝鸡粥，对他们空手而归并无一丝的不满。那公社武装部长一副有苦难言的表情，原区长笑容可掬地将鸡粥捧给他，在他的耳边悄悄地说："你提来一串并不一定好，一个捉不到也不见得不好。"见那个部长满脸疑云，原区长又补了最要紧的那句："能把这种风流歌圩制止就好。"武装部长终于有了醒悟的笑容。

有了这样惊心动魄的场面，那些逃脱罗网潜回工棚的人已经不再成为秘密。原区长要亮处他们，已经易如反掌。民工们在一种极度不安的情绪当中迎来了一个晴朗朗的早晨。

大会依然在已经显示出雄伟风度的大坝上举行，原区长再度站上那个水泥袋垒成的高台。在一片极为复杂的目光的注视下，原区长发表讲话。他讲话时光念题目，名为《团结起来，争取更大的胜利》。那些怀着等候发落的心情的民工一直听到他把讲稿念完，也没见提到昨夜青纱帐的事件，仿佛昨天夜晚，原区长在汽灯下频频招手送走了那支长长的扛枪的队伍之后，立刻患了最深重的健忘症。原区长收起讲稿，宣布散会，上午全体休息，下午照常出工，他对下面的民工发出了宽容的、意味深长的笑，然后潇洒地走下高台。

所有的民工一下子明白了，他们得到了原区长宽厚的对待，他原谅了他们对他和原歌圩二姐倡导的红歌的背叛，这件事情算是过去了。民工们没有像往常那样散会就乱哄哄地拥挤着走下大坝，而是站立着不动，目送原区长步履矫健地走下大坝，他们这才开始沸扬和蠕动……

原区长在上次处理那一男一女的旧地，把失落的光辉赢了回来。出手不凡。其实，无论他怎样大度宽容，青纱帐的歌圩已经不会再有。

受到宽恕的民工们怀着感恩的心情自觉地早出工，晚收工，还加上了早睡觉，秩序空前地好。从开了大会的那一天起，民工们在每一个黄昏都听到了原歌圩二姐在结束播音之前播出的来自县气象站的并不怎么准确的气象预报，有时刮风，有时下雨……

然而，歌圩毕竟回到了人们的心中，歌圩的智慧也回到了人们的身上。人们在闲暇里重温了那个弹压歌圩之前的黄昏原歌圩二姐播出的天气预报，这时才恍然大悟。人们从此不再计较她用红山歌诱惑人们下水的不光彩的行为，感意对她报之一笑，做出真诚地表示谢意的暗示。原歌圩二姐事先预报了将要实施的诡计，但偌大工地众多的准备偷赴歌圩的男女，竟没有一人收到信息，这样的失误让人们很痛惜地反省：既然是山歌的部落就应永远保持山歌的智慧，不能让任何情绪破坏这祖传的护身法宝。

有很多的人又去了青纱帐，他们站在那个夜晚被俘的民工们行走的小路上，顺着那支山歌传来的方向寻找那位高人唱歌的地方。传出歌声的地方是一处陡峭的山崖，根本无路可走。要到达人们公认的高度，只有攀缘着悬崖上生长的一丛丛小榕树才能爬行。在那个无月的夜，崖面上的小树丛和石崖全是一片黑色，谁能看清这些弯弯曲曲扭着生长的小树？人们在山崖下不断发出阵阵惊叹，谁是这样的高人是一个谜。人们曾经觉得没有人会比青纱帐里先唱起歌圩之歌的女人唱得更好，但那支教唆人们逃出罗网的山歌，竟让人感觉到了另一番境界：山歌雄性的韵味十足，歌声好亮好硬好厚重好韧性，像一面被敲响的深埋多年的铜鼓，激发浑身的力量，一切威胁都变得软弱渺小了。这样的男人以前曾经有过，那是在歌圩上，现在掐算起来已该失传。人们指点着那处山崖，既兴奋又茫然。

一个温柔无比的黄昏，县一号的座车又顺着弯弯曲曲坑坑洼洼的水库公路开进来了。吉普车不是送县一号来的，是来押解原歌圩五妹的。原歌圩五妹正收下独脚篾匠送来的一拥头道篾皮的竹篾，听到了押解人威严的宣布。她把竹筲抖干净，对着独脚篾匠一笑，走向那辆停在指挥部门口的吉普车。

原歌圩五妹被夹在后座两个人的中间，她平静地透过吉普车的挡风玻璃看着那片翠绿的青纱帐。吉普车的四周挤满了民工，其中很多人在她的山歌的召唤下，曾经两夜进入青纱帐。

吉普车开走了，夕阳的余晖涂满了车身。一个金黄色的物体在人们眼中跳跃许久，人们心中的女神已经赴难，民工们才又一次发现自己又被另外的技巧诱惑了。

原歌圩二姐在这天晚上播送的天气预报是：今夜有雨，雨过天晴。这回人们都没把她的预报读错。

在此之前，原区长与原歌圩二姐有过一番谈话。原区长非常愤怒地讲起山崖上那个唱山歌的高手，这个蒙上了一层神秘色彩的人洞察一切，原区长觉得自己时刻在这个人的俯视之下，他绝不能容忍。在提出一个深思熟虑的问题之前，原区长长久地做出哲人沉思状。原区长问原歌圩二姐："他是不是那个一条腿的家伙？"原歌圩二姐不可能没有想过这个问题，那个人不仅仅应是歌圩上最潇洒的人，不仅仅曾经有过一番修炼，而且还该具备别人没有的经历和阅历，还有敢于蔑视世俗的禀性。歌圩上这样的人，女的该是五妹，男的该是那个独脚篾匠！可是那个信号弹满天的夜晚让二姐无法形容地愧疚，用这样的诡计来对付歌圩也是史无前例。她开始讨厌原区长的策划，最杰出的策划在她的眼中都失去了光彩。她下决心不再与原区长合作对付酷爱歌圩和山歌的人们。所以，当原区长提出这个问题时她爽快地回答："那地方连一只脚的猴子都上不去，怎么会是他？他的歌喉是哑的。"

原区长高深又自信地说原歌圩二姐："你唱山歌还可以，搞政治不行。这一条腿的家伙功夫看来很深，他一条腿活得比两条腿的人还风流、还骄傲。恐怕他还有些功夫没亮出来呢……"原区长向原歌圩二姐摆开了他的情报：从水库开工不久独脚篾匠就出现在水库四周的村庄里了，他出现的时间要比十年来他的正常周期早八个月。那些人家三道篾的席子还可以晒一秋谷，他就进村了。独脚篾匠五次到工地的工棚，为五妹送来精心破好的竹篾，助长了五妹拒绝参加红山歌擂台赛的气焰，因为她一直有修补工具、炊具的借口。原区长忽然神秘地一笑，他说据说独脚篾匠送给原歌圩五妹的竹篾都是特制的，破好篾后独脚篾匠用那把断刀把锋利的篾条两边又刮了一遍，把两边刮钝了，他怕五妹用篾时被割破了手……

区长提醒二姐，像这样的事件是那样的男人在一般的情况下干的事么?! 原区长用歌圩时代留下的体验说："五妹惹出的大祸，他拼了命也会去解救的。"

对原区长所说的这些，原歌圩二姐一无所知，凭一个女人歌圩的体验，她的心怦然而动。但她对独脚篾匠的态度不变："如果你说在山崖上唱山歌的是他，你这辈子都要遭到人们的笑话，说你是报歌仇。"

原区长经过一番内心的策划和比较之后他不得不放独脚篾匠一马，因为他的确无法说服别人相信一条腿的人在那个无月的夜晚早有预见地爬上山崖。牺牲的只有原歌圩五妹，她的山歌诱发了青纱帐风流歌圩，作为美谈已流传出去，这不能怪他。原区长写给县一号的情况报告中不再提山崖上的山歌，但原歌圩五妹到达水库的那个黄昏唱的山歌，他却没有忘记。在原区长写这份情况报告之前，他收到了县一号派人送来的一封信，一张白纸上只写了一行字：工地发生的事件说明了什么? 原区长建议由始作俑者承担一切，他已经想过了："她不能不完，她不完蛋我就完蛋。无论从战略上讲还是从战术上讲都应该这样做。"有了这样的前提，原歌圩五妹被吉普车押走就已在预料之中了。

在原歌圩五妹被押走的前一天，她与原歌圩二姐在空旷无人的大坝上相遇了，谁都说不清在正午时分怎么上大坝上去了。在这时刻她们相见，久远的默契超越了分歧。

原歌圩二姐问五妹："你唱那山歌的时候想到过以后会发生的事吗?"尽管原歌圩五妹脸上不可抗拒地出现了苍白和倦容，但她禀性不改脱口而出："想唱山歌就唱歌。最大芭蕉叶!"说完苍凉地一笑，那个年代成熟的人都能通过行为预测灾难。在这块土地上，没有什么植物的叶子比芭蕉叶更大了，说了最大芭蕉叶就已经把话说得绝不留退路，就能视死如归。这是很久很久以前布洛陀传给他的部落的豪言壮语。

原歌圩二姐说："你要是一句不唱，那该有多……"她爱莫能助地对着五妹说完，眼里一片迷茫。她说她真不懂山歌怎么会成了灾难，很小的时候听老人说，山歌是伴人度过最艰辛的日子的，是在那种日子里让人开心的。

原歌圩五妹镇定地望着二姐说，这是劫数这是命，她忽然柔情似水地对二姐说："天气预报代表你的心。"

其实，无论她们当年手拉手离开黑水潭还是这次两肩相依地走下大坝，都没有想到歌圩的劫数会让她们承受得如此深重久远。

七

原歌圩五妹承受的苦难与疯狂，远远地超出了水库工地每一个人包括原区长在内的预测，那些为她祈祷的人事后听到她的遭遇后瞠目结舌。一直到事情过后很久，还有很多的人无法解释，为什么有过歌圩的宽容的地方会出现这样的残忍？

原歌圩五妹在太阳初升的朝晖里被押上高台，这个高台不同水库工地的高台，它是为县里召开批判大会或庆祝大会专门在广场的一端建立的。她看见后来押上台的，是那两个曾经爱过她后来又离开她的北方汉子。两个北方汉子一左一右被勒令站在那里，这是多年之后旧时恋人的首次相会。原歌圩五妹从来没有想到这两个从那支北方的队伍中下来的汉子，在离开她之后，不约而同地在心中深深地埋藏了一片怀念。他们都偷偷地保留了一双她为他们亲手做的白布底、黑布面的布鞋，却没藏住被翻出来作为证据，一人脖子上挂了一双。批判会中这样的策划不多见，台下爆发出一片兴奋的沸扬声。

批判大会就是一种程式化的表演，每一个发言者都声嘶力竭地宣泄一通，然后以革命的名义对这个美丽的女人所谓肮脏的灵魂与肉体表示出愤怒与唾弃，向她猛踢一脚或把她打翻在地再踏上一只脚……

原歌圩五妹被踢倒再爬起来，一次一次地重复着。她望向每一个用力而且部位准确地踢她的人的那一眼，始终平静坦荡。她嘴唇紧闭，从不叫一声，保持了歌圩人的尊严。原歌圩五妹被迫一次次地对质问做出回答，她重复着一句真诚的话："我唱山歌是为了自己快乐也为别人快乐，我的确感到快乐也看到了别人快乐。我从不感到我唱的山歌有什么下流……"

两个北方大汉看着旧日的恋人一次次被打倒，他们痛苦地闭上了眼睛。他们采取了与自己的经验相一致的选择，批判他们什么，他们就承认什么，并申诉说早已改正……

原歌圩五妹本来已把过去的事情淡忘，如今这两个汉子依然强壮，在这样的场合竟然如此窝囊，这是她没有想到的。过去他们都跟她吹过自己的勇敢，说过到了生死关头就一抢驳壳枪……原歌圩五妹再望他们的时候，眼里终于有了悔恨。

原歌圩五妹深重的苦难是游街。关于这次游街传说甚多，她人还没被押到，传说已经远远翻到了当年的歌圩。有那么多的人想看一看原歌圩五妹的芳容，小城几乎万人空巷，观者如潮。面色庄严的人依然禁不住内心肉欲横流。原歌圩五妹面对着的是针一样刀一样扎她剥夺她衣服的眼睛，和歌圩上流露情欲和羡慕的眼光大不相同。

被押出会场的时候原歌圩五妹被挂上黑牌，那两双布鞋不知经过几多人手撕烂以后也挂到了她的脖子上。这些她都忍受了，但那面闪着黄灿灿的光泽的铜锣就是不接。被踢倒多次她也不接。一个北方的汉子伸出了手说："给我吧！"抢过了铜锣和槌子，猛地一敲开道上路，在这时分他做出了一个男人的选择。

入夜后还要把他们带出去游行，这才是一些人期待的。原歌圩五妹被押到哪里，哪里都拥挤着人群。渐渐地人们对那两个北方佬感到讨厌了，嫌他们碍手碍脚了。有人提议放了他们，只游原歌圩五妹。这提议居然很快通过，两个北方大汉被推出人群勒令他们回家去写交代材料，人们再也不管他们。

两个北方汉子呆呆地望着被拥走的原恋人，他们预测到将会发生什么，但他们没有迈开大步将过去的恋人陪同到底，他们缺乏理由，也缺乏勇气。他们还是走了，就像当年，走得并非轻松和情感。

原歌圩五妹昏沉沉地被拥来拥去，经常被拥进大街旁的暗巷。一进暗巷她的身上就到处都是手，灼热潮湿的手掌贴满了她的全身让她动弹不得。黑暗中一片喘气声和下流的喝影声。每当那些押解人装模作样地吆喝着，又把她带出暗巷时，就有人不满足地踢她，踢得异常狠毒。

千古歌圩哪有过这样的事?! 虽然原歌圩五妹痛辱交加，但面对这些践踏歌圩的人，她心中产生了从未有过的冲动，她几乎要喊出来："歌圩真是好啊，它是真、善、美的啊……"这样好的歌圩遭亵渎，起哄践踏歌圩的人却是这样的瞎说，曾是那个金黄色歌圩终点的小城，现在怎么这样背叛了歌圩？想到了这些，原歌圩五妹泪如雨下……

八

当这位歌圩上潇洒到最后的女人放弃了死的选择转身向她的故土走去的时候，她才悟出了终极的启示。没有山歌不行。山歌真的能挽救失去了生的自信的部落……尽管这位歌圩上潇洒到最后的女性曾有勇气跨过遍地荆棘、历尽苦难。只有到了生与死的选择的时刻，她才看到了山歌最后的光彩……在山歌最后光彩的照耀下，他们终于读解了高高山上的谜碑，沉默多少万年的白骨与他们沟通了信息，化作安息逝去，进入人类不可理喻的自由境界。于是，那支山歌雄壮的主题就挽起一对历尽沧桑的男女，如入无人之境地走向理想的归宿，做任何自愿的选择时都不再有人间羞涩……

……最后一批人离开布洛陀赐予他们的热土之前，他们竖起了这块巨大的石碑，几乎所有的人都为这块石碑出了力。他们在碑上留下了丧失乐园的教训：我们没有山歌……还有另一重含义也刻在碑上。

这块碑风雨中不知过了多少年，第二批人类和他们的后代一直把它叫作谜碑……

原歌圩五妹走向黑水潭的那个夜，天上有皎洁的月光。这很奇怪，因为前一天还是无月的夜。这是她一生中第二次走向黑水潭。

黑水潭的四周如今已经不再有那圈大树，但草仍然很高、很厚实，还是一圈毛茸茸的屏障。原歌圩五妹穿过这道草帘。她感到与那噩梦般的世界之间就有了一层干净的屏障。她开始脱衣服，顺手把它们甩到身后的草上，高高低低地排了一片。

黑水潭边上那块圆滑的石头依然如故，在记忆中清晰地闪现着当时的情景，她们五姐妹都是从这块露出水面的圆石下水的……原歌圩五妹想，这次也还从这里下水吧。她坐到圆石的上面，撩起清亮的潭水开始洗涮别人强加给她的污浊。月光如水，小虫在歌唱，宁静的夜晚能从容地洗净她的身体，一遍又一遍，却不能洗净心中的污浊感。她看到在圆石的四周长满一圈嫩绿的植物，随着水花在轻轻地摇着。原歌圩五妹伸手一掐，手里就有了一把。往大腿上一擦，柔软的植物就无声地裂开了。渗出绿浆把雪白的大腿染出一种玉的质感，很漂亮。五妹渐渐感到皮肤有了清凉的快感，她一闻，立刻吸入一股清香、淡淡的清香。于是，她一把把地拔来，把全身擦过，仔细地擦，一处不漏过，整个人变得近于通体透明，绿莹莹的……

从宁静中传来一软一硬的触地声，原歌圩五妹以为是听错了。当声音响又近的时候，她只剩下从圆石上下来躲进那道草帘的时间了。在几乎是同色的草帘中往外看。原歌圩五妹看见穿越草帘站到水边的是独脚篾匠。这瞬间原歌圩五妹心中百感交集。

独脚篾匠和原歌圩五妹如出一辙，他把触地发出硬响的那支紫竹枝往水边的湿地猛地一插，把那只装着断刀的牛皮门袋挂在上面任它摇摆，就一件件地脱衣服。独脚篾匠那件大裤衩顺着那条独腿滑落在地之后。他一弓身就弹到了那块圆滑的石头上。他那脚掌落到已被原歌圩五妹洗湿的石面上的时候，发出嗞的一声。就与石面毫无缝隙地吸在一起了。

原歌圩五妹看到了独脚篾匠肌肉隆起酱色的结实的背和那条紫铜铸成一样的独腿，她的心中一震：那座山崖他也许上得去！除了这点疑问以外，她一直感到不住地关注着自己的高人可能是篾匠。

独腿篾匠面对着清亮的潭水撒尿，一道白练划出一道弧线，弧线的顶点高出水面一丈余高，射出好远好远落到黑沉沉的水面上，声音如碎石击水……这响声刚停，独脚篾匠就唱起了山歌——

    人说：布洛陀，我们已经活得不像个人样，我们连牛马都不如，但不是我们不勤劳，不是我们心不好，不是我们不勇敢，是恶人的势力太大，他们人很多，我们应该怎么办？

    布洛陀说：你们唱山歌，你们不低头地唱山歌！

    人说：我们已经无话可说了。

    布洛陀说：那你们就唱无字的歌。

    草丛中的原歌圩五妹重新听到了那个永远不会忘记的夜晚的山歌！独脚篾匠的山歌原来是这样地漂亮，带着灼热带着善良带着自信带着最大芭蕉叶的倔强带着歌圩上一个男人的野性，滚滚而来，把通体绿色的她紧紧围住。在他唱他那支古老的山歌调，唱起那无字的歌时，她的心中一切念头都消失了，轰隆隆地也只有那支无字的歌在回旋。热泪就已经泉水般地涌出来。听着这成熟的男人的山歇，原歌圩五妹感到月光下圆石上金鸡独立站着的那个肢体残缺的男人完美无缺。

    独脚篾匠像是在对谁说话："我屙的尿，人脏我不脏。"他又一弓身再弹起，结实的身子炮弹般地射出好远，落入潭中心，发出巨大的响声。从水里冒出来之后，独脚篾匠在水面上晃着脑袋，双臂用力地出山巨大的水花，又唱起山歌来——

    ……花儿开了蜜蜂来，橡树的果子红了果子狸来，蚂蚁多了穿山甲来，姑娘的奶大了后生仔会自己找来。

    乌云走了太阳来，黑夜过去白天来；没有酒的日子过去了，有酒的日子就会来。熬过受难的日子，好日子你不要它自己也会跟着来。

    公鸡叫了，财主的天亮了，穷人的天也会亮。

没有什么比活着好，没有我人们会寂寞……

这支出歌唱完，独脚篾匠已经爬上了那块圆滑的石头。他在石上一蹦一蹦的，身上的水珠全都滑过他的皮肤，落到了石头上。接着他一跳，准确地落在大裤衩的圈中，他弯腰一提，大裤衩就顺着独腿到了腰间。一瞬间，他就穿好了衣服，背起牛皮袋，拄起紫竹杖，向外走去。在穿越草帘的一刹那，他回头一望，所望之处正是原歌圩五妹半掩半露的绿莹莹的身躯。他灿烂地一笑，意味深长。独脚篾匠穿越草帘，和来时一样，发出一软一硬的触地声。

原歌圩五妹冲动地冲出草丛，追到了独脚篾匠穿过草帘的地方，她听到了他的山歌——

一人一门高射炮，

万炮齐轰×××

独脚篾匠在最后三个字的空格里，填上了原区长的名字。这两句山歌，又恢复了他过去一贯的歌喉：沙哑，有韧性的凝重。这样的歌声与独脚篾匠残缺的肢体相匹配，又是一种天衣无缝的和谐。多少年来，人们只知道这样的篾匠和这样的山歌。

原歌圩五妹在那处草帘的缺口处站住了，一种心灵深处的启示唤住了她，山歌的智慧从它失落的地方远远奔来进入心中，使她用手及时地捂住了已经开启的嘴，将一股暖流轻轻咽下。她明白了，此刻她不能破坏了在这个夜的黑水潭他精心构建的山歌境界。虽然他人已离去，但他把这充满了真诚的关注和歌圩智慧的启示的境界留下了，他留给她自尊的极大空间让她这个曾是歌圩上潇洒到最后的女人自己走出误区而不是被人从绝路上拉回去。为了让被灾难折磨得失去了冷静失去了智慧的她得到重重的启示，他潇洒地卸去了多年的伪装把一切都清清白白地抖给她看了，像他这样历尽沧桑又带着伪装的人，绝不轻易这样做。其实，她对他也不过有过几次开心的真诚的微笑而已。在她任性地执着地唱着歌圩的山歌时，他始终关注着自己并能以人生的阅历和山歌的智慧洞察自己的心，以一个山歌高手功夫高深的侠客一样在暗中庇护着她……又一股热泪涌出眼眶，她的心为多年来已经死去的爱感到震颤，她感到隔了多少年之后，终于听到了一种无声的呼唤。世界上竟然还有这样不平常的男人，不尽的劫难没有把他推向冷漠凶残，却铸造了一片忠厚和刚毅，无论他戴上伪装和除掉伪装他都是一个善良人。骄傲的原歌圩五妹又一次心悦诚服地感到输给了一个男人。在此之前，她只承认在初放鱼笼的时候，由于幼稚曾经输给了那个可恶的朗。她叹了口气，自愧弗如，她知道该怎么报答。她对着黑水潭跪下，慢慢且深深地磕了一个响头，她对沉睡在水下多年的大姐、三姐、四姐祈祷：还要过很多年才能见面……

一旦恢复了山歌的智慧和歌圩上最潇洒的女人的勇气，在她的心里，该走的念头就都走了，该复活的全都复活了。她曾经这样潇洒地打发过多少次磨难。她站起来，环顾无声无息的黑夜，灿烂地一笑。

原歌圩五妹重新回到那块圆滑的石头上，那只宽大结实的赤足的水印还是湿漉漉的，她用心地张开拇指和食指把脚印量过从此终生不忘。原歌圩五妹心安理得地坐在上面。撩起清澈的潭水冲洗满身的绿色。每洗去一片绿浆，她就感到皮肤是那样地清爽，雪白如玉。最后，她把自己洗成个玉人，把满头黑发甩起来……

在她决定穿上衣服之前，原歌圩五妹面对篾匠出走的地方摆出了一个女人设计的姿势，也像座玉雕那样一动不动。微风不知从什么时候吹起，她感到浴后全身轻松极了。她用双手不停地理着长长的湿发，让时间从容地从身边流过。后来有些累了，她便换了一种姿势，但她调皮地收起了一条腿，也用一条腿金鸡独立地站着，仰望天空那轮皓月。这时候，她忍不住笑了，她相信。有两个人在一起笑。歌圩的智慧使她相信：他怎么会走呢？

原歌圩五妹很从容地穿上了衣服，她走过豁口重新回到散发着浊气的田野，这是她生活的真实的空间。腐败的草味、田野上留下的粪肥味和着新生草叶的清香，还有黑水潭水气的滋润。她一走上小路就开始唱一支山歌，为走出苦难，为自己为他也为歌圩而唱，空旷的峡谷里回荡着她的山歌——

……一个憨厚的年轻人经常为一个有钱而吝啬的商人挑盐，商人经常找借口克扣他的脚钱。

有一天，商人又对年轻人说：再干一回吧，希望你运气好，不要再被扣脚钱。

年轻人答应了，他一直走到商人的家门口，对商人的小老婆说：老爷要我干你一回。

商人的小老婆骂这一贫如洗的年轻人癞蛤蟆想吃天鹅肉，发癫了。

年轻人对着已经走出很远的商人喊：老爷，太太不肯让我干呀！

商人听见了这年轻人的话，着急地对小老婆喊：再让他干一回吧！

这也是一个流传很广的民间传说，原歌圩五妹把它演化成一个约会的口信：再干一回，再来一次。

宁静的田野上不会有山歌作答，这是在这个不寻常的夜两个歌圩人的一种默契。但她相信他会收到这个口信，他会在一个很适宜的时间赴约。

九

原歌圩五妹不去水库工地取那些简单的行李，她不愿见原区长也不愿意作为人质再给他一次表现的机会。可是在她回到家的第三天，原歌圩二姐还是派人把她的行李送了回来，这是她唯一能为小妹做的事。

原歌圩五妹很快就恢复了过去的日子，让她感动的是家乡人都不提她在工地和县城的磨难，仿佛她刚刚访了一趟远亲归来。令她心中隐隐不安的，是独脚篾匠，日子过去了一截，没见他的影子，村里的人们也没谈起他。

布洛陀在创造第二批人的时候还有一个疏忽，他没有明确男人和女人的分工，所以，这里的人们在里里外外的活路上，男女无别。原歌圩五妹也要上山砍柴，这不奇怪，村子里的姑娘媳妇都上山砍柴。

原歌圩五妹系着刀夹，一把磨得锋利的柴刀插在背后。她离开大道上山的时候，还特地朝远处望了望，生怕独脚篾匠这时来了。对独脚篾匠的赴约方式，她只能猜。现在已不是歌圩的时代了，约会的方式也简单多了。

原歌圩五妹爬到半山腰，她在十天前已经把一片林子的树木砍过，每株树干被砍去大半后，都已变得枯黄。她把一株株枯树推倒，干枯的树叶纷纷飘落，剩下那些枯枝和树干，她要把它们砍成五尺一截的，用青藤把它们扎成捆，再砍棵笔直的树作扁担，先把柴捆滚下山，到了山脚再把柴挑回家。原歌圩五妹很快砍出两大捆树枝，她把柴堆好，就去找青藤。等她把藤条往柴堆上搭的时候她愣住了：在那两堆高高的柴堆上，都顺着树枝摆着两条陈旧干燥的木板条。两寸宽的木板条边上崭新的跨开的裂纹处，泛着黑红的硬木光泽，面上是古旧的深灰色，布满了显显点点的小坑。这样的颜色让人想起遥远的布洛陀岁月……歌圩五妹觉得根本无法解释，不禁茫然地四处张望，心底里甚至还感到有些害怕。

就在她背对柴堆向前仔细搜索时，身后连着发出几声响声，吓得她猛转回身，见那柴堆上又多了几条木板条，都顺着一个方向紧挨着排在柴堆松松的树枝上面。原歌圩五妹不再犹豫，她几步就爬上了附近唯一挡住了视线的一道岩石坎子。她站在坎子上往下一望，独脚篾匠笑眯眯地坐在坎下，一手握着断刀，一手抓着一块深灰色的木板。原歌圩五妹怎么也想不到他一条腿的人会选择到山上赴约，独脚篾匠半山腰的一支山歌，斩不断他长久地肢体残缺的印条……歌圩五妹想都没想，就从六尺高的石坎上跳了下去。

独脚篾匠对原歌圩五妹说："别砍树了，我已经给你砍够了一年的柴了。"他晃着手中古旧的木板。

原歌圩五妹跟着独脚篾匠走，他们走的既不是柴径也不是牛路，是树丛中一条新砍出来的路，竟比柴径牛路还好走些。独脚篾匠走的时候是紫竹杖和双手轮番使用，看他挺紧张的，走起来却平平稳隐。来到了原歌圩五妹并不陌生的山崖下，她就看见了那雄伟的石碑了。

这座山崖是方圆几十里唯一的一处断崖，除了它以外，所有的山峰都是那样地完整。从哪一面看它们，都是尖尖的山顶圆溜溜的山坡，一条斜线上了山顶又滑下来。只有这座山，在靠近村庄的这一面，塌出一面高高的悬崖。在平展展的悬崖上，是青灰和赭红两色。山熊的顶端、底部和左右两边都是青灰色，而悬崖的中间，是一团不太圆的赭红色，远远望去，就像天上有个大太阳。每一天的早晨，天气好，山崖就显出亮堂堂的折光，如逢阴天，山崖就暗蒙蒙的。村里人早就习惯了看天气看看山崖，但谁也没把山崖当作风景，也没有人发生过到断崖下去看一看的兴趣，并非无法穿越那树丛藤蔓，而是没此必要。所以，当原歌圩五妹看到那块巨大的石碑时，她惊叫起来，她看到了那个巨大的无法理解的图案。

巨大的石碑是把一块断落后矗立在悬崖前的一块两人多高的巨石的正面凿平而成的，它就有了永不动摇的根了。多少年风雨侵蚀，石碑一片黑沉沉的颜色，上面曾经爬满了藤蔓，但已被独脚篾匠的断刀清理，石碑的四周一片砍伐过的痕迹。在这块峡谷人从不知道的巨碑上，粗糙地刻着一组苍劲的图案。

刻痕深深，经历了不知年月的风雨浸蚀，依然那么深。在一道道的刻痕中，干苔上又长着鲜苔。原歌圩五妹仔细地看着，好像沉默之中都有它的另一种意念迎面飘来。这断崖下的石碑一直在期待人走到它的面前，然而过去了多少岁月，人们一代代流向歌圩，出入喜怒哀乐，却没人到来，石碑不得不含着它的秘密寂寞地等待，它忠诚地付出它的代价，一身雪白变成满身水锈通体粗黑。原歌圩五妹看着它，心中出现了一片空白，谁在这里树起了石碑之后远去，走得这样干净？在这条峡谷中曾经发生过什么？为什么人们对这个秘密一无所知，为什么唱遍千古的歌圩上也没有永恒的山歌流传？她觉得这座巨大的石碑是一个巨大的谜，山歌的智慧对这座谜碑做不出任何回答。她退了一步，紧紧抓住了独脚篾匠的手，她说："你怎样找到它的？我们祖祖辈辈没有人知道……"

独脚篾匠的目光迷茫而幽深，声音沙哑而厚重。他说出到断崖下面砍柴，为她砍柴，却发现脚下是人工铺垫的石板。这些石板一块连着一块，像是一条荒弃的路伸入林丛。他顺着这条很好走的石板路砍柴，慢慢靠近了断崖。他看看身后那条已经洒满阳光重见天日的古道，决定把这条无人知晓的古道走到底。当他披荆斩棘，终于站在披挂藤蔓的巨碑跟前的时候，石碑把他镇住了，他本能地回头，去看一看来路是否还在。这样的感觉在他的人生体验之中还是第一次。来路真实地存在着，使他能够安心地端详石碑。高大的石碑在他这矮小的人面前散发出旷古深博的神秘和诱惑。他开始用断刀除去石碑的披挂，那组图案就逐一显露在他的眼前。他找遍碑前碑后，不见一个字，就从这组图案联想起了高高山上沉睡的白骨。想到歌圩上没有白骨的歌，所以白骨才是个谜。他心中回旋起那支要跨越绝唱的山歌。他站起来，挥动断刀，把石碑的四周全清理出来。他见到在石碑的后面，石板路依然在向断崖的根部延伸，他就继续向前挥动断刀……

原歌圩五妹静静地听着，像在听一个远远奔来的故事。他们都没有意识到，他们，尤其是那历尽沧桑的矮小的成熟的山歌高手，就要在这里超越了歌圩的局限了，从此，他就将具有仙风道骨！

独脚篾匠带领原歌圩五妹绕过石碑，走向断崖的根部。悬崖的底部是一片无草无尘的地带，是一片出奇平坦的青石地面。他们走出了绿色的丛林就见到了这截然不同的景色。原歌圩五妹又一次震惊，怎么这断崖竟有这么多大峡谷的人们一无所知的秘密。独脚篾匠指给她看，正正的在悬崖底的中部，有一个正正方方的山洞，那条青石板的路在这里始终保持了不受风化的原色，一直进洞去了。

独脚篾匠神秘地对原歌圩五妹一笑，在她的前面进了山洞。

原歌圩五妹已经联想起高山上的白骨了，大峡谷的人们曾经在其他的山上见过那些零零散散的悬棺和破碎的悬棺里的白骨，她跟在后面平静地进了山洞。在离洞口几步的地方，她站住了，她惊呆了，这不是她那点见识和心理准备能够承受的：洞口内一切都向上升，这是一个空间极大的山洞。在这个光线明亮的山洞里，船形的木棺举目皆是，远远地超出了大峡谷人的见识。这些悬棺摆成奇怪的阵势叠了起来：最底层是平行的两行，每行四只木棺。第二层与它们构成九十度角，上面架着六只木棺。第三层与第一层是平行的，也是六只木棺。第四层又与第二层平行，摆四只木棺。第五层是四只木棺，第六层摆两只木棺，第七层也摆两只木棺，在第八层，摆放着一只小木棺，它成了这个木棺金字塔的顶尖。独脚篾匠告诉原歌圩五妹，每一座木棺金字塔，都由二十一具木棺构成。一座接一座的木棺塔，都顺着相同的方向。在山洞里高低不同的平坦处矗立着，有规则地挤满了山洞的大半空间。

原歌圩五妹在想，在每一具悬棺里。都是一副白骨，都沉睡着一个曾经在这峡谷中活生生地存在过的人。在他们活着的年代，大峡谷能不热闹吗？原歌圩五妹从一座座架起来的木棺金字塔下转过，虽然当年的人们找到了这个干燥无尘的罕见的风水宝地，但在不知道年代的久远的过程中，在每一具木棺的上面，都覆盖了细细的厚厚的一层尘埃，木板有了古旧的坑洼……

独脚篾匠把原歌圩五妹带到了大洞里又一个套着的小洞内，原歌圩五妹在这个也不算小的洞里看到了已被青藤捆好的一捆捆劈好的木条，就像独脚篾匠丢到她柴堆上的那一种。

原歌圩五妹望着这个不寻常的男人，眼睛潮湿了，他依然是一脸坎坷，眼睛里有四面埋伏。但那里闪烁着成熟的真诚和善良，还有过人的勇气。在今天的大峡谷里，还有谁能这样赴约？一个男人为一个遭受折磨的女人，穿越浓缩了的漫长历程，痴情不改……这样的约会，即使歌圩还有也不会出现，整个大峡谷上下几千年，就是她独自拥有，这是她的福气。她想说很多的话，像她情窦初开时一样激动，但最后她非常实际地问了他一句："你还要在这里劈柴吗？"

独脚篾匠幽默地问答："我想让你送饭。"

他们就在这断崖下砍柴。伴着白骨木棺，伴着白骨们的石碑。他们的欢愉被石碑上苍凉的图案散发的气韵笼罩着亘古的苍凉。

三天过去了。第四天，在夕阳映红了那组图案的时候，原歌圩五妹突然指着图案的上方叫了起来。"你看，那不是嘴巴吗？那意思是他们不能唱歌！"她尖厉惊喜地叫声把独脚篾匠召唤到碑前，那时他正在不远的地方砍一根粗大的青藤。

独脚篾匠和原歌圩五妹相偎着，一脸的肃穆，按照原歌圩五妹的第一个假设，去读解这座谜碑，谜碑一片夕阳映照的血红。"我们不能唱山歌……因此遭了灾难……我们把铜鼓埋好……把悬棺留下……我们重新踏上曲曲弯弯的路，去寻找新的乐园……独脚篾匠低声念着，就像在给歌友们念出一节凝重的山歌词。念完之后是一片沉默。

独脚篾匠一动不动地站着，凝视着巨大的石碑，两行男人的热泪，流过坎坷的面庞。作为一个从歌圩出发，有过歌圩绝唱、历尽人生苦难而始终不渝，又目睹了山歌起落兴衰的男人，比手舞足蹈对山歌保持着一片真心纯情的原歌圩五妹，要想得沉重得多……

他们靠着石碑坐着，看朝霞夕阳，看远山看天空听风声林海声，编一支歌圩没有过的山歌——

……布洛陀创造的第一批人类很幸福，他们什么都有了，高大结实的吊脚木楼，象征着吉祥富裕的铜鼓，战胜了野兽；驯养了牲畜，开垦了肥得流油的土地，收获了金黄色的五谷，酿造了芬芳的美酒；生养了一代代结实的后生和如花似玉的姑娘……

他们只会跳舞。跳很多的舞姿丰富的舞蹈，和着壮丽的铜鼓声。但是，他们不会唱歌。

布洛陀忘了，人类也陶醉了，都觉得不会唱山歌不是什么遗憾的大事。

有一年，可怕的灾难降临了，人类看不见妖怪的面目，它们到来时总在黑夜，总有黑雾伴随着。从黑雾里轰隆隆地响着好像一种歌一样的声音，把人类的吼叫都盖过去了。在这些黑雾所到的每一座人类居住的山寨，都响起吃人的歌声，歌声消失后那里人类所建筑的一切也都消失了……

在每一处人类的住所遭难时，四周山头人们的呐喊传不进被黑雾包围的山寨，那里的人们孤立无援在孤独中战败无一生存。

一座山头上，强大的山寨里，人们在弓箭、梭镖上涂满断肠草的浓汁，向黑雾射去。有人喊叫着，调子像歌，黑雾居然败退了，山寨安然无恙。然而山下到处是黑雾，这御敌的办法，人们无法互相传递，人类的叫喊，被深深的山沟吸尽……只有歌，雄浑的连接无隙的山歌声，才能够跨越障碍传递到远方……

当黑雾吃掉了所有的山寨之后，顺着山沟向这座唯一存在的强大的山寨滚过来，惊天动地。

为了不让布洛陀创造的人类被黑雾灭绝，在打退黑雾后，这里的人们就做好了远离热土，重新寻找乐园的决定。

一切都准备就绪了，为了永远记住这一段教训，他们日夜凿碑，由酋长亲自刻下了这组悲壮的图案，然后这个强大的部落离开这已经建筑的乐园，流浪远方……

在很长很长的岁月里，黑雾被另一种力量消灭了，布洛陀重新为这片曾经繁荣过的土地创造了第二批人类，他牢记这个教训，在赐给他们姓氏、分配给他们土地之前，先教会了人类山歌……

就靠着这座悲壮的石碑，现代人史前的巨碑，独脚篾匠和原歌圩五妹唱出了这一支山歌，独脚篾匠完成了对他自己的歌圩绝唱的跨越，也跨越了过去的歌圩……他们为那支已经有了长长的章节的山歌，重新编了一节开头的歌，这支歌的开篇，带着两次人类对山歌的依赖，隆隆地奔向歌圩从未思考的年代和空间，歌颂了布洛陀的两次创造……

他们没有在那个山洞中寻找铜鼓，他们说那铜鼓该放哪里就让它永远伴随这些白骨吧。他们心里感到非常满足，他们能回答高高山上的白骨的来历了，在漫长的歌圩岁月里，人们忽略了这些白骨，怎么能让高山上的白骨听着歌圩无白骨传说的山歌呢？大峡谷人尽管从歌圩和山歌中汲取了无穷的人生智慧，让每一个人都学会了幽默，但人们太钟情于情爱了，太顾眼前的一切了，他们沉浸在现实之中就难免功利。所以，他们能长期地忽略与他们始终共存的这样悲壮的历史，使歌圩和人都缺乏了历史赋予他们的对歌圩和山歌的坚定。大峡谷人让歌圩带上了一个致命的弱点，让歌圩总像少女般的清丽轻盈，在有人对她发出怒吼的时候，歌圩很快就消失了……

这天正午，独脚篾匠和原歌圩五妹砍来了很多的野芭蕉的宽大叶子，铺在已被他们读解了的巨大的石碑前的青石坪上，他们庄严而冲动地做爱了。这个欲念独脚篾匠从当年的歌圩萌发到他们相聚在石碑之前，付出了太久太久的代价，原歌圩五妹终于遇上了她值得钟爱和信赖的男人，也在等待中逝去了锦绣年华……两个人绞结在一起的时候，正午的太阳只把他们晒出一个影子。

再往后的两天，他们一起为那支山歌编唱最后的章节。主人公是他们自己，是两个对山歌和歌圩痴情不改、一同承受了歌圩劫数的男人和女人。这样的经历，歌圩上也不曾有过。在不尽的磨难中，他们对歌圩和山歌有了超人的真知。尽管歌圩的劫数还没有过去，但他们已经不需要结局了。从高高山上的石碑和白骨唱到他们自己，无论今后歌圩和山歌怎样变，也无须用瞬间的变化去改变这支凝重的山歌了……

他们要分手了，独脚篾匠深情地望着原歌圩五妹说："我是朗……"

原歌圩五妹丝毫没有意外，她咯咯地笑起来："你不是朗谁是朗!"她弯下腰，给朗的独脚穿上了一只结实的、柔软舒适的黑面白底布鞋。

朗有生以来第一次穿上布鞋。

朗还要在他已经串了几十年的村寨中走动一段时间，他要寻一位德高望重的老女人，请她郑重地来找原歌圩五妹和她的村上长者，转达他要到她家上门的心意。等那媒人捎回原歌圩五妹的回话，选定了吉日，他才能通过一个仪式，来到原歌圩五妹的家中住下，结束一个无家篾匠的故事。

就在这一段不太长的日子里，原歌圩五妹的面容肌肤变得越来越姣好，常常让十七八的姑娘感到羞愧。人们不明白，她一次大难过后竟然有这样的出落，连原歌圩五妹自己也弄不明白，反正是肌肤上原来已有的细细的皱纹全部消失，充满了弹性水性让人垂涎欲滴。原歌圩五妹无法回答女人的反复的盘问，后来她终于想起了那个黑水潭的夜晚涂满全身的绿浆。她试着把这段经历有保留地对女人们讲了，结果是第二天天未明她不得不领着几乎村中所有的女人出发。她们一路上马不停蹄赶到黑水潭。面对一片新黄，所有的女人全都顿足。不久前，县一号要求大地田园化，说这是大寨田的新发展。他们认为黑水潭不应再有一圈荒芜，在一九五八年砍光了潭边的大树后，他们再一次对黑水潭动武，砍掉了潭水四周的一圈茂密的蒿草，等败叶和草茬被晒焦以后，还放了一把火，把这大自然的茂密彻底消灭。任凭女人们怎么咒骂，谁都无法挽回，几代女人当中，只靓了原歌圩五妹一个人，这是命中注定的事。

原歌圩五妹的变化，让按程序来到的朗大笑不止。在一片羡慕的目光中，他们过起了两个人如胶似漆的日子。这是那些日子里到来的第一个结局。

十

水库的消失有条不紊地安排在走向未来的日程上。这个日子到来的那一天，在天麻麻亮的时候，原区长感到身下的床板震动了几下，从什么地方传来了隆隆的响声。他爬起来推开门，由远而近的啸声已经传来，迅速覆盖了整个工地的棚区。这很响的啸声把许多惊醒的人吸引到水边，在这一瞬间，原区长什么都明白了。

天亮后，水库的重建者们挤满了大坝。这次重新出现的溶洞远离岸边，看不见水底的模样了，展现在人们眼前的是几只在水面上形成的大漏斗形的旋涡，大片的水面在旋转，从旋涡低洼的中心传出的响声，如同集中了上万个婴儿听着号令一齐吮奶，气魄宏大。人们已经不再谈论抢险的事，有人说一句"快叫二姐组织再唱一遍吧"引发一阵大笑。民工们也算目睹了这片土地的沧桑了，他们明白积蓄了的水都会从溶洞走光，只留下人们初到此地时的那条弯弯的小河。到那时候他们都可以回家去，所有的人都已经感到离家太久。

民工们疏散那天挺壮丽的，他们不为水库的消失面带悲伤。在每一条小路上，走着回家的人们，他们把红土小路踏出一片温情。告别的时刻呼唤出心底里的山歌。他们此时才全像布洛陀的部落，他们把被弹压了的青纱帐歌圩的歌重新唱起来，唱了一遍又一遍，满山遍野都是歌……由于人们是在光天化日之下高唱，男人和女人都觉得出了一口恶气。这是那些日子里按期而至的第二个结局。

几年以后来了第三个结局。虽然姗姗来迟，但必然要来，而且是个大结局。

由县几个单位联合举办的山歌大会在小城广场举行，在此之前几天，先成立了山歌协会，原区长出任首届山歌协会主席，当然是兼任的。原歌圩二姐出任山歌协会秘书长，那位在原歌圩二姐在田里开红山歌之端时不断向县一号大喊"两结合"创作方法的原县革委通讯报道组副组长，出任常务副会长，掌实权。一切仿照现成的体制，都安排好了，于是就举行山歌大会。

主席台彩旗飞扬，高音喇叭又挂起来。县里各大班子的领导都上了主席台，已经升到地区工作的原县一号作为特邀嘉宾，端坐主席台正中。由于"组织落实、经济落实"，大会组织得很好，参加大会的歌手，都经过了各乡镇事先组织的选拔赛，他们穿戴一新，在主席台下前二十排就座。

原区长、现任山歌协会会长代表县里各领导班子讲话。他说，举办山歌大会是为了弘扬民族文化，我们的民族勤劳勇敢。聪明智慧，有丰富的文化遗产要我们继承和弘扬……原区长讲完话一招手，坐在主席台上的各界领导走上前排成队，首先唱起开幕歌，这个举动令成千上万的观者兴奋不已。那么多平日绝不提"山歌"二字的干部，神采奕奕地唱起来，年轻了许多。歌会过后他们坦荡地对人说，他们本就从歌圩走来，山歌本是平常事。

原区长和原歌圩二姐置身在收获的季节里。四乡选拔的歌手除了少数的斗智歌以外，一律是新山歌，唱政策，唱生活的新变化。在很有歌圩声势的山歌声里，他们渐渐陶醉，从"书记到田头，禾苗绿油油"开始的新山歌之路，已由后来的很多人渐渐拓宽，一代新人在成长，技巧日益歌圩化了。

在主席台的边沿上，摆满了各式各样的录音机，红灯闪烁。在这电而有山歌协会新购置的大型双卡机，原区长指示大会工作人员，要把歌会的山歌一段不漏地录下来，经过整理，印刷成册。他点拨那些不敏感的人们。"这是成果。"山歌大会连开三天，盛况空前。歌手们按大会作息时间表运作，日出而唱，日落不息，开了夜场。山歌大会比过年还热闹。

在离广场不远的河湾，有一片长着柳树的河滩。河滩上一片细沙，还有條球大小的一块块圆圆干净的鹅卵石。山歌大会的第一个夜晚，有一些人从拥挤的广场走出来相遇了，他们默契地一笑，就相约走向河湾。这些歌圩遗民，他们追逐山歌而来，也为寻找当年的歌友而来。他们在河滩上坐定，很快就用一种追忆的心情唱起当年歌圩的山歌。有了这样的聚会，他们也要唱三天。

广场外不断流动的人们很快发现了这个歌场，老歌的神秘色彩和情节境界，使年轻人感到新鲜、动听，他们也留了下来，非把这消息传递给朋友，让他们到河湾的歌场来，领略一次真正的歌圩。他们都知道，歌会不是歌圩。在这里，年轻人被迷住了，不知不觉就将情感投入了歌场。这里唱的山歌，你猜不出下一句的歌词，到处是给对手设下的圈套和陷阱。唱山歌的人不会重复相同的形象，不讲相近的故事，也不让听歌的人只享受一种快乐，不断地展示歌圩源远流长千锤百炼的魅力。无意生成的河湾歌场，终于将赶歌会的人们分流，与隆重的歌会平分秋色。

朗和五妹当然不会不来，他们来到河湾的歌场，歌场上立时布满了当年的传说。情不自禁的人们围上了他们，听他们和当年的歌友们的歌。当那支山歌由朗和五妹唱起来，连最老的歌手都静下来。朗和五妹本是来观景的，但有了这样的风景与故人，他们就觉得他们就是为唱这支山歌来的了。他们用那修炼得炉火纯青的歌喉唱了，静静的河滩柳林里，展示了两次古老的部落积累的兴衰，描绘了两次人类所具有的智慧和愚蠢、友情和刻薄、欢乐和眼泪、善良与残忍、浓情与性爱、幽默与技巧，唱出了一部博大苍凉的历史。布洛陀的部落从远古起来，那风风雨雨，使他们拥有对人的厚爱和宽容，拥有对山歌的执着和钟爱。他们唱活了那田园风情，那高山上寂寞的白骨，还有那座迷人的石碑。长长的曲折坎坷的故事，和山歌古调融成了完美的整体，洗礼人的心灵……一束布洛陀之光照射着每一个听歌和唱歌的人，人们都那么凝神庄重。

有很多的人搬来了自己的录音机，恭敬地摆在朗和五妹面前。

朗和五妹唱的那支用毕生心血编成的山歌的结尾是这样的——

……布洛陀的后代还有很长很长的日子，布洛陀的部落还有很多很多的故事，布洛陀的山歌永远唱不尽，最后的山歌，没有歌词……

原区长和原歌圩二姐终于走到朗和五妹面前，那支长长的山歌已经唱到最后，没有歌词，只有无数听歌人情不自禁地和着那铜钟铜鼓一般的歌喉，在唱布洛陀传下的山歌古调，一遍又一遍……

原区长和原歌圩二姐宁静地站着，等着这种沉醉慢慢退去。两对都走出了潇洒的山歌道路的情人，长久地对视凝思，让河湾柳林的人们长久地观望，等待结局。

原区长说："过去的事不要记恨，不要怪我。在当时，谁都会这样。后来发生的事我哪里能预测……"他说着略带着惆怅回头望了一眼广场和主席台。

朗坦荡一笑："不怪你，我已经把它忘了。在很久以前的歌圩上，还没有你的份，那时候我爱的是二姐。可是多少年过去后，我娶的是五妹。这样的事你叫我去问谁？"朗说完分别把两个女人都认真地看了一遍，两个女人的脸色都发红了。朗又说："后来我们吃了很多很多的苦，你们享了很久很久的福。现在，我们又都一样了。就这样，就这样吧。"

朗说完以后，四个人都真心地笑了。

原区长说："明年的歌会，一定要请你们两个做评委。一定要记住。"最后一句他是对妻子说的。

朗微笑着告诉原区长和二姐，就在当年那条著名的大峡谷，明年有歌圩。

| 创作评论 |

常弼宇是一位不时通过他自己所宣称的"选择主动的站位应付变化"而表明

存在的作家。他在站位变换中，更新叙述方式也闪现思想标尺。

  ——马相武：《站位变换：与读者共舞——论常弼宇小说》，《南方文坛》
   1998 年第 5 期

| **作品点评** |

  作者大量"引用"的"够味""够胆"的歌词，相当大胆直露，完全可以从性文化的角度来看待。它们作为性文化的一部分，相对于不同的民族文化而具有多元性的特点，从中可以看出小说中所谓布洛陀人的历史传统、民族心理与风俗习惯、社会发展程度以及种群规模和生态环境等诸方面因素的情况。小说中以歌词形式出现的布洛陀人的性文化，表明它作为一种浪漫的口头文艺的风俗，在布洛陀人的经验和信仰中起着支配作用。大胆的涉性歌词作为性文化，是布洛陀人用来互相交往以及解释自己和自己周围世界的一种重要的符号和概念，它是我们理解一个特定的、有自己独特的历史文化、习俗的民族时，描述和分析的中心对象。

  ——马相武：《站位变换：与读者共舞——论常弼宇小说》，《南方文坛》
   1998 年第 5 期

  常弼宇写的《歌劫》，展现了歌圩活动在桂西山区这三十年来的几起几落，以及在这起落的背景中几位民间歌手的命运周折，小说情节本身是现代生活的真实写照，但我们从中又读到了一种文化变迁的历史过程，尤其是作者把歌圩的源头追溯到了壮民族仙人布洛陀那里，就有了更为强烈的历史感。

  ——杜晶一：《〈当代〉'93 广西作品随谈》，《南方文坛》1993 年第 6 期

随风咏叹

凡一平

黑米向我打听堕胎的医院不是在电话里。他亲自跑来。其实他的"大哥大"就捏在他手上，我以为坏了。我说："你不能打电话么？"

黑米说："哪有打胎的医院？"

我说："这个世上除了疯人院，所有的医院都打胎。"

黑米说："耐安怀孕了。"

"是么？"我说。我望着黑米。他的脸冒着细汗，是从楼梯上楼或骑着摩托车奔跑的缘故。我说："耐安怎么无缘无故就怀孕了？"

黑米说："她想要个孩子。"

"说明她很爱你。"我说。

"我让她把胎打掉，她不打。"黑米说。

"所以你就来找我。"

"是的。我知道你一定能帮我的忙。"

我说："我一直想帮你忙，就是没机会。"

黑米说："童贯，我知道你们俩好过，她一定会听你的。"

我说："我试试看。"

作者简介

凡一平（1964—），原名樊一平，壮族，生于广西都安。先后毕业于河池师专中文系、复旦大学中文系，曾任广西《三月三》文学杂志副总编辑，广西民族大学驻校作家，广西民族大学编导专业方向兼职教授，2017 年当选广西作协副主席。其小说被大量改编为影视作品，成为文坛现象。著有长篇小说《跪下》《变性人手记》《顺口溜》《老枪》《上岭村的谋杀》，出版小说集《浑身是戏》《理发师》《撒谎的村庄》，散文集《掘地三尺》等。

作品信息

原载《当代》1993 年第 3 期。

"不是试试看，"黑米说，"你一定要动员她把胎儿打掉，要多少钱我都给。"

"耐安也有钱，"我说，"没钱的只是我。"

黑米说："我给你钱，说吧，要多少？"

我说："如果你真的想用钱雇我的话，我要一百万。"

黑米给我一本存折。那上面果然写着一百万！

这是我第一次受到有钱人慷慨地待我。我感激地望着黑米。我说："谢谢你这么看得起我。黑米，你的钱我心领了。等到我需要用钱救命或者饿得两眼昏花的时候，我再朝你要钱。"

黑米把存折收回去。我说："我知道你很有钱，黑米。但我没想到你有一百万。"

黑米说："这只是其中一本。我每年能赚一百万。"

我细想黑米成为一名红透半个中国的歌星已有三年。也就是说，他现在是三百万的富翁。

我说："三百万，黑米。即使有一千名中外妇女怀上你的孩子，你都能使他们生下来，并且养活他。或就是，统统把胎打掉。"

黑米笑。"你怎么认为钱也是万能的？"他说。

我说："钱是人人钟爱的一种纸张。钥匙打不开的门，钱都能打开。"

黑米说："没想到你比我更理解钱。"

我说："因为我没钱，黑米。没钱的人往往对钱最理解，就像发现真理的人常常不是掌握真理的人一样。"

黑米说："你是发现真理的人。"

我说："不是，我只是热爱真理。"

黑米说："耐安交给你了。"

我说："是。"

黑米压了一下我的肩膀。"我走了。"他说。

我说："走吧。"

黑米走了。

黑米走的时候，阳光从窗户照进来，这是上午的阳光。一天里明亮的时光开始了。我坐在窗明几净的工作室里，默默地抽着早晨的第一支烟。报纸没送到的那段时间里，烟是我最好的朋友。我明白在我不做出深刻检查之前，我不会有任何工作。

我的工作是写检查。

经理说，周恩来的"来"字怎么看都像"米"字。

那是我的错误。

电影《周恩来》的广告海报，是我写的。

"来"字写成了"米"字，经理说："这是严重的宣传事故，童贯，你要做检查。"

我说："我不做检查。我写的是'来'字，不是'米'字。"

"你写的是'米'字。"

我说："不是。"

"很多人说是。"

"很多人说是就一定是么？"

"问题就在这里，"经理说，"为什么很多人说是，就你说不是？"

我说："'来'字是我写的，我不懂么？我写的是草体字，看起来有些像'米'，但不是。"

"你写的就是'米'字，错了还不承认？"经理说，"如果是在'文革'，你早被当反革命抓起来。"

我说："我宁可当反革命，也不愿承认自己写了一个错字，经理。"

经理说："从今天开始，停止你的工作。你非得做检查不可！"

我说："你的意思是，我可以不用上班了？"

"不。"经理说，"你得坐在工作室里，反省检查。除非你不要工资。"

为了那份可怜的工资，我还得坐在工作室里。

我现在抽着烟。烟头已接近我的手指，我甚至已感觉到比阳光还温暖的灼热正炙烤我的肤肌。我没等烟火烧伤我的皮肉就把烟丢掉了。

后来我又抽了一支烟。抽这支烟的时候，报纸送来了。送报纸的是一个比我奶奶还年轻的阿姨。她知道我所犯的错误，电影院的人谁都知道我正在受审查。少阿姨今天给我送来了两份报纸，都是别人不读或者读剩了的。那些《电影明星报》《生活导报》之类的报纸从来轮不到我读，或者轮不到我先读。但是有一份报纸人们是万万不敢和我抢或者我总能当天读到的，那就是《××日报》。

他们知道我需要看这份报纸。

少阿姨把报纸交给我，认真地看了我一眼。她每天都这么认真地看我一眼，那锐利的神情分明在告诉我：幸亏我不是她的儿子！

如果我是她儿子她一定仁慈地问我，儿子呀，你还有什么想不通的？你就向周总理认个错吧？他在天之灵一定会原谅你的，因为你不是故意把他名字写错的。

但是她没问。

我说："阿姨，读了你每天送的报纸，我现在是一天比一天进步。我发现《××日报》一个错字也没有，令我忒感动。"

少阿姨不搭理我，她好比是给犯人送饭。她只管送饭。

事实上她给我送的也是饭，只不过这饭与众不同。她送的是精神食粮。

我把这食粮从头到尾一字不漏读了个精光，我的脑里塞满了文字，这些文字像米一样，一天比一天多，充塞着我粮仓般的头颅。

我的脑袋里全是米！

经理说，"米"给电影院造成了很坏的政治影响，你要为"米"向组织、向群众认错。

"米"是我写的？如果我不承认我写的是"米"，经理说："如果你想离开电影院，我想我是不会反对的。"

我没有承认我写的是"米"。

我也没有离开电影院。

如果耐安或者黑米知道我这么固执，他们会怎么看我？

黑米不知道。

耐安大概也不知道。

黑米会面的时候，他连问都不问，他肯定不知道。

耐安或许知道，只有她还在关心我。她和黑米上床被我知道后的一天，她说，童贯，我永远祝福你，希望你活得好。

现在耐安立在我的而前。我到时装公司找她，光华的排练厅里，一群灿烂的模特正在走路。后来有一个袅娜的人儿直直朝我走过来，我认出是耐安。

耐安没有做出惊讶和兴奋的神态，使我感到很正常。她没有摆出盼望我来终于把我盼来的架子，使我欣慰。

"你来了。"她说。

"我来了。"我说。

我们相对默立了许久，双方都找不出第二句话。后来还是我说，我们找个地方谈谈吧？

耐安说："大楼下有间水吧。"

于是我们就到水吧去。

闲适、幽雅的水吧装容着我们。一种夜晚的感觉涌上米。耐安唤来两杯咖啡，数碟瓜、糖果。我说够了。耐安停止点唤。

"黑米说你怀孕了。"我说。

"你是来当说客的？"

"是的，"我说，"他让我劝你把胎打掉。"

"我不打胎。我要这个孩子。"

我说："你不打胎等于损害了黑米的利益。黑米是不容损害的，他现在正在走红。"

"我爱黑米。"耐安说，"我想要这个孩子，这是他的精血。"

"你指望黑米同你结婚么？现在？"

"不。"耐安摇头，"即使他不和我结婚，我也要把孩子生下来，养育他！"

"你保证是个男孩？"

"保证。像黑米一样。"

"《婚姻法》规定，未婚是不能生育的。"

"我只要这个孩子，就一个。"

我说："孕育孩子你就不能当模特了。你是个很好的模特。趁着现在肚子还没大，把胎打掉吧？"

耐安说："不。"

我望着耐安。我望着她如月似的脸庞，一地月光漫上来。那是我心中的一地月光。月光之上，站着我和黑米，和耐安。

耐安趟着月光走向黑米。

耐安在一次庆祝黑米连续两次捧回通俗歌手电视大奖赛第一名的晚宴上，说："黑米是你同学，你怎么现在才说？"

我说："因为晚宴的请柬有两张，我总不能让握另一张请柬的人无缘无故感觉纳闷去吃饭。"

耐安说："黑米是你同学这之前你为什么一直瞒着？"

我说："我不想借别人的光辉炫耀自己，我也是人。"

"你是嫉妒。"

"可以这么说，"我说，"我还恐惧，黑米太有钱了，他还有魅力。征服一个女人光凭他一头漂亮的卷发就够了，何况他还有钱。总之，他浑身上下、内外都是魅力。"

"他名字也很有意思，"耐安说，"他生来就叫黑米么？"

我说："不，他生来不叫黑米。黑米是他浑名，当他没有钱或者菜票便只管朝同学要的时候，我们才叫他'黑米'。'黑米'是他决意要当歌星时才使用的。"

"他原来家里很穷？"

"是的，比我还穷。"

"在那些施舍救济他的同学中，有你么？"

我说："没有。"

"那他干吗还要请你吃饭？"

我说："不知道。"

耐安后来在跟了黑米之后，才知道黑米请我吃饭的真相。

黑米在学生时期经常得以救济他的同学中，不仅有我，而且仅仅有我一个人！

耐安说："你为什么要骗我，说你没有帮助过黑米？"

我说，我是没有帮助过，至少是，我没有乐意帮助过黑米。我没有乐意给他过钱、饭菜票，一次也没有。每一次都是他张口朝我要的，有时候干脆就自己拿。你不知道我一样很穷，黑米拿了我的饭菜票，每一餐我就只能吃二两和一毛钱青菜。

耐安说："实际上你就是帮助了黑米，你还说不。"

我说："我不想充当黑米的恩人。再说，我现在不也经常吃他的？每次都是山珍海味。过去我很瘦。"

"黑米现在是报答你。"

耐安望着我，漂亮的眼睛里充满感激。

那时候，她已经爱上了黑米，或者说被黑米爱了。

黑米在那次晚宴后对我说："你女朋友真美。"

我说："她不是我女朋友。她不过是陪同我来吃饭的，因为你给了两张请柬。"

黑米说："早知道这样，那晚上我就应该请她跳舞。"

我说："你请吧。只要你喜欢，你请她上床都行。"

黑米说："你不要把我想得很卑鄙。我不是那种随便和女人上床的男人。"

"我知道，"我说，"现在想和你上床的女孩多得像牛毛，排着队，争先恐后。你并不是一个个都能满足她们。你还是有选择的。"

黑米说："我是真喜欢她。她叫什么？"

"耐安。时装公司模特。"

黑米后来真的和耐安上了床。那是在耐安的卧室里。

那天我去找耐安，我不知道因为什么事。洗完澡我就去了。我通常是在睡前洗澡，那晚上我睡不着。那晚有月光，还有蝉鸣。但是一丝风也没有。我感到闷热，我忍受不了洗澡后仍在涔涔冒出的汗滴。我像一口出水的活泉。于是我就出去。我朝有树的地方走，那时候我并不想找耐安。这个城市没有树，没有树林，只有一本本书和画册，写满树的名字和画满树林。我走到一个被人们认为是树林的地方——一片突击培育的灌木丛。这里塞满了人。我想找一个不妨碍我的地方，后来终于找到这样的地方。灌木丛八十米深处，我像一颗矮树和三苑不修剪的冬青站在一起。我立在它们之前，抑或之后，总之我站在它们的一面。这一面没有人，只有孤立的我。

但是，这个时候，我突然听到一股鲜明的声音，从冬青的另一面，骚扰我。

这是一对男女做爱的声音。

声音穿过零乱的枝叶，像节奏强烈的音乐刺激我，挑逗我。我没想到有人在这地方做爱。

我没有见冬青那面正做爱中的男女，但是我想象得出两条交缠在一起的肉体在月光之下灌木之翼吟唱歌舞的情景。

他们做爱的姿势一定很美。

后来，我发现在灌木丛中做爱的男女不止一对。而是两对、三对……十对、二十对！灌术丛里贯彻着爱的交响。

整个世界的男女都在争分夺秒寻欢作乐，只有我一个人在虚度年华。

这个时候，我非常地想见耐安！

我跑出灌木丛，我像一匹快马奔向耐安的住所。我从没有任何时候像现在如此强烈地需要和耐安在一起，并得到她。

我敲耐安的房门。那门很久才开。耐安露出头脸的时候，我忽然不想进去了。

我感觉黑米在里面！

耐安说："进来吧。"

我进去。

黑米没有在耐安的卧室里躲着我，听出我来了，便出来会我。

我们三人坐在客厅里。

耐安说："童贯，这么晚了，你来……"

我说："我来是想对你说，我爱你！但我发觉已经晚了。"

"童贯……"耐安咬住唇，却控制不住眼睛所要表达的内容。

我说："真的，我爱你。"

"童贯……"

"我走了，再见。"

耐安站起来。

黑米也站起来。

黑米一个人送我出屋。

我们肩并肩走着。黑米说："我不知道你爱着耐安，对不起。"

我说："你比我更合适。知道有一个比我强的人占着耐安，我比你还幸福。"

"你为什么要说占？"

我说："耐安现在不是属于你么？"

黑米说："我一定好好待她。"

"那我就放心了。"

黑米手揽过来，箍住我的肩。"你还是我的朋友。"他说。

我说："我经常在想，你是不是我的朋友？"

"是么？"

我说："是。"

黑米抱我很紧。

现在黑米有了结果。果子孕育在叫耐安的树上。黑米不想要这只果子，但是耐安想要。

耐安说她不打胎。

我说："你不打胎我没法向黑米交代，我是他派来的。"

"你是他什么人？"

我说："我只是替他解决困难的人。黑米现在有了困难。"

耐安说："我们的事不用你管。告诉黑米，我不连累他。我不告诉任何人，这是他的孩子。"

我说："天下没有不漏风的墙，你能瞒得住么？"

耐安摇头："不，不会。"

我说："会。"

"不会。"

"会。"

"你不要再说了！"耐安说，"你为什么不说说你自己？"耐安盯着我。

我说："我自己有什么好说的。我很好。"

"不，你不好。"耐安说。

我说："好。"

"不，"耐安说，"听说你出事了。"

"我没出事。"

"你出事了，"耐安说，"'周恩来'，你写成了'周恩米'。"

"你听谁说？"

"很多人。"

"我没写错，"我说，"我写的是'周恩来'，不是'周恩米'。"

"但是他们为什么说你写错了？"

"不知道。"

耐安望着我。我说："你相信我能把我们最敬爱的周总理的名字写错么？"

耐安说："我不相信。"

我说："到目前为止，你是唯一不相信我把周恩来的名字写错的人。谢谢你。"

"他们会把你怎么样？"

我说："他们会把我怎么样？如果倒数上去二十年，他们会把我打成反革命。现在他们只能审查我，停我的工作。"

耐安说："你还有工资么？"

我说："有。"

"你不能骗我？"

"我不骗你，"我说，"每月我还领九十元工资，但是奖金一分也没有了。"

耐安把咖啡的杯子端到唇边，没有抿，又放下来。她想说点什么，后来一直没说。

后来她把咖啡的账结了。

申淼茫然无措地告诉我，关于举办我的墨展一事，现在遇到些麻烦。这麻烦直接来自书法家协会。书法家协会的主席通知申淼，他不同意以书法家协会的名义举办我的墨展。他说，童贯的书法有争议，这种情况下以书法家协会的名义举办墨展是欠妥的。申淼说，他还说，童贯现在还犯了错误，这个时候举办墨展更应该慎重。

我说："他也认为我把字写错了？"

申淼说："不。也许。"

"不，还是也许？"

"不。也许。"

我说："很好。"

申淼望着我："童贯，你看……"

"你是不是想说，墨展不搞了？"我说。

申淼说："不，我是想说，失去书法家协会的支持，墨展的规格就会降低许多。因此……"

我说："我不需要书法家协会抬举我，我谁也不要！我以我自己的名义办墨展。"

申森说："这样一来，墨展的意义就小了。"

"那你说怎么办？"我说。

申森注视我的眼睛冷淡如霜。"不知道。"他说。

我说："你可以走了。"

申森说："为什么？"

"为什么？"我说，"因为你没用了。你一个书法家协会的秘书长现在你可以走了。"

申森说："我是想帮你的。"

我说："谢谢，你已经帮了。你帮我认识了书法家协会里一群老的和小的混蛋！以后，你不要再找我妹妹。"

"这不公平！"申森叫起来，"我爱你妹妹，你不能阻止我找她！"

我说："我妹妹不爱你。从今天起，我宣布你们一刀两断！"

"你没有权利！"

我说："我有。"

申森悲伤地望着我。"想不到你还是一个卑劣的人，童贯。"他说。

我说："谢谢你客观地评价我。我是一个卑劣的人，我还是个狂妄的人。这个世上只有像你这样既不卑劣又不狂妄的人，才算是好人、正常人。"

申森说："你怎么揶揄挖苦我，都不能使我对童丹变心，我爱她。"

童丹是我妹妹。

我望着申森。我还从没有像现在严肃认真地看过申森。我从头看到脚，我发现申森居然是一个彻头彻尾的正人君子，凛凛一表。他的身上没有任何蛛丝马迹可寻，连一根杂毛也找不到。当初，申森喜欢上我妹妹的时候，我还以为癞蛤蟆想吃天鹅肉。现在，我觉得我妹妹并不是一只天鹅。申森每次赞扬我的书法独树一帜别具风格的时候，我妹妹总是十分激动。她以为世界上推崇我书法的人，不仅有她，还有申淼。所以当申淼说争取以书法家协会的名义举办我的墨展的时候，我妹妹差点亲了他。

申淼没有争取到书法家协会的支特，但是他想争取我妹妹。

我说："你听着，申淼。世界上没有无缘无故的爱，也没有无缘无故的恨。如果你爱我妹妹，你不能再在她面前谈论我的书法，我不允许你以谈论我书法的借口亲近我妹妹。你凭你自己的本事得到她，我祝福你。我和你之间，谁比谁更卑劣？我妹妹不久将会做出判断。"

申淼说："我不怕你!"

我说："我不需要你怕我。我也不需要你尊重我，或者承认我。我们同是书法家，对不？但你这个书法家是被人承认的，而我没有。你的书法被人们认为是正统的标准的书法，而我的连字都不是。"

申淼说："我没有认为你的书法不行，童贯。什么时候我都认为你的书法是一流的，真正有创造性和有价值的。我只是说你为人卑劣!"

申淼走了。

剩下我一个人坐在杯盘如花团锦簇的酒店里。我的桌上堆着菜，还有四瓶啤酒。我们根本没有吃喝就吵起来，申淼空腹离开了我。我望着满满一桌酒菜不知所措。后来我把酒喝了，把菜倒进服务员提供的塑料袋里。菜装了满满四个塑料袋。我把四个塑料袋一分为二，用两只手提着。后来我把右手的两袋送给在酒店门口像弃猫一样伶仃孤苦的老乞丐。老乞丐涕泗横流望着我，感动得我真想把左手的两袋也给了他。但是我没给。我离别老乞丐，用空着的一只手报答他遥送我的目光。

后来我就是用这只手打了我妹妹一记耳光。

华灯初放。我的脚走过城市一组比一组灿烂的楼群。千万只脚缩在楼里，千万只脚走在楼外。我经过电影院门口，我看见至少有一千只脚从映厅里面走出来，又有一千只脚正准备从映厅外面走进去。他们是看电影的人的脚。电影的片名正是被人们认为是我写错了的《周恩来》！这部电影已经放了两个星期，并没有因为我写了"错"字而影响票房价值。相反人民越来越多地涌进电影院。人民的泪水在影院里流成了河，我甚至还听见悲恸的啼哭声响亮在外出的人群里。

于是我干涩的眼睛，也不禁流出酸楚的泪水。我听见我紧迫的心跳，如十六年前中国失去一位慈厚的伟人那个凄风苦雨的夜晚急骤的雨点。那晚我十岁的心灵扑棱在雨点里。我敲打雨点，雨点也敲打着我。我幼稚的小手指向夜空，天空现出三个苍茫的大字——周恩来！那个夜晚，我学会写了这个名字。我敬爱这名字，十六年来我反复吟诵这名字，我决不会写错它。

这个时候，我看见了我妹妹。

还有申淼。

申淼和童丹仿佛一棵橡树一棵柳树植在一起。柳树偎着橡树。柳树是我妹妹。我走过去，我很远就叫："童丹！"童丹和橡树分开，向我跑来。"哥哥！"她说。我看着我妹妹欢喜的脸庞，说："跟我回家，妹妹。"

童丹摆首："不嘛，我要看电影。"

"和谁？"我说，"那个家伙么？我瞭着申淼。"

"他是申淼。"

我说："我知道。现在你已经没有必要和他来往。"

"为什么？"

"因为，"我说，"他是一个混蛋。"

童丹："你们吵架啦？"

我说："没有。我们只不过商定把友谊的岁月转移到下一个世纪或者来生。"

"你们就是吵架啦。"

我说："是的，他骂了我。"

"他骂你什么？"

"他骂我是个畜生。"

"不会的，"童丹说，"他不可能这么说你。"

361

我说："我是你哥哥，你是相信我，还是相信他？"

童丹不回答。

我说："跟我回去。"

童丹说："不。我要看电影。"

我说我不同意你和那个家伙在一起。

童丹说："我喜欢他。"

"你没必要喜欢一个心黑如墨的小人，妹妹。"

"他不是小人。"

我说："你回不回去？"

"不。"

"那么，你不要叫哥哥。"

"哥哥!"

"我不是你哥哥。"

"你不喜欢周恩来，我喜欢!"

我看着童丹。

"你把周恩来的名字写错了，"童丹说，"把气撒在我身上，我不理你!"

然后，我一掌扇过去。

"你……打我？"

"我打你了。"

童丹扭头跑向申淼，申淼接受她。她是抹着泪水走进的电影院。电影还没看，她先哭了。

我激动地看着我的手掌，那时候，我的整个愠怒运集于我的手掌之上。我的眼光守着它。我长长地盯着每一根都曾在我妹妹脸上留过印痕的手指，我听见手指发抖的声音如旋荡空谷的排箫幽婉地飘入我的耳际。那时候整个世界的植物、他物都在跟着我的手指颤抖。我听见万物的声音。我打了我亲爱的妹妹，我甚至还听见打击的声音如山河断裂的巨响轰然在我的脑海里骤大震荡。

我的手耻对妹妹。

但是我不作写字状的手依然悬在半空，五根手指笔直地举着。

我的另一只手提着食物。

黑米不可名状地质问我："耐安怎么还不打胎？"

我说："我怎么知道？"

"你怎么做的工作？"

我说："我怎么做工作？我说你不打胎黑米就要上吊。他太爱你了，他不希望怀孕破坏你的体形。耐安，你太美了，他想让你永远美丽下去！"

黑米："你怎么能这么说？"

我说："我还能怎么说？难道让我说你害怕负责任？惧怕父亲的帽子像黑锅一样扣着你？你是个有影响有身价的人，一派壮男少女崇拜的偶像，你一旦结婚，将有多少女人为你自杀？"

黑米说："也不能这么说。"

我说："所以，我只能那么说。"

黑米说："你能不能换一种说法？比如说，'只有你打胎，黑米才会和你结婚。因为你不能腆着大肚子和一个著名歌星举行婚礼呀？'"

我说："可以这么说，但是我没时间。"

"你怎么啦？"黑米困惑地望着我，像盯着一个将他的签名吃进嘴里的观众。"你什么时候紧张得连要弄一下嘴皮子的时间也没有？"他说。

我说："现在。"

"你真的不能再帮我一次忙？"

"是的。"我说，"黑米，你可以雇别人。天下靠卖嘴皮子吃饭的人有的是，你不能老用我。"

"耐安最信任的人是你。"

我说："还有你。"

黑米笑。"她怀疑我不爱她。"他说。

我说："但是她认为世界上最可爱的人是你。"

黑米说："怎么样才能令她将肚里的胎儿打掉？你应该出个主意。"

我说："你给计生委打个电话，或者写封匿名信，告诉那里的干部，有个叫耐安的女孩未婚先孕，并且她想要这个孩子。计生委的同志知道了，绝不会放过她。"

黑米揪着我的脑袋，拨弄着："你真聪明，童贯！"

我要回自己的脑袋，注视黑米分离仍在抓握的双拳。我说："我不是生来就有智慧的人，黑米。就像你生来不是会唱歌跳舞的人一样。我们都是后天米养的，一种米养出两种人。我们是米的成就。"

黑米说："真是的，像你这样聪明绝顶的人，应该很有钱才是。怎么我就那么富，而你怎么就富不起来？"

我说："因为这个社会需要低级趣味的人，黑米。就像做菜需要味精一样，你是调剂生活的味精。所以，你比较畅销，我比较滞销。我的字难卖得出去。"

黑米说："那是因为你的字没有大众化。你应该像饭店或宾馆的招牌一样，字写得让人认得清，看得白。或者像我的歌，字字句句都吐得十分通俗易懂。"

黑米像撒下一串珍珠玛瑙。然后，黑米就走了。

那时候我俩坐在可以鸟瞰城市的三十一层高的楼顶旋宫喝着早茶。黑米走之后我还坐了很久。我孤独地品着早春的新茶，玩味着黑米留下的茶钱和语言。我俯瞰用钢筋和水泥建立起的城市，我的视野扑朔空蒙。这个早晨有雾。我在无雾的房里想着第一个把混沌的气体命名为"雾"的人，那个人是不是无名氏？

我没有想通。

后来，我离开茶桌和桌上的茶钱，在旋转的房宫里缓缓走动。我在出入口等电梯，一个如我妹妹清纯不如我妹妹漂亮的女招待追上来。先生，找你的茶钱，她说。她把剩余的钱递给我。我说不要了，赏给你。她说，谢谢，我不能收顾客的小费，先生。我说，这不是我的钱。这是刚才那位歌星的，黑米，知道么？知道！她说。我说，这是他赏给你的，他想你还可以化妆得更漂亮些，这些小钱给你买美容品。她说，真的？我说，我什么时候骗过你？她说，你是黑米的朋友？我说，我是他妈的朋友。

女招待还想问一句什么，电梯上来了。我进了电梯，我感觉女招待仍不无遗憾地看着我。我的项背骚痒燥热。

不久，我走上清凉、有雾的大街，我朝有吃有穿的地方走。我在每一个闹热的饭馆和商店都做短暂的停留，我见了每一个匆忙的老板和经理。我询问他们的第一句话总是：有工作么？十块钱以上一天的？

回答总是没有。

后来我发现我所以找不到工作，是因为我条件太高，再就是，我不是女的。

这个买卖的街市更需要女人。

现在我需要一笔钱。

很需要。

我继续在繁华的大街上寻找，我沉重、疲惫的双脚像两只走过沼泽的牛的前蹄。我不知道哪里有草和草绿色的平原。我走啊，走到一个卖鲜菜的市场。我劳累的身子靠在一面斑驳的墙壁上。

后来我发现这是一面厕所的墙壁。

这个厕所没有收费的守卫，只有匆匆走进悠悠走出的男女。

我奇怪这个厕所怎么没有守卫。

我找到管理市场的工商员。我问他，厕所没有人管么？他说，管厕所的人死了，前两天。是个老头。我说，难怪厕所这么脏。他说，你是谁？我说，一个想走出象牙塔体验生活的作家。作家？是的，就是用笔在纸上编故事较有智慧的那种人。他说知道。什么事？我说，我现在正在写一部小说，其中有一章写到厕所，找不到感觉，想体验体验。他说，不行不行。我说怎么不行？他说，作家怎么能干这个？我说你不懂，作家要创造什么人物，他就得过什么人物的生活，假如我写一位商人，我就得假定自己是位商人。这样写出来的人物才能真实可感、栩栩如生。现在我写的是一个看厕所的青年，我得是这个青年。这个青年的父亲恰好也是看厕所的，也死了。我是他的儿子，接他的班来了。工商员说，我懂了。

"理解一个作家不容易，你能理解我很高兴。"我说。

"你看吧。"

"看厕所多少钱一天工？"我说。

"只要保持厕所清洁，收入全归你。"

"不交公？"我说。

"连税也不用你交。"

"为什么？"

"因为，你是个作家呀。看得出来，你是个好作家，作家现在都关在屋子里胡编乱造，而你没有。尤其青年作家深入生活更是不易。"工商员很懂文坛的样子，流利地说。我说谢谢。

"进厕所的人一人一毛，"他说，"你给他（她）一张纸。厕所分男厕所女厕所……"

我说："懂了。"

"一天大概有三百人从这里进进出出，各色各样的人都有。"他说，"你都可以观察他们。"

"我正为此而来。"

"那么，你就辛苦吧。"

我说："我什么时候可以开始工作？"

"如果你乐意，现在就可以。"

我乐意。

于是，工商员移交给我一张桌子、一张凳子。我坐在凳子上，看着桌子。我拉开桌子的抽屉，看见一把剪刀，一叠叠剪得方方正正的草纸。这是逝去老人的遗物。我拿起剪刀和草纸，我把草纸分放在两边的桌面上，剪刀搁在桌子中间。我抚摸着那把剪刀。

我在厕所门口掂量我坐定之后收入的第一毛钱。

这一毛钱是一个女人给我的，一个三十岁的少妇。她走过来，牵着一个小男孩。母子俩走进厕所，在我守候的桌子前面，少妇给了我一毛钱。然后，小孩进去了，少妇没进去。那时候，整个世界的空气都凝固了。我感觉少妇仿佛认识我似的，她立着不动。我尽量把脸往下压，几欲埋进抽屉里。我回忆着我与生俱来认识的所有年轻女人和所有如果活着也都变成了女人的女孩，我的脑海像过电影似的掠过她们的名字和面貌。越想我的头埋得越深，我觉得一个个都像是这位少妇，她们正排着长队，朝着我看管的这口厕所纷至沓来，并呼唤着我的名字——那时候整个社会仿佛律动着她们的步伐和充盈着她们的声音。我坐对她们，收她们的钱。然后她们鄙夷的目光烧着我，我像一捆重大的木炭，在料峭的春寒中寂静地焚烧。

事实上我想错了。

没有谁看我或认识我。

少妇是在等她的儿子。

小男孩出来了，跑向他的母亲。少妇牵着她的儿子，掉头走了。

我望着离去的少妇，一种如目睹海豚的感觉涌上心头。她很像是一只海豚，婀娜地，游进人海里。

一毛钱这时候在我手上，已经捏出了汗水。

后来，我又收入第二毛钱、第三毛钱……一块……两块……十块！

等到二十元钱像一堆树叶积累在我眼前的时候，我的睫毛如沾满露水的黑草，潮湿泽润。

我无法漠视金钱。

天黑了，我清洁完厕所，把钱带回家。我妹妹接过我轻盈而饱满的口袋，以为是毛线。她说过要为我织一件毛衣，但是我说毛线我要自己买。她以为我把线买来了。她打开口袋，看到了零碎的纸钱。她发傻地看我。

"哥，哪来这么多钱？"

我说："单位发的。"

童丹不再问我。她默默地把饭菜端出来，饭菜的香味飘进我的鼻孔。我说，我要洗个澡。妹妹把菜放进暖锅里。我进了洗澡间。水管的水哗哗奔流，我任冰凉的水清洁着我的肤肌和毛发。我奇怪春水洗濯我身躯的时刻，我居然不感到寒冷。

后来，吃饭的时候，我妹妹问我："今天怎么回来这么晚？"

我说："加班。"

童丹说："加班有加班费么？"

我说："我拿回来的就是。"

以后的数天里，我每天都回来很晚。每次，我都带回一包钱。童丹说："哥，单位发给你的怎么尽是零钱？"我说："不知道，他们大概认为零钱能增强富足或丰收感。所以他们都把零钱给了我。"

"太欺负人了！"

我说："能得零钱就不错了，妹妹。难道你不知道现在我在单位里是需要改造的人？改造我还发给我奖金，这在'文革'是没有的。零钱也是钱，只要是真的。"

童丹看着我，缄默。

直到有一天，妹妹在市场的公共厕所找到了我，她哭了。她发出如手足被斩断了般的号叫。她推翻了我赖以依托物质的桌子，撕扯着从桌面上飘散在地的落叶般枯黄的纸币和草纸。我抓住她悲愤的手指。我警告她不要胡闹。"妹妹，不要胡来！"我说。

童丹的手在我手里扭动挣扎，不想作罢。

我说："你觉得我很丢人，是吗？我使你失去了在这个世界上做人的面子？那么，以后你不要到这地方来。"

童丹说："我要你回家，马上回家！"

我说："不。"

"你为什么要干这个！为什么？"

我说："因为这个工作有意义，它比把我关在屋子里写检查有意义。我需要改造，这个地方能改造我的思想、净洁我的灵魂。这个工作使我自身有了价值。"

"没有人要你干这个！"童丹说，"单位只让你写检查，没叫你看厕所。我到你单位去过了，他们说你……辞职了！"

我说："我没辞职，是他们把我开除了。因为我不听组织的话，不坚持上班、读报，更重要的是，我没承认我写了错字。"

童丹说："你为什么不承认？"

我说："因为我没有写错字。这个问题我已经反复跟你和很多人声明过了，我没有写错就是没有写错。就像有人如果认为你设计的服装扣子的位置标错了，可是你根本就没有错，你怎么办？"

童丹说："如果这个人是我的经理或者买主，我就承认我错了并改动它。"

我吃惊地望着童丹，就像吃惊地望着艺坛上崭露风华的又一位新人，我说："你令我刮目相看，妹妹。"

童丹说："做人有时候就得放聪明点，不能太固执。"

我说："我没有你聪明，妹妹。所以这么些年来，我老是受难吃亏。"

"你需要钱，我给你，哥哥。只求你别干这下贱的活。"

我说："我不能听你的，妹妹。"

"你怎么像耐安一样执迷不悟？"童丹说。那时候，童丹是第一次在耐安甩了我之后，和我谈起耐安。

我说："耐安怎么样了？"

"她怀孕了，而又拒绝流产，"童丹说，"时装公司把她开除了。"

我说："是么？你知道她怀的是谁的孩子？"

"黑米的，还有谁？"

我说："她一定是很爱黑米，才不肯把胎打掉。"

"她是想诈黑米的钱，"童丹说，"或逼他和她结婚。"

"不是的。"

"你怎么知道不是？"

我说："我了解她。"

了解？童丹笑。"难道你比我还了解耐安？"她说，"我认识她多久？你认识她才多久？难道我不比你更了解她？"

我说："是啊，说得对。你认识耐安十年了，就像我认识黑米的时间一样长。我认识耐安才一年多，还是你介绍认识的，而且刚认识不几个月，就被黑米看上了。"

童丹说："所以你没资格说你了解耐安。"

我说是的，就像你没资格说你了解申淼一样。

童丹说不。

我说："我们谁也别说谁掌握别人，也别说谁比谁高贵或低贱。人没有贵贱之分，只有男女之别。这是谁说的？"

"毛主席或者雷锋。"

"所以童丹，"我说，"别以为你的看法是正确的！耐安拒不流产是想诈黑米的钱。我看守厕所是堕落。我们谁也说不明白谁谁这样做究竟为了什么，谁谁怎么做为什么这样做，只有谁谁自己心里明白。"

"那么，你这么做为了什么？"

我说："我自己心里明白。妹妹。"

有一天，我在去美术馆交钱的路上遇到耐安。我的墨展需要交四千块钱场租费，我去交钱。这是整座城市最宽阔、自由的道路。我在路上如一名弃暗投明的青年，我的衣兜里都是钱。现在我的积蓄都带在身上，我的步伐如一匹驮着货品的马的铁蹄，沉重地走在夏日的上午温热的道路上。

这样的时刻耐安竟还在腆着五六个月的孕肚坚持散步。她从我的前面走来，撑着一把蛋黄色的阳伞。阳光洒在伞上，伞和伞下的身材像一株茁壮的蘑菇活动在一片阴影之上。阴影接近我。我不敢相信即将与我擦肩而过的臃肿的孕妇是昔日我倾心爱慕的娉婷艳丽的耐安。

"耐安。你好。"

耐安说："你好。"

"你变得使我差点不敢认了。"我说。

耐安说："是吗?"

我说："你变得很……雍容。"

"你为什么不说臃肿?"

我说："臃肿是贬义词。"

"你不想贬我?"

"是的,不想。"

"我被时装公司开除了,你知道吗?"

"知道,"我说,"我妹妹告诉我的。"

"童丹还说了什么?"

我说："她除了说你勇敢,可尊可敬外,什么也没说。"

"你怎么看我?"

"你希望我怎么看你?"

"我希望你和别人不一样,"耐安说,"别人都以为我是想诈黑米的钱,我希望你不是。"

我说是的,你不是。

"计生委的人三天两头来逼我,"耐安说,"我快要……塌了,童贯。"

"你绝对抵抗不过计生委的人,耐安。"我说, "他们是一支骁勇善战的军队。"

"你知道是谁告诉他们说我怀孕了么?"

我说："是我。"

"不。"耐安摇头,"不是你。"

我说："真的是我。是我唆使黑米这样干的，我出的计策。"

"为什么这样？！"耐安瞪着我。

我说："我不知道。也许为你好。也许是为黑米好。"

"不，你不是为我好。"耐安说，"为我好你不会出这种毒计让他们像围攻一只鸡一样引诱我，威逼我。"

我说："我以为这是两全其美的办法，耐安。因为我不愿看到你做未婚母亲，也不愿看黑米如无毛之犬。黑米是一只万人宠爱的狮子狗，他要是容忍你把孩子生了，就像一只狗被人拔了毛。"

耐安说："我就要生，偏要生！而且我还要向人宣布，这是黑米的孩子！"

"你这是何苦，耐安？"

耐安的眼睛湿成泪湖。

后来，我跟耐安说我得去美术馆了。耐安说："是你的墨展快开幕了么？"

"你知道我要搞墨展？"

"我刚从美术馆那边过来，我想你的墨展快开幕了。"

我说："交了钱就可以开幕。我现在是去交钱。"

耐安说："墨展还交钱？"

我说："你说现在办什么事不花钱？"

"要交也用得着你交么？"

"我不交谁交？"

耐安说："主办者呗。"

"主办者是我自己。"

耐安苍凉地看着我，像看着一只狗。我说："我真可怜，是吗？那么庞大的中国居然没有一家单位肯为我主办一次墨展。所有的机构都拒绝我，袖手旁观。好像我所做的一切不是为了弘扬中国书法和民族文化似的。"

耐安说："那你干吗还要办墨展，既然他们不承认你？"

我说："这个问题就像你为什么一定要非法生育一样。"

"你相信墨展能成功么？"

我说："我没想过我会失败。"

"预祝你成功，童贯。"

我说："谢谢。"

我们分手。耐安的孕肚从我眼下晃动经过，如同一只丰腴的天鹅浮过深沉潋滟的湖水。我的眼睛静止，而目光荡漾，我感觉仿佛正有一名老练的渔民站在结实的船上，张网而待。

谁是那渔民？

我来到美术馆，那名虚幻的渔民还在令我思想着：谁人将能捕获耐安，并钳住她美丽的羽翼，解剖她孕着生命的母腹？

后来，当我把钱掏出来，想交给一名出纳的时候，我的思想仍在脑里回旋。

出纳说："展厅的租金已经有人替你交了。"

我说："是谁？"

"他们没有留下名字。"

"他们？"

"一男一女。"

"那男的是不是很温恭敦厚？" 我说。

"是的。"

"那么，那个女的一定是很漂亮清纯了！"

出纳说："你知道是谁了？"

我说："女的是我妹妹，男的是我妹夫。"

"你妹夫真不错。"

"是呀，他使我省掉了一大笔钱。"

"四千元。" 出纳说。

我按捺交不出去的钱钞，望着表示祝贺的出纳，说："你遇到过像我妹夫这样或比我妹夫更真诚朴实的人么？"

出纳说："少见。"

我说："我毕生也只遇这么一个人。"

"你妹夫是不是很爱艺术？"

我说："他第一爱艺术，第二才爱我妹妹。"

出纳说："爱屋及乌。"

我望着很有文化感的出纳，羞涩地收起了钱。后来，我把钱存进银行。存折上写的是我妹妹童丹的名字。

我把存折交给童丹是在晚上。整个夜晚我妹妹没有离开家门，我跟她说，我有一件重要的事情要让你懂得。童丹说，什么事情？我说，吃完饭我告诉你。吃完晚饭，我还是没有把事告诉童丹。童丹期待着，那种期待只有背着人做了好事而又不甘不被人知道的人才会有。她不满十秒钟看我一次，那眼神很希望知道我已经知道她和申焱做了一件好事，她希望我告诉她的就是这件事情。我偏偏不说。我想我不说她一定会自己说出来，那么我妹妹在我心目中至少还是个清洁的人。但是她也不说。我等了她四个小时。后来我取出存折，交到我妹妹手上。我说，我想你该出嫁了，妹妹。这些钱给你买嫁妆，随便你嫁给谁。

"哥，你这是什么意思？"

我说："我的意思是，你的婚姻你可以自由作主了，我不干涉你。"

"真的？"

我说："你想嫁给谁都行，只要你愿意，而对方也想娶你。"

童丹说："我要嫁给申焱！"

"那你就嫁给申焱吧。"我说。

"童贯墨展"四个耀眼的大字是我自己题的。我把它写在纸上，然后用剪刀剪，贴在一块红布上。红布招展出去那天，艳阳高照，灿烂的阳光映在红布上，像飘扬在解放区天空的一面红旗。

这样的日子应该有许多人像汇聚在旗帜下一般同我站在一起，我头顶上的红布——艺术的旗帜也同样染着生命的风采飘扬在城市的天空！

没有人像水一样朝我涌来。因为我不是名流。黑米如是说，"如果你是名流，就会有大大小小的溪河朝你涌来，抬举你，壮大你。但是你不是。"

我给上百个名人发去了请柬，除了黑米和申淼，一个也没有来。

黑米是来人中最著名的。

我说："你的到来，给我的墨展增添了喜剧的色彩，黑米。一个歌星尚且喜欢书法，何况别的什么人？"

黑米说："你是真糊涂，还是装蒜？我来是为了欣赏你的字么？"

"那你来干什么？"

黑米说："我是来给你擦眼泪的，我想你可能会哭。"

我看着申淼："你也是来看我哭么，申淼？"

申淼说："我是来给你当帮手的。我想你应该有个帮手。"

我说："不该帮的你帮了，该帮的就不用你帮了。"

黑米说："话怎么能这么说？"

我说："你不明白，但是申淼明白。"

申淼说："对不起，童贯。书法界的前辈们我都一一去请了，但他们都不肯来。"

"因为我没钱请他们是么？"我说。

"不全是这个原因，"申淼说，"因为平时你对他们不恭敬。"

"所谓恭敬，"我说，"就是要拜他们为师，做他们的门徒，隔三差五去拜望他们一次。是不是？"

"是。"

"你是不是这么做的？"

"我不这么做我还能像你这么做？"申淼说。

我说是啊，所以你的墨展开幕的时候所有的名人都来了。所有的名人都是你的老师，你也因此都成了他们的名徒。

申淼说："我有我的法则，你有你的法则。别以为你的法则是对的，而我的法则是错的，童贯。"

"不，"我说，"你的法则是正确的，因为你的法则是现实的。"

申淼说："既然你认为我正确，那么你不应该藐视我。"

"我错了。"

我正视申淼，那时候，白亮的阳光使每一个站在天底下的人变得鲜明。我看着鲜明的申淼，至少他的脸是鲜明的，因为那时候他正仰望着一只鸟。鸟使一张景仰它的脸，洒满了阳光。

黑米着着我，又看着申淼，突然大笑。

我说："你笑什么？"

黑米说："墨展没人来不就是因为没钱么？我给你钱，童贯，别气馁，我资助你把墨展搬到北京去。只要你在北京出名，就是全国出名了！"

我说："你能么？"

黑米说："我能。"

我相信黑米能，因为他有钱。他足以支持我把墨展搬到北京去，请来中国著名的书法家们或者党政官员给我题词，把墨展搞得轰轰烈烈。

我说："你能提供给我多少钱，黑米？"

黑米说："你想要多少给你多少。"

"我想要十万。"

"那就给你十万。"

黑米脸上露出喜悦的神色。

黑米又一次把十万挂在嘴上，是在某些个观看墨展的小观众提出要我现场表演书法之后而还没有看到之前。申淼去准备纸和笔墨。黑米把我拉到一边，说："说定了，十万？"

"十万，"我说，"现在只取决于你给不给。"

"我能不给吗？我们朋友这么多年，你还是第一次张口朝我要钱。"

我说："不是张口，而是伸手。"

黑米说："这么说，你是很需要这笔钱了？"

我说是的。

"我可以提个条件么？"

"你提吧。"

黑米说："其实我不说你也明白。耐安的事你还得亲自出马，跑一趟。"

"如果我不干呢？"

"那十万元钱就不给你。"

我说："你有点像布什，黑米。如果中国不讲人权，就不延长中国最惠国待遇。"

"耐安拒不流产很使我烦恼，你知道我不想做父亲。"黑米说，"耐安私自怀孕是想诈我的钱，或逼我和她结婚，我决不能迁就她！所以请你不管采取什么方法，也一定要使得她堕掉肚里的胎儿！"

我说："那也是你的胎儿呀，是你的种。而且胎儿现在已经成熟，快要出世了。"

黑米说："正因为是我的种，我才坚决要堕掉它！为此我可以不惜重金。"

"你以为我会领受你的钱么？"

黑米说："你会的，你不会不会。因为你想出名，想成功。你敢说你不想么？"

我说："我想。"

"只要你想，就没有你不想领受的钱，也没有你想干而干不成的事。"黑米看着我，像看着一名贫穷的士兵。

我说："我接受你的条件和钱，黑米。"

申淼这时候已准备好纸和笔墨，远远地招唤我进展厅去。我走进展厅，我的书法作品挂满四面50米长30米宽的墙壁，寥若晨星的观众阅览着它们。后来，把人们吸引过来的，是地面上铺开的八公尺长五公尺宽的宣纸，宣纸旁是一杆如帚的大笔和一盆墨水。我没有操起大笔，我端起那盆墨汁。我看着如雪地的宣纸，我手上的墨汁像一股黑瀑泼出去，泻在纸上。墨汁像海潮一样在纸上漫开，我扔了墨盆，操起大笔，这时候热烈的许多目光凝聚在笔上。笔像一条游龙在纸上肆意腾挪滚拉，这时候我已不知道是笔带着我走，还是我牵看笔动。但是我必须奔跑，才赶得上如龙蛇运行的大笔。

后来，笔戛然终止在某一点上。

一片黑茫呈现在人眼前，一个随心所欲的字跃然纸上。

有人说："这是什么书法？"

"意象派书法。"

"谁创造的？"

"我。"

"这是什么字？"

"这是'海'字。"

"'海'有这么写的么？"

"有，我就是。"

"你是谁？"

"我是童贯。"

"为什么这么写字？"

"因为，我是童贯。"

"童贯，你什么也不要说。我知道你想说什么。你每次找我除了说因为你关心我，不想让我做未婚母亲，你还能说什么？"耐安坐在一张沙发上，为了舒服我特意找了席座是沙发的酒楼，那时候耐安的肚子已经十分硕大。她的眼睛凹陷，脸上长着雀斑。我奇怪曾经多么动人的脸和眼睛，为什么在数月之间衰变得如此之快。

我说："我找你不是因为我关心你，这次不是。我找你是为了我自己。有件事我想让你知道。"

"什么事？"

"我失败了。墨展。"

耐安望着我。

"我真傻，"我说，"其实我早应该料到，几千块钱办一个墨展，而且想获得成功，简直是无稽之谈！"

"是你作品本身不好，还是钱不够？"耐安说。

我说，是我不好。"我太天真，我以为只要作品写好就够了。结果没有一个人肯为我的作品叫好，名人们不肯，记者更不肯，他们连来看一眼都不肯。名人们因为平时我对他们不恭敬，记者因为我太吝啬。可如果我要是识相一点和出手大方，情况就会不一样。可是两点我都做不到。"

"为什么？"

"因为我没有拜师的习惯，第二因为穷。这一点你懂。"

耐安说："我懂。"

"听以现在有一个人要出资十万，赞助我重新办个墨展，到北京去办。"

"谁？"

"黑米。"

"黑米？"

"是的，他想报答我。"

"报答？"

"是的。"我说，"我替他除掉了心腹之患——我使得你打掉了肚里的胎儿，如果你愿意。"

耐安呆呆地瞪着双眼。

我说："你一定不会愿意的。黑米以为只要钱能诱惑我，我就一定能说服你。他是做梦。十万元钱对我来说如一堆粪土，耐安，我宁可从厕所里赚钱，一毛一元地日积月累，也不要黑米的甩手十万！"

"不，我……愿意。"

耐安声泪俱下。

"耐安，你怎么了？"

"我没什么，我明天就去引产！"

我说："你如果是为我做这种牺牲，我承受不起。但如果你是为你自己，或者黑米，我同意。"

"我不是为你。"

"那么由你吧。"我说。

"你能陪我一起去引产么，童贯？"

那时候，一顿丰盛的酒宴只有我一个人在吃，耐安无动于衷。

我们离开我们居住的城市。耐安说，她不愿意她腹中的生命，死在城市。

耐安和我乘上下乡的汽车，是在她决意堕胎两天后的上午。

老旧的汽车在没有柏油的道路上奔跑，车子载着我们，也载着下乡的旅客。旅客中大部分是乡下人，从他们的衣冠和行囊看得出来，多数人以汗巾为扇，采取着风凉，或以斗笠为屏，遮挡从窗外灌进的阳光和尘土。我们没有汗巾和斗笠，我们有伞和报纸。伞和报纸都折叠在行包里。局促的车厢里不能撑伞，后来我把报纸掏出来，作屏扇两用。耐安手持的报纸是屏，我持的是扇。屏扇遮挡着阳光、尘土和纳来风凉，伴随着我们行进在颠簸的长途。

后来，我们看见河流。

再后来，我们就看见山。

爬上一座山，再穿过一条深长的狭谷，我们就到了一个乡。

这个乡是我们在地图上随便选的。

这个乡叫百马乡。

我没有看见马，但是我看见了马一样勤劳和繁忙的群众，在圩场上运动着，寻活或者交易。

这已经是下午时分耐安说如果再不到她就要死了的当口儿。

车子到了。

我向街口一个拎着大概有三斤瘦肉的乡干部模样的人打听。我说，卫生院在哪？他用空着的一只手为我指明了方向。他说，倒回去，过了乡政府，山坡下一排青砖红瓦的房子就是。我说谢谢。然后，我们跟着瘦肉走。拎着瘦肉的男人走在我们前面，耐安看见肉就要呕吐。我说，往上看，别平低着头，仰望。耐安仰望，但是西斜的阳光又正好照在她的面子上。耐安头晕目眩，趔趄着即将歪倒。

我支持着她。

现在等待瘦肉消失或走远，成了我唯一的盼望。我让耐安靠在我的肩上合一下眼。后来瘦肉进了乡政府。我说，耐安，现在好了，我们走吧。耐安说，不。我说，目标不见了。耐安平头前望，果然乡道清白。于是我们接着行走，过了乡政府，果然看见一排青砖红瓦房，座落在山坡下。

诊治耐安的，是一位女医生。或者说，是一位姑娘。她年青，但是不漂亮。

耐安说："我要引产。"

"姓名？"

"耐安。"

女医生在一张单子上记着。

"省城来的？"

"是。"耐安望着我。"我未婚夫。"她说。

女医生轻蔑地看了我一眼。"职业？"

"我？"我说。

"不。她。"

"模特，"我说，"过去是。"

"年龄？"

"二十四。"

"妊娠？"

我问耐安："妊娠？"

耐安说："九个月。"

女医生在单子上记着。后来，她把单子递给我。"交钱！"她说。

我接过单子，看是张住院通知单。单子上角"非婚孕"文字，比任何字都大。我不知道这么写意思是什么？后来我无庸置疑被缴了五百元钱，我明白与"非婚孕"有很大的关系。

我忽然想起那些活在城市而没有城市户口的孩子，当他们上学的时候，学校总是让他们缴纳比正规的孩子高数倍的学费，其实与非婚的人流没有多少区别。

但只要缴了钱，就可以做人流，就像缴了钱就可以上学一样。这一点，我觉得比许多国家优越。

耐安如果活在美国，只有做母亲一条路。

我把手续办完转到妇产室看耐安的时候，耐安已经被注射了催产药，把衣裙整好了。

针剂是直接从腹部插入注进子宫的，耐安后来告诉我，那时候她已经被安顿在大病房里。病房里大概有十五个床，每个床上都躺着一个待产的孕妇。隔壁还有很多，我估计是计划生育突击月把她们攒在了一起。"医生说得过十小时，"耐安说，"或许更长一些。总之在天亮前我就产了。"我说："是吗？产罢你我就轻松了。"

"童贯，对不起。我说你是我未婚夫。"

我说："没关系。本来我就一直渴望着做你未婚夫，只是没机会。"

"不，"耐安说，"我已经不配。"

我说："耐安，你以为只有处女才配得上我吗？对我来说，或者说在我心目中，你是最贞洁的女人。没有谁比你更具有贞操了！"

"你真的是这么看我？"

我说："我什么时候用别的眼光看过你？"

"你没有。"

耐安搂抱我。那是我们相识以来第一次拥抱。"我爱你。"耐安说。

我说："我也爱你。"

那时候，病房像教室一般肃静，所有的孕产妇注视着我们，像凝望老师上课一样倾听我们的交谈。她们是多产或满生的母亲，丈夫使她们又怀孕了，于是乡（村）干部催她们到这里来，她们就来了。她们不需要男人陪同，所以她们一眼就认出我们是城里人，而我是使耐安怀孕的男人。但她们不明白，城里人怀了孕，为什么要到乡下来。这是使她们感到迷惑的，所以她们很注意我们。

后来，我告诉女医生说，我们之所以从城里到乡下来，是因为我们觉得乡村宁静。

女医生冷冷地笑道："我懂。"

我说，我以为你不懂。

那时候，我就在女医生的房间里，我去向她借一样东西，准确地说，是借一只脸盆。病房里的脸盆都很脏，而且只有三个。我们想医生的脸盆可能干净些，于是我就去朝认识的女医生借。女医生的房间就在离病房不远的相对独立的一排平房里。她独居一室。

"肖大夫，你好像不是本地人？"

"你知道我姓肖？"

我说："我还知道你叫肖凤华。"

"我告诉过你？"

我说："你缴费住院单上的签名很漂亮。"

"噢，"她说。"我不是本地人。"

"分配来的？"

"是。"

"在学校表现不好？或者是，表现太好？这两种情况都有可能分配到最艰苦的地方来。"

"你叫什么？"

"童贯。"

"干吗现在才来？"

"借脸盆么？"

"不，流产。"

我说："耐安很任性，她不想做模特了，所以任由胎儿孕这么大。"

"为什么不结婚？"

"结不了。"

"没房子么？"

我说："没爱情。"

"是她不爱你？或你不爱她？"

我说："是将她肚子搞大的人不爱她。"

"这个人不是你么？"

"不是。"

"我以为是你。"她说。

然后，她把脸盆借给我。

临走的时候，我说："耐安不会有什么……危险么？"

她说："你放心，我们妇产室六个人，有四名大学生。我本人中山医科大学毕业，七年制。"

我说："难怪，你那么有魄力。我是真的、由衷想恭维你，肖大夫。"

肖凤华说："耐安宫缩的时候，把她送到产室去，今晚我值班。"

我说："谢谢。"

耐安规律地发生宫缩，是在我苦苦等待的下半夜。那时候我坐在耐安床前一只小矮凳上，坚守着。蚊虫已吸饱了我的鲜血。耐安曾要求我到床上去，我不肯。我说，床太小，容不下两个人。耐安说，挤嘛。我说挤不了，蚊帐太窄。耐安默默不再言语。后来，她就在蚊帐内睡着了。微弱的灯光下，我在看着一本书。这是一本名叫《兔子跑吧》的小说。我看书的时候，蚊子就在我浑身上下嗡嗡飞舞。它们扑到我皮肤上，吸我的血。我曾一度试图驱赶它们，但是我发觉驱赶是徒劳的。于是我不再对蚊子动手。任由蚊子咬我，我默默地读书。《兔子跑吧》原来是一部写人的小说。"兔子"是一个人。"兔子"为什么跑？人为什么叫"兔子"？

我一面读着"兔子"，蚊子一面在吸我的血……

蚊子吸饱我血的时候，耐安宫缩了。那时候我即将读完《兔子跑吧》这本小说。"兔子"在和一个妓女幽会，他的妻子就家里酗酒。"兔子"的妻子把三个月的婴孩放进澡盆里以后，就把什么事给忘了。她烂醉如泥。等到她醒来的时候，她的儿子已经像一条死鱼泡在水里。"兔子"的妻子大惊失色。

于是，我仿佛听到"兔子"妻子痛苦失声的哀鸣从书本里传入我的双耳。书本是不会哭的，但是我分明听到嘤嘤的呻吟声来自我手中的书本。我抛开书本，声音忽然拉开了距离，从我过去端着书本的位置，退到床上。

这无疑是耐安的呻吟了。

我掀开蚊帐，我说："耐安，你怎么了？"

耐安说，我要生了！耐安说着抓住我。好疼！她说。我说，这是宫缩。宫缩说明可以进产室了。我送你到产室去。

耐安说，我会死么？我说，你不会死。我搀着耐安走。临到产室的时候，耐安说，我怕。我说，怕什么？产室里有最好的医生，有齐全的设备，还有血库里有血。耐安说，我不输血！我说，不输。万一输血，就输我的。

耐安进了产室。

肖凤华指引耐安上了产床，协助她的还有一名护士。然后肖说："你可以走了。"

肖是在说我。

我说："是。"

"童贯你别走！"耐安说。

我说："我不走。"

肖凤华说："请你出去。"

我说："是。"

"童贯，别离开我！"

我说："我不离开你。我就在产室外面。"

我走。肖凤华随后关上了产室的门。

我孤立门外。

自始至终，我没有再进那扇门一步。耐安在门内生产，我在门外散步。整个生产过程就像一幕广播剧。产室像一个庞大的音箱不断地传出耐安动人魂魄的嘶叫声。我期盼那声音赶快停止，或许稍微削弱。那声音折磨着我。我想象着耐安在产床上拼命挣扎的情景。也想象着二十八年前我母亲生我和二十四年前她生我妹妹时的痛楚。我母亲生下我妹妹以后就死了，那年我四岁。那时候我也是站在门外，我听到邻居的张婆婆呼唤我母亲用劲的叫声。我母亲使不出劲，张婆婆就使劲地叫："用劲！用劲啊，再不用劲孩子就死在里面了！"我母亲突然迸发出撕肝裂帛的嘶喊。我感觉到门狠狠地震了一下，那是我与生俱来听到的最惨烈的叫声。后来我听到有人说死了。仅仅是一瞬间，屋里传来了一声嘹亮的啼哭，那是一个小于我的婴儿哭声。我知道母亲死了，哭她的，是过后我认识的妹妹。

现在耐安的嘶叫声持续不断，使我感觉她比我母亲有力量。她不会死。那门不会因为她的嘶叫而发生震颤。唯一振动门的，唯有手。我期待启动门的那只手。谁将打开这扇门？

后来耐安的嘶叫终于停了，我对门的注意就愈加专注。我等待凝重的门豁然打开。我期望着进门去，把耐安抱出来。如果她需要，我还可以吻她。

门开了。

开门者，是肖。

肖凤华说："你不要进来。"

我说："为什么？"

"产妇还需要清宫。"

"那你为什么开门？"

肖风华表示她手中有一个纸盒："为这个。"

"这是什么？"

"棺材。"

"棺材？"

"一个男婴，死了。在里面。"

"你想把它……给我？"

"是的。"

"干什么？"

"埋了。"

"为什么？"

"因为，你没有交消埋费。"

"五百块钱不包括消埋费？"

"不包括。"

"你是作践我。"

"不。"

"你经常这样作践人么？"

"不。"

"我告诉过你，我不是耐安的使她怀孕的那个人。"

"这个我不管。"

"好。我埋。"我说。

一副纸盒到我手上。我说："哪埋？"

"坡上，那风水好。"肖风华说着给了我一把铁锹。

我接过铁锹。又抱着纸盒。这个时侯我感觉我有点像《地道战》里的一个民兵，在天光熹微的拂晓，去埋一颗地雷。

这是埋葬爱情的地雷。

我走上山坡，泛白的天空像尸布挂在山顶。死气弥漫的天空下，我是一个不戴孝的掘墓人。我为无辜的婴儿挖掘一只坟墓。这是黑米的儿子，是黑米和耐安的结果。黑米现在在哪？他的儿子已经死了。他八斤重的大儿子现在就躺在纸作的"棺材"里。我将亲手埋葬他的儿子。

后来，我掘地三尺。我渴望的深度如期而至。

后来，黑米对我说："干得漂亮，童贯！"
我没表态。

│ **作品点评** │

就我个人的审美情趣而言，我觉得凡一平的一些中短篇小说在审美表达上要更成熟些，在对人类欲望的展露和对人性的拷问上也更尖锐些。他的很多中短篇虽然也是着力于表现在各种欲望的陷阱中穷挣苦扎的各色人等，但在具体的叙事话语中带有更强的荒诞感和反讽意味，也更多地体现了作者自身的艺术智性和理性思考能力。在《随风咏叹》中，黑米、耐安和童贯这个既是朋友又是情敌的人物，围绕着金钱的魔棒不断地演绎着一些不可思议的故事。而在这些乖张的故事中，理想和爱情却成为被污辱和被损害的首选目标。

——洪治纲：《与欲望对视——凡一平小说论》，《南方文坛》2000 年第 6 期

回廊之椅

林
白

我看到过一张朱凉年轻时的照片，那是一张全身坐像，黑白两色，明暗分明，立体感强。照片中的女人穿着四十年代流行于上海的开衩至腿的旗袍，腰身婀娜，面容明艳。这明艳像一束永恒的光，自顶至踵笼罩着朱凉的青春岁月，她光彩照人地坐在她的照片中，穿越半个世纪的时光向我凝视。

这张四寸的照片被放在一个象骨相框里，相框的风格简洁明快，与照片相得益彰，只是相片已经黄旧，而相框还很新，房间的主人说：这相框不是她的。

她的声音充满了无限的怀旧和眷恋之意，就像一个垂暮之年的老人怀念他年轻时代铭心刻骨的爱情，这爱情是如此美好又如此富于悲剧性，使人至死不忘。

这是一个叫水磨的地方，六十年代曾经出过一位非凡的美人，她的倩影被印在大大小小的图片上，成为万众珍藏的偶像。这位美人主演过两部美丽的电影，得到总理接见，出访过一个文明古国，极尽绚丽与辉煌。后来美人遭受劫难含辱身亡，成为一个悲剧常年飘荡在水磨。

在水磨，五十岁以上曾经目睹过朱凉芳容的

作品信息

原载《钟山》1993 年第 4 期，收入小说集《回廊之椅》（云南文艺出版社 1995 年 8 月出版），1997 年译为意大利文出版，2006 年译为法文出版。

人无不认为，朱凉的美艳在那位女演员之上，朱凉是十个手指，那女演员只是一个手指。这是一个人的原话，说这话的人就是阁楼上的女人，这个形容肯定是言过其实了。

水磨与我的家乡在同一纬度上，在地图上看都靠近二十三度，所不同的是，我家乡的河水清澈见底，而水磨，它的河水永远被深红色的泥水所充满，它的河激情澎湃直抵越南，它的河就是湄公河。

这是一条我从小就深感诱惑的河，河边的高岸正是水磨，我作为一个过路人到达了那里。

我到达水磨的季节是秋季，确切地说，是十月二十三日。我对时间的感觉本来十分含糊，但我从二十岁起敦促自己每天记日记，把去过的地方和见过的人记录下来，这样，我二十岁以后所经历的事就不完全是模棱两可的，它们被凝固成文字，蛰伏在我的本子里。

十月二十三日中午细雨蒙蒙，天色像黄昏，气温像深秋，我穿着一件毛背心还冷得发抖，我想除了在此停留到气温回升别无他法。我贴着接近大路的低矮房屋走向水磨，在房屋与房屋之间的空隙中，我不时听见河水急速流动的喧哗声，我忍不住好奇地穿过两房之间的窄道，看到河中央耸立着几块巨大的红色石头，浑浊的红水从巨石上撞击而过，在对岸的山腰上方聚集，而在我的右首，一棵木瓜树高而直，颈脖上大大小小几十只木瓜层层绕着，凛然不可侵犯地在细雨中闪耀着青色的光泽。

这使我心有所动。

水磨有一种奇怪的菜叫四棱豆，质地像我家乡的阳桃，只是截面不是五角而是四角形，大小长短像一根略长的手指。我在一家小饭馆里吃了这奇怪的四棱豆炒酸菜，味道极好，吃得兴犹未尽，出了饭馆的门就东张西望，这样我就看到了那所庞大的宅园。

章孟达建于四十年代的宅园即使到了九十年代，也仍然称得上雍容大方、气度不凡、品格典雅。我站在大天井里向四面的楼台仰望，朱红色的楼廊三层四叠，有一种幽深、干净、拒人千里的感觉。我十分奇怪这里怎么会空无一人，虽然天色昏暗，但实际上才下午三四点，进门时我仿佛看到一块什么盐矿办公室的牌子，我想这里也许会有值班的人。

我从多个楼梯口中的一个往上走，我的脚踏在坚硬的楼梯板上，发出很轻却异样的声音。楼梯的靠墙的一面有一些木门，我猜想这是一条幽深隐秘、机关暗伏的地道的进口。我走上二楼。沿着环廊走了一圈，每个房间都上了锁，四周空无一人，这种确认使我顷刻感到四周异样的寂静。这种寂静是物质的，就像四堵灰色的墙，既厚又冰冷，不透风。

独自一个人，一个年轻女人置身于一座空无一人的大宅园，如果这只是一个电影镜头，出现在人头攒动的放映场里，也足以让我紧张得屏息凝神。当时我站在章宅空无一人的二楼回廊上，心跳加快，手心出汗，无边的寂静笼罩着我，使我魂飞魄散。

不知为什么我觉得这所宅园里肯定有人，正因为觉得有人才感到害怕，我想那人也许正在某个隐秘的窗口窥视我。有人窥视这个想象刺激着我继续往上走。

我往三楼走，一步都不敢停，因为一停下来就再也没有勇气，也没有力气走了，我已经被自己的想象吓得全身发软。

我走上三楼，一眼就看到了那只放在廊椅上的茶杯。

廊椅与楼廊的栏杆连在一起，栏杆就是椅子的靠背，这种廊椅我是第一次看见，它那种不可移动、一物两用、外形怪异、违反常规的特性我是后来才领悟到的。我首先看到那只青瓷茶杯孤零零地在暗红色的廊椅上，一只杯盖斜盖着，我闪电般地想到这里有人！与此同时我控制不住惊恐，尖叫了一声，我的声音在曲折的楼廊上乱撞一气，然后迅速消失在这机关暗伏的宅楼里。寂静重新虎视眈眈。我在三楼飞快地走了一圈，边走边喊：这里有人吗？我打算用自己的声音来壮胆，结果我听见这声音像一个患了哮喘症的老女人的声音，这使我越发胆战心惊。

三楼还是没有人。

没有人但是有一只茶杯放在廊椅上。我被一种神秘的力量推动着往四楼走。

四楼很奇怪地笼罩在一片温和的薄光中，楼底的阴冷诡秘奇怪地消失了，这使我安静下来，我想到今天可能是星期天（事实上确实就是星期天），而星期天是一个平凡的字眼，它像一个熟人迎面向我走来，使我感到某种安全。

我打算绕廊一周，但我突然看见对面楼廊的一个房间毫不掩饰地敞着门。

我问她姓什么？她后来告诉我，她叫七叶。

七叶生下来就被送了人，她在十四岁到章家当使女之前一直未能打听到她亲生父母的姓名地址。七叶十四岁那年，养父带她到水磨镇卖糠，顺便让她在圩市上卖掉十五个鸡蛋。

七叶卖掉鸡蛋就去糠行找养父，有人告诉她，养父刚卖完糠就被人硬拉去赌钱了，七叶就在糠行老老实实地等养父来叫她回家。

正好这天章家三太太朱凉的使女闯了祸，将朱凉的一条真丝手帕放在手笼上烤穿了一个大洞，朱凉闻到焦味赶到时使女正张着嘴呼呼大睡，这使朱凉对使女的厌恶忍无可忍，朱凉不止一次对老爷章孟达说这使女长得像猫。

朱凉坚决要换掉猫脸使女。

她带着管家在大街上乱找，眼睛专盯着十四五岁的女孩。她怀着找到一个好女孩的心愿穿过了鸡行、猪行、菜行、米行，最后在糠行停住了脚步。

就这样七叶在脚步纷纷、糠屑飞扬的糠行上迎来了她生命中的一个新纪元。她蹲在靠近屋檐的墙柱下，她看见一条黑色的裙子（那时候朱凉还未开始她的旗袍时代）从许多沾着泥、赤着脚的腿的缝隙中移动着。这裙子有一种说不出的洁净与高贵，柔软地散发着隐隐的光，在糠行的青石板上极像是来自另一个世界。七叶紧紧盯着它，生怕一眨眼它就消失在飞扬的糠屑中。

裙子慢慢移动，七叶看到了它的脚，它的鞋。当时高跟皮鞋已经在大中城市流行多年，七叶由于环境局限，却是第一次看到。这裙子和鞋在七叶的面前停了下来，七叶抬起头，看到一张美丽女人的脸正在向她迫近。

七叶被朱凉的眼睛一把抓住，她瞪着眼，看到自己被人从这个糠尘飞扬的下午提出来，一下放进那幢高踞河岸的红楼之中。她后来在红楼的记忆吞没了这个下午之前的所有岁月，她跟在朱凉身后，一步一步，轻盈如飞。

在后来的日子里，章孟达密谋反革命暴动，阴谋败露，从共产党的高参一变而为阶下囚，审讯科长陈农厉声问道：章孟达，你知不知罪？

章孟达：我有何罪？

陈农：十一月五日的暴动，是不是你策划的？

章孟达：什么暴动？

陈农：你不要明知故问。

章孟达：陈科长，在水磨地区，我作为开明人士，带头拥护共产党。我为贵政府做的事情，是有目共睹的，半年来我与政府竭诚合作，你也是我家的座上客，请不要对我有什么怀疑。

陈农：章孟达！你现在已经不是我政府的参议员了。你从策划暴动的那天起，就是我们的敌人，是水磨人民的罪人。

章孟达：陈科长，如果我的确策划了暴动，我愿承担责任。

审讯暂时结束，章孟达被送回一间没有窗户的屋子里关起来，这是一间曾经做过粮仓的屋子，充满了谷物呛鼻的气味。陈农的宿舍兼办公室就在隔壁。

陈农在陈年谷物的气味中用开水泡剩饭吃，他从窗口看到章家的七叶提着一个木饭盒走进来。七叶清秀、苗条，给人一种清爽之感。从前陈农常常进出章孟达家，每次都是七叶倒茶，有一次客厅里没有别人，陈农对七叶说，七叶你出来参加工作算了。陈农每看到有不错的女孩总忍不住要这样说。七叶却说，三太太对我好，我哪里也不去。七叶的眼睛又大又清，她看了陈农一眼就走了。陈农望着七叶的腰和屁股，既惋惜又失望。

七叶给章孟达送饭要经过陈农的窗口，七叶经过了窗口又折回，带着一身浓郁的米饭香和煎鱼香站在陈农的门口。陈农一面吸着饭菜的香味一面控制着自己，他咽下了一口自己的剩饭，看到七叶还垂着眼睛站在门口，陈农说：七叶，你进来呀！

七叶看着地上说：我不进，我给老爷送饭。

陈农望望饭盒说：我知道。

七叶又说：陈科长，你给开开门吧。

陈农说：你不进来，我怎么开门？

七叶仍不动。陈农说：章孟达现在是策划反革命暴动的头子了，你送的饭，是要检查的。

陈农拿自己吃饭的筷子在木饭盒里翻动，金黄色的煎鱼和碧绿的青菜以一百倍的浓香围绕着陈农，它们肥硕油光、婀娜多姿、咄咄逼人，陈农情不自禁地说道：好香的菜啊！

七叶不作声，她面无表情地看着陈农用他那双洗得不太干净的筷子把一条煎得好好的鱼捣了个七零八落。陈农边捣边说：我要看仔细，这鱼里面藏没藏字条什么的。

七叶看看陈农，说：陈科长，这菜，你吃一点吧。

陈农的筷子停在煎鱼上，他侧着脸，似乎等七叶再说一次，七叶没再说，陈农悻悻地敲了敲筷子，说：你，送过去吧！

到了下午，陈农又开始提审，章孟达吃了一顿好饭，又养了一会神，气色很好，面目从容，他自信地坐在审讯室里，目光平视，神情坦荡。

章孟达曾经对所有他接触过的共产党人夸口说，他章孟达是整个水磨地区第一个读马克思的书、第一个宣传共产主义学说的人。他建于一九四七年的四层大宅楼，正厅的门口就刻着这样一副对联：

人人有饭吃

个个有衣穿

在四十多年之后我路过水磨，还能在正厅的门口看到依稀可辨的刻痕。它们被刻在坚硬的木柱上，经历了天翻地覆改朝换代，被一层又一层的涂料所涂抹，而未曾消失。

章孟达的确如他所说读过马列的书，他念完高中就回家继承祖业，千顷良田和一个中小型盐矿使他成为水磨邻近几个县首屈一指的富豪。他日进千金、气冲牛斗，玩遍一切时髦的东西，他托人从上海弄来一辆九成新的轿车，买来手摇电话，买来全套餐具茶具，又按照最新最时髦的式样定做了茶几沙发各式家具，在四十二岁那年娶了县城有名的才女加美人朱凉当第三房姨太太，一切都是最好的。这时章孟达的弟弟章希达从省城的大学毕业回来，学到了许多崭新的名词，每次说话，嘴里不是社会主义就是无政府主义，眼里是不把这个在家的土老财放在眼里的。

希达每天穿着干净雪白的衬衣西裤，手捧一卷精装横排书，从二楼的回廊踱到三楼的回廊。三楼回廊的廊椅上，三姨太朱凉正独自倚栏，一袭长裙，一双素手，一杯上好的普洱茶，一本中式线装书（唐诗？宋词？抑或是《红楼梦》？李清照？薛涛？抑或是朱淑贞？），一双秋水满盈的眸子，目光里似怨似嗔，若虚若实。希达弄不清她到底是在看书还是没在看，他站在三楼回廊的另一头，隔着对角线的距离不远不近地欣赏她。

章孟达说：二弟，你不就是个大学生吗，没什么了不起，马克思的书，看了要杀头的，谅你也没这么大胆。章孟达暗地里让人从个旧搞了几本马列的书摆在床头，既杀了希达的威风，又赶上了世界的潮流，还领略了冒险的乐趣。

过了一年，省城的学生运动如火如荼，反蒋的浪潮一浪高过一浪，共产党的工作队开始进军大西南，章孟达才发现，这个时髦是很不好玩的。

陈农吃了一肚子剩饭，半个身子凉飕飕的，又滞又闷很不顺畅，面对脸色红润的章孟达，心里充满了仇恨。他恨章孟达竟如此坦然，恨他有三房太太有一个竟然还是朱凉，恨他被关起来还有人给他送米饭煎鱼，恨他连使女都这样不卑不亢。这样的日子不会太长了，陈农想。

陈农这样想着就把自己振作了起来，关于鱼与米饭的仇恨化作了广阔的胸怀。

陈农想，革命洪流就像巨大的岩石，而章孟达不过是鸡蛋，别看他现在圆滚滚饱凸凸的，说让他流汤他就得流汤。

陈农怀着自己是石头的坚硬想法与下午的章孟达对视，他目光严正尖利，要给章孟达的泰然自若以粉碎性的打击，他厉声喊道：章孟达！

后来章孟达的案子那么快就结案，那么快就执行枪决，固然因为章希达的告密，同时与他在这个下午对陈农一笑肯定不无关系。

章孟达对陈农的那声厉喊没有表现出应有的反应，而是一笑，一笑之后说：陈科长，你请说。

陈农一时说不出话。

章孟达！你知不知罪？

朱凉住在三楼的一间房间里，一出门就是廊椅，她在廊椅上铺着钩花的坐垫与靠背，楼栏上挂着吊兰，朱凉每日坐在廊椅上看书或钩花，廊椅上永远放着一只暗红色的有五片花瓣图形的杯垫，杯垫有时托着一杯茶，有时空着。

四十多年后我走上三楼，看到廊椅和茶杯，七叶从对面半敞着门的房间里无声地走出。七叶当时已有六十岁，但她行动轻捷，没有多少老态，她站在对面的回廊上看着我。

你是谁？

我说我是过路的，我十分喜欢这所房子，又古雅又气派，既有楼廊又有廊椅。

她十分专注地看着我的脸，一时没有说话。我问她：这茶杯是你的吗？

她让我坐在廊椅上。

我坐下来，一时身体放松，觉得十分舒服。七叶轻捷地绕过楼廊走到我跟前，几乎没有发出声音。

你是从哪里来的？她问。

我说我从邻近的一个省份来，不是很远，那里也长着木瓜，空气湿润，只是没有四棱豆。我说着这些不重要的话，我知道这有些言不由衷，我同时感觉有某种重要的东西正在接近我，这种东西正是来自对面站着的这个女人。

你从哪里来的？她又问。

我说是一个小县城，而你是肯定不知道的。

她说她肯定知道，她似乎被一种确切的预感所抓住，她坚定地看着我，要我告诉她，我的那个县份名字。

我说我从北流来。

这两个字对她似乎十分意外，她不再说什么，她让我进房间坐坐。

房间里没有特别的东西，比如古瓷瓶，比如屏风漆器，比如笨重威严的椅子木床以及精致的摆设，这一切我想象中的大家物件早就荡然无存，在土改尚未到来时就已经流失殆尽，偶有漏网的，经过四十多年的风云变幻，也都找不到了。七叶作为被压迫阶级，曾经分得章家的浮财，计有太师椅一张、棉被一床、枕头一个、茶杯两只。后来太师椅被"四清"工作队借去使用，被一场大火烧毁，棉被是三姨太朱凉的，被面是上好的缎子，水红的底，上面是猩红艳丽的玉兰，被面十分漂亮，看上去又软又滑，像水一样。

这床漂亮无比的棉被分到七叶手里的时候朱凉已经在水磨地区消失，以后再也没有找到她，当时最流传的一种说法是朱凉跳河自杀了，但在下游，一直未能找到她的尸体，人们估计，关于朱凉之谜，只有七叶知道。但七叶在破获章孟达一案时起到了重要的作用，人们并不认为七叶有什么阴谋，比如把朱凉藏起来之类。

在那个下午，陈农被章孟达的自信和傲慢所激怒（也许还有别的），从而失去了应有的耐心，他冷冷地说：算了吧，何必多费唇舌，现在可以马上传章希达，让他来说。

白脸书生章希达天生柔情似水，缺乏英雄气概，他走进审讯室的时候气已全部泄尽，像我们的电影中任何一个革命的敌人一样，垂着头，丧着脸。他属于不狡猾的那类，他听天由命地坐在椅子上，语气平静地说出了暴动的组织，攻打的几套方案，正副指挥，敢死队分子，有多少人，有多少枪。

　　章希达是陈农打开的第一个缺口，这个缺口开得如此容易，连陈农都有些意想不到。陈农说我们的政策是坦白从宽、抗拒从严，你若坦白了，我们一定从宽处理，否则，必死无疑，你好好想想，是死是活，自己决定。

　　章希达不知道从哪里想起，怎么想，他的脑子里一片空白，在空白中朱凉美丽的容颜停留在那里，她脸上的轮廓，耳垂上的叶形翡翠，嘴唇上的朱红颜色，点点滴滴，不可抗拒地凝固在章希达的眼前。它们带着真实的颜色和隐隐的香气缭绕，这香气每当希达走到三楼的回廊就能闻到，它们从朱凉的房间散发到楼廊上，气味很淡，让人联想到朱凉的体香和某种叶子焚烧时发出的香气。希达深深地吸了一口气，一个念头固执地充满了他的意识，这个念头像晶体一样放出光芒，锐利而璀璨，它不顾一切，强大无比，从所有的其他念头的头上阔步而过，这个高于一切的东西就是：

　　活着。

　　章孟达从陈农说出希达的名字起，就一眼看到了这件事情的悲剧性结局，他在幻觉中感觉到某颗子弹正在提前穿越时空，一丝不苟地、命定地向他逼来。他看到自己被五花大绑地押往河滩，在那里，红色的河水裹挟撞击着大大小小的卵石，轰隆隆地奔腾而过，就在河边，就在光秃而空旷的河滩上，在卵石之中，那颗子弹终于击中了他，那声音像一声闷雷吞噬着章孟达，他看见自己的胸膛绽开着，鲜血喷涌而出，腥甜的气味立即布满河滩，红色的卵石闪着鲜血的光泽。

　　后来的场景的确就是这样。

　　在那个审讯的下午，章孟达被一种视死如归的东西所抓住，他怜悯地看了一眼他从来看不上的弟弟，沉默良久。

　　章孟达，你还有什么可说的吗？

　　……

　　章孟达，你还有什么可说的吗？

　　你们要有证据。

　　大西南潮湿神秘，天空永远有云雾，房屋前后长着奇形怪状的植物。那里流传着一种"放蛊"的说法。放蛊，就是暗地里让人吃下一种药，这种药用一些古怪的植物或某种稀奇的虫子配制而成，产生的效果亦因配方的不同而各不相同。吃了这药的人便受到了迷惑，干起他本人不愿干的事，或者无缘无故莫名其妙地生出一些病，如肚子疼、颈疼，这就是中了蛊。而蛊是可以解的，但须得放蛊的人方能解，若这人死了，蛊即永不能解，中了蛊的人则永世不能得救。

　　流传最广的传说是，一个外乡人来到一个村子，和村子里的一个寡妇睡了觉，当他准备上路的时候，他发现自己得了一种奇怪的病。那天寡妇送他上路，到了村口，寡妇从怀里掏出一束美丽而古怪的叶子朝他挥动，外乡人一时觉得头昏恶心，他蹲在地上吐了起来，吐过之后他觉得浑身没有力气，外乡人就只好又回到寡妇家里。他打算养好病恢复了力气再继续上路。到了晚上，寡妇告诉他，她在他的饭里放了蛊，若要把它解掉，除非他愿意入门跟她结婚。外乡人急于离开这个瘴气弥漫的村子，便一口答应了寡妇的要求，他想一旦把蛊解除，他就立马逃跑。没想到寡妇在解掉此蛊的同时，又放了另一种蛊，从此外乡人再也跑不了了。从此，外乡人每天夜里一边怀念自己阳光明媚的家乡，一边身不由己地同寡妇睡觉。寡妇性欲旺盛，虽然比外乡人大了十几岁，却夜夜贪婪不足，在短短几年时间里，寡妇就衰老了，那个外乡人却用这几年的时间学会了放蛊。有一天，他就给这寡妇放了一种最厉害的蛊，寡妇中了蛊之后很快就死了。外乡人一心要复仇，一心要回到自己的家乡，却忽略了一件事情，寡妇给他放的蛊，只有寡妇本人才能解，寡妇死了就没人能解开这种神秘莫测像魔法一样的东西。外乡人绝望地发现了自己永世不再可能得救，他只有日复一日年复一年地生活在这个终年潮湿难耐、永远见不到蓝天的地方，吃一辈子泡得发霉的酸笋酸菜，还有令人作呕的蜂蛹竹虫，长一身厚厚的皮癣。外乡人越想越不甘心，他决意要向当地的姑娘放蛊，以雪深仇。就在外乡人花了几年心血，配制出一种他认为最高明的药方，并即将实施的时候，他发现自己得了一种病，他惊恐地意识到在他不知不觉中被人放了蛊，这是一种更高明的法术，外乡人被这种高明的东西所击败，成为一个日渐干枯的沉默老头。

　　这肯定不是一个美好的传说，我们有理由期待一个更好的结局。比如一位美丽的姑娘爱上了外乡人，而姑娘的父亲既是德高望重的族长，又是法力无边的巫师，他替外乡人解掉了蛊，外乡人幸福地和姑娘结了婚，他每天吃着酸笋酸菜、蜂蛹竹虫，他发现这是多么可口的佳肴，他的皮癣退去，长出了一身与当地人毫无二致的橄榄色皮肤。一言以蔽之，外乡人从里到外把自己融入了这片瘴气弥漫的土地，从而过上了幸福的生活。

　　美满的结局没有出现，在这个传说中，充满了恐惧、绝望、对自身境况的无能为力。在这里，异乡永远像一只阴险的猫，它蹲在暗处，瞪大眼睛，你一不留神它就跳到你面前。

　　这个感觉长久以来潜伏在我的内心，沉睡未醒。

　　在水磨，我得了一场重感冒，高烧不退，头昏眼花恶心想吐，我躺在章家宅楼斜对面的小旅馆里，想起了这个有关放蛊的传说。我在昏睡中想到，七叶在我喝的茶中放了蛊，我中了蛊了。但我对这件事还从未有过直接的经验，我认识的人中包括我的九十二岁的外婆也没有中过蛊，这使我对此事半信半疑。因此我又想，这不会是真的。

　　那天，七叶让我坐在她的床上，我注意到她的房间里除了床，的确没有供客人落座的地方。在漫长的细雨蒙蒙的日子里，日渐衰老的七叶就坐在门口的廊椅上，像当年朱凉一样喝着茶，缅怀往事。

　　床上是那只从章家分得的枕头，不知为什么，七叶没有用枕巾把它盖住。这是一只用粉红色缎子做面的枕头，椭圆形，镶着宽大的荷叶边，枕面上绣着一双蓝色的鸳鸯。缎子的质地很好，虽经四十多年时光的磨损，看起来仍有七成新。我赞叹着伸手摸了一下，感觉到有些潮乎乎的，我猜想是刚刚拆洗过。在南方，凡是刚洗过的东西，不管干了没干，摸上去一概是这种感觉。

　　这时候我突然看到枕头旁边放着一个相框，相框里是一张黑白的女人照片，一个美丽忧郁穿着旗袍的女人。她与这个昏暗的日子、与这个没有椅子的房间、与这个衣着平常的老女人，以及这个边远小镇、这幢韶华已逝的老宅楼，与我置身其中的一切是那样的不相配。我想这照片中的女人至少应该在上海或者南京的某一间宽敞明亮的房间里，周围盛开着大朵大朵的白色百合花。

这是你吗？我问。

七叶说：不是。

她的回答立即传导了一种强烈而怪异的东西，我一时不知道那是什么，同时我觉得头脑十分混乱，不知道自己怎么会来到这样一幢暗红色的旧楼里，面对这样一个枕头边放着女人照片的老女人的房间。

后来我想，如果七叶是一个又老又脏的老男人，看到他枕边的女人照片我肯定不会如此悚然心惊。任何一个男人（不管年龄身份地位）怀念任何一个女人（同样不论年龄身份地位）都可以往美好的爱情那里想象，而且两人之间的差别越大，这中间的爱情故事越是曲折离奇绚丽多姿。

我觉得七叶正盯着我看，她的眼神失却了廊椅上的少许慈祥，变得幽深和含义不明。我说我要走了，我有些头昏，我要回旅馆。

七叶自顾自说，你的眼睛很像她，我还以为你是从她的老家来的。你知道有一个叫博白的地方吗？古时候出过一个美人叫绿珠。（这都是太太说的。太太朱凉在漫长的日子里不经意地将七叶塑造成一个略通文墨、小有知识、懂些情调的女人。）太太就是博白人。七叶用怀念旧情人的语调说着朱凉，她的声音断断续续，浮悬在空气中，就像某种既粗糙又柔和的物质，它们本来属于流逝已久的时间，它们消散在看不见的地方，却在这样一个时刻，受到一个外乡女人眼睛（这与它们有什么神秘的关联呢？）的召唤，它们从过去时空蜿蜒而来，单纯而不朽。它们带着往昔熟悉的步伐奔向床头的黑白照片，使之变得熠熠生辉，美丽非凡。

我决定不告诉七叶，我虽从北流来，但我的老家正是博白县。我担心自己身不由己地陷入某个阴谋。在那个瞬间，我眼前闪电般地掠过一个场面：七叶举着一件年深日久式样古怪的月白色绸缎衣服（这肯定是朱凉的遗物，通过某种十分曲折隐秘的途径保留下来的，每一根丝线都浸染了逝去的岁月，每一粒纽扣都残留着朱凉的印痕）朝我挥舞，她嘴里说道：你的衣服湿了，快换下来。我看到在幽暗的房间里这件白色绸缎衣服在独自晃动，就像朱凉鬼魂附身。

我什么都没有说。即便这样，七叶仍然把我看作一个与朱凉有着神秘联系的人，在一个细雨蒙蒙的日子，从一个远处来到这里。七叶给我沏了热茶，她说你要是头昏就在我床上躺一会儿。她摸摸索索从门角的墙缝里掏出一小根干草辫，她擦着火柴，一小朵火苗立即从草尖上浮起来，虽然温温绵绵的不甚兴旺，却使这个潮气浓重阴湿幽暗的房间顷刻有了一点明亮的暖色。七叶却一下把火吹灭了，她举着草辫，在床前床后、屋里的各个角落晃动，淡灰的烟拖着小小的轨迹在房间里滑动舞蹈，香草的气味饱满地涨起，房间也因此干燥舒适起来。

这是一个充满善意的举动，它甚至使我想起我的外婆。我小时候，她老人家常常点起一种艾草编成的草辫在我的床上晃来晃去，她黑色宽大的衣襟触碰着我的脸，使我感受到慈爱、充实和安全。

薰草的香气笼罩了我。我安静地坐着，全身放松，同时感到了一种抚慰。这时我注意到，靠床的那面墙上有一个出口的痕迹，可以想象那是一个通道的出口，曾经装着木门，现在已经用砖填上了，只是砖缝没有被固定，似乎用手一扳就可以抽出。

这样的小木门在每层楼梯的拐弯都可以看到，它们通向这所暗红色旧楼的地下通道。章孟达曾经在这里藏过枪支和炸药。陈农在一个下雨的日子里，曾经带领一个班的民兵来搜查。当时七叶正在朱凉的房间里薰草，在连接不断的雨声中她听见一片杂乱无章的声音涌了进来，木鞋拖泥带水地响着，笠帽、襄衣互相碰撞，还有一两声铁器撞着木头的声音。七叶以为来了几个杀猪的，她探出头，看到戴着笠帽的陈农正指挥着人马在楼梯口的那扇木门上乱撞。柴刀铁锹撞击着质地坚硬的木门，在寒冷的雨意中有点像大年三十厨房里几个砧板同时剁白斩鸡的声音（章孟达的这些木门正是用了一种最坚硬的专门用来做砧板的叫作蚬木的木头），又像有人把被子蚊帐一应大件的东西莫名其妙地拿到了章宅的大天井里捣洗，发出一片捶打的声音。

这片声音兴奋，富有弹性，喜气洋洋，幸灾乐祸。一个以阉猪为生的后生看到在三楼探头的七叶，他大声喊道：七叶，你也下来吧！敲打的声音一阵兴奋，如同纷纷扬扬的石片自天而降，既轻快又沉重，气氛热烈，像造房子或杀猪那样欢快。又有一个人喊道：让三姨太也下来！另一个人呼应道：姨太太都是被压迫阶级。男人们全都听出了另外的意思，他们一声高过一声地说，被压迫得哇哇叫，压疼了，起不来了。他们开心地大笑起来，笑声落在狭窄的楼梯道发出嗡嗡的回声，如蜂群汹涌。

雨意越来越浓，天井里的夹竹桃被裹上了一层铅灰的颜色，空气中寒气弥漫。陈农领着人砸开了四个木门，门内并不像陈农想象的是一个大地下室，可用作秘密会议的地点，而是一个半人高的介于壁橱与地窖之间的封闭空间。这四个楼道夹墙中分别放着咸菜坛子、封缸黑米酒、木薯、红薯、芋头，连枪的气味都没闻到。陈农又冷又饿，忽然看到手下人正用一个竹箩筐往里装着芋头红薯，陈农问：你们这是干什么？手下人说：同志们饿了。陈农迟疑间一个人说：这章孟达，反革命一个，别说吃他点芋头，就是杀他的猪，也是应该的。

"杀猪"这个词，真是一个十分美好的字眼，在这群又冷又饿的人中焕发出了诱人的光辉，回锅肉的色香从这个词辐射出来，直抵人们的舌尖，在铅灰的雨意中颜色鲜艳地悬浮在鼻子的跟前，想象中的香气涨满了每个人的大脑，因了"杀猪"这个词的召唤，人们顷刻振作了起来。有人呼应道：杀他的猪。许多声音说：杀他的猪，杀反革命的猪，杀猪！杀猪！共同的诱惑使这个声音迅速变得整齐划一，铿锵有力，变成了统一的意志，这个意志覆盖着陈农的大脑，他不由自主地说道：杀猪。

猪的号叫声凄厉地回荡在整个章家宅院，从一楼直抵四楼，先期下锅的红薯和芋头已经飘出甜丝丝的香气，给这个寒气浓重的下午混进了些许温和的气息。

七叶到厨房给朱凉的手炉加火炭，她看到一头大白猪被捆住了四肢放倒在大天井里，猪颈上淤着一摊血。雨已经变小了，毛毛细雨飘落在猪身上，将颈前的血慢慢冲淡。有人提着一大木桶滚烫的水甩摆着"之"字形走过来，浓白的水汽晃动着，在他面前形成一道厚薄不均的气墙，他的上半身隐没在一片白色中，面目不清，只有他穿着草鞋的双脚一步一步劈开水汽，他湿漉漉的裤脚互相摩擦，发出猎猎之声，很像红旗在风中飘动发出的声音，那只硕大的上了黑桐油的木水桶被这双脚牵动着，径直走向天井里被刺破颈喉的猪。他将这桶滚烫的水举起来，哗地一下倒在猪身上，浓白的水汽腾地一下铺天盖地地升起来。这些水汽在锅里被一再加热，它们憋足了劲，鼓足了热情，它们是水中的热情分子，现在它们一下被释放了出来，它们迫不及待地奔涌而出，它们舞蹈、歌唱、扭动、喊叫，蔚为壮观，在铅灰色的雨意中，这一大片白色的水汽既辉煌又恐怖。

当白气消散的时候，一个人拿着一根铁条走近，他蹲下来，把铁条往猪脚上切开的一个口子拼命捅，使皮和肉撕裂、分离，然后他用嘴贴近那个猪脚上的口子，一下一下往里吹气。猪的身体一点点胀大，一点点变成了一个椭圆形的充气体。

手持菜刀的人就过来了。菜刀闪闪发亮，它们刚刚在红色的磨刀石上经受磨砺，去尽了锈斑和污垢，磨平了凹凸，它们一无杂念一往无前锋利无比，在铅灰色的下午闪闪发亮。手持菜刀的人在吹胀气的猪身上刮毛，认真，专注。

七叶加了火炭往楼上走，满耳刮猪毛的声音。她走到三楼回廊的时候，朝天井下面看了一眼，她看到这猪已被刮净了毛，四肢也松了绑，正四仰八叉地躺在暗绿色的天井中，极像一个被剥光了衣服的人，令人毛骨悚然。

雨又开始下了起来，无边无际，从河滩那边漫过来，发出蚕虫吃木薯叶（此地没有桑叶）的细小声音。天越来越暗了，陈农领着人又打开了两个墙门。木门一砸开，陈农就闻到了铁和油的气味，这是一种陈农熟悉的气味，他深深地吸了一大口，就像一个饥饿的人闻到了好吃的东西。陈农让人从厨房点了一根松明送上来，在冒着浓烟的火光中，他发现了这两个还未来得及放上任何东西的地窖（或壁橱），空荡荡的地上有油纸的纸片。

这是用来包裹枪支的。

陈农长长地出了一口气，当他再次吸气的时候他隐隐闻到了回锅肉的香味，这香味一经进入陈农的意识，立即浓重地从楼梯奔涌而上。陈农想，杀猪杀对了，章孟达就是反革命。他举着裹枪的油纸，心里想，不知章孟达把枪转移到什么地方去了。

整个搜查过程中，朱凉始终没有离开她的房间，她甚至没有离开过她的躺椅。撞门和杀猪的声音从楼梯和天井传进来，它们同时到达朱凉和七叶，它们在朱凉身上消遁，却在七叶体内曲折而快速地奔走，然后从她狭窄的喉咙再度冲出，夸张而变形，它们声势浩大，一次比一次强大和真实，一次比一次恐怖。

这个下午朱凉让七叶找来了所有的香炉，在案头、梳妆台、床头柜、桌子、椅子等所有的地方全都安上了薰草，淡绿色的干枯叶子像一些细小别致的栏栅，参差不齐地竖在房间里，既古怪又可笑。淡灰色的烟从毛茸茸的草叶间缓缓上升，它们修长的手指柔软地伸向朱凉，抚摸她冰冷的双手和脸庞。房间里一片草香。

朱凉在寒冷的季节里极少薰草，除非是特别潮湿的日子。

我躺在章家宅楼对面的小旅馆里，看到夏夜的星辰在降临。在夏天，朱凉躺在竹榻上，她穿着薄如蝉翼的纱衣，洁白，透明。在酷热的夏天，朱凉在竹榻上常常侧身而卧，她丰满的线条在浅色的纱衣中三分隐秘七分裸露，她乳房和腰肢的完美使男人和女人同样感到触目惊心。

七叶常常面对这样的朱凉。

七叶从糠市上跟朱凉来到章宅，在正对着天井的回廊上看到两个穿得很鲜亮的女人靠着廊柱嗑瓜子，一个老些胖些，另一个年轻且俏丽，嘴唇上方有一颗明显的黑痣。后来七叶知道，她们一个是大太太，一个是二太太。二太太看到七叶就"哟"了一声，大声说：这回算是挑着了。七叶从她们旁边经过时，二太太摸了摸她的头。

七叶干的第一件事就是给朱凉打水洗脸，她在回廊上再次碰到了二太太，二太太诡秘地笑着说：三太太整日不说话，老爷想宠她都不知道怎么宠。二太太拍拍七叶肩膀，又说：你来了就好了。

在亚热带的广大区域，在夏季闷热的日子里，人们每天洗澡，有时一日数次，她们用铁桶或者木桶，在狭窄的洗澡间，或者在天井用木板竹席圈围着，或者在厕所，或者在柴房，在一切有下水道或出水口的地方，在那些隐蔽的地方撩拨桶里的清水，冲洗她们灼热发黏的肌肤。亚热带没有集体澡堂一类的设施，没有众人一起沐浴的习惯，她们不能在别的女人面前裸露自己，从最富的人到最穷的人，全都单独洗澡。我很小时就知道，北方最可怕的不是寒冷，而是洗澡。一想到要在别的女人面前脱光衣服，生长在亚热带的人就感到绝望，她们出门总要拎上一只桶，以便在任何情况下能用一桶水回到她们的习惯中。我上大学是在故乡以北的中原城市，在头两年，即使到了零下七八度，我也不敢到热气蒸腾的澡堂去，每每想到那个赤裸裸的处所，总有一种魂飞魄散的恐惧。怕的是什么？是美？还是自身？我至今无法精确地描述。大学时代已经过去很多年，现在在我的眼前浮现的，是寒冷冬天的灰色台阶，一些瘦小的女孩拎着热水往上走，她们皮肤相仿，眼睛大而深陷，她们来自广东、广西的城市和小镇，她们把水拎到洗漱间，在广大的寒冷中，细小的热气在晃动。这些瘦小的女孩中有一个就是我。

直到第三个学年我才逐渐摆脱这种莫名其妙的不敢正视别人裸体的心理。那次我被同屋拉着一起进了澡堂。我一路紧张着，进了门就开始冒汗。我用眼角的余光瞟见别人飞快地脱去衣服，光着身子行走自若，迅速消失在蒸汽弥漫的隔墙那边。我胡乱脱了外面的衣服，穿着内衣就走进喷淋间，只见里面白茫茫一片，黑的毛发和白的肉体在浓稠的蒸汽中飘浮，胳臂和大腿呈现着各种多变的姿势，乳房、臀部以及两腿之间隐秘的部位正仰对着喷头奔腾而出的水流，激起一连串亢奋的尖叫声。我昏眩着心惊胆战地脱去胸罩和内裤，正在这时，我忽然听见一个声音大声叫出我的名字，我心中一惊，瞬时觉得所有的眼睛都像子弹一样落到了我第一次当众裸露的身体上，我身上的毛孔敏感而坚韧地忍受着它细小的颤动，耳朵里的声音骤然消失，大脑里一片空白。

我绝望得就要哭了出来，这时我的同学从人群中走出，她牵着我，一直把我牵到喷头的下方，她说：你不要怕。温暖的水流从我的头顶一直流下来，流遍我的全身，在水流中我一再听见一个温暖的声音对我说：你不要怕。这个声音一直进入我的内心，我终于忍不住哭了起来。眼泪如注。

因此我想，这个朱凉，这个我的同乡，生活在四十多年前，她一定比我更害怕在女人面前裸露自己的躯体，她在七叶面前一次次裸露自己，一定是要跟自己内心的某种东西（比如害怕）对抗。

在炎热的夏天，中午时分，七叶把清凉的井水端上房间，朱凉总要把上衣解开，她俯着身，把脸浸在水里，慢慢吐出气泡，这是一种以水泡按摩皮肤的特殊的美容法，她深深沉浸于其中，然后她把脸擦干，再俯身将前胸浸泡在大铜盆里，同时发出一两声轻微的吸气声，然后换上一件又大又软的丝质衣服，她坚挺的体形在空荡荡的衣服里若隐若现，凹凸有致。

她在竹榻上午睡，她睡觉的时候让七叶坐在旁边，她一旦入睡，身上就会散发出一种美丽女人浓睡时散发的香气，这是一种奇怪的现象。

朱凉在竹榻上午睡，她的香气由淡变浓，细小的毛孔悄然张开，像一些细小的门窗，那些香气袭人的小精灵翕动着翅膀从那里飞出，露出它们洁净的面容。我怀疑这是一些来自上天的香气，它流经人间，在新鲜的花朵和植物以及美丽的女人身上停留。

七叶在朱凉死后的许多年，在许多个炎热夏天的无数个漫长下午，独坐室内，总是一次次听见从洗澡间传来的拍巴掌的声音。这是一些奇怪的声音，既像豆荚爆裂，又像竹片在水面上拍打，它们富有节奏，轻重不均，一串串地从那个青苔气浓重的潮湿处走出，清脆而滞重，如果仔细倾听，会有一丝滑腻的摩擦音，它们脱离了产生它们的身体，变成一些单独的声音飘荡在空中。这是朱凉洗澡时拍打身体的声音。

这个女人不知从何时始，为了什么样的理由养成了这样一个毛病，这本来是上了年纪的人（比如过了五十岁）松筋舒骨的伎俩，按照我的推算，朱凉在四几年最多二十六七岁，远没有到腰酸背痛的时候。朱凉洗澡总是要花费比别的太太多两倍的时间，她让七叶在她全身的所有地方拍打一遍，她那美丽的裸体在太阳落山光线变化最丰富的时刻呈现在七叶的面前。落日的暗红颜色停留在她湿淋淋而闪亮的裸体上，像上了一层绝妙的油彩，四周暗淡无色，只有她的肩膀和乳房浮动在蒸汽中，暗红色的落日余晖经过漫长的夏日就是为了等待这一时刻，它顺应了某种魔力，将它全部的光辉照亮了这个人，它用尽了沉落之前的最后力量，将它最最丰富最最微妙的光统统洒落在她的身上。

她身上的水滴由暗红变成淡红，变成灰红、浅灰、深灰，七叶的双手不停地拍打她的全身，在她的肩头不停地浇些热水，她舒服地吟叫，声音极轻，像某种虫子。

很难想象有哪两个女人的关系是如此的紧密，这使我们很容易想到同性恋，从七叶一闪而过的诡秘神情和多年以后她对朱凉的忠诚和深情，使我推断她们之间有些不同寻常的东西。

但这是不可知的，这是一个必须严守的秘密，这个秘密随着另一个人的消失而愈益珍贵，它像一种沉重的气体，分布在这间暗红色宅楼的房间里，你无论如何也看不见它们。我们只能看见，当年章孟达到三姨太太朱凉的房中过夜，天亮之后他从房里踱出，脸上总是布满疲倦和困惑的神色，朱凉亦是如此。

陈农没有在章宅搜到枪支，他在既无奈又无聊的夜晚到河边散步，望见章宅临河那面墙上有一个菱形的窗口，遮住窗口的是一方猩红色的窗帘，质地柔软下垂，有几次被风卷起一角，终于未能看清窗内。陈农想到这窗里住着章孟达的三姨太，想到三姨太他心里顿时别开生面。章孟达在暴动败露之前是共产党政府的参议员，他家的客厅是议事之处，陈农在章家进出，时常看见美丽的朱凉坐在三楼回廊的廊椅上，看书或者钩花。现在章孟达事发，大太太二太太带着孩子回娘家了。大太太娘家有钱有势，虽然以后会划一个地主成分，但不至于被镇压。二太太娘家是殷实之家，陈农在心里按照《中国社会各阶级的分析》将之划在富农与上中农之间，并且认为，只要老老实实过日子，不会成什么问题。

只有朱凉，朱凉的名字和她美丽的面容在陈农心里唤起了一丝惜香怜玉的感情。陈农是省城郊县烟农的儿子，由叔父资助读了一些书，小资情调隐藏在骨子里的某些看不见的地方。陈农胸怀革命的大目标，别开生面（或鬼迷心窍）地打算动员朱凉站在革命的一边，指出章孟达藏枪的地方，从而获得再生的机会。

陈农站在河边的红色卵石上眺望那个窗帘低垂的菱形窗口，决定连夜提审三姨太。

陈农临时决定避开镇公所的那间枯燥无味公文气十足的办公室兼卧房，他想起自己的臭袜子和弄脏的内裤一起塞在席子底下，散发着亦酸亦腥的霉味，他对自己强调着另一个理由：章孟达弟兄也关在镇公所，不应让他们见面。

夜雾降临的时候陈农把朱凉叫到了镇上的小学校，小学的几间屋子一片漆黑，悄无声息。七叶陪朱凉来到门口，她们正拿不定主意是不是应该进去，忽然门内有个人一下按亮了电筒，电筒光射在朱凉的脸上和身上，使她一时睁不开眼睛。那个声音说：就你一个人进去。他拦住七叶说：你先回去，我会送她回去的。

朱凉跟在陈农身后走进一间虚掩着的小屋子，陈农说：你不要怕。

陈农说：我很同情你。

陈农说：你不是自愿嫁给章孟达的吧？

陈农说：你娘家一个人都没有了吗？

陈农说：常常看见你坐在廊椅上看书。

陈农说：你以后怎么办呢？

陈农说：章孟达死定了，壁洞里找到了裹枪的油纸。

陈农叹了一口气说：你还很年轻啊！

夜晚细小的风在室内无声地穿行，把煤油灯的火苗撩得一跳一跳的。七叶站在大门口看着朱凉被电筒光牵引着走进深不可测的黑暗之处，她决心守着她，她坐在大门口的青石台上，用一只鞋隔开冰凉的石气。她目不转睛地望着黑暗中的那粒灯火，她看到它在浓重的黑夜中格外细小、微弱，并且飘忽不定。

她忽然看到这粒灯火在一次晃动之后没有回到原来的位置，它无声地在黑暗中消失了，就好像这门里本来就这么黑，从来没有点过灯似的。七叶一边站起身一边惊慌地叫着：太太——太太——

她穿着一只鞋就往里面跑，她踩着了一只松果摔了一跤，她坐在地上大声喊道：太太——

同时她听见朱凉在喊：七叶，七叶。

两个声音在黑暗中互相找着了对方，它们在空中交汇、触碰，彼此呼应，恰似这种交汇的结果，灯重新亮了起来，陈农说：七叶，你还没走吗？

陈农又说：七叶，别害怕，刚才一阵风把灯吹灭了。

第二天下午陈农领着人在山林深处一棵老榕树上找到了四支用油纸包裹着伪装得很好的步枪，这是章家雇来专门挑水的担佬告诉陈农的，担佬后来在分浮财的时候分得了章孟达房间中的大部分家具。

此后章家的下人有知道藏枪之地的都先后举报了，朱凉命七叶亦去举报，她把一个藏枪最多的地方告诉了七叶。在那些日子里，漫山都是找枪的人，他们兴致勃勃，叫喊着，唱着歌，挥舞着柴刀，劈开树杈和茅草，在亚热带的原始森林里蜿蜒而行，然后他们到达一棵大树底下，他们抬头仰望，巨大的树冠遮天蔽日，层层密实的树叶像大海。面对大海的人们脑子里想着一杆枪，他们中的某一个人用手指出了记号，就像一双神的手，伸手一划，深不可测的茫茫大海瞬间向两边分开，海水退去，乌黑发亮的枪安然露出它们珍贵的容颜。他们顺着记号望去，看到了在浓密暗绿的枝叶间隐约可见的包裹。

乌黑发亮的枪安然露出它们珍贵的容颜。

在那些日子里，秘藏的枪一支又一支地找到了，它们闪着油亮的光泽翩然而至，像黑色的巨型针叶或花瓣，这朵黑色的花就要喷出火焰，乌黑的枪口就要对准章孟达的脑袋了。

执行枪决的地点是河滩，章家宅楼有一面墙对着那里，那面墙的三楼有一个菱形窗口，窗帘低垂，窗外视野开阔，一直可以望到对岸，对岸有一棵孤零零的木瓜树。

陈农平时傍晚的时候喜欢到那里抽烟。

枯水季节的河滩卵石裸露，河床放大，细小的红色水流从卵石中间曲折流动，像一条细长丑陋的红色的蛇，它支汊繁多，遍布在卵石的缝隙中。刚刚下了场大雨（枯水期的雨水极其少有），卵石在河滩上湿淋淋地闪耀着红色的亮光，密密麻麻大大小小，像一片雨后新生的蘑菇，色泽鲜艳。鲜艳的蘑菇散发着白色有毒的气体，云朵低低地悬在河谷上。

章孟达就这样被押到了河滩上。

他和章希达以及敢死队的队长三人一起被押到了河滩上，章希达完全没有想到这样一个结局，供是白招了，密是白告了，祖宗的跟前是永远也说不清了。希达转过头，看了看自家那幢暗红色的宅楼，他感到这面暗红色的墙壁正冷着脸朝他压过来，不动声色中有无比威严。那个菱形窗口恰似一张张开的嘴，恐怖之物就要从那里出来，又像一只独眼，一眨不眨地望着他。

希达软软地瘫了下来，一泡热尿从腿根一直流到鞋底，他被两个人架着往前走，他软软地看到大哥孟达戴着高帽稳稳地走在前面。

他们向河边走去，他们被分排在高低不平的卵石上，面对那条像蛇一样曲折细小的河流，背对着那幢代表了当地最高水平的庞大宅楼（在章孟达作为开明人士的时期，曾经向大西南工作队的共产党人夸口说，这幢宅楼日后一定是本县人民政府的所在地。章孟达死后一年，这个预言成为了事实，县政府头两年设在此处，迁走之后成为盐矿的矿办所在地）。章孟达被一枪打倒，他像一根木桩直直地倒在卵石上。敢死队队长连中三枪，他大喊一声，滚到了细长的水边，一只手落在红色的河水里。章希达没被击中就倒在了地上，七八发子弹击不中要害，验尸的时候发现还有气，又被补了两枪。

一九九一年章孟达的儿子从美国回来探亲（他的生母二姨太还活着），以投资三百万美元建设家乡为条件，要求给父亲平反，他的陈词中认为他父亲章孟达是民主人士，对政府有过贡献，要求提得有理有据，县财政和统战部门均认为不成问题，只需过一下核实手续。下来了解情况的人找到了陈农，被陈农坚决驳回，此事终未成为现实。次年春天，二姨太病逝，美国的儿子奔丧之后一去无音讯。

朱凉的失踪很久以后才被人们注意到，当时工作队任务繁多，还来不及处理章家大宅及其浮财，家中下人均已遣散，只剩下三姨太朱凉和使女七叶。

陈农在黄昏的时候照例到河滩抽烟，河滩上人血的腥甜气味和子弹的火药味尚未消散殆尽，它们在低低的云层下面滑腻地飘荡着。陈农吸着水烟，心里无端地有些发空，这时他看见朱凉领着七叶及两个汉子来收尸。他们推着一辆木车，车上放着几床丝绵被，朱凉从车上拖下一床最新的丝被，亲手包裹了章孟达的身体，其余两人则由那两个汉子动手，他们将裹好的尸体小心往木车上放，然后辘辘地拉着走了。

河滩上光秃秃的，陈农和朱凉他们彼此能望得见，但自始至终，朱凉没有朝陈农这边望。

有几天陈农没到河滩上散步，他到地区开了一个会，回来时路过章家宅楼，他推门走人，里面空无一人，一股阴森之气朝他凝望，使他身上无端发冷。陈农在三楼的廊椅上找到穿着白衣白裤像鬼一样的七叶，她眼眶深陷，明显消瘦，陈农没有从她嘴里打听出朱凉的下落。

镇上的人们都认为朱凉死了，有人曾经到一处水深的地方打捞过尸体，没有找到，下游也至今没有消息。

朱凉的死一直是个十分幽深的谜，事隔四十多年，七叶同样未能给我提供一个确切的答案，但我总是在七叶的眼里看到一种游游移移的东西，使我直觉到朱凉的死七叶肯定是知道的。

我在病中七叶曾经到小旅馆来过一趟，她说她去买菜，路过旅馆门口，记起我说过住在这里，就进来了。她说章宅的后园有一种治感冒的草，捣烂后用来熬粥，十分好使，若我想要，明天她给我带来。

我既迷糊又恍惚，我说我自己可以去取。我跟在七叶身后，再次来到章家的红色宅楼，门无声地张开，我看见里面有一些衣着古怪的人，他们站在天井的夹竹桃树下，对我和七叶视而不见，像是有一种寂静的空间阻隔着她们。我跟在七叶身后，穿过幽静的天井和回廊，走进一间看样子是正厅的房间，里面既黑又大，我只能看到七叶的衣角在我面前隐隐飘动。正厅的屏风后面有一窄小通道，穿过通道就到了后园，这是一块平缓的坡地，靠围墙放着一些大水缸，像天井那样的夹竹桃参差立着，其余就没看见别的。

七叶让我等着，她去找草药，然后一转身就不见了。我在陌生的后园拼命想找到七叶，我盲目地到每一口大缸和每一棵夹竹桃的后面找她，我听见自己的声音像一种奇怪的虫子在鸣叫，七叶却无声无息地消失了。我发现在靠近楼墙的一只大缸的旁边有一扇隐秘的木门，与我在楼梯的边墙看到的那种十分相像，我用手一推，木门轻易就被推开了，我注意到合页很润滑，像是经常被打开的样子。我弯腰从木门进去，发现里面是一个夹墙，有一张桌子那么宽，有一种我熟悉的气味从夹墙的深处散发出来，我想起那正是七叶薰草的气味。我摸索着往深处走，我全身紧张手心出汗，我想我就要看到什么了。

我隐约看到前面坐着一个女人，我大声喊七叶，却无人答应，那个女人像没听见似的一动不动，我壮着胆往前走近，那女人低着头，我看不清她的脸，只看见她穿着一件旧式旗袍，这旗袍使我想起了七叶枕边的那张照片，我想这人正是朱凉无疑了。我轻轻叫了一声，她还是没有抬头，我壮着胆伸出手碰了她一下，指尖上悚然感到一阵僵硬冰冷，我吓得转身就跑，忙乱中撞到了一个什么机关，这个人形标本（或是假的?）僵硬地抬起了脖子，发出一声类似于女人的叹息那样的声音。

我吓得魂飞魄散。

半夜里我在旅馆醒来，暗暗庆幸这只是一个噩梦，我出了一身汗，脑子里清醒了一些，我决定第二天一早就走。我隐隐感到，如果我再住下去，很可能就会真的中蛊了。七叶苍老的面容，梦中朱凉的人形标本以及那张黑白照片中美丽的倩影像一些冰凉的叶片从空中俯向我，带着已逝岁月的气味和游丝，构成另一个真假难辨的空间，这个空间越来越真实，使我难逃其中。

我想我的确要走了。

第二天一早，我搭了一辆运盐的货车离开了此地，路上我想，不知七叶是否真的挖了草药送给我。

一九八二年我大学毕业，身上带着七十块钱只身漫游大西南，这对一个二十几岁的女孩子来说，算得上是一番壮举，就是在那次漫游中，我路过了水磨。这次游历艰苦离奇，在我的生命中留下了深刻的痕迹。

一九九二年秋天，我所服务的报社到该地区搞了一次活动，回来的时候，同事们从景洪坐飞机返回省城，我坚持坐汽车，这使我有机会再次路过水磨。我找到十年前进去过的章家宅楼，门口仍然挂着盐矿办公室的牌子，我向传达室的年轻人打听七叶，她一时有些茫然，我解释说就是住在三楼的老女人，她说那是七婆，是原来这里看门兼烧开水的，三个月前刚刚去世。我向她打听七叶的情况，她说她只知道她孤身一人，没儿没女，如果我想写文章，她外婆或许知道。车还在等着我，我匆匆跑到后园看了一眼就离开了此地。

一九九三年一月，该地区发生了六点五级地震，不知那幢红楼震塌了没有。

| **文学史评论** |

林白在她的《守望空心岁月》《子弹穿过苹果》《回廊之椅》等小说中对于女同性恋、自恋、恋父等尖锐而边缘性女性经验的言说，可谓率直而大胆。

——朱栋霖、丁帆、朱晓进主编《中国现代文学史》（第二版）下册，高等教育出版社，1999，第169页

| **作品点评** |

林白的《回廊之椅》则一如稍前池莉的《凝眸》，两者都在关于大时代的、革命主流叙事的边角处凸现出不曾为人关注或叙述的女人。所不同的是，《凝眸》中池莉书写的是因一个男性的姿态而被卷入大时代涡旋的知识女性，但当她身心交瘁地返回家园时，已义无反顾地拒绝否定了属于男性的历史。《回廊之椅》则记述一个始终试图规避历史与时代的神秘女人朱凉（事实上，这一形象是不断萦

回在林白作品序列中的一个幽灵般的呼唤与魅惑），但她唯一可能逃入的，是同性间的回护之手，是作品中朦胧暧昧的女性之邦的想象。在《回廊之椅》中，出现了另一个女性作品中常见的恍惚孤寂的"我"，事实上，正是在朱凉这个幻影般的女性身上，林白寄予着自己同样绝望、无助、进退维谷的无名渴求。

  ——戴锦华：《奇遇与突围——九十年代女性写作》，《文学评论》1996 年第
   5 期

  《回廊之椅》极写女性之间欲望的温馨强大，以高出异性爱的吸引力"引导""我"目睹"回廊之椅"女性欲望·生命存在的狭小却方式优雅。这篇小说把女性话语置于革命·话语之上，呈现出"五四"以来书生写作未曾有过的新颖姿态。

  ——荒林：《林白小说：女性欲望的叙事》，《小说评论》1997 年第 4 期

又过了一天

张仁胜

一

如往常一样，在清晨6点半，白强被太太踹醒了。

白强夫妇的卧室与宾馆的双人间一样，是一个人一张床。白强太太是舞蹈演员，腿可以轻易地抬到90°以上。因此，她在上身与睡意完全不受影响的情况下，把脚抬到另一张床的白强的腰间，足弓像舞蹈练习中的小跳一样弹了一下，白强便完全醒了。

每天的这个时间，是家中一条名叫杰克的公狗占用的。杰克不喜欢在家中拉每日的第一泡尿，一定要在外面一棵桂花树下才能畅快地完成这道功课。如果迟于6点40分出门，杰克便会委屈地吠个不停。白强太太会因此而指责丈夫惨无狗道，

作者简介

张仁胜（1956—），男，山东黄县人，一级编剧、文化部优秀专家，曾任广西文化音像出版社总编辑兼广西艺术研究所副所长，主要作品有大型彩调剧《哪嗬咿嗬嗨》（编剧，合作）、大型风情壮剧《歌王》（导演，合作）、儿童音乐剧《太阳童谣》（总导演兼编剧，合作）、歌曲《老王》（作词）、广播剧《千条水总归东》、电视剧《那年秋天》（编剧，合作）、话剧《花桥荣记》等。多次荣获广西文艺创作铜鼓奖、广西精神文明建设"五个一工程"奖、中国曹禺戏剧奖、文化部文华奖、中宣部精神文明建设"五个一工程"奖、中国艺术节奖、全国少数民族戏剧剧本孔雀杯银奖及全国少数民族题材电视骏马奖、全国电视文艺星光奖等。有小说集《又过了一天》。短篇小说《伊墩》获1985年国际青年节"我们这一代人"征文奖。

作品信息

原载《广西文学》1994年第5期，《中国文学》1994年第5期转载，收入张仁胜《又过了一天》（漓江出版社1998年6月出版）、《广西当代作家丛书·张仁胜卷》（漓江出版社2004年5月出版）。

那白强至少在一周内被剥夺上另一张床运动的权利。

白强陪着杰克出了门。空气确实很好，白强与杰克一同奔跑起来。杰克大概知道在跑步问题上不能跟人类太认真，因此，跑几步又停下来等主人一会儿，以免使主人产生体能上的自卑。为此，白强常夸杰克够哥们。

一般情况下，白强都是边跑边和杰克聊天。可是，刚才一起床，白强就觉得今天不是那么好打发的。昨晚，太太在卫生间接了个漫长的电话，然后，连每晚必看的电视连续剧都没看便上床躺下了，她已经阴郁了许多天。白强知道，不经过一个雷雨大风天气，就不会有晴朗的日子，白强想到公司领薪，领了这次薪水，他就要择出和老板告别的时间，以便另谋高就。白强现任"大师广告策划公司"的创作总监。尽管他进入广告业才一年，却因成功地策划了两个大型企业的广告活动而受到普遍关注。广告界一般都是以在大企业广告竞争中战胜对手论英雄的。在那两场广告厮杀中，白强的策划与创意令竞争的对方公司相形见绌，弄得好些人私下打听，大师公司是从哪儿把他挖来的。其实，广告是白强的第二职业，他的真实身份是歌舞团编剧。说是编剧，其实是写歌词的，他加入作家协会是以诗人的名义。白强写诗只写两类题材，一类是政治抒情诗，一类是爱情诗。前者写得少却获过大奖，后者没得过奖却获得三位恋人和一位太太。三位恋人都在白强100行诗内束手就擒，唯独对太太的攻势用了1600多行的阵容。那是白强到歌舞团不久，全团开会，白强前排坐着个歪扎独辫的丫头在看一本书。会开得很无聊，白强后悔没带书，便开始偷瞄前排那本书的内容。白强的眼睛说不上有多坏，却也说不上有多好，他只能看见纸上印着字，却看不清字是什么意思。独辫丫头看得很是投入，白强就在那儿猜是本什么书，起码为那本书想了一百个书名，都跟死去活来的爱情有关。会开完了，独辫丫头合上书，封面上赫然印着《格林童话全集》，白强顿时有些感动。再看她的脸，绝对童话中女主角的模子，白强立即就有了给她盖幢童话木屋的冲动，回宿舍便开始写诗并且一发不可收拾。为此，结婚时白强指着四壁问她这是什么？她说是用诗搭的童话小屋。婚后，她竟然还没过足读爱情诗的瘾，白强却写不出了。日子有些沉闷地过了几年，白强从生活不等于艺术觉悟到生活肯定不是艺术再升华到艺术不是生活，就和全国人民一起投入到物质文明大建设的洪流中。先是帮人写写电视专题解说词或者有提成的报告文学，一次挣个五百一千的。后来帮人写写电视广告创意，也就是一两百个字，居然也挣那个数，白强就不再写那些字多的了，一直到当上准专业广告人。就在他告诉太太他进了大师策划广告公司的第二天，太太抱回一条北京狗。白强先是不在意，后来渐渐发现太太对狗比对他好。那天，白强晚上9点才回家吃饭，煮上面条发现没菜，正好餐柜中有罐猪排罐头，便想启封了。可太太走过来说，这是给杰克买的，你吃了杰克吃啥？白强先是不平，后来想到人不能与狗一般见识，便拌点芝麻酱把面条吞食了。谁知第二天太太又把已经启封的罐头拿出来让他吃。他说你不是说是给杰克吃的吗？太太说，杰克不吃这东西。白强顿时爆发了殖民地被压迫人民那种愤怒，却也是只怒不言，怕太太受了惊吓。白强明白，结婚这么多年了，太太还不肯从童话木屋出来，连岳母娘都说他把太太惯坏了。

杰克在桂花树下不雅地撩起后腿，边溺边快活地四处张望。溺毕，杰克不像往日那般急着撒欢而去，而是围着桂花树走着并殷切地张望远处。白强立即猜透杰克心中所想——昨天早晨杰克在此与一条叫白白的异性相遇，立即有了遭遇激情的感觉。想想杰克的年龄，它已获得成狗的权利。只是太太绝不允许杰克与异性产生绯闻。有一天，白白的主人找上家来想出2000元让杰克配个种，白强太太竟很不礼貌地把人家赶出去，然后气愤得不行，仿佛被流氓侮辱了一样。白强对此不以为然，不就是一点狗事嘛，太太认真过头了。但是，想归想，白强却不敢给杰克以狗权，因为他正与太太在人权上做不屈不挠的斗争——结婚五年，太太尚未答应为这个家生个革命后代。

白强呆呆地站着，公司今天事不少，要去洗涤剂厂，要完成神仙口服液的策划，还要去摄影棚看看药物文胸的广告拍摄现场……

BP机响了，是舒妮打的。她是前天从海南来的，白强把她藏在毛毛雨宾馆。十年前，大学四年级的白强给一年级的舒妮写过一本诗，并在假期一起住进了一个小镇客栈。他俩三天没出房门，事后的感觉是天崩地裂，天昏地暗。第四天出了房门，白强说你这人算交给我了，舒妮却说这怎么可能？令白强彻底感受到自己很不现代派。十年的天各一方，舒妮却突然跑来了，说是失败得没法在海南待下去，来此是把人交给白强。白强心想，你这时交人我怎么敢要呢？他想告诉舒妮自己已经结婚了，但感觉这一定是废话。他只是搂了搂舒妮，表示自己胸襟宽大。他告诉舒妮失败是成功他妈，成功他妈生个崽除了是成功还能是啥？他说先住下，可他明白宾馆不是个能长期住下的地方。

白强蹲下，满面可亲地呼唤着杰克。杰克走到主人面前，由白强把自己搂在怀中。白强疾步走向家中。杰克忽然兴奋地大叫起来，白强一看，那条异性果然正朝杰克摆尾。白强慌忙把杰克往屋里一塞，把门紧紧带上。

杰克跃上窗子前的矮柜上，用前爪撩开窗帘并把脸贴在玻璃上然后用奇怪的声音吠着。白强去厨房为太太准备早点。太太的早点很简单，几块苹果，一杯热奶，既可养颜，又不会发胖。整好了，白强走进卧室。晨光透过窗帘投在床上，太太的细皱纹一根也看不见，她很好看的脸此时便是全天最有观赏价值的时刻了。白强仔细考虑是把太太吻醒呢，还是呼唤她的爱称小草莓。眼见太太的受孕期一天天逼近，白强想用浪漫情调将太太迷惑得心甘情愿地接受女人应该生孩子这一事实。谁知在白强临近床前，把太太弄醒的居然是手。

"几点了？"

"哦，7点半了，团里今天集中，宣布舞剧《水边的林妖》的角色。"

太太把睁开的眼又闭上了。歌舞团编了个古典舞剧，说是美国人看上了。白强的小草莓原先以为自己是主演，谁知听说连伴舞都没份。白强很清楚小草莓的季节已经过去了，问题是小草莓不清楚。白强很想让太太亲自听一下角色分配，然后伤心几天，以后就不再产生生了孩子腰会变粗这种恐惧。不过，白强什么也没说。三年前他就想让她相信做孩子他妈也是个大幸福，可她坚决不相信，说美国人、法国人很多不要小孩依旧幸福得不行。白强说，这是在中国，中国的夫妻除了小孩基本上就没什么玩意了。小草莓哭着说白强不懂爱情。白强愤怒地说不懂爱情怎么写了那么多爱情诗？小草莓深刻地哭诉道你不是诗，白强想了会儿才答我是唐诗，七律，格律很严格的唐诗。

白强又在床前站了会儿，想想没什么好说的了就说：

"我走了，公司有事。"

白强开门的时候，杰克妄图冲出去幽会，白强果断地制止了，把门关上。他以为杰克一定要大叫不止，谁知却没动静。他奇怪地回头望去，只见杰克的脸在玻璃后，正以一种忧怨的目光注视着他，让他感到自己是让小孩做了太监的父亲。这种感觉不能细想，他赶紧发动摩托车走了。

二

白强进公司时，老板已经来了，正在打电话。白强笑了一下，表示自己已经来了，然后在办公桌前坐下，拿出昨天没写完的"神仙口服液市场拓展报告"，眉头先紧了起来。市场上口服液的品牌已经三百多种了，新的品牌还在源源不断地推出，功能全是延缓衰老，补肾养颜，降血压降血脂降胆固醇。大师广告公司这几个月一口气做了八个口服液的广告代理。做头几个时白强还很认真，要求厂家提供大量的试验报告，临床报告，检验报告，然后告诉广大消费者喝这个或那个口服液会长命百岁，身体健如不老松，并暗示不喝就有危险。口服液的广告做到现在，白强已经熟悉多了。前几天神仙口服液来谈时，那个发明人喋喋不休地从秦始皇说到乾隆，什么道家秘方现代科技一通好吹，白强打断了他，直问你就告诉我喝了神仙口服液会不会拉肚子？那人说不会。白强又问这次广告活动你们准备投入多少经费？那人就说你连我的产品都不懂怎么做广告？白强就说你怎么就不明白，有哪个口服液不是靠广告支撑而是靠实效？告诉你个个都有效，剩下的就看谁做广告花的钱多，你要敢投一千万元广告费，我就敢让你成为新时期的暴发户，说句术语就叫口服液的市场占位置换在现今市场唯一的起决定作用的是广告费，因为这是一种关心度很低的产品……终于到那人打断白强的话，也是直问回扣是多少？那人大约是有些文化，问起来小有些羞羞答答。白强说你去问老板，我只管具体业务。那人与老板谈了，然后签了合同，就喜滋滋地走了。老板过来说，他们这次做 35 万，你做个策划吧。白强于是就开始盘算怎么帮神仙口服液花掉这 35 万，并使老板最大限度地获得效益。尽管口服液广告白强已经做得滚瓜烂熟，但至少在百多个口服液在市场上大战时理出个有点意思的广告主题就是一件十分困难的事。

BP 机又响了，还是舒妮。

"我在公司正忙呢？"白强压低嗓子。

"可我闲着，今早呼你为什么不复机？"

"那时在家没法打。"

"我发现一个问题。你把什么电话号码都给我留了，唯独没给我留你家的，而且我打电话到广告公司，居然没有一个人肯告诉我你家中电话。"

"是我交代他们别告诉你。"

"为什么？"

"这是废话。"

"我打算让她知道我来了。"

"这有意思吗？"

"当然有意思。这次来，我发现你最突出的一点是没有激情，我自信能把你的激情煽动到十年前水平。"

"你听我说，在这个地方你别给我摆出一副职业第三者的姿势，要不然你愿上哪活就上哪活去。"

"你在做酷状，我不是高中女学生会为酷状而发狂。"

"你他妈怎么让海南的毒日头晒出了昏病，整个一副神经兮兮的模样。你听清楚了，我跟你唯一的关系是十年前认识，现在你落魄，我帮你一下。时间都过去十年了，再说女生那种昏话让人挺不耐烦。"

电话那头嘤嘤地哭了起来，这种声音让白强听起来真实些。

"我要跟你谈一下。"那头说。

"好，你就在宾馆待着，一有空我就过去。"

电话放了，老板立在眼前。

"什么事？"老板问，关注的眼神让眼镜片给放大了，怪怪的。

"没事，一个熟人。"

"要有困难就说一声。"老板的眼神依旧锲而不舍地关怀。

"没困难。"

老板点上支烟，轻轻吸了几口，问：

"那个女的叫舒妮呢？"

"你怎么知道？"

"昨天我接过她的电话，这人好像挺愿意把自己的事告诉别人。"老板仿佛不介意地说道。

白强很清楚，老板在人际关系上喜欢以轻描淡写的姿态来表示自己的明察秋毫，诱惑对手误以为他什么都掌握了，将问题很快推入实质。此公在大学就读的是政治系，国际工人运动专业。跟他处久了，白强肯定此公在研究工人运动时是站在资本家立场研究工人的，能将残酷剥削工人并让工人不起来造反处理得恰到好处，因此他把公司员工调拨得得心应手。今天他既然对舒妮的事关心，肯定有点说法，白强索性采了个陷入痛苦不能自拔的表情并配之以叹气，等待老板的下文。

老板立即满面关怀，令白强恍若面对大救星。

"我想请舒小姐出任本公司公关部经理，月薪 800 元，公寓租金由本公司报销。"

白强承认，老板的处理是一针见血，或者说是见血一针。如此，舒妮的问题便全面解决了。但此时离道谢还差很远，白强又做出痛失爱妃的模样问：

"公关经理不用对男经理、男厂长使美人计吧？"

"可以不牺牲美人，但要使计并让对手中计。"老板高明之处就在于说这话他也严肃得一丝不苟。

白强站起，让面部整体进入感恩戴德境界，足以让对方充分感受到做大救星的快活，然后说：

"您让舒妮来，但作为情人的我不想让她进大师广告策划公司。"不让救星救自己，感觉很好。

"有理由吗？"救星的烟灰不知怎么掉了。

"广告公关形势复杂，我怕她陷入魔掌。"

老板的目光在白强脸上研究着，透出一股威慑力。

白强以毅力顶住对手的威慑，他有些怕老板研究自己。很奇怪，当诗人时，好几个文学理论者研究过他，他毫不在乎，大约是因为有诗组成的篱笆在前面挡着。现在则不同了，老板与雇工之间除了利益关系剩下的就不多了，利益关系是很直接的根本不带掩饰的关系。关系双方在试探中争斗以取得一时的均衡，然后又很快开始不均衡，接着，新的试探、新的斗争又开始了。这个试探过程奥妙无穷，需要大智；而斗争过程闹不好就出现雇工失败的结局。道理很简单，你不能不要钱，钱却可以不要你。而钱在老板手上捏着。当然，此刻白强怕老板研究自己并不是钱不要他，而是他不要这个老板的钱。他已与四海企划有限公司进行了三次秘密接触，四海的条件比大师优厚，他决定叛逃。不过，在没最后敲定之前，他必须与现老板保持均衡。然而，白强又忍不住与老板在智商上调皮一下，他知道老板会有炮火轰击自己。当然，是糖衣炮弹。白强决心利用自己不低的智商，把糖衣吃了，把炮弹还给老板。

老板说话了：

"不是怕舒妮陷入魔掌吧？"

"那是为什么？"白强忽然担心老板已得到自己即将叛逃的情报，立即捅破这层纸。

不料老板的反应却是赞许地点了点头，像个领导似的竖起了一根手指头：

"是你成熟了，情人在自己身边，从各个角度看都不是个合适的位置。"

白强舒了口气，他估计老板现在说的话是真实的，因为这是老板一贯的情人政策。老板现有情人若干，却都不在这个城市，以至于老板娘到今天还相信世上至少还剩一例忠贞不渝的爱情。

老板似乎不想就这个问题讨论下去了，他看看表，说：

"你在9点半去洗涤剂厂把合同签了。"

白强有些惊讶。昨天洗涤剂厂的王科长打电话来说另一家广告公司的价格比大师公司的合理，厂方已请对方出策划，待比较双方的策划与价格后再决定与哪家公司签约。怎么一会儿情况变化这么大呢？白强迟疑着问：

"是按原先那个方案签吗？"

"当然不是。合同我已写好并盖了章，你只要去把洗涤剂厂的章盖上就行了。"

"哦，那把写好的合同给我吧。"

"合同已经在王科长手上，你9点半把合同拿回来就行了。"

"当个通讯员？那叫谁去不行，我还要赶策划报告。"

"还是你去合适。"老板摆摆手，表示这问题不再往下谈了。

白强看着老板离去的背影，觉得这里面有事。又一想，管他有什么事，反正自己以后不管大师公司的事了。他锁了抽屉，去当通讯员了。

三

白强用公用电话给四海公司的马总打了电话，想约个时间就卖身契也就是合同与他商谈一些细节。现代社会口头的承诺愈来愈靠不住，得靠法律保护自己。谁知马总说没空，至少今天不行。白强看看表，离9点半还有几十分钟，便去毛毛雨宾馆。

进了舒妮的房间，白强发现舒妮比昨天顺眼——她没化妆，也不做那些张狂状。白强想想，舒妮原先也是普通工人的后代，本分人家骨子里的本分总还是有的。

两人坐了一会儿没说话。白强想到还有通讯员重任在肩，就问：

"吃了早餐吗？"

"没吃。"

"那我陪你下楼吃点？"

"不想吃。"

又没话了一会儿。白强忽然笑了。

"你笑什么？"

"想起你当年豪情万丈，基本上就没把社会放在眼里。这才几年呀，就弄得社会不把你放在眼里。你们在学校长得像个人的那几个丫头当时都傲气，都妄图气吞山河，结果没有例外地让山河给吞了。倒是那些长得平平淡淡的人最终和山河融为一体，活得挺舒展的。"

舒妮叹口气说：

"现在说那些没有意思了。我该怎么办，你认真想过没有？"

"想了，可这事不是想就能解决的。我想让你哪儿跌倒在哪儿爬起，可你已经看见跌倒的那块地就打哆嗦。我想让你回故乡和家乡人民一同建设社会主义新城镇，可你没那身衣锦就没脸荣归。所以，这不是想的事。我的老板倒是给指出一条光明大道。"

舒妮精神一振，忙问：

"什么意思？"

"他想让你进大师公司，月薪800，房租另算。"

舒妮那点高兴又没了，懒懒地说：

"连我长得什么模样都没看，老板就肯这么优厚呀？"

"什么意思嘛，这优厚跟模样有什么内在联系？"

舒妮冷冷一笑，说：

"我从毕业到现在就没干过与我专业对口的事，所有的人都是想当然地把我放在秘书或者公关的位置，你的老板也不会例外。"

白强拍手道：

"绝，绝，老板就是要你去当公关经理，看来社会整体对你有共识。舒妮，'公关'这个词我听了很多年了，到现在也不理解，你给我说说。书上写的公关你不用说，你就说说你的体会。"

舒妮的脸阴下来，问：

"想听妇女的辛酸史？那你听好了。什么是公关？老板要成事，要过很多关，那些关都是男人在把守。男人跟男人打，老板嫌累。于是，他拿一个女人来做成一个关。好，那些守关的男人就一齐来攻打老板设的这个关，等他们占了老板设的关后，他们原先守的那些关就被老板溜过去了，双方都是胜利者，失败的只剩那个做关的女人。你想听的就是这个，是吧？"一颗泪花沾上她的睫毛。

白强说："我还不至于那么坏。我只是想让你明白，初级阶段，不管多么高级的公关都要与初级的人打交道，挺痛苦的。"

两人又不说话。大约一分钟后舒妮问："老板说没说什么时候上班？"

白强有些诧异地道："怎么，你还是去呀？"

舒妮阴阴地说："不去又怎么办？"

白强眨巴眨巴眼说："我已经跟老板说了你不去了。"

"为什么？"

刚才说了半天，她居然还要问为什么，这让白强有些泄气，深感把已让社会改造过的人再改造过来是很困难的事。他懒懒地说：

"不为什么，只因为是老板先提出来让你去，为了不给老板找到大救星的感觉，我就说你不去了。"

舒妮愠怒地站起来问："为了你的自尊心？"

"可以这么说。"

"那我怎么办？不行，我给老板打电话。"舒妮抓起电话就要拨号，整个是落水者要抢救生圈。

白强按住她的手，却被舒妮一把甩开，泪哗哗往下流，激动地嚷着：

"我已经走投无路了，你要听听我在海南的事，你那份自尊心一钱不值！我做过——"

白强一把捂住她的嘴，冷冷地说：

"不搞文学了，不想听故事。"

舒妮的眼睛带着眼泪的冰凉盯住他说：

"你是不敢听。"

白强说："我敢听，可我听完了，咱俩就算完了。"

"咱俩？你还敢说这两个字，你知道这两个字要负的责任吗？"

"我知道往下你就会说我有老婆，然后结婚离婚一大堆乱七八糟的。我这样说你可能会清楚一点，那个咱俩是在十年前，那个咱俩凝固在十年前。十年前是个记忆，人可记忆的东西不多。人要没点可记忆的东西就等于没活。十年前人只要找到感觉就活得挺好，十年后的全部坏处就在于人明白了感觉不能当饭吃。于是，十年前的感觉就显得金贵，所以，我就怕你一说把那感觉毁了，你他妈怎么整个就不明白？"

白强说这段话时是摇着舒妮肩膀说的，直说得舒妮由冷泪变成热泪。于是就拥抱接吻。本来还有些顺理成章的事，但这时有人敲门。

白强打开门，见是保安，赶紧说：

"对不起，我们在练台词呢，要拍电影。说大声了是吧？我们注意。"

白强发现保安盯着舒妮看，估计是分析那眼泪的来由，便说：

"你看你看，她进戏了，好演员，说哭就跟水库决堤一样。"

保安什么也没说，把手威严地摆摆，便转身了。白强把门关上，刚回头，就听见脚步声又回来了，想开门，脚步声又走了。保安像操练似的在外面走来走去，弄得白强想出去骂两句，却感到心虚，便住嘴了。

舒妮却依旧在规定情景中不能自拔，显得很感动地说："你终于有激情了。"

白强却让那脚步声弄得情绪全无，应付道："全靠你的煽动。还是说说我打算怎么安排你吧。"

舒妮还是恨不得沉浸在刚才的情绪中淹死，情感、欲望类的东西把眸子浸染得很是迷蒙。她痴痴地道：

"什么也不要说。"

白强装做什么也没感觉到，说："好，那我就不说，正好，办事的时间也到了。"

舒妮顿时有些按捺不住，悻悻道：

"你是真坏。"

"既然你说我坏，我索性找点暴发户的感觉。我在郊区给你租幢房子，来个金屋藏娇。以便坏得更彻底。"

舒妮把脸冷下来说：

"想养个妾？也不问问妾是不是愿意。"

白强尽量让神色端庄地说：

"我看透你这个人是不适合在中华人民共和国生活，你原来外语不错。我想让你好好学段时间外语，然后到美国大使馆领本护照。我最近的薪水情况会有变化，估计养你个一年半载没问题。你先别急着反对，考虑过再回答我。我要走了。"

白强就走了，在出宾馆自动门时，很意外，太太正朝里走。白强第一反应是太太获取了情报来此取证的，忙说：

"我来看一个客户。"

太太看了他一会儿，神情有些陌生，干巴巴地说：

"我又没问你来干什么。"

"主动汇报是我应尽的责任。"

太太没为这个夫妻幽默发出应有的笑容，白强只好自己心虚地笑。他发现，偷香窃玉和偷金窃银都能得到做贼心虚的感觉。

太太也没说话，目光比往日深刻，显得挺有内容。一丝不妙的预感从白强心头滑过，他有些紧张地问：

"你来——"

太太低下了头，说：

"李家富来了。"

白强让这名字弄得脑子挺白。小草莓婚前去香港演出过，李家富是个什么剧场的部门经理，动过小草莓的心思，闹着要送个电视机给小草莓。小草莓不要他又闹着要送金首饰，小草莓还是不要。那时小草莓的皮包里装着的全是白强给她写的诗。等小草莓从香港回来向白强会报这一段时，白强比较自豪，说这是人类文明史高雅消灭低俗、精神战胜物质的典型范例。后来，李家富又来过内地几次，好像已改换门庭并且发了，来歌舞团找小草莓时坐的奔驰 560 据说从香港运过来的，因为这个城市当时的轿车档次不够高。那时，白强已经不大写诗了，只是不时地为歌手们写些歌词。那时，在李家富面前，小草莓依旧高扬着舞蹈工作者练出来的好看的脖子。不过，白强已经看出来，这只是小草莓为了证明自己的选择没有错误。诗搭出的童话小屋腐朽得很快，而李家富却随时可以用钱真盖一幢童话木屋让小草莓住进去。

太太的手在拨弄着坤包上的珠子，白强这才想起，自己的诗从这个包里被请出去已经很有些日子了。

白强点点头，说："去吧，我要去办事。"说罢，将头发甩了一把，颇有义士就义前的那份潇洒。脑子里浮现出小草莓阴郁了许多天的脸和昨晚那个漫长的卫生间电话，心里莫名地涌上一句话：

"操，下面的仗是物质和物质打了。"

紧接着，白强想起了海湾战争，便很有理由地推测起萨达姆在轰炸中的悲壮感。抬头看天，天上没有美国飞机，只是天色晦暗。

白强阴郁地陷在洗涤剂厂销售科办公室沙发中，等待拿合同去盖章的王科长。他不知道应该想什么事，便什么念头涌出来便把那个念头推开，抵抗得很顽强，颇有大战风车的那个勇士的味道。

王科长迟迟不来，白强想，现丢种子现种树再把树放倒去刻个公章也用不了这个时间。

门被推开的时候，进来的不是王科长，却是四海企划有限公司的马总经理与几个四海的业务员。双方都显得有些吃惊。

"你——"

白强还没来得及答话王科长进来了，手里拿着盖好公章的合同。

马总的脸不好看起来，冷冷地问：

"这是怎么回事？"

王科长边把合同递给白强边说：

"不好意思，今年的广告先请大师公司做，明年一定与四海合作。"

马总啪地把皮包甩到茶几上，从业务员手中拿过一个纸袋，掏出一叠文字稿和数张彩图，生气地说：

"这是策划报告，这是电视广告创意方案，这是电视广告故事版，这是平面广告设计，这是户外广告设计，这是 POP 设计，什么都做完了，你一声明年合作就算完了吗？你这不是拿我们来要吗？"

王科长依旧满面搞销售练出来的永不褪色的笑意。他把茶几上零乱的文件一张张捡好，递到马总手中，说："没办法呀，白总监催得紧呀。而且，据说贵公司的设计能力还过得去，而制作能力就吃力一点，好像一般都是临时去电影厂租个草台班子搞拍摄吧。"

"据说？谁说的？"

王科长没答，只是询问般地看了看白强，白强居然像中了邪似的点了点头。但他马上明白这头是万万不能点，果然，马总正紧盯着他。他赶紧表白：

"这绝对不是我说的，王科长，你可以作证。"

"就是你说了，我也不能说是你说的，是吧？"

"哎，我说，王科长，你这么说，不是在害我嘛！"

王科长笑意不改，说：

"白总监，我要害你能把合同跟你签？兄弟公司互相尊重是应该的，但竞争是免不了的。白总监，我最欣赏你的竞争性，我要再不把生意给你，你大约还是不让我睡觉吧？你这小子，就是能缠。"

王科长在笑着把自己往火坑里推已是个不容置疑的事实，白强不想跟这个广告油子扯了。他赶紧转向马总，并努力做到一脸坦诚。

"马总，我向你保证，大师公司与洗涤剂厂这次生意跟我一点关系没有。"他想摆手来加强这个保证的真实性，谁知忘了合同还捏在手上，随着手的摆动，合同哗哗响着，将白强想要的真实性弄得面目全非。

马总似笑非笑地问：

"我们的制作能力不行是吧？"

四海公司要提高制作能力是他们要把白强挖去的主要原因。这点，在几次秘密接触中马总已坦诚告诉白强，白强也为此打了保票，短期内将四海的制作能力提高到一流水平。而眼前这个局势，白强的保票成了刺探情报的诡计。

白强至此时，已经相信世界上有些不是能说清的事，再解释下去，人格损失就太大了。这么一想，坦然了些，便说：

"算了，你们愿意怎么想就怎么想吧。"

马总扭头对一个业务员说：

"立即给香港迪斯广告公司发电传，请他们尽快来签委托制作影视广告片协议书，我方完全接受迪斯的制作价格。"马总将这段指示说的大气磅礴，待说完已是趾高气扬得十分彻底。

"白总监，您对四海公司的制作没什么新的建议了吧？"

此时绝对需要一句水平很高的话来回敬马总。白强憋足了劲儿，嚷出一句让他后悔了一整天的话：

"一臣不事二主。"

马总哈哈大笑，道：

"有如此古典的总监，难怪贵公司喜欢出让古人替现代产品说话的创意。"说罢，让人前呼后拥着走了。

王科长像什么都没发生似的坐在桌前，戴上老花镜，认真地在纸上写字。

白强坐到他对面，把合同细看了一遍，老板已经把总预算降下来了。白强问：

"王科长，今天这场面是谁设计的？"

"什么场面？"王科长俨然大智若愚。

"我看出来了，你拿着合同在外面磨蹭了半天，等的就是四海公司到来的时刻。老板叫我来取合同，是因为你通知了他四海今天要来。然后，他设计了这个场面，由你具体实施。如此这般，厂家降低了广告费，你个人肯定也得到某种承诺。而老板不仅获得了这笔生意，更重要的是一举挫败了我叛逃四海的企图，我说的没错吧？"

王科长平静地看着白强，说：

"这全都是你的猜测。白总监，作为一个上了年纪的人我劝你一句，短时间内你还不具备和你们老板玩的能力。"说完，他又开始一丝不苟地写字。

白强把合同装好。今天的事让他明白老板比自己更善于使用智力，这是很重要的收获。自己身上有许多知识分子的毛病。毛病的突出特征是往往把智力用来表示自己有智力，结局只能是一时聪明，却糊涂一世。人家老板也是知识分子，智力却都落在实处。学吧，你啊，够你好好学一辈子。困难和挫折教训了我们，使我们变得聪明起来。白强想，这是伟人的教导，应该开始按伟人的话去实践了。

现在显然不是回公司的心境，毛毛雨宾馆更是需要远离。本来是下午去摄影棚，白强决定现在就去。

四

大师公司的摄影棚是用工厂的旧仓库改的，白强到的时候，拍摄还没开始，一伙人在那往沙上固定不知从哪儿砍来的芦苇花。

导演看见白强，便走过来。小伙子是电影学院毕业，浑身都是毛发，浑身都是才气。当初投奔大师广告公司时，是白强面试的他。白强特别欣赏的是小伙子思路清晰，是块天生的市场经济艺术工作者的好料子。小伙子将现在拍广告叫作资本原始积累，等钱够了，就自己投资一座摄影棚，承接那些没有制作能力的广告公司的片子。等钱再多一些，估计中国的电影体制已改革到独立制片人的程度，那他就成立制片公司，拍故事片，用他的话说叫作好莱坞模式的商业电影。这个期间他准备用六至七年，而如果在电影厂混，他连电影的毛都摸不着，充其量是做一条导演的狗腿子——副导演。为了他的理想，小伙子天天早上去江边游泳，说是只有好体魄的导演才是好导演。小伙子精彩之处是他实现理想的步骤很商业。他刚到大师公司拍片时，一句钱的话都没提。三条广告片下来，用白强的话说叫全省广告质量为之改观，色彩、节奏都让人舒服得不行。此时，他开始说钱了，要求每条片子的利润部分与老板对半分成。利润是公司的生命线，老板岂可与人对劈？老板决定冻结小伙子，两个多月没让他拍片。小伙子不急不躁，每日在家看书看录像带，其他广告公司来找也不予理睬，找烦了便问对方你能给我一座摄影棚吗？你每个月平均有十几条片子让我拍吗？做不到，请走人。那两个多月大师公司很尴尬，一口气换了七八个导演，拍出的片子还是被指责为乡镇企业水平，以至于让企业界感觉大师公司只能做做低成本广告片，以至于原来谈好的两个 25 万元一条的片子，也不辞而别，跑到广东去做了。白强劝老板，广告业是智力工业，是专业要求很高的行业，广告公司竞争的根本是人才竞争，冻结小伙子不光光是损失了可观的制作费和代理费，最大的损失是给别人一种大师公司人才环境不好的印象，这对公司的长期发展是很不利的。老板就是老板，错了就改，跑去找小伙子。去了两次没找见人，便在门上留字条说是要三顾茅庐。等小伙子见了老板，说，我不是孔明，你也不是刘备，我跟你是很纯粹的利益关系，咱们不讲形式，只说内容。老板说，好，你需要把我当成一棵摇钱树，我也需要把你当成一棵摇钱树，把钱摇下来是我们的共同目的，为了这个目的我们共同奋斗。小伙子说，这话受用。便回大师公司拍片了。老板事后说，现今的劳资关系怎么弄成这样了？要研究。

小伙子说：“白总监今天亲临现场督战，有没有什么背景？”

“这个片子制作费少，怕你不舍得投入，光顾得留下来去当大陆的邵逸夫。”

小伙子看白强一会儿，疑惑地问：

"你对这条片子的关心程度不同寻常，交创意给我时就妇女般地交代了半天，是不是你老婆或者情人戴了这个文胸，治好了小叶增生或是发育不良让你特别感动？"

"不，这是出于广告人崇高的职业道德。"

"夸张了你的觉悟，你干这行，依我看不过是奔小康的途径而已，还是把真实想法说出来。"

尽管小伙子在调侃，白强还是觉得似乎是隐私被窥见了一样。和千千万万赶着毛驴挑着担子及摆着摊子卖着米粉的人们共同奔小康，好像不该是他这号人的终生使命。他关心文胸的广告片是因为他在产地体验过生活，那里许多人还在喝粥，觉得从喝粥人碗里弄太多利润于心不忍，是同情。能同情别人说明自己还活得不算坏。让小伙子这一说，自己跟他们没什么本质差别，他们在为从喝粥过渡到吃干饭再过渡到鸡鸭鱼肉而奋斗，自己在为从骑单车过渡到骑摩托再过渡到坐小汽车而奋斗，如此这般，肯定有人在同情自己。

白强干笑了两声，说："这个厂家挺穷，弄这十来万做广告不容易，如果这次广告砸了，好几个人恐怕要上吊。"

小伙子点点头，说："这想法真实，但是不对。广告是一种昂贵的装饰，如果你还住着茅草屋，你就不应该装大理石地面。但任何卖大理石的都不会拒绝把大理石卖给住茅草屋的，而且在卖的过程中能做到脸不变色心不跳。广告业肯定不是慈善业，而是一项对利润要求很强烈的商业活动，只要我们按商业原则去做，心就不应该有什么不安的。我今后要拍电影，但我相信没有哪个大明星会因为我有才华而无偿的上我的片子，只有我弄够了给他或她的片酬，我才能给大明星说戏，才能让大明星为我的片子添光彩。你我都是学士级知识分子，我想语重心长地告诫你，改造世界观，在市场经济条件下是知识分子一项紧迫的任务。不然，你穷心灵不安，你富了心灵就更不安，横竖都不是人。"

白强望着小伙子满面的毛发，心里挺佩服的，想想自己不管真假好歹也是个总监，政治思想教育怎么也不能让岁数小的人来完成，便说："帝国主义的预言家估计到你们这一代就要变色，你光讲经济效益不讲社会效益，小心让帝国主义预言家阴谋得逞。不跟你磨嘴皮子了，干活去吧。"

小伙子笑笑，说："心虚了吧。"

他们在准备拍摄。也不知小伙子去哪儿弄了群小丫头，身上没穿几寸布，全藏在芦苇下面。灯开了，又在后景放了点烟雾，小丫头们热带鱼似的扭着从芦苇后站起，有点童话中水妖的意思。小伙子让她们站着别动，说是逆光太弱，照明又在外面架上一个灯，整了半个多钟头，小伙子才叫了OK。接着拍女主角的镜头。女主角请的是话剧团一个常演影视的女演员。她大概嫌服装的领口开得太低，不时用手提一下。小伙子笑着说：

"你的胸长得挺好的，文胸广告没这个好胸可不成。你就放松了来拍。让中国妇女们看看什么叫胸，让她们看一眼惭愧一百天，然后，她们全体向你学习，戴这个牌子的文胸。"

女演员让小伙子说得直笑，就不再扯领口了，反面挺直了脊梁，以突出今天的广告主题。

白强到监视机前看了看，确实是那个意思，便为喝粥地区的人民放心了。心刚安，BP机就响。白强有点不敢看，不管是舒妮，还是老板，当然还有小草莓，都不会是让人想打的电话。白强想，这大约就是不敢面对现实吧，这种生活态度肯定不对。

白强去工厂门卫那儿回电话，对方是老板。老板让他立即回公司，说是检察院来了两个人要找他。白强问是哪里的检察院，老板说是外省一个市的。白强心一沉，知道老陈出事了。

五

白强回到公司，检察院的人在正襟危坐。老板满面轻描淡写，仿佛对法律利剑视而不见，这便给了白强以无穷信心。

双方自报家门后，浓眉大眼的检察便铺开一叠可疑的记录纸，像是要按红手印那种。白强便觉得不自在，整体感觉顿时很不"公民"。他吞吐道："怎么，有点审罪犯的意思？"

浓眉大眼不动声色地说：

"你看清楚，这是询问笔录，不是审问笔录，两者使用的对象是两类不同性质矛盾。不过，实事求是地回答问题，是两种对象都应遵守的原则。"

白强便点头，说："经过普法学习，我的觉悟得到很大提高。"

浓眉大眼就问："你认识陈东升吗？"

"认识，他是你们那儿的电视台广告部副主任。"

"认识的时间？"

"四五个月前。"

"是四还是五？"

"五，五个月。"

"怎么认识的？"

"我去广告部代理肥又大饲料添加剂，是他接待的。"

"为什么那次没签代理合同？"

"因为厂家指定的播出时间是新闻联播前，那个时间已被你们本地一个厂家给买下了。"

"你怎么办？"

"我什么也没办，买了张火车票就回来了。没买到卧铺，是硬座，还是高价票，你们那火车站秩序特混乱——"

"不要东扯西拉，我再问你，你后来又去了没有？"

"去了。"

"去干什么？"

"签合同。"

"签成了吗？"

"签成了，按合同那广告现在还应该播着，是全年的，你们看过吧？我估计你们爱看新闻联播。"

浓眉大眼从档案袋取出一份合同，问："是这份吧？"

白强看了一眼，便肯定地说："是，绝对是，我的字我认识。我练的是颜体，能看出点意思吧？"

"我们看出的是别的意思，你当时知道你要的那段广告时间是很抢手的吧？"

"据说你们本地好几个厂家都对这段时间感兴趣。"

浓眉大眼立即将身子朝前倾去，以造成心理压力感。然后盯住白强看了近五秒钟，把白强心看虚了然后问："为什么陈东升却偏偏把这个黄金时间给了你这个外省人？能解释一下吗？"

陈东升的话语顿时在白强耳过响起："就说你们的合同是全年的，其他厂家都是半年以下。"

白强说："你们那儿经济发展相对我们这儿速度慢一些，所以，广告费投入就小了，因此，广告播出时间都少于半年。而我们的广告是全年的，所以，陈东升就给我们了，他说电视台不搞地方保护主义。"

浓眉大眼微微一笑，让白强感到他在笑一个蠢人。

"你回答询问很积极，你对我们为什么为陈东升的事来找你就一点积极性都没有？"

"一直想问，可没敢。现在你叫我问，那我就问，陈东升出了什么事？"

浓眉大眼缓缓点上烟，猛吸几口，然后从烟雾后发出声音："陈东升已被检察机关收审，他在交代问题时专门谈到了你。"

陈东升会谈什么呢？白强努力地分析。有一点白强很清楚，往下的话怎么说是很关键的。他在五个月前去找陈东升时，陈东升提出了回扣的问题，白强说要请示老板，便回来了。从本意讲，白强反对广告行业的不正之风，不管是客户还是媒介要回扣，受损失的都是广告公司。然而，关系加实力等于成功的广告公司已成了现阶段广告业的模式。所谓关系，也就是钱的事。白强把事和观点都跟老板说了。老板说我也厌恶不正之风，但我们不能超越现阶段。不正之风是社会问题，政府在努力纠正不正之风，等政府把不正之风都纠正了，我们就坚决举起风正的大旗走进四个现代化。现在他要回扣，你就从我们的钱里扣出来回给他。白强问出了问题怎么办，老板大义凛然地说我是法人。白强又去找陈东升，陈东升没要钱，只要了一套西装，是皮尔·卡丹，18800 块钱。第二天，白强请陈东升吃饭，发现皮尔·卡丹的商标都拆掉了，连有皮尔·卡丹标志的扣子都换成大陆货。白强不解地问这是——陈东升说这是老婆做的。陈东升说历史的经验值得注意，陈东升还说把名牌穿给别人羡慕是虚荣，自己心里有感觉才是名牌真正的价值，最后陈东升再一次强调这套西服是他老婆做的，白强便说你老婆手艺真好并同时发现没商标的皮尔·卡丹其实也没什么欣赏价值。陈东升已经把受贿工作做得这么出色，还是落入法网。听说经济犯案子一发，检察院会在第一时间抄家，也不知那套伪装过的皮尔·卡丹逃没逃过检察院的火眼金睛。白强感到心里没底便寻找那个大义凛然的法人。老板沉着地坐在老板桌前计算着什么，好像这边什么事也没出，大有"骤然临之而不惊，无故加之而不怒"的名家风范。白强镇定下来，问：

"谈到我什么？"

"是真不懂还是假不知道？"

"是真不懂，我这人悟性差。"

"那好，我提醒你一下，为了这个广告代理你给了陈东升什么没有？"

"没有，我自己还水深火热呢，哪能有东西给别人？换句话说，我现在既没有受贿的水平，也没有行贿的能力。"

白强虽然咬紧牙关，却也感觉有些抵挡不住。他忘了是听哪个王八蛋说过：坦白从宽，把牢底坐穿；抗拒从严，回家过年。但是，他知道，只要浓眉大眼一说出那个世界著名服装设计师的名字，他在一秒钟内就会坚决要求走坦白从宽的光辉大道。

但是，浓眉大眼却不作声，慢慢把笔套套上了，才说："好，今天就问到这里，你在这里签个字。"

白强在询问笔录上签了名，又按了好些个手印，心想，我今后再也不能作案了，我的指纹已留在专政机关了。

老板终于过来当法人了，说："我们公司是很注重员工的法制教育的。为了协助你们的工作，我叫会计把肥又大饲料添加剂广告的全部帐目复印好给你们，确实没有额外支出。另外，你们的回程票不大好买，我叫熟人弄了两张，艰苦点，是硬卧。公事公办，你们把票款给我。现在离开车还有五个小时，我让司机陪你们出去转转，给老婆孩子买点东西。您别急着反对，我知道您还要去市检察院找杨科长。杨科长是我大学同学，此刻就在底下的车里等你们，上街、工作两不误。"

浓眉大眼还想说什么，终于什么也没说，拿了票，付了钱，走了。

白强还坐在那里，这事算完了还是算没完？白强心里七上八下，忐忑不安。拿别人的东西和拿东西给别人的时候，法律总处于隐隐约约的位置，当法律一旦真实起来，确实挺吓人的。

老板拍拍白强，说："事都完了，别沉浸在恐怖气氛中啦。"

白强怔怔地问："陈东升不会继续交代啦？"

"他交代他的，反正你什么也没给他，而且，除了交给电视台的播出费，我什么钱也没让你带过去。况且，我是法人，我才有资格决定公司的正常与非正常经营活动，承担法律责任。"

白强又想了想，说："那我也得进入帮凶行列。你要是首犯，我好歹也能混上主犯位置。"

老板有些不高兴地说："刚才还觉得你挺能顶住事的，现在整个感觉是跟王连举共支部。"老板去了另一个房间。

英勇了半天，最后还是成了叛徒。白强忽然发现这点挺像自己的，不管什么事，行业的表现形式跟最终的心理感觉总是相反的。诗写得如日中天时，觉得这辈子再不挣挣钱就冤枉过了。搞广告搞得所有人都认为自己是个天生的广告人时又觉得这么搞下去这辈子算毁了。现代派了半天最终觉得很想要个孩子。绞尽脑汁用尽激情给情人写诗最后感觉累与烦。使出浑身解数去弄个小康之家以便白头偕老，可老婆此时还在宾馆跟大康之人不知说什么。要是弄了半天老婆还是冲出围城，那围城中的现代化玩意儿除了摆设在那儿嘲弄自己就基本没用了。

怕是要学点哲学了，白强想，只是在一个不怎么哲学的时代里也不知学不学得进哲学。

白强想找点事干，正好出纳叫他去领工资，他便去了。白强是公司高薪阶层，月收入3500元。他想，要是实在不高兴了，今晚就跟舒妮上娱乐场所扮演暴发户，一掷千金，3500元可以掷三次半，让她看看我已经敢俗气了，并用眼神向所有的人示威，看看谁敢跟我比俗气。

出纳把工资袋给了白强。白强一般是不数袋中的钱的，只是这回他感觉袋子的份量不足，才抽出来看看，只有400元。白强问："你把谁的工资放进本总监的袋中？"

出纳说："老板交代，从这个月开始，你每月的工资400元。"

白强明白了，这是老板的处理方式。有次老板喝多了，告诉过他管理的秘诀：好处要慢慢地给，惩罚要一次给够。白强想，是不是该把这400元钱摔到老板脸上，然后迈着诗人的步伐扬长而去。但一转念又觉好像不妥，要养空调，养电话，养煤气，养摩托，然后可能还要养小孩。即使不养小孩，公狗杰克的伙食费至少需要300元。自己估计不能像孔子那样需求不多，也不能像李白那样骑骑马坐坐船喝点酒写点诗然后就潇洒得不行。那得要境界，自己无境界。这个世界已经很怪了，几乎每个人都拼老命挣钱然后尽可能多地往自己身上堆上金属的、塑料的、木头的制品，再然后扬扬得意，骄傲不止。白强悟到，自己已经挨世界改造过了，再想洗心革面，重新做人已经很不容易了。

如此，白强就坐到桌前，再一次拿出神仙口服液策划报告，继续无灵感。翻了翻《国外广告妙语大观》，想想自己是以灵感著称的诗人，抄袭别人有点难为情。

老板走过来说："洗涤剂厂的合同情况你好像还没说。"

白强拿出合同给了老板，说："这次平面设计挺多，要求也比较高，我们的设计人员好像有点差距。我今天在厂里瞄了一眼四海的设计，好像比较精彩。"

老板说："那就把四海的设计人员挖过来。"

"好，我设法跟他们谈。"

老板点点头，走了，似乎和白强间什么事都没发生，只是白强很清楚，从400块钱的总监到3500元钱的总监，肯定是路漫漫其修远兮，我就上下而努力吧。于是，他大喝一声："创意室开会！"

创意室的人尚未聚拢，舒妮却浓妆艳服立在门前。白强正想说话，老板早握住舒妮的手，宣布道：

"这是大师公关部经理舒妮小姐，大家欢迎。"

一阵掌声，鼓得舒妮神采飞扬。她把双手夹在腿间，像日本女人似的优雅伏身道：

"请多关照，请多关照。"

几位未婚男士顿时激动起来，仿佛看见洞房花烛的曙光。

白强困惑地想，舒妮这些年锲而不舍地追求欧洲妇女的派，怎么眨个眼又把日本女人学得如此上路，简直媚态万千嘛。真是女大十八变，越变越混蛋。你那手干吗还不从老板油腻的掌心抽出，你可是当着我的面呀。想归想，白强的手依旧拍着做真诚欢迎状。他估计老板会看自己，老板果然看了，似乎挺满意。白强也很满意自己，能把输弄得如此平心静气，是多么深的道行啊！

老板与舒妮细谈。白强开始开会，主题指向、市场分析一通胡扯，竟渐渐兴奋起来，直感到自己在指引着经济向前进。只是开完会，才有人提意见说，神仙口服液一共才投入35万元，您这是摆出了350万元的架势。白强这才感觉是把驴唇安到了马嘴上，大概是为了给舒妮看个气势，把条小河当作长江说了。顿时觉得没意思，都这把年纪了，还在女人面前好表现，这不像自己。

让人散了会，白强就开始想怎么才像自己，自己是个什么东西。没想出来，就下意识按了四个电话号码，并下意识地预感这电话没有人接，果然这电话就没有人接。细想想，接电话的人应该是小草莓。小草莓在宾馆，不在家。或许此刻去宾馆打一下架才是人间正道，但估计小草莓已经不会因为两个男人为自己打架而兴奋，打出个国际案件划不来。

舒妮与老板谈得很投机，看来她很为自己解放了自己而兴奋。这也挺好，她这样白强就轻松了。老板直觉超人，她确实是块干公关的好材料。现在白强明白了，老板要舒妮来其实就是看中她是人才，跟白强毫无关系，上午与老板斗心眼纯属多余。

他们谈完了，老板说："白总监，我今晚请舒妮小姐吃饭，你陪一下。"

老板出去了，舒妮走到白强身边，说："不好意思，也没跟你商量，但我需要这次机会。"

白强满脸堆笑，说："认识一下，我叫白强，是大师公司的总监。"

舒妮握住他伸过来的手，说："你的意思是从此就开始建立新型的人际关系，是吗？"

白强惊讶地反问："难道我与你有旧型的人际关系？"

"这么说，我们过去不认识？"

"不认识，从今天开始，我是你的同事。"

"好小子，练出来了，就按你说的办。"舒妮转身坐到了老板指定她的那张桌前。

白强又坐了一会儿，觉得没意思。看看表，离陪吃饭时间还有些钟点，就过去对舒妮说："我出去一会儿，到吃饭时间呼我一下。"

"能不面对现实就尽量不面对现实，是吧？"

白强严肃地反问："难道我已经这么不勇敢了？"

舒妮没吱声，把睫毛垂下来，把自己整成个思想者模样。白强想，在不看重思想的年代难得欣赏一次思想者的造型，便多看了一会儿。

当白强转身走到电梯门口时，有只手搭上他的肩头，是舒妮。她让白强进去，自己也进去，然后关上了门。接着，她又揿动一个开关，便把头伏在白强胸前。面对温柔，白强坚强地不附和，坚持把双手插在自己的裤袋，巍然屹立。电梯轰隆隆地从21楼降到1楼，舒妮没将脸从白强胸中抬起，手指又在电梯按键上动了两下。电梯连门都没开，又轰隆隆向天空冲去。反反复复，下来上去，沉沉浮浮，钢铁与塑料构成的空间渐渐有了些暖意，白强的手臂也在不知不觉中将舒妮箍紧了。

舒妮把脸抬起来，把先前没法喘的气猛喘了几口。看得出，她是在缺氧到了极限时才开始喘气的，她轻轻地说："你需要一个女人，但不是我，估计也不是你太太。我有优美之处，可我，怎么说呢，已经变成一处风景。一旦走进风景，作为诗人的你，会发现到处都刻有某某到此一游的刻痕，这些刻痕让你的心境坏到极致。而我却无法改变自己，只能忍着被人刻的痛苦，或许有一天还能成为一处著名的风景，永远地走出你的审美视角。你太太呢，我没见过，但我想，你最初俘获她时，是借助了缪斯的手。你把她从凡间的少女送到了画框中，让她自己感觉自己成了名画。但是，作为世俗的你，却不是一个收藏家。于是，你让她从画框中走下。这时，你感到费劲了。任何女人在走入画框时都会获得一生幸福的顶点，而走出的瞬间都会爆发毁灭开始的巨大恐惧。这种恐惧是纯女性的，男人不能理解或说不愿理解。等到男人理解的那天，毁灭已经完成。但是，你确实需要一个女人。只是，我不知道你需要一个什么样的女人，你大概也不知道你需要一个什么样的女人，去找一个，好吗？用平实的情感找一个。"

一个以写情诗著称的人需要别人指导爱情了，这个事实使白强悲哀。他说："深刻，是文学家的专利。你剽窃专利，是严重违法行为。现在，你按一个能把电梯门打开的键子。"

白强在电梯门启动的时刻松开了手臂。这是1楼，电梯外站了黑压压一群人，将目光的焦距调到这一对可疑人的身上。不是主角的人，冷不丁成了主角，挺不自在的。白强赶紧让出电梯这块小小的舞台，候了半天电梯的人却并未蜂拥而进。

舒妮沉着地理理略有点纷乱的头发，一伸手，又把门关了。黑压压的人这才乱了起来，但已欲进无门，只剩上方的一排数字在闪动变化，一刹那让所有的人都尝到被遗弃的痛苦。

六

白强没跟老板与舒妮去吃晚餐，而是召集了几个旧诗友去街边胡吃海聊了一通。

先是说了说陕西作家，都承认中华民族文化的根埋在那块地里，文学大树的常青要靠那些人的血汗浇灌。然后，一致认为，留几本书给青史是一桩很高尚的事。再然后，就有人抱怨出书难，好像自己已写出好几本青史需要的好书。也就是十来二十分钟吧，主题又弄到钱上了。一交流，才知道每个人手上都有钢材水泥白糖三夹板急着出手。还有人骑着自行车来吃饭，手头却有奔驰 560 要出手。BP 机三五分钟响一次，便有人匆匆忙忙去公用电话交五毛钱，眉飞色舞说一通，又匆匆回来，或信心百倍，或信心全无。

白强看看有点不像话，就压低嗓子并环顾四周以防有人窃听地问："谁认识民航的人？"

"我啊，我给他们写过报告文学，几个头儿都是给了墨的。"

"我有个朋友在美国波音公司驻北京办事处当头，说有四架波音 757 要出手，是厂价。"

"操，757，哪得多少钱一架？"

"一个亿。四个亿的生意，百分之一的回扣。"

马上就有人算四个亿的百分之一是多少，把数算出来了，便有人觉悟了，说："'猪头'吧！"

于是，大家都觉得是"猪头"，便轻松了。

白强这才正色道："知道是'猪头'，就都把 BP 机关了。投资了一个 BP 机，都好像是得到贸易公司总经理的任命书，堕落呀，同志们。"

大家就笑，就把 BP 机关了。想当年，都是穿牛仔裤留长头发的潇洒人，连唐诗宋词都不屑读，只跟艾略特这种档次的外国人说说诗话，今日竟落到这个地步，感慨无限。于是，就有人感慨地提议："我们不能让 BP 机主宰自己。BP 机是精神鸦片，让我们杰出的大脑沉溺于幻想；BP 机是肉体鸦片，让我们文人的身躯奔行在商旅之中。我呼吁，为挽救中国文学，从作家销毁 BP 机开始！"

一阵欢呼，就都解 BP 机，跑到马路上，把 BP 机排成一直行。街上的人都看他们，依稀使他们记起数年前接见文学青年的场面。既然是场面，就得有个高潮。高潮无疑是汽车轮子压在 BP 机上的一瞬间，于是，就都看街的尽头。看着看着，就有人发出疑问："汽车轮子要是压不着 BP 机怎么办？"

"压不着还好办，就怕压着一个边。BP 机要压飞了，那可比一颗子弹更有杀伤力。要伤了人，那可不是闹着玩的。"

车在街头出现了，是辆载重车，很有压迫感。

于是就有人动摇地说："已经不是青年了，干吗呢？"说着，便捡起自己的 BP 机。

很快马路上只剩白强那个 BP 机，众人便都看他。汽车已经很近了，就有人想帮他去捡，却让白强拦腰抱住，像要跟谁拼命似的。几个人会了会眼神，说："小子醉了。"

载重车轰隆隆开过去，BP 机在轮子一寸之外安然无恙。众人正松了一口气，却见白强仿佛被谁激怒一样，跑到存车处，发动了他的 250C 的摩托，开亮大灯，照着 BP 机就碾过去。车头有点晃，只是碰到 BP 机一点。BP 机滑了一下，依然完整。白强用腿支地，一个急转弯，又开足油门扑过来，终于碾着了，摩托车很夸张地弹了起来，白强身子低伏下来，像赛车手一样稳稳地把轮子落在地面上，然后，以优胜者的风度回首，路面上干干净净，既无 BP 机，又没有 BP 机残骸。他觉得可以了，就看见一个警察站在他身边，他把执照和摩托都交给警察，又回到酒桌上。

BP机比白强早到酒桌。刚才BP机被压得飞起来，很准确地落入酒店的钱柜上，诗人们捡回来看，除了外面的机套被压破一块外，以塑料为材料的BP机竟毫无破损，推上开关，还是乱响。大家都感觉是个奇迹。

白强回来看见BP机，伤心得差不多要哭出来。铺排了这么大一个形式，竟没有一点内容。他又开始闹着要用手砸。众人劝他说："我们知道，志士是用鲜血唤醒人们，你呢，想用BP机唤醒我们。尽管志士们真是掉了脑袋，而你的BP机没坏，但请相信，人们和我们都被唤醒了。不就是不做生意回家写字嘛！行，从明天开始，都关在家里写，弄它一麻袋丢进编辑部，把编辑们累死，坚决把文学繁荣的局面闹出来。今天喝得够多了，走，送你回家。"

白强摇摇头，说："别忙着把我当醉鬼处理了，刚才是胡闹，大家别当真。大家每日都忙着建设精神和物质文明，聚一回不容易，再喝点。"

众人似信非信地看白强。白强为稳定军心，便把BP机别上皮带，说："我继续与弟兄们同心同德地堕落，这下行了吧？"

众人于是落座，开始了新的一巡，只是神情较先前严肃。一瓶酒之后有人说："白兄，我知道你心里着急。可说句不怕得罪弟兄们的话，在座的哪位能成得了曹雪芹？不是吹牛，我要写得《红楼梦》，我是敢喝十年粥的。问题在于不是曹雪芹的料，还老喝曹雪芹的粥，肚饥时便拿自古圣贤多寂寞鼓舞自己。同志们，你们不仅是侮辱了古代圣贤，也玷污了曹雪芹那洁白无瑕的粥呀！"

大家鼓掌，认为说得对，就不再说精神或经济的事，而是大声地饮酒行拳。结果原先说白强醉了的那几个倒真醉了。白强请了车把他们送回去，然后自己顺着马路往家走。他想唱歌，就唱了一个通俗歌曲：

请你再为我点上一盏烛光，
因为我早已迷失了方向。
我掩饰不住的慌张，
在迫不及待地张望，

生怕这一路是好梦一场。

而你是一张无边无际的网，

轻易就把我困在网中央。

我愈陷愈深愈迷惘，

路愈走愈远愈漫长，

如何我才能捉住你眼光。

情愿就这样守在你身旁，

情愿就这样一辈子不忘。

我打开爱情这扇窗，

却看见长夜的凄凉，

问你是否会舍得我心伤。

　　白强的嗓子不够通俗，也不知是算西洋还是民族发声，把歌唱得走了味。他也知道这歌不该这么唱，只是他不能不唱。

七

　　一个晚上都不想家，一个晚上都不想回家，家还是到了。白强掏出钥匙，想想自己是丈夫，便很气概地捶响了门。杰克立即狂吠不止，灯却不亮，白强继续捶，并由单拳变成双拳，竟渐渐捶出了节奏，似乎还有人随着节奏大声地唱。细听听，是有人在骂他捶门。白强想，其他人都听到这个声音，小草莓没开门，那她就是忙去了，我就自己开门。

　　进门后，杰克依旧在吠。白强拉开灯，看见杰克是边向后退边狂吠。白强便笑了，心想，我若是个歹徒，杰克的做法顶多算是舆论监督。这时，杰克也看清了主人，竟跃上沙发，扭头一边，做出有意冷落状。白强知道它还为早上的事生气。他没理它，去茶几上拿了杯水，喝完，看见小草莓留下的条子。条子的主要意思说她要去一个地方住段时间，也就是分居。分居的主要理由是她要决定她下半生的度过形式，同时，办离婚手续也需要时间。离婚的主要理由是，既然她面对的两个男人都是以挣钱为业，她选择钱多那个也不应该受到指责。白强看完后，整体感觉是逻辑性很强。他忽然醒悟道：他与她不知从何时起，已经变成逻辑关系了。

白强在沙发上坐了多久他不知道，直到他发现杰克一直在看他才从逻辑中走出。杰克的眼睛溢满人性，竟让白强有些感动。他说："杰克，过来。"

杰克迟疑一下，还是走了过来，让白强把自己抱入怀中。

"杰克，我知道你在心里怨哥们儿，可那是不得已。现在，这屋里就剩咱哥俩了，什么事都好说。你不就是看上贾一辉他们家那条狗吗？走，我现在就领你圆房去。"

白强领着杰克出了门，又敲开贾一辉的门。把头探出来的是贾一辉的老婆。白强说："你不是想让我们家杰克跟你们家白白成亲吗？我把杰克领来了。"

杰克已经瞄见白白了，兴奋地摆着尾巴要往屋里钻。贾太忙用腿拦住。问："多少钱呀？"

"嘿，都挺熟的，要什么钱？"

贾太大概嗅到了白强浑身酒气，迟疑着说："你明天醒来可别后悔哟。"

"这么给你说吧。杰克看上你们家白白好几天了，我一直拦着。现在想想，人家不就是想完成生命中一道程序吗，我又何必那么残忍。行，你放心，我不要钱，但明天生了小狗我全要。你先别着急，我不白要，按市价给你钱，你没听说，我现在特别有钱。你把白白放出来，它俩看中的地方是桂花树底下。"

杰克与白白消失在夜里。

白强回到家，估计杰克一时半会儿也回不来，便把门给杰克留着，先洗了个澡，然后把灯熄了，静静地坐在黑暗中。够静的，能听到石英钟秒针跳动的声音。这时，他看见黑暗中出现无数双眼睛在看他。有些眼睛亮些，有些眼睛暗些，都在正面，那是书柜的方向。他开始辨认那些眼睛肯定认识，也能叫上名字，当年也都对过话的。在他们的注视下，白强感觉秒针的跳动声竟有些惊天动地。白强有点挺不住，就开亮灯，让那些眼睛消失。然后，他把三个书柜的书全搬出来，像搭积木似的堆了个金字塔。然后，把所有能挪动的灯都转向金字塔开着。

床还在暗影里，白强躺上去，心想，又过了一天。

白强睡着了。

| 文学史评论 |

张仁胜的小说虽然不是很多，但很有内涵，在艺术上亦是如此。这主要体现在作品的美学意义上。可以说，他的作品已初步显示了独特的审美特征，体现了张仁胜的美学追求。张仁胜小说中的美不是那种金戈铁马、长河落日般的雄浑、壮阔的阳刚美，也不是那种小桥流水、垂柳春花般的阴柔美，而是一种残垣断桥、古丘遗址般凝聚着沉郁、持重的历史氛围的残缺美。这种残缺美，在作品中，一类是通过人物命运的悲剧性结局构成，借以感染读者、震动读者。例如《涓涓泉流》中，慈祥、善良、勤劳的奶奶，辛苦操劳一辈子，将儿女培养成了大学生，到孙子、孙女一辈又在她百般关怀、细心照料下长大成材的日子里，在儿子辈、孙子辈全家人敬重、感激、爱戴的情境下，在她"该好好享享福了"的时候，却意外地离去了。又如《大鹏日同风起》中的改革者梁广华、王志强等，亦似他们的悲剧性结局完篇。小说的结尾写梁广华、王志强所坚持的轮乘制开始实施了，而梁、王两人，一个被推到"不尴不尬的境地"，工作尚未有着落；另一个则被调到蒸汽段，临行前最后看一眼"这块难舍难分的土地"，心中猛然升起了"一股沉甸甸的失落感"。

——李建平、王敏之、王绍辉等：《广西文学50年》，漓江出版社，2005，第225页

| 作品点评 |

张仁胜的《又过了一天》和欧文的《霓虹之恋》在意蕴感觉上比较新颖，二者构思也比较接近，都是通过一个年轻的主人公的供职感受和情感纠葛，来揭示当代"下海"人的生活状态和心态，且都达到了一定的深度。

张仁胜的小说素以构思精巧语感新派见长，时隔数年之后，我们第一次看到了他的新作，但觉涛声依旧。就我所知，《又过了一天》内容纯属虚构，但的确强烈地感到闪烁在主人公白强背后的他的影子，他的情感方式，他的处世哲学，他的"下海"经历。白强是一个具有典型意义的当代的雅皮士族，既有在目前社会背景下"下海"作家的心态特点，也有当前一代年轻人的彷徨于理想与价值选择的十字路口的心态特点。他玩世不恭却又有修养有追求，在赤裸裸的金钱和生存的交易与搏杀中，他极力把被扭曲的人性在个人世界里重新恢复过来，却又不得不在一种扭曲的状态下处理种种人际关系包括他与自己妻子及情人的关系。就在这些日常状态下的生活场景后面，隐藏着一个耐人寻味的感觉：一切都在变，没有什么永恒的东西包括爱情，但有一样是不会变的，那就是狗对人的忠诚才是不变的。

白强们的洒脱后面是一种刻骨铭心的痛苦，是一种无法排遣的、说不出多少根由的时代痛苦，是一种在巨大的失落下极其悲愤的痛苦。这一点，在他和他的文友聚饮时把BP机丢到马路上让汽车碾压一节体现得可谓淋漓尽致。

白强的一天，时空容量具有一种无限性，它实际上是当今时期内中国城市社会和文人"下海"后生活状态的生动缩影。

——彭洋：《视野与选择》，接力出版社，1996，第90—91页

张仁胜曾经在《广西文学》"下海作家专号"发表中篇近作《又过了一天》时，曾在附言中不无感慨地说过这样一段话："不知从何时起，你要是说你是作家，或者说你原来是作家现在'下海'了，那无论从社会哪个角度看，无论从哪

个阶层看，你都是边缘人——什么都是，什么都不是；什么都有，什么都没有；什么都属于，什么都不属于。"

"边缘人"——这是张仁胜对自己的绝妙概括。我理解他这里说的"边缘人"，和日本著名作家大江健三郎所说的"边缘人"含义不尽相同。这里，既有我国文化人在体制变革时期处境和心态的时代特征，也有作者个人经历和境遇的个性特征。他是胶州平原出生的农民儿子，也是桂北山区长大的铁路职工的儿子。他是奔忙于"灵魂工程师"圣殿和散发铜臭的商海之间的"边缘人"，也是小说和戏剧之间，文学和影视之间，作家和导演之间的"边缘人"。他天生一副洪亮的好嗓子，当过演员，却只在一部舞台艺术片中扮演过一个只有他自己才能在银幕上找到的群众角色。他思恋多年的位子是"导演坐的那把椅子"，而人生的机遇却只让他当了一回"电影导演的狗腿子——副导演"……然而，正是这些不尽如人意的遭遇，使他有机会拓宽视野，品味人生，从台上俯瞰台下，从台下洞察台上；从文艺圈内扫描社会，也从社会的角度审视文艺圈。从独特的视角剖析生活，写出了颇富戏剧性色彩的一批优秀小说，和别具小说韵味的一些舞台剧本。虽然这些作品的得失，尚待专家和读者评说，但可以肯定，一切优生的良种，总是善于广泛汲取各种进化的基因。文艺作品也不会例外。

    ——张化声：《写在杨梅成熟时》，张仁胜小说集《又过了一天》（漓江出版社 1998 年 6 月出版）序言

致命的飞翔

林 白

北诺曾经在我的青春期一闪而过，如同某种奇怪的闪电，后来她消失在我的故事中，一直没有出现。我再次看到她的时候许多年已经过去了。有时我想我看到的也许只是一个长相与北诺相似的女人，而不是原来我认识的那个北诺，我一直没有核实这一点，我觉得是不是她并不重要。

我看见她的时候她正站在那幢灰色旧楼的护廊上抹口红，我想她大概要去赴一个约会，凡是对约会重视的女人都会先涂上口红，特别对一个三十多岁的女人来说，口红的重要程度绝对不亚于皮鞋，这个年龄的女人虽然风度成熟，魅力最佳，嘴唇却失去了血色的润泽，枯涩无光。上了唇膏的北诺一下变得十分美丽，我想这也不完全是口红的作用，更重要的是一种暗示，只要一个长得不难看的女人意识到自己美丽，她马上就会美丽起来，这是我的想法，就跟上帝说要有光，于是就有了光一样。

当时正是下午五点左右，残存的阳光照到北诺站着的护廊上，她侧对着我所在的方向，长及脚踝的黑色裙裤占据了她大半个身躯。她的白色衬衣在傍晚显得十分干净，这使她既美丽又神秘，同时使我联想到打开的崭新的钢琴，以及从舞台

作品信息

原载《花城》1995 年第 1 期，收入《林白文集》（江苏文艺出版社 1997 年 1 月出版）、《林白作品精选》（长江文艺出版社 2007 年 11 月出版）。

上流淌出来的音乐。

我站在那里等候我的情人。

这是一个情人充满了生活的年代，人们说情人就像说自己的手足一样坦然，我需要情人就像需要父亲，登陆正是这样一个切合了我的各种需要的人。

当时登陆正在跟他的老相识道别，这位老相识是一个风韵犹存的女人，虽然她穿着那种图书馆特有的蓝大褂（这跟白大褂给人造成的视觉印象截然不同，前者总是让人联想到卖肉或卖盐的售货员）我还是一眼看到了那种知识女性的气质与教养，她站相很好地在资料室的台阶上跟登陆说话，我想在六十年代她也许是登陆潜在的情人，但我没有发展这个思路，因为北诺已经出现在护廊上，她太让我感兴趣了。

我看到护廊上的北诺从一个缝隙中掉落下来，就像是被一个不成功的镜头（摄影机一抖动）甩落在这间屋子里一样。在我的窥视中看到北诺的衣服纷纷扬扬像鸟儿一样飞离她的身体，我自童年时代起就对女人的身体有一种病态的迷狂，常常需要看到它们。这个欲望曾经一度中断，正是北诺（她像一束阳光），她无意地让我看到了它。我不记得我叙述过这件事情了没有，我看到北诺的乳白色真丝内衣的那朵丝绣菊花散发着柔美的亮光，北诺曾经对我说，她死了以后希望我给她买一大把菊花撒在她的身体上，她的口气坚定而从容，就像她确凿无疑地看到了后来的事实。北诺的真丝内衣和衣服下面的身体永远使我感觉一种透彻的美感，每当我看到好的人体摄影或人体绘画时我就想到北诺，她的身体的每一个弯度、每一处亮泽、每一个暗处都显示出一种令人惊叹的完美。我想我应当做一名摄影家。不是摄影者，而是摄影家，后者意味着更高的技能和对美的发现，这样才能配得上北诺，我将以一个女人的目光（我的摄影机也将是一部女性的机器）对着另一个优秀而完美的女性，从我手上出现的人体照片一定去尽了男性的欲望，从而散发出出自女性的真正的美，我想起另一个女人拍摄的以陈冲为模特儿的人体摄影，那种美丽十分接近我的理想，我有时沉浸在这种美丽之中，就像月亮悬浮在冰山之上，清凉、空彻，一切无关的东西都远离。那是多么地好，北诺。

　　她的内衣像一只鸟儿飞离了她的身体，这层柔软轻盈的织物带着皱褶和体温堆积在一只陈年的红木圆凳上，这只来路不明的圆凳一开始就在这间房间里，在北诺搬来之前就在那里。我看到这圆凳就在房间的角落里，它一直堆满了尘土，是否有一个早已逝去的女人使用过它？它本来就是她的心爱之物，在某一个风雨之夜，这个女人踏上圆凳，把自己的脖子套在房梁垂下的绳索上，然后她蹬掉圆凳，气绝而亡。从此这只红木圆凳缠绕上了一种不祥之气。我看到它被北诺罩上了一个凳罩，这是北诺专门做的。她选用了一种碎花棉布，深红浓绿，细细碎碎的一片，中间镶着本色白（有点像乳白）棉布组成的菱形图案，风格有点像秀水东街出售给外国人的那种拼接图案的棉布床罩，漂亮、脱俗、富有装饰感，但到了圆凳上有时让我觉得过于精致，虽然这种讲究是令人赞叹的。它在那一个不幸的瞬间被外力（那只逝去女人的脚？）所倾斜，轰然倒在镶木的地板上，木头相撞的声音回响良久，它们进入墙上和房梁的缝隙，隐藏在那里。因此我想这间北诺现在住着的房间是一间平房，它在一个三进的四合院里，也许这院子曾经是某个达官贵人的府上，1949 年被收归国有，成为一个机关的所在地。

　　逝去女人的身影曾经在这间房子里飘来飘去，她的两条腿在空中击荡，发出圆润的声音，我想她的脚上一定有某种奇妙的佩器，它们相碰发出击玉般的声音。她的皮拖鞋（或绣花鞋，这关系到年代，她在这里是一个不同年代的女人。不同年代的自杀女人就是她，她就是那些女人，那些女人就是她）掉落下地，发出短促的声音，粉红色的脚后跟赤裸、孤独、光洁、美丽，它们悬浮在空中，它们的温度由热变冷，它们颜色由粉红变紫红变青紫变青灰变灰白。它们停留在灰白的颜色上，直到变为灰烬也仍是这样的颜色。

　　北诺对这个逝去已久的女人一无所知。

　　她在这个房间里把自己给过一个（或两个）男人，那个男人到这里来，男人反复说我会帮你的我会帮你的。然后他们有些尴尬地对坐着，他们坐了很久，但也可能只是一小会，因为双方心怀鬼胎才失去了正常的时间感觉，这样的时间携带着莫名的空间和重量，使置身其中的人茫然无措。北诺的皮肤和肉体在无所事事的等待中感觉到这种重量，就像我和登陆处在僵持阶段时的感觉一样。登陆当时是一名掌有实权的官员，他对待我小心翼翼，据他后来交代，他以前的女人都是主动型的，对此我深信不疑，登陆虽然年过五十，但仍不失为一个美男子。当时他对我没有太多的办法，这因为我对于他显得过分年轻，同时我又太被动，我在等待这位年长的（这是有经验的同义词）男子引导我，或者说引诱我。但当时登陆无法弄清我到底有没有过性经验，这将决定他怎样对待我，我就是像北诺那样坐着，我听见登陆问我：你家里有什么人？我说应该有的都有。他显然不是想问这个，过了一会他只好直接问：你有男朋友吗？我笑笑没说话，他有些窘。我想他还是没搞清楚我到底是不是处女。我无辜地坐着，登陆不停地喝茶，后来他想起来放舞曲，音乐一响他就放松了，他说：李荺咱们跳舞好吗？我说我不会。他说怎么可能呢，我来教你。他把我拉起来，我咯咯地笑，很像一个放荡的女孩。登陆从我的笑声中感觉到了性的意味，他一把搂着我，他的气息就我头发的上方，它们像一些春天的灰色兔子在原野奔腾，肥硕、健壮、不可阻挡，如果是现在，我可以用生猛海鲜的"生猛"二字来形容，这样就更生动和通俗一些。他的气息侵入我的全身，就像一只无形的手触摸到我身上最敏感的地方。

气息就是肉体，就是嘴唇和手指，它们真实地抵达了它们的彼岸，这种抵达毫不费劲，就像地心引力吸引任何物体一样轻而易举。我听见这些气息散发的地方发出我的名字的呼唤，他说：荺荺，荺荺。这声音携带着气息，小声而变形，有一种奇怪的柔软和一种奇怪的坚硬混合其中，使我感到它不是出自登陆的口，而是来自他身上某个隐密的器官。

有一种潮涌在我们身体的中间漫洇。我看到北诺的衣服和男人的衣服重叠在一起，窗帘的缝隙使我们只看到这些，我听见他们的声音在床铺和圆凳的上方撞击，她发出的叫唤被一种强大而结实的东西堵住，血液奔流的声音在画外隆隆作响，像瀑布、林涛，又像火车行进的声音，我们体内的液流就是这音响的源泉，飞湍的激流在我们的身体内，我们的身体在飞湍的激流中，肉体就是激流，我们从高处往低处流淌，超出常规的速度使我们骤然失重，体内被抽空又被充塞，身体一次又一次地顺流而下，水花飞溅，我们发出一声声欢快的叫喊。

北诺和我，我们体内的液汁使我们闪闪发亮。

北诺搬来之前这个房间堆放着过时的公物（那些灯壳、褪色的横幅、绳索、旗杆、红绸、锣鼓，令人想起万人大会的年代），它们早就不被使用，杂物房的木门一直未被开启。部机关向来不允许住人，北诺所在的部机关报每次分房只分两套房子，离婚的北诺在办公室住了近两年，她找遍了包括一位副部长在内的所有领导，至于本单位的一位管行政的头，她更是找了许多遍，这种频繁的接触使我感到有些暧昧，到底发生了什么事情呢？我想我如果是北诺，我很可能作出某种交换，一劳永逸的事情太有诱惑力了（我们在下面可以看到一些悲剧正是潜伏在这里，它从我们的身体逸出，散发着血的气味，它在我们前面的不远处，面容模糊，我们看不清它，但它肯定在那里，像一只猫，或者一只陈年的红木圆凳），当然这里有一些理论问题使我们感到迟疑，但在我们的生存中我们总是行动第一。北诺柔软而飘逸的裙裤在寂静无人的走廊上拂动，在那幢四层的灰色办公楼里还有一个房间亮着灯，那是一个不喜欢回家的头（喜新厌旧是我们的天性所在，是激情年轻的证明，如果我们永远跟一个人生活有什么意思呢？）这个头总是以各种借口不回家，他从未想到离婚。他勤奋工作只是不想回家，北诺在人去室空的办公室里，她在布幔遮住的床铺总是做同一样事情：照镜子。她总是被自己的美丽所倾倒。天已黑尽，她到走廊去，看到白亮的光线从门与地板交接的地方散发出来。

他们好像还是没有给她房子，她的分房条件比起另一位一家三代只住一间房的中年记者来还是差得太远，这种态势使人意识到，弄不好就会有人动刀子。幸亏那位不想回家的头十分义气，到部里为单位争取到了一间放置照相器材的房子（就是那间堆放公物的杂物房），又召集分房小组成员开了会，将这间房子分给北诺，作为幌子的照相器材放在窄小的外间。

我在离登陆几步远的地方翻书看，这个系资料室的书库已经很久没有清扫了，书架和书都积着一层厚尘，每抽出一本书都使我感到呛鼻。

这个糟糕的地方是我一个月来的约会地点，选择这个既无法坐下又不便躺下，既没有风景又没有东西吃的地方约会实在荒唐，我想这既出于我的无聊，也说明登陆对我的感情日益淡薄，已经到了走下坡路的时候了。

我往登陆的办公室打电话，我说：登陆，我想你。登陆一听就说：我正在开会呢！他连忙把电话挂断了。第二天我又给他打电话（我住着一间登陆给我借的房子，没有电话，并且我不用上班，登陆把我弄到电视剧制作中心当编辑，这是我委身于他的原因之一），登陆在电话里正色说：李芮，我这几天要到张自忠路的人大资料室去查资料，你到那里找我吧。我问那里有什么好玩的吗？他告诉我那是一个十分重要的地方，是段祺瑞政府所在地，北师大学潮惨案发生地，刘和珍就是在那个门口被打死的。难道你不想看看旧时代的政府吗？登陆说。当时我百无聊赖，我说：别说是政府，就是厕所我也愿意去看看。

我乘13路公共汽车到张自忠路，果然看到了那幢象征旧时代的灰色大楼，我对它的外围那雍容自得的护廊以及外观上所有复杂的细节都十二分地喜欢，本来我一直以为我是欣赏那种简洁明快的现代建筑风格的，我对烦琐的东西最反感，在所有朝代的工艺品中，最憎恨清朝的工艺品，只要看上一眼就会引起生理上的反应：头晕（由此我想如果有谁想陷害我，只要买上一套清朝工艺品的明信片散放在我的居室的桌椅床铺等处，在这样的环境站上几分钟，那个叫作李芮的女人就可能被诱发狂躁型精神病）。但这幢灰楼是西洋风格的建筑，它使我有新奇感。同时它门户紧闭，护廊空疏，是一部悬念片的好实景，有可能被希区柯克看中。

北诺就是在这幢灰楼的护廊上出现的。

后来我才搞清楚，她到这里来也是和登陆一样，是来查资料的，那个风韵犹存的女人是北诺的姨妈。当时北诺在单位的改革浪潮中刚被解聘，这使她在一个短时期内灰心丧气、空虚无聊。至于落聘的理由有以下说法：因为北诺不识时务地请了两个月病假，这期间单位领导班子变动，旧班子全部换班，新班子励精图治实行改革，采取了聘任制，各部门限制人员，部头一看，北诺这人好久没看见，干活也不勤快，就没聘她。有人说，她请病假是为了学开车，据说这个时期跟她半公开同居的是一个制片人，这类人在 90 年代成为了文化的带头人，文化权威，承担着引导人民的文化消费的重任，被誉为文化大腕。他们炮制一部又一部电视连续剧，动用所有的宣传机器（它们就像熊熊的火焰，热的力量回环往复，像永不休止的风车，像风。它们糖炒栗子，将大量的沙子〔沙子就是广告吗〕炒得热气腾腾，散发出强烈的、虚拟的香气，这香气吸引大家）像媒婆一样引起了我们的好奇心，使我们在夜晚消遣的黄金时间看他们塞满了广告的电视连续剧。我想这就是我们在前面看到的那个穿红毛衣的男人，北诺跟他曾经有过良好的感情基础。但后来没有人知道他为什么不见了。

那件荒唐的事情就是这个时候干的。

谁要是看到这一年有关假新闻的年终报道就会明白北诺干的是什么事情。有一份报纸做了统计，并且列了表，叫作"假新闻大曝光"，有标题、作者姓名单位、所发表的报纸。

一共列了十条假新闻。

其中一条的作者姓名栏写着北诺的名字。

我在尘埃密布的书架上找到一本《胡风事件的前前后后》，我立即朝登陆嚷道：你干吗不选胡风事件？这里全都有了！架上的灰尘被我大呼小叫的气息所拂动，在我和情人登陆之间尘土飞扬弥漫，在昏暗书库的黄色灯光下尘埃的颗粒（可以想象照进室内的太阳光柱里被显形放大的灰尘，它们本来就浮动在空气中，却像太阳把它们吸出来的，离开了太阳的光柱立即隐匿不见）像乌云一样厚密，每一粒灰尘都在反光，这层尘埃的光幕使我看不清情人登陆，他的身影就像在雾里一样影影绰绰，朦胧得像修拉（？）的画，也许在电影中这是一个特殊处理的独创的镜头。我越过浓密的灰尘走到登陆跟前，我把手上的书给他看。

他说我知道了。然后又埋头看一本《师哲回忆录》。他对我的热情（本来我对这些毫不感兴趣）采取了这样干涩的反应，这使我心生怨气，我恶狠狠地把

《胡风事件的前前后后》在他衣服上猛拍几下，灰尘把他呛得直咳嗽，我说咳得好！登陆说李苪你别这样（制止和警告），这使我觉得他像一个父亲而不是一个情人（月影横斜、月白风清、月华如霰的夜晚，登陆说：苪苪你是一个捣蛋精，一个没心没肺的人。他的气息散尽了热量，如同已经消失的月光），我站在他的身边不动，这像一个抗议的姿势，是一个寸步不让的立场。爱情问题是女中学生们的话题。我常常想到，登陆家里有一个恩爱（似乎）的老婆，外面又有我这样一个情人，这使他的生活十全十美，我常常觉得，我对于他仅仅是一种点缀，是无足轻重的。"点缀"这个词又一次开始（它实际上早就潜伏在我衣服的皱折里，飘浮在那间我借住的小屋的床底下，在被子里和枕头上，在两种完全不同的肉体的接触处，在我腰间的那只手上，黑沉沉的睡意扑来，我进入睡眠之前还听见他的叹息）在这个尘灰弥漫（它们在灯光下的扩散偷换了月华之霰，美好的感觉轻易地就被败坏了，或者说它们搅在一起像一锅烂粥）的书库里自下而上地升到我的心口。这个词被我一次次地强加在我与登陆关系中李苪的头上，像一朵难看的大花（灰色、下垂、萎靡不振、丧气）被我戴在自己的头上，像一只病鸡戴着一顶歪腻腻的鸡冠，这个喜欢自虐的人在尘土弥漫的书库中看到自己心造的形象，实际上，她清秀、娇小、楚楚动人地站在那里。

那些令人不快的想法在她跟前膨胀着，有颜色（沉闷的灰色）、有重量（她感到胸口有些闷）、有声音（类似干噪音的那种不和谐音），既柔软又有穿透力，这片灰色的东西把她笼罩住缠绕住了。紧跟在这片东西之后的，是阴谋、复仇和恶作剧。我们不知道最后是什么。我听见自己在心里说：登陆，我真想去当妓女。他的身体挤压着我，在垂下了窗帘的小屋子里，我紧闭着眼睛，用身上最敏感的地方感觉着他。但是我感到自己疲惫、干涩、摩擦使我不舒服，我说：登陆，我在想象自己是妓女。那个无耻的字眼使我感到了刺激和快感，干涩的感觉顷刻变光滑了，像手握着无鳞的鱼那样有种滑腻的感觉。事实上，现在的妓女已经大大进步了，不太存在逼良为娼、生活所迫的问题，所以她们总是不情愿从良，从教养所出来接着干。指望一场性的翻身是愚蠢的，我们没有政党和军队，要推翻男性的统治是不可能的，我们打不倒他们，所以必须利用他们，这是谁的脑子里的乱七八糟的想法呢？北诺在这个阶段，这是一个假新闻败露后万劫不复的痛苦时期，那家南方报纸在头版的右下角刊登了北诺痛定思痛的检讨，署了真名。这篇东西就像一块通红极盛的炭火，日夜在北诺的心口嗞嗞作响。

那个秃头男人就是在这片声响中出现的，秃头男人一边耳朵上方的头发必须长及肩际，而后才能横跨整个头顶遮掩住寸草不生的地方，如果风从反方向吹来，就会出现奇观，整个头顶触目惊心，而另一边的头发却飘垂至肩。这个滑稽的形象在做爱中多次出现，以至于从根本上决定了我们这个故事的过程与结局。

让我们把线索理清楚。

那么那一次的特征是一只式样新颖的天蓝色旅行袋（不是密码箱，也不是过时的帆布旅行袋，这使我们想到这位秃头男士并不需要冒充大款，他有充分的自信并认为：密码箱不轻巧，易引起抢劫者的注意，某些地方的民航候机厅的物品保管处不予保管等都是它的弊病，而新式的旅行袋是某一次会议的纪念品，它象征了小有实权、新派、洒脱、冒充年轻），这只旅行袋鼓鼓囊囊松松垮垮地装着洗漱用具：牙刷、毛巾、小型肥皂盒、电动剃须刀、手纸、手帕、换洗内衣，香烟，等等，它们在半个小时前刚刚被放进去。这只带着新折的旅行袋放在靠门的一张旧椅子上，斜对着大床。大床上零乱地放着平常的枕头和毛巾被，床头上有新的没有用过的毛巾（带着浓重的性意味）。男人说，这是特地去买的。这张大床一看就不是夫妻的床铺，房间也不是夫妇的卧室。主妇身体不好，需要独自安卧，男人在另外的房间（他的零乱很像单身宿舍，缺乏主妇应有的关注）。

一切最初的引诱和挑逗（这是相互的动作，男人用他的权力放出钓饵，诱取女人的色相，女人用她的色相作诱饵，诱惑男人的权力，开始时这是一笔两相情愿的生意，虽然两相情愿，却不便说出口，说出口对男人和女人都不好，男人在女人的心目中会永远地成为以权谋色的下流坯，女人在男人的心目中会永远地成为卖淫妇。不便明说，就要暗示、试探、敌进我退、欲盖弥彰，男人怕上了女人的当，女人怕吃了男人的亏。这种交锋既锐利又晦暗，一个生手会十分吃力，双方要在外围徜徉良久，他们说些别的事情，她说某某女士说只要某某怎么样（一个好处）她一定怎么样，他想她说的是别人实际上是暗示她自己的一种可能，他伸出手去试探，她又故意缩回去做点姿势，她想她不能降价处理了（一种彻底的商品立场）。有时会出现沉闷的僵持状态，总要有一方做出让步，个中布满玄机，是人生的一大学问）都已过去，如同一张船，驶过了暗礁和险滩，它们统统在了身后，前面是一片宽阔的水面，形势已经十分明朗，令人心旷神怡，只要坐在水上，一点都不必紧张，船会按照规律在水面上光滑地流过，这就是前景。谁是船，谁又是河水呢？

男人说让她填一个表，让她到家里来拿，北诺说：好，我来。她想那件事肯定是要发生的，想到这件事她本能地想到自己的内衣，女人总是这样。北诺去买了一套黑色真丝内衣，后来她又觉得黑色虽然神秘，并且能衬托出肤色的白皙，但也许只是一种女人的趣味，于是又去买了一套比较肉感的暖色调的真丝内衣：像水面般光滑，柔软，半圆地凸现在丝绸下面的身体富有弹性，温暖、撩人，随着心脏的跳动微微颤抖，就像有一种细小的风轻拂而过，使真丝内衣上的本色花朵生动起来。

自从同居者在生活中消失，北诺已经很久没有性生活了，想到她姣好的肉体将要再次在一个异性面前展开，她甚至有些激动，于是她对自己说：这不是一场性交易，而是她生理的需要，就像饿了要吃饭一样，尽管饭不好，还是可以吃的。她想象自己将躺在一张大床上，穿着内衣，线条动人地躺着，几朵丝绣的菊花在她乳房的上面闪着隐隐的乳白色的光泽，窗帘已经拉上（这是一种有用的布景），但还是有些被过滤剩下的阳光漏进来，朦胧地恰到好处地洒在大床上，北诺的身体就在这圈光晕中。床正对着衣柜上的穿衣镜，她从镜中看到自己的身体撩人地陈列在床上，她的双腿双臂光滑地裸露出来，就像在海滩丽日之下晒太阳的女郎（这使她联想到西方，热烈、大胆、疯狂，与这里偷偷摸摸半明半暗的气氛完全两样）。她对着镜子调整了位置，镜子的最大功能就是使女人产生完美的欲望。北诺尽量挺着胸，收着腹，在镜子里她看到自己细腰丰乳，她有些病态地喜欢自己的身体，喜欢精致的遮掩物下凹凸有致的身体。有时候当她一个人的时候她会把内衣全部脱去，在落地穿衣镜里反复欣赏自己的裸体。她完全被自己半遮半露的身体诱惑住了，她感到（或者是想象、幻觉、记忆）一只手在她的身体上抚摸和搓揉，手给予肉体的感觉最细密、最丰满，它的灵活度导致了无穷的感觉层次，既能提供富于力度的按揉和捋捏（那富有弹性的组织是如此魅力无边，使我们不忍释手，我们天然地要寻找这样柔美的事物，就像雨水要落到河里面太阳要升起。在这个时代里我们丧失了家园，肉体就是我们的家园，肉体靠到了一起就是回到了家，那是一个温暖的富有弹性的地方，我们不用到达那深处的、鲜红地跳动着的地方，我们只需在肉体的外围就感觉到回了家，那令我们战栗和潮涌的奇妙无比的家），又会像风轻轻掠过我们的毛孔，既热烈又柔情。

北诺在想象中微微地夹住了双腿，她的身体隐隐起伏，她感到下身有些湿润了。潮涌来临。我们体内的液汁使我们的身体闪闪发亮，我身体的起伏越来越大，登陆开始时还用一种变形的（既像挣扎又像呻吟）被堵塞的声音呼唤我的名字，他在我的上方说"萏萏，萏萏"，后来这双声叠字变成了单音，像一个气短的人在吹一只破喇叭，后来这声音变成了喘气的声音。喘气持续了几分钟或者是十几分钟，在激烈的动作中我们无法准确地判断时间，之后变成了长短不一的怪叫，男声和女声此起彼伏，既像呼应，又像争夺某种东西，它们拼着命，舍生忘死，壮怀激烈，这种叫声是如此怪异，使我们分不清它到底是快乐还是绝望。它在一声最最绝望的号叫中戛然而止，随之而起的是一声长长的气息。我们的身体松软下来，松软使我们不堪重负，我们迫不及待地将身上的人推下去。我们体内的液汁从身体的最深处通过两种通道到达身体的表面，一是遍布全身的毛孔，一是众所周知的下体的器官，我们全身水分淋漓，产生一种运动过后满足的疲劳。这种运动既丑陋又优美。

我在张自忠路那幢旧时代的灰楼后的简易房里对登陆产生了报复心理，他对此一无所知。他在尘土旋转的书库里入迷地看一本书，我用《胡风事件的前前后后》也没有把他的注意力引开。幸亏人家要关门了。登陆走到楼外的甬道上仍沉浸在材料中，他兴奋地说今天查到了两条有用的材料。

登陆忽然想起来告诉我，说他要出差一个星期，让我第二天就不要到这里来了。他说一回来就给我打电话，其余时间应该多到单位走走，跟人聊聊天，与同事搞好关系，这是他多次对我说过的话。我从不讨厌这些，这使我生活在现实社会中，不然我会十分空虚，如同飘荡的空气。我嘴里答应着登陆，心里却在盘算着我的侵略计划，我想第一步应该趁登陆不在家的时候到他家做一次侦察，我眼前立即出现了登陆家那套四室一厅的套房，他老婆不在家的时候我曾经去过两次，对这四间房的布局和每间房的功用一清二楚，它的拐角、阳台、卫生间、厨房，虽然登陆和妻子各有自己的房间，那一间房门的房间是她的私人领地，我在登陆的家里偏执而无礼。坚持要到他妻子的房间去，我推开门，到她卧室的床前站了一小会，获得了一种侵入的快感。登陆站在门口，容忍了我的无礼举动。

想到要单独面对登陆的妻子使我兴奋得全身紧张，充满力度。我将怎样开始我的行动呢？给她送去我和登陆相拥的照片？还是学美国电影《致命的诱惑》，将一只他家饲养的兔子（或鸽子、或爱犬、或宠猫）连皮带毛整只炖在锅里等待他们的归来？这个想象使我毛骨悚然，同时我在想象中作一个恶毒的女孩使我全身血液加快，瞳孔放大，两颊潮红。善良是一个平庸的字眼，只有恶，才充满力度和美。不过我还是寻找一个更温和的办法，因为我还要在社会中生存，作恶会破坏我的形象，使我遭受损失，把恶毒的念头放在心里并不是因为对别人产生恻隐之心，也不是缺乏胆量，而是因为自私，考虑到退路，所以我十分羡慕那些敢杀人放火的人，亡命之徒同时也是英雄豪杰，他们义无反顾地把整个自己交出去，仅此一项就很英勇。

温和的办法是从台湾电视剧《家有仙妻》里学来的，这是一个电视的时代，电视连续剧教育着我们，引导着我们，是我们时代遍及大地的教科书，是我们的空气和路标，是夜晚的灯和饭桌前的菜，它深入了我们的躯体变成了我们的灵魂。我们全都是这个时代的电视人，只要涉及电视，只需半句话，半句歌词，我们就会心照不宣。我一下就想到了那个手持大剪刀的女人，她在一个降格镜头的快速运动中将剪刀的尖头刺向那个红 T 恤的男人，定格，男人惊恐万状，我想他马上就要死了，但是我们看到的下一个画面是，红 T 恤男人身上的衣服被剪得支离破碎。

别人狼狈不堪使我们心怀快意。我想我的目的不是要把登陆置于死地，而是一种表示，一种警告。

有时我会冒出一个可怕的想法：登陆是否在更大程度上把我仅仅作为一个性的器官而不是作为一个特异的女人（这是我的自我镜像）？我坚决地否定了这个可怕的设想。这是一个丑陋而恐怖的黑洞，足以吞噬一切美好而真实的情感，我的否定就像一张草席子将这洞口覆盖住了，而那些美好的事物：音乐（一起去听的音乐会、在录音机里放的磁带）、寂静的相对、爱情的诗篇（外国诗和"朦胧诗"）、凝视、倾听等，全都像轻盈洁白的雪花纷纷落到草席上面，它们很快就积成了白白的松软的一层，美丽而干净，没有人能想到这下面还有一个黑洞。但是我想到了北诺，让我们回到那正对着大床的穿衣镜，她在想象中听到了水声，水落到我们的皮肤上，凉爽、润泽、畅快无比，水花溅在女性的躯体上，如同一棵优美的躯干上迅速地长出许多透明的花朵，它们飞快地变幻，一秒钟也不停留，它们在一秒钟之内生长和消失，另一秒钟诞生的又是一些新的花朵，它们从不重复，自天而降（天就是高处的喷头），携带着激情和力量，它们是一种向下流淌的火焰，它们所到之处唤醒了我们的血液。我们总是敞开我们的躯体迎接这奔流而下的——水。做爱之前沐浴只是北诺的想象，她躺在大床上听到的水声仅仅是抽水马桶的声音，之后是水龙头喷出的水与洗手池短兵相接的声音。

男人走进房间，他看了一眼墙上的钟，他说我忘记告诉你了，我得临时出一趟差，有一个会，对方非要让我去，说如果我不去规格就不够，我怎么也推不掉，他们还让人把票都买好了，过一会儿司机还要给我来电话。

男人说：还有半小时。我们抓紧一点。

男人脱他自己的衣服。

男人说：你快脱呀！

男人说：你不高兴了？

男人说：你很快就会高兴的。

男人说：我来帮你脱吧。

一切北诺想象中的手的美妙、舌头的美妙全都没有出现，它们变成了天国的佳果，远远地悬挂着。她体内的液汁凝固成一小坨冰冷的固体，冰冷而坚硬，顶在她的心口上。

她全身僵硬干涩。

她僵硬而干涩地感觉着男人身体的压迫，以及干硬的进入。时间不长，但她觉得男人的身体就像铁一样重，一点人的感觉都没有。她像忍受酷刑一样忍受着这桩本该十分美妙的事情。

她觉得自己全身都是冷的，她冷冷地看着扭曲变形的那男人的脸，她想她若是一个女巫，事成之后她将诅咒他，让他得一种可怕的病。

穿衣服的时候来了一次电话，是司机打来的，问什么时候来接他。男人说：过五分钟吧，过五分钟再来。

北诺坐在床沿上，她看那男人把那天蓝色的旅行袋拉开，把里面的东西清点一遍，又匆匆找出几盒好烟塞进去。

他看到北诺还坐着不动，便说：你抓紧一点，司机一会就来了。

北诺冷眼看着他，还是不动。

男人有些着急。

他说：实在对不起。

北诺还是坐着不动。

男人才忽然想起，说：对了，表还没给你。

他急急地在公文包里翻找，一边说：我一直想着这件事的。他在包里没找到，又到抽屉里乱翻，还是没有找着，他自嘲说：越急越出事。

他看了一下钟，说：实在来不及了，北诺，你要相信我，只要飞机不出事，我一定把这个事情办成，这次实在是太急了，我一回来就给你打电话。

这次北诺就没有如期得到那张她需要的表格，这关系到她能否换一个合适的环境（这太重要了），关系到她能有一份独立的东西（工作和钱），关系到她能有一天东山再起。这些，都是至关重要的。为了这些她必须忍着这口气。

用不了多久我们就会看到，血的气息就是从这里开始升起的，这次的事情犹如太阳升起之前的朝霞，光芒已经在地球的边缘弥漫着了。

登陆在我的住处与我共度良午（良宵属于他的妻子），但他的思路总是停留在高岗、饶漱石的案子上，他说有些事情他从前不知道，这次查资料倒了解了不少事，很好玩的。

他说有人请他搞一本畅销书，出一套，共和国的大案，一个案子一本，二十万字，两个月交稿，本来已经说好他搞胡风那本，后来他觉得搞胡风事件太压抑，又换了高岗。登陆在一个要害部门任职，改革开放以来，这个部门越来越不要害了，登陆没有什么事情可做，无所作为，虚度光阴。有一天，有一个同乡来找他。同乡本来在出版社，不知怎么就成了小有资产的书商，时间就是生命，同乡十万火急找到登陆，诱之以重金，请登陆帮忙。这件事像路标一样指明了登陆在商品社会中的大方向，登陆私下跟我说，即使不出版也值了，我可以思考很多有意思的事情。他沉浸在高岗事件中，平均每隔半天就跟我说一次：政治斗争真是太复杂，太微妙、太有意思了！

登陆走后我百无聊赖，我不想上班，也不想评职称，我在我的房间里摆上各种镜子，我看到我的胳肢窝边上长出了一道皱纹，细细的，却很显眼，我把皱纹往上一扯，皮拉得长长的，就像我小时候拉外婆脖子上的皮一样，这个现象触目惊心，使我想到了自己的年龄，我母亲 22 岁生我，她在我这样的年龄已经是第二次结婚了。一个很有见地的女友多次教导我要早些结婚，早些生孩子，这些事情越晚就越不好办，越早生孩子越好恢复，而恢复好了干什么都来得及，我现在认识到这的确是一至理名言，我母亲一退休就宣布她要到深圳与人合伙开诊所，令我吃惊不已。

想到年龄我立即动身找出一个鸡蛋，我一边在脸上抹蛋清一边想，我需要有所行动了。我这样混下去有什么意思呢，我应该进行改良甚而进行一场革命，或者让登陆离婚跟我结，或者我离开他。我忽然觉得需要一个家庭和一个孩子，这两样东西很容易对过了30岁的女人产生诱惑，家庭和孩子，那是多么暖人多么可爱的事物！既是花朵又是果实，它们芬芳地围绕着女人，散发出湿润的气息，这些气息沁入女人的皮肤，是最好最天然的营养物，我们总是看到独身女子精心装饰过的脸孔有一种遮掩不住的憔悴。孩子的笑声就是天堂的笑声，我于寂静中听见那笑声从我身体的深处飘逸而出，一阵又一阵，令我心疼和迷醉，它们就像夏天莲塘的气息。

在我和登陆的交往中，我总是精确地记住他所说的有关他妻子的一切，我知道，她叫兰若，她的名字令我嫉妒，上海人，她的籍贯令我嫉妒，毕业于名牌大学，任职于一家很有名望的大出版社，他们的女儿在美国留学。总之她的一切都令我嫉妒。

我希望她的长相不如她的名字那么美，但这个幻想在我第一次去登陆家的时候就破灭了，她的卧室里挂着她的单人照，从照片上看上去，兰若有点像从前的电影明星王莹（我刚刚从一本书上看到王莹的照片），只不过是没有那么细的眉毛。

登陆说兰若在年轻的时候曾经很出过一段风头，当时她在中科院搞一份报纸，经常跟当时的院长郭沫若接触，郭老曾经夸她的字写得好。这个线索使我想到要冒充记者采访她，我在电话里说我要写一篇有关郭沫若的文章，需要请她帮忙，我使出编辑惯用的伎俩，一开口就说了许多好听的话，说我读过她的文章，十分佩服，等等。她告诉我她家的地址，如何穿过一个菜市之后往北拐弯。

这样我就在我熟悉的房子里见到了兰若。

她几乎就像照片上那么漂亮，只是没有那么年轻，但这种不年轻并没有损害她的美，反而给她的容貌上了一层浓醇的光彩，使我觉得她年轻时的照片反而有些单薄了。我想如果我在二十多年之后有她这样的神采，生活就是值得的。

她问我她家好不好找，我说不太好找。然后我就开始称赞她年轻美丽，这是我跟女性打交道的习惯，这样可以使我放松，使我不心怀嫉妒。兰若是一位很有教养的知识女性，她没问我的年龄籍贯婚否，也不跟我夸自己的女儿丈夫，她拿出已经准备好的旧报纸和旧相册让我看，我在那张兰若和郭沫若合影的照片上凝视良久。

中午她留我吃饭，她手脚麻利地在干净的厨房里做了一个很香的炒饭和一个蘑菇汤。之后她又送我到电梯口。

在大街上我心情沉重地想：是谁，使我和兰若这样优秀的女人成为敌人的呢？

现在我的眼前是那条灰色的走廊，它十分长，它的两旁一边是旧时的灰墙，一边是风景，这里在周末下午四点就没人了，这种寂静有点像很久以前的景象，那个上吊自尽的女子还在园子里头荡秋千，她的裙裾在走廊里拂动，我看到她的生命像一种褪色的花朵，随着天色的黯淡而变灰，变得轻盈，松散。花瓣们在寂静的院子里飘飞，像灰色的魂魄，飘飞着溶进夜色。

这条灰色的走廊会通向哪里呢？

走到尽头，我们会听见私语还是爆炸的声音？私语是一些落叶，一些雨水，一些轻盈飘飞的事物，美而无力，爆炸是力量与火光，它照亮黑暗，在空中闪耀，开放出另一种美丽的花朵，它是真正壮丽的形式。

走到尽头，也许还会看见玻璃，玻璃挡住了我们，但我们清楚地看到外面，希区柯克的鸟儿就那样向我们飞来，它们矫健、黑色、众多，它们英勇无畏，发出惊天动地的呼啸声，它们呼啸着从空中俯冲下来，它们拼着命冲向玻璃。我们看到整个天空布满了这种黑色的鸟儿，它们的翅膀充满了力量。

我们不知道它们为什么要这样。

这样的景观令我们触目惊心。

有一天我接到朋友的电话，问我有没有兴趣和时间到内蒙古去一趟，说那边有一个人要开作品讨论会，让人在北京拉几个记者去助威，已经找了三男一女，还差一个人，三男中的一男请朋友物色一位女士冒充《光明日报》记者，只要是个人就行，到时候装傻不说话，就说是新来的一问三不知准保漏不了馅，稿子也不用写，有人写好，同样有人能在《光明日报》发出来。

这等好事简直就像是从天上掉下来的，我问朋友怎么非得是女的，他说已经有了三男，再加一男就阴阳失调不好玩。朋友又让我跟一个叫大宝的记者接上头。

一群乌合之众在北京站西大钟集合，大宝一一将名字对上号，又发了票，然后领着众人进站，那样子有点像导游，又像非洲部落的首领。大宝上车不久就开始发表高论，他的每一句话都石破天惊，无人能与之应对，因为大多数话比较反动，我不好在此引用，总之我对大宝的敬佩油然而生。在内蒙古的几天，接待单位弄了一辆日本越野车号称"巡洋舰"的从呼和浩特一路开到锡林郭勒草原，看到了骆驼群、马群、牛群、羊群，草原上所有的自然现象都令我们大开眼界，天不是原来的天，它就在头顶之上，矮得出奇，星星又大又多，悬挂在眼前，路就是前方的一条线，确实是到了地球的边缘，巡洋舰以一百二十米的时速朝天边猛冲，使人担心随时都会从地球上掉下来。乌云来了，从天边向我们的头顶聚集，低得就像在车顶，满天满地的乌云如同一头巨大无边的黑色猛兽变幻着各种形状追逐我们的车子，又放出种种我们前所未闻的类似怪叫的雷声，天角偶然露出青蓝的一瞥，却又像天的鬼眼。大雨下得我们孤独而绝望，雨过天晴，前方出现了一道横跨整个天际的巨大彩虹，我们此生从未见过如此壮美的现象，我们深深地被震慑了，我们眼含泪水望着它久久说不出话。我们的车子迎着彩虹开去，我们想，我们激动地想，我们就要穿越彩虹了，就要开到彩虹里面了。

但我们一直在彩虹的外面。我们永远到不了彩虹的门拱。

我们在落日时分到达一个城市，落日时分的草原城市无比辉煌，沐浴着金红色的光彩，所有的屋顶都在闪耀，所有的男人和女人，老人和孩子，全都上了一层油画般的浓彩，明艳丽沉着。而太阳，就在路面上滚动，从脚底直到天边。

美丽的事物确实荡涤了我们心中的污泥浊水，使我们产生了一种美好的感情，在我和大宝的对视中，我觉得，有一种东西在我们之间产生了。

登陆给我看一条毛主席语录，在 90 年代，这个词已经生疏了，如果我不用，就很少有人用了，我觉得在这点上我可以图个新鲜，就像时装的轮回一个道理。实际上这并不是一条语录，而是一封电报。摘要如下：（为了保密起见，略。）

登陆对这封电报，崇拜得五体投地，他连连说：太厉害了，毛主席太厉害了，实在太厉害了。

我又开始化妆，我现在的妆要化得比以前好多了，这是我精心研究的成果，这种研究的动力除了女为悦己者容外，取悦于自己也是一个重要的因素，长期以来我认识到，感觉自己年轻是年轻的一个首要条件，所以我常常在睡眠不足的早晨、精神萎靡不振的早晨、失恋的早晨、认为得了癌症的早晨，在这样一些早晨为自己化妆。

我用一种深棕色的眉笔淡化我的纹得过深的眉毛，因为我的眼睛太大，所以眼影十分慎重，又大又深的眼窝无疑不好看，我小心地用纯黑色的眼线笔将眼睛加长（而不是加大），黑色往眼角的方向发展，这会使我的眼睛长而妩媚，比单纯的大多一些神秘和成熟。然后我必须上腮红，这能改变脸型并增加层次，一上完腮红立即好看多了，最后剩下嘴唇，我参照《女友》杂志的图示，先上一层无色唇膏，再上一层暗红的唇膏，用面巾纸将油抿去，扑粉，用唇线笔描唇，再涂上唇膏。大功告成的时候在镜子里容光焕发，年轻动人，据《中华老年报》说，打扮是延缓衰老的秘诀之一，原因在于打扮得年轻能使身体分泌一种有益于身体的酶。化妆是一种暗示，而不是一种欺骗，我们为什么不暗示自己年轻些、健康些、快乐些、美丽些呢？

所以没有事的时候我喜欢化妆，化了妆我希望有人来，如果没有人来我就照镜子。这点我跟北诺一样。我们斜躺在床上，阳光照在我们的身上，热烘烘的像人的舌头，这舌头在一个巨大的人的嘴里，那人四肢并用在我们的身上奔驰，舌头像春天一样柔软娇嫩，气喘吁吁地掠过我们的身体，那是一种致命的接触，湿漉漉的温热，像闪电一样把我们的欲望驱赶到边缘，我们的身体如同花瓣，在这热烈的风中颤抖，我们必须控制住。我们的面前是春天的野兽，它通过太阳把一个器官插进我们的身体，它刚刚抵达又返回，在往返之中唱着一支蜜蜂的歌，这歌声使我们最深处最粉红的东西无尽地绽开。

这是已被我们确认的一种快乐，长久以来我们把它隐藏在内心，我们是不许出声的一类。长久以来我们只对自己说，或者对我们的镜子说。

有一些女人就要从镜子里出来了，她们最英勇最活泼，因此最美丽，她们的身体触碰到镜子冰冷的表面，我听见发出了嗞嗞的声音，这种声音灼伤着她们的皮肤，灼痛着她们的眼睛，但我们最后听见乓的一声，镜子在空中舞蹈着破碎，在地上。

我将去找大宝，想到要去找大宝我看到天尤其蓝。我没有去找他，在真相大白之前心情总是最好。

登陆说当代最伟大的女性是胡风夫人，她非常有才华，并且十分美丽，但她很早就牺牲着自己，后来又陪胡风坐了很多年牢。

我说我不知道。

他说你总该知道燕妮吧？

我说燕妮是谁？

他说：你连马克思夫人都不知道，你们这一代太无知了。

我说好吧，那我对她们表示足够的尊敬。不过你要是去坐牢，我肯定是不陪的。你不要抱什么希望，免得到时太失望了划不来。

登陆不说话。

我言犹未尽，说：我不喜欢女人为男人做出牺牲。

登陆问：那你喜欢谁？

我说：媚娘。

登陆说：媚娘是谁？

我说：你们这一代人真是太无知了，连武则天都不知道。

登陆恨恨地说：恐怕你还喜欢江青吧。

我说：江青是四人帮，这大家都知道，这是一个坏女人。我们来说一个好人算了，比如居里夫人。我说我的第一个男朋友就鼓励我学燕妮，过了十几年，你还是让我当燕妮，时代怎么就没有进步，真让人匪夷所思。

北诺常常坐在那只红木圆凳上，有时她脱了鞋站到凳子上晾衣服，或者换保险丝，她总是用电炉煮面条或速冻饺子，她几乎每几天就要换一次保险丝，此外她还学会了修电炉，修电插板。那个夏天她在公共汽车上扭伤了脚脖子，她整整有一个月没出门。

她不喜欢别人到她住处来，除了我们知道的那个穿红毛衣的男人。

这间平房阴气森森，使人感到不祥。

她在桌上养了一盆黄色的菊花，有一个声誉很好的算命者给了她这个忠告，他让她把花置于书桌的右上角，但她把它们放在了窗台上。

菊花的气息混合在潮湿的地气中。黄色的花瓣无声地落下。月光照在花朵上，花朵黑黢黢的影子照在床铺的白墙上，像一个鬼魂模糊的面容。

大宝给我打来电话，说上回开讨论会的那个作者运来了两筐苹果，让他分给到会的各位。

他说他马上送来给我。

我本能地想到登陆，我想他要是来了撞上怎么说呢？虽然什么事都没有，但总是有感觉的。我虽然跟登陆顶嘴，但我同时又甘愿为他放弃我的自由。我想我也许无可救药了。谁能让我觉悟呢？

也许正是大宝。

我跟大宝说我到他那里。

去取苹果，苹果是最显而易见的美好事物之一，这件事即使不跟大宝联系在一起，也是足可以让人心情愉快的了，现在它吸纳了内蒙古草原的奇异景色，从大宝似有深意的声音中抛射出来，再次在深秋明净湛蓝的天幕上组成了一道苹果的彩虹，每一只苹果都硕大完美，在阳光下闪耀着明艳的光泽，每一个都像稀世的宝石，熠熠生辉。

我骑着自行车，迎着这道苹果的彩虹驶去，一路上我情不自禁地微笑着，我觉得自己就是一只精选的上好苹果，我的车速就要把我发射到天上去了，我的身后将是一道优美的弧线，闪着苹果的光芒。

啊啊，苹果的彩虹！

大宝情意绵绵地接待了我，但我们只是说别的，这是那种时候，不管我们说什么我们都觉得好，都兴奋。但同时我们又盼望对方说些"别的"，大宝只是有两次说，他快要犯错误了，但他并没有犯错误。我们再次陷入了试探。

那个女人再次到秃头男人的家里。她知道自己必须去，必须把事情做到底。她去尽了忸怩和作态，凛然而坚决，她将在那具苍老而笨拙的躯体、那具缺乏激情的躯体之下，滋生着屈辱和仇恨，她在想象中聚集着自己的力量，她把力量集中在她的胸前、腹部和腿部，她要将这力量把身上的躯体掀到一个无底的深渊，一个废弃荒园的枯井，一个火山口，甚至下水道，甚至自来水管，总之是一个封闭的永不能翻身的地方。

她怀着快意看到，这个人在一团无声的火光中（无疑是什么爆炸了，那种高能量的炸药来自女人的内心，它在女人红色跳动的心中被制造出来，它的比例被配好，它的功能已被确定）四散，他的头被一个慢镜头送到女厕所，他的生殖器被一个快速移动的镜头塞进污水沟，他的四肢、内脏和喷涌着的暗红的鲜血，像节日里最最灿烂的焰火，缓慢地如花地开放。

这使道路上的女人心潮激荡。

她走到他的家里，他的床依然零乱，窗帘已经垂下，面对大床的落地穿衣镜幽暗地闪着光。

水声仍然在抽水马桶里撞击，男人便进来了。他们脱了衣服躺到了床上。

这一次男人从容而温柔。他十分地照顾着女人的感觉需要，他的手就像女人所希望的那样运动，轻重不一，层次丰富，手法多变。女人闭起了她嘲讽的眼睛，她舒展开身体，感受这一阵又一阵的拂动，这拂动在她敏感的地方流连忘返，她体内的潮涌抑制不住地来临了，她的身体开始起伏，并且她马上感觉到了自己的湿润。这时她感到一样湿漉漉带着热气的东西到达了她的身体，它扑伏在她的胸前，一下又一下地吞噬着她胸前凸现的地方。这是一种致命的吞噬，女人一下就觉得自己沉进了海底，她呻吟着挣扎起来。

她在水里拼命挣扎，她呼吸不到空气，快要憋死了，她希望有人来救她，有人抱紧她，用一种东西把水流堵住，但是没有人来，她在空荡荡的水里快要虚脱了。她用手乱抓自己的身体，她的呻吟声可怜地回荡在房间里，她大张着的嘴里呼出的气息把镜子的表面都蒙上了一层白气。

男人微笑地看着她，他温柔地问道：

怎么样？我不粗鲁吧。

女人不顾一切地说：你快来吧！快来！

男人说：这可是你要的啊。

女人说：是我要的！

她感到男人到达了她的上方，她张开她的身体等待得救，她摊开两条胳臂，像一只鸟儿，即将随着一股气流飞上蓝天。

但她发现事情有点不对头，她张开眼睛，看到男人身体上的肢干还疲软地萎缩着，男人有点沮丧，他的头发掉到一边，样子很不雅观。

男人说：你得帮助我。

女人帮他。

她尽了全力还是不行。

男人说：这就看你的本事了。

男人说：你没什么本事。

（女人在心里说：你自己不行还赖我。）

男人说：这次不算。

男人说：我要你再来一次，补这次的。

女人说：我再来你还不行怎么办？

男人说：那就再来。

女人说：那我不成了你的性奴隶了！

男人说：千万别这么想，这么想对谁都不好。

他们坐了一会，没有说话。女人仍然有些喘气，男人为自己泡了一杯参茶。

男人问：你喝吗？

女人摇摇头。

男人找了一下冰箱，说没有什么可吃的。他说：本来我应该请你吃饭，但我中午还有一个应酬。我们下次吧。

女人不吭声。

男人最后在厨房里找出一只西红柿请女人吃，他对她说：你吃点东西再走。

女人不接。

女人说：还有比西红柿更重要的东西你忘了？

男人拍了一下头，说：我真该死，忘了把表给你了。

女人说：我的事情你总是不放在心上。

男人找到了表，他拍拍女人的肩膀说：好了，别生气了。

（以上经历是北诺性经历中的重要一幕）

我在公共电话亭给大宝打电话，我知道在这件事上女人不能太主动，主动的女人是可怕的，但我确实在想念大宝，他是我新的生活期待的中心，他总是和湛蓝的天空和彩虹，和鲜艳的苹果连在一起。

我说大宝我到你那里去好吗？大宝说：我正想给你打电话。他的声音十分动听，后来我想，我之所以如此容易就迷恋他，这跟他的嗓音有很大关系。有一种声音可以称为性感的声音，大宝的声音就是如此。虽然我在纷扰的公共电话亭，和大宝隔着七八站地，他的声音还是不可阻挡地沿着电话线漫过来，像另一种类似于水的物质，一种可以发出金属之声的柔软的物质，它们是一些金属的碎片，在阳光下闪着炫目的光芒，它们互相碰撞着，像铃铛那样脆而亮，它们在空旷的地方汇成一股清流，缓缓地向我流来。

我听见这个声音说：李芮，我，我很爱你。我知道我不该这样说。但我控制不了自己。这几天我总是想你，我苦得要命。我下定了决心还是要对你说，不说我就过不去了。我握着电话筒，我觉得这是一个非人间的声音，我早就觉得，在这个时代早就没有人，尤其是没有男人会说关于爱情的话语了。我想大宝无疑是一个硕果仅存的浪漫主义者，遇上他我是多么幸运。我的激动一时全堵在心口里，我说不出话来，尤其是说不出我也爱你这样的回应他的话。但是爱情的热流从电线里无所顾忌地奔腾而来，它们在我面前弥漫成一层铺天盖地的帐幕，将我和整个世界分开，只剩下电话筒和一种声音，那样一种罕见的稀世的无与伦比的声音。这个声音就是天空，就是彩虹，就是无穷无尽的湛蓝色。

我朝这个声音走去。

我说：我嫁给你吧。

我想起大宝的房间总是首先想到那个大窗子，我从未见过普通的两居室会有这么大的窗户，不知道是大宝重新装修过了还是仅仅是我的一个主观印象。

这个大窗子临街，房子在一层。

大宝独自住着这套两居室，他的妻子和孩子常常住在娘家。那天我放下电话就飞奔到大宝家，大宝在茶几上摆上了冬天的西瓜迎接我。我以为一见面他要吻我一下，结果没有。他抓住我的肩膀使劲晃了一下，他说：你这个小狐狸精，害死我了。（女人总是莫名其妙地喜欢狐狸精这样的话，大概她的天性中总是隐藏着迷惑男人的本能，这是一种动物的属性，如同孔雀的尾巴。）

他说我爱你。这本来是一句电影和戏剧里的惯用台词，我们必须在独自一人的时候才能在心里说出来，或者在电话里或者在信中，隔着许多空间才能遮住我们心中的茫然，才能使我们鼓起勇气面对这个虚无的东西，但是现在它由一个坐在我们对面的男人说出来了，这使我们震惊不已。震惊之后我们感到这是一句生死攸关的话，它的分量重若千钧非同小可，我们把一滴水看成了整条河流，我们同时报以一万个大海，女人真是把爱情这个字眼看得太重太重了，重得足以把自己淹死，淹死了还不愿返回泥土（想想林黛玉"质本洁来还洁去"的诗句吧），还要在水里漂流到永远。

女人对爱情的最彻底的报答就是：我嫁给你。我庄严地对大宝说出了这句最最女人的话。我心里甚至涌现了一句我们遗忘已久的颂歌：长江滚滚向东方，葵花朵朵向太阳。我心潮起伏，激动地等待那神圣的允诺。

这时候有一个人到窗底下找大宝，他喊道：大宝大宝。那人看到我马上缩回去了。

大宝本能地去把窗帘拉上，窗子太大了，他怎么努力也不能使窗帘完全合上。

大宝为什么怕别人看见我呢？很久以后我才想到这个问题，实际上这是一个关键的问题。

大宝从窗子边走到沙发上坐下，他说你不要着急，你要冷静。

我问：为什么？

他说：我不能离婚，我最恨离婚的人。有了孩子还离婚的人一律要枪毙。

我常常在夜里到那个院子去。我看到月光照在盛开的黄色菊花上，它的影子安静地潜入北诺的墙上，就像她心爱的宠物一样忠贞不渝。

有一天她发现菊花上爬满了一种黑色的虫子，她费了整整一个下午的时间也没能把它们摘清。在黄昏的时候她把整盆花抱到院子里，准备把它们埋掉。她走遍了整个院子也没能找到一个合适的地方，她把菊花放在她的脚边，失望地喘着气。

这时她忽然看到了一株长着灰色花朵的玉兰树，她好生奇怪，因为她以前从来没有看到过有这样一株树，也从来没有在任何地方看到过这种银灰色的玉兰花，就像有一群灰色的鸽子静卧在树枝上，这些花朵（或鸟儿）在微微喘息，听起来就像一些纤秀的虫子在鸣叫。她在树下听了一会，然后她用一把小手铲挖了一个坑把长了虫子的菊花埋在了树下。

从这天起，她常常在黄昏或深夜看到这株长着灰色玉兰的树。她常常凝视它。

我看到有一天，那些姣好的玉兰花全都变成了一种凶猛的鸟儿，状如灰鸽，但翅膀比鸽子长，是它身体的三倍，它们展开那长长的翅膀，振翅飞了起来，它们飞翔的姿势优美而矫健，它们铺天盖地地飞了起来，发出呼啸般的鸣叫，它们不顾一切地飞到某一个地方（就是我们想要让它爆炸的地方），它们拼命用头撞着窗玻璃。那层玻璃就要被它们撞碎了。

以上景观不知北诺看到没有。

登陆回来以后又到张自忠路看资料，我没有到那里去会他，我开始着手写一部电视连续剧，我很少把那些我想到的东西写在纸上，我只是一遍遍地在我的内心看到它们，事实上，我并没有写，我只是想象有这样一部电视剧，它将由未来的女性电视台播出，或者写一部电影，由一个富有才华的女性建筑师设计一座比悉尼歌剧院还要奇特还要堂皇的女性电影院，专由女性观看。不过我又想，如果这样，会出现什么情形呢？女人们会不会因为这个电影院不吸纳男人面对它毫无兴趣呢？或者她们即使去，也因为没有男人而不事修饰，衣衫不整呢？

这些都是问题。

有一天登陆来了，他对我说他，准备离婚。

我对此不置可否。

登陆说：高饶的书我准备动手写了，要写它个 30 万字。

我不置可否。

登陆说：我这一段要住在你这里，免得有干扰。

我不置可否。

后来我问：那谁来做饭呢？

登陆说：莫非还要我来做！

我们默默地相处，组成了一个客气的互助组，实行 AA 制，经常外出吃牛肉面、饺子和蛋炒饭。力气活归登陆，比如爬高拎重，针线活归我，比如掉了一个扣子，或是登陆的西装脱了线。在秋风渐凉的日子，我们一致觉得两个人比一个人暖和，即使除了睡觉两个人并不挨在一起，但眼前有一个人就是比眼前空荡荡的暖和。特别是在有风（三级以上）的日子，无论是登陆还是我，都不想让对方出门而自己独自留在家里，于是我们同出同进，形同一对恩爱夫妻。这样的日子使我认识到，这个与我们同出同进的人就是我们的爱人。

那个时期有一个著名的电视连续剧正在播放，有一首歌，每个晚上都响起它哀婉的旋律：谁能与我同醉，相聚年年岁岁。这首通俗的歌曲唤起了我们对于温暖的需求，我们在北风呼啸的夜里，无言地相拥。

北风在我们的窗外经过。

我们各自想，时光就像风和流水，永远不再回来。

我们同进同出，就像一对恩爱的夫妻。

北诺到那男人的家里的时候已经将近下午五点了。男人在电话里说请她吃饭，这是上回说过的，还提醒她别忘了把表填好带来，他让她一刻也不耽搁，快快地赶来。

北诺放下电话发了一会愣，她把手拿出来又遂行看了一遍。然后开始慢慢化妆。化了一半她才想到不应该为这个男人化妆，她在镜子里看到自己一只眼睛又深又黑，另一只眼睛灰淡无光，没有上唇膏的嘴唇和已经扑了红粉的脸相比，显得格外苍白，就像一个死去的人在开追悼会之前尚未最后定妆，又像一个戴着面具的女鬼，潜入了她的镜子，满腹心事地与她对视着。

这使北诺有些心神不定。

她胡乱地化完了妆（事实上不是正常的完成，在很大程度上保留了那种未完成的怪诞的痕迹，这使她在后来的场景中以这种女鬼的形象穿行在我们的故事中），然后胡乱地捡起了一件鲜红的毛衣换上。让我们看看即将出门的北诺：像血一样鲜红的毛衣，浓黑的围巾，以及同样浓黑的呢大衣，鲜红的嘴唇，一边眉毛高一边眉毛低。

这个形象使我产生一种不祥之感，在这个初冬的下午，风从我的心脏穿过，冷彻全身。

北诺出门的时候觉得有些异样，她回过头来看了一下，房间里空荡荡的，窗台上的菊花已经没有了，她想起昨天晚上她已经把菊花埋掉了。

男人的气色很好，对她表现出一种少有的热烈之情，他说上周他刚到海南去了一趟（冬天是到那个亚热带岛屿去的最佳季节，那里的大海闪耀着中国南方最最蔚蓝的美色，那里美女如云，佳肴如山，是大快乐的去处。在繁华的街道上我们看到的奇观之一就是药店如雨后春笋层出不穷，据我们观察，药有三种类型：第一类是避孕药和避孕用具，这些可爱的物品有着精美而性感的包装，让人浮想联翩情不自禁；第二类则是春药，"金枪不倒丸""雄狮""爱液"等，前者的伟力、强力和暴力，后者的狐媚，这两种东西纠缠在一起，使驻足于此的内地人惊讶不已；第三类则是治性病的特效药。各种消炎药。那个男人在这眼花缭乱的地方踌躇再三，终于在一个人迹稀少的早晨在饭店旁边的一家药店买下了几样春药。我们可以想到，他为什么要北诺快快地来，一刻也不要耽搁了），三亚中午的时候有三十多度，简直，他没把三亚说完又急急地说他的妻子和孩子，他说他妻子出国考察了，要半个月才回来，他的孩子到天津姥姥家了，下周一才回来，男人说让我们好好玩一玩。他说现在才五点，我们先玩一会，到六点半再出去吃饭，有一家新开的皇城美食城，一会就到那里去。

男人无疑是吃了那种跟猛兽有关的药，他一边说一边就使劲地将北诺扳倒在床上（想想日本电影《望乡》里的镜头吧），他像一个真正的强奸犯一样对这个女人施行着暴力，他撕扯她的衣服，她每露出一点肉体都令他疯狂，他疯狂地以全力压住她，他的身体向她撞击，撞入到她身体的深处，那种撞击像坚硬的木头和比木头还要坚硬的钢铁，一点都不像是人的身体，不像是来自人的力量。

北诺的声音越来越小，她已经没有力气了，她说我快不行了，你快放开我。男人说我还没完，我还要。他继续撞击她。北诺觉得她快要死了，每一次撞击都像一场灭顶之灾，这种撞击无穷无尽，是她的深渊。

她神思恍惚地醒过来，她恍惚觉得男人刚刚从她身上下来，重又睡去。她不明白自己为什么在这里，而天怎么黑得这么浓重，她想起来自己好像没有吃饭，她又累又饿，身体轻飘飘的。她下了床，走到厨房。

她一眼就看到了那把刀。

刀刃雪光闪闪，像雪山上的月亮那样高洁，这是世上最美好的事物之一，它在这个恍惚的夜晚照耀了这个女人。女人恍惚着走向它，像吴清华捧着红旗那样捧着它，她的脸贴在它上面，冰凉的感觉使她舒服。她拿着这把菜刀到卧室里去了。

男人在床上熟睡。他睡得深沉而满意，他从来没有这样持久的欢乐过，年轻的时候也没有，他感谢海南和那些药。

女人拿着刀仔细看他，她在他身上找到了一个合适的地方，那就是他脖子上一侧微微跳动着的那道东西，她就从那个地方割了下去。

鲜血立即以一种力量喷射出来，它们呼啸着冲向天花板，它们像红色的雨点打在天花板上，又像焰火般落下来，落得满屋都是，那个场面真是无比壮观。鲜血越喷越低，它们不再像焰火和喷泉，但还是不住地流出来。女人从来没有见过这么多的血，这下她看到了，这是一个世面，见过了鲜血才算见过了世面。男人的鲜血流满了整个床铺，又从床上流到地板上，如果地板上有一个小小的虫眼，鲜血就会通过虫眼渗到楼下的人家，如果是白天，楼下的人家很快就会发现这一奇观（想想哈代的经典名著《德伯家的苔丝》吧）。

北诺站到床跟前看血的流淌。血流尽之后她想把男人切成几大块放进冰箱里，但她每刀下去总是碰到骨头，人体解剖知识的缺乏使她不能如愿，她只是在肚子及肚子下方这样一些比较柔软的地方划了几刀。

北诺后来失踪了，没有人知道她去了哪里。关于她的去处流传着以下三种传说：有人说她在某个不为人知的地方以一种奇怪的方式自杀死去，离开了这个世界；也有人说她被关到疯人院去了，适逢反腐倡廉，男人被查出了严重问题，北诺被好心的律师所救；还有人说北诺到美国去了，持这一观点的是一个名叫李芮的女人。

春节快到的时候天越来越冷了，每一天都比前一天冷，在这种气候形势下登陆对我说：李莴，我们结婚吧。

我说：结吧。

我在夜晚的玉兰树下看到了那个全身着红的女人，就像黑沉沉椰林中的吴清华，她在黑色的背景中奋力一跃，然后手捧银毫子疾步前行。蓝天丽日如同圆号般嘹亮，它黄金般地自天而降，与此同时到达我们面前的是满目灼灼其华的艳红的木棉花，它们铺天盖地，明亮又闪灼，热烈而温柔。它们就是再生的鸟儿。

| **文学史评论** |

90 年代以来主要作品有中短篇小说《回廊之椅》《致命的飞翔》《同心爱者不能分手》《子弹穿过苹果》《说吧，房间》和长篇小说《一个人的战争》《玻璃虫》等。林白的作品沉湎于"我的自我、我的身体"的讲述，但相对于陈染形而上的晦涩，林白的女性世界散发出坦荡流丽、富有震撼力的美感。她特别注重成熟的女性之躯美轮美奂的诗意展现。

　　——董健、丁帆、王彬彬主编《中国当代文学史新稿》，人民文学出版社，

　　2005，第 600 页

| **作品点评** |

应当说，正是"北京"寄托着林白女性主义的热情，"北京故事"的核心是反"性政治"，是女性欲望对于被压抑、被控制的直接抵拒。《致命的飞翔》是"北京"故事最动人心魄的一则。在这里两性的交锋是由社会生活领域而性欲，由历史而现实，既在具体生活中展开，也在幻想中进行。女性欲望的浓密黏稠，热烈繁复，通过反控制、反压抑和主动出击，展现出前所未有的绝对姿态，即"致命的""飞翔"的姿态。无论是北诺、李窝、红圆的小凳，还是那把女性幻想

中举起的利刀，都堪称当代女性写作中的极端的形象：它们在叙述者血色黄昏般的情绪中组合在一起，让人过目难忘。这篇小说采用林白一贯的欲望联想构思，但又不同于"沙街"小说的那些幽深神秘领悟，而是把两个互不相识的现实生活女人（北诺与李葛）在两个不同时空的性体验勾合在一起，以极其明晰的"我们"复数点破女性共同的性命运和相同的性反抗。"我们体内的汁液使我们的身体闪闪发亮。""我们"具有召醒现实女性的叙述企图。人们不能不意识到两个女人的故事其实就是一个女人的故事，就是正在进行着的现实女性故事。"在这个时代里我们丧失了家园，肉体就是我们的家园。"不可能有其他的寄托和幻想，女性的生存既具体现实又悲惨，而女性的反抗就在生存中展开。"指望一切性的翻身是愚蠢的，我们没有政党和军队，所以必须利用他们。"没有比这这种明智的宣言更具备商业特性的，而林白的出格并不在她对西方女权理论的搬用，却在于她大胆地揭示这种女性境遇的尴尬，这同样也是男性的尴尬。问题是，这种尴尬对于女性而言，却还是"进步"的结果——《致命的飞翔》之所以不肤浅，就在于北诺和李葛身后还有另一个女人，她或她们在性的压迫中只能选择踏上红圆木凳罩上凳罩，就是林白为另一个时代拉上幕布，女性的欲望终于要延伸，实物利用使北诺、李葛有可能危中求安。这种"进步"带着林白宿命的历史感。"刀"之成为"致命的飞翔"，成为女性性幻想胜利的象征，可以说是林白女性写作对于男性统治的话语颠覆和个人宣泄。

——荒林：《林白小说：女性欲望的叙事》，《小说评论》1997 年第 4 期

1995 年林白发表《致命的飞翔》，与其说这是林白最后的冲刺，不如说是一次致命的写作。"北诺曾经在我的青春期一闪而过"，那些压抑在记忆最底层的印象，只在生活最孤寂的时刻偶而呈现。也许这正是林白写作的特点。那些最奇怪的生活片断往往是她写作的起点，它们是最真切的个人记忆，又是最虚妄的幻想。关于一个女人的故事由一些忧伤而动人的场景构成，它们包裹着锐利和极端狂妄的女性冲动。在这一意义上，林白的个人记忆又是放任自流毫无节制的女性妄想，

一种致命的飞翔，而对细节和具象的关注，使她的叙事具有特殊的质感。

  ——陈晓明：《不说，写作和飞翔——论林白的写作经验及意味》，《当代作
家评论》2005 年第 1 期